EinFach Deutsch

Theodor Fontane

Effi Briest

Roman

Erarbeitet und mit Anmerkungen
und Materialien versehen von
Stefan Volk

Herausgegeben von
Johannes Diekhans

© 2005 Bildungshaus Schulbuchverlage
Westermann Schroedel Diesterweg Schöningh Winklers GmbH
Braunschweig, Paderborn, Darmstadt

www.schoeningh-schulbuch.de
Schöningh Verlag, Jühenplatz 1– 3, 33098 Paderborn

Druck A 17 16 15 / Jahr 2017 16 15
Alle Drucke der Serie A sind im Unterricht parallel verwendbar.
Die letzte Zahl bezeichnet das Jahr dieses Druckes.

Umschlaggestaltung: Jennifer Kirchhof
Druck und Bindung: westermann druck GmbH, Braunschweig

ISBN 978-3-14-022410-9

Theodor Fontane: Effi Briest

Erstes Kapitel

In Front des schon seit Kurfürst Georg Wilhelm[1] von der
Familie von Briest bewohnten Herrenhauses zu Hohen-
Cremmen[2] fiel heller Sonnenschein auf die mittagsstille
Dorfstraße, während nach der Park- und Gartenseite hin 5
ein rechtwinklig angebauter Seitenflügel einen breiten
Schatten erst auf einen weiß und grün quadrierten Fliesengang und dann über diesen hinaus auf ein großes in
seiner Mitte mit einer Sonnenuhr und an seinem Rande
mit Canna indica[3] und Rhabarberstauden besetztes Ron- 10
dell warf. Einige zwanzig Schritte weiter, in Richtung
und Lage genau dem Seitenflügel entsprechend, lief eine ganz in kleinblättrigem Efeu stehende, nur an einer
Stelle von einer kleinen weiß gestrichenen Eisentür un-
terbrochene Kirchhofsmauer, hinter der der Hohen- 15
Cremmener Schindelturm mit seinem blitzenden, weil
neuerdings erst wieder vergoldeten Wetterhahn aufragte. Fronthaus, Seitenflügel und Kirchhofsmauer bildeten
ein einen kleinen Ziergarten umschließendes Hufeisen,
an dessen offener Seite man eines Teiches mit Wasser- 20
steg und angeketteltem Boot und dicht daneben einer
Schaukel gewahr wurde, deren horizontal gelegtes Brett
zu Häupten und Füßen an je zwei Stricken hing – die
Pfosten der Balkenlage schon etwas schief stehend. Zwischen Teich und Rondell aber und die Schaukel halb 25
versteckend standen ein paar mächtige alte Platanen.
Auch die Front des Herrenhauses – eine mit Aloe-
kübeln[4] und ein paar Gartenstühlen besetzte Rampe –
gewährte bei bewölktem Himmel einen angenehmen
und zugleich allerlei Zerstreuung bietenden Aufenthalt; 30
an Tagen aber, wo die Sonne niederbrannte, wurde die
Gartenseite ganz entschieden bevorzugt, besonders von

---

[1] Georg Wilhelm (1595–1640) war von 1620 bis 1640 Kurfürst von
   Brandenburg.
[2] an die Stadt Kremmen angelehnter, fiktiver Ort im damaligen preußischen Regierungsbezirk Potsdam
[3] lat., indisches Blumenrohr, rot blühendes Staudengewächs
[4] Aloe zählt zur Gattung der Liliengewächse.

Frau und Tochter des Hauses, die denn auch heute wieder auf dem im vollen Schatten liegenden Fliesengange saßen, in ihrem Rücken ein paar offene, von wildem Wein umrankte Fenster, neben sich eine vorspringende
5 kleine Treppe, deren vier Steinstufen vom Garten aus in das Hochparterre des Seitenflügels hinaufführten. Beide, Mutter und Tochter, waren fleißig bei der Arbeit, die der Herstellung eines aus Einzelquadraten zusammenzusetzenden Altarteppichs galt; ungezählte Wollsträh-
10 nen und Seidendocken[1] lagen auf einem großen, runden Tisch bunt durcheinander, dazwischen, noch vom Lunch her, ein paar Dessertteller und eine mit großen, schönen Stachelbeeren gefüllte Majolikaschale[2]. Rasch und sicher ging die Wollnadel der Damen hin und her, aber wäh-
15 rend die Mutter kein Auge von der Arbeit ließ, legte die Tochter, die den Rufnamen Effi führte, von Zeit zu Zeit die Nadel nieder und erhob sich, um unter allerlei kunstgerechten Beugungen und Streckungen den ganzen Kursus der Heil- und Zimmergymnastik durch-
20 zumachen. Es war ersichtlich, dass sie sich diesen absichtlich ein wenig ins Komische gezogenen Übungen mit ganz besonderer Liebe hingab, und wenn sie dann so dastand und, langsam die Arme hebend, die Handflächen hoch über dem Kopf zusammenlegte, so sah
25 auch wohl die Mama von ihrer Handarbeit auf, aber immer nur flüchtig und verstohlen, weil sie nicht zeigen wollte, wie entzückend sie ihr eigenes Kind finde, zu welcher Regung mütterlichen Stolzes sie voll berechtigt war. Effi trug ein blau und weiß gestreiftes, halb kittelar-
30 tiges Leinwandkleid, dem erst ein fest zusammengezogener, bronzefarbener Ledergürtel die Taille gab; der Hals war frei, und über Schulter und Nacken fiel ein breiter Matrosenkragen. In allem, was sie tat, paarte sich Übermut und Grazie, während ihre lachenden braunen
35 Augen eine große, natürliche Klugheit und viel Lebens-

---

[1] Docke: veraltet, mundartlich für Puppe, Mädchen; hier: aufgewickelter Faden, puppenähnliches Bündel
[2] Majolika: ital. für Mallorca; Majolikaschale: bunt bemalte und glasierte Tonschale

lust und Herzensgüte verrieten. Man nannte sie die „Kleine", was sie sich nur gefallen lassen musste, weil die schöne, schlanke Mama noch um eine Handbreit höher war.

Eben hatte sich Effi wieder erhoben, um abwechselnd nach links und rechts ihre turnerischen Drehungen zu machen, als die von ihrer Stickerei gerade wieder aufblickende Mama ihr zurief: „Effi, eigentlich hättest du doch wohl Kunstreiterin werden müssen. Immer am Trapez, immer Tochter der Luft. Ich glaube beinah, dass du so was möchtest." „Vielleicht, Mama. Aber wenn es so wäre, wer wäre schuld? Von wem hab ich es? Doch nur von dir. Oder meinst du von Papa? Da musst du nun selber lachen. Und dann, warum steckst du mich in diesen Hänger, in diesen Jungenskittel? Mitunter denk ich, ich komme noch wieder in kurze Kleider. Und wenn ich die erst wieder habe, dann knicks ich auch wieder wie ein Backfisch, und wenn dann die Rathenower[1] herüberkommen, setze ich mich auf Oberst Goetzes Schoß und reite hopp, hopp. Warum auch nicht? Drei Viertel ist er Onkel und nur ein Viertel Courmacher[2]. Du bist schuld. Warum kriege ich keine Staatskleider? Warum machst du keine Dame aus mir?"

„Möchtest du's?"

„Nein." Und dabei lief sie auf die Mama zu und umarmte sie stürmisch und küsste sie.

„Nicht so wild, Effi, nicht so leidenschaftlich. Ich beunruhige mich immer, wenn ich dich so sehe …" Und die Mama schien ernstlich willens, in Äußerung ihrer Sorgen und Ängste fortzufahren. Aber sie kam nicht weit damit, weil in eben diesem Augenblicke drei junge Mädchen aus der kleinen, in der Kirchhofsmauer angebrachten Eisentür in den Garten eintraten und einen Kiesweg ent-

---

[1] im preußischen Rathenow stationiertes Husarenregiment; Husaren: ungar., ursprünglich Straßenräuber, später: leichte Reiter in ungarischer Nationaltracht, die dann auch von anderen Armeen nachgeahmt wurde

[2] Cour: franz. für Hof, Hofhaltung; jemandem die Cour machen: jemandem den Hof machen

lang auf das Rondell und die Sonnenuhr zuschritten. Alle drei grüßten mit ihren Sonnenschirmen zu Effi herüber und eilten dann auf Frau von Briest zu, um dieser die Hand zu küssen. Diese tat rasch ein paar Fragen und lud
5 dann die Mädchen ein, ihnen oder doch wenigstens Effi auf eine halbe Stunde Gesellschaft zu leisten, „ich habe ohnehin noch zu tun, und junges Volk ist am liebsten unter sich. Gehabt euch wohl." Und dabei stieg sie die vom Garten in den Seitenflügel führende Steintreppe hinauf.
10 Und da war nun die Jugend wirklich allein.

Zwei der jungen Mädchen – kleine, rundliche Persönchen, zu deren krausem, rotblondem Haar ihre Sommersprossen und ihre gute Laune ganz vorzüglich passten – waren Töchter des auf Hansa[1], Skandinavien und Fritz
15 Reuter[2] eingeschworenen Kantors[3] Jahnke, der denn auch, unter Anlehnung an seinen mecklenburgischen Landsmann und Lieblingsdichter und nach dem Vorbilde von Mining und Lining[4], seinen eigenen Zwillingen die Namen Bertha und Hertha gegeben hatte. Die dritte
20 junge Dame war Hulda Niemeyer, Pastor Niemeyers einziges Kind; sie war damenhafter als die beiden anderen, dafür aber langweilig und eingebildet, eine lymphatische[5] Blondine, mit etwas vorspringenden, blöden[6] Augen, die trotzdem beständig nach was zu suchen
25 schienen, weshalb denn auch Klitzing von den Husaren gesagt hatte: „Sieht sie nicht aus, als erwarte sie jeden Augenblick den Engel Gabriel[7]?" Effi fand, dass der et-

---

[1] Hanse (zu althochdeutsch hansa: Kriegerschaft, Gefolge): mittelalterlicher Handelsbund norddeutscher Städte unter der Führung Lübecks
[2] Fritz Reuter (1810–74), Schriftsteller, mundartlicher Dichter (Mecklenburger Platt)
[3] Kantor: ursprünglich: Vorsänger, hier: Leiter des Kirchenchors
[4] Zwillingspaar aus Fritz Reuters Roman „Ut mine Stromtid" (1862–1864)
[5] lymphatisch: blass, schwammig
[6] „blöde" bedeutete ursprünglich: schüchtern, schwächlich; erst später: schwachsinnig, einfältig
[7] Der Erzengel Gabriel verkündete die Geburt Jesu (Luk. 1,26).

was kritische Klitzing nur zu sehr Recht habe, vermied es aber trotzdem, einen Unterschied zwischen den drei Freundinnen zu machen. Am wenigsten war ihr in diesem Augenblicke danach zu Sinn, und während sie die Arme auf den Tisch stemmte, sagte sie: „Diese langweilige Stickerei. Gott sei Dank, dass ihr da seid."

„Aber deine Mama haben wir vertrieben", sagte Hulda.

„Nicht doch. Wie sie euch schon sagte, sie wäre doch gegangen; sie erwartet nämlich Besuch, einen alten Freund aus ihren Mädchentagen her, von dem ich euch nachher erzählen muss, eine Liebesgeschichte mit Held und Heldin, und zuletzt mit Entsagung. Ihr werdet Augen machen und euch wundern. Übrigens habe ich Mamas alten Freund schon drüben in Schwantikow gesehen; er ist Landrat, gute Figur und sehr männlich."

„Das ist die Hauptsache" sagte Hertha.

„Freilich ist das die Hauptsache, ‚Weiber weiblich, Männer männlich' – das ist, wie ihr wisst, einer von Papas Lieblingssätzen. Und nun helft mir erst Ordnung schaffen auf dem Tisch hier, sonst gibt es wieder eine Strafpredigt." Im Nu waren die Docken in den Korb gepackt, und als alle wieder saßen, sagte Hulda: „Nun aber Effi, nun ist es Zeit, nun die Liebesgeschichte mit Entsagung. Oder ist es nicht so schlimm?"

„Eine Geschichte mit Entsagung ist nie schlimm. Aber ehe Hertha nicht von den Stachelbeeren genommen, eh kann ich nicht anfangen – sie lässt ja kein Auge davon. Übrigens nimm so viel du willst, wir können ja hinterher neue pflücken; nur wirf die Schalen weit weg oder noch besser, lege sie hier auf die Zeitungsbeilage, wir machen dann eine Tüte daraus und schaffen alles beiseite. Mama kann es nicht leiden, wenn die Schlusen[1] so überall umherliegen, und sagt immer, man könne dabei ausgleiten und ein Bein brechen."

„Glaub ich nicht", sagte Hertha, während sie den Stachelbeeren fleißig zusprach.

„Ich auch nicht", bestätigte Effi. „Denkt doch mal nach, ich falle jeden Tag wenigstens zwei-, dreimal, und noch

---

[1] Schluse: mundartlich für Schale, Hülle

ist mir nichts gebrochen. Was ein richtiges Bein ist, das bricht nicht so leicht, meines gewiss nicht und deines auch nicht, Hertha. Was meinst du, Hulda?"

„Man soll sein Schicksal nicht versuchen; Hochmut kommt vor dem Fall."

„Immer Gouvernante; du bist doch die geborne alte Jungfer."

„Und hoffe, mich doch noch zu verheiraten. Und vielleicht eher als du."

„Meinetwegen. Denkst du, dass ich darauf warte? Das fehlte noch. Übrigens, ich kriege schon einen, und vielleicht bald. Da ist mir nicht bange. Neulich erst hat mir der kleine Ventivegni von drüben gesagt: ‚Fräulein Effi, was gilt die Wette, wir sind hier noch in diesem Jahre zu Polterabend und Hochzeit.'"

„Und was sagtest du da?"

„‚Wohl möglich', sagt ich, ‚wohl möglich; Hulda ist die Älteste und kann sich jeden Tag verheiraten.' Aber er wollte davon nichts wissen und sagte: ‚Nein, bei einer anderen jungen Dame, die geradeso brünett ist, wie Fräulein Hulda blond ist.' Und dabei sah er mich ganz ernsthaft an ... Aber ich komme vom Hundertsten aufs Tausendste und vergesse die Geschichte."

„Ja, du brichst immer wieder ab; am Ende willst du nicht."

„Oh, ich will schon, aber freilich, ich breche immer wieder ab, weil es alles ein bisschen sonderbar ist, ja, beinah romantisch."

„Aber du sagtest doch, er sei Landrat."

„Allerdings Landrat. Und er heißt Geert von Innstetten, Baron von Innstetten."

Alle drei lachten.

„Warum lacht ihr?", sagte Effi pikiert. „Was soll das heißen?"

„Ach, Effi, wir wollen dich ja nicht beleidigen und auch den Baron nicht. Innstetten sagtest du? Und Geert? So heißt doch hier kein Mensch. Freilich, die adeligen Namen haben oft so was Komisches."

„Ja, meine Liebe, das haben sie. Dafür sind es eben Adelige. Die dürfen sich das gönnen, und je weiter zurück, ich meine der Zeit nach, desto mehr dürfen sie sich's gönnen. Aber davon versteht ihr nichts, was ihr mir nicht übelnehmen dürft. Wir bleiben doch gute Freunde. Geert von Innstetten also und Baron. Er ist geradeso alt wie Mama, auf den Tag."

„Und wie alt ist denn eigentlich deine Mama?"

„Achtunddreißig."

„Ein schönes Alter."

„Ist es auch, namentlich wenn man noch so aussieht wie die Mama. Sie ist doch eigentlich eine schöne Frau, findet ihr nicht auch? Und wie sie alles so weg hat, immer so sicher und dabei so fein und nie unpassend wie Papa. Wenn ich ein junger Leutnant wäre, so würd ich mich in die Mama verlieben."

„Aber Effi, wie kannst du nur so was sagen", sagte Hulda. „Das ist ja gegen das vierte Gebot."

„Unsinn. Wie kann das gegen das vierte Gebot sein? Ich glaube, Mama würde sich freuen, wenn sie wüsste, dass ich so was gesagt habe."

„Kann schon sein", unterbrach hierauf Hertha. „Aber nun endlich die Geschichte."

„Nun, gib dich zufrieden, ich fange schon an ... Also Baron Innstetten! Als er noch keine Zwanzig war, stand er drüben bei den Rathenowern und verkehrte viel auf den Gütern hier herum, und am liebsten war er in Schwantikow drüben bei meinem Großvater Belling. Natürlich war es nicht des Großvaters wegen, dass er so oft drüben war, und wenn die Mama davon erzählt, so kann jeder leicht sehen, um wen es eigentlich war. Und ich glaube, es war auch gegenseitig."

„Und wie kam es nachher?"

„Nun, es kam, wie's kommen musste, wie's immer kommt. Er war ja noch viel zu jung, und als mein Papa sich einfand, der schon Ritterschaftsrat[1] war und Hohen-Cremmen hatte, da war kein langes Besinnen mehr, und sie nahm ihn und wurde Frau von Briest ... Und das andere, was sonst noch kam, nun, das wisst ihr ... das andere bin ich."

---

[1] Ritterschaft: Vertretung der adligen Gutsbesitzer bei den preußischen Provinziallandtagen

„Ja, das andere bist du, Effi", sagte Bertha. „Gott sei
Dank; wir hätten dich nicht, wenn es anders gekommen
wäre. Und nun sage, was tat Innstetten, was wurde aus
ihm? Das Leben hat er sich nicht genommen, sonst
5 könntet ihr ihn heute nicht erwarten."

„Nein, das Leben hat er sich nicht genommen. Aber ein
bisschen war es doch so was."

„Hat er einen Versuch gemacht?"

„Auch das nicht. Aber er mochte doch nicht länger hier
10 in der Nähe bleiben, und das ganze Soldatenleben überhaupt muss ihm damals wie verleidet gewesen sein. Es
war ja auch Friedenszeit. Kurz und gut, er nahm den
Abschied und fing an, Juristerei zu studieren, wie Papa
sagt, mit einem ‚wahren Biereifer'; nur als der Siebziger
15 Krieg[1] kam, trat er wieder ein, aber bei den Perlebergern
statt bei seinem alten Regiment, und hat auch das
Kreuz[2]. Natürlich, denn er ist sehr schneidig. Und gleich
nach dem Kriege saß er wieder bei seinen Akten, und es
heißt, Bismarck[3] halte große Stücke von ihm und auch
20 der Kaiser[4], und so kam es denn, dass er Landrat wurde,
Landrat im Kessiner Kreise."

„Was ist Kessin? Ich kenne hier kein Kessin[5]."

„Nein, hier in unserer Gegend liegt es nicht; es liegt eine
hübsche Strecke von hier fort, in Pommern, in Hinter-
25 pommern sogar, was aber nichts sagen will, weil es ein
Badeort ist (alles da herum ist Badeort), und die Ferien-
reise, die Baron Innstetten jetzt macht, ist eigentlich eine
Vetternreise oder doch etwas Ähnliches. Er will hier alte
Freundschaft und Verwandtschaft wiedersehn."

30 „Hat er denn hier Verwandte?"

„Ja und nein, wie man's nehmen will. Innstettens gibt es
hier nicht, gibt es, glaub ich, überhaupt nicht mehr. Aber

[1] Deutsch-Französischer Krieg 1870–71
[2] Eisernes Kreuz, hoher preußischer Orden für Verdienste um das
Vaterland, später auch im Deutschen Reich
[3] Otto von Bismarck (1815–98), von 1871–90 deutscher Reichs-
kanzler
[4] Wilhelm I. (1797–1888), seit 1871 deutscher Kaiser
[5] fiktiver Ort, nach dem Vorbild des auf Usedom gelegenen Swi-
nemünde

er hat hier entfernte Vettern von der Mutter Seite her, und vor allem hat er wohl Schwantikow und das Belling'sche Haus wiedersehen wollen, an das ihn so viel Erinnerungen knüpfen. Da war er denn vorgestern drüben, und heute will er hier in Hohen-Cremmen sein." 5

„Und was sagt dein Vater dazu?"

„Gar nichts. Der ist nicht so. Und dann kennt er ja doch die Mama. Er neckt sie bloß."

In diesem Augenblick schlug es Mittag, und ehe es noch ausgeschlagen, erschien Wilke, das alte Briest'sche 10 Haus- und Familienfaktotum[1], um an Fräulein Effi zu bestellen:

„Die gnädige Frau ließe bitten, dass das gnädige Fräulein zu rechter Zeit auch Toilette mache[2]; gleich nach eins würde der Herr Baron wohl vorfahren." Und während 15 Wilke dies noch vermeldete, begann er auch schon, auf dem Arbeitstisch der Damen abzuräumen, und griff dabei zunächst nach dem Zeitungsblatt, auf dem die Stachelbeerschalen lagen.

„Nein, Wilke, nicht so; das mit den Schlusen, das ist un- 20 sere Sache … Hertha, du musst nun die Tüte machen und einen Stein hineintun, dass alles besser versinken kann. Und dann wollen wir in einem langen Trauerzug aufbrechen und die Tüte auf offener See begraben."

Wilke schmunzelte. „Is doch ein Daus[3], unser Fräulein", 25 so etwa gingen seine Gedanken; Effi aber, während sie die Tüte mitten auf die rasch zusammengeraffte Tischdecke legte, sagte: „Nun fassen wir alle vier an, jeder an einem Zipfel, und singen was Trauriges."

„Ja, das sagst du wohl, Effi. Aber was sollen wir denn 30 singen?"

„Irgendwas; es ist ganz gleich, es muss nur einen Reim auf ‚u' haben; ‚u' ist immer Trauervokal. Also singen wir:

---

[1] Faktotum: „Mädchen für alles"
[2] Toilette machen: sich ankleiden, frisieren, zurechtmachen
[3] Daus: zwei Augen im Würfelspiel, -Ass beim Kartenspiel; übertragen: Teufel, Teufelskerl

Flut, Flut,
Mach alles wieder gut …"

Und während Effi diese Litanei[1] feierlich anstimmte, setzten sich alle vier auf den Steg hin in Bewegung, stiegen in das dort angekettelte Boot und ließen von diesem aus die mit einem Kiesel beschwerte Tüte langsam in den Teich niedergleiten.

„Hertha, nun ist deine Schuld versenkt", sagte Effi, „wobei mir übrigens einfällt, so vom Boot aus sollen früher auch arme unglückliche Frauen versenkt worden sein, natürlich wegen Untreue."

„Aber doch nicht hier."

„Nein, nicht hier", lachte Effi, „hier kommt so was nicht vor. Aber in Konstantinopel, und du musst ja, wie mir eben einfällt, auch davon wissen, so gut wie ich, du bist ja mit dabei gewesen, als uns Kandidat[2] Holzapfel in der Geografiestunde davon erzählte."

„Ja", sagte Hulda, „der erzählte immer so was. Aber so was vergisst man doch wieder."

„Ich nicht. Ich behalte so was."

Zweites Kapitel

Sie sprachen noch eine Weile so weiter, wobei sie sich ihrer gemeinschaftlichen Schulstunden und einer ganzen Reihe Holzapfel'scher Unpassendheiten mit Empörung und Behagen erinnerten. Ja, man konnte sich nicht genugtun damit, bis Hulda mit einem Male sagte: „Nun aber ist es höchste Zeit, Effi; du siehst ja aus, ja, wie sag ich nur, du siehst ja aus, wie wenn du vom Kirschenpflücken kämst, alles zerknittert und zerknautscht; das Leinenzeug macht immer so viele Falten, und der große

---

1 Bittgebet im christlichen Gottesdienst
2 Student, der nach einer Vorprüfung bereits Unterricht erteilen darf

weiße Klappkragen ... ja, wahrhaftig, jetzt hab ich es, du siehst aus wie ein Schiffsjunge."

„Midshipman[1], wenn ich bitten darf. Etwas muss ich doch von meinem Adel haben. Übrigens Midshipman oder Schiffsjunge, Papa hat mir erst neulich wieder einen Mastbaum versprochen, hier dicht neben der Schaukel, mit Rahen[2] und einer Strickleiter. Wahrhaftig, das sollte mir gefallen, und den Wimpel oben selbst anzumachen, das ließ' ich mir nicht nehmen. Und du, Hulda, du kämst dann von der anderen Seite her herauf, und oben in der Luft wollten wir Hurra rufen und uns einen Kuss geben. Alle Wetter, das sollte schmecken."

„,Alle Wetter ...' wie das nun wieder klingt ... Du sprichst wirklich wie ein Midshipman. Ich werde mich aber hüten, dir nachzuklettern, ich bin nicht so waghalsig. Jahnke hat ganz Recht, wenn er immer sagt, du hättest zu viel von dem Belling'schen in dir, von deiner Mama her. Ich bin bloß ein Pastorskind."

„Ach, geh mir. Stille Wasser sind tief. Weißt du noch, wie du damals, als Vetter Briest als Kadett[3] hier war, aber doch schon groß genug, wie du damals auf dem Scheunendach entlangrutschtest. Und warum? Nun, ich will es nicht verraten. Aber kommt, wir wollen uns schaukeln, auf jeder Seite zwei; reißen wird es ja wohl nicht, oder wenn ihr nicht Lust habt, denn ihr macht wieder lange Gesichter, dann wollen wir Anschlag spielen. Eine Viertelstunde hab ich noch. Ich mag noch nicht hineingehen, und alles bloß, um einem Landrat guten Tag zu sagen, noch dazu einem Landrat aus Hinterpommern. Ältlich ist er auch, er könnte ja beinah mein Vater sein, und wenn er wirklich in einer Seestadt wohnt, Kessin soll ja so was sein, nun, da muss ich ihm in diesem Matrosenkostüm eigentlich am besten gefallen und muss ihm beinah wie eine große Aufmerksamkeit vorkommen. Fürsten, wenn sie wen empfangen, so viel weiß ich

---

[1] engl., in der brit. Marine unterster Rang eines Seeoffiziers, in der amerik. Marine Seeoffiziersanwärter
[2] Rah: waagerecht, quer übers Schiff angebrachte Segelstange
[3] Zögling eines Internats für Offiziersanwärter

von meinem Papa her, legen auch immer die Uniform
aus der Gegend des anderen an. Also nur nicht ängstlich
… rasch, rasch, ich fliege aus und neben der Bank hier
ist frei."

5 Hulda wollte noch ein paar Einschränkungen machen,
aber Effi war schon den nächsten Kiesweg hinauf, links
hin, rechts hin, bis sie mit einem Male verschwunden
war. „Effi, das gilt nicht; wo bist du? Wir spielen nicht
Versteck, wir spielen Anschlag", unter diesen und ähnli-
10 chen Vorwürfen eilten die Freundinnen ihr nach, weit
über das Rondell und die beiden seitwärts stehenden
Platanen hinaus, bis die Verschwundene mit einem Male
aus ihrem Verstecke hervorbrach und mühelos, weil sie
schon im Rücken ihrer Verfolger war, mit „eins, zwei,
15 drei" den Freiplatz neben der Bank erreichte.

„Wo warst du?"

„Hinter den Rhabarberstauden; die haben so große Blätter, noch größer als ein Feigenblatt …"

„Pfui …"

20 „Nein, pfui für euch, weil ihr verspielt habt. Hulda, mit
ihren großen Augen, sah wieder nichts, immer unge-
schickt." Und dabei flog Effi von neuem über das Rondell hin, auf den Teich zu, vielleicht weil sie vorhatte,
sich erst hinter einer dort aufwachsenden dichten Hasel-
25 nusshecke zu verstecken, um dann, von dieser aus, mit
einem weiten Umweg um Kirchhof und Fronthaus, wieder bis an den Seitenflügel und seinen Freiplatz zu kommen. Alles war gut berechnet; aber freilich, ehe sie noch
halb um den Teich herum war, hörte sie schon vom
30 Hause her ihren Namen rufen und sah, während sie sich
umwandte, die Mama, die, von der Steintreppe her, mit
ihrem Taschentuche winkte. Noch einen Augenblick,
und Effi stand vor ihr.

„Nun bist du doch noch in deinem Kittel, und der Be-
35 such ist da. Nie hältst du Zeit."

„Ich halte schon Zeit, aber der Besuch hat nicht Zeit gehalten. Es ist noch nicht eins; noch lange nicht", und sich
nach den Zwillingen hin umwendend (Hulda war noch
weiter zurück) rief sie diesen zu: „Spielt nur weiter; ich
40 bin gleich wieder da."

Schon im nächsten Augenblicke trat Effi mit der Mama in den großen Gartensaal, der fast den ganzen Raum des Seitenflügels füllte.

„Mama, du darfst mich nicht schelten. Es ist wirklich erst halb. Warum kommt er so früh? Kavaliere kommen nicht zu spät, aber noch weniger zu früh." 5

Frau von Briest war in sichtlicher Verlegenheit; Effi aber schmiegte sich liebkosend an sie und sagte: „Verzeih, ich will mich nun eilen; du weißt, ich kann auch rasch sein, und in fünf Minuten ist Aschenpuddel in eine Prinzes- 10 sin verwandelt. So lange kann er warten oder mit dem Papa plaudern."

Und der Mama zunickend, wollte sie leichten Fußes eine kleine eiserne Stiege hinauf, die aus dem Saal in den Oberstock hinaufführte. Frau von Briest aber, die unter 15 Umständen auch unkonventionell sein konnte, hielt plötzlich die schon forteilende Effi zurück, warf einen Blick auf das jugendlich reizende Geschöpf, das, noch erhitzt von der Aufregung des Spiels, wie ein Bild frischesten Lebens vor ihr stand, und sagte beinahe ver- 20 traulich: „Es ist am Ende das Beste, du bleibst, wie du bist. Ja, bleibe so. Du siehst gerade sehr gut aus. Und wenn es auch nicht wäre, du siehst so unvorbereitet aus, so gar nicht zurechtgemacht, und darauf kommt es in diesem Augenblicke an. Ich muss dir nämlich sagen, 25 meine süße Effi ..." und sie nahm ihres Kindes beide Hände ... „ich muss dir nämlich sagen ..."

„Aber Mama, was hast du nur? Mir wird ja ganz angst und bange."

„... Ich muss dir nämlich sagen, Effi, dass Baron Innstet- 30 ten eben um deine Hand angehalten hat."

„Um meine Hand angehalten? Und im Ernst?"

„Es ist keine Sache, um einen Scherz daraus zu machen. Du hast ihn vorgestern gesehen, und ich glaube, er hat dir auch gut gefallen. Er ist freilich älter als du, was alles 35 in allem ein Glück ist, dazu ein Mann von Charakter, von Stellung und guten Sitten, und wenn du nicht nein sagst, was ich mir von meiner klugen Effi kaum denken kann, so stehst du mit zwanzig Jahren da, wo andere mit vierzig stehen. Du wirst deine Mama weit überholen." 40

Effi schwieg und suchte nach einer Antwort. Aber ehe
sie diese finden konnte, hörte sie schon des Vaters Stimme von dem angrenzenden, noch im Fronthause gelegenen Hinterzimmer her, und gleich danach überschritt
5 Ritterschaftsrat von Briest, ein wohlkonservierter Fünf-
ziger von ausgesprochener Bonhomie[1], die Gartensalon-
schwelle – mit ihm Baron Innstetten, schlank, brünett
und von militärischer Haltung.

Effi, als sie seiner ansichtig wurde, kam in ein nervöses
10 Zittern; aber nicht auf lange, denn im selben Augenblik-
ke fast, wo sich Innstetten unter freundlicher Vernei-
gung ihr näherte, wurden an dem mittleren der weit
offen stehenden und von wildem Wein halb überwachsenen Fenster die rotblonden Köpfe der Zwillinge sicht-
15 bar, und Hertha, die Ausgelassenste, rief in den Saal hinein: „Effi, komm."

Dann duckte sie sich, und beide Schwestern sprangen
von der Banklehne, darauf sie gestanden, wieder in den
Garten hinab, und man hörte nur noch ihr leises Kichern
20 und Lachen.

Drittes Kapitel

Noch an demselben Tage hatte sich Baron Innstetten mit
Effi Briest verlobt. Der joviale[2] Brautvater, der sich nicht
leicht in seiner Feierlichkeitsrolle zurechtfand, hatte bei
25 dem Verlobungsmahl, das folgte, das junge Paar leben
lassen, was auf Frau von Briest, die dabei der nun um
kaum achtzehn Jahre zurückliegenden Zeit gedenken
mochte, nicht ohne herzbeweglichen Eindruck geblieben
war. Aber nicht auf lange; sie hatte es nicht sein können,
30 nun war es statt ihrer die Tochter – alles in allem ebenso
gut oder vielleicht noch besser. Denn mit Briest ließ sich
leben, trotzdem er ein wenig prosaisch[3] war und dann
und wann einen kleinen frivolen Zug hatte. Gegen Ende

---

1 (franz.) Gutmütigkeit, Einfalt, Biederkeit
2 jovial: betont wohlwollend, leutselig heiter
3 wörtlich: in Prosa; übertragen: sachlich, nüchtern, fantasielos

der Tafel, das Eis wurde schon herumgereicht, nahm der alte Ritterschaftsrat noch einmal das Wort, um in einer zweiten Ansprache das allgemeine Familien-Du zu proponieren[1]. Er umarmte dabei Innstetten und gab ihm einen Kuss auf die linke Backe.

Hiermit war aber die Sache für ihn noch nicht abgeschlossen, vielmehr fuhr er fort, außer dem „Du" zugleich intimere Namen und Titel für den Hausverkehr zu empfehlen, eine Art Gemütlichkeitsrangliste aufzustellen, natürlich unter Wahrung berechtigter, weil wohlerworbener Eigentümlichkeiten. Für seine Frau, so hieß es, würde der Fortbestand von „Mama" (denn es gäbe auch junge Mamas) wohl das Beste sein, während er für seine Person, unter Verzicht auf den Ehrentitel „Papa", das einfache Briest entschieden bevorzugen müsse, schon weil es so hübsch kurz sei. Und was nun die Kinder angehe – bei welchem Wort er sich, Aug in Auge mit dem nur etwa um ein Dutzend Jahre jüngeren Innstetten, einen Ruck geben musste – nun, so sei Effi eben Effi und Geert Geert. Geert, wenn er nicht irre, habe die Bedeutung von einem schlank aufgeschossenen Stamm, und Effi sei dann also der Efeu, der sich darum zu ranken habe. Das Brautpaar sah sich bei diesen Worten etwas verlegen an, Effi zugleich mit einem Ausdruck kindlicher Heiterkeit, Frau von Briest aber sagte: „Briest, sprich, was du willst, und formuliere deine Toaste nach Gefallen, nur poetische Bilder, wenn ich dich bitten darf, lass beiseite, das liegt jenseits deiner Sphäre." Zurechtweisende Worte, die bei Briest mehr Zustimmung als Ablehnung gefunden hatten. „Es ist möglich, dass du Recht hast, Luise."

Gleich nach Aufhebung der Tafel beurlaubte sich Effi, um einen Besuch drüben bei Pastors zu machen. Unterwegs sagte sie sich: „Ich glaube, Hulda wird sich ärgern. Nun bin ich ihr doch zuvorgekommen – sie war immer zu eitel und eingebildet." Aber Effi traf es mit ihrer Erwartung nicht ganz; Hulda, durchaus Haltung bewahrend, benahm sich sehr gut und überließ die Bezeugung

---

[1] vorschlagen, beantragen

von Unmut und Ärger ihrer Mutter, der Frau Pastorin, die denn auch sehr sonderbare Bemerkungen machte. „Ja, ja, so geht es. Natürlich. Wenn's die Mutter nicht sein konnte, muss es die Tochter sein. Das kennt man.
5 Alte Familien halten immer zusammen, und wo was is, kommt was dazu." Der alte Niemeyer kam in arge Verlegenheit über diese fortgesetzten spitzen Redensarten ohne Bildung und Anstand und beklagte mal wieder, eine Wirtschafterin geheiratet zu haben.
10 Von Pastors ging Effi natürlich auch zu Kantor Jahnkes; die Zwillinge hatten schon nach ihr ausgeschaut und empfingen sie im Vorgarten.

„Nun, Effi", sagte Hertha, während alle drei zwischen den rechts und links blühenden Studentenblumen[1] auf
15 und ab schritten, „nun, Effi, wie ist dir eigentlich."

„Wie mir ist? Oh, ganz gut. Wir nennen uns auch schon du und bei Vornamen. Er heißt nämlich Geert, was ich euch, wie mir einfällt, auch schon gesagt habe?"

„Ja, das hast du. Mir ist aber doch so bange dabei. Ist es
20 denn auch der Richtige?"

„Gewiss ist es der Richtige. Das verstehst du nicht, Hertha. Jeder ist der Richtige. Natürlich muss er von Adel sein und eine Stellung haben und gut aussehen."

„Gott, Effi, wie du nur sprichst. Sonst sprachst du doch
25 ganz anders."

„Ja, sonst."

„Und bist auch schon ganz glücklich?"

„Wenn man zwei Stunden verlobt ist, ist man immer ganz glücklich. Wenigstens denk ich es mir so."
30 „Und ist es dir denn gar nicht, ja, wie sag ich nur, ein bisschen genant?"

„Ja, ein bisschen genant[2] ist es mir, aber doch nicht sehr. Und ich denke, ich werde darüber wegkommen."

Nach diesem im Pfarr- und Kantorhause gemachten Be-
35 suche, der keine halbe Stunde gedauert hatte, war Effi

---

[1] Die Studentenblume (Tagetes, auch Hoffahrtsblume, Samtblume, Sammetblume, Stinkende Hoffart genannt) zählt zur Gattung der Korbblütler.
[2] peinlich, unangenehm, lästig

wieder nach drüben zurückgekehrt, wo man auf der
Gartenveranda eben den Kaffee nehmen wollte. Schwie-
gervater und Schwiegersohn gingen auf dem Kieswege
zwischen den zwei Platanen auf und ab. Briest sprach
von dem Schwierigen einer landrätlichen Stellung; sie
sei ihm verschiedentlich angetragen worden, aber er habe jedesmal gedankt. „So nach meinem eigenen Willen
schalten und walten zu können ist mir immer das Liebste gewesen, jedenfalls lieber – Pardon, Innstetten – als
so die Blicke beständig nach oben richten zu müssen.
Man hat dann bloß immer Sinn und Merk für hohe und
höchste Vorgesetzte. Das ist nichts für mich. Hier leb ich
so frei weg und freue mich über jedes grüne Blatt und
über den wilden Wein, der da drüben in die Fenster
wächst."
Er sprach noch mehr dergleichen, allerhand Antibeamt-
liches, und entschuldigte sich von Zeit zu Zeit mit einem kurzen, verschiedentlich wiederkehrenden „Pardon, Innstetten". Dieser nickte mechanisch zustimmend,
war aber eigentlich wenig bei der Sache, sah vielmehr,
wie gebannt, immer aufs Neue nach dem drüben am
Fenster rankenden wilden Wein hinüber, von dem Briest
eben gesprochen, und während er dem nachhing, war es
ihm, als säh er wieder die rotblonden Mädchenköpfe
zwischen den Weinranken und höre dabei den übermütigen Zuruf: „Effi, komm."
Er glaubte nicht an Zeichen und Ähnliches, im Gegenteil, wies alles Abergläubische weit zurück. Aber er
konnte trotzdem von den zwei Worten nicht los, und
während Briest immer weiter perorierte[1], war es ihm beständig, als wäre der kleine Hergang doch mehr als ein
bloßer Zufall gewesen.

Innstetten, der nur einen kurzen Urlaub genommen, war
schon am folgenden Tage wieder abgereist, nachdem er
versprochen hatte, jeden Tag schreiben zu wollen. „Ja,
das musst du", hatte Effi gesagt, ein Wort, das ihr von
Herzen kam, da sie seit Jahren nichts Schöneres kannte

---

[1] perorieren (veraltet): laut und mit Nachdruck reden

als beispielsweise den Empfang vieler Geburtstagsbrie-
fe. Jeder musste ihr zu diesem Tage schreiben. In den
Brief eingestreute Wendungen, etwa wie „Gertrud und
Klara senden dir mit mir ihre herzlichsten Glückwün-
5 sche", waren verpönt; Gertrud und Klara, wenn sie
Freundinnen sein wollten, hatten dafür zu sorgen, dass
ein Brief mit selbstständiger Marke daläge, womöglich
– denn ihr Geburtstag fiel noch in die Reisezeit – mit einer fremden, aus der Schweiz oder Karlsbad.

10 Innstetten, wie versprochen, schrieb wirklich jeden Tag;
was aber den Empfang seiner Briefe ganz besonders angenehm machte, war der Umstand, dass er allwöchentlich nur einmal einen ganz kleinen Antwortbrief erwartete. Den erhielt er denn auch, voll reizend nichtigen
15 und ihn jedes Mal entzückenden Inhalts. Was es von
ernsteren Dingen zu besprechen gab, das verhandelte
Frau von Briest mit ihrem Schwiegersohne: Festsetzun-
gen wegen der Hochzeit, Ausstattungs- und Wirtschafts-
Einrichtungsfragen. Innstetten, schon an die drei Jahre
20 im Amt, war in seinem Kessiner Hause nicht glänzend,
aber doch sehr standesgemäß eingerichtet, und es empfahl sich, in der Korrespondenz mit ihm ein Bild von allem, was da war, zu gewinnen, um nichts Unnützes an-
zuschaffen. Schließlich, als Frau von Briest über all diese
25 Dinge genugsam unterrichtet war, wurde seitens Mutter
und Tochter eine Reise nach Berlin beschlossen, um, wie
Briest sich ausdrückte, den „trousseau[1]" für Prinzessin
Effi zusammenzukaufen. Effi freute sich sehr auf den
Aufenthalt in Berlin, umso mehr, als der Vater darein ge-
30 willigt hatte, im Hotel du Nord[2] Wohnung zu nehmen.
„Was es koste, könne ja von der Ausstattung abgezogen
werden; Innstetten habe ohnehin alles." Effi – ganz im
Gegensatze zu der solche „Mesquinerien[3]" ein für allemal sich verbittenden Mama – hatte dem Vater, ohne je-
35 de Sorge darum, ob er's scherz- oder ernsthaft gemeint
hatte, freudig zugestimmt und beschäftigte sich in ihren

---

[1] vornehme Brautausstattung, -Aussteuer
[2] vornehmes Berliner Hotel
[3] Mesquinerie (veraltet): Knauserei

Gedanken viel, viel mehr mit dem Eindruck, den sie beide, Mutter und Tochter, bei ihrem Erscheinen an der
Table d'hôte[1] machen würden, als mit Spinn und Menk-
ke[2], Goschenhofer[3] und ähnlichen Firmen, die vorläufig
notiert worden waren. Und diesen ihren heiteren Fantasien entsprach denn auch ihre Haltung, als die große
Berliner Woche nun wirklich da war.
Vetter Briest vom Alexander-Regiment, ein ungemein
ausgelassener, junger Leutnant, der die „Fliegenden
Blätter[4]" hielt und über die besten Witze Buch führte,
stellte sich den Damen für jede dienstfreie Stunde zur
Verfügung, und so saßen sie denn mit ihm bei Kranzler[5]
am Eckfenster oder zu statthafter Zeit auch wohl im Café Bauer[6] und fuhren nachmittags in den Zoologischen
Garten, um da die Giraffen zu sehen, von denen Vetter
Briest, der übrigens Dagobert hieß, mit Vorliebe behauptete: „sie sähen aus wie adlige alte Jungfern." Jeder Tag
verlief programmmäßig, und am dritten oder vierten
Tage gingen sie, wie vorgeschrieben, in die Nationalgalerie, weil Vetter Dagobert seiner Cousine die „Insel der
Seligen[7]" zeigen wollte. „Fräulein Cousine stehe zwar
auf dem Punkte, sich zu verheiraten, es sei aber doch
vielleicht gut, die ‚Insel der Seligen' schon vorher kennengelernt zu haben." Die Tante gab ihm einen Schlag
mit dem Fächer, begleitete diesen Schlag aber mit einem
so gnädigen Blick, dass er keine Veranlassung hatte, den
Ton zu ändern.
Es waren himmlische Tage für alle drei, nicht zum Wenigsten für den Vetter, der so wundervoll zu chapero-

---

[1] Speisetafel im Hotel
[2] Berliner Möbelgeschäft
[3] vornehmes Berliner Ausstattungsgeschäft
     (Goschenhofer&Roesicke)
[4] „Fliegende Blätter": satirische Wochenillustrierte, für die bekannte
     Schriftsteller und Zeichner (Menzel, Busch) tätig waren
[5] hochangesehenes Berliner Restaurant, Konditorei
[6] lag gegenüber vom Kranzler; abends auch Treffpunkt der Berliner
     Halbwelt
[7] „Die Gefilde der Seligen" (1878), Gemälde von Arnold Böcklin
     (1827 – 1901), auf dem nackte Nymphen dargestellt sind

nieren¹ und kleine Differenzen immer rasch auszugleichen verstand. An solchen Meinungsverschiedenheiten
zwischen Mutter und Tochter war nun, wie das so
geht, all die Zeit über kein Mangel, aber sie traten
glücklicherweise nie bei den zu machenden Einkäufen
hervor. Ob man von einer Sache sechs oder drei Dutzend erstand, Effi war mit allem gleichmäßig einverstanden, und wenn dann auf dem Heimwege von dem
Preise der eben eingekauften Gegenstände gesprochen
wurde, so verwechselte sie regelmäßig die Zahlen.
Frau von Briest, sonst so kritisch, auch ihrem eigenen
geliebten Kinde gegenüber, nahm dies anscheinend
mangelnde Interesse nicht nur von der leichten Seite,
sondern erkannte sogar einen Vorzug darin. „Alle diese Dinge", so sagte sie sich, „bedeuten Effi nicht viel.
Effi ist anspruchslos; sie lebt in ihren Vorstellungen
und Träumen, und wenn die Prinzessin Friedrich Karl²
vorüberfährt und sie von ihrem Wagen aus freundlich
grüßt, so gilt ihr das mehr als eine ganze Truhe voll
Weißzeug."
Das alles war auch richtig, aber doch nur halb. An dem
Besitze mehr oder weniger alltäglicher Dinge lag Effi
nicht viel, aber wenn sie mit der Mama die Linden³ hi-
nauf- und hinunterging und nach Musterung der
schönsten Schaufenster in den Demuth'schen Laden⁴
eintrat, um für die gleich nach der Hochzeit geplante
italienische Reise allerlei Einkäufe zu machen, so zeigte
sich ihr wahrer Charakter.
Nur das Eleganteste gefiel ihr, und wenn sie das Beste
nicht haben konnte, so verzichtete sie auf das Zweitbes-
te, weil ihr dies Zweite nun nichts mehr bedeutete. Ja,
sie konnte verzichten, darin hatte die Mama Recht, und
in diesem Verzichtenkönnen lag etwas von Anspruchs-

---

¹ eine junge Dame (zu ihrem Schutz) begleiten
² Maria Anna von Anhalt (1837–1906), Gattin des Hohenzollern-
  Prinzen Friedrich Karl (1828–85)
³ „Unter den Linden", damalige Berliner Prachtstraße
⁴ vornehmes Geschäft für Reiseartikel und Lederwaren (Inhaber:
  M. und F. Demuth)

losigkeit; wenn es aber ausnahmsweise mal wirklich etwas zu besitzen galt, so musste dies immer was ganz Apartes sein. Und darin war sie anspruchsvoll.

Viertes Kapitel

Vetter Dagobert war am Bahnhof, als die Damen ihre Rückreise nach Hohen-Cremmen antraten. Es waren glückliche Tage gewesen, vor allem auch darin, dass man nicht unter unbequemer und beinahe unstandesgemäßer Verwandtschaft gelitten hatte. „Für Tante Therese", so hatte Effi gleich nach der Ankunft gesagt, „müssen wir diesmal inkognito bleiben. Es geht nicht, dass sie hier ins Hotel kommt. Entweder Hotel du Nord oder Tante Therese; beides zusammen passt nicht." Die Mama hatte sich schließlich einverstanden damit erklärt, ja dem Lieblinge zur Besiegelung des Einverständnisses einen Kuss auf die Stirn gegeben.
Mit Vetter Dagobert war das natürlich etwas ganz anderes gewesen, der hatte nicht bloß den Gardepli[1], der hatte vor allem auch mithilfe jener eigentümlich guten Laune, wie sie bei den Alexander-Offizieren beinahe traditionell geworden, sowohl Mutter wie Tochter von Anfang an anzuregen und aufzuheitern gewusst, und diese gute Stimmung dauerte bis zuletzt. „Dagobert", so hieß es noch beim Abschied, „du kommst also zu meinem Polterabend, und natürlich mit Cortege[2]. Denn nach den Aufführungen (aber kommt mir nicht mit Dienstmann oder Mausefallenhändler) ist Ball. Und du musst bedenken, mein erster großer Ball ist vielleicht auch mein letzter. Unter sechs Kameraden – natürlich beste Tänzer – wird gar nicht angenommen. Und mit dem Frühzug könnt ihr wieder zurück." Der Vetter versprach alles, und so trennte man sich.

---

[1] Haltung und Auftreten eines Gardeoffiziers; Garde: Leibwache, Elitetruppen, oft auch zu zeremoniellen Zwecken
[2] Gefolge, Ehrengeleit

Gegen Mittag trafen beide Damen an ihrer havelländischen Bahnstation ein, mitten im Luch[1], und fuhren in einer halben Stunde nach Hohen-Cremmen hinüber. Briest war sehr froh, Frau und Tochter wieder zu Hause
5 zu haben, und stellte Fragen über Fragen, deren Beantwortung er meist nicht abwartete. Stattdessen erging er sich in Mitteilung dessen, was er inzwischen erlebt. „Ihr habt mir da vorhin von der Nationalgalerie gesprochen und von der ‚Insel der Seligen' – nun, wir haben hier,
10 während ihr fort wart, auch so was gehabt: unser Inspektor Pink und die Gärtnersfrau. Natürlich habe ich Pink entlassen müssen, übrigens ungern. Es ist sehr fatal, dass solche Geschichten fast immer in die Erntezeit fallen. Und Pink war sonst ein ungewöhnlich tüchtiger
15 Mann, hier leider am unrechten Fleck. Aber lassen wir das; Wilke wird schon unruhig."
Bei Tische hörte Briest besser zu; das gute Einvernehmen mit dem Vetter, von dem ihm viel erzählt wurde, hatte seinen Beifall, weniger das Verhalten gegen Tante
20 Therese. Man sah aber deutlich, dass er inmitten seiner Missbilligung sich eigentlich darüber freute; denn ein kleiner Schabernack entsprach ganz seinem Geschmack, und Tante Therese war wirklich eine lächerliche Figur. Er hob sein Glas und stieß mit Frau und Tochter an.
25 Auch als nach Tisch einzelne der hübschesten Einkäufe vor ihm ausgepackt und seiner Beurteilung unterbreitet wurden, verriet er viel Interesse, das selbst noch anhielt oder wenigstens nicht ganz hinstarb, als er die Rechnung überflog. „Etwas teuer, oder sagen wir lieber sehr
30 teuer; indessen, es tut nichts. Es hat alles so viel Chic, ich möchte sagen so viel Animierendes, dass ich deutlich fühle, wenn du mir solchen Koffer und solche Reisedecke zu Weihnachten schenkst, so sind wir zu Ostern auch in Rom und machen nach achtzehn Jahren unsere
35 Hochzeitsreise. Was meinst du, Luise? Wollen wir nachexerzieren? Spät kommt ihr, doch ihr kommt[2]."

---

[1] Sumpf, Wiesenflächen auf Flachmoorboden
[2] Zitat (Illo zu Isolani) aus Schillers „Wallenstein" (1798–99/1800), 2. Teil der Tragödie „Die Piccolomini" I, 1

Frau von Briest machte eine Handbewegung, wie wenn sie sagen wollte: „unverbesserlich", und überließ ihn im Übrigen seiner eigenen Beschämung, die aber nicht groß war.

Ende August war da, der Hochzeitstag (3. Oktober) rückte näher; und sowohl im Herrenhause wie in der Pfarre und Schule war man unausgesetzt bei den Vorbereitungen zum Polterabend. Jahnke, getreu seiner Fritz-Reuter-Passion, hatte sich's als etwas besonders „Sinniges" ausgedacht, Bertha und Hertha als Lining und Mining auftreten zu lassen, natürlich plattdeutsch, während Hulda das Käthchen von Heilbronn[1] in der Holunderbaumszene darstellen sollte, Leutnant Engelbrecht von den Husaren als Wetter vom Strahl. Niemeyer, der sich den Vater der Idee nennen durfte, hatte keinen Augenblick gesäumt, auch die verschämte Nutzanwendung auf Innstetten und Effi hinzuzudichten. Er selbst war mit seiner Arbeit zufrieden und hörte, gleich nach der Leseprobe, von allen Beteiligten viel Freundliches darüber, freilich mit Ausnahme seines Patronatsherrn[2] und alten Freundes Briest, der, als er die Mischung von Kleist und Niemeyer mit angehört hatte, lebhaft protestierte, wenn auch keineswegs aus literarischen Gründen. „„Hoher Herr[3]' und immer wieder ‚Hoher Herr' – was soll das? Das leitet in die Irre, das verschiebt alles. Innstetten, unbestritten, ist ein famoses Menschenexemplar, Mann von Charakter und Schneid, aber die Briests – verzeih den Berolinismus[4], Luise – die Briests sind schließlich auch nicht von schlechten Eltern. Wir sind doch nun mal eine historische Familie, lass mich hinzufügen Gott sei Dank, und die Innstettens sind es n i c h t;

---

[1] Drama (1807–08) von Heinrich von Kleist (1777–1811). In der Holunderbaumszene (IV,2) gesteht Käthchen dem Grafen Wetter vom Strahl im Traum ihre Liebe.

[2] Patron, Schutzherr, Kirchenstifter mit dem Recht, den Pfarrer vorzuschlagen oder zu ernennen

[3] In Kleists „Käthchen von Heilbronn" redet Käthchen so den Grafen an.

[4] Berliner Umgangssprache

die Innstettens sind bloß alt, meinetwegen Uradel, aber was heißt Uradel? Ich will nicht, dass eine Briest oder doch mindestens eine Polterabendfigur, in der jeder das Widerspiel unserer Effi erkennen muss – ich will nicht,
5 dass eine Briest mittelbar oder unmittelbar in einem fort von ‚Hoher Herr' spricht. Da müsste denn doch Innstetten wenigstens ein verkappter Hohenzoller sein, es gibt ja dergleichen. Das ist er aber nicht, und so kann ich nur wiederholen, es verschiebt die Situation."
10 Und wirklich, Briest hielt mit besonderer Zähigkeit eine ganze Zeit lang an dieser Anschauung fest. Erst nach der zweiten Probe, wo das „Käthchen", schon halb im Kostüm, ein sehr eng anliegendes Sammetmieder trug, ließ er sich – der es auch sonst nicht an Huldigungen ge-
15 gen Hulda fehlen ließ – zu der Bemerkung hinreißen, „das Käthchen liege sehr gut da", welche Wendung einer Waffenstreckung ziemlich gleichkam oder doch zu solcher hinüberleitete.
Dass alle diese Dinge vor Effi geheim gehalten wurden,
20 braucht nicht erst gesagt zu werden. Bei mehr Neugier auf Seiten dieser Letzteren wäre das nun freilich ganz unmöglich gewesen, aber Effi hatte so wenig Verlangen, in die Vorbereitungen und geplanten Überraschungen einzudringen, dass sie der Mama mit allem Nachdruck
25 erklärte, „sie könne es abwarten", und wenn diese dann zweifelte, so schloss Effi mit der wiederholten Versicherung: Es wäre wirklich so; die Mama könne es glauben. Und warum auch nicht? Es sei ja doch alles nur Theateraufführung und hübscher und poetischer als
30 „Aschenbrödel[1]", das sie noch am letzten Abend in Berlin gesehen hätte, hübscher und poetischer könne es ja doch nicht sein. Da hätte sie wirklich selber mitspielen mögen, wenn auch nur, um dem lächerlichen Pensionslehrer einen Kreidestrich auf den Rücken zu machen.
35 „Und wie reizend im letzten Akt ‚Aschenbrödel's Erwachen als Prinzessin' oder doch wenigstens als Gräfin; wirklich, es war ganz wie ein Märchen." In dieser Weise sprach sie oft, war meist ausgelassener als vordem und

---

[1] Lustspiel von Roderich Benedix (1811–73)

ärgerte sich bloß über das beständige Tuscheln und Geheimtun der Freundinnen. „Ich wollte, sie hätten sich weniger wichtig und wären mehr für mich da. Nachher bleiben sie doch bloß stecken, und ich muss mich um sie ängstigen und mich schämen, dass es meine Freundinnen sind." 5

So gingen Effis Spottreden, und es war ganz unverkennbar, dass sie sich um Polterabend und Hochzeit nicht allzu sehr kümmerte. Frau von Briest hatte so ihre Gedanken darüber, aber zu Sorgen kam es nicht, weil sich 10 Effi, was doch ein gutes Zeichen war, ziemlich viel mit ihrer Zukunft beschäftigte und sich, fantasiereich wie sie war, viertelstundenlang in Schilderungen ihres Kessiner Lebens erging, Schilderungen, in denen sich nebenher und sehr zur Erheiterung der Mama eine merkwürdige 15 Vorstellung von Hinterpommern aussprach oder vielleicht auch, mit kluger Berechnung, aussprechen sollte. Sie gefiel sich nämlich darin, Kessin als einen halb sibirischen Ort aufzufassen, wo Eis und Schnee nie recht aufhörten. 20

„Heute hat Goschenhofer das Letzte geschickt", sagte Frau von Briest, als sie wie gewöhnlich in Front des Seitenflügels mit Effi am Arbeitstische saß, auf dem die Leinen- und Wäschevorräte beständig wuchsen, während der Zeitungen, die bloß Platz wegnahmen, immer weni- 25 ger wurden. „Ich hoffe, du hast nun alles, Effi. Wenn du aber noch kleine Wünsche hegst, so musst du sie jetzt aussprechen, womöglich in dieser Stunde noch. Papa hat den Raps vorteilhaft verkauft und ist ungewöhnlich guter Laune." 30

„Ungewöhnlich? Er ist immer in guter Laune."

„In ungewöhnlich guter Laune", wiederholte die Mama. „Und die muss benutzt werden. Sprich also. Mehrmals, als wir noch in Berlin waren, war es mir, als ob du doch nach dem einen oder anderen noch ein ganz besonderes 35 Verlangen gehabt hättest."

„Ja, liebe Mama, was soll ich da sagen. Eigentlich habe ich ja alles, was man braucht, ich meine, was man hier braucht. Aber da mir's nun mal bestimmt ist, so hoch nördlich zu kommen ... ich bemerke, dass ich nichts da- 40 gegen habe, im Gegenteil, ich freue mich darauf, auf die Nordlichter und auf den helleren Glanz der Sterne … da mir's nun mal so bestimmt ist, so hätte ich wohl gern einen Pelz gehabt."

5 „Aber Effi, Kind, das ist doch alles bloß leere Torheit. Du kommst ja nicht nach Petersburg oder nach Archangel[1]."

„Nein; aber ich bin doch auf dem Wege dahin …"

„Gewiss, Kind. Auf dem Wege dahin bist du; aber was 10 heißt das? Wenn du von hier nach Nauen fährst, bist du auch auf dem Wege nach Russland. Im Übrigen, wenn du's wünschst, so sollst du einen Pelz haben. Nur das lass mich im Voraus sagen, ich rate dir davon ab. Ein Pelz ist für ältere Personen, selbst deine alte Mama ist 15 noch zu jung dafür, und wenn du mit deinen siebzehn Jahren in Nerz oder Marder auftrittst, so glauben die Kessiner, es sei eine Maskerade."

Das war am 2. September, dass sie so sprachen, ein Ge20 spräch, das sich wohl fortgesetzt hätte, wenn nicht gerade Sedantag[2] gewesen wäre. So aber wurden sie durch Trommel- und Pfeifenklang unterbrochen, und Effi, die schon vorher von dem beabsichtigten Aufzuge gehört, aber es wieder vergessen hatte, stürzte mit einem Male 25 von dem gemeinschaftlichen Arbeitstische fort und an Rondell und Teich vorüber auf einen kleinen, an die Kirchhofsmauer angebauten Balkon zu, zu dem sechs Stufen, nicht viel breiter als Leitersprossen, hinaufführten. Im Nu war sie oben, und richtig, da kam auch 30 schon die ganze Schuljugend heran, Jahnke gravitätisch[3] am rechten Flügel, während ein kleiner Tambourmajor[4], weit voran, an der Spitze des Zuges marschierte, mit einem Gesichtsausdruck, als ob ihm obläge, die Schlacht bei Sedan noch einmal zu schlagen. Effi winkte mit dem

---

[1] Archangelsk: russische Hafenstadt
[2] im kaiserlichen Deutschland Nationalfeiertag zum Gedenken an die Kapitulation Napoleons III. am 2. Sept. 1870 bei Sedan
[3] ernst, würdevoll
[4] Leiter eines (uniformierten) Spielmannszuges

Taschentuch, und der Begrüßte versäumte nicht, mit seinem blanken Kugelstock zu salutieren.

Eine Woche später saßen Mutter und Tochter wieder am alten Fleck, auch wieder mit ihrer Arbeit beschäftigt. Es war ein wunderschöner Tag; der in einem zierlichen Beet um die Sonnenuhr herumstehende Heliotrop[1] blühte noch, und die leise Brise, die ging, trug den Duft davon zu ihnen herüber.

„Ach, wie wohl ich mich fühle", sagte Effi, „so wohl und so glücklich; ich kann mir den Himmel nicht schöner denken. Und am Ende, wer weiß, ob sie im Himmel so wundervollen Heliotrop haben."

„Aber Effi, so darfst du nicht sprechen; das hast du von deinem Vater, dem nichts heilig ist, und der neulich sogar sagte: Niemeyer sähe aus wie Lot[2]. Unerhört. Und was soll es nur heißen? Erstlich weiß er nicht, wie Lot ausgesehen hat, und zweitens ist es eine grenzenlose Rücksichtslosigkeit gegen Hulda. Ein Glück, dass Niemeyer nur die einzige Tochter hat, dadurch fällt es eigentlich in sich zusammen. In einem freilich hat er nur zu sehr Recht gehabt, in all und jedem, was er über ,Lots Frau', unsere gute Frau Pastorin, sagte, die uns denn auch wirklich wieder mit ihrer Torheit und Anmaßung den ganzen Sedantag ruinierte. Wobei mir übrigens einfällt, dass wir, als Jahnke mit der Schule vorbeikam, in unserem Gespräche unterbrochen wurden – wenigstens kann ich mir nicht denken, dass der Pelz, von dem du damals sprachst, dein einziger Wunsch gewesen sein sollte. Lass mich also wissen, Schatz, was du noch weiter auf dem Herzen hast?"

„Nichts, Mama."

„Wirklich nichts?"

„Nein, wirklich nichts; ganz im Ernste … Wenn es aber doch am Ende was sein sollte …"

---

[1] tropisches, lichtbedürftiges Rauhblattgewächs, wegen seines Duftes auch „Vanilleblume" genannt

[2] Die biblische Gestalt (A.T., 1.Mos., 11,27) wird bei der Zerstörung Sodoms gerettet, während seine Frau zurückblickt und zur Salzsäule erstarrt.

„Nun …"

„… So müsst es ein japanischer Bettschirm[1] sein, schwarz und goldene Vögel darauf, alle mit einem langen Kranichschnabel … Und dann vielleicht auch noch eine Ampel[2] für unser Schlafzimmer, mit rotem Schein."

Frau von Briest schwieg.

„Nun siehst du, Mama, du schweigst und siehst aus, als ob ich etwas besonders Unpassendes gesagt hätte."

„Nein, Effi, nichts Unpassendes. Und vor deiner Mutter nun schon gewiss nicht. Denn ich kenne dich ja. Du bist eine fantastische kleine Person, malst dir mit Vorliebe Zukunftsbilder aus, und je farbenreicher sie sind, desto schöner und begehrlicher erscheinen sie dir. Ich sah das so recht, als wir die Reisesachen kauften. Und nun denkst du dir's ganz wundervoll, einen Bettschirm mit allerhand fabelhaftem Getier zu haben, alles im Halblicht einer roten Ampel. Es kommt dir vor wie ein Märchen, und du möchtest eine Prinzessin sein."

Effi nahm die Hand der Mama und küsste sie. „Ja, Mama, so bin ich."

„Ja, so bist du. Ich weiß es wohl. Aber meine liebe Effi, wir müssen vorsichtig im Leben sein, und zumal wir Frauen. Und wenn du nun nach Kessin kommst, einem kleinen Ort, wo nachts kaum eine Laterne brennt, so lacht man über dergleichen. Und wenn man bloß lachte. Die, die dir ungewogen sind, und solche gibt es immer, sprechen von schlechter Erziehung, und manche sagen auch wohl noch Schlimmeres."

„Also nichts Japanisches und auch keine Ampel. Aber ich bekenne dir, ich hatte es mir so schön und poetisch gedacht, alles in einem roten Schimmer zu sehen."

Frau von Briest war bewegt. Sie stand auf und küsste Effi. „Du bist ein Kind. Schön und poetisch. Das sind so Vorstellungen. Die Wirklichkeit ist anders, und oft ist es gut, dass es statt Licht und Schimmer ein Dunkel gibt."

Effi schien antworten zu wollen, aber in diesem Augenblicke kam Wilke und brachte Briefe. Der eine war aus

---

[1] mit Seide bespannte, faltbare Holzwand
[2] schalenförmige, kleine Hängelampe

Kessin von Innstetten. „Ach, von Geert", sagte Effi, und während sie den Brief beiseitesteckte, fuhr sie in ruhigem Tone fort: „Aber das wirst du doch gestatten, dass ich den Flügel schräg in die Stube stelle. Daran liegt mir mehr als an einem Kamin, den mir Geert versprochen 5 hat. Und das Bild von dir, das stell ich dann auf eine Staffelei; ganz ohne dich kann ich nicht sein. Ach, wie werd ich mich nach euch sehnen, vielleicht auf der Reise schon und dann in Kessin ganz gewiss. Es soll ja keine Garnison haben, nicht einmal einen Stabsarzt, und ein 10 Glück, dass es wenigstens ein Badeort ist. Vetter Briest, und daran will ich mich aufrichten, dessen Mutter und Schwester immer nach Warnemünde gehen – nun, ich sehe doch wirklich nicht ein, warum der die lieben Verwandten nicht auch einmal nach Kessin hin dirigieren 15 sollte. Dirigieren, das klingt ohnehin so nach Generalstab, worauf er, glaub ich, ambiert[1]. Und dann kommt er natürlich mit und wohnt bei uns. Übrigens haben die Kessiner, wie mir neulich erst wer erzählt hat, ein ziemlich großes Dampfschiff, das zweimal die Woche nach 20 Schweden hinüberfährt. Und auf dem Schiffe ist dann Ball (sie haben da natürlich auch Musik), und er tanzt sehr gut …"

„Wer?"

„Nun, Dagobert." 25

„Ich dachte, du meintest Innstetten. Aber jedenfalls ist es an der Zeit, endlich zu wissen, was er schreibt … Du hast ja den Brief noch in der Tasche."

„Richtig. Den hätt ich fast vergessen." Und sie öffnete den Brief und überflog ihn. 30

„Nun, Effi, kein Wort? Du strahlst nicht und lachst nicht einmal. Und er schreibt doch immer so heiter und unterhaltlich und gar nicht väterlich weise."

„Das würd ich mir auch verbitten. Er hat sein Alter, und ich habe meine Jugend. Und ich würde ihm mit den Fin- 35 gern drohen und ihm sagen: ‚Geert, überlege, was besser ist.'"

---

[1] ambieren (veraltet): nach etwas streben, sich um eine Stelle bewerben

„Und dann würde er dir antworten: ‚Was du hast, Effi,
das ist das Bessere.' Denn er ist nicht nur ein Mann der
feinsten Formen, er ist auch gerecht und verständig und
weiß recht gut, was Jugend bedeutet. Er sagt sich das
immer und stimmt sich auf das Jugendliche hin, und
wenn er in der Ehe so bleibt, so werdet ihr eine Musterehe führen."

„Ja, das glaube ich auch, Mama. Aber kannst du dir vorstellen, und ich schäme mich fast, es zu sagen, ich bin
nicht so sehr für das, was man eine Musterehe nennt."

„Das sieht dir ähnlich. Und nun sage mir, wofür bist du
denn eigentlich?"

„Ich bin … nun, ich bin für gleich und gleich und natürlich auch für Zärtlichkeit und Liebe. Und wenn es Zärtlichkeit und Liebe nicht sein können, weil Liebe, wie Papa sagt, doch nur ein Papperlapapp ist (was ich aber
nicht glaube), nun, dann bin ich für Reichtum und ein
vornehmes Haus, ein ganz vornehmes, wo Prinz Friedrich Karl zur Jagd kommt, auf Elchwild oder Auerhahn,
oder wo der alte Kaiser vorfährt, und für jede Dame,
auch für die jungen, ein gnädiges Wort hat. Und wenn
wir dann in Berlin sind, dann bin ich für Hofball und
Galaoper, immer dicht neben der großen Mittelloge[1]."

„Sagst du das so bloß aus Übermut und Laune?"

„Nein, Mama, das ist mein völliger Ernst. Liebe kommt
zuerst, aber gleich hinterher kommt Glanz und Ehre,
und dann kommt Zerstreuung – ja, Zerstreuung, immer
was Neues, immer was, dass ich lachen oder weinen
muss. Was ich nicht aushalten kann, ist Langeweile."

„Wie bist du da nur mit uns fertiggeworden?"

„Ach, Mama, wie du nur so was sagen kannst. Freilich,
wenn im Winter die liebe Verwandtschaft vorgefahren
kommt und sechs Stunden bleibt oder wohl auch noch
länger, und Tante Gundel und Tante Olga mich mustern
und mich naseweis finden – und Tante Gundel hat es
mir auch mal gesagt – ja, da macht sich's mitunter nicht
sehr hübsch, das muss ich zugeben. Aber sonst bin ich
hier immer glücklich gewesen, so glücklich …"

---

[1] Kaiserliche Loge

Und während sie das sagte, warf sie sich heftig weinend vor der Mama auf die Knie und küsste ihre beiden Hände! „Steh auf, Effi. Das sind so Stimmungen, die über einen kommen, wenn man so jung ist wie du und vor der Hochzeit steht und vor dem Ungewissen. Aber nun lies mir den Brief vor, wenn er nicht was ganz Besonderes enthält oder vielleicht Geheimnisse."

„Geheimnisse", lachte Effi und sprang in plötzlich veränderter Stimmung wieder auf. „Geheimnisse! Ja, er nimmt immer einen Anlauf, aber das meiste könnt ich auf dem Schulzenamt[1] anschlagen lassen, da, wo immer die landrätlichen Verordnungen stehen. Nun, Geert ist ja auch Landrat."

„Lies, lies."

„‚Liebe Effi …' So fängt es nämlich immer an, und manchmal nennt er mich auch seine ‚kleine Eva'."

„Lies, lies … du sollst ja lesen."

„Also: ‚Liebe Effi! Je näher wir unsrem Hochzeitstage kommen, je sparsamer werden deine Briefe. Wenn die Post kommt, suche ich immer zuerst nach deiner Handschrift, aber, wie du weißt (und ich hab es ja auch nicht anders gewollt), in der Regel vergeblich. Im Hause sind jetzt die Handwerker, die die Zimmer, freilich nur wenige, für dein Kommen herrichten sollen. Das Beste wird wohl erst geschehen, wenn wir auf der Reise sind. Tapezierer Madelung, der alles liefert, ist ein Original, von dem ich dir mit Nächstem erzähle, vor allem aber, wie glücklich ich bin über dich, über meine süße, kleine Effi. Mir brennt hier der Boden unter den Füßen, und dabei wird es in unserer guten Stadt immer stiller und einsamer. Der letzte Badegast ist gestern abgereist; er badete zuletzt bei 9 Grad, und die Badewärter waren immer froh, wenn er wieder heil heraus war. Denn sie fürchteten einen Schlaganfall, was dann das Bad in Misskredit bringt, als ob die Wellen hier schlimmer wären als woanders. Ich jubTe, wenn ich denke, dass ich in vier Wochen schon mit dir von der Piazzetta[2] aus nach dem Li-

---

[1] Schulze: Schultheiß, Gemeindevorsteher
[2] ital.: kleiner Platz (in Venedig)

do[1] fahre oder nach Murano[2] hin, wo sie Glasperlen machen und schönen Schmuck. Und der schönste sei für dich. Viele Grüße den Eltern und den zärtlichsten Kuss dir von deinem Geert.'"

5 Effi faltete den Brief wieder zusammen, um ihn in das Couvert zu stecken.

„Das ist ein sehr hübscher Brief", sagte Frau von Briest, „und dass er in allem das richtige Maß hält, das ist ein Vorzug mehr."

10 „Ja, das rechte Maß, das hält er."

„Meine liebe Effi, lass mich eine Frage tun; wünschtest du, dass der Brief nicht das richtige Maß hielte, wünschtest du, dass er zärtlicher wäre, vielleicht überschwänglich zärtlich?"

15 „Nein, nein, Mama. Wahr und wahrhaftig nicht, das wünsche ich nicht. Da ist es doch besser so."

„Da ist es doch besser so. Wie das nun wieder klingt. Du bist so sonderbar. Und dass du vorhin weintest. Hast du was auf deinem Herzen? Noch ist es Zeit. Liebst du

20 Geert nicht?"

„Warum soll ich ihn nicht lieben? Ich liebe Hulda, und ich liebe Bertha, und ich liebe Hertha. Und ich liebe auch den alten Niemeyer. Und dass ich euch liebe, davon spreche ich gar nicht erst. Ich liebe alle, die's gut mit mir mei-

25 nen und gütig gegen mich sind und mich verwöhnen. Und Geert wird mich auch wohl verwöhnen. Natürlich auf seine Art. Er will mir ja schon Schmuck schenken in Venedig. Er hat keine Ahnung davon, dass ich mir nichts aus Schmuck mache. Ich klettre lieber und ich schaukle

30 mich lieber, und am liebsten immer in der Furcht, dass es irgendwo reißen oder brechen und ich niederstürzen könnte. Den Kopf wird es ja nicht gleich kosten."

„Und liebst du vielleicht auch deinen Vetter Briest?"

„Ja, sehr. Der erheitert mich immer."

35 „Und hättest du Vetter Briest heiraten mögen?"

„Heiraten? Um Gottes willen nicht. Er ist ja noch ein halber Junge. Geert ist ein Mann, ein schöner Mann, ein

---

[1] ital.: Strand, Küste
[2] auf einer Laguneninsel gelegener Stadtteil von Venedig

Mann, mit dem ich Staat machen kann und aus dem
was wird in der Welt. Wo denkst du hin, Mama."
„Nun, das ist recht, Effi, das freut mich. Aber du hast
noch was auf der Seele."
„Vielleicht."
„Nun, sprich."
„Sieh, Mama, dass er älter ist als ich, das schadet nichts,
das ist vielleicht recht gut: Er ist ja doch nicht alt und ist
gesund und frisch und so soldatisch und so schneidig. Und
ich könnte beinah sagen, ich wäre ganz und gar für ihn,
wenn er nur ... ja, wenn er nur ein bisschen anders wäre."
„Wie denn, Effi?"
„Ja, wie. Nun, du darfst mich nicht auslachen. Es ist etwas, was ich erst ganz vor kurzem aufgehorcht habe,
drüben im Pastorhause. Wir sprachen da von Innstetten,
und mit einem Male zog der alte Niemeyer seine Stirn
in Falten, aber in Respekts- und Bewunderungsfalten,
und sagte: ‚Ja, der Baron! Das ist ein Mann von Charakter, ein Mann von Prinzipien.'"
„Das ist er auch, Effi."
„Gewiss. Und ich glaube, Niemeyer sagte nachher sogar, er sei auch ein Mann von Grundsätzen. Und das ist,
glaub ich, noch etwas mehr. Ach, und ich ... ich habe
keine. Sieh, Mama, da liegt etwas, was mich quält und
ängstigt. Er ist so lieb und gut gegen mich und so nachsichtig, aber ... ich fürchte mich vor ihm."

Fünftes Kapitel

Die Hohen-Cremmer Festtage lagen zurück; alles war
abgereist, auch das junge Paar, noch am Abend des
Hochzeitstages.
Der Polterabend hatte jeden zufrieden gestellt, besonders die Mitspielenden, und Hulda war dabei das Entzücken aller jungen Offiziere gewesen, sowohl der
Rathenower Husaren wie der etwas kritischer gestimm-
ten Kameraden vom Alexander-Regiment. Ja, alles war
gut und glatt verlaufen, fast über Erwarten. Nur Bertha
und Hertha hatten so heftig geschluchzt, dass Jahnkes

plattdeutsche Verse so gut wie verloren gegangen waren. Aber auch das hatte wenig geschadet. Einige feine Kenner waren sogar der Meinung gewesen, „das sei das Wahre; Steckenbleiben und Schluchzen und Unver-
5 ständlichkeit – in diesem Zeichen (und nun gar, wenn es so hübsche rotblonde Krausköpfe wären) werde immer am entschiedensten gesiegt[1]". Eines ganz besonderen Triumphes hatte sich Vetter Briest in seiner selbst gedichteten Rolle rühmen dürfen. Er war als Demuth'scher
10 Kommis[2] erschienen, der in Erfahrung gebracht, die junge Braut habe vor, gleich nach der Hochzeit nach Italien zu reisen, weshalb er einen Reisekoffer abliefern wolle. Dieser Koffer entpuppte sich natürlich als eine Riesenbonbonniere[3] von Hövel[4]. Bis um drei Uhr war getanzt
15 worden, bei welcher Gelegenheit der sich mehr und mehr in eine höchste Champagnerstimmung hineinredende alte Briest allerlei Bemerkungen über den an manchen Höfen immer noch üblichen Fackeltanz[5] und die merkwürdige Sitte des Strumpfband-Austanzens[6] ge-
20 macht hatte, Bemerkungen, die nicht abschließen wollten und, sich immer mehr steigernd, am Ende so weit gingen, dass ihnen durchaus ein Riegel vorgeschoben werden musste. „Nimm dich zusammen, Briest", war ihm in ziemlich ernstem Tone von seiner Frau zugeflü-
25 stert worden; „du stehst hier nicht, um Zweideutigkeiten zu sagen, sondern um die Honneurs[7] des Hauses

---

1 Die Formulierung „in diesem Zeichen (...) werde (...) gesiegt" spielt auf den Satz „in diesem Zeichen wirst du siegen" an, den der römische Kaiser Konstantin der Große (280–337) im Jahr 312 vor einer Schlacht als Umschrift um ein Kreuz am Himmel gesehen und der ihn dazu veranlasst haben soll, das Christentum anzuerkennen.

2 Verkäufer, Handlungsgehilfe

3 Bonbonniere: Geschenkpackung mit Pralinen

4 Berliner Schokoladenfabrik und -geschäft

5 Tanz bei Adelshochzeiten, bei dem die Männer Fackeln tragen

6 Hochzeitstanz und Pfandspiel, bei dem das Strumpfband der Braut zerschnitten und an die Gäste verteilt wurde

7 Ehrenbezeichnung; Honneurs (des Hauses) machen: Gäste willkommen heißen, empfangen und vorstellen; sich (als Hausherr) um seine Gäste kümmern

zu machen. Wir haben eben eine Hochzeit und nicht eine Jagdpartie."

Worauf Briest geantwortet, „er sähe darin keinen so großen Unterschied; übrigens sei er glücklich".

Auch der Hochzeitstag selbst war gut verlaufen. Niemeyer hatte vorzüglich gesprochen, und einer der alten Berliner Herren, der halb und halb zur Hofgesellschaft gehörte, hatte sich auf dem Rückwege von der Kirche zum Hochzeitshause dahin geäußert, es sei doch merkwürdig, wie reich gesät in einem Staate, wie der unsrige, die Talente seien. „Ich sehe darin einen Triumph unserer Schulen und vielleicht mehr noch unserer Philosophie. Wenn ich bedenke, dieser Niemeyer, ein alter Dorfpastor, der anfangs aussah wie ein Hospitalit[1] ... ja, Freund, sagen Sie selbst, hat er nicht gesprochen wie ein Hofprediger. Dieser Takt und diese Kunst der Antithese[2], ganz wie Kögel[3] und an Gefühl ihm noch über. Kögel ist zu kalt. Freilich ein Mann in seiner Stellung muss kalt sein. Woran scheitert man denn im Leben überhaupt? Immer nur an der Wärme." Der noch unverheiratete, aber wohl eben deshalb zum vierten Male in einem „Verhältnis" stehende Würdenträger, an den sich diese Worte gerichtet hatten, stimmte selbstverständlich zu.

„Nur zu wahr, lieber Freund", sagte er. „Zu viel Wärme! ... ganz vorzüglich ... Übrigens muss ich Ihnen nachher eine Geschichte erzählen."

Der Tag nach der Hochzeit war ein heller Oktobertag. Die Morgensonne blinkte; trotzdem war es schon herbstlich frisch, und Briest, der eben gemeinschaftlich mit seiner Frau das Frühstück genommen, erhob sich von seinem Platz und stellte sich, beide Hände auf dem Rücken, gegen das mehr und mehr verglimmende Kaminfeuer.

---

[1] Armenhäusler
[2] Gegenthese, Gegenbehauptung; Kunst der Antithese: Erläuterung eines Sachverhalts durch Gegenüberstellung von These und Antithese
[3] Rudolf Kögel (1829–96), Theologe, seit 1863 Hofprediger in Berlin

Frau von Briest, eine Handarbeit in Händen, rückte gleichfalls näher an den Kamin und sagte zu Wilke, der gerade eintrat, um den Frühstückstisch abzuräumen: „Und nun, Wilke, wenn Sie drin im Saal, aber das geht
5 vor, alles in Ordnung haben, dann sorgen Sie, dass die Torten nach drüben kommen, die Nusstorte zu Pastors und die Schüssel mit kleinen Kuchen zu Jahnkes. Und nehmen Sie sich mit den Gläsern in Acht. Ich meine die dünn geschliffenen."

10 Briest war schon bei der dritten Zigarette, sah sehr wohl aus und erklärte, „nichts bekomme einem so gut wie eine Hochzeit, natürlich die eigene ausgenommen."

„Ich weiß nicht, Briest, wie du zu solcher Bemerkung kommst. Mir war ganz neu, dass du darunter gelitten
15 haben willst. Ich wüsste auch nicht, warum."

„Luise, du bist eine Spielverderberin. Aber ich nehme nichts übel, auch nicht einmal so was. Im Übrigen, was wollen wir von uns sprechen, die wir nicht einmal eine Hochzeitsreise gemacht haben. Dein Vater war dagegen.
20 Aber Effi macht nun eine Hochzeitsreise. Beneidenswert. Mit dem Zehn-Uhr-Zug ab. Sie müssen jetzt schon bei Regensburg sein, und ich nehme an, dass er ihr – selbstverständlich ohne auszusteigen – die Hauptkunstschätze der Wahlhalla[1] herzählt. Innstetten ist ein vor-
25 züglicher Kerl, aber er hat so was von einem Kunstfex[2], und Effi, Gott, unsere arme Effi, ist ein Naturkind. Ich fürchte, dass er sie mit seinem Kunstenthusiasmus etwas quälen wird."

„Jeder quält seine Frau. Und Kunstenthusiasmus ist
30 noch lange nicht das Schlimmste."

„Nein, gewiss nicht; jedenfalls wollen wir darüber nicht streiten; es ist ein weites Feld. Und dann sind auch die Menschen so verschieden. Du, nun ja, du hättest dazu getaugt. Überhaupt hättest du besser zu Innstetten ge-
35 passt als Effi. Schade, nun ist es zu spät."

---

[1] im Auftrag von König Ludwig I. von Bayern in Form eines griechischen Tempels erbaute „Ruhmeshalle berühmter Deutscher" in der Nähe von Regensburg
[2] Fex (österr.): jemand, der sich für etwas begeistert

„Überaus galant, abgesehen davon, dass es nicht passt. Unter allen Umständen aber, was gewesen ist, ist gewesen. Jetzt ist er mein Schwiegersohn, und es kann zu nichts führen, immer auf Jugendlichkeiten zurückzuweisen."

„Ich habe dich nur in eine animierte Stimmung bringen wollen."

„Sehr gütig. Übrigens nicht nötig. Ich bin in animierter Stimmung."

„Und auch in guter?"

„Ich kann es fast sagen. Aber du darfst sie nicht verderben. Nun, was hast du noch? Ich sehe, dass du was auf dem Herzen hast."

„Gefiel dir Effi? Gefiel dir die ganze Geschichte? Sie war so sonderbar, halb wie ein Kind und dann wieder sehr selbstbewusst und durchaus nicht so bescheiden, wie sie solchem Manne gegenüber sein müsste. Das kann doch nur so zusammenhängen, dass sie noch nicht recht weiß, was sie an ihm hat. Oder ist es einfach, dass sie ihn nicht recht liebt? Das wäre schlimm. Denn bei all seinen Vorzügen, er ist nicht der Mann, sich diese Liebe mit leichter Manier[1] zu gewinnen."

Frau von Briest schwieg und zählte die Stiche auf dem Kanevas[2]. Endlich sagte sie: „Was du da sagst, Briest, ist das Gescheiteste, was ich seit drei Tagen von dir gehört habe, deine Rede bei Tisch mit eingerechnet. Ich habe auch so meine Bedenken gehabt. Aber ich glaube, wir können uns beruhigen."

„Hat sie dir ihr Herz ausgeschüttet?"

„So möchte ich es nicht nennen. Sie hat wohl das Bedürfnis zu sprechen, aber sie hat nicht das Bedürfnis, sich so recht von Herzen auszusprechen, und macht vieles in sich selber ab; sie ist mitteilsam und verschlossen zugleich, beinah versteckt; überhaupt ein ganz eigenes Gemisch."

„Ich bin ganz deiner Meinung. Aber wenn sie dir nichts gesagt hat, woher weißt du's?"

---

[1] auf leichte Weise
[2] Woll- oder Leinengewebe als Untergrund für Stickereien

„Ich sagte nur, sie habe mir nicht ihr Herz ausgeschüttet. Solche Generalbeichte, so alles von der Seele herunter, das liegt nicht in ihr. Es fuhr alles so bloß ruckweis und plötzlich aus ihr heraus, und dann war es wieder vorüber. Aber gerade weil es so ungewollt und wie von ungefähr aus ihrer Seele kam, deshalb war es mir so wichtig."

„Und wann war es denn und bei welcher Gelegenheit?"

„Es werden jetzt gerade drei Wochen sein, und wir saßen im Garten, mit allerhand Ausstattungsdingen, großen und kleinen, beschäftigt, als Wilke einen Brief von Innstetten brachte. Sie steckte ihn zu sich, und ich musste sie eine Viertelstunde später erst erinnern, dass sie ja einen Brief habe. Dann las sie ihn, aber verzog kaum eine Miene. Ich bekenne dir, dass mir bang ums Herz dabei wurde, so bang, dass ich gern eine Gewissheit haben wollte, so viel, wie man in diesen Dingen haben kann."

„Sehr wahr, sehr wahr."

„Was meinst du damit?"

„Nun, ich meine nur ... Aber das ist ja ganz gleich. Sprich nur weiter; ich bin ganz Ohr."

„Ich fragte also rund heraus, wie's stünde, und weil ich bei ihrem eigenen Charakter einen feierlichen Ton vermeiden und alles so leicht wie möglich, ja beinah scherzhaft nehmen wollte, so warf ich die Frage hin, ob sie vielleicht den Vetter Briest, der ihr in Berlin sehr stark den Hof gemacht hatte, ob sie den vielleicht lieber heiraten würde ..."

„Und?"

„Da hättest du sie sehen sollen. Ihre nächste Antwort war ein schnippisches Lachen. Der Vetter sei doch eigentlich nur ein großer Kadett in Leutnantsuniform. Und einen Kadetten könne sie nicht einmal lieben, geschweige heiraten. Und dann sprach sie von Innstetten, der ihr mit einem Male der Träger aller männlichen Tugenden war."

„Und wie erklärst du dir das?"

„Ganz einfach. So geweckt und temperamentvoll und beinahe leidenschaftlich sie ist, oder vielleicht auch weil

sie es ist, sie gehört nicht zu denen, die so recht eigentlich auf Liebe gestellt sind, wenigstens nicht auf das,
was den Namen ehrlich verdient. Sie redet zwar davon,
sogar mit Nachdruck und einem gewissen Überzeu-
gungston, aber doch nur, weil sie irgendwo gelesen hat,
Liebe sei nun mal das Höchste, das Schönste, das Herr-
lichste. Vielleicht hat sie's auch bloß von der sentimenta-
len Person, der Hulda, gehört und spricht es ihr nach.
Aber sie empfindet nicht viel dabei. Wohl möglich, dass
es alles mal kommt, Gott verhüte es, aber noch ist es
nicht da."
„Und was ist das? Was hat sie?"
„Sie hat nach meinem und auch nach ihrem eigenen
Zeugnis zweierlei: Vergnügungssucht und Ehrgeiz."
„Nun, das kann passieren. Da bin ich beruhigt."
„Ich nicht. Innstetten ist ein Karrieremacher – vom Streber will ich nicht sprechen, das ist er auch nicht, dazu ist
er zu wirklich vornehm – also Karrieremacher, und das
wird Effis Ehrgeiz befriedigen."
„Nun also. Das ist doch gut."
„Ja, das ist gut! Aber es ist erst die Hälfte. Ihr Ehrgeiz
wird befriedigt werden, aber ob auch ihr Hang nach
Spiel und Abenteuer? Ich bezweifle. Für die stündliche
kleine Zerstreuung und Anregung, für alles, was die
Langeweile bekämpft, diese Todfeindin einer geistrei-
chen kleinen Person, dafür wird Innstetten sehr schlecht
sorgen. Er wird sie nicht in einer geistigen Öde lassen,
dazu ist er zu klug und zu weltmännisch, aber er wird
sie auch nicht sonderlich amüsieren. Und was das
Schlimmste ist, er wird sich nicht einmal recht mit der
Frage beschäftigen, wie das wohl anzufangen sei. Das
wird eine Weile so gehen, ohne viel Schaden anzurich-
ten, aber zuletzt wird sie's merken, und dann wird es sie
beleidigen. Und dann weiß ich nicht, was geschieht.
Denn so weich und nachgiebig sie ist, sie hat auch was
Rabiates und lässt es auf alles ankommen."
In diesem Augenblicke trat Wilke vom Saal her ein und
meldete, dass er alles nachgezählt und alles vollzählig
gefunden habe; nur von den feinen Weingläsern sei eins
zerbrochen, aber schon gestern, als das Hoch ausge-

bracht wurde – Fräulein Hulda habe mit Leutnant Nien-
kerken zu scharf angestoßen.
„Versteht sich, von alter Zeit her immer im Schlaf, und
unterm Holunderbaum ist es natürlich nicht besser ge-
5 worden. Eine alberne Person, und ich begreife Nienker-
ken nicht."
„Ich begreife ihn vollkommen."
„Er kann sie doch nicht heiraten."
„Nein."
10 „Also zu was?"
„Ein weites Feld, Luise."

Dies war am Tage nach der Hochzeit. Drei Tage später
kam eine kleine gekritzelte Karte aus München, die Namen alle nur mit zwei Buchstaben angedeutet. „Liebe
15 Mama! Heute Vormittag die Pinakothek[1] besucht. Geert
wollte auch noch nach dem andern[2] hinüber, das ich
hier nicht nenne, weil ich wegen der Rechtschreibung in
Zweifel bin, und fragen mag ich ihn nicht. Er ist übrigens engelsgut gegen mich und erklärt mir alles. Über-
20 haupt alles sehr schön, aber anstrengend. In Italien wird
es wohl nachlassen und besser werden. Wir wohnen in
den ‚Vier Jahreszeiten‘[3], was Geert veranlasste, mir zu
sagen, ‚draußen sei Herbst, aber er habe in mir den
Frühling‘. Ich finde es sehr sinnig. Er ist überhaupt sehr
25 aufmerksam. Freilich ich muss es auch sein, namentlich
wenn er was sagt oder erklärt. Er weiß übrigens alles so
gut, dass er nicht einmal nachzuschlagen braucht. Mit
Entzücken spricht er von Euch, namentlich von Mama.
Hulda findet er etwas zierig; aber der alte Niemeyer hat
30 es ihm ganz angetan. Tausend Grüße von eurer ganz be-
rauschten, aber auch etwas müden Effi."
Solche Karten trafen nun täglich ein, aus Innsbruck, aus
Verona, aus Vicenza, aus Padua, eine jede fing an: „Wir

---

[1] Gemäldesammlung (in München: Alte Pinakothek und Neue Pinakothek)
[2] möglicherweise die in der Nähe der Alten Pinakothek gelegene
   Glyptothek (Skulpturensammlung)
[3] vornehmes Münchner Hotel

haben heute Vormittag die hiesige berühmte Galerie besucht", oder, wenn es nicht die Galerie war, so war es eine Arena oder irgendeine Kirche „Santa Maria" mit einem Zunamen. Aus Padua kam, zugleich mit der Karte,
noch ein wirklicher Brief. „Gestern waren wir in Vicenza. Vicenza muss man sehn wegen des Palladio[1]; Geert
sagte mir, dass in ihm alles Moderne wurzele. Natürlich
nur in Bezug auf Baukunst. Hier in Padua (wo wir heute
früh ankamen) sprach er im Hotelwagen etliche Male
vor sich hin: ,Er liegt in Padua begraben'[2], und war
überrascht, als er von mir vernahm, dass ich diese Worte
noch nie gehört hätte. Schließlich aber sagte er, es sei eigentlich ganz gut und ein Vorzug, dass ich nichts davon
wüsste. Er ist überhaupt sehr gerecht. Und vor allem ist
er engelsgut gegen mich und gar nicht überheblich und
auch gar nicht alt. Ich habe noch immer das Ziehen in
den Füßen, und das Nachschlagen und das lange Stehen
vor den Bildern strengt mich an. Aber es muss ja sein.
Ich freue mich sehr auf Venedig. Da bleiben wir fünf Tage, ja, vielleicht eine ganze Woche.
Geert hat mir schon von den Tauben auf dem Markus-
platz vorgeschwärmt, und dass man sich da Tüten mit
Erbsen kauft und dann die schönen Tiere damit füttert.
Es soll Bilder geben, die das darstellen, schöne blonde
Mädchen, ,ein Typus wie Hulda', sagte er. Wobei mir
denn auch die Jahnke'schen Mädchen einfallen. Ach, ich
gäbe was drum, wenn ich mit ihnen auf unserm Hof auf
einer Wagendeichsel sitzen und unsere Tauben füttern
könnte. Die Pfauentaube mit dem starken Kropf dürft
Ihr aber nicht schlachten, die will ich noch wiedersehen.
Ach, es ist so schön hier. Es soll ja auch das Schönste
sein. Eure glückliche, aber etwas müde Effi."
Frau von Briest, als sie den Brief vorgelesen hatte, sagte:
„Das arme Kind. Sie hat Sehnsucht."
„Ja", sagte Briest, „sie hat Sehnsucht. Diese verwünschte
Reiserei …"

---

[1] Andrea Palladio (1508–1580), italienischer Baumeister
[2] Zitat aus Goethes „Faust" (I, V.2925), Mephisto unterrichtet Mar-
     the mit diesen Worten vom Tod ihres Mannes.

„Warum sagst du das jetzt? Du hättest es ja hindern
können. Aber das ist so deine Art, hinterher den Weisen
zu spielen. Wenn das Kind in den Brunnen gefallen ist,
decken die Ratsherren den Brunnen zu."
5 „Ach, Luise, komme mir doch nicht mit solchen Geschichten. Effi ist unser Kind, aber seit dem 3. Oktober
ist sie Baronin Innstetten. Und wenn ihr Mann, unser
Herr Schwiegersohn, eine Hochzeitsreise machen und
bei der Gelegenheit jede Galerie neu katalogisieren will,
10 so kann ich ihn daran nicht hindern. Das ist eben das,
was man sich verheiraten nennt."
„Also jetzt gibst du das zu. Mir gegenüber hast du's immer bestritten, immer bestritten, dass die Frau in einer
Zwangslage sei."
15 „Ja, Luise, das hab ich. Aber wozu das jetzt. Das ist
wirklich ein zu weites Feld."

Sechstes Kapitel

Mitte November – sie waren bis Capri und Sorrent gekommen – lief Innstettens Urlaub ab, und es entsprach
20 seinem Charakter und seinen Gewohnheiten, genau Zeit
und Stunde zu halten. Am 14. früh traf er denn auch mit
dem Kurierzuge[1] in Berlin ein, wo Vetter Briest ihn und
die Cousine begrüßte und vorschlug, die zwei bis zum
Abgange des Stettiner Zuges noch zur Verfügung blei-
25 benden Stunden zum Besuche des St.-Privat-Panora-
mas[2] zu benutzen und diesem Panoramabesuch ein
kleines Gabelfrühstück[3] folgen zu lassen. Beides wurde
dankbar akzeptiert. Um Mittag war man wieder auf
dem Bahnhof und nahm hier, nachdem, wie herkömm-

---

[1] Eilzug
[2] St.-Privat-Panorama: Panorama mit einem Rundbild Emil Hüntens
(1827–1902), das die Schlacht um St. Privat bei Metz im Deutsch-
Französischen Krieg am 18. August 1870 darstellt; Panorama:
Modellaufbau mit einem Rundgemälde im Hintergrund, der durch
spezielle Beleuchtungs- und Toneffekte einen plastischen, wirklich-
keitsnahen Eindruck erweckt
[3] kleine vormittägliche Zwischenmahlzeit, zweites Frühstück

lich, die glücklicherweise nie ernst gemeinte Aufforderung, „doch auch mal herüberzukommen", ebenso von Effi wie von Instetten ausgesprochen worden war, unter herzlichem Händeschütteln Abschied voneinander. Noch als der Zug sich schon in Bewegung setzte, grüßte Effi vom Coupé[1] aus. Dann machte sie sich's bequem und schloss die Augen; nur von Zeit zu Zeit richtete sie sich wieder auf und reichte Instetten die Hand.

Es war eine angenehme Fahrt, und pünktlich erreichte der Zug den Bahnhof Klein-Tantow, von dem aus eine Chaussee[2] nach dem noch zwei Meilen entfernten Kessin hinüberführte. Bei Sommerzeit, namentlich während der Bademonate, benutzte man statt der Chaussee lieber den Wasserweg und fuhr, auf einem alten Raddampfer, das Flüsschen Kessine, dem Kessin selbst seinen Namen verdankte, hinunter; am 1. Oktober aber stellte der „Phönix"[3], von dem seit lange vergeblich gewünscht wurde, dass er in einer passagierfreien Stunde sich seines Namens entsinnen und verbrennen möge, regelmäßig seine Fahrten ein, weshalb denn auch Innstetten bereits von Stettin aus an seinen Kutscher Kruse telegrafiert hatte: „Fünf Uhr, Bahnhof Klein-Tantow. Bei gutem Wetter offener Wagen."

Und nun war gutes Wetter, und Kruse hielt in offenem Gefährt am Bahnhof und begrüßte die Ankommenden mit dem vorschriftsmäßigen Anstand eines herrschaftlichen Kutschers.

„Nun, Kruse, alles in Ordnung?"

„Zu Befehl, Herr Landrat."

„Dann, Effi, bitte, steig ein." Und während Effi dem nachkam und einer von den Bahnhofsleuten einen kleinen Handkoffer vorn beim Kutscher unterbrachte, gab Instetten Weisung, den Rest des Gepäcks mit dem Omnibus[4] nachzuschicken. Gleich danach nahm auch er sei-

---

[1] Eisenbahnabteil
[2] Landstraße
[3] Sonnenvogel des altägyptischen Mythos; nach griechischer Überlieferung verbrennt er alle 1000 Jahre und ersteht dann aus seiner Asche wieder auf, -Symbol der Unsterblichkeit
4 wörtl.: „Fahrzeug für alle"; hier: größere Pferdekutsche

nen Platz, bat, sich populär machend, einen der Umste-
henden um Feuer und rief Kruse zu: „Nun vorwärts,
Kruse." Und über die Schienen weg, die vielgleisig an
der Übergangsstelle lagen, ging es in Schräglinie den
5 Bahndamm hinunter und gleich danach an einem schon
an der Chaussee gelegenen Gasthause vorüber, das den
Namen „Zum Fürsten Bismarck" führte. Denn an eben
dieser Stelle gabelte der Weg und zweigte, wie rechts
nach Kessin, so links nach Varzin[1] hin ab. Vor dem Gast-
10 hofe stand ein mittelgroßer, breitschultriger Mann in
Pelz und Pelzmütze, welch Letztere er, als der Herr
Landrat vorüberfuhr, mit vieler Würde vom Haupte
nahm. „Wer war denn das?", sagte Effi, die durch alles,
was sie sah, aufs Höchste interessiert und bei bester
15 Laune war. „Er sah ja aus wie ein Starost[2], wobei ich
freilich bekennen muss, nie einen Starosten gesehen zu
haben."

„Was auch nicht schadet, Effi. Du hast es trotzdem sehr
gut getroffen. Er sieht wirklich aus wie ein Starost und
20 ist auch so was. Er ist nämlich ein halber Pole, heißt Golchowski, und wenn wir hier Wahl haben oder eine Jagd,
dann ist er obenauf. Eigentlich ein ganz unsicherer Pas-
sagier, dem ich nicht über den Weg traue und der wohl
viel auf dem Gewissen hat. Er spielt sich aber auf den
25 Loyalen[3] hin aus, und wenn die Varziner Herrschaften
hier vorüberkommen, möchte er sich am liebsten vor
den Wagen werfen.

Ich weiß, dass er dem Fürsten auch widerlich ist. Aber
was hilft's? Wir dürfen es nicht mit ihm verderben, weil
30 wir ihn brauchen. Er hat hier die ganze Gegend in der
Tasche und versteht die Wahlmache[4] wie kein anderer,
gilt auch für wohlhabend. Dabei leiht er auf Wucher, was
sonst die Polen nicht tun; in der Regel das Gegenteil."

---

1   preußisches Dorf, in dem Bismarck ein Rittergut besaß, auf dem er
    sich häufig aufhielt
2   Stammesältester; früher in Polen: Inhaber eines vom König verlie-
    henen Lehens; in Russland: Gemeindevorsteher
3   Loyalist: jemand, der regierungs- und gesetzestreu ist
4   (Unterstützung im) Wahlkampf

„Er sah aber gut aus."

„Ja, gut aussehen tut er. Gut aussehen tun die meisten hier. Ein hübscher Schlag Menschen. Aber das ist auch das Beste, was man von ihnen sagen kann. Eure märkischen Leute sehen unscheinbarer aus und verdrießlicher, und in ihrer Haltung sind sie weniger respektvoll, eigentlich gar nicht, aber ihr Ja ist Ja und Nein ist Nein, und man kann sich auf sie verlassen. Hier ist alles unsicher."

„Warum sagst du mir das? Ich muss nun doch hier mit ihnen leben."

„Du nicht, du wirst nicht viel von ihnen hören und sehen. Denn Stadt und Land hier sind sehr verschieden, und du wirst nur unsere Städter kennenlernen, unsere guten Kessiner."

„Unsere guten Kessiner. Ist es Spott, oder sind sie wirklich so gut?"

„Dass sie wirklich gut sind, will ich nicht gerade behaupten, aber sie sind doch anders als die andern; ja, sie haben gar keine Ähnlichkeit mit der Landbevölkerung hier."

„Und wie kommt das?"

„Weil es eben ganz andere Menschen sind, ihrer Abstammung nach und ihren Beziehungen nach. Was du hier landeinwärts findet, das sind sogenannte Kaschuben[1], von denen du vielleicht gehört hast, slawische Leute, die hier schon tausend Jahre sitzen und wahrscheinlich noch viel länger. Alles aber, was hier an der Küste hin in den kleinen See- und Handelsstädten wohnt, das sind von weither Eingewanderte, die sich um das kaschubische Hinterland wenig kümmern, weil sie wenig davon haben und auf etwas ganz anderes angewiesen sind. Worauf sie angewiesen sind, das sind die Gegenden, mit denen sie Handel treiben, und da sie das mit aller Welt tun und mit aller Welt in Verbindung stehen, so findest du zwischen ihnen auch Menschen aus aller Welt Ecken und Enden. Auch in unserem guten Kessin, trotzdem es eigentlich nur ein Nest ist."

---

[1] ursprünglich westslawischer Volksstamm; heute in Westpreußen und Pommern

„Aber das ist ja entzückend, Geert. Du sprichst immer von Nest, und nun finde ich, wenn du nicht übertrieben hast, eine ganz neue Welt hier. Allerlei Exotisches. Nicht wahr, so was Ähnliches meintest du doch?"

5 Er nickte.

„Eine ganz neue Welt, sag ich, vielleicht einen Neger oder einen Türken, oder vielleicht sogar einen Chinesen."

„Auch einen Chinesen. Wie gut du raten kannst. Es ist
10 möglich, dass wir wirklich noch einen haben, aber jedenfalls haben wir einen gehabt; jetzt ist er tot und auf einem kleinen eingegitterten Stück Erde begraben, dicht neben dem Kirchhof. Wenn du nicht furchtsam bist, will ich dir bei Gelegenheit mal sein Grab zeigen;
15 es liegt zwischen den Dünen, bloß Strandhafer[1] drum rum und dann und wann ein paar Immortellen[2], und immer hört man das Meer. Es ist sehr schön und sehr schauerlich."

„Ja, schauerlich, und ich möchte wohl mehr davon wis-
20 sen. Aber doch lieber nicht, ich habe dann immer gleich Visionen und Träume und möchte doch nicht, wenn ich diese Nacht hoffentlich gut schlafe, gleich einen Chinesen an mein Bett treten sehen."

„Das wird er auch nicht."

25 „Das wird er auch nicht. Höre, das klingt ja sonderbar, als ob es doch möglich wäre. Du willst mir Kessin interessant machen, aber du gehst darin ein bisschen weit. Und solche fremde Leute habt ihr viele in Kessin?"

„Sehr viele. Die ganze Stadt besteht aus solchen Frem-
30 den, aus Menschen, deren Eltern oder Großeltern noch ganz woanders saßen."

„Höchst merkwürdig. Bitte, sage mir mehr davon. Aber nicht wieder was Gruseliges. Ein Chinese, find ich, hat immer was Gruseliges."

35 „Ja, das hat er", lachte Geert. „Aber der Rest ist, Gott sei Dank, von ganz anderer Art, lauter manierliche Leute, vielleicht ein bisschen zu sehr Kaufmann, ein

---

[1] Grasart, zur Befestigung von Dünen angepflanzt
[2] Strohblumen, wörtl.: „Unvergängliche", „Unsterbliche"

bisschen zu sehr auf ihren Vorteil bedacht und mit Wechseln[1] von zweifelhaftem Wert immer bei der Hand. Ja, man muss sich vorsehen mit ihnen. Aber sonst ganz gemütlich. Und damit du siehst, dass ich dir nichts vorgemacht habe, will ich dir nur so eine kleine Probe geben, so eine Art Register oder Personenverzeichnis."

„Ja, Geert, das tu."

„Da haben wir beispielsweise keine fünfzig Schritt von uns, und unsere Gärten stoßen sogar zusammen, den Maschinen- und Baggermeister Macpherson, einen richtigen Schotten und Hochländer."

„Und trägt sich auch noch so?"

„Nein, Gott sei Dank nicht, denn es ist ein verhutzeltes Männchen, auf das weder sein Clan noch Walter Scott[2] besonders stolz sein würden. Und dann haben wir in demselben Hause, wo dieser Macpherson wohnt, auch noch einen alten Wundarzt, Beza mit Namen, eigentlich bloß Barbier; der stammt aus Lissabon, gerade daher, wo auch der berühmte General de Meza[3] herstammt – Meza, Beza, du hörst die Landesverwandtschaft heraus. Und dann haben wir flussaufwärts am Bollwerk[4], – das ist nämlich der Kai, wo die Schiffe liegen – einen Goldschmied namens Stedingk, der aus einer alten schwedischen Familie stammt; ja, ich glaube, es gibt sogar Reichsgrafen, die so heißen, und des Weiteren, und damit will ich dann vorläufig abschließen, haben wir den guten alten Doktor Hannemann, der natürlich ein Däne ist und lange in Island war und sogar ein kleines Buch geschrieben hat über den letzten Ausbruch des Hekla oder Krabla[5]."

„Das ist ja aber großartig, Geert. Das ist ja wie sechs Romane, damit kann man ja gar nicht fertigwerden. Es

---

[1] Wechsel: Schuldschein
[2] schottischer Schriftsteller (1771–1832)
[3] Christian Julius de Meza (1792–1865), dänischer General, dessen Vorfahren portugiesische Juden waren
[4] auch Bohlwerk: Uferbefestigung aus Bohlen und Pfählen
[5] Hekla und Krafla sind Vulkane auf Island.

klingt erst spießbürgerlich und ist doch hinterher ganz apart. Und dann müsst ihr ja doch auch Menschen haben, schon weil es eine Seestadt ist, die nicht bloß Chirurgen[1] oder Barbiere sind oder sonst dergleichen. Ihr müsst doch auch Kapitäne haben, irgendeinen fliegenden Holländer[2] oder ..."

„Da hast du ganz Recht. Wir haben sogar einen Kapitän, der war Seeräuber unter den Schwarzflaggen[3]."

„Kenn ich nicht. Was sind Schwarzflaggen?"

„Das sind Leute weit dahinten in Tonkin[4] und an der Südsee ... Seit er aber wieder unter Menschen ist, hat er auch wieder die besten Formen und ist ganz unterhaltlich."

„Ich würde mich aber doch vor ihm fürchten."

„Was du nicht nötig hast, zu keiner Zeit und auch dann nicht, wenn ich über Land bin oder zum Tee beim Fürsten, denn zu allem andern, was wir haben, haben wir ja Gott sei Dank auch Rollo ..."

„Rollo?"

„Ja, Rollo. Du denkst dabei, vorausgesetzt, dass du bei Niemeyer oder Jahnke von dergleichen gehört hast, an den Normannenherzog[5], und unserer hat auch so was. Es ist aber bloß ein Neufundländer, ein wunderschönes Tier, das mich liebt und dich auch lieben wird. Denn Rollo ist ein Kenner. Und solange du den um dich hast, so lange bist du sicher und kann nichts an dich heran, kein Lebendiger und kein Toter Aber sieh mal den Mond da drüben. Ist es nicht schön?"

---

[1] Chirurg (hier in der älteren Bedeutung von): Wundarzt

[2] Sagengestalt: frevelhafter Kapitän, der dazu verdammt war, auf einem Unglück bringenden Geisterschiff die Meere zu durchkreuzen; mehrfach literarisch gestaltet, u. a. von Heinrich Heine (1797–1856); -Ausgangsstoff für eine Oper Richard Wagners

[3] Piraten unter schwarzer Flagge, von Engländern und Franzosen vertriebene Rebellen

[4] Tongking: nördlicher Teil Nord-Vietnams; im Golf von Tongking kämpften die Schwarzflaggen bis 1886 gegen Franzosen und Engländer.

[5] Normannenherzog Rollo oder Hrolf (gest. 933), Eroberer und Gründer (911) des Herzogtums „Normandie"

Effi, die, still in sich versunken, jedes Wort halb ängstlich, halb begierig eingesogen hatte, richtete sich jetzt
auf und sah nach rechts hinüber, wo der Mond, unter
weißem, aber rasch hinschwindendem Gewölk, eben
aufgegangen war. Kupferfarben stand die große Scheibe 5
hinter einem Erlengehölz und warf ihr Licht auf eine
breite Wasserfläche, die die Kessine hier bildete. Oder
vielleicht war es auch schon ein Haff[1], an dem das Meer
draußen seinen Anteil hatte.

Effi war wie benommen. „Ja, du hast Recht, Geert, wie 10
schön; aber es hat zugleich so was Unheimliches. In Itali-
en habe ich nie solchen Eindruck gehabt, auch nicht als
wir von Mestre[2] nach Venedig hinüberfuhren. Da war
auch Wasser und Sumpf und Mondschein, und ich dachte, die Brücke würde brechen; aber es war nicht so ge- 15
spenstig. Woran liegt es nur? Ist es doch das Nördliche?"

Innstetten lachte. „Wir sind hier fünfzehn Meilen nördlicher als in Hohen-Cremmen, und eh der erste Eisbär
kommt, musst du noch eine Weile warten. Ich glaube,
du bist nervös von der langen Reise und dazu das St.- 20
Privat-Panorama und die Geschichte von dem Chinesen."

„Du hast mir ja gar keine erzählt."

„Nein, ich hab ihn nur eben genannt. Aber ein Chinese
ist schon an und für sich eine Geschichte ..." 25

„Ja", lachte sie.

„Und jedenfalls hast du's bald überstanden. Siehst du
da vor dir das kleine Haus mit dem Licht? Es ist eine
Schmiede. Da biegt der Weg. Und wenn wir die Biegung
gemacht haben, dann siehst du schon den Turm von 30
Kessin oder richtiger beide ..."

„Hat es denn zwei?"

„Ja, Kessin nimmt sich auf. Es hat jetzt auch eine katholische Kirche."

35
Eine halbe Stunde später hielt der Wagen an der ganz
am entgegengesetzten Ende der Stadt gelegenen land-

---

[1] durch schmale Landzungen vom Meer abgetrennte Küstenbucht
[2] Stadt bei Venedig, nahe der Lagune

rätlichen Wohnung, einem einfachen, etwas altmodischen Fachwerkhause, das mit seiner Front auf die nach den Seebädern hinausführende Hauptstraße, mit seinem Giebel aber auf ein zwischen der Stadt und den Dünen
5 liegendes Wäldchen, das die „Plantage" hieß, herniederblickte. Dies altmodische Fachwerkhaus war übrigens nur Innstettens Privatwohnung, nicht das eigentliche Landratsamt, welches Letztere schräg gegenüber an der anderen Seite der Straße lag.
10 Kruse hatte nicht nötig, durch einen dreimaligen Peitschenknips die Ankunft zu vermelden; längst hatte man von Tür und Fenstern aus nach den Herrschaften ausgeschaut, und ehe noch der Wagen heran war, waren bereits alle Hausinsassen auf dem die ganze Breite des
15 Bürgersteiges einnehmenden Schwellstein versammelt, vorauf Rollo, der im selben Augenblicke, wo der Wagen hielt, diesen zu umkreisen begann. Innstetten war zunächst seiner jungen Frau beim Aussteigen behilflich und ging dann, dieser den Arm reichend, unter freund-
20 lichem Gruß an der Dienerschaft vorüber, die nun dem jungen Paare in den mit prächtigen alten Wandschränken umstandenen Hausflur folgte. Das Hausmädchen, eine hübsche, nicht mehr ganz jugendliche Person, der ihre stattliche Fülle fast ebenso gut kleidete wie das
25 zierliche Mützchen auf dem blonden Haar, war der gnädigen Frau beim Ablegen von Muff[1] und Mantel behilflich und bückte sich eben, um ihr auch die mit Pelz gefütterten Gummistiefel auszuziehen. Aber ehe sie noch dazu kommen konnte, sagte Innstetten: „Es wird das Beste sein, ich stelle dir gleich hier unsere gesamte Hausge-
30 nossenschaft vor, mit Ausnahme der Frau Kruse, die sich – ich vermute sie wieder bei ihrem unvermeidlichen schwarzen Huhn – nicht gerne sehen lässt." Alles lächelte. „Aber lassen wir Frau Kruse ... Dies hier ist mein al-
35 ter Friedrich, der schon mit mir auf der Universität war ... Nicht wahr, Friedrich, gute Zeiten damals ... und dies hier ist Johanna, märkische Landsmännin von dir, wenn du, was aus Pasewalker Gegend stammt, noch für voll

---

[1] Pelzhülle zum Wärmen der Hände, Pelzhandschuh

gelten lassen willst, und dies ist Christel, der wir mittags und abends unser leibliches Wohl anvertrauen, und die zu kochen versteht, das kann ich dir versichern. Und dies hier ist Rollo. Nun, Rollo, wie geht's?"
Rollo schien nur auf diese spezielle Ansprache gewartet
zu haben, denn im selben Augenblicke, wo er seinen Namen hörte, gab er einen Freudenblaff, richtete sich auf und legte die Pfoten auf seines Herrn Schulter.
„Schon gut, Rollo, schon gut. Aber sieh da, das ist die Frau; ich hab ihr von dir erzählt und ihr gesagt, dass
du ein schönes Tier seiest und sie schützen würdest."
Und nun ließ Rollo ab und setzte sich vor Innstetten nieder, zugleich neugierig zu der jungen Frau aufblickend. Und als diese ihm die Hand hinhielt, umschmeichelte er sie.
Effi hatte während dieser Vorstellungsszene Zeit gefunden, sich umzuschauen. Sie war wie gebannt von allem, was sie sah, und dabei geblendet von der Fülle von Licht. In der vorderen Flurhälfte brannten vier, fünf Wandleuchter, die Leuchter selbst sehr primitiv, von bloßem Weißblech, was aber den Glanz und die Helle nur noch steigerte. Zwei mit roten Schleiern bedeckte Astrallampen[1], Hochzeitsgeschenk von Niemeyer, standen auf einem zwischen zwei Eichenschränken angebrachten Klapptisch, in Front davon das Teezeug, dessen Lämpchen unter dem Kessel schon angezündet war. Aber noch viel, viel anderes und zum Teil sehr Sonderbares kam zu dem allen hinzu. Quer über den Flur fort liefen drei, die Flurdecke in ebenso viele Felder teilende Balken; an dem vordersten hing ein Schiff mit vollen Segeln, hohem Hinterdeck und Kanonenluken, während weiterhin ein riesiger Fisch in der Luft zu schwimmen schien. Effi nahm ihren Schirm, den sie noch in Händen hielt, und stieß leis an das Ungetüm an, sodass er sich in eine langsam schaukelnde Bewegung setzte.
„Was ist das, Geert?", fragte sie.
„Das ist ein Haifisch."

---

[1] Astrallampe: Petroleumlampe, die so gefertigt ist, dass sie kaum einen Schatten wirft

„Und ganz dahinten das, was aussieht wie eine große Zigarre vor einem Tabaksladen?"

„Das ist ein junges Krokodil. Aber das kannst du dir alles morgen viel besser und genauer ansehen; jetzt komm
und lass uns eine Tasse Tee nehmen. Denn trotz aller Plaids[1] und Decken wirst du gefroren haben. Es war zuletzt empfindlich kalt."

Er bot nun Effi den Arm, und während sich die beiden Mädchen zurückzogen und nur Friedrich und Rollo
folgten, trat man, nach links hin, in des Hausherrn Wohn- und Arbeitszimmer ein. Effi war hier ähnlich überrascht wie draußen im Flur; aber ehe sie sich darüber äußern konnte, schlug Innstetten eine Portiere[2] zurück, hinter der ein zweites, etwas größeres Zimmer mit
Blick auf Hof und Garten gelegen war. „Das, Effi, ist nun also dein. Friedrich und Johanna haben es, so gut es ging, nach meinen Anordnungen herrichten müssen. Ich finde es ganz erträglich und würde mich freuen, wenn es dir auch gefiele."

Sie nahm ihren Arm aus dem seinigen und hob sich auf die Fußspitzen, um ihm einen herzlichen Kuss zu geben. „Ich armes kleines Ding, wie du mich verwöhnst. Dieser Flügel und dieser Teppich, ich glaube gar, es ist ein türkischer, und das Bassin mit den Fischchen und dazu der
Blumentisch. Verwöhnung, wohin ich sehe."

„Ja, meine liebe Effi, das musst du dir nun schon gefallen lassen, dafür ist man jung und hübsch und liebenswürdig, was die Kessiner wohl auch schon erfahren haben werden, Gott weiß woher. Denn an dem Blumentisch wenigstens bin ich unschuldig. Friedrich, wo kommt der Blumentisch her?"

„Apotheker Gieshübler ... Es liegt auch eine Karte bei."

„Ah, Gieshübler, Alonzo Gieshübler", sagte Innstetten und reichte lachend und in beinahe ausgelassener Lau-
ne die Karte mit dem etwas fremdartig klingenden Vornamen zu Effi hinüber. „Gieshübler, von dem hab ich dir zu erzählen vergessen – beiläufig, er führt auch den

---

[1] Plaid: (karierte) Reisedecke
[2] Türvorhang

Doktortitel, hat's aber nicht gern, wenn man ihn dabei nennt, das ärgere, so meint er, die richtigen Doktors bloß, und darin wird er wohl Recht haben. Nun, ich denke, du wirst ihn kennenlernen und zwar bald; er ist unsere beste Nummer hier, Schöngeist und Original und vor allem Seele von Mensch, was doch immer die Hauptsache bleibt. Aber lassen wir das alles und setzen uns und nehmen unsern Tee. Wo soll es sein? Hier bei dir oder drin bei mir? Denn eine weitere Wahl gibt es nicht. Eng und klein ist meine Hütte."

Sie setzte sich ohne Besinnen auf ein kleines Ecksofa.

„Heute bleiben wir hier, heute bist du bei mir zu Gast. Oder lieber so: den Tee regelmäßig bei mir, das Frühstück bei dir; dann kommt jeder zu seinem Recht, und ich bin neugierig, wo mir's am besten gefallen wird."

„Das ist eine Morgen- und Abendfrage."

„Gewiss. Aber wie sie sich stellt, oder richtiger, wie wir uns dazu stellen, das ist es eben."

Und sie lachte und schmiegte sich an ihn und wollte ihm die Hand küssen.

„Nein, Effi, um Himmels willen nicht, nicht so. Mir liegt nicht daran, die Respektsperson zu sein, das bin ich für die Kessiner. Für dich bin ich ..."

„Nun was?"

„Ach lass. Ich werde mich hüten, es zu sagen."

Siebentes Kapitel

Es war schon heller Tag, als Effi am andern Morgen erwachte. Sie hatte Mühe, sich zurechtzufinden. Wo war sie? Richtig, in Kessin, im Hause des Landrats von Innstetten, und sie war seine Frau, Baronin Innstetten. Und sich aufrichtend, sah sie sich neugierig um; am Abend vorher war sie zu müde gewesen, um alles, was sie da halb fremdartig, halb altmodisch umgab, genauer in Augenschein zu nehmen. Zwei Säulen stützten den Deckenbalken, und grüne Vorhänge schlossen den alkovenartigen[1] Schlaf-

---

[1] (der) Alkoven: Bettnische, Nebenraum

raum, in welchem die Betten standen, von dem Rest des Zimmers ab; nur in der Mitte fehlte der Vorhang oder war zurückgeschlagen, was ihr von ihrem Bette aus eine bequeme Orientierung gestattete. Da, zwischen den zwei
5 Fenstern, stand der schmale, bis hoch hinaufreichende Trumeau[1], während rechts daneben, und schon an der Flurwand hin, der große schwarze Kachelofen aufragte, der noch (so viel hatte sie schon am Abend vorher bemerkt) nach alter Sitte von außen her geheizt wurde. Sie
10 fühlte jetzt, wie seine Wärme herüberströmte. Wie schön es doch war, im eigenen Hause zu sein; so viel Behagen hatte sie während der ganzen Reise nicht empfunden, nicht einmal in Sorrent.

Aber wo war Innstetten? Alles still um sie her, niemand
15 da. Sie hörte nur den Ticktackschlag einer kleinen Pendule[2] und dann und wann einen dumpfen Ton im Ofen, woraus sie schloss, dass vom Flur her ein paar neue Scheite nachgeschoben würden. Allmählich entsann sie sich auch, dass Geert, am Abend vorher, von einer elek-
20 trischen Klingel gesprochen hatte, nach der sie denn auch nicht lange mehr zu suchen brauchte; dicht neben ihrem Kissen war der kleine weiße Elfenbeinknopf, auf den sie nun leise drückte.

Gleich danach erschien Johanna. „Gnädige Frau haben
25 befohlen."

„Ach, Johanna, ich glaube, ich habe mich verschlafen. Es muss schon spät sein."

„Eben neun."

„Und der Herr ...", es wollt ihr nicht glücken, so ohne
30 weiteres von ihrem „Manne" zu sprechen ... „der Herr, er muss sehr leise gemacht haben; ich habe nichts gehört."

„Das hat er gewiss. Und gnäd'ge Frau werden fest geschlafen haben. Nach der langen Reise ..."

35 „Ja, das hab ich. Und der Herr, ist er immer so früh auf?"

---

[1] großer, schmaler Wandspiegel an einem Pfeiler zwischen zwei Fenstern
[2] Pendüle: Pendeluhr

„Immer, gnäd'ge Frau. Darin ist er streng; er kann das lange Schlafen nicht leiden, und wenn er drüben in sein Zimmer tritt, da muss der Ofen warm sein, und der Kaffee darf auch nicht auf sich warten lassen."

„Da hat er also schon gefrühstückt?"

„O nicht doch, gnäd'ge Frau ... der gnäd'ge Herr ..."

Effi fühlte, dass sie die Frage nicht hätte tun und die Vermutung, Innstetten könne nicht auf sie gewartet haben, lieber nicht hätte aussprechen sollen. Es lag ihr denn auch daran, diesen ihren Fehler so gut es ging wieder auszugleichen, und als sie sich erhoben und vor dem Trumeau Platz genommen hatte, nahm sie das Gespräch wieder auf und sagte: „Der Herr hat übrigens ganz Recht. Immer früh auf, das war auch Regel in meiner Eltern Hause. Wo die Leute den Morgen verschlafen, da gibt es den ganzen Tag keine Ordnung mehr. Aber der Herr wird es so streng mit mir nicht nehmen; eine ganze Weile hab ich diese Nacht nicht schlafen können und habe mich sogar ein wenig geängstigt."

„Was ich hören muss, gnäd'ge Frau! Was war es denn?"

„Es war über mir ein ganz sonderbarer Ton, nicht laut, aber doch sehr eindringlich. Erst klang es, wie wenn lange Schleppenkleider über die Diele hinschleiften, und in meiner Erregung war es mir ein paar Mal, als ob ich kleine weiße Atlasschuhe[1] sähe. Es war, als tanze man oben, aber ganz leise."

Johanna, während das Gespräch so ging, sah über die Schulter der jungen Frau fort in den hohen, schmalen Spiegel hinein, um die Mienen Effis besser beobachten zu können. Dann sagte sie: „Ja, das ist oben im Saal. Früher hörten wir es in der Küche auch. Aber jetzt hören wir es nicht mehr; wir haben uns daran gewöhnt."

„Ist es denn etwas Besonderes damit?"

„Gott bewahre, nicht im Geringsten. Eine Weile wusste man nicht recht, woher es käme, und der Herr Prediger machte ein verlegenes Gesicht, trotzdem Doktor Gieshübler immer nur darüber lachte. Nun aber wissen wir,

---

[1] Atlas: glänzendes Gewebe

dass es die Gardinen sind. Der Saal ist etwas multrig[1]
und stockig, und deshalb stehen immer die Fenster auf,
wenn nicht gerade Sturm ist. Und da ist denn fast immer ein starker Zug oben und fegt die alten, weißen
5 Gardinen, die außerdem viel zu lang sind, über die Die-
len hin und her. Das klingt dann so wie seidne Kleider,
oder auch wie Atlasschuhe, wie die gnäd'ge Frau eben
bemerkten."

„Natürlich ist es das. Aber ich begreife nur nicht, warum
10 dann die Gardinen nicht abgenommen werden. Oder
man könnte sie ja kürzer machen. Es ist ein so sonderbares Geräusch, das einem auf die Nerven fällt. Und nun,
Johanna, bitte, geben Sie mir noch das kleine Tuch und
tupfen Sie mir die Stirn. Oder nehmen Sie lieber den
15 Rafraichisseur[2] aus meiner Reisetasche ... Ach, das ist
schön und erfrischt mich. Nun werde ich hinübergehen.
Er ist doch noch da, oder war er schon aus?"

„Der gnäd'ge Herr war schon aus, ich glaube drüben auf
dem Amt. Aber seit einer Viertelstunde ist er zurück. Ich
20 werde Friedrich sagen, dass er das Frühstück bringt."

Und damit verließ Johanna das Zimmer, während Effi
noch einen Blick in den Spiegel tat und dann über den
Flur fort, der bei der Tagesbeleuchtung viel von seinem
Zauber vom Abend vorher eingebüßt hatte, bei Geert
25 eintrat.

Dieser saß an seinem Schreibtisch, einem etwas schwer-
fälligen Zylinderbureau[3], das er aber, als Erbstück aus
dem elterlichen Hause, nicht missen mochte. Effi stand
hinter ihm und umarmte und küsste ihn, noch eh er sich
30 von seinem Platz erheben konnte.

„Schon?"

„Schon, sagst du. Natürlich um mich zu verspotten."

Innstetten schüttelte den Kopf. „Wie werd ich das?" Effi
fand aber ein Gefallen daran, sich anzuklagen, und
35 wollte von den Versicherungen ihres Mannes, dass sein

---

1 (mundartlich) muffig, dumpf
2 (Parfüm-)Zerstäuber (franz.: Erfrischer)
3 Schreibsekretär, bei dem die Schreibplatte mit einem Rollver-
schluss abgedeckt werden kann

„schon" ganz aufrichtig gemeint gewesen sei, nichts hören. „Du musst noch von der Reise her wissen, dass ich morgens nie habe warten lassen. Im Laufe des Tages, nun ja, da ist es etwas anderes. Es ist wahr, ich bin nicht sehr pünktlich, aber ich bin keine Langschläferin. Darin, ₅ denk ich, haben mich die Eltern gut erzogen."

„Darin? In allem, meine süße Effi."

„Das sagst du so, weil wir noch in den Flitterwochen sind, ... aber nein, wir sind ja schon heraus. Um's Himmels willen, Geert, daran habe ich noch gar nicht ge- ₁₀ dacht, wir sind ja schon über sechs Wochen verheiratet, sechs Wochen und einen Tag. Ja, das ist etwas anderes; da nehme ich es nicht mehr als Schmeichelei, da nehme ich es als Wahrheit."

In diesem Augenblicke trat Friedrich ein und brachte ₁₅ den Kaffee. Der Frühstückstisch stand in Schräglinie vor einem kleinen rechtwinkligen Sofa, das gerade die eine Ecke des Wohnzimmers ausfüllte. Hier setzten sich beide.

„Der Kaffee ist ja vorzüglich", sagte Effi, während sie ₂₀ zugleich das Zimmer und seine Einrichtung musterte. „Das ist noch Hotel-Kaffee oder wie der bei Bottegone[1], ... erinnerst du dich noch, in Florenz, mit dem Blick auf den Dom. Davon muss ich der Mama schreiben, solchen Kaffee haben wir in Hohen-Cremmen nicht. Überhaupt, ₂₅ Geert, ich sehe nun erst, wie vornehm ich mich verheiratet habe. Bei uns konnte alles nur so gerade passieren."

„Torheit, Effi, ich habe nie eine bessere Hausführung gesehen als bei euch."

„Und dann, wie du wohnst. Als Papa sich den neuen ₃₀ Gewehrschrank angeschafft und über seinem Schreibtisch einen Büffelkopf und dicht darunter den alten Wrangel[2] angebracht hatte (er war nämlich mal Adjutant bei dem Alten), da dacht er, wunder was er getan; ₃₅

---

[1] Café in Florenz
[2] Friedrich Ernst Graf von Wrangel (1784–1877), seit 1856 preußischer Generalfeldmarschall, beendete im November 1848 die preußische Märzrevolution

aber wenn ich mich hier umsehe, daneben ist unsere
ganze Hohen-Cremmener Herrlichkeit ja bloß dürftig
und alltäglich. Ich weiß gar nicht, womit ich das alles
vergleichen soll; schon gestern Abend, als ich nur so
5 flüchtig darüber hinsah, kamen mir allerhand Gedanken."

„Und welche, wenn ich fragen darf?"

„Ja, welche. Du darfst nicht drüber lachen. Ich habe mal
ein Bilderbuch gehabt, wo ein persischer oder indischer
10 Fürst (denn er trug einen Turban) mit untergeschlage-
nen Beinen auf einem roten Seidenkissen saß, und in seinem Rücken war außerdem noch eine große rote Seiden-
rolle, die links und rechts ganz bauschig zum Vorschein
kam, und die Wand hinter dem indischen Fürsten starr-
15 te von Schwertern und Dolchen und Parderfellen[1] und
Schilden und langen türkischen Flinten. Und sieh, ganz
so sieht es hier bei dir aus, und wenn du noch die Beine
unterschlägst, ist die Ähnlichkeit vollkommen."

„Effi, du bist ein entzückendes, liebes Geschöpf. Du
20 weißt gar nicht, wie sehr ich's finde und wie gern ich dir
in jedem Augenblicke zeigen möchte, dass ich's finde."

„Nun, dazu ist ja noch vollauf Zeit; ich bin ja erst siebzehn und habe noch nicht vor zu sterben."

„Wenigstens nicht vor mir. Freilich, wenn ich dann stür-
25 be, nähme ich dich am liebsten mit. Ich will dich keinem
andern lassen; was meinst du dazu?"

„Das muss ich mir doch noch überlegen. Oder lieber,
lassen wir's überhaupt. Ich spreche nicht gern von Tod,
ich bin für Leben. Und nun sage mir, wie leben wir hier?
30 Du hast mir unterwegs allerlei Sonderbares von Stadt
und Land erzählt, aber wie wir selber hier leben werden,
davon kein Wort. Dass hier alles anders ist, als in Hohen-Cremmen und Schwantikow, das seh ich wohl, aber
wir müssen doch in dem ‚guten Kessin', wie du's immer
35 nennst, auch etwas wie Umgang und Gesellschaft haben
können. Habt ihr denn Leute von Familie in der Stadt?"

„Nein, meine liebe Effi; nach dieser Seite hin gehst du
großen Enttäuschungen entgegen. In der Nähe haben

---

[1] Parder: Leopard

wir ein paar Adlige, die du kennenlernen wirst, aber hier in der Stadt ist gar nichts."

„Gar nichts? Das kann ich nicht glauben. Ihr seid doch bis zu dreitausend Menschen, und unter dreitausend Menschen muss es doch außer so kleinen Leuten wie 5 Barbier Beza (so hieß er ja wohl) doch auch noch eine Elite geben, Honoratioren[1] oder dergleichen."

Innstetten lachte. „Ja, Honoratioren, die gibt es. Aber bei Lichte besehen, ist es nicht viel damit. Natürlich haben wir einen Prediger und einen Amtsrichter und einen 10 Rektor und einen Lotsenkommandeur, und von solchen beamteten Leuten findet sich schließlich wohl ein ganzes Dutzend zusammen, aber die meisten davon: gute Menschen und schlechte Musikanten[2]. Und was dann noch bleibt, das sind bloß Konsuln[3]." 15

„Bloß Konsuln. Ich bitte dich, Geert, wie kannst du nur sagen ‚bloß Konsuln'. Das ist doch etwas sehr Hohes und Großes, und ich möchte beinah sagen Furchtbares. Konsuln, das sind doch die mit dem Rutenbündel, draus, glaub ich, ein Beil heraussah." 20

„Nicht ganz, Effi. Die heißen Liktoren[4]."

„Richtig, die heißen Liktoren. Aber Konsuln ist doch auch etwas sehr Vornehmes und Hochgesetzliches. Brutus[5] war doch ein Konsul."

„Ja, Brutus war ein Konsul. Aber unsere sind ihm nicht 25 sehr ähnlich und begnügen sich damit, mit Zucker und Kaffee zu handeln oder eine Kiste mit Apfelsinen aufzu-

---

[1] Honoratior: angesehener Bürger (besonders in kleinen Orten)

[2] „Gute Menschen und schlechte Musikanten": Redewendung, bekannt durch Heinrich Heines „Ideen. Das Buch Le Grand", worin er aus Clemens Brentanos (1778–1842) Lustspiel „Ponce de Leon" zitiert

[3] Konsul: ursprünglich: höchster Beamter in der Römischen Republik; hier: Handels- oder Wahlkonsul, der in seiner Stadt, Region die (Handels-)Interessen eines fremden Landes vertritt

[4] Liktor: Amtsdiener als Begleiter hoher Beamter im alten Rom, die „Faszes" (Rutenbündel mit Beil) über die linke Schulter trugen als Zeichen der Amtsgewalt und des Rechts, zu züchtigen bzw. die Todesstrafe zu verhängen

[5] Lucius Iunius Brutus (85–42 v. Chr.), -Anführer der Cäsar-Mörder

brechen, und verkaufen dir dann das Stück pro zehn Pfennige."

„Nicht möglich."

„Sogar gewiss. Es sind kleine, pfiffige Kaufleute, die, wenn fremdländische Schiffe hier einlaufen und in irgendeiner Geschäftsfrage nicht recht aus noch ein wissen, die dann mit ihrem Rate zur Hand sind, und wenn sie diesen Rat gegeben und irgendeinem holländischen oder portugiesischen Schiff einen Dienst geleistet haben, so werden sie zuletzt zu beglaubigten Vertretern solcher fremder Staaten, und gerade so viele Botschafter und Gesandte, wie wir in Berlin haben, so viele Konsuln haben wir auch in Kessin, und wenn irgendein Festtag ist, und es gibt hier viel Festtage, dann werden alle Wimpel gehisst, und haben wir gerad eine grelle Morgensonne, so siehst du an solchem Tage ganz Europa von unsern Dächern flaggen und das Sternenbanner und den chinesischen Drachen dazu."

„Du bist in einer spöttischen Laune, Geert, und magst auch wohl Recht haben. Aber ich, für meine kleine Person, muss dir gestehen, dass ich dies alles entzückend finde, und dass unsere havelländischen Städte daneben verschwinden. Wenn sie da Kaisers Geburtstag feiern, so flaggt es immer bloß schwarz und weiß[1] und allenfalls ein bisschen rot dazwischen[2], aber das kann sich doch nicht vergleichen mit der Welt von Flaggen, von der du sprichst. Überhaupt, wie ich dir schon sagte, ich finde immer wieder und wieder, es hat alles so was Fremdländisches hier, und ich habe noch nichts gehört und gesehen, was mich nicht in eine gewisse Verwunderung gesetzt hätte, gleich gestern Abend das merkwürdige Schiff draußen im Flur und dahinter der Haifisch und das Krokodil und hier dein eigenes Zimmer. Alles so orientalisch, und ich muss es wiederholen, alles wie bei einem indischen Fürsten ..."

„Meinetwegen. Ich gratuliere, Fürstin ..."

„Und dann oben der Saal mit seinen langen Gardinen, die über die Diele hinfegen."

---

[1] Schwarz und Weiß waren die preußischen Landesfarben.
[2] Schwarz-Weiß-Rot war die deutsche Nationalflagge.

„Aber was weißt du denn von dem Saal, Effi?"
„Nichts, als was ich dir eben gesagt habe. Wohl eine Stunde lang, als ich in der Nacht aufwachte, war es mir, als ob
ich Schuhe auf der Erde schleifen hörte, und als würde getanzt und fast auch wie Musik. Aber alles ganz leise. Und
das hab ich dann heute früh an Johanna erzählt, bloß um
mich zu entschuldigen, dass ich hinterher so lange geschlafen. Und da sagte sie mir, das sei von den langen
Gardinen oben im Saal. Ich denke, wir machen kurzen
Prozess damit und schneiden die Gardinen etwas ab oder
schließen wenigstens die Fenster; es wird ohnehin bald
stürmisch genug werden. Mitte November ist ja die Zeit."
Innstetten sah in einer kleinen Verlegenheit vor sich hin
und schien schwankend, ob er auf all das antworten solle.
Schließlich entschied er sich für Schweigen. „Du hast ganz
Recht, Effi, wir wollen die langen Gardinen oben kürzer
machen. Aber es eilt nicht damit, umso weniger, als es
nicht sicher ist, ob es hilft. Es kann auch was anderes sein,
im Rauchfang, oder der Wurm im Holz oder ein Iltis. Wir
haben nämlich hier Iltisse. Jedenfalls aber eh wir Ände-
rungen vornehmen, musst du dich in unserem Hauswe-
sen erst umsehen, natürlich unter meiner Führung; in einer Viertelstunde zwingen wir's. Und dann machst du
Toilette, nur ein ganz klein wenig, denn eigentlich bist du
so am reizendsten – Toilette für unseren Freund Gieshübler; es ist jetzt zehn vorüber, und ich müsste mich sehr in
ihm irren, wenn er nicht um elf oder doch spätestens um
die Mittagsstunde hier antreten und dir seinen Respekt
devotest zu Füßen legen sollte. Das ist nämlich die Sprache, drin er sich ergeht. Übrigens, wie ich dir schon sagte,
ein kapitaler[1] Mann, der dein Freund werden wird, wenn
ich ihn und dich recht kenne."

Achtes Kapitel

Elf war es längst vorüber; aber Gieshübler hatte sich
noch immer nicht sehen lassen. „Ich kann nicht länger

---

[1] kapital: groß, vorzüglich

warten", hatte Geert gesagt, den der Dienst abrief.
„Wenn Gieshübler noch erscheint, so sei möglichst ent-
gegenkommend, dann wird es vorzüglich gehen; er darf
nicht verlegen werden; ist er befangen, so kann er kein
5 Wort finden oder sagt die sonderbarsten Dinge; weißt
du ihn aber in Zutrauen und gute Laune zu bringen,
dann redet er wie ein Buch. Nun, du wirst es schon machen. Erwarte mich nicht vor drei; es gibt drüben allerlei
zu tun. Und das mit dem Saal oben wollen wir noch
10 überlegen; es wird aber wohl am besten sein, wir lassen
es beim Alten."
Damit ging Innstetten und ließ seine junge Frau allein.
Diese saß, etwas zurückgelehnt, in einem lauschigen
Winkel am Fenster und stützte sich, während sie hinaus-
15 sah, mit ihrem linken Arm auf ein kleines Seitenbrett,
das aus dem Zylinderbureau herausgezogen war. Die
Straße war die Hauptverkehrsstraße nach dem Strande
hin, weshalb denn auch in Sommerzeit ein reges Leben
hier herrschte, jetzt aber, um Mitte November, war alles
20 leer und still, und nur ein paar arme Kinder, deren Eltern
in etlichen ganz am äußersten Rande der „Plantage" gelegenen Strohdachhäusern wohnten, klappten in ihren
Holzpantinen[1] an dem Innstetten'schen Hause vorüber.
Effi empfand aber nichts von dieser Einsamkeit, denn
25 ihre Fantasie war noch immer bei den wunderlichen
Dingen, die sie, kurz vorher, während ihrer Umschau
haltenden Musterung im Hause gesehen hatte. Diese
Musterung hatte mit der Küche begonnen, deren Herd
eine moderne Konstruktion aufwies, während an der
30 Decke hin, und zwar bis in die Mädchenstube hinein, ein
elektrischer Draht lief, – beides vor kurzem erst hergerichtet. Effi war erfreut gewesen, als ihr Innstetten davon
erzählt hatte, dann aber waren sie von der Küche wieder
in den Flur zurück- und von diesem in den Hof hinaus-
35 getreten, der in seiner ersten Hälfte nicht viel mehr als
ein, zwischen zwei Seitenflügeln hinlaufender ziemlich
schmaler Gang war. In diesen Flügeln war alles untergebracht, was sonst noch zu Haushalt und Wirtschafts-

---

[1] Holzpantoffeln

führung gehörte, rechts Mädchenstube, Bedientenstube, Rollkammer[1], links eine zwischen Pferdestall und Wagenremise[2] gelegene, von der Familie Kruse bewohnte Kutscherwohnung. Über dieser, in einem Verschlage, waren die Hühner einlogiert, und eine Dachklappe über dem Pferdestall bildete den Aus- und Einschlupf für die Tauben. All dies hatte sich Effi mit vielem Interesse angesehen, aber dies Interesse sah sich doch weit überholt, als sie, nach ihrer Rückkehr vom Hof ins Vorderhaus, unter Innstettens Führung die nach oben führende Treppe hinaufgestiegen war. Diese war schief, baufällig, dunkel; der Flur dagegen, auf den sie mündete, wirkte beinah heiter, weil er viel Licht und einen guten landschaftlichen Ausblick hatte: nach der einen Seite hin, über die Dächer des Stadtrandes und die „Plantage" fort, auf eine hoch auf einer Düne stehende holländische Windmühle, nach der anderen Seite hin auf die Kessine, die hier, unmittelbar vor ihrer Einmündung, ziemlich breit war und einen stattlichen Eindruck machte. Diesem Eindruck konnte man sich unmöglich entziehen, und Effi hatte denn auch nicht gesäumt, ihrer Freude lebhaften Ausdruck zu geben. „Ja, sehr schön, sehr malerisch", hatte Innstetten, ohne weiter darauf einzugehen, geantwortet und dann eine mit ihren Flügeln etwas schief hängende Doppeltür geöffnet, die nach rechts hin in den sogenannten Saal führte. Dieser lief durch die ganze Etage; Vorder- und Hinterfenster standen auf, und die mehr erwähnten langen Gardinen bewegten sich in dem starken Luftzuge hin und her. In der Mitte der einen Längswand sprang ein Kamin vor mit einer großen Steinplatte, während an der Wand gegenüber ein paar blecherne Leuchter hingen, jeder mit zwei Lichtöffnungen, ganz so wie unten im Flur, aber alles stumpf und ungepflegt. Effi war einigermaßen enttäuscht, sprach es auch aus und erklärte, statt des öden und ärmlichen Saals, doch lieber die Zimmer an der gegenübergelegenen Flurseite sehen zu wollen. „Da ist nun eigentlich vollends nichts", hatte Innstet-

---

[1] Kammer für die aus Holzrollen gebildete Wäschemangel
[2] Remise: Wagen-, Geräteschuppen

ten geantwortet, aber doch die Türen geöffnet. Es befanden sich hier vier einfenstrige Zimmer, alle gelb getüncht, gerade wie der Saal, und ebenfalls ganz leer. Nur in einem standen drei Binsenstühle, die durchgesessen
5 waren, und an die Lehne des einen war ein kleines, nur einen halben Finger langes Bildchen geklebt, das einen Chinesen darstellte, blauer Rock mit gelben Pluderhosen und einem flachen Hut auf dem Kopf. Effi sah es und sagte: „Was soll der Chinese?" Innstetten selber schien von
10 dem Bildchen überrascht und versicherte, dass er es nicht wisse. „Das hat Christel angeklebt oder Johanna. Spielerei. Du kannst sehen, es ist aus einer Fibel[1] herausgeschnitten." Effi fand es auch und war nur verwundert, dass Innstetten alles so ernsthaft nahm, als ob es
15 doch etwas sei. Dann hatte sie noch einmal einen Blick in den Saal getan und sich dabei dahin geäußert, wie es doch eigentlich schade sei, dass das alles leer stehe. „Wir haben unten ja nur drei Zimmer, und wenn uns wer besucht, so wissen wir nicht aus noch ein. Meinst du nicht,
20 dass man aus dem Saal zwei hübsche Fremdenzimmer machen könnte. Das wäre so was für die Mama; nach hinten heraus könnte sie schlafen und hätte den Blick auf den Fluss und die beiden Molen, und vorn hätte sie die Stadt und die holländische Windmühle. In Hohen-Crem-
25 men haben wir noch immer bloß eine Bockmühle[2]. Nun sage, was meinst du dazu? Nächsten Mai wird doch die Mama wohl kommen."
Innstetten war mit allem einverstanden gewesen und hatte nur zum Schlusse gesagt: „Alles ganz gut. Aber es ist
30 doch am Ende besser, wir logieren die Mama drüben ein, auf dem Landratsamt; die ganze erste Etage steht da leer, geradeso wie hier, und sie ist da noch mehr für sich."

Das war so das Resultat des ersten Umgangs im Hause gewesen; dann hatte Effi drüben ihre Toilette gemacht,
35 nicht ganz so schnell, wie Innstetten angenommen, und

---

[1] bebildertes Lesebuch für Schulanfänger, Lehrbuch mit dem Grundwissen eines Fachgebietes
[2] deutsche Windmühle

nun saß sie in ihres Gatten Zimmer und beschäftigte sich
in ihren Gedanken abwechselnd mit dem kleinen Chinesen oben und mit Gieshübler, der noch immer nicht kam.
Vor einer Viertelstunde war freilich ein kleiner, schief-
schultriger und fast schon so gut wie verwachsener Herr [5]
in einem kurzen eleganten Pelzrock und einem hohen,
sehr glatt gebürsteten Zylinder an der andern Seite der
Straße vorbeigegangen und hatte nach ihrem Fenster hin-
übergesehen. Aber das konnte Gieshübler wohl nicht gewesen sein! Nein, dieser schiefschultrige Herr, der zu- [10]
gleich etwas so Distinguiertes[1] hatte, das musste der Herr
Gerichtspräsident gewesen sein, und sie entsann sich
auch wirklich, in einer Gesellschaft bei Tante Therese mal
einen solchen gesehen zu haben, bis ihr mit einem Male
einfiel, dass Kessin bloß einen Amtsrichter habe. [15]
Während sie diesen Betrachtungen noch nachhing, wurde der Gegenstand derselben, der augenscheinlich erst
eine Morgen- oder vielleicht auch eine Ermutigungspro-
menade um die Plantage herum gemacht hatte, wieder
sichtbar, und eine Minute später erschien Friedrich, um [20]
Apotheker Gieshübler anzumelden.
„Ich lasse sehr bitten."
Der armen jungen Frau schlug das Herz, weil es das erste Mal war, dass sie sich als Hausfrau und noch dazu als
erste Frau der Stadt zu zeigen hatte. [25]
Friedrich half Gieshübler den Pelzrock ablegen und öffnete dann wieder die Tür.
Effi reichte dem verlegen Eintretenden die Hand, die
dieser mit einem gewissen Ungestüm küsste. Die junge
Frau schien sofort einen großen Eindruck auf ihn ge- [30]
macht zu haben.
„Mein Mann hat mir bereits gesagt ... Aber ich empfan-
ge Sie hier in meines Mannes Zimmer ... er ist drüben
auf dem Amt und kann jeden Augenblick zurück sein ...
Darf ich Sie bitten, bei mir eintreten zu wollen?" [35]
Gieshübler folgte der voranschreitenden Effi ins Nebenzimmer, wo diese auf einen der Fauteuils[2] wies,

---

[1] distinguiert: besonders vornehm
[2] Fauteuil: -Armstuhl, Lehnsessel

während sie sich selbst ins Sofa setzte. „Dass ich Ihnen
sagen könnte, welche Freude Sie mir gestern durch die
schönen Blumen und Ihre Karte gemacht haben. Ich hörte sofort auf, mich hier als eine Fremde zu fühlen, und
5 als ich dies Innstetten aussprach, sagte er mir, wir würden überhaupt gute Freunde sein."
„Sagte er so? Der gute Herr Landrat. Ja der Herr Landrat und Sie, meine gnädigste Frau, da sind, das bitte ich
sagen zu dürfen, zwei liebe Menschen zueinanderge-
10 kommen. Denn wie Ihr Herr Gemahl ist, das weiß ich,
und wie Sie sind, meine gnädigste Frau, das sehe ich."
„Wenn Sie nur nicht mit zu freundlichen Augen sehen.
Ich bin so sehr jung. Und Jugend ..."
„Ach, meine gnädigste Frau, sagen Sie nichts gegen die
15 Jugend. Die Jugend, auch in ihren Fehlern ist sie noch
schön und liebenswürdig, und das Alter, auch in seinen
Tugenden taugt es nicht viel. Persönlich kann ich in dieser Frage freilich nicht mitsprechen, vom Alter wohl,
aber von der Jugend nicht, denn ich bin eigentlich nie
20 jung gewesen. Personen meines Schlages sind nie jung.
Ich darf wohl sagen, das ist das Traurigste von der Sache. Man hat keinen rechten Mut, man hat kein Vertrau-
en zu sich selbst, man wagt kaum, eine Dame zum Tanz
aufzufordern, weil man ihr eine Verlegenheit ersparen
25 will, und so gehen die Jahre hin, und man wird alt, und
das Leben war arm und leer."
Effi gab ihm die Hand. „Ach, Sie dürfen so was nicht sagen. Wir Frauen sind gar nicht so schlecht."
„Oh, nein, gewiss nicht ..."
30 „Und wenn ich mir so zurückrufe", fuhr Effi fort, „was
ich alles erlebt habe ... viel ist es nicht, denn ich bin wenig herausgekommen und habe fast immer auf dem
Lande gelebt ... aber wenn ich es mir zurückrufe, so finde ich doch, dass wir immer das lieben, was liebenswert
35 ist. Und dann sehe ich doch auch gleich, dass Sie anders
sind als andere, dafür haben wir Frauen ein scharfes Auge. Vielleicht ist es auch der Name, der in Ihrem Falle
mitwirkt. Das war immer eine Lieblingsbehauptung unseres alten Pastors Niemeyer; der Name, so liebte er zu
40 sagen, besonders der Taufname, habe was geheimnisvoll

Bestimmendes, und Alonzo Gieshübler, so mein ich, schließt eine ganz neue Welt vor einem auf, ja, fast möcht ich sagen dürfen, Alonzo ist ein romantischer Name, ein Preziosa-Name[1]."

Gieshübler lächelte mit einem ganz ungemeinen Behagen und fand den Mut, seinen für seine Verhältnisse viel zu hohen Zylinder, den er bis dahin in der Hand gedreht hatte, beiseitezustellen. „Ja, meine gnädigste Frau, da treffen Sie's."

„Oh, ich verstehe. Ich habe von den Konsuln gehört, deren Kessin so viele haben soll, und in dem Hause des spanischen Konsuls hat Ihr Herr Vater mutmaßlich die Tochter eines seemännischen Capitanos[2] kennengelernt, wie ich annehme irgendeine schöne Andalusierin. Andalusierinnen sind immer schön."

„Ganz wie Sie vermuten, meine Gnädigste. Und meine Mutter war wirklich eine schöne Frau, so schlecht es mir persönlich zusteht, die Beweisführung zu übernehmen. Aber als Ihr Herr Gemahl vor drei Jahren hierherkam, lebte sie noch und hatte noch ganz die Feueraugen. Er wird es mir bestätigen. Ich persönlich bin mehr ins Gieshübler'sche geschlagen, Leute von wenig Exterieur[3], aber sonst leidlich im Stande. Wir sitzen hier schon in der vierten Generation, volle hundert Jahre, und wenn es einen Apothekeradel gäbe ..."

„So würden Sie ihn beanspruchen dürfen. Und ich meinerseits nehme ihn für bewiesen an und sogar für bewiesen ohne jede Einschränkung. Uns, aus den alten Familien, wird das am leichtesten, weil wir, so wenigstens bin ich von meinem Vater und auch von meiner Mutter her erzogen, jede gute Gesinnung, sie komme woher sie wolle, mit Freudigkeit gelten lassen. Ich bin eine geborene

---

[1] „Preziosa": Schauspiel von Pius Alexander Wolff (1782–1828) mit Musik von Carl Maria von Weber (1786–1826), in dem sich das Zigeunermädchen Preziosa in den jungen Adligen Don Alonzo verliebt

[2] Capitano, ital.: Hauptmann, Kapitän; außerdem: komische Figur der italienischen Commedia dell'Arte, die auch in Wolffs „Preziosa" vorkommt

[3] äußere Erscheinung

Briest und stamme von dem Briest ab, der, am Tage vor der Fehrbelliner Schlacht[1], den Überfall von Rathenow[2] ausführte, wovon Sie vielleicht einmal gehört haben ..."

„Oh, gewiss, meine Gnädigste, das ist ja meine Speziali-
5 tät."

„Eine Briest also. Und mein Vater, da reichen keine hundert Male, dass er zu mir gesagt hat: Effi (so heiße ich nämlich), Effi, hier sitzt es, bloß hier, und als Froben das Pferd tauschte[3], da war er von Adel, und als Luther sagte
10 ‚hier stehe ich‘[4], da war er erst recht von Adel. Und ich denke, Herr Gieshübler, Innstetten hatte ganz Recht, als er mir versicherte, wir würden gute Freundschaft halten."

Gieshübler hätte nun am liebsten gleich eine Liebeserklärung gemacht und gebeten, dass er als Cid oder ir-
15 gend sonst ein Campeador[5] für sie kämpfen und sterben könne. Da dies alles aber nicht ging und sein Herz es nicht mehr aushalten konnte, so stand er auf, suchte nach seinem Hut, den er auch glücklicherweise gleich fand, und zog sich, nach wiederholtem Handkuss, rasch
20 zurück, ohne weiter ein Wort gesagt zu haben.

Neuntes Kapitel

So war Effis erster Tag in Kessin gewesen. Innstetten gab ihr noch eine halbe Woche Zeit, sich einzurichten und

---

[1] Friedrich Wilhelm von Brandenburg besiegte bei Fehrbellin am 28. Juni 1675 die Schweden.

[2] von General Derfflinger (1606–96) angeführter Überraschungsangriff auf das schwedisch besetzte Rathenow am 25. Juni

[3] Emanuel von Froben (1640–75), Stallmeister des Kurfürsten, fiel in der Fehrbelliner Schlacht, nachdem er zuvor sein Pferd mit dem Schimmel seines Herrn getauscht und den Kurfürsten dadurch gerettet haben soll.

[4] Auf dem Reichstag in Worms (1521) soll Martin Luther (1483–1546) sich mit den Worten „Hier stehe ich, ich kann nicht anders" geweigert haben, seine Schriften zu widerrufen.

[5] Cid (Herr) und Campeador (Kämpe, Kämpfer) waren Beinamen von Rodrigo Diaz de Vivar (1043–99), spanischer Ritter und Nationalheld.

die verschiedensten Briefe nach Hohen-Cremmen zu
schreiben, an die Mama, an Hulda und die Zwillinge;
dann aber hatten die Stadtbesuche begonnen, die zum
Teil (es regnete gerade so, dass man sich diese Unge-
wöhnlichkeit schon gestatten konnte) in einer geschlos- 5
senen Kutsche gemacht wurden. Als man damit fertig
war, kam der Landadel an die Reihe. Das dauerte länger,
da sich, bei den meist großen Entfernungen, an jedem
Tage nur eine Visite machen ließ. Zuerst war man bei
den Borckes in Rothenmoor, dann ging es nach Morg- 10
nitz, Dabergotz und Kroschentin, wo man bei den Ahle-
manns, den Jatzkows und den Grasenabbs den pflichtschuldigen Besuch abstattete. Noch ein paar andere
folgten, unter denen auch der alte Baron v. Güldenklee
auf Papenhagen war. Der Eindruck, den Effi empfing, 15
war überall derselbe: mittelmäßige Menschen, von meist
zweifelhafter Liebenswürdigkeit, die, während sie vor-
gaben, über Bismarck und die Kronprinzessin zu sprechen, eigentlich nur Effis Toilette[1] musterten, die von einigen als zu prätentiös[2] für eine so jugendliche Dame, 20
von andern als zu wenig dezent für eine Dame von gesellschaftlicher Stellung befunden wurde. Man merke
doch an allem die Berliner Schule: Sinn für Äußerliches
und eine merkwürdige Verlegenheit und Unsicherheit
bei Berührung großer Fragen. In Rothenmoor bei den 25
Borckes und dann auch bei den Familien in Morgnitz
und Dabergotz war sie für „rationalistisch angekrän-
kelt", bei den Grasenabbs in Kroschentin aber rundweg
für eine „Atheistin" erklärt worden. Allerdings hatte die
alte Frau von Grasenabb, eine Süddeutsche (geborene 30
Stiefel von Stiefelstein), einen schwachen Versuch gemacht, Effi wenigstens für den Deismus[3] zu retten; Sidonie v. Grasenabb aber, eine dreiundvierzigjährige alte
Jungfer, war barsch dazwischengefahren: „Ich sage dir,

---

[1] Gesellschaftskleidung, Damenkleidung samt Zubehör
[2] anspruchsvoll, anmaßend, selbstgefällig
[3] Gottesauffassung der Aufklärung des 17. und 18. Jahrhunderts,
nach der Gott zwar die Welt erschaffen hat, aber keinen Einfluss
auf sie ausübt

Mutter, einfach Atheistin, kein Zollbreit weniger und dabei bleibt es", worauf die Alte, die sich vor ihrer eigenen Tochter fürchtete, klüglich geschwiegen hatte.

Die ganze Tournee[1] hatte so ziemlich zwei Wochen ge-
5 dauert, und es war am 2. Dezember, als man, zu schon später Stunde, von dem letzten dieser Besuche nach Kessin zurückkehrte. Dieser letzte Besuch hatte den Güldenklees auf Papenhagen gegolten, bei welcher Gelegenheit Innstetten dem Schicksal nicht entgangen war,
10 mit dem alten Güldenklee politisieren zu müssen. „Ja, teuerster Landrat, wenn ich so den Wechsel der Zeiten bedenke! Heute vor einem Menschenalter oder ungefähr so lange, ja, da war auch ein zweiter Dezember[2] und der gute Louis und Napoleons-Neffe – wenn er so was war
15 und nicht eigentlich ganz woanders herstammte –, der kartätschte[3] damals auf die Pariser Kanaille[4]. Na, das mag ihm verziehen sein, für so was war er der rechte Mann, und ich halte zu dem Satze: ‚Jeder hat es geradeso gut und so schlecht, wie er's verdient.' Aber dass er
20 nachher alle Schätzung verlor und anno 70[5] so mir nichts, dir nichts auch mit uns anbinden wollte, sehen Sie, Baron, das war, ja wie sag ich, das war eine Insolenz[6]. Es ist ihm aber auch heimgezahlt worden. Unser Alter da oben lässt sich nicht spotten, der steht zu
25 uns."

„Ja", sagte Innstetten, der klug genug war, auf solche Philistereien[7] anscheinend ernsthaft einzugehen: „der

---

[1] Gastspielreise, hier: Reise mit Antrittsbesuchen
[2] Napoleon III (Charles Louis Napoléon Bonaparte, 1808–73), Neffe Napoleons I., löste am 2. Dezember 1851 mit einem blutigen Staatsstreich das Parlament auf.
[3] kartätschen: mit Kartätschen (mit Bleikugeln gefüllte Artilleriegeschosse) schießen
[4] Gesindel; mit der „Pariser Kanaille" sind die Republikaner gemeint, die Napoleon III. unterdrückte und zu denen auch Proletarier gehörten.
[5] Deutsch-Französischer Krieg 1870/71, französische Kriegserklärung am 19. Juli 1870
[6] Anmaßung, Unverschämtheit
[7] spießige Ansichten, (hier: nationalistische) Engstirnigkeiten

Held und Eroberer von Saarbrücken[1] wusste nicht, was
er tat. Aber Sie dürfen nicht zu streng mit ihm persönlich abrechnen. Wer ist am Ende Herr in seinem Hause?
Niemand. Ich richte mich auch schon darauf ein, die Zügel der Regierung in andere Hände zu legen, und Louis
Napoleon, nun, der war vollends ein Stück Wachs in
den Händen seiner katholischen Frau[2], oder sagen wir
lieber, seiner jesuitischen Frau."
„Wachs in den Händen seiner Frau, die ihm dann eine
Nase drehte. Natürlich, Innstetten, das war er. Aber damit
wollen Sie diese Puppe doch nicht etwa retten? Er ist und
bleibt gerichtet. An und für sich ist es übrigens noch gar
nicht mal erwiesen", und sein Blick suchte bei diesen Worten etwas ängstlich nach dem Auge seiner Ehehälfte, „ob
nicht Frauenherrschaft eigentlich als ein Vorzug gelten
kann; nur freilich, die Frau muss danach sein. Aber wer
war diese Frau? Sie war überhaupt keine Frau, im güns-
tigsten Falle war sie eine Dame, das sagt alles; ‚Dame' hat
beinah immer einen Beigeschmack. Diese Eugenie – über
deren Verhältnis zu dem jüdischen Bankier[3] ich hier gern
hingehe, denn ich hasse Tugendhochmut – hatte was vom
Café chantant[4], und wenn die Stadt, in der sie lebte, das
Babel[5] war, so war sie das Weib von Babel. Ich mag mich
nicht deutlicher ausdrücken, denn ich weiß", und er ver-
neigte sich gegen Effi, „was ich deutschen Frauen schuldig bin. Um Vergebung, meine Gnädigste, dass ich diese
Dinge vor Ihren Ohren überhaupt berührt habe."
So war die Unterhaltung gegangen, nachdem man vorher von Wahl[6], Nobiling[7] und Raps gesprochen hatte,

---

[1] Saarbrücken wurde am 2. August 1870 von französischen Truppen
    eingenommen.
[2] Gräfin Eugenie von Montijo und Teba (1826–1920)
[3] Baron Alfons de Rothschild (1827–1905)
[4] Café mit Gesang und Kabarett
[5] biblischer Name für Babylon; in der Offenbarung des Johannes (17)
    heißt es, Babel sei die „Mutter der Hurerei und aller Gräuel auf
    Erden".
[6] Gemeint ist die Reichstagswahl.
[7] Karl Eduard Nobiling (1848–78), -Anarchist, der am 2. Juni 1878 ein
    Attentat auf Kaiser Wilhelm I. verübte, bei dem er diesen schwer

und nun saßen Innstetten und Effi wieder daheim und plauderten noch eine halbe Stunde. Die beiden Mädchen im Hause waren schon zu Bett, denn es war nah an Mitternacht.

5 Innstetten, in kurzem Hausrock und Saffianschuhen[1], ging auf und ab; Effi war noch in ihrer Gesellschaftstoilette; Fächer und Handschuhe lagen neben ihr.

„Ja", sagte Innstetten, während er sein Auf- und Abschreiten im Zimmer unterbrach, „diesen Tag müssten 10 wir nun wohl eigentlich feiern, und ich weiß nur noch nicht womit. Soll ich dir einen Siegesmarsch vorspielen oder den Haifisch draußen in Bewegung setzen oder dich im Triumph über den Flur tragen? Etwas muss doch geschehen, denn du musst wissen, das war nun 15 heute die letzte Visite."

„Gott sei Dank, war sie's", sagte Effi. „Aber das Gefühl, dass wir nun Ruhe haben, ist, denk ich, gerade Feier genug. Nur einen Kuss könntest du mir geben. Aber daran denkst du nicht. Auf dem ganzen weiten Wege nicht ge-20 rührt, frostig wie ein Schneemann. Und immer nur die Zigarre."

„Lass, ich werde mich schon bessern und will vorläufig nur wissen, wie stehst du zu dieser ganzen Umgangs- und Verkehrsfrage? Fühlst du dich zu dem einen oder 25 andern hingezogen? Haben die Borckes die Grasenabbs geschlagen, oder umgekehrt, oder hältst du's mit dem alten Güldenklee? Was er da über die Eugenie sagte, machte doch einen sehr edlen und reinen Eindruck."

„Ei, sieh, Herr von Innstetten, auch medisant[2]! Ich lerne 30 Sie von einer ganz neuen Seite kennen."

„Und wenn's unser Adel nicht tut", fuhr Innstetten fort, ohne sich stören zu lassen, „wie stehst du zu den Kessiner Stadthonorationen? Wie stehst du zur Ressource[3]? Daran hängt doch am Ende Leben und Sterben. Ich habe

---

verwundete. Bismarck nahm das Attentat zum Vorwand, gegen die Sozialdemokratie vorzugehen.

[1] Saffian: weiches, bunt gefärbtes Ziegenleder
[2] schmähsüchtig, lästernd
[3] geschlossene Gesellschaft, Club, Clubheim

dich da neulich mit unserem reserveleutnantlichen Amtsrichter sprechen sehen, einem zierlichen Männchen, mit dem sich vielleicht durchkommen ließe, wenn er nur endlich von der Vorstellung los könnte, die Wiedereroberung von Le Bourget[1] durch sein Erscheinen in der Flanke zustande gebracht zu haben. Und seine Frau! Sie gilt als die beste Bostonspielerin[2] und hat auch die hübschesten Anlegemarken. Also nochmals, Effi, wie wird es werden in Kessin? Wirst du dich einleben? Wirst du populär werden und mir die Majorität sichern, wenn ich in den Reichstag will? Oder bist du für Einsiedlertum, für Abschluss von der Kessiner Menschheit, so Stadt wie Land?"

„Ich werde mich wohl für Einsiedlertum entschließen, wenn mich die Mohrenapotheke nicht herausreißt. Bei Sidonie werd ich dadurch freilich noch etwas tiefer sinken, aber darauf muss ich es ankommen lassen; dieser Kampf muss eben gekämpft werden. Ich steh und falle mit Gieshübler. Es klingt etwas komisch, aber er ist wirklich der Einzige, mit dem sich ein Wort reden lässt, der einzige richtige Mensch hier."

„Das ist er", sagte Innstetten. „Wie gut du zu wählen verstehst."

„Hätte ich sonst dich?", sagte Effi und hing sich an seinen Arm.

Das war am 2. Dezember. Eine Woche später war Bismarck in Varzin, und nun wusste Innstetten, dass, bis Weihnachten und vielleicht noch drüber hinaus, an ruhige Tage für ihn gar nicht mehr zu denken sei. Der Fürst hatte noch von Versailles her[3] eine Vorliebe für ihn und lud ihn, wenn Besuch da war, häufig zu Tisch, aber auch allein, denn der jugendliche, durch Haltung und Klug-

---

1 Ortschaft nordöstlich von Paris, am 30. Oktober 1870 von den Preußen zurückerobert
2 Boston: Kartenspiel
3 Während des Deutsch-Französischen-Krieges leitete Bismarck die Regierungsgeschäfte vorübergehend von Versailles, dem Hauptquartier der deutschen Armee, aus.

heit gleich ausgezeichnete Landrat stand ebenso in
Gunst bei der Fürstin.
Zum 14. erfolgte die erste Einladung. Es lag Schnee,
weshalb Innstetten die fast zweistündige Fahrt bis an
5 den Bahnhof, von wo noch eine Stunde Eisenbahn war,
im Schlitten zu machen vorhatte. „Warte nicht auf mich,
Effi. Vor Mitternacht kann ich nicht zurück sein; wahrscheinlich wird es zwei oder noch später. Ich störe dich
aber nicht. Gehab dich wohl und auf Wiedersehen mor-
10 gen früh." Und damit stieg er ein, und die beiden isa-
bellfarbenen Graditzer[1] jagten im Fluge durch die Stadt
hin und dann landeinwärts auf den Bahnhof zu.
Das war die erste lange Trennung, fast auf zwölf Stunden. Arme Effi. Wie sollte sie den Abend verbringen?
15 Früh zu Bett, das war gefährlich, dann wachte sie auf
und konnte nicht wieder einschlafen und horchte auf alles. Nein, erst recht müde werden und dann ein fester
Schlaf, das war das Beste. Sie schrieb einen Brief an die
Mama und ging dann zu der Frau Kruse, deren gemüts-
20 kranker Zustand – sie hatte das schwarze Huhn oft bis
in die Nacht hinein auf ihrem Schoß – ihr Teilnahme ein-
flößte. Die Freundlichkeit indessen, die sich darin aussprach, wurde von der in ihrer überheizten Stube sitzenden und nur still und stumm vor sich hinbrütenden
25 Frau keinen Augenblick erwidert, weshalb Effi, als sie
wahrnahm, dass ihr Besuch mehr als Störung wie als
Freude empfunden wurde, wieder ging und nur noch
fragte, ob die Kranke etwas haben wolle. Diese lehnte
aber alles ab.
30 Inzwischen war es Abend geworden, und die Lampe
brannte schon. Effi stellte sich ans Fenster ihres Zimmers und sah auf das Wäldchen hinaus, auf dessen
Zweigen der glitzernde Schnee lag. Sie war von dem
Bilde ganz in Anspruch genommen und kümmerte sich
35 nicht um das, was hinter ihr in dem Zimmer vorging.
Als sie sich wieder umsah, bemerkte sie, dass Friedrich
still und geräuschlos ein Couvert[2] gelegt und ein Ka-

---

1 gelb-bräunliche Pferde aus dem preußischen Staatsgestüt Graditz
2 Tafelgedeck

barett[1] auf den Sofatisch gestellt hatte. „Ja so, Abend-
brot ... Da werd ich mich nun wohl setzen müssen."
Aber es wollte nicht schmecken, und so stand sie wieder
auf und las den an die Mama geschriebenen Brief noch
einmal durch. Hatte sie schon vorher ein Gefühl der Ein- 5
samkeit gehabt, so jetzt doppelt. Was hätte sie darum gegeben, wenn die beiden Jahnke'schen Rotköpfe jetzt eingetreten wären oder selbst Hulda. Die war freilich
immer so sentimental und beschäftigte sich meist nur
mit ihren Triumphen, aber so zweifelhaft und anfechtbar 10
diese Triumphe waren, sie hätte sich in diesem Augenblicke doch gern davon erzählen lassen. Schließlich
klappte sie den Flügel auf, um zu spielen; aber es ging
nicht. „Nein, dabei werd ich vollends melancholisch; lieber lesen." Und so suchte sie nach einem Buche. Das ers- 15
te, was ihr zu Händen kam, war ein dickes, rotes Reisehandbuch, alter Jahrgang, vielleicht schon aus
Innstettens Leutnantstagen her. „Ja, darin will ich lesen;
es gibt nichts Beruhigenderes als solche Bücher. Das Ge-
fährliche sind bloß immer die Karten; aber vor diesem 20
Augenpulver[2], das ich hasse, werd ich mich schon hüten." Und so schlug sie denn auf gut Glück auf, Seite
153. Nebenan hörte sie das Ticktack der Uhr und draußen Rollo, der, seit es dunkel war, seinen Platz in der Remise aufgegeben und sich, wie jeden Abend, so auch 25
heute wieder, auf die große geflochtene Matte, die vor
dem Schlafzimmer lag, ausgestreckt hatte. Das Bewusstsein seiner Nähe minderte das Gefühl ihrer Verlassen-
heit, ja, sie kam fast in Stimmung, und so begann sie
denn auch unverzüglich zu lesen. Auf der gerade vor ihr 30
aufgeschlagenen Seite war von der „Eremitage"[3], dem
bekannten markgräflichen Lustschloss in der Nähe von
Bayreuth, die Rede; das lockte sie, Bayreuth, Richard
Wagner, und so las sie denn: „Unter den Bildern in der
Eremitage nennen wir noch eins, das nicht durch seine 35

---

[1] meist drehbare, mit Fächern oder Schüsselchen versehene Speise-
platte
[2] umgangssprachlich: sehr kleine Schrift
[3] 1718 erbaut von Markgraf Georg Wilhelm von Bayreuth

Schönheit, wohl aber durch sein Alter und durch die
Person, die es darstellt, ein Interesse beansprucht. Es ist
dies ein stark nachgedunkeltes Frauenporträt, kleiner
Kopf, mit herben, etwas unheimlichen Gesichtszügen
und einer Halskrause, die den Kopf zu tragen scheint.
Einige meinen, es sei eine alte Markgräfin aus dem Ende
des fünfzehnten Jahrhunderts, andere sind der Ansicht,
es sei die Gräfin von Orlamünde[1]; darin aber sind beide
einig, dass es das Bildnis der Dame sei, die seither in der
Geschichte der Hohenzollern unter dem Namen der
,weißen Frau'[2] eine gewisse Berühmtheit erlangt hat."
„Das hab ich gut getroffen", sagte Effi, während sie das
Buch beiseiteschob; „ich will mir die Nerven beruhigen,
und das Erste, was ich lese, ist die Geschichte von der
weißen Frau, vor der ich mich gefürchtet habe, solang
ich denken kann. Aber da nun das Gruseln mal da ist,
will ich doch auch zu Ende lesen."
Und sie schlug wieder auf und las weiter: „... Eben dies
alte Porträt (dessen Original in der Hohenzollern'schen
Familiengeschichte solche Rolle spielt) spielt als Bild
auch eine Rolle in der Spezialgeschichte des Schlosses
Eremitage, was wohl damit zusammenhängt, dass es an
einer dem Fremden unsichtbaren Tapetentür hängt, hinter der sich eine vom Souterrain her hinaufführende
Treppe befindet. Es heißt, dass, als Napoleon hier über-
nachtete[3], die ,weiße Frau' aus dem Rahmen herausge-
treten und auf sein Bett zugeschritten sei. Der Kaiser,
entsetzt auffahrend, habe nach seinem Adjutanten[4] gerufen und bis an sein Lebensende mit Entrüstung von
diesem ,maudit château'[5] gesprochen."
„Ich muss es aufgeben, mich durch Lektüre beruhigen zu
wollen", sagte Effi. „Lese ich weiter, so komm ich gewiss

---

[1] Gräfin Agnes von Orlamünde; nach dem Tod ihres Mannes (1293)
soll sie ihre Kinder ermordet haben, um den Burggrafen Albrecht
von Nürnberg zu heiraten.

[2] sagenumwobene Spukerscheinung auf mehreren Hohenzollern-
schlössern

[3] im Sommer 1812

[4] Adjutant: Hilfsoffizier zur Unterstützung von Kommandeuren

[5] franz.: verfluchtes Schloss

noch nach einem Kellergewölbe, wo der Teufel auf einem Weinfass davongeritten ist[1]. Es gibt, glaub ich, in Deutschland viel dergleichen, und in einem Reisehandbuch muss es sich natürlich alles zusammenfinden. Ich will also lieber wieder die Augen schließen und mir, so gut es geht, meinen Polterabend vorstellen: die Zwillinge, wie sie vor Tränen nicht weiterkonnten, und dazu den Vetter Briest, der, als sich alles verlegen anblickte, mit erstaunlicher Würde behauptete, solche Tränen öffneten einem das Paradies. Er war wirklich charmant und immer so übermütig ... Und nun ich! Und gerade hier. Ach, ich tauge doch gar nicht für eine große Dame. Die Mama, ja, die hätte hierher gepasst, die hätte, wie's einer Landrätin zukommt, den Ton angegeben, und Sidonie Grasenabb wäre ganz Huldigung gegen sie gewesen und hätte sich über ihren Glauben oder Unglauben nicht groß beunruhigt. Aber ich ... Ich bin ein Kind und werd es auch wohl bleiben. Einmal hab ich gehört, das sei ein Glück. Aber ich weiß doch nicht, ob das wahr ist. Man muss doch immer dahin passen, wohin man nun mal gestellt ist."
In diesem Augenblicke kam Friedrich, um den Tisch abzuräumen.
„Wie spät ist es, Friedrich?"
„Es geht auf neun, gnäd'ge Frau."
„Nun, das lässt sich hören. Schicken Sie mir Johanna."

„Gnäd'ge Frau haben befohlen."
„Ja, Johanna. Ich will zu Bett gehen. Es ist eigentlich noch früh. Aber ich bin so allein. Bitte, tun Sie den Brief erst ein, und wenn Sie wieder da sind, nun, dann wird es wohl Zeit sein. Und wenn auch nicht."
Effi nahm die Lampe und ging in ihr Schlafzimmer hinüber. Richtig, auf der Binsenmatte lag Rollo. Als er Effi kommen sah, erhob er sich, um den Platz freizugeben, und strich mit seinem Behang[2] an ihrer Hand hin. Dann legte er sich wieder nieder.

---

[1] Der Volkssage zufolge ist Faust mithilfe des Teufels auf einem Weinfass aus Auerbachs Keller in Leipzig herausgeritten.

[2] jägersprachlich: Hundeohr, Schlappohr

Johanna war inzwischen nach dem Landratsamt hin-
übergegangen, um da den Brief einzustecken. Sie hatte
sich drüben nicht sonderlich beeilt, vielmehr vorgezo-
gen, mit der Frau Paaschen, des Amtsdieners Frau, ein
5 Gespräch zu führen. Natürlich über die junge Frau.
„Wie ist sie denn?", fragte die Paaschen.
„Sehr jung ist sie."
„Nun, das ist kein Unglück, eher umgekehrt. Die Jungen, und das ist eben das Gute, stehen immer bloß vorm
10 Spiegel und zupfen und stecken sich was vor und sehen
nicht viel und hören nicht viel und sind noch nicht so,
dass sie draußen immer die Lichtstümpfe[1] zählen und
einem nicht gönnen, dass man einen Kuss kriegt, bloß
weil sie selber keinen mehr kriegen."
15 „Ja", sagte Johanna, „so war meine vorige Madam und
ganz ohne Not. Aber davon hat unsere Gnäd'ge nichts."
„Ist er denn sehr zärtlich?"
„ O sehr. Das können Sie doch wohl denken."
„Aber dass er sie so allein lässt ..."
20 „Ja, liebe Paaschen, Sie dürfen nicht vergessen ... der
Fürst. Und dann, er ist ja doch am Ende Landrat. Und
vielleicht will er auch noch höher."
„Gewiss, will er. Und er wird auch noch. Er hat so was.
Paaschen sagt es auch immer, und der kennt seine Leu-
25 te."
Während dieses Ganges drüben nach dem Amt hinüber
war wohl eine Viertelstunde vergangen, und als Johanna wieder zurück war, saß Effi schon vor dem Trumeau
und wartete.
30 „Sie sind lange geblieben, Johanna."
„Ja, gnäd'ge Frau ... Gnäd'ge Frau wollen entschuldigen
... Ich traf drüben die Frau Paaschen, und da hab ich
mich ein wenig verweilt. Es ist so still hier. Man ist immer froh, wenn man einen Menschen trifft, mit dem
35 man ein Wort sprechen kann. Christel ist eine sehr gute
Person, aber sie spricht nicht, und Friedrich ist so dusig[2]
und auch so vorsichtig und will mit der Sprache nie

---

[1] Licht: mundartlich für Kerze
[2] müde, dumm

recht heraus. Gewiss, man muss auch schweigen können, und die Paaschen, die so neugierig und so ganz gewöhnlich ist, ist eigentlich gar nicht nach meinem Geschmack; aber man hat es doch gern, wenn man mal
was hört und sieht."
Effi seufzte. „Ja, Johanna, das ist auch das Beste ..."
„Gnäd'ge Frau haben so schönes Haar, so lang und so
seidenweich."
„Ja, es ist sehr weich. Aber das ist nicht gut, Johanna.
Wie das Haar ist, ist der Charakter."
„Gewiss, gnäd'ge Frau. Und ein weicher Charakter ist
doch besser als ein harter. Ich habe auch weiches Haar."
„Ja, Johanna. Und Sie haben auch blondes. Das haben
die Männer am liebsten."
„Ach, das ist doch sehr verschieden, gnäd'ge Frau. Manche sind doch auch für das schwarze."
„Freilich", lachte Effi, „das habe ich auch schon gefunden. Es wird wohl an was ganz anderem liegen. Aber
die, die blond sind, die haben auch immer einen weißen
Teint, Sie auch, Johanna, und ich möchte mich wohl ver-
wetten, dass Sie viel Nachstellung haben. Ich bin noch
sehr jung, aber das weiß ich doch auch. Und dann habe
ich eine Freundin, die war auch so blond, ganz flachs-
blond, noch blonder als Sie, und war eine Predigerstoch-
ter ..."
„Ja, denn ..."
„Aber ich bitte Sie, Johanna, was meinen Sie mit ‚ja
denn'. Das klingt ja ganz anzüglich und sonderbar, und
Sie werden doch nichts gegen Predigerstöchter haben ...
Es war ein sehr hübsches Mädchen, was selbst unsere
Offiziere – wir hatten nämlich Offiziere, noch dazu rote
Husaren – auch immer fanden, und verstand sich dabei
sehr gut auf Toilette, schwarzes Sammetmieder und eine
Blume, Rose oder auch Heliotrop, und wenn sie nicht so
vorstehende große Augen gehabt hätte ... ach, die hätten
Sie sehen sollen, Johanna, wenigstens so groß (und Effi
zog unter Lachen an ihrem rechten Augenlid), so wäre
sie geradezu eine Schönheit gewesen. Sie hieß Hulda,
Hulda Niemeyer, und wir waren nicht einmal so ganz
intim; aber wenn ich sie jetzt hier hätte und sie da säße,

da in der kleinen Sofaecke, so wollte ich bis Mitternacht mit ihr plaudern oder noch länger. Ich habe solche Sehnsucht und ...", und dabei zog sie Johannas Kopf dicht an sich heran ..., „ich habe solche Angst."

5 „Ach, das gibt sich, gnäd'ge Frau, die hatten wir alle."

„Die hattet ihr alle? Was soll das heißen, Johanna?"

„... Und wenn die gnäd'ge Frau wirklich solche Angst haben, so kann ich mir ja ein Lager hier machen. Ich nehme die Strohmatte und kehre einen Stuhl um, dass 10 ich eine Kopflehne habe, und dann schlafe ich hier bis morgen früh oder bis der gnäd'ge Herr wieder da ist."

„Er will mich nicht stören. Das hat er mir eigens versprochen."

„Oder ich setze mich bloß in die Sofaecke."

15 „Ja, das ginge vielleicht. Aber nein, es geht auch nicht. Der Herr darf nicht wissen, dass ich mich ängstige, das liebt er nicht. Er will immer, dass ich tapfer und entschlossen bin, so wie er. Und das kann ich nicht; ich war immer etwas anfällig ... Aber freilich, ich sehe wohl ein, 20 ich muss mich bezwingen und ihm in solchen Stücken und überhaupt zu Willen sein ... Und dann habe ich ja auch Rollo. Der liegt ja vor der Türschwelle."

Johanna nickte zu jedem Wort und zündete dann das Licht an, das auf Effis Nachttisch stand. Dann nahm sie 25 die Lampe. „Befehlen gnäd'ge Frau noch etwas?"

„Nein, Johanna. Die Läden sind doch fest geschlossen?"

„Bloß angelegt, gnäd'ge Frau. Es ist sonst so dunkel und so stickig."

„Gut, gut."

30 Und nun entfernte sich Johanna; Effi aber ging auf ihr Bett zu und wickelte sich in ihre Decken.

Sie ließ das Licht brennen, weil sie gewillt war, nicht gleich einzuschlafen, vielmehr vorhatte, wie vorhin ihren Polterabend, so jetzt ihre Hochzeitsreise zu rekapitu-35 lieren und alles an sich vorüberziehen zu lassen. Aber es kam anders, wie sie gedacht, und als sie bis Verona war und nach dem Hause der Julia Capulet[1] suchte, fielen

---

[1] die „Julia" aus Shakespeares (1564 (getauft) – 1616) „Romeo und Julia" (1595)

ihr schon die Augen zu. Das Stümpfchen Licht in dem kleinen Silberleuchter brannte allmählich nieder, und nun flackerte es noch einmal auf und erlosch.

Effi schlief eine Weile ganz fest. Aber mit einem Male fuhr sie mit einem lauten Schrei aus ihrem Schlafe auf, ja, sie hörte selber noch den Aufschrei und auch, wie Rollo draußen anschlug; – „wau, wau", klang es den Flur entlang, dumpf und selber beinah ängstlich. Ihr war, als ob ihr das Herz stillstände; sie konnte nicht rufen, und in diesem Augenblicke huschte was an ihr vorbei, und die nach dem Flur hinausführende Tür sprang auf. Aber eben dieser Moment höchster Angst war auch der ihrer Befreiung, denn, statt etwas Schrecklichem, kam jetzt Rollo auf sie zu, suchte mit seinem Kopf nach ihrer Hand und legte sich, als er diese gefunden, auf den vor ihrem Bett ausgebreiteten Teppich nieder. Effi selber aber hatte mit der andern Hand dreimal auf den Knopf der Klingel gedrückt, und keine halbe Minute, so war Johanna da, barfüßig, den Rock über dem Arm und ein großes kariertes Tuch über Kopf und Schulter geschlagen.

„Gott sei Dank, Johanna, dass Sie da sind."

„Was war denn, gnäd'ge Frau? Gnäd'ge Frau haben geträumt."

„Ja, geträumt. Es muss so was gewesen sein ... aber es war doch auch noch was anderes."

„Was denn, gnäd'ge Frau?"

„Ich schlief ganz fest, und mit einem Male fuhr ich auf und schrie ... vielleicht, dass es ein Alpdruck[1] war ... Alpdruck ist in unserer Familie, mein Papa hat es auch und ängstigt uns damit, und nur die Mama sagt immer, er solle sich nicht so gehenlassen; aber das ist leicht gesagt ... ich fuhr also auf aus dem Schlaf und schrie, und als ich mich umsah, so gut es eben ging in dem Dunkel, da strich was an meinem Bett vorbei, gerade da, wo Sie jetzt stehen, Johanna, und dann war es weg. Und wenn ich mich recht frage, was es war ..."

---

[1] Alptraum, dem Volksglaube nach verursacht durch den „Alp", einen Schadensdämon, der sich seinem Opfer im Schlaf auf die Brust setzt

„Nun was denn, gnäd'ge Frau?"

„Und wenn ich mich recht frage ... ich mag es nicht sagen, Johanna ... aber ich glaube, der Chinese."

„Der von oben?", und Johanna versuchte zu lachen, „unser kleiner Chinese, den wir an die Stuhllehne geklebt haben, Christel und ich. Ach, gnäd'ge Frau haben geträumt, und wenn Sie schon wach waren, so war es doch alles noch aus dem Traum."

„Ich würd es glauben. Aber es war genau derselbe Augenblick, wo Rollo draußen anschlug, der muss es also auch gesehen haben, und dann flog die Tür auf, und das gute, treue Tier sprang auf mich los, als ob es mich zu retten käme. Ach, meine liebe Johanna, es war entsetzlich.

Und ich so allein, und so jung. Ach, wenn ich doch wen hier hätte, bei dem ich weinen könnte. Aber so weit von Hause ... Ach, von Hause ..."

„Der Herr kann jede Stunde kommen."

„Nein, er soll nicht kommen; er soll mich so nicht sehen. Er würde mich vielleicht auslachen, und das könnt ich ihm nie verzeihen. Denn es war so furchtbar, Johanna ... Sie müssen nun hierbleiben ... Aber lassen Sie Christel schlafen und Friedrich auch. Es soll es keiner wissen."

„Oder vielleicht kann ich auch die Frau Kruse holen; die schläft doch nicht, die sitzt die ganze Nacht da."

„Nein, nein, die ist selber so was. Das mit dem schwarzen Huhn, das ist auch so was; die darf nicht kommen. Nein, Johanna, Sie bleiben allein hier. Und wie gut, dass Sie die Läden nur angelegt. Stoßen Sie sie auf, recht laut, dass ich einen Ton höre, einen menschlichen Ton, ... ich muss es so nennen, wenn es auch sonderbar klingt ..., und dann machen Sie das Fenster ein wenig auf, dass ich Luft und Licht habe."

Johanna tat, wie ihr geheißen, und Effi fiel in ihre Kissen zurück und bald danach in einen lethargischen[1] Schlaf.

---

[1] lethargisch: schlafsüchtig; körperlich und seelisch träge

Zehntes Kapitel

Innstetten war erst sechs Uhr früh von Varzin zurückge-
kommen und hatte sich, Rollos Liebkosungen abwehr-
end, so leise wie möglich in sein Zimmer zurückgezogen. Er machte sich's hier bequem und duldete nur, dass 5
ihn Friedrich mit einer Reisedecke zudeckte. „Wecke
mich um neun." Und um diese Stunde war er denn auch
geweckt worden. Er stand rasch auf und sagte: „Bringe
das Frühstück."

„Die gnädige Frau schläft noch." 10

„Aber es ist ja schon spät. Ist etwas passiert?"

„Ich weiß es nicht; ich weiß nur, Johanna hat die Nacht
über im Zimmer der gnädigen Frau schlafen müssen."

„Nun, dann schicke Johanna."

Diese kam denn auch. Sie hatte denselben rosigen Teint 15
wie immer, schien sich also die Vorgänge der Nacht
nicht sonderlich zu Gemüte genommen zu haben.

„Was ist das mit der gnäd'gen Frau? Friedrich sagt mir,
es sei was passiert und Sie hätten drüben geschlafen."

„Ja, Herr Baron. Gnäd'ge Frau klingelte dreimal ganz 20
rasch hintereinander, dass ich gleich dachte, es bedeutet
was. Und so war es auch. Sie hat wohl geträumt, oder
vielleicht war es auch das andere."

„Welches andere?"

„Ach, der gnäd'ge Herr wissen ja." 25

„Ich weiß nichts. Jedenfalls muss ein Ende damit gemacht werden. Und wie fanden Sie die Frau?"

„Sie war wie außer sich und hielt das Halsband von Rollo, der neben dem Bett der gnäd'gen Frau stand, fest
umklammert. Und das Tier ängstigte sich auch." 30

„Und was hatte sie geträumt oder, meinetwegen auch,
was hatte sie gehört oder gesehen? Was sagte sie?"

„Es sei so hingeschlichen, dicht an ihr vorbei."

„Was? Wer?"

„Der von oben. Der aus dem Saal oder aus der kleinen 35
Kammer."

„Unsinn, sag ich. Immer wieder das alberne Zeug; ich
mag davon nicht mehr hören. Und dann blieben Sie bei
der Frau?"

„Ja, gnäd'ger Herr. Ich machte mir ein Lager an der Erde dicht neben ihr. Und ich musste ihre Hand halten, und dann schlief sie ein."

„Und sie schläft noch?"

5 „Ganz fest."

„Das ist mir ängstlich, Johanna. Man kann sich gesund schlafen, aber auch krank. Wir müssen sie wecken, natürlich vorsichtig, dass sie nicht wieder erschrickt. Und Friedrich soll das Frühstück nicht bringen; ich will warten, bis
10 die gnäd'ge Frau da ist. Und machen Sie's geschickt."

Eine halbe Stunde später kam Effi. Sie sah reizend aus, ganz blass, und stützte sich auf Johanna. Als sie aber Innstettens ansichtig wurde, stürzte sie auf ihn zu und umarmte und küsste ihn. Und dabei liefen ihr die Trä-
15 nen übers Gesicht. „Ach, Geert, Gott sei Dank, dass du da bist. Nun ist alles wieder gut. Du darfst nicht wieder fort, du darfst mich nicht wieder allein lassen."

„Meine liebe Effi ... stellen Sie hin, Friedrich, ich werde schon alles zurechtmachen ... meine liebe Effi, ich lasse
20 dich ja nicht allein aus Rücksichtslosigkeit oder Laune, sondern weil es so sein muss; ich habe keine Wahl, ich bin ein Mann im Dienst, ich kann zum Fürsten oder auch zur Fürstin nicht sagen: Durchlaucht, ich kann nicht kommen, meine Frau ist so allein, oder meine Frau
25 fürchtet sich. Wenn ich das sagte, würden wir in einem ziemlich komischen Licht dastehen, ich gewiss, und du auch. Aber nimm erst eine Tasse Kaffee."

Effi trank, was sie sichtlich belebte. Dann ergriff sie wieder ihres Mannes Hand und sagte: „Du sollst Recht ha-
30 ben; ich sehe ein, das geht nicht. Und dann wollen wir ja auch höher hinauf. Ich sage wir, denn ich bin eigentlich begieriger danach als du ..."

„So sind alle Frauen", lachte Innstetten.

„Also abgemacht; du nimmst die Einladungen an nach
35 wie vor, und ich bleibe hier und warte auf meinen ‚hohen Herrn', wobei mir Hulda unterm Holunderbaum einfällt. Wie's ihr wohl gehen mag?"

„Damen wie Hulda geht es immer gut. Aber was wolltest du noch sagen?"

„Ich wollte sagen, ich bleibe hier und auch allein, wenn es sein muss. Aber nicht in diesem Hause. Lass uns die Wohnung wechseln. Es gibt so hübsche Häuser am Boll-werk, eins zwischen Konsul Martens und Konsul Grütz-macher und eins am Markt, gerade gegenüber von Gies- ₅ hübler; warum können wir da nicht wohnen? Warum gerade hier? Ich habe, wenn wir Freunde und Verwand-te zum Besuch hatten, oft gehört, dass in Berlin Familien ausziehen wegen Klavierspiel oder wegen Schwaben[1] oder wegen einer unfreundlichen Portiersfrau; wenn ₁₀ das um solcher Kleinigkeit willen geschieht ...“

„Kleinigkeiten? Portiersfrau? Das sage nicht ...“

„Wenn das um solcher Dinge willen möglich ist, so muss es doch auch hier möglich sein, wo du Landrat bist und die Leute dir zu Willen sind und viele selbst zu Dank ver- ₁₅ pflichtet. Gieshübler würde uns gewiss dabei behilflich sein, wenn auch nur um meinetwegen, denn er wird Mit-leid mit mir haben. Und nun sage, Geert, wollen wir dies verwunschene Haus aufgeben, dies Haus mit dem ...“

„... Chinesen willst du sagen. Du siehst, Effi, man kann ₂₀ das furchtbare Wort aussprechen, ohne dass er er-scheint. Was du da gesehen hast oder was da, wie du meinst, an deinem Bette vorüberschlich, das war der kleine Chinese, den die Mädchen oben an die Stuhllehne geklebt haben; ich wette, dass er einen blauen Rock an- ₂₅ hatte und einen ganz flachen Deckelhut mit einem blan-ken Knopf oben.“

Sie nickte.

„Nun siehst du, Traum, Sinnestäuschung. Und dann wird dir Johanna wohl gestern Abend was erzählt ha- ₃₀ ben, von der Hochzeit hier oben ...“

„Nein.“

„Desto besser.“

„Kein Wort hat sie mir erzählt. Aber ich sehe doch aus dem allen, dass es hier etwas Sonderbares gibt. Und ₃₅ dann das Krokodil; es ist alles so unheimlich hier.“

„Den ersten Abend, als du das Krokodil sahst, fandest du's märchenhaft ...“

---

[1] Schwabe: Schabe (Insekt)

„Ja, damals ..."

„... Und dann, Effi, kann ich hier nicht gut fort, auch
wenn es möglich wäre, das Haus zu verkaufen oder einen Tausch zu machen. Es ist damit ganz wie mit einer
Absage nach Varzin hin. Ich kann hier in der Stadt die
Leute nicht sagen lassen, Landrat Innstetten verkauft
sein Haus, weil seine Frau den aufgeklebten kleinen
Chinesen als Spuk an ihrem Bette gesehen hat. Dann bin
ich verloren, Effi. Von solcher Lächerlichkeit kann man
sich nie wieder erholen."

„Ja, Geert, bist du denn so sicher, dass es so was nicht
gibt?"

„Will ich nicht behaupten. Es ist eine Sache, die man
glauben und noch besser nicht glauben kann. Aber angenommen, es gäbe dergleichen, was schadet es? Dass
in der Luft Bazillen herumfliegen, von denen du gehört
haben wirst, ist viel schlimmer und gefährlicher als diese ganze Geistertummelage[1]. Vorausgesetzt, dass sie
sich tummeln, dass so was wirklich existiert. Und dann
bin ich überrascht, solcher Furcht und Abneigung gerade bei dir zu begegnen, bei einer Briest. Das ist ja, wie
wenn du aus einem kleinen Bürgerhause stammtest.
Spuk ist ein Vorzug, wie Stammbaum und dergleichen,
und ich kenne Familien, die sich ebenso gern ihr Wappen nehmen ließen als ihre ‚weiße Frau', die natürlich
auch eine schwarze sein kann."

Effi schwieg.

„Nun, Effi. Keine Antwort?"

„Was soll ich antworten? Ich habe dir nachgegeben und
mich willig gezeigt, aber ich finde doch, dass du deiner-
seits teilnahmsvoller sein könntest. Wenn du wüsstest,
wie mir gerade danach verlangt. Ich habe sehr gelitten,
wirklich sehr, und als ich dich sah, da dacht ich, nun
würd ich frei werden von meiner Angst. Aber du sagst
mir bloß, dass du nicht Lust hättest, dich lächerlich zu
machen, nicht vor dem Fürsten und auch nicht vor der
Stadt. Das ist ein geringer Trost. Ich finde es wenig und
umso weniger, als du dir schließlich auch noch wider-

---

[1] Geistertummelei

sprichst und nicht bloß persönlich an diese Dinge zu
glauben scheinst, sondern auch noch einen adligen
Spukstolz von mir forderst. Nun, den hab ich nicht. Und
wenn du von Familien sprichst, denen ihr Spuk so viel
wert sei wie ihr Wappen, so ist das Geschmackssache; 5
mir gilt mein Wappen mehr. Gott sei Dank haben wir
Briests keinen Spuk. Die Briests waren immer sehr gute
Leute, und damit hängt es wohl zusammen."

Der Streit hätte wohl noch angedauert und vielleicht zu
einer ersten ernstlichen Verstimmung geführt, wenn 10
Friedrich nicht eingetreten wäre, um der gnädigen Frau
einen Brief zu überreichen. „Von Herrn Gieshübler. Der
Bote wartet auf Antwort."
Aller Unmut auf Effis Antlitz war sofort verschwunden;
schon bloß Gieshüblers Namen zu hören tat Effi wohl, 15
und ihr Wohlgefühl steigerte sich, als sie jetzt den Brief
musterte. Zunächst war es gar kein Brief, sondern ein
Billett[1], die Adresse „Frau Baronin von Innstetten, geb.
von Briest" in wundervoller Kanzleihandschrift, und
statt des Siegels ein aufgeklebtes rundes Bildchen, eine 20
Lyra[2], darin ein Stab steckte. Dieser Stab konnte aber
auch ein Pfeil sein. Sie reichte das Billet ihrem Manne,
der es ebenfalls bewunderte.
„Nun lies aber."
Und nun löste Effi die Oblate[3] und las: „Hochverehr- 25
teste Frau, gnädigste Frau Baronin! Gestatten Sie mir,
meinem respektvollsten Vormittagsgruß eine ganz gehorsamste Bitte hinzufügen zu dürfen. Mit dem Mittags-
zuge wird eine vieljährige liebe Freundin von mir, eine
Tochter unserer guten Stadt Kessin, Fräulein Marietta 30
Trippelli, hier eintreffen und bis morgen früh unter uns
weilen. Am 17. will sie in Petersburg sein, um daselbst
bis Mitte Januar zu konzertieren. Fürst Kotschukoff öff-
net ihr auch diesmal wieder sein gastliches Haus. In ihrer immer gleichen Güte gegen mich hat die Trippelli 35

---

[1] Billett (veraltet): Zettel, Briefchen
[2] Zupfinstrument
[3] rundes Siegelbildchen

mir zugesagt, den heutigen Abend bei mir zubringen und einige Lieder ganz nach meiner Wahl (denn sie kennt keine Schwierigkeiten) vortragen zu wollen. Könnten sich Frau Baronin dazu verstehen, diesem Mu-
5 sikabende beizuwohnen? Sieben Uhr. Ihr Herr Gemahl, auf dessen Erscheinen ich mit Sicherheit rechne, wird meine gehorsamste Bitte unterstützen. Anwesend nur Pastor Lindequist (der begleitet) und natürlich die verwitwete Frau Pastorin Trippel. In vorzüglicher Ergeben-
10 heit A. Gieshübler."

„Nun –", sagte Innstetten, „ja oder nein?"

„Natürlich ja. Das wird mich herausreißen. Und dann kann ich doch meinem lieben Gieshübler nicht gleich bei seiner ersten Einladung einen Korb geben."

15 „Einverstanden. Also Friedrich, sagen Sie Mirambo, der doch wohl das Billet gebracht haben wird, wir würden die Ehre haben."

Friedrich ging. Als er fort war, fragte Effi: „Wer ist Mirambo?"

20 „Der echte Mirambo[1] ist Räuberhauptmann in Afrika ... Tanganjikasee, wenn deine Geografie so weit reicht ... unserer aber ist bloß Gieshüblers Kohlenprovisor[2] und Faktotum und wird heute Abend in Frack und baumwollenen Handschuhen sehr wahrscheinlich aufwar-
25 ten."

Es war ganz ersichtlich, dass der kleine Zwischenfall auf Effi günstig eingewirkt und ihr ein gut Teil ihrer Leichtlebigkeit zurückgegeben hatte, Innstetten aber wollte das Seine tun, diese Rekonvaleszenz[3] zu steigern. „Ich
30 freue mich, dass du ja gesagt hast und so rasch und ohne Besinnen, und nun möcht ich dir noch einen Vorschlag machen, um dich ganz wieder in Ordnung zu bringen. Ich sehe wohl, es schleicht dir noch von der Nacht her etwas nach, das zu meiner Effi nicht passt,
35 das durchaus wieder fort muss, und dazu gibt es nichts

---

[1] afrikanischer Rebellenführer
[2] Provisor: angestellter Apotheker; Kohlenprovisor: scherzhaft für Apothekergehilfen, der auch fürs Heizen zuständig ist
[3] Genesung, Genesungszeit

Besseres als frische Luft. Das Wetter ist prachtvoll, frisch und milde zugleich, kaum dass ein Lüftchen geht; was meinst du, wenn wir eine Spazierfahrt machten, aber eine lange, nicht bloß so durch die Plantage hin, und natürlich im Schlitten und das Geläut auf und die weißen Schneedecken, und wenn wir dann um vier zurück sind, dann ruhst du dich aus, und um sieben sind wir bei Gieshübler und hören die Trippelli."

Effi nahm seine Hand. „Wie gut du bist, Geert, und wie nachsichtig. Denn ich muss dir ja kindisch oder doch wenigstens sehr kindlich vorgekommen sein; erst das mit meiner Angst und dann hinterher, dass ich dir einen Hausverkauf, und was noch schlimmer ist, das mit dem Fürsten ansinne. Du sollst ihm den Stuhl vor die Tür setzen – es ist zum Lachen. Denn schließlich ist er doch der Mann, der über uns entscheidet. Auch über mich. Du glaubst gar nicht, wie ehrgeizig ich bin. Ich habe dich eigentlich bloß aus Ehrgeiz geheiratet. Aber du musst nicht solch ernstes Gesicht dabei machen. Ich liebe dich ja ... wie heißt es doch, wenn man einen Zweig abbricht und die Blätter abreißt? Von Herzen, mit Schmerzen, über alle Maßen."

Und sie lachte hell auf. „Und nun sage mir", fuhr sie fort, als Innstetten noch immer schwieg, „wo soll es hingehen?"

„Ich habe mir gedacht, nach der Bahnstation, aber auf einem Umwege, und dann auf der Chaussee zurück. Und auf der Station essen wir oder noch besser bei Golchowski, in dem Gasthofe ‚Zum Fürsten Bismarck', dran wir, wenn du dich vielleicht erinnerst, am Tage unserer Ankunft vorüberkamen. Solch Vorsprechen wirkt immer gut, und ich habe dann mit dem Starosten von Effis Gnaden ein Wahlgespräch, und wenn er auch persönlich nicht viel taugt, seine Wirtschaft hält er in Ordnung und seine Küche noch besser. Auf Essen und Trinken verstehen sich die Leute hier."

Es war gegen elf, dass sie dies Gespräch führten. Um zwölf hielt Kruse mit dem Schlitten vor der Tür, und Effi stieg ein. Johanna wollte Fußsack und Pelze bringen, aber Effi hatte nach allem, was noch auf ihr lag, so sehr

das Bedürfnis nach frischer Luft, dass sie alles zurück-
wies und nur eine doppelte Decke nahm. Innstetten
aber sagte zu Kruse: „Kruse, wir wollen nun also nach
dem Bahnhof, wo wir zwei beide heute früh schon mal
5 waren. Die Leute werden sich wundern, aber es schadet
nichts. Ich denke, wir fahren hier an der Plantage lang
und dann links auf den Kroschentiner Kirchturm zu.
Lassen Sie die Pferde laufen. Um eins müssen wir am
Bahnhof sein."
10 Und so ging die Fahrt. Über den weißen Dächern der
Stadt stand der Rauch, denn die Luftbewegung war ge-
ring. Auch Utpatels Mühle drehte sich nur langsam, und
im Fluge fuhren sie daran vorüber, dicht am Kirchhofe
hin, dessen Berberitzensträucher[1] über das Gitter hi-
15 nauswuchsen und mit ihren Spitzen Effi streiften, sodass der Schnee auf ihre Reisedecke fiel. An der anderen
Seite des Wegs war ein eingefriedeter Platz, nicht viel
größer als ein Gartenbeet, und innerhalb nichts sichtbar
als eine junge Kiefer, die mitten daraus hervorragte.
20 „Liegt da auch wer begraben?", fragte Effi.
„Ja. Der Chinese." Effi fuhr zusammen; es war ihr wie
ein Stich. Aber sie hatte doch Kraft genug, sich zu beherrschen, und fragte mit anscheinender Ruhe: „Unserer?"
25 „Ja, unserer. Auf dem Gemeindekirchhof war er natürlich nicht unterzubringen, und da hat denn Kapitän
Thomsen, der so was wie sein Freund war, diese Stelle
gekauft und ihn hier begraben lassen. Es ist auch ein
Stein da mit Inschrift. Alles natürlich vor meiner Zeit.
30 Aber es wird noch immer davon gesprochen."
„Also es ist doch was damit. Eine Geschichte. Du sagtest
schon heute früh so was. Und es wird am Ende das Beste sein, ich höre, was es ist. Solang ich es nicht weiß, bin
ich, trotz aller guten Vorsätze, doch immer ein Opfer
35 meiner Vorstellungen. Erzähle mir das Wirkliche. Die
Wirklichkeit kann mich nicht so quälen wie meine Fantasie."

---

[1] Berberitze: Strauch der Gattung Sauerdorn: dornig, gelbe Blüten,
scharlachrote, säuerliche, essbare Beeren

„Bravo, Effi. Ich wollte nicht davon sprechen. Aber nun
macht es sich so von selbst, und das ist gut. Übrigens ist
es eigentlich gar nichts."

„Mir gleich; gar nichts oder viel oder wenig. Fange nur
an."

„Ja, das ist leicht gesagt. Der Anfang ist immer das
Schwerste, auch bei Geschichten. Nun, ich denke, ich
beginne mit Kapitän Thomsen."

„Gut, gut."

„Also Thomsen, den ich dir schon genannt habe, war
viele Jahre lang ein sogenannter Chinafahrer, immer mit
Reisfracht zwischen Shanghai und Singapore, und
mochte wohl schon sechzig sein, als er hier ankam. Ich
weiß nicht, ob er hier geboren war oder ob er andere Beziehungen hier hatte. Kurz und gut, er war nun da und
verkaufte sein Schiff, einen alten Kasten, draus er nicht
viel herausschlug, und kaufte sich ein Haus, dasselbe,
drin wir jetzt wohnen. Denn er war draußen in der Welt
ein vermögender Mann geworden. Und von daher
schreibt sich auch das Krokodil und der Haifisch und
natürlich auch das Schiff ... Also Thomsen war nun da,
ein sehr adretter Mann (so wenigstens hat man mir gesagt) und wohl gelitten. Auch beim Bürgermeister Kir-
stein, und vor allem bei dem damaligen Pastor in Kessin, einem Berliner, der kurz vor Thomsen auch
hierhergekommen war und viel Anfeindung hatte."

„Glaub ich. Ich merke das auch; sie sind hier so streng
und selbstgerecht. Ich glaube, das ist pommersch."

„Ja und nein, je nachdem. Es gibt auch Gegenden, wo
sie gar nicht streng sind und wo's drunter und drüber
geht ... Aber sieh nur, Effi, da haben wir gerade den Kroschentiner Kirchturm dicht vor uns. Wollen wir nicht
den Bahnhof aufgeben und lieber bei der alten Frau von
Grasenabb vorfahren? Sidonie, wenn ich recht berichtet
bin, ist nicht zu Hause. Wir könnten es also wagen ..."

„Ich bitte dich, Geert, wo denkst du hin? Es ist ja himm-
lisch, so hinzufliegen, und ich fühle ordentlich, wie mir
so frei wird und wie alle Angst von mir abfällt. Und nun
soll ich das alles aufgeben, bloß um den alten Leuten eine Stippvisite zu machen und ihnen sehr wahrscheinlich

eine Verlegenheit zu schaffen. Um Gottes willen nicht. Und dann will ich vor allem auch die Geschichte hören. Also wir waren bei Kapitän Thomsen, den ich mir als einen Dänen oder Engländer denke, sehr sauber, mit
5 weißen Vatermördern[1] und ganz weißer Wäsche ..."

„Ganz richtig. So soll er gewesen sein. Und mit ihm war eine junge Person von etwa zwanzig, von der einige sagen, sie sei seine Nichte gewesen, aber die meisten sagen, seine Enkelin, was übrigens den Jahren nach kaum
10 möglich. Und außer der Enkelin oder der Nichte war da auch noch ein Chinese, derselbe, der da zwischen den Dünen liegt und an dessen Grab wir eben vorübergekommen sind."

„Gut, gut."

15 „Also dieser Chinese war Diener bei Thomsen, und Thomsen hielt so große Stücke auf ihn, dass er eigentlich mehr Freund als Diener war. Und das ging so Jahr und Tag. Da mit einem Mal hieß es, Thomsens Enkelin, die, glaub ich, Nina hieß, solle sich, nach des Alten Wunsche,
20 verheiraten, auch mit einem Kapitän. Und richtig, so war es auch. Es gab eine große Hochzeit im Hause, der Berliner Pastor tat sie zusammen, und Müller Utpatel, der ein Konventikler[2] war, und Gieshübler, dem man in der Stadt in kirchlichen Dingen auch nicht recht traute,
25 waren geladen, und vor allem viele Kapitäne mit ihren Frauen und Töchtern. Und wie man sich denken kann, es ging hoch her. Am Abend aber war Tanz, und die Braut tanzte mit jedem und zuletzt auch mit dem Chinesen. Da mit einem Mal hieß es, sie sei fort, die Braut
30 nämlich. Und sie war auch wirklich fort, irgendwohin, und niemand weiß, was da vorgefallen. Und nach vierzehn Tagen starb der Chinese; Thomsen kaufte die Stelle, die ich dir gezeigt habe, und da wurd er begraben. Der Berliner Pastor aber soll gesagt haben, man hätte
35 ihn auch ruhig auf dem christlichen Kirchhof begraben können, denn der Chinese sei ein sehr guter Mensch ge-

---

[1] Vatermörder (umgangssprachlich): hoher, steifer Kragen
[2] Konventikel: private religiöse Zusammenkunft; Konventikler: Angehöriger einer religiösen Gruppe außerhalb der Kirche

wesen und geradeso gut wie die anderen. Wen er mit den ‚anderen' eigentlich gemeint hat, sagte mir Gieshübler, das wisse man nicht recht."

„Aber ich bin in dieser Sache doch ganz und gar gegen den Pastor; so was darf man nicht aussprechen, weil es gewagt und unpassend ist. Das würde selbst Niemeyer nicht gesagt haben."

„Und ist auch dem armen Pastor, der übrigens Trippel hieß, sehr verdacht worden, sodass es eigentlich ein Glück war, dass er drüber hin starb, sonst hätte er seine Stelle verloren. Denn die Stadt, trotzdem sie ihn gewählt, war doch auch gegen ihn, geradeso wie du, und das Konsistorium[1] natürlich erst recht."

„Trippel sagst du? Dann hängt er am Ende mit der Frau Pastor Trippel zusammen, die wir heute Abend sehen sollen?"

„Natürlich hängt er mit der zusammen. Er war ihr Mann und ist der Vater von der Trippelli."

Effi lachte. „Von der Trippelli! Nun sehe ich erst klar in allem. Dass sie in Kessin geboren, schrieb ja schon Gieshübler; aber ich dachte, sie sei die Tochter von einem italienischen Konsul. Wir haben ja so viele fremdländische Namen hier. Und nun ist sie gut deutsch und stammt von Trippel. Ist sie denn so vorzüglich, dass sie wagen konnte, sich so zu italienisieren?"

„Dem Mutigen gehört die Welt. Übrigens ist sie ganz tüchtig. Sie war ein paar Jahr' lang in Paris bei der berühmten Viardot[2], wo sie auch den russischen Fürsten kennenlernte, denn die russischen Fürsten sind sehr aufgeklärt, über kleine Standesvorurteile weg, und Kotschukoff und Gieshübler – den sie übrigens ‚Onkel' nennt, und man kann fast von ihm sagen, er sei der geborne Onkel –, diese beiden sind es recht eigentlich, die die kleine Marie Trippel zu dem gemacht haben, was sie jetzt ist. Gieshübler war es, durch den sie nach Paris kam, und Kotschukoff hat sie dann in die Trippelli transponiert[3]."

---

[1] oberste Verwaltungsbehörde einer evangelischen Landeskirche
[2] Pauline Viardot-Garcia (1821–1910), französische Opernsängerin
[3] transponieren: übertragen

„Ach, Geert, wie reizend ist das alles und welch Alltagsleben habe ich doch in Hohen-Cremmen geführt! Nie
was Apartes."

Innstetten nahm ihre Hand und sagte: „So darfst du
nicht sprechen, Effi. Spuk, dazu kann man sich stellen,
wie man will. Aber hüte dich vor dem Aparten oder was
man so das Aparte nennt. Was dir so verlockend erscheint – und ich rechne auch ein Leben dahin, wie's die
Trippelli führt –, das bezahlt man in der Regel mit seinem Glück. Ich weiß wohl, wie sehr du dein Hohen-
Cremmen liebst und daran hängst, aber du spottest
doch auch oft darüber und hast keine Ahnung davon,
was stille Tage, wie die Hohen-Cremmner, bedeuten."

„Doch, doch", sagte sie. „Ich weiß es wohl. Ich höre nur
gern einmal von etwas anderem, und dann wandelt
mich die Lust an, mit dabei zu sein. Aber du hast ganz
Recht. Und eigentlich hab ich doch eine Sehnsucht nach
Ruh und Frieden."

Innstetten drohte ihr mit dem Finger. „Meine einzig liebe Effi, das denkst du dir nun auch wieder so aus. Immer Fantasien, mal so, mal so."

Elftes Kapitel

Die Fahrt verlief ganz wie geplant. Um ein Uhr hielt der
Schlitten unten am Bahndamm vor dem Gasthause
„Zum Fürsten Bismarck", und Golchowski, glücklich,
den Landrat bei sich zu sehen, war beflissen, ein vorzüg-
liches Dejeuner[1] herzurichten. Als zuletzt das Dessert
und der Ungarwein aufgetragen wurden, rief Innstetten
den von Zeit zu Zeit erscheinenden und nach der Ordnung sehenden Wirt heran und bat ihn, sich mit an den
Tisch zu setzen und ihnen was zu erzählen. Dazu war
Golchowski denn auch der rechte Mann; auf zwei Meilen in der Runde wurde kein Ei gelegt, von dem er nicht
wusste. Das zeigte sich auch heute wieder. Sidonie Grasenabb, Innstetten hatte recht vermutet, war, wie vorige

---

[1] Frühstück, kleines Mittagessen, Gabelfrühstück

Weihnachten, so auch diesmal wieder auf vier Wochen
zu „Hofpredigers" gereist; Frau von Palleske, so hieß es
weiter, habe ihre Jungfer wegen einer fatalen Geschichte
Knall und Fall entlassen müssen, und mit dem alten
Fraude steh' es schlecht – es werde zwar in Kurs gesetzt, 5
er sei bloß ausgeglitten, aber es sei ein Schlaganfall gewesen, und der Sohn, der in Lissa[1] bei den Husaren stehe, werde jede Stunde erwartet. Nach diesem Geplänkel
war man dann, zu Ernsthafterem übergehend, auf Varzin
gekommen. „Ja", sagte Golchowski, „wenn man sich den 10
Fürsten so als Papiermüller[2] denkt! Es ist doch alles sehr
merkwürdig; eigentlich kann er die Schreiberei nicht leiden, und das bedruckte Papier erst recht nicht, und nun
legt er doch selber eine Papiermühle an."
„Schon recht, lieber Golchowski", sagte Innstetten, „aber 15
aus solchen Widersprüchen kommt man im Leben nicht
heraus. Und da hilft auch kein Fürst und keine Größe."
„Nein, nein, da hilft keine Größe."
Wahrscheinlich, dass sich dies Gespräch über den Fürsten noch fortgesetzt hätte, wenn nicht in eben diesem 20
Augenblicke die von der Bahn her herüberklingende Si-
gnalglocke einen bald eintreffenden Zug angemeldet
hätte. Innstetten sah nach der Uhr.
„Welcher Zug ist das, Golchowski?"
„Das ist der Danziger Schnellzug; er hält hier nicht, aber 25
ich gehe doch immer hinauf und zähle die Wagen, und
mitunter steht auch einer am Fenster, den ich kenne.
Hier gleich hinter meinem Hofe führt eine Treppe den
Damm hinauf, Wärterhaus 417 ..."
„Oh, das wollen wir uns zunutze machen", sagte Effi. 30
„Ich sehe so gern Züge ..."
„Dann ist es die höchste Zeit, gnäd'ge Frau."
Und so machten sich denn alle drei auf den Weg und
stellten sich, als sie oben waren, in einem neben dem
Wärterhause gelegenen Gartenstreifen auf, der jetzt frei- 35
lich unter Schnee lag, aber doch eine freigeschaufelte

---

[1] Stadt im ehemaligen preußischen Regierungsbezirk Posen, damals
  Garnisonsstadt (Truppenstandort)
[2] Bismarck war Betreiber einer Papierfabrik.

Stelle hatte. Der Bahnwärter stand schon da, die Fahne in der Hand. Und jetzt jagte der Zug über das Bahnhofsgeleise hin und im nächsten Augenblick an dem Gartenstreifen vorüber. Effi war so erregt, dass sie nichts sah und nur dem letzten Wagen, auf dessen Höhe ein Bremser saß, ganz wie benommen nachblickte.

„Sechs Uhr fünfzig ist er in Berlin", sagte Innstetten, „und noch eine Stunde später, so können ihn die Hohen-Cremmner, wenn der Wind so steht, in der Ferne vorbeiklappern hören. Möchtest du mit, Effi?"
Sie sagte nichts. Als er aber zu ihr hinüberblickte, sah er, dass eine Träne in ihrem Auge stand.

Effi war, als der Zug vorbeijagte, von einer herzlichen Sehnsucht erfasst worden. So gut es ihr ging, sie fühlte sich trotzdem wie in einer fremden Welt. Wenn sie sich eben noch an dem einen oder andern entzückt hatte, so kam ihr doch gleich nachher zum Bewusstsein, was ihr fehlte. Da drüben lag Varzin, und da nach der anderen Seite hin blitzte der Kroschentiner Kirchturm auf, und weithin der Morgenitzer, und da saßen die Grasenabbs und die Borckes, nicht die Bellings und nicht die Briests. „Ja, die!" Innstetten hatte ganz Recht gehabt mit dem raschen Wechsel ihrer Stimmung, und sie sah jetzt wieder alles, was zurücklag, wie in einer Verklärung. Aber so gewiss sie voll Sehnsucht dem Zuge nachgesehen, sie war doch andererseits viel zu beweglichen Gemüts, um lange dabei zu verweilen, und schon auf der Heimfahrt, als der rote Ball der niedergehenden Sonne seinen Schimmer über den Schnee ausgoss, fühlte sie sich wieder freier; alles erschien ihr schön und frisch, und als sie, nach Kessin zurückgekehrt, fast mit dem Glockenschlage sieben in den Gieshübler'schen Flur eintrat, war ihr nicht bloß behaglich, sondern beinah übermütig zu Sinn, wozu die das Haus durchziehende Baldrian- und Veilchenwurzel-Luft das Ihrige beitragen mochte.
Pünktlich waren Innstetten und Frau erschienen, aber trotz ihrer Pünktlichkeit immer noch hinter den anderen Geladenen zurückgeblieben; Pastor Lindequist, die alte Frau Trippel und die Trippelli selbst waren schon da.

Gieshübler – im blauen Frack mit mattgoldenen Knöp-
fen, dazu Pincenez[1] an einem breiten, schwarzen Bande,
das wie ein Ordensband auf der blendend weißen Pi-
quéweste[2] lag – Gieshübler konnte seiner Erregung nur
mit Mühe Herr werden. „Darf ich die Herrschaften mit- 5
einander bekannt machen; Baron und Baronin Innstetten, Frau Pastor Trippel, Fräulein Marietta Trippelli."
Pastor Lindequist, den alle kannten, stand lächelnd beiseite.
Die Trippelli, Anfang der Dreißig, stark männlich und 10
von ausgesprochen humoristischem Typus, hatte bis zu
dem Momente der Vorstellung den Sofaehrenplatz inne-
gehabt. Nach der Vorstellung aber sagte sie, während sie
auf einen in der Nähe stehenden Stuhl mit hoher Lehne
zuschritt: „Ich bitte Sie nunmehro, gnäd'ge Frau, die 15
Bürden und Fährlichkeiten Ihres Amtes auf sich nehmen
zu wollen. Denn von ,Fährlichkeiten'" – und sie wies
auf das Sofa – „wird sich in diesem Falle wohl sprechen
lassen. Ich habe Gieshübler schon vor Jahr und Tag darauf aufmerksam gemacht, aber leider vergeblich; so gut 20
er ist, so eigensinnig ist er auch."
„Aber Marietta ..."
„Dies Sofa nämlich, dessen Geburt um wenigstens fünfzig Jahre zurückliegt, ist noch nach einem altmodischen
Versenkungsprinzip gebaut, und wer sich ihm anver- 25
traut, ohne vorher einen Kissenturm untergeschoben zu
haben, sinkt ins Bodenlose, jedenfalls aber gerade tief
genug, um die Knie wie ein Monument aufragen zu lassen." All dies wurde seitens der Trippelli mit ebenso viel
Bonhommie wie Sicherheit hingesprochen, in einem To- 30
ne, der ausdrücken sollte: ,Du bist die Baronin Innstetten, ich bin die Trippelli.'
Gieshübler liebte seine Künstlerfreundin enthusiastisch
und dachte hoch von ihren Talenten; aber all seine Begeisterung konnte ihn doch nicht blind gegen die Tatsa- 35
che machen, dass ihr von gesellschaftlicher Feinheit nur

[1] Brille ohne Ohrenbügel, Kneifer, Zwicker
[2] Piqué (franz.): Pikee, Baumwollgewebe, das durch erhöhte und ver-
tiefte Stellen gemustert ist

ein bescheidenes Maß zuteil geworden war. Und diese
Feinheit war gerade das, was er persönlich kultivierte.
„Liebe Marietta", nahm er das Wort, „Sie haben eine so
reizend heitere Behandlung solcher Fragen; aber was
5 mein Sofa betrifft, so haben Sie wirklich Unrecht, und jeder Sachverständige mag zwischen uns entscheiden.
Selbst ein Mann wie Fürst Kotschukoff ..."
„Ach, ich bitte Sie, Gieshübler, lassen Sie doch den. Immer Kotschukoff. Sie werden mich bei der gnäd'gen
10 Frau hier noch in den Verdacht bringen, als ob ich bei
diesem Fürsten – der übrigens nur zu den kleineren
zählt und nicht mehr als tausend Seelen hat, das heißt
hatte (früher[1], wo die Rechnung noch nach Seelen ging) –
, als ob ich stolz wäre, seine tausendundeinste Seele zu
15 sein. Nein, es liegt wirklich anders; ‚immer frei weg', Sie
kennen meine Devise, Gieshübler. Kotschukoff ist ein
guter Kamerad und mein Freund, aber von Kunst und
ähnlichen Sachen versteht er gar nichts, von Musik gewiss nicht, wiewohl er Messen und Oratorien kompo-
20 niert – die meisten russischen Fürsten, wenn sie Kunst
treiben, fallen ein bisschen nach der geistlichen oder or-
thodoxen[2] Seite hin –, und zu den vielen Dingen, von
denen er nichts versteht, gehören auch unbedingt Ein-
richtungs- und Tapezierfragen. Er ist gerade vornehm
25 genug, um sich alles als schön aufreden zu lassen, was
bunt aussieht und viel Geld kostet."
Innstetten amüsierte sich, und Pastor Lindequist war in
einem allersichtlichsten Behagen. Die gute alte Trippel
aber geriet über den ungenierten Ton ihrer Tochter aus
30 einer Verlegenheit in die andere, während Gieshübler es
für angezeigt hielt, eine so schwierig werdende Unterhaltung zu kupieren[3]. Dazu waren etliche Gesangspie-
cen[4] das Beste. Dass Marietta Lieder von anfechtbarem
Inhalt wählen würde, war nicht anzunehmen, und selbst

---

[1] vor Aufhebung der Leibeigenschaft in Russland 1861
[2] orthodox: streng gläubig, der strengen Lehrmeinung entsprechend,
     starr, unnachgiebig
[3] abschneiden
[4] Piece: Stück, musikalisches Zwischenspiel

wenn dies sein sollte, so war ihre Vortragskunst so groß, dass der Inhalt dadurch geadelt wurde. „Liebe Marietta", nahm er also das Wort, „ich habe unser kleines Mahl zu acht Uhr bestellt. Wir hätten also noch drei viertel Stunden, wenn Sie nicht vielleicht vorziehen, während Tisch ein heitres Lied zu singen oder vielleicht erst, wenn wir von Tisch aufgestanden sind ..."

„Ich bitte Sie, Gieshübler! Sie, der Mann der Ästhetik[1]. Es gibt nichts Unästhetischeres als einen Gesangsvortrag mit vollem Magen. Außerdem – und ich weiß, Sie sind ein Mann der ausgesuchten Küche, ja, Gourmand[2] –, außerdem schmeckt es besser, wenn man die Sache hinter sich hat. Erst Kunst und dann Nusseis, das ist die richtige Reihenfolge."

„Also ich darf Ihnen die Noten bringen, Marietta?"

„Noten bringen. Ja, was heißt das, Gieshübler? Wie ich Sie kenne, werden Sie ganze Schränke voll Noten haben, und ich kann Ihnen doch nicht den ganzen Bock und Bote[3] vorspielen. Noten! Was für Noten, Gieshübler, darauf kommt es an. Und dann, dass es richtig liegt, Altstimme ..."

„Nun, ich werde schon bringen."

Und er machte sich an einem Schranke zu schaffen, ein Fach nach dem andern herausziehend, während die Trippelli ihren Stuhl weiter links um den Tisch herum schob, sodass sie nun dicht neben Effi saß.

„Ich bin neugierig, was er bringen wird", sagte sie. Effi geriet dabei in eine kleine Verlegenheit.

„Ich möchte annehmen", antwortete sie befangen, „etwas von Gluck, etwas ausgesprochen Dramatisches ... Überhaupt, mein gnädigstes Fräulein, wenn ich mir die Bemerkung erlauben darf, ich bin überrascht zu hören, dass Sie lediglich Konzertsängerin sind. Ich dächte, dass Sie wie wenige für die Bühne berufen sein müssten. Ihre Erscheinung, Ihre Kraft, Ihr Organ ... ich habe noch so

---

[1] Lehre vom Schönen, von Gesetzen und Harmonie in Natur und Kunst
[2] Schlemmer, Feinschmecker
[3] Bote & Bock: Berliner Hofmusikalienhandlung, seit 1838

wenig derart kennengelernt, immer nur auf kurzen Besuchen in Berlin ... und dann war ich noch ein halbes Kind. Aber ich dächte ‚Orpheus'[1] oder ‚Chrimhild'[2] oder die ‚Vestalin'[3]."

5 Die Trippelli wiegte den Kopf und sah in Abgründe, kam aber zu keiner Entgegnung, weil eben jetzt Gieshübler wieder erschien und ein halbes Dutzend Notenhefte vorlegte, die seine Freundin in rascher Reihenfolge durch die Hand gleiten ließ. ‚Erlkönig'[4] ... ah, bah;

10 ‚Bächlein lass dein Rauschen sein ...'[5] Aber Gieshübler, ich bitte Sie, Sie sind ein Murmeltier, Sie haben sieben Jahre lang geschlafen ... Und hier Löwe'sche Balladen[6]; auch nicht gerade das Neueste.

‚Glocken von Speier'[7] ... Ach dies ewige Bim-Bam, das 15 beinah einer Kulissenreißerei gleichkommt, ist geschmacklos und abgestanden. Aber hier ‚Ritter Olaf'[8] ... nun das geht."

Und sie stand auf, und während der Pastor begleitete, sang sie den ‚Olaf' mit großer Sicherheit und Bravour 20 und erntete allgemeinen Beifall.

Es wurde dann noch ähnlich Romantisches gefunden, einiges aus dem ‚Fliegenden Holländer'[9] und aus ‚Zam-

---

[1] „Orpheus und Eurydike": Oper (1762) von Christoph Willibald Gluck (1714–87)

[2] Figur aus der Oper „Die Nibelungen" (1854) von Heinrich Ludwig Egmont Dorn (1804–92)

[3] „Die Vestalin": Oper (1807) von Gasparo Spontini (1774–1851)

[4] Ballade Goethes, vertont (1815) von Franz Schubert (1797–1828)

[5] Klavierlied Schuberts aus dem Zyklus „Die schöne Müllerin" (1824), Vertonung eines Gedichts von Wilhelm Müller (1794–1827)

[6] Von Carl Loewe (1796–1869) vertonte Balladen, darunter auch solche Fontanes

[7] Von Loewe vertontes Gedicht von Maximilian Freiherr von Oer (1806–46)

[8] Gedicht aus Heinrich Heines „Romanzen" (1840); hier möglicherweise vermengt mit „Herr Oluf", einem von Loewe vertonten Gedicht aus der von Achim von Arnim (1778–1842) und Clemens Brentano herausgegebenen Volksliedsammlung „Des Knaben Wunderhorn" (1805/08)

[9] „Der Fliegende Holländer": Oper (1843) von Richard Wagner (1813–83)

pa'[1], dann der ‚Heideknabe'[2], lauter Sachen, die sie mit ebenso viel Virtuosität wie Seelenruhe vortrug, während Effi von Text und Komposition wie benommen war.

Als die Trippelli mit dem ‚Heideknaben' fertig war, sagte sie: „Nun ist es genug", eine Erklärung, die so bestimmt von ihr abgegeben wurde, dass weder Gieshübler noch ein anderer den Mut hatte, mit weiteren Bitten in sie zu dringen. Am wenigsten Effi. Diese sagte nur, als Gieshüblers Freundin wieder neben ihr saß: „Dass ich Ihnen doch sagen könnte, mein gnädigstes Fräulein, wie dankbar ich Ihnen bin! Alles so schön, so sicher, so gewandt. Aber eines, wenn Sie mir verzeihen, bewundere ich fast noch mehr, das ist die Ruhe, womit Sie diese Sachen vorzutragen wissen. Ich bin so leicht Eindrücken hingegeben, und wenn ich die kleinste Gespenstergeschichte höre, so zittere ich und kann mich kaum wieder zurechtfinden. Und Sie tragen das so mächtig und erschütternd vor und sind selbst ganz heiter und guter Dinge."

„Ja, meine gnädigste Frau, das ist in der Kunst nicht anders. Und nun gar erst auf dem Theater, vor dem ich übrigens glücklicherweise bewahrt geblieben bin. Denn so gewiss ich mich persönlich gegen seine Versuchungen gefeit fühle – es verdirbt den Ruf, also das Beste, was man hat. Im Übrigen stumpft man ab, wie mir Kolleginnen hundertfach versichert haben. Da wird vergiftet und erstochen, und der toten Julia flüstert Romeo einen Kalauer ins Ohr oder wohl auch eine Malice[3], oder er drückt ihr einen kleinen Liebesbrief in die Hand."

„Es ist mir unbegreiflich. Und um bei dem stehen zu bleiben, was ich Ihnen diesen Abend verdanke, beispielsweise bei dem Gespenstischen im ‚Olaf', ich versichere Ihnen, wenn ich einen ängstlichen Traum habe,

---

[1] „Zampa oder die Marmorbraut": Oper (1831) von Louis Joseph Ferdinand Hérold (1791–1833)

[2] „Der Heideknabe": von Robert Schumann (1810–56) vertonte (1853) Ballade (1844) Friedrich Hebbels (1813–63)

[3] Bosheit

oder wenn ich glaube, über mir hörte ich ein leises Tanzen oder Musizieren, während doch niemand da ist, oder es schleicht wer an meinem Bette vorbei, so bin ich außer mir und kann es tagelang nicht vergessen."

5 „Ja, meine gnädigste Frau, was Sie da schildern und beschreiben, das ist auch etwas anderes, das ist ja wirklich oder kann wenigstens etwas Wirkliches sein. Ein Gespenst, das durch die Ballade geht, da graule ich mich gar nicht, aber ein Gespenst, das durch meine Stube 10 geht, ist mir, geradeso wie andern, sehr unangenehm. Darin empfinden wir also ganz gleich."

„Haben Sie denn dergleichen auch einmal erlebt?"

„Gewiss. Und noch dazu bei Kotschukoff. Und ich habe mir auch ausbedungen, dass ich diesmal anders schlafe, 15 vielleicht mit der englischen Gouvernante zusammen. Das ist nämlich eine Quäkerin[1], und da ist man sicher."

„Und Sie halten dergleichen für möglich?"

„Meine gnädigste Frau, wenn man so alt ist wie ich und viel rumgestoßen wurde und in Russland war und so- 20 gar auch ein halbes Jahr in Rumänien, da hält man alles für möglich. Es gibt so viel schlechte Menschen, und das andere findet sich dann auch, das gehört dann sozusagen mit dazu."

Effi horchte auf.

25 „Ich bin", fuhr die Trippelli fort, „aus einer sehr aufgeklärten Familie (bloß mit Mutter war es immer nicht so recht), und doch sagte mir mein Vater, als das mit dem Psychographen[2] aufkam: ‚Höre, Marie, das ist was.' Und er hat Recht gehabt, es ist auch was damit. Überhaupt, 30 man ist links und rechts umlauert, hinten und vorn. Sie werden das noch kennenlernen."

In diesem Augenblicke trat Gieshübler heran und bot Effi den Arm, Innstetten führte Marietta, dann folgte Pas-

---

[1] Mitglied der „Gesellschaft der Freunde", einer im 17. Jahrhundert gegründeten englisch-amerikanischen, sittenstrengen, pazifistischen Sekte

[2] Psychograph: Seelenschreiber, Gerät zum automatischen Aufzeichnen aus dem Unterbewussten stammender Aussage, bei spiritistischen Sitzungen eingesetzt, um „Nachrichten" aus der Geisterwelt aufzuzeichnen

tor Lindequist und die verwitwete Trippel. So ging man
zu Tisch.

Zwölftes Kapitel

Es war spät, als man aufbrach. Schon bald nach zehn
hatte Effi zu Gieshübler gesagt: „Es sei nun wohl Zeit;
Fräulein Trippelli, die den Zug nicht versäumen dürfe,
müsse ja schon um sechs von Kessin aufbrechen", die
danebenstehende Trippelli aber, die diese Worte gehört,
hatte mit der ihr eigenen ungenierten Beredsamkeit gegen solche zarte Rücksichtnahme protestiert. „Ach, meine gnädigste Frau, Sie glauben, dass unsereins einen re-
gelmäßigen Schlaf braucht, das trifft aber nicht zu; was
wir regelmäßig brauchen, heißt Beifall und hohe Preise.
Ja, lachen Sie nur. Außerdem (so was lernt man) kann
ich auch im Coupé schlafen, in jeder Situation und sogar
auf der linken Seite und brauche nicht einmal das Kleid
aufzumachen. Freilich bin ich auch nie eingepresst;
Brust und Lunge müssen immer frei sein, und vor allem
das Herz. Ja, meine gnädigste Frau, das ist die Hauptsache. Und dann das Kapitel Schlaf überhaupt – die Menge tut es nicht, was entscheidet, ist die Qualität; ein guter Nicker von fünf Minuten ist besser als fünf Stunden
unruhige Rumdreherei, mal links, mal rechts. Übrigens
schläft man in Russland wundervoll, trotz des starken
Tees. Es muss die Luft machen oder das späte Diner
oder weil man so verwöhnt wird. Sorgen gibt es in
Russland nicht; darin – im Geldpunkt sind beide gleich
– ist Russland noch besser als Amerika."
Nach dieser Erklärung der Trippelli hatte Effi von allen
Mahnungen zum Aufbruch Abstand genommen, und so
war Mitternacht herangekommen. Man trennte sich heiter und herzlich und mit einer gewissen Vertraulichkeit.
Der Weg von der Mohrenapotheke bis zur landrätlichen
Wohnung war ziemlich weit; er kürzte sich aber dadurch, dass Pastor Lindequist bat, Innstetten und Frau
eine Strecke begleiten zu dürfen; ein Spaziergang unterm Sternenhimmel sei das Beste, um über Gieshüblers

Rheinwein hinwegzukommen. Unterwegs wurde man natürlich nicht müde, die verschiedensten Trippelliana[1] heranzuziehen; Effi begann mit dem, was ihr in Erinnerung geblieben, und gleich nach ihr kam der Pastor
5 an die Reihe. Dieser, ein Ironikus[2], hatte die Trippelli, wie nach vielem sehr Weltlichen, so schließlich auch nach ihrer kirchlichen Richtung gefragt und dabei von ihr in Erfahrung gebracht, dass sie nur eine Richtung kenne, die orthodoxe. Ihr Vater sei freilich ein Rationa-
10 list[3] gewesen, fast schon ein Freigeist[4], weshalb er auch den Chinesen am liebsten auf dem Gemeindekirchhof gehabt hätte; sie ihrerseits sei aber ganz entgegengesetzter Ansicht, trotzdem sie persönlich des großen Vorzugs genieße, gar nichts zu glauben. Aber sie sei sich in ihrem
15 entschiedenen Nichtglauben doch auch jeden Augenblick bewusst, dass das ein Spezialluxus sei, den man sich nur als Privatperson gestatten könne. Staatlich höre der Spaß auf, und wenn ihr das Kultusministerium oder gar ein Konsistorialregiment unterstünde, so würde sie
20 mit unnachsichtiger Strenge vorgehen. „Ich fühle so was von einem Torquemada[5] in mir."
Innstetten war sehr erheitert und erzählte seinerseits, dass er etwas so Heikles wie das Dogmatische[6] geflissentlich vermieden, aber dafür das Moralische desto
25 mehr in den Vordergrund gestellt habe. Hauptthema sei das Verführerische gewesen, das beständige Gefährdetsein, das in allem öffentlichen Auftreten liege, worauf die Trippelli leichthin und nur mit Betonung der zweiten Satzhälfte geantwortet habe: „Ja, beständig gefähr-
30 det; am meisten die Stimme."

---

[1] Aussprüche von oder Anekdoten über die Trippelli
[2] Ironiker, ironischer Mensch
[3] Verstandesmensch, Mensch, dessen Denken und Handeln von der Vernunft bestimmt wird
[4] „Freidenker", der den Glauben der Vernunft unterstellt, ohne sich an kirchlichen Autoritäten zu orientieren
[5] Thomas de Torquemada (1420 – 94), seit 1484 spanischer Großinquisitor (oberster Richter bei Ketzerprozessen)
[6] dogmatisch: starr einer Ideologie oder Lehrmeinung (hier der protestantischen) folgend

Unter solchem Geplauder war, ehe man sich trennte, der Trippelli-Abend noch einmal an ihnen vorübergezogen, und erst drei Tage später hatte sich Gieshüblers Freundin durch ein von Petersburg aus an Effi gerichtetes Telegramm noch einmal in Erinnerung gebracht. Es laute- te: Madame la Baronne d'Innstetten, née de Briest. Bien arrivé. Prince K. à la gare. Plus épris de moi que jamais. Mille fois merci de votre bon accueil. Compliments empressés à Monsieur le Baron. Marietta Trippelli.[1]

Innstetten war entzückt und gab diesem Entzücken leb- hafteren Ausdruck, als Effi begreifen konnte.

„Ich verstehe dich nicht, Geert."

„Weil du die Trippelli nicht verstehst. Mich entzückt die Echtheit; alles da, bis auf das Pünktchen überm i."

„Du nimmst also alles als eine Komödie[2]."

„Aber als was sonst? Alles berechnet für dort und für hier, für Kotschukoff und für Gieshübler. Gieshübler wird wohl eine Stiftung machen, vielleicht auch bloß ein Legat[3] für die Trippelli."

Die musikalische Soiree[4] bei Gieshübler hatte Mitte De- zember stattgefunden, gleich danach begannen die Vorbereitungen für Weihnachten, und Effi, die sonst schwer über diese Tage hingekommen wäre, segnete es, dass sie selber einen Hausstand hatte, dessen Ansprüche befriedigt werden mussten. Es galt nachsinnen, fragen, anschaf- fen, und das alles ließ trübe Gedanken nicht aufkommen. Am Tage vor Heiligabend trafen Geschenke von den Eltern aus Hohen-Cremmen ein, und mit in die Kiste waren allerhand Kleinigkeiten aus dem Kantorhause gepackt: wunderschöne Reinetten[5] von einem Baum, den Effi und Jahnke vor mehreren Jahren gemeinschaftlich okuliert[6]

---

[1] Frau Baronin von Innstetten, geborene von Briest. Gut angekommen. Fürst K. auf dem Bahnhof. Entzückter von mir denn je. Tausend Dank für Ihre gute Aufnahme. Verbindliche Empfehlungen an den Herrn Baron. Marietta Trippelli.

[2] Vortäuschung, Verstellung

[3] testamentarische Zuwendung

[4] Abendgesellschaft, Abendvorstellung

[5] Reinette: Renette, saftige, süße Apfelsorte

[6] okulieren: veredeln (durch Einsetzen hochwertiger Knospen)

hatten, und dazu braune Puls- und Kniewärmer von Bertha und Hertha. Hulda schrieb nur wenige Zeilen, weil sie, wie sie sich entschuldigte, für X. noch eine Reisedecke zu stricken habe. „Was einfach nicht wahr ist", sagte Effi. „Ich
5 wette, X. existiert gar nicht. Dass sie nicht davon lassen kann, sich mit Anbetern zu umgeben, die nicht da sind!"
Und so kam Heiligabend heran.
Innstetten selbst baute auf für seine junge Frau, der Baum brannte und ein kleiner Engel schwebte oben in
10 Lüften. Auch eine Krippe war da mit hübschen Transparenten und Inschriften, deren eine sich, in leiser Andeutung, auf ein dem Innstetten'schen Hause für nächstes Jahr bevorstehendes Ereignis bezog. Effi las es und errötete. Dann ging sie auf Innstetten zu, um ihm zu dan-
15 ken, aber eh sie dies konnte, flog, nach altpommerschem Weihnachtsbrauch, ein Julklapp[1] in den Hausflur: eine große Kiste, drin eine Welt von Dingen steckte. Zuletzt fand man die Hauptsache, ein zierliches, mit allerlei japanischen Bildchen überklebtes Morsellenkästchen[2],
20 dessen eigentlichem Inhalt auch noch ein Zettelchen beigegeben war. Es hieß da:

Drei Könige kamen zum Heiligenchrist,
Mohrenkönig einer gewesen ist; –
Ein Mohrenapothekerlein
25 Erscheinet heute mit Spezerein[3],
Doch statt Weihrauch und Myrrhen[4], die nicht zur Stelle,
Bringt er Pistazien- und Mandel-Morselle.

Effi las es zwei-, dreimal und freute sich darüber. „Die Huldigungen eines guten Menschen haben doch etwas
30 besonders Wohltuendes. Meinst du nicht auch, Geert?"

---

[1] scherzhaft mehrfach verpacktes Weihnachtsgeschenk, das am Julfest (Weihnachtsfest) nach skandinavischem, norddeutschem Brauch (von einem Unbekannten) ins Zimmer geworfen wird
[2] Morselle: aus Zuckermasse gegossenes Täfelchen mit Schokolade, Mandeln, Gewürzen etc.
[3] Spezerei(n): Gewürze
[4] Myrrhe: Harz nordafrikanischer Bäume, aus dem Räuchermittel und Arzneien gewonnen werden

„Gewiss meine ich das. Es ist eigentlich das Einzige, was einem Freude macht oder wenigstens Freude machen sollte. Denn jeder steckt noch so nebenher in allerhand dummem Zeuge drin. Ich auch. Aber freilich, man ist, wie man ist." 5

Der erste Feiertag war Kirchtag, am zweiten war man bei Borckes draußen, alles zugegen, mit Ausnahme von Grasenabbs, die nicht kommen wollten, „weil Sidonie nicht da sei", was man als Entschuldigung allseitig ziemlich sonderbar fand. Einige tuschelten sogar: „Umgekehrt; 10 gerade deshalb hätten sie kommen sollen." Am Silvester war Ressourcenball, auf dem Effi nicht fehlen durfte und auch nicht wollte, denn der Ball gab ihr Gelegenheit, endlich einmal die ganze Stadtflora[1] beisammen zu sehen. Johanna hatte mit den Vorbereitungen zum Ballstaa- 15 te für ihre Gnäd'ge vollauf zu tun, Gieshübler, der, wie alles, so auch ein Treibhaus hatte, schickte Kamelien, und Innstetten, so knapp bemessen die Zeit für ihn war, fuhr am Nachmittage noch über Land nach Papenhagen, wo drei Scheunen abgebrannt waren. 20

Es war ganz still im Hause. Christel, beschäftigungslos, hatte sich schläfrig eine Fußbank an den Herd gerückt, und Effi zog sich in ihr Schlafzimmer zurück, wo sie sich, zwischen Spiegel und Sofa, an einen kleinen, eigens zu diesem Zweck zurechtgemachten Schreibtisch 25 setzte, um von hier aus an die Mama zu schreiben, der sie für Weihnachtsbrief und Weihnachtsgeschenke bis dahin bloß in einer Karte gedankt, sonst aber seit Wochen keine Nachricht gegeben hatte.

„Kessin, 31. Dezember. Meine liebe Mama! Das wird 30 nun wohl ein langer Schreibebrief werden, denn ich habe – die Karte rechnet nicht – lange nichts von mir hören lassen. Als ich das letzte Mal schrieb, steckte ich noch in den Weihnachtsvorbereitungen, jetzt liegen die Weihnachtstage schon zurück. Innstetten und mein guter 35 Freund Gieshübler hatten alles aufgeboten, mir den Heiligen Abend so angenehm wie möglich zu machen, aber ich fühlte mich doch ein wenig einsam und bangte mich

---

[1] Flora: Pflanzenwelt; hier im übertragenen Sinne

nach Euch. Überhaupt, so viel Ursache ich habe, zu danken und froh und glücklich zu sein, ich kann ein Gefühl des Alleinseins nicht ganz loswerden, und wenn ich mich früher, vielleicht mehr als nötig, über Huldas ewige Gefühlsträne mokiert[1] habe, so werde ich jetzt dafür bestraft und habe selber mit dieser Träne zu kämpfen. Denn Innstetten darf es nicht sehen. Ich bin aber sicher, dass das alles besser werden wird, wenn unser Hausstand sich mehr belebt, und das wird der Fall sein, meine liebe Mama. Was ich neulich andeutete, das ist nun Gewissheit, und Innstetten bezeugt mir täglich seine Freude darüber. Wie glücklich ich selber im Hinblick darauf bin, brauche ich nicht erst zu versichern, schon weil ich dann Leben und Zerstreuung um mich her haben werde oder, wie Geert sich ausdrückt, ‚ein liebes Spielzeug'. Mit diesem Worte wird er wohl Recht haben, aber er sollte es lieber nicht gebrauchen, weil es mir immer einen kleinen Stich gibt und mich daran erinnert, wie jung ich bin und dass ich noch halb in die Kinderstube gehöre. Diese Vorstellung verlässt mich nicht (Geert meint, es sei krankhaft), und bringt es zuwege, dass das, was mein höchstes Glück sein sollte, doch fast noch mehr eine beständige Verlegenheit für mich ist. Ja, meine liebe Mama, als die guten Flemming'schen Damen sich neulich nach allem Möglichen erkundigten, war mir zumut, als stünd ich schlecht vorbereitet in einem Examen, und ich glaube auch, dass ich recht dumm geantwortet habe. Verdrießlich war ich auch. Denn manches, was wie Teilnahme aussieht, ist doch bloß Neugier und wirkt umso zudringlicher, als ich ja noch lange, bis in den Sommer hinein, auf das frohe Ereignis zu warten habe. Ich denke, die ersten Julitage. Dann musst du kommen oder noch besser, sobald ich einigermaßen wieder bei Wege bin, komme ich, nehme hier Urlaub und mache mich auf nach Hohen-Cremmen. Ach, wie ich mich darauf freue und auf die havelländische Luft – hier ist es fast immer rau und kalt – und dann jeden Tag eine Fahrt ins Luch, alles rot und gelb, und ich sehe schon, wie das Kind die

---

[1] sich mokieren: sich abfällig, spöttisch äußern; sich lustig machen

Hände danach streckt, denn es wird doch wohl fühlen, dass es eigentlich da zu Hause ist. Aber das schreibe ich nur dir. Innstetten darf nicht davon wissen, und auch dir gegenüber muss ich mich wie entschuldigen, dass ich mit dem Kinde nach Hohen-Cremmen will und mich heute schon anmelde, statt dich, meine liebe Mama, dringend und herzlich nach Kessin hin einzuladen, das ja doch jeden Sommer fünfzehnhundert Badegäste hat und Schiffe mit allen möglichen Flaggen und sogar ein Dünenhotel. Aber dass ich so wenig Gastlichkeit zeige, das macht nicht, dass ich ungastlich wäre, so sehr bin ich nicht aus der Art geschlagen, das macht einfach unser landrätliches Haus, das, soviel Hübsches und Apartes es hat, doch eigentlich gar kein richtiges Haus ist, sondern nur eine Wohnung für zwei Menschen, und auch das kaum, denn wir haben nicht einmal ein Esszimmer, was doch genant ist, wenn ein paar Personen zu Besuch sich einstellen. Wir haben freilich noch Räumlichkeiten im ersten Stock, einen großen Saal und vier kleine Zimmer, aber sie haben alle etwas wenig Einladendes, und ich würde sie Rumpelkammern nennen, wenn sich etwas Gerümpel darin vorfände; sie sind aber ganz leer, ein paar Binsenstühle abgerechnet, und machen, das Mindeste zu sagen, einen sehr sonderbaren Eindruck. Nun wirst du wohl meinen, das alles sei ja leicht zu ändern. Aber es ist nicht zu ändern; denn das Haus, das wir bewohnen, ist ... ist ein Spukhaus; da ist es heraus. Ich beschwöre dich übrigens, mir auf diese meine Mitteilung nicht zu antworten, denn ich zeige Innstetten immer eure Briefe, und er wäre außer sich, wenn er erführe, dass ich dir das geschrieben. Ich hätte es auch nicht getan, und zwar umso weniger, als ich seit vielen Wochen in Ruhe geblieben bin und aufgehört habe, mich zu ängstigen; aber Johanna sagt mir, es käme immer mal wieder, namentlich wenn wer Neues im Hause erschiene. Und ich kann dich doch einer solchen Gefahr oder, wenn das zu viel gesagt ist, einer solchen eigentümlichen und unbequemen Störung nicht aussetzen! Mit der Sache selber will ich dich heute nicht behelligen, jedenfalls nicht ausführlich. Es ist eine Geschichte

von einem alten Kapitän, einem sogenannten Chinafahrer, und seiner Enkelin, die mit einem hiesigen jungen
Kapitän eine kurze Zeit verlobt war und an ihrem Hochzeitstage plötzlich verschwand. Das möchte hingehn.
5 Aber was wichtiger ist, ein junger Chinese, den ihr Vater
aus China mit zurückgebracht hatte und der erst der
Diener und dann der Freund des Alten war, der starb
kurze Zeit danach und ist an einer einsamen Stelle neben dem Kirchhof begraben worden. Ich bin neulich da
10 vorübergefahren, wandte mich aber rasch ab und sah
nach der andern Seite, weil ich glaube, ich hätte ihn
sonst auf dem Grabe sitzen sehen. Denn ach, meine liebe
Mama, ich habe ihn einmal wirklich gesehen, oder es ist
mir wenigstens so vorgekommen, als ich fest schlief und
15 Innstetten auf Besuch beim Fürsten war. Es war schrecklich; ich möchte so was nicht wieder erleben. Und in ein
solches Haus, so hübsch es sonst ist (es ist sonderbarer-
weise gemütlich und unheimlich zugleich), kann ich
dich doch nicht gut einladen. Und Innstetten, trotzdem
20 ich ihm schließlich in vielen Stücken zustimmte, hat sich
dabei, so viel möcht ich sagen dürfen, auch nicht ganz
richtig benommen. Er verlangte von mir, ich solle das alles als alten Weiberunsinn ansehen und darüber lachen,
aber mit einem Mal schien er doch auch wieder selber
25 daran zu glauben, und stellte mir zugleich die sonderbare Zumutung, einen solchen Hausspuk als etwas Vornehmes und Altadliges anzusehen. Das kann ich aber
nicht und will es auch nicht. Er ist in diesem Punkte, so
gütig er sonst ist, nicht gütig und nachsichtig genug ge-
30 gen mich. Denn dass es etwas damit ist, das weiß ich
von Johanna und weiß es auch von unserer Frau Kruse.
Das ist nämlich unsere Kutscherfrau, die mit einem
schwarzen Huhn beständig in einer überheizten Stube
sitzt. Dies allein schon ist ängstlich genug. Und nun
35 weißt du, warum ich kommen will, wenn es erst so weit
ist. Ach, wäre es nur erst so weit. Es sind so viele Gründe, warum ich es wünsche. Heute Abend haben wir Silvesterball, und Gieshübler – der einzig nette Mensch
hier, trotzdem er eine hohe Schulter hat, oder eigentlich
40 schon etwas mehr – Gieshübler hat mir Kamelien ge-

schickt. Ich werde doch vielleicht tanzen. Unser Arzt sagt, es würde mir nichts schaden, im Gegenteil. Und Innstetten, was mich fast überraschte, hat auch eingewilligt. Und nun grüße und küsse Papa und all die andern Lieben. Glückauf zum neuen Jahr. Deine Effi." ₅

Dreizehntes Kapitel

Der Silvesterball hatte bis an den frühen Morgen gedauert, und Effi war ausgiebig bewundert worden, freilich nicht ganz so anstandslos wie das Kamelienbukett, von dem man wusste, dass es aus dem Gieshübler'schen ₁₀ Treibhause kam. Im Übrigen blieb auch nach dem Silvesterball alles beim Alten, kaum dass Versuche gesellschaftlicher Annäherung gemacht worden wären, und so kam es denn, dass der Winter als recht lange dauernd empfunden wurde. Besuche seitens der benachbarten ₁₅ Adelsfamilien fanden nur selten statt, und dem pflichtschuldigen Gegenbesuche ging in einem halben Trauertone jedesmal die Bemerkung voraus; „Ja, Geert, wenn es durchaus sein muss, aber ich vergehe vor Langerweile." Worte, denen Innstetten nur immer zustimmte. Was ₂₀ an solchen Besuchsnachmittagen über Familie, Kinder, auch Landwirtschaft gesagt wurde, mochte gehen; wenn dann aber die kirchlichen Fragen an die Reihe kamen und die mit anwesenden Pastoren wie kleine Päpste behandelt wurden, oder sich auch wohl selbst als solche ₂₅ ansahen, dann riss Effi der Faden der Geduld, und sie dachte mit Wehmut an Niemeyer, der immer zurückhaltend und anspruchslos war, trotzdem es bei jeder größeren Feierlichkeit hieß, er habe das Zeug, an den „Dom" berufen zu werden. Mit den Borckes, den Flemmings, ₃₀ den Grasenabbs, so freundlich die Familien, von Sidonie Grasenabb abgesehen, gesinnt waren – es wollte mit allen nicht so recht gehen, und es hätte mit Freude, Zerstreuung und auch nur leidlichem Sich-behaglich-Fühlen manchmal recht schlimm gestanden, wenn Gies- ₃₅ hübler nicht gewesen wäre. Der sorgte für Effi, wie eine kleine Vorsehung, und sie wusste es ihm auch Dank.

Natürlich war er, neben allem anderen, auch ein eifriger und aufmerksamer Zeitungsleser, ganz zu geschweigen, dass er an der Spitze des Journalzirkels[1] stand, und so verging denn fast kein Tag, wo nicht Mirambo ein
5 großes, weißes Couvert gebracht hätte, mit allerhand Blättern und Zeitungen, in denen die betreffenden Stellen angestrichen waren, meist eine kleine, feine Bleistiftlinie, mitunter aber auch dick mit Blaustift und ein Ausrufungs- oder Fragezeichen daneben. Und dabei ließ er
10 es nicht bewenden; er schickte auch Feigen und Datteln, Schokoladentafeln in Satineepapier[2] und ein rotes Bändchen drum, und wenn etwas besonders Schönes in seinem Treibhaus blühte, so brachte er es selbst und hatte dann eine glückliche Plauderstunde mit der ihm so
15 sympathischen jungen Frau, für die er alle schönen Liebesgefühle durch- und nebeneinander hatte, die des Vaters und Onkels, des Lehrers und Verehrers. Effi war gerührt von dem allen und schrieb öfters darüber nach Hohen-Cremmen, sodass die Mama sie mit ihrer „Liebe
20 zum Alchymisten"[3] zu necken begann; aber diese wohlgemeinten Neckereien verfehlten ihren Zweck, ja berührten sie beinahe schmerzlich, weil ihr, wenn auch unklar, dabei zum Bewusstsein kam, was ihr in ihrer Ehe eigentlich fehlte: Huldigungen, Anregungen, kleine Auf-
25 merksamkeiten. Innstetten war lieb und gut, aber ein Liebhaber war er nicht. Er hatte das Gefühl, Effi zu lieben, und das gute Gewissen, dass es so sei, ließ ihn von besonderen Anstrengungen absehen. Es war fast zur Regel geworden, dass er sich, wenn Friedrich die Lampe
30 brachte, aus seiner Frau Zimmer in sein eigenes zurückzog. „Ich habe da noch eine verzwickte Geschichte zu erledigen." Und damit ging er. Die Portiere blieb freilich zurückgeschlagen, sodass Effi das Blättern in dem Aktenstück oder das Kritzeln seiner Feder hören konnte,
35 aber das war auch alles. Rollo kam dann wohl und legte sich vor sie hin auf den Kaminteppich, als ob er sagen

---

[1] Journalzirkel: Zeitschriftenlesezirkel
[2] seidig glänzendes, buntes Papier
[3] Alchimist: mittelalterlicher Chemiker; Goldmacher

wolle: „Muss nur mal wieder nach dir sehen; ein anderer tut's doch nicht." Und dann beugte sie sich nieder und sagte leise: „Ja, Rollo, wir sind allein." Um neun erschien dann Innstetten wieder zum Tee, meist die Zeitung in der Hand, sprach vom Fürsten, der wieder viel Ärger habe, zumal über diesen Eugen Richter[1], dessen Haltung und Sprache ganz unqualifizierbar seien, und ging dann die Ernennungen und Ordensverleihungen durch, von denen er die meisten beanstandete. Zuletzt sprach er von den Wahlen, und dass es ein Glück sei, einem Kreise vorzustehen, in dem es noch Respekt gäbe. War er damit durch, so bat er Effi, dass sie was spiele, aus ‚Lohengrin'[2] oder aus der ‚Walküre'[3], denn er war ein Wagner-Schwärmer. Was ihn zu diesem hinübergeführt hatte, war ungewiss; einige sagten, seine Nerven, denn so nüchtern er schien, eigentlich war er nervös; andere schoben es auf Wagners Stellung zur Judenfrage[4]. Wahrscheinlich hatten beide Recht. Um zehn war Innstetten dann abgespannt und erging sich in ein paar wohlgemeinten, aber etwas müden Zärtlichkeiten, die sich Effi gefallen ließ, ohne sie recht zu erwidern.

So verging der Winter, der April kam, und in dem Garten hinter dem Hofe begann es zu grünen, worüber sich Effi freute; sie konnte gar nicht abwarten, dass der Sommer komme mit seinen Spaziergängen am Strand und seinen Badegästen. Wenn sie so zurückblickte, der Trippelli-Abend bei Gieshübler und dann der Silvesterball, ja, das ging, das war etwas Hübsches gewesen; aber die Monate, die dann gefolgt waren, die hatten doch viel zu wünschen übrig gelassen, und vor allem waren sie so monoton gewesen, dass sie sogar mal an die Mama ge-

---

[1] Eugen Richter (1838–1906): nationalliberaler Politiker, Verfechter der Ideale von 1848, Kritiker Bismarcks und der Sozialdemokratie
[2] Oper (1846/47) Richard Wagners
[3] „Die Walküre": -Wagneroper (1854/56)
[4] Wagners antisemitische Haltung kam unter anderem in seiner Schrift „Das Judentum in der Musik" (1850) zum Ausdruck.

schrieben hatte: „Kannst du dir denken, Mama, dass ich
mich mit unsrem Spuk beinah ausgesöhnt habe? Natürlich die schreckliche Nacht, wo Geert drüben beim Fürsten war, die möchte ich nicht noch einmal durchmachen,
5 nein, gewiss nicht; aber immer das Alleinsein und so gar
nichts erleben, das hat doch auch sein Schweres, und
wenn ich dann in der Nacht aufwache, dann horche ich
mitunter hinauf, ob ich nicht die Schuhe schleifen höre,
und wenn alles still bleibt, so bin ich fast wie enttäuscht
10 und sage mir: Wenn es doch nur wiederkäme, nur nicht
zu arg und nicht zu nah.“

Das war im Februar, dass Effi so schrieb, und nun war
beinahe Mai. Drüben in der Plantage belebte sich's
schon wieder, und man hörte die Finken schlagen. Und
15 in derselben Woche war es auch, dass die Störche kamen, und einer schwebte langsam über ihr Haus hin
und ließ sich dann auf einer Scheune nieder, die neben
Utpatels Mühle stand. Das war seine alte Raststätte.
Auch über dies Ereignis berichtete Effi, die jetzt über-
20 haupt häufiger nach Hohen-Cremmen schrieb, und es
war in demselben Briefe, dass es am Schlusse hieß: „Etwas, meine liebe Mama, hätte ich beinah vergessen: den
neuen Landwehrbezirkskommandeur[1], den wir nun
schon beinah vier Wochen hier haben. Ja, haben wir ihn
25 wirklich? Das ist die Frage, und eine Frage von Wichtig-
keit dazu, sosehr du darüber lachen wirst und auch lachen musst, weil du den gesellschaftlichen Notstand
nicht kennst, in dem wir uns nach wie vor befinden.
Oder wenigstens ich, die ich mich mit dem Adel hier
30 nicht gut zurechtfinden kann. Vielleicht meine Schuld.
Aber das ist gleich. Tatsache bleibt: Notstand, und deshalb sah ich, durch all diese Winterwochen hin, dem
neuen Bezirkskommandeur wie einem Trost- und Ret-
tungsbringer entgegen. Sein Vorgänger war ein Gräuel,
35 von schlechten Manieren und noch schlechteren Sitten,
und zum Überfluss auch noch immer schlecht bei Kasse.
Wir haben all die Zeit über unter ihm gelitten, Innstetten

---

[1] Landwehr: nach der Heeresreform 1813/14 in Preußen: Aufgebot
von Reservisten und nicht zur Armee einbezogener Wehrfähiger

noch mehr als ich, und als wir Anfang April hörten, Major von Crampas sei da, das ist nämlich der Name des
Neuen, da fielen wir uns in die Arme, als könne uns nun
nichts Schlimmes mehr in diesem lieben Kessin passieren. Aber, wie schon kurz erwähnt, es scheint, trotzdem 5
er da ist, wieder nichts werden zu wollen. Crampas ist
verheiratet, zwei Kinder von zehn und acht Jahren, die
Frau ein Jahr älter als er, also sagen wir fünfundvierzig.
Das würde nun an und für sich nicht viel schaden, warum soll ich mich nicht mit einer mütterlichen Freundin 10
wundervoll unterhalten können? Die Trippelli war auch
nahe an Dreißig, und es ging ganz gut. Aber mit der
Frau von Crampas, übrigens keine Geborne[1], kann es
nichts werden. Sie ist immer verstimmt, beinahe melancholisch (ähnlich wie unsere Frau Kruse, an die sie mich 15
überhaupt erinnert), und das alles aus Eifersucht. Er,
Crampas, soll nämlich ein Mann vieler Verhältnisse sein,
ein Damenmann, etwas, was mir immer lächerlich ist
und mir auch in diesem Falle lächerlich sein würde,
wenn er nicht, um eben solcher Dinge willen, ein Duell 20
mit einem Kameraden gehabt hätte. Der linke Arm wurde ihm dicht unter der Schulter zerschmettert, und man
sieht es sofort, trotzdem die Operation, wie mir Innstetten erzählt (ich glaube, sie nennen es Resektion[2], damals
noch von Wilms[3] ausgeführt), als ein Meisterstück der 25
Kunst gerühmt wurde. Beide, Herr und Frau von Crampas, waren vor vierzehn Tagen bei uns, um uns ihren
Besuch zu machen; es war eine sehr peinliche Situation,
denn Frau von Crampas beobachtete ihren Mann so,
dass er in eine halbe und ich in eine ganze Verlegenheit 30
kam. Dass er selbst sehr anders sein kann, ausgelassen
und übermütig, davon überzeugte ich mich, als er vor
drei Tagen mit Innstetten allein war und ich, von meinem Zimmer her, dem Gang ihrer Unterhaltung folgen
konnte. Nachher sprach auch ich ihn. Vollkommener Ka- 35
valier, ungewöhnlich gewandt. Innstetten war während

---

[1] Adlige
[2] operative Entfernung geschädigter Körperteile
[3] Robert Friedrich Wilms (1824–80), Arzt und Chirurg

des Krieges in derselben Brigade[1] mit ihm, und sie haben sich im Norden von Paris bei Graf Gröben[2] öfter gesehen. Ja, meine liebe Mama, das wäre nun also etwas gewesen, um in Kessin neues Leben beginnen zu können; er, der Major, hat auch nicht die pommerschen Vorurteile, trotzdem er in Schwedisch-Pommern[3] zu Hause sein soll. Aber die Frau! Ohne sie geht es natürlich nicht, und mit ihr erst recht nicht."

Effi hatte ganz Recht gehabt, und es kam wirklich zu keiner weiteren Annäherung mit dem Crampas'schen Paare. Man sah sich mal bei der Borcke'schen Familie draußen, ein andermal ganz flüchtig auf dem Bahnhof und wenige Tage später auf einer Boot- und Vergnügungsfahrt, die nach einem am Breitling[4] gelegenen großen Buchen- und Eichenwalde, der „der Schnatermann" hieß, gemacht wurde; es kam aber über kurze Begrüßungen nicht hinaus, und Effi war froh, als Anfang Juni die Saison sich ankündigte. Freilich fehlte es noch an Badegästen, die vor Johanni überhaupt nur in Einzelexemplaren einzutreffen pflegten, aber schon die Vorbereitungen waren eine Zerstreuung. In der Plantage wurden Karussell und Scheibenstände hergerichtet, die Schiffersleute kalfaterten[5] und strichen ihre Boote, jede kleine Wohnung erhielt neue Gardinen, und die Zimmer, die feucht lagen, also den Schwamm[6] unter der Diele hatten, wurden ausgeschwefelt und dann gelüftet. Auch in Effis eigener Wohnung, freilich um eines anderen Ankömmlings als der Badegäste willen, war alles in einer gewissen Erregung; selbst Frau Kruse wollte mittun, so gut es ging. Aber davor erschrak Effi lebhaft und sagte: „Geert, dass nur die Frau Kruse nichts anfasst; da

---

[1] größte Heeresabteilung

[2] Georg Graf von der Gröben (1817–94): Generalmajor, beteiligt an der Belagerung von Paris (1870/71)

[3] Gebiet Vorpommerns, das von 1648 (Westfälischer Friede) bis 1815 in schwedischem Besitz war

[4] seenartige Erweiterung der Warnowmündung in die Ostsee

[5] kalfatern: Schiffsfugen abdichten (mit Werg und Teer oder Kitt)

[6] Pilzbefall

kann nichts werden, und ich ängstige mich schon gerade genug." Innstetten versprach auch alles, Christel und Johanna hätten ja Zeit genug, und um seiner jungen Frau Gedanken überhaupt in eine andere Richtung zu bringen, ließ er das Thema der Vorbereitungen ganz fallen und fragte stattdessen, ob sie denn schon bemerkt habe, dass drüben ein Badegast eingezogen sei, nicht gerade der erste, aber doch einer der ersten.

„Ein Herr?"

„Nein, eine Dame, die schon früher hier war, jedesmal in derselben Wohnung. Und sie kommt immer so früh, weil sie's nicht leiden kann, wenn alles schon so voll ist."

„Das kann ich ihr nicht verdenken. Und wer ist es denn?"

„Die verwitwete Registrator[1] Rode."

„Sonderbar. Ich habe mir Registratorwitwen immer arm gedacht."

„Ja", lachte Innstetten, „das ist die Regel. Aber hier hast du eine Ausnahme. Jedenfalls hat sie mehr als ihre Witwenpension. Sie kommt immer mit viel Gepäck, unendlich viel mehr als sie gebraucht, und scheint überhaupt eine ganz eigene Frau, wunderlich, kränklich und namentlich schwach auf den Füßen. Sie misstraut sich deshalb auch und hat immer eine ältliche Dienerin um sich, die kräftig genug ist, sie zu schützen oder sie zu tragen, wenn ihr was passiert. Diesmal hat sie eine neue. Aber doch auch wieder eine ganz ramassierte[2] Person, ähnlich wie die Trippelli, nur noch stärker."

„Oh, die hab ich schon gesehen. Gute braune Augen, die einen treu und zuversichtlich ansehen. Aber ein klein bisschen dumm."

„Richtig, das ist sie."

Das war Mitte Juni, dass Innstetten und Effi dies Gespräch hatten. Von da ab brachte jeder Tag Zuzug, und nach dem Bollwerk hin spazieren gehen, um daselbst

---

[1] niedriger Beamter, der die Amtverzeichnisse führt
[2] ramassiert (mundartlich): dick, gedrungen, untersetzt

die Ankunft des Dampfschiffes abzuwarten, wurde, wie immer um diese Zeit, eine Art Tagesbeschäftigung für die Kessiner. Effi freilich, weil Innstetten sie nicht begleiten konnte, musste darauf verzichten, aber sie hatte
5 doch wenigstens die Freude, die nach dem Strand und dem Strandhotel hinausführende, sonst so menschenleerere Straße sich beleben zu sehen, und war denn auch, um immer wieder Zeuge davon zu sein, viel mehr als sonst in ihrem Schlafzimmer, von dessen Fenstern aus sich al-
10 les am besten beobachten ließ. Johanna stand dann neben ihr und gab Antwort auf ziemlich alles, was sie wissen wollte; denn da die meisten alljährlich wiederkehrende Gäste waren, so konnte das Mädchen nicht bloß die Namen nennen, sondern mitunter auch eine
15 Geschichte dazu geben.

Das alles war unterhaltlich und erheiternd für Effi. Grade am Johannistage[1] aber traf es sich, dass kurz vor elf Uhr vormittags, wo sonst der Verkehr vom Dampfschiff her am buntesten vorüberflutete, statt der mit Ehepaa-
20 ren, Kindern und Reisekoffern besetzten Droschken, aus der Mitte der Stadt her ein schwarz verhangener Wagen (dem sich zwei Trauerkutschen anschlossen) die zur Plantage führende Straße herunterkam und vor dem der landrätlichen Wohnung gegenüber gelegenen Hause
25 hielt. Die verwitwete Frau Registrator Rode war nämlich drei Tage vorher gestorben, und nach Eintreffen der in aller Kürze benachrichtigten Berliner Verwandten war seitens ebendieser beschlossen worden, die Tote nicht nach Berlin hin überführen, sondern auf dem Kes-
30 siner Dünenkirchhof begraben zu wollen. Effi stand am Fenster und sah neugierig auf die sonderbar feierliche Szene, die sich drüben abspielte. Die zum Begräbnis von Berlin her Eingetroffenen waren zwei Neffen mit ihren Frauen, alle gegen Vierzig, etwas mehr oder weniger,
35 und von beneidenswert gesunder Gesichtsfarbe. Die Neffen, in gutsitzenden Fracks, konnten passieren, und die nüchterne Geschäftsmäßigkeit, die sich in ihrem ge-

---

[1] 24. Juni, Geburtstag des Heiligen Johannes der Täufer (gestorben um 28 n. Chr.)

samten Tun ausdrückte, war im Grunde mehr kleidsam
als störend. Aber die beiden Frauen! Sie waren ganz ersichtlich bemüht, den Kessinern zu zeigen, was eigentlich Trauer sei, und trugen denn auch lange, bis an die
Erde reichende schwarze Kreppschleier[1], die zugleich
ihr Gesicht verhüllten. Und nun wurde der Sarg, auf
dem einige Kränze und sogar ein Palmenwedel lagen,
auf den Wagen gestellt, und die beiden Ehepaare setzten
sich in die Kutschen. In die erste – gemeinschaftlich mit
dem einen der beiden leidtragenden Paare – stieg auch
Lindequist, hinter der zweiten Kutsche aber ging die
Hauswirtin, und neben dieser die stattliche Person, die
die Verstorbene zur Aushilfe mit nach Kessin gebracht
hatte. Letztere war sehr aufgeregt und schien durchaus
ehrlich darin, wenn dies Aufgeregtsein auch vielleicht
nicht gerade Trauer war; der sehr heftig schluchzenden
Hauswirtin aber, einer Witwe, sah man dagegen fast allzu deutlich an, dass sie sich beständig die Möglichkeit
eines Extrageschenkes berechnete, trotzdem sie in der
bevorzugten und von anderen Wirtinnen auch sehr be-
neideten Lage war, die für den ganzen Sommer vermie-
tete Wohnung noch einmal vermieten zu können.
Effi, als der Zug sich in Bewegung setzte, ging in ihren
hinter dem Hofe gelegenen Garten, um hier, zwischen
den Buchsbaumbeeten, den Eindruck des Lieb- und Leb-
losen, den die ganze Szene drüben auf sie gemacht hatte, wieder loszuwerden. Als dies aber nicht glücken
wollte, kam ihr die Lust, statt ihrer eintönigen Garten-
promenade lieber einen weiteren Spaziergang zu machen, und zwar umso mehr, als ihr der Arzt gesagt hatte, viel Bewegung im Freien sei das Beste, was sie, bei
dem, was ihr bevorstände, tun könne. Johanna, die mit
im Garten war, brachte ihr denn auch Umhang, Hut und
Entoutcas[2], und mit einem freundlichen „Guten Tag"
trat Effi aus dem Hause heraus und ging auf das
Wäldchen zu, neben dessen breitem chaussierten[3] Mit-

---

[1] Krepp: Gewebe mit welliger oder gekräuselter Oberfläche
[2] Schirm gegen Sonne und Regen
[3] chaussieren: mit einer festen Fahrbahndecke versehen

telweg ein schmalerer Fußsteig auf die Dünen und das
am Strand gelegene Hotel zulief. Unterwegs standen
Bänke, von denen sie jede benutzte, denn das Gehen
griff sie an, und umso mehr, als inzwischen die heiße
5 Mittagsstunde herangekommen war. Aber wenn sie saß
und von ihrem bequemen Platz aus die Wagen und die
Damen in Toilette beobachtete, die da hinausfuhren, so
belebte sie sich wieder. Denn Heiteres sehen war ihr wie
Lebensluft. Als das Wäldchen aufhörte, kam freilich
10 noch eine allerschlimmste Wegstelle, Sand und wieder
Sand und nirgends eine Spur von Schatten; aber glücklicherweise waren hier Bohlen und Bretter gelegt, und so
kam sie, wenn auch erhitzt und müde, doch in guter
Laune bei dem Strandhotel an. Drinnen im Saal wurde
15 schon gegessen, aber hier draußen um sie her war alles
still und leer, was ihr in diesem Augenblicke denn auch
das Liebste war. Sie ließ sich ein Glas Sherry und eine
Flasche Biliner Wasser[1] bringen und sah auf das Meer
hinaus, das im hellen Sonnenlichte schimmerte, wäh-
20 rend es am Ufer in kleinen Wellen brandete.
   „Da drüben liegt Bornholm und dahinter Wisby[2], wovon mir Jahnke vorzeiten immer Wunderdinge vor-
schwärmte. Wisby ging ihm fast noch über Lübeck und
Wullenwever[3]. Und hinter Wisby kommt Stockholm, wo
25 das Stockholmer Blutbad[4] war, und dann kommen die
großen Ströme und dann das Nordkap, und dann die
Mitternachtssonne." Und im Augenblick erfasste sie eine Sehnsucht, das alles zu sehen. Aber dann gedachte
sie wieder dessen, was ihr so nahe bevorstand, und sie
30 erschrak fast. „Es ist eine Sünde, dass ich so leichtsinnig
bin und solche Gedanken habe und mich wegträume,
während ich doch an das Nächste denken müsste. Vielleicht bestraft es sich auch noch, und alles stirbt hin, das

---

[1] Heilwasser aus der Josephsquelle des böhmischen Badeortes Bilin
[2] im 12., 13. Jahrhundert bedeutende Hansestadt
[3] Jürgen Wullenwever (1492–1537), Lübecker Bürgermeister, der
    versuchte, die Vorherrschaft der Hanse zu erneuern
[4] Nach seinem Sieg gegen die Schweden ließ der Dänenkönig Chris-
    tian II. (1481–1559) 600 Schweden hinrichten (1520).

Kind und ich. Und der Wagen und die zwei Kutschen, die halten dann nicht drüben vor dem Hause, die halten dann bei uns ... Nein, nein, ich mag hier nicht sterben, ich will hier nicht begraben sein, ich will nach Hohen-Cremmen. Und Lindequist, so gut er ist – aber Niemeyer ist mir lieber; er hat mich getauft und eingesegnet und getraut, und Niemeyer soll mich auch begraben." Und dabei fiel eine Träne auf ihre Hand. Dann aber lachte sie wieder. „Ich lebe ja noch und bin erst siebzehn, und Niemeyer ist siebenundfünfzig."

In dem Essssaal hörte sie das Geklapper des Geschirrs. Aber mit einem Male war es ihr, als ob die Stühle geschoben würden; vielleicht stand man schon auf, und sie wollte jede Begegnung vermeiden. So erhob sie sich auch ihrerseits rasch wieder von ihrem Platz, um auf einem Umweg nach der Stadt zurückzukehren. Dieser Umweg führte sie dicht an dem Dünenkirchhof vorüber, und weil der Torweg des Kirchhofs gerade offen stand, trat sie ein. Alles blühte hier, Schmetterlinge flogen über die Gräber hin, und hoch in den Lüften standen ein paar Möwen. Es war so still und schön, und sie hätte hier gleich bei den ersten Gräbern verweilen mögen; aber weil die Sonne mit jedem Augenblick heißer niederbrannte, ging sie höher hinauf, auf einen schattigen Gang zu, den Hängeweiden und etliche an den Gräbern stehende Traueresschen bildeten. Als sie bis an das Ende dieses Ganges gekommen, sah sie zur Rechten einen frisch aufgeworfenen Sandhügel, mit vier, fünf Kränzen darauf, und dicht daneben eine schon außerhalb der Baumreihe stehende Bank, darauf die gute, robuste Person saß, die, an der Seite der Hauswirtin, dem Sarge der verwitweten Registratorin als letzte Leidtragende gefolgt war. Effi erkannte sie sofort wieder und war in ihrem Herzen bewegt, die gute, treue Person, denn dafür musste sie sie halten, in sengender Sonnenhitze hier vorzufinden. Seit dem Begräbnis waren wohl an zwei Stunden vergangen.

„Es ist eine heiße Stelle, die Sie sich da ausgesucht haben", sagte Effi, „viel zu heiß. Und wenn ein Unglück kommen soll, dann haben Sie den Sonnenstich."

„Das wär auch das Beste."

„Wie das?"

„Dann wär ich aus der Welt."

„Ich meine, das darf man nicht sagen, auch wenn man
5 unglücklich ist oder wenn einem wer gestorben ist, den
man lieb hatte. Sie hatten sie wohl sehr lieb?"

„Ich? Die? I, Gott bewahre."

„Sie sind aber doch sehr traurig. Das muss doch einen
Grund haben."

10 „Den hat es auch, gnädigste Frau."

„Kennen Sie mich?"

„Ja. Sie sind die Frau Landrätin von drüben. Und ich habe mit der Alten immer von Ihnen gesprochen. Zuletzt
konnte sie nicht mehr, weil sie keine rechte Luft mehr
15 hatte, denn es saß ihr hier und wird wohl Wasser gewesen sein; aber solange sie noch reden konnte, redete sie
immerzu. Es war 'ne richtige Berlin'sche ..."

„Gute Frau?"

„Nein; wenn ich das sagen wollte, müsst ich lügen. Da
20 liegt sie nun, und man soll von einem Toten nichts
Schlimmes sagen, und erst recht nicht, wenn er so kaum
seine Ruhe hat. Na, die wird sie ja wohl haben! Aber sie
taugte nichts und war zänkisch und geizig, und für
mich hat sie auch nicht gesorgt. Und die Verwandt-
25 schaft, die da gestern von Berlin gekommen ... gezankt
haben sie sich bis in die sinkende Nacht ... na, die taugt
auch nichts, die taugt erst recht nichts. Lauter schlechtes
Volk, happig[1] und gierig und hartherzig, und haben
mir barsch und unfreundlich und mit allerlei Redensar-
30 ten meinen Lohn ausgezahlt, bloß weil sie mussten und
weil es bloß noch sechs Tage sind bis zum Vierteljahrsers-
ten. Sonst hätte ich nichts gekriegt, oder bloß halb oder
bloß ein Viertel. Nichts aus freien Stücken. Und einen
eingerissenen Fünfmarkschein haben sie mir gegeben,
35 dass ich nach Berlin zurückreisen kann; na, es reicht so
gerade für die vierte Klasse, und ich werde wohl auf
meinem Koffer sitzen müssen. Aber ich will auch gar
nicht; ich will hier sitzen bleiben und warten, bis ich

---

[1] norddeutsch für: gierig, gefräßig

sterbe ... Gott, ich dachte nun mal Ruhe zu haben und hätte auch ausgehalten bei der Alten. Und nun ist es wieder nichts und soll mich wieder rumstoßen lassen. Und kattolsch[1] bin ich auch noch. Ach, ich hab es satt und läg am liebsten, wo die Alte liegt, und sie könnte meinetwegen weiterleben ... Sie hätte gerne noch weitergelebt; solche Menschenschikanierer, die nich mal Luft haben, die leben immer am liebsten."

Rollo, der Effi begleitet hatte, hatte sich mittlerweile vor die Person hingesetzt, die Zunge weit heraus, und sah sie an. Als sie jetzt schwieg, erhob er sich, ging einen Schritt vor und legte seinen Kopf auf ihre Knie.

Mit einem Male war die Person wie verwandelt. „Gott, das bedeutet mir was. Da is ja 'ne Kreatur, die mich leiden kann, die mich freundlich ansieht und ihren Kopf auf meine Knie legt. Gott, das ist lange her, dass ich so was gehabt habe. Nu, mein Alterchen, wie heißt du denn? Du bist ja ein Prachtkerl."

„Rollo", sagte Effi.

„Rollo; das ist sonderbar. Aber der Name tut nichts. Ich habe auch einen sonderbaren Namen, das heißt Vornamen. Und einen andern hat unsereins ja nicht."

„Wie heißen Sie denn?"

„Ich heiße Roswitha."

„Ja, das ist selten, das ist ja ..."

„Ja, ganz recht, gnädige Frau, das ist ein kattolscher Name. Und das kommt auch noch dazu, dass ich eine Kattolsche bin. Aus'n Eichsfeld[2]. Und das Kattolsche, das macht es einem immer noch schwerer und saurer. Viele wollen keine Kattolsche, weil sie so viel in die Kirche rennen. ‚Immer in die Beichte; und die Hauptsache sagen sie doch nich' – Gott, wie oft hab ich das hören müssen, erst als ich in Giebichenstein im Dienst war und dann in Berlin. Ich bin aber eine schlechte Katholikin und bin ganz davon abgekommen, und vielleicht geht es mir deshalb so schlecht; ja, man darf nich von seinem Glauben lassen und muss alles ordentlich mitmachen."

---

[1] umgangssprachlich für: katholisch
[2] katholischer Landstrich am Nordwestrand des Thüringer Beckens

„Roswitha", wiederholte Effi den Namen und setzte sich zu ihr auf die Bank. „Was haben Sie nun vor?"

„Ach, gnäd'ge Frau, was soll ich vorhaben. Ich habe gar nichts vor. Wahr und wahrhaftig, ich möchte hier sitzen bleiben und warten, bis ich tot umfalle. Das wär mir das Liebste. Und dann würden die Leute noch denken, ich hätte die Alte so geliebt wie ein treuer Hund und hätte von ihrem Grabe nicht weggewollt und wäre da gestorben. Aber das ist falsch, für solche Alte stirbt man nicht; ich will bloß sterben, weil ich nicht leben kann."

„Ich will Sie was fragen, Roswitha. Sind Sie, was man so ‚kinderlieb' nennt? Waren Sie schon mal bei kleinen Kindern?"

„Gewiss, war ich. Das ist ja mein Bestes und Schönstes. Solche alte Berlin'sche – Gott verzeih' mir die Sünde, denn sie ist nun tot und steht vor Gottes Thron und kann mich da verklagen – solche Alte, wie die da, ja, das ist schrecklich, was man da alles tun muss, und steht einem hier vor Brust und Magen, aber solch kleines, liebes Ding, solch Dingelchen wie 'ne Puppe, das einen mit seinen Guckäugelchen ansieht, ja, das ist was, da geht einem das Herz auf. Als ich in Halle war, da war ich Amme bei der Frau Salzdirektorin[1], und in Giebichenstein, wo ich nachher hinkam, da hab ich Zwillinge mit der Flasche großgezogen; ja, gnäd'ge Frau, das versteh ich, da drin bin ich wie zu Hause."

„Nun, wissen Sie was, Roswitha, Sie sind eine gute, treue Person, das seh ich Ihnen an, ein bisschen gradezu, aber das schadet nichts, das sind mitunter die Besten, und ich habe gleich ein Zutrauen zu Ihnen gefasst. Wollen Sie mit zu mir kommen? Mir ist, als hätte Gott Sie mir geschickt. Ich erwarte nun bald ein Kleines, Gott gebe mir seine Hülfe dazu, und wenn das Kind da ist, dann muss es gepflegt und abgewartet werden und vielleicht auch gepäppelt. Man kann das ja nicht wissen, wiewohl ich es anders wünsche. Was meinen Sie, wollen Sie mit zu mir kommen? Ich kann mir nicht denken, dass ich mich in Ihnen irre."

---

[1] Gattin des Direktors einer Salzsiederei

Roswitha war aufgesprungen und hatte die Hand der
jungen Frau ergriffen und küsste sie mit Ungestüm.
„Ach, es ist doch ein Gott im Himmel, und wenn die
Not am größten ist, ist die Hülfe am nächsten. Sie sollen
sehn, gnäd'ge Frau, es geht; ich bin eine ordentliche Person und habe gute Zeugnisse. Das können Sie sehn,
wenn ich Ihnen mein Buch bringe. Gleich den ersten
Tag, als ich die gnäd'ge Frau sah, da dacht ich: ‚Ja, wenn
du mal solchen Dienst hättest.‘ Und nun soll ich ihn haben. O du lieber Gott, o du heil'ge Jungfrau Maria, wer
mir das gesagt hätte, wie wir die Alte hier unter der Erde hatten und die Verwandten machten, dass sie wieder
fortkamen, und mich hier sitzen ließen."
„Ja, unverhofft kommt oft, Roswitha, und mitunter auch
im Guten. Und nun wollen wir gehen. Rollo wird schon
ungeduldig und läuft immer auf das Tor zu."
Roswitha war gleich bereit, trat aber noch einmal an das
Grab, brummelte was vor sich hin und machte ein
Kreuz. Und dann gingen sie den schattigen Gang hinunter und wieder auf das Kirchhofstor zu.
Drüben lag die eingegitterte Stelle, deren weißer Stein in
der Nachmittagssonne blinkte und blitzte. Effi konnte
jetzt ruhiger hinsehen. Eine Weile noch führte der Weg
zwischen Dünen hin, bis sie, dicht vor Utpatels Mühle,
den Außenrand des Wäldchens erreichte. Da bog sie
links ein, und unter Benutzung einer schräg laufenden
Allee, die die „Reeperbahn"[1] hieß, ging sie mit Roswitha auf die landrätliche Wohnung zu.

Vierzehntes Kapitel

Keine Viertelstunde, so war die Wohnung erreicht. Als
beide hier in den kühlen Flur traten, war Roswitha beim
Anblick all des Sonderbaren, das da umherhing, wie befangen; Effi aber ließ sie nicht zu weiteren Betrachtungen kommen und sagte: „Roswitha, nun gehen Sie da
hinein. Das ist das Zimmer, wo wir schlafen. Ich will

---

[1] Platz oder Straße, auf der Reepe (Seile, Taue) gedreht wurden

erst zu meinem Manne nach dem Landratsamt hinüber
– das große Haus da neben dem kleinen, in dem Sie gewohnt haben – und will ihm sagen, dass ich Sie zur Pflege haben möchte bei dem Kinde. Er wird wohl mit allem
einverstanden sein, aber ich muss doch erst seine Zustimmung haben. Und wenn ich die habe, dann müssen
wir ihn ausquartieren, und Sie schlafen mit mir in dem
Alkoven. Ich denke, wir werden uns schon vertragen."

Innstetten, als er erfuhr, um was sich's handle, sagte
rasch und in guter Laune: „Das hast du recht gemacht,
Effi, und wenn ihr Gesindebuch nicht zu schlimme Sachen sagt, so nehmen wir sie auf ihr gutes Gesicht hin. Es
ist doch, Gott sei Dank, selten, dass einen das täuscht."

Effi war sehr glücklich, so wenig Schwierigkeiten zu begegnen, und sagte: „Nun wird es gehen. Ich fürchte
mich jetzt nicht mehr."

„Um was, Effi?"

„Ach, du weißt ja ... Aber Einbildungen sind das
Schlimmste, mitunter schlimmer als alles."

Roswitha zog in selbiger Stunde noch mit ihren paar
Habseligkeiten in das landrätliche Haus hinüber und
richtete sich in dem kleinen Alkoven ein. Als der Tag um
war, ging sie früh zu Bett und schlief, ermüdet wie sie
war, gleich ein.

Am andern Morgen erkundigte sich Effi – die seit einiger Zeit (denn es war gerade Vollmond) wieder in Ängs-
ten lebte – wie Roswitha geschlafen und ob sie nichts
gehört habe?

„Was?", fragte diese.

„Oh, nichts. Ich meine nur so; so was wie wenn ein Be-
sen fegt oder wie wenn einer über die Diele schlittert."

Roswitha lachte, was auf ihre junge Herrin einen besonders guten Eindruck machte. Effi war fest protestantisch
erzogen und würde sehr erschrocken gewesen sein,
wenn man an und in ihr was Katholisches entdeckt hätte; trotzdem glaubte sie, dass der Katholizismus uns gegen solche Dinge „wie da oben" besser schütze; ja, diese
Betrachtung hatte bei dem Plane, Roswitha ins Haus zu
nehmen, ganz erheblich mitgewirkt.

Man lebte sich schnell ein, denn Effi hatte ganz den liebenswürdigen Zug der meisten märkischen Landfräulein, sich gern allerlei kleine Geschichten erzählen zu lassen, und die verstorbene Frau Registratorin und ihr Geiz und ihre Neffen und deren Frauen boten einen unerschöpflichen Stoff. Auch Johanna hörte dabei gerne zu. Diese, wenn Effi bei den drastischen Stellen oft laut lachte, lächelte freilich und verwunderte sich im Stillen, dass die gnädige Frau an all dem dummen Zeuge so viel Gefallen finde; diese Verwunderung aber, die mit einem starken Überlegenheitsgefühle Hand in Hand ging, war doch auch wieder ein Glück und sorgte dafür, dass keine Rangstreitigkeiten aufkommen konnten. Roswitha war einfach die komische Figur, und Neid gegen sie zu hegen, wäre für Johanna nichts anderes gewesen, wie wenn sie Rollo um seine Freundschaftsstellung beneidet hätte.

So verging eine Woche, plauderhaft und beinahe gemütlich, weil Effi dem, was ihr persönlich bevorstand, ungeängstigter als früher entgegensah. Auch glaubte sie nicht, dass es so nahe sei. Den neunten Tag aber war es mit dem Plaudern und den Gemütlichkeiten vorbei; da gab es ein Laufen und Rennen, Innstetten selbst kam ganz aus seiner gewohnten Reserve heraus, und am Morgen des 3. Juli stand neben Effis Bett eine Wiege. Doktor Hannemann patschelte der jungen Frau die Hand und sagte: „Wir haben heute den Tag von Königgrätz[1]; schade, dass es ein Mädchen ist. Aber das andere kann ja nachkommen, und die Preußen haben viele Siegestage." Roswitha mochte wohl Ähnliches denken, freute sich indessen vorläufig ganz uneingeschränkt über das, was da war, und nannte das Kind ohne weiteres „Lütt-Annie"[2], was der jungen Mutter als ein Zeichen galt. „Es müsse doch wohl eine Eingebung gewesen sein, dass Roswitha gerade auf diesen Namen gekommen sei." Selbst Innstetten wusste nichts dagegen

---

[1] Die Schlacht bei Königgrätz (3. Juli 1866) brachte den Preußen den entscheidenden Sieg im Preußisch-Österreichischen Krieg.

[2] lütt (norddeutsch, umgangssprachlich): klein

zu sagen, und so wurde schon von Klein-Annie gesprochen, lange bevor der Tauftag da war. Effi, die von Mitte
August an bei den Eltern in Hohen-Cremmen sein wollte, hätte die Taufe gern bis dahin verschoben. Aber es
5 ließ sich nicht tun; Innstetten konnte nicht Urlaub nehmen, und so wurde denn der 15. August, trotzdem es
der Napoleonstag[1] war (was denn auch von Seiten einiger Familien beanstandet wurde), für diesen Taufakt
festgesetzt, natürlich in der Kirche. Das sich anschlie-
10 ßende Festmahl, weil das landrätliche Haus keinen Saal
hatte, fand in einem großen Ressourcen-Hotel am Bollwerk statt, und der gesamte Nachbaradel war geladen
und auch erschienen. Pastor Lindequist ließ Mutter und
Kind in einem liebenswürdigen und allseitig bewunder-
15 ten Toaste leben, bei welcher Gelegenheit Sidonie von
Grasenabb zu ihrem Nachbar, einem adligen Assessor[2]
von der strengen Richtung, bemerkte: „Ja, seine Kasual-
reden[3], das geht. Aber seine Predigten kann er vor Gott
und Menschen nicht verantworten; er ist ein Halber, ei-
20 ner von denen, die verworfen sind, weil sie lau sind. Ich
mag das Bibelwort[4] hier nicht wörtlich zitieren."
Gleich danach nahm auch der alte Herr von Borcke das
Wort, um Innstetten leben zu lassen. „Meine Herrschaften, es sind schwere Zeiten, in denen wir leben, Aufleh-
25 nung, Trotz, Indisziplin, wohin wir blicken. Aber solange wir noch Männer haben, und ich darf hinzusetzen,
Frauen und Mütter (und hierbei verbeugte er sich mit einer eleganten Handbewegung gegen Effi) ... solange wir
noch Männer haben wie Baron Innstetten, den ich stolz
30 bin, meinen Freund nennen zu dürfen, so lange geht es
noch, so lange hält unser altes Preußen noch. Ja, meine
Freunde, Pommern und Brandenburg, damit zwingen
wir's und zertreten dem Drachen der Revolution das

---

[1] Geburtstag Napoleons I. (1769–1821)
[2] Anwärter auf den höheren Beamtendienst
[3] Reden zu besonderen Anlässen
[4] In der Offenbarung (3, 16) heißt es: „Weil du aber lau bist und weder warm noch kalt, werde ich dich ausspeien aus meinem Mun-
de."

giftige Haupt. Fest und treu, so siegen wir. Die Katholiken, unsere Brüder, die wir, auch wenn wir sie bekämpfen, achten müssen, haben den Felsen Petri[1], wir aber haben den Rocher de Bronze[2]. Baron Innstetten, er lebe hoch!" Innstetten dankte ganz kurz. Effi sagte zu dem neben ihr sitzenden Major v. Crampas: „Das mit dem ‚Felsen Petri' sei wahrscheinlich eine Huldigung gegen Roswitha gewesen; sie werde nachher an den alten Justizrat Gadebusch herantreten und ihn fragen, ob er nicht ihrer Meinung sei." Crampas nahm diese Bemerkung unerklärlicherweise für Ernst und riet von einer Anfrage bei dem Justizrat ab, was Effi ungemein erheiterte. „Ich habe Sie doch für einen besseren Seelenleser gehalten."

„Ach, meine Gnädigste, bei schönen, jungen Frauen, die noch nicht achtzehn sind, scheitert alle Lesekunst."

„Sie verderben sich vollends, Major. Sie können mich eine Großmutter nennen, aber Anspielungen darauf, dass ich noch nicht achtzehn bin, das kann Ihnen nie verziehen werden."

Als man von Tisch aufgestanden war, kam der Spätnachmittagsdampfer die Kessine herunter und legte an der Landungsbrücke, gegenüber dem Hotel, an. Effi saß mit Crampas und Gieshübler beim Kaffee, alle Fenster auf, und sah dem Schauspiel drüben zu. „Morgen früh um neun führt mich dasselbe Schiff den Fluss hinauf, und zu Mittag bin ich in Berlin, und am Abend bin ich in Hohen-Cremmen, und Roswitha geht neben mir und hält das Kind auf dem Arme. Hoffentlich schreit es nicht. Ach, wie mir schon heute zumute ist! Lieber Gieshübler, sind Sie auch mal so froh gewesen, Ihr elterliches Haus wiederzusehen?"

„Ja, ich kenne das auch, gnädigste Frau. Nur bloß, ich brachte kein Anniechen mit, weil ich keins hatte."

„Kommt noch", sagte Crampas. „Stoßen Sie an, Gieshübler; Sie sind der einzige vernünftige Mensch hier."

---

[1] die katholische Kirche, nach dem Jesus-Wort (Matth. 16,18): „Du bist Petrus, und auf diesen Felsen will ich bauen meine Gemeinde [...]."
[2] franz.: eherner Fels; gemeint ist Bismarck.

„Aber, Herr Major, wir haben ja bloß noch den Cognac."
„Desto besser."

Fünfzehntes Kapitel

Mitte August war Effi abgereist, Ende September war
sie wieder in Kessin. Manchmal in den zwischenliegenden sechs Wochen hatte sie's zurückverlangt; als sie
aber wieder da war und in den dunklen Flur eintrat, auf
den nur von der Treppenstiege her ein etwas fahles
Licht fiel, wurde ihr mit einem Mal wieder bang, und sie
sagte leise: „Solch fahles, gelbes Licht gibt es in Hohen-
Cremmen gar nicht."
Ja, ein paar Mal, während ihrer Hohen-Cremmer Tage,
hatte sie Sehnsucht nach dem „verwunschenen Hause"
gehabt, alles in allem aber war ihr doch das Leben daheim voller Glück und Zufriedenheit gewesen. Mit Hulda freilich, die's nicht verwinden konnte, noch immer auf
Mann oder Bräutigam warten zu müssen, hatte sie sich
nicht recht stellen können, desto besser dagegen mit den
Zwillingen, und mehr als einmal, wenn sie mit ihnen Ball
oder Krocket gespielt hatte, war ihr's ganz aus dem Sinn
gekommen, überhaupt verheiratet zu sein. Das waren
dann glückliche Viertelstunden gewesen. Am liebsten
aber hatte sie wie früher auf dem durch die Luft fliegenden Schaukelbrett gestanden, und in dem Gefühle: ‚jetzt
stürz ich', etwas eigentümlich Prickelndes, einen Schauer
süßer Gefahr empfunden. Sprang sie dann schließlich
von der Schaukel ab, so begleitete sie die beiden Mädchen bis an die Bank vor dem Schulhause und erzählte,
wenn sie da saßen, dem alsbald hinzukommenden alten
Jahnke von ihrem Leben in Kessin, das halb hanseatisch
und halb skandinavisch und jedenfalls sehr anders als in
Schwantikow und Hohen-Cremmen sei. Das waren so
die täglichen kleinen Zerstreuungen, an die sich gelegentlich auch Fahrten in das sommerliche Luch schlossen,
meist im Jagdwagen; allem voran aber standen für Effi
doch die Plaudereien, die sie beinahe jeden Morgen mit
der Mama hatte. Sie saßen dann oben in der luftigen,

großen Stube, Roswitha wiegte das Kind und sang in einem thüringischen Platt[1] allerlei Wiegenlieder, die niemand recht verstand, vielleicht sie selber nicht; Effi und Frau von Briest aber rückten ans offene Fenster und sahen, während sie sprachen, auf den Park hinunter, auf die Sonnenuhr oder auf die Libellen, die beinahe regungslos über dem Teich standen, oder auch auf den Fliesengang, wo Herr von Briest neben dem Treppenvorbau saß und die Zeitungen las. Immer wenn er umschlug, nahm er zuvor den Kneifer ab und grüßte zu Frau und Tochter hinauf. Kam dann das letzte Blatt an die Reihe, das in der Regel der „Anzeiger fürs Havelland"[2] war, so ging Effi hinunter, um sich entweder zu ihm zu setzen oder um mit ihm durch Garten und Park zu schlendern. Einmal, bei solcher Gelegenheit, traten sie, von dem Kieswege her, an ein kleines, zur Seite stehendes Denkmal heran, das schon Briests Großvater zur Erinnerung an die Schlacht von Waterloo[3] hatte aufrichten lassen, eine verrostete Pyramide mit einem gegossenen Blücher in Front und einem dito Wellington auf der Rückseite.

„Hast du nun solche Spaziergänge auch in Kessin", sagte Briest, „und begleitet dich Innstetten auch und erzählt dir allerlei?"

„Nein, Papa, solche Spaziergänge habe ich nicht. Das ist ausgeschlossen, denn wir haben bloß einen kleinen Garten hinter dem Hause, der eigentlich kaum ein Garten ist, bloß ein paar Buchsbaumrabatten[4] und Gemüsebeete mit drei, vier Obstbäumen drin. Innstetten hat keinen Sinn dafür und denkt wohl auch nicht sehr lange mehr in Kessin zu bleiben."

„Aber Kind, du musst doch Bewegung haben und frische Luft, daran bist du doch gewöhnt."

---

[1] Plattdeutsch: Sammelbegriff für alle norddeutschen (genauer: niederdeutschen) Mundarten

[2] Lokalzeitung

[3] Entscheidungsschlacht der Befreiungskriege (18. Juni 1815); sie endete mit dem Sieg der preußischen Truppen unter Gebhard Leberecht von Blücher (1742–1819) und englischen Truppen unter Arthur Wellesley Herzog von Wellington (1769–1852) über Napoleon I.

[4] Rabatte: schmales Beet (an Wegen um Rasenflächen), Einfassung

„Hab ich auch. Unser Haus liegt an einem Wäldchen, das sie die Plantage nennen. Und da geh ich denn viel spazieren und Rollo mit mir."

„Immer Rollo", lachte Briest. „Wenn man's nicht anders
5 wüsste, so sollte man beinah glauben, Rollo sei dir mehr ans Herz gewachsen als Mann und Kind."

„Ach, Papa, das wäre ja schrecklich, wenn's auch freilich – so viel muss ich zugeben – eine Zeit gegeben hat, wo's ohne Rollo gar nicht gegangen wäre. Das war damals ...
10 nun, du weißt schon ... Da hat er mich so gut wie gerettet, oder ich habe mir's wenigstens eingebildet, und seitdem ist er mein guter Freund und mein ganz besonderer Verlass. Aber er ist doch bloß ein Hund. Und erst kommen doch natürlich die Menschen."

15 „Ja, das sagt man immer, aber ich habe da doch so meine Zweifel. Das mit der Kreatur, damit hat's doch seine eigene Bewandtnis, und was da das Richtige ist, darüber sind die Akten noch nicht geschlossen. Glaube mir, Effi, das ist auch ein weites Feld. Wenn ich mir so denke, da
20 verunglückt einer auf dem Wasser oder gar auf dem schülbrigen[1] Eis, und solch ein Hund, sagen wir so einer wie dein Rollo, ist dabei, ja, der ruht nicht eher, als bis er den Verunglückten wieder an Land hat. Und wenn der Verunglückte schon tot ist, dann legt er sich neben den
25 Toten hin und blafft und winselt so lange, bis wer kommt, und wenn keiner kommt, dann bleibt er bei dem Toten liegen, bis er selber tot ist. Und das tut solch Tier immer. Und nun nimm dagegen die Menschheit! Gott, vergib mir die Sünde, aber mitunter ist mir's doch,
30 als ob die Kreatur besser wäre als der Mensch."

„Aber, Papa, wenn ich das Innstetten wiedererzählte."

„Nein, das tu lieber nicht, Effi ..."

„Rollo würde mich ja natürlich retten, aber Innstetten würde mich auch retten. Er ist ja ein Mann von Ehre."
35 „Das ist er."

„Und liebt mich."

„Versteht sich, versteht sich. Und wo Liebe ist, da ist auch Gegenliebe. Das ist nun mal so. Mich wundert nur,

---
[1] schülbrig: brüchig

dass er nicht mal Urlaub genommen hat und rüberge-
flitzt ist. Wenn man eine so junge Frau hat ..."
Effi errötete, weil sie geradeso dachte. Sie mochte es
aber nicht einräumen. „Innstetten ist so gewissenhaft
und will, glaub ich, gut angeschrieben sein, und hat so
seine Pläne für die Zukunft; Kessin ist doch bloß eine
Station. Und dann am Ende, ich lauf ihm ja nicht fort. Er
hat mich ja. Wenn man zu zärtlich ist ... und dazu der
Unterschied der Jahre, da lächeln die Leute bloß."
„Ja, das tun sie, Effi. Aber darauf muss man's ankommen lassen. Übrigens sage nichts darüber, auch nicht zu
Mama. Es ist so schwer, was man tun und lassen soll.
Das ist auch ein weites Feld."
Gespräche wie diese waren während Effis Besuch im elterlichen Hause mehr als einmal geführt worden, hatten
aber glücklicherweise nicht lange nachgewirkt, und
ebenso war auch der etwas melancholische Eindruck
rasch verflogen, den das erste Wiederbetreten ihres Kessiner Hauses auf Effi gemacht hatte. Innstetten zeigte
sich voll kleiner Aufmerksamkeiten, und als der Tee genommen und alle Stadt- und Liebesgeschichten in heiters-
ter Stimmung durchgesprochen waren, hing sich Effi
zärtlich an seinen Arm, um drüben ihre Plaudereien mit
ihm fortzusetzen und noch einige Anekdoten von der
Trippelli zu hören, die neuerdings wieder mit Gieshübler
in einer lebhaften Korrespondenz gestanden hatte, was
immer gleichbedeutend mit einer neuen Belastung ihres
nie ausgeglichenen Kontos war. Effi war bei diesem Gespräch sehr ausgelassen, fühlte sich ganz als junge Frau
und war froh, die nach der Gesindestube hin ausquar-
tierte Roswitha auf unbestimmte Zeit los zu sein.
Am anderen Morgen sagte sie: „Das Wetter ist schön
und mild und ich hoffe, die Veranda nach der Plantage
hinaus ist noch in gutem Stande, und wir können uns
ins Freie setzen und da das Frühstück nehmen. In unsere Zimmer kommen wir ohnehin noch früh genug, und
der Kessiner Winter ist wirklich um vier Wochen zu
lang."
Innstetten war sehr einverstanden. Die Veranda, von
der Effi gesprochen und die vielleicht richtiger ein Zelt

genannt worden wäre, war schon im Sommer hergerichtet worden, drei, vier Wochen vor Effis Abreise
nach Hohen-Cremmen, und bestand aus einem großen
gedielten Podium, vorn offen, mit einer mächtigen
Markise zu Häupten, während links und rechts breite
Leinwandvorhänge waren, die sich mit Hülfe von Ringen an einer Eisenstange hin- und herschieben ließen.
Es war ein reizender Platz, den ganzen Sommer über
von allen Badegästen, die hier vorüber mussten, bewundert.

Effi hatte sich in einen Schaukelstuhl gelehnt und sagte,
während sie das Kaffeebrett von der Seite her ihrem
Manne zuschob: „Geert, du könntest heute den liebenswürdigen Wirt machen; ich für mein Teil find es so
schön in diesem Schaukelstuhl, dass ich nicht aufstehen
mag. Also strenge dich an, und wenn du dich recht
freust, mich wieder hier zu haben, so werd ich mich
auch zu revanchieren wissen." Und dabei zupfte sie die
weiße Damastdecke zurecht und legte ihre Hand darauf, die Innstetten nahm und küsste.

„Wie bist du nur eigentlich ohne mich fertig geworden?"

„Schlecht genug, Effi."

„Das sagst du so hin und machst ein betrübtes Gesicht,
und ist doch eigentlich alles nicht wahr."

„Aber Effi ..."

„Was ich dir beweisen will. Denn wenn du ein bisschen
Sehnsucht nach deinem Kinde gehabt hättest – von mir
selber will ich nicht sprechen, was ist man am Ende solchem hohen Herrn, der so lange Jahre Junggeselle war
und es nicht eilig hatte ..."

„Nun?"

„Ja, Geert, wenn du nur ein bisschen Sehnsucht gehabt
hättest, so hättest du mich nicht sechs Wochen mutterwindallein[1] in Hohen-Cremmen sitzen lassen wie eine
Witwe, und nichts da als Niemeyer und Jahnke und mal
die Schwantikower. Und von den Rathenowern ist niemand gekommen, als ob sie sich vor mir gefürchtet hätten oder als ob ich zu alt geworden sei."

---

[1]   mutterseelenallein, ganz allein

„Ach, Effi, wie du nur sprichst. Weißt du, dass du eine kleine Kokette[1] bist?"

„Gott sei Dank, dass du das sagst. Das ist für euch das Beste, was man sein kann. Und du bist nichts anderes als die anderen, wenn du auch so feierlich und ehrsam tust. Ich weiß es recht gut, Geert ... Eigentlich bist du ..."

„Nun, was?"

„Nun, ich will es lieber nicht sagen. Aber ich kenne dich recht gut; du bist eigentlich, wie der Schwantikower Onkel mal sagte, ein Zärtlichkeitsmensch und unterm Liebesstern[2] geboren, und Onkel Belling hatte ganz Recht, als er das sagte. Du willst es bloß nicht zeigen und denkst, es schickt sich nicht und verdirbt einem die Karriere. Hab ich's getroffen?"

Innstetten lachte. „Ein bisschen getroffen hast du's. Weißt du was, Effi, du kommst mir ganz anders vor. Bis Anniechen da war, warst du ein Kind. Aber mit einem Mal ..."

„Nun?"

„Mit einem Mal bist du wie vertauscht. Aber es steht dir, du gefällst mir sehr, Effi. Weißt du was?"

„Nun?"

„Du hast was Verführerisches."

„Ach, mein einziger Geert, das ist ja herrlich, was du da sagst; nun wird mir erst recht wohl ums Herz ... Gib mir noch eine halbe Tasse ... Weißt du denn, dass ich mir das immer gewünscht habe. Wir müssen verführerisch sein, sonst sind wir gar nichts ..."

„Hast du das aus dir?"

„Ich könnt es wohl auch aus mir haben. Aber ich hab es von Niemeyer ..."

„Von Niemeyer! O du himmlischer Vater, ist das ein Pastor. Nein, solche gibt es hier nicht. Aber wie kam denn der dazu? Das ist ja, als ob es irgendein Don Juan[3] oder Herzensbrecher gesprochen hätte."

---

[1] Frau, die mit ihren Reizen spielt, um Männern zu gefallen
[2] Der Planet Venus steht in der Astrologie für Liebe und Ästhetik.
[3] Frauenheld, Schürzenjäger; Gestalt spanischer Romanzen, wiederholt literarisch bearbeitet, musikalisch in Mozarts „Don Giovanni" (1787)

„Ja, wer weiß", lachte Effi ... „Aber kommt da nicht
Crampas? Und vom Strand her. Er wird doch nicht gebadet haben? Am 27. September ..."

„Er macht öfter solche Sachen. Reine Renommisterei[1]."

5 Derweilen war Crampas bis in nächste Nähe gekommen
und grüßte.

„Guten Morgen", rief Innstetten ihm zu. „Nur näher,
nur näher."

Crampas trat heran. Er war in Zivil und küsste der in
10 ihrem Schaukelstuhl sich weiter wiegenden Effi die
Hand. „Entschuldigen Sie mich, Major, dass ich so
schlecht die Honneurs des Hauses mache; aber die Veranda ist kein Haus und zehn Uhr früh ist eigentlich gar
keine Zeit. Da wird man formlos, oder wenn Sie wollen
15 intim. Und nun setzen Sie sich und geben Sie Rechen-
schaft von Ihrem Tun. Denn an Ihrem Haar, ich wünschte Ihnen, dass es mehr wäre, sieht man deutlich, dass Sie
gebadet haben."

Er nickte.

20 „Unverantwortlich", sagte Innstetten, halb ernst-, halb
scherzhaft. „Da haben Sie nun selber vor vier Wochen
die Geschichte mit dem Bankier Heinersdorf erlebt, der
auch dachte, das Meer und der grandiose Wellenschlag
würden ihn um seiner Million willen respektieren. Aber
25 die Götter sind eifersüchtig untereinander, und Neptun[2]
stellte sich ohne weiteres gegen Pluto[3] oder doch we-
nigs-tens gegen Heinersdorf."

Crampas lachte. „Ja, eine Million Mark! Lieber Innstetten, wenn ich die hätte, da hätt ich es am Ende nicht ge-
30 wagt; denn so schön das Wetter ist, das Wasser hatte nur
neun Grad. Aber unsereins mit seiner Million Unterbi-
lanz[4], gestatten Sie mir diese kleine Renommage[5], unsereins kann sich so was ohne Furcht vor der Götter Eifer-

---

1 Prahlerei, -Aufschneiderei
2 römischer Meeresgott
3 Pluton: Beiname des griechischen Unterweltgottes Hades, häufig
  gleichgesetzt mit Plutos: griechischer Gott des Reichtums
4 Überschuldung; das eingesetzte Kapital eines Unternehmens (Pas-
  siva) übersteigt in der Bilanz die Vermögenswerte (Aktiva)
5 Prahlerei

sucht erlauben. Und dann muss einen das Sprichwort trösten: ,Wer für den Strick geboren ist, kann im Wasser nicht umkommen.'"

„Aber, Major, Sie werden sich doch nicht etwas so Urprosaisches, ich möchte beinah sagen an den Hals reden wollen. Allerdings glauben manche, dass ... ich meine das, wovon Sie eben gesprochen haben ... dass ihn jeder mehr oder weniger verdiene. Trotzdem, Major ... für einen Major ..."

„... Ist es keine herkömmliche Todesart. Zugegeben, meine Gnädigste. Nicht herkömmlich und in meinem Falle auch nicht einmal sehr wahrscheinlich – also alles bloß Zitat oder noch richtiger Façon de parler[1]. Und doch steckt etwas aufrichtig Gemeintes dahinter, wenn ich da eben sagte, die See werde mir nichts anhaben. Es steht mir nämlich fest, dass ich einen richtigen und hoffentlich ehrlichen Soldatentod sterben werde. Zunächst bloß Zigeunerprophezeiung, aber mit Resonanz im eigenen Gewissen."

Innstetten lachte. „Das wird seine Schwierigkeiten haben, Crampas, wenn Sie nicht vorhaben, beim Großtürken oder unterm chinesischen Drachen[2] Dienste zu nehmen. Da schlägt man sich jetzt herum[3]. Hier ist die Geschichte, glauben Sie mir, auf dreißig Jahre vorbei, und wer seinen Soldatentod sterben will ..."

„... Der muss sich erst bei Bismarck einen Krieg bestellen. Weiß ich alles, Innstetten. Aber das ist doch für Sie eine Kleinigkeit. Jetzt haben wir Ende September; in zehn Wochen spätestens ist der Fürst wieder in Varzin, und da er ein Liking[4] für Sie hat – mit der volkstümlicheren Wendung[5] will ich zurückhalten, um nicht direkt vor Ihren Pistolenlauf zu kommen –, so werden Sie einem alten Kameraden von Vionville[6] her doch wohl ein

---

[1] bloße Redensart, leere Worte
[2] Die Flaggen des chinesischen Kaiserreiches zeigten einen blauen Drachen auf gelbem Grund.
[3] Russisch-Türkischer Krieg (1877), Chinesisch-Japanischer Krieg (1875; 1882–85)
[4] engl.: Vorliebe
[5] möglicherweise: „einen Narren gefressen haben"
[6] Die Schlacht bei Vionville (16. August 1870) endete mit einem deutschen Sieg.

bisschen Krieg besorgen können. Der Fürst ist auch nur ein Mensch, und Zureden hilft."

Effi hatte während dieses Gesprächs einige Brotkügelchen gedreht, würfelte damit und legte sie zu Figuren zusammen, um so anzuzeigen, dass ihr ein Wechsel des Themas wünschenswert wäre. Trotzdem schien Innstetten auf Crampas' scherzhafte Bemerkungen antworten zu wollen, was denn Effi bestimmte, lieber direkt einzugreifen. „Ich sehe nicht ein, Major, warum wir uns mit Ihrer Todesart beschäftigen sollen; das Leben ist uns näher und zunächst auch eine viel ernstere Sache."

Crampas nickte.

„Das ist recht, dass Sie mir Recht geben. Wie soll man hier leben? Das ist vorläufig die Frage, das ist wichtiger als alles andere. Gieshübler hat mir darüber geschrieben, und wenn es nicht indiskret und eitel wäre, denn es steht noch allerlei nebenher darin, so zeigte ich Ihnen den Brief. Innstetten braucht ihn nicht zu lesen, der hat keinen Sinn für dergleichen ... beiläufig eine Handschrift wie gestochen[1] und Ausdrucksformen, als wäre unser Freund statt am Kessiner Alten-Markt an einem altfranzösischen Hofe erzogen. Und dass er verwachsen ist und weiße Jabots[2] trägt wie kein anderer Mensch mehr – ich weiß nur nicht, wo er die Plätterin[3] hernimmt –, das passt alles so vorzüglich. Nun, also Gieshübler hat mir von Plänen für die Ressourcenabende geschrieben und von einem Entrepreneur[4], namens Crampas. Sehen Sie, Major, das gefällt mir besser als der Soldatentod oder gar der andere."

„Mir persönlich nicht minder. Und es muss ein Prachtwinter werden, wenn wir uns der Unterstützung der gnädigen Frau versichert halten dürfen. Die Trippelli kommt ..."

„Die Trippelli? Dann bin ich überflüssig."

„Mitnichten, gnädigste Frau. Die Trippelli kann nicht von Sonntag bis wieder Sonntag singen, es wäre zu viel

---

[1] fein säuberlich, wie von einem Kupferstecher in Metall gestochen
[2] Jabot: Krause zum Verdecken des vorderen Hemdverschlusses
[3] Büglerin; Plätte (mundartlich): Bügeleisen
[4] Veranstalter

für sie und für uns; Abwechslung ist des Lebens Reiz,
eine Wahrheit, die freilich jede glückliche Ehe zu widerlegen scheint."

„Wenn es glückliche Ehen gibt, die meinige ausgenommen ...", und sie reichte Innstetten die Hand.

„Abwechslung also", fuhr Crampas fort. „Und diese für
uns und unsere Ressource zu gewinnen, deren Vizevor-
stand zu sein ich zurzeit die Ehre habe, dazu braucht er
aller bewährten Kräfte. Wenn wir uns zusammentun, so
müssen wir das ganze Nest auf den Kopf stellen. Die
Theaterstücke sind schon ausgesucht: ‚Krieg im Frieden‘[1], ‚Monsieur Herkules‘[2], ‚Jugendliebe‘[3] von
Wilbrandt, vielleicht auch ‚Euphrosine‘[4] von Gensichen.
Sie die Euphrosine, ich der alte Goethe. Sie sollen stau-
nen, wie gut ich den Dichterfürsten tragiere[5] ... wenn
‚tragieren‘ das richtige Wort ist."

„Kein Zweifel. Hab ich doch inzwischen aus dem Briefe meines alchimistischen Geheimkorrespondenten[6] erfahren, dass Sie, neben vielem anderen, gelegentlich
auch Dichter sind. Anfangs habe ich mich gewundert
..."

„Denn Sie haben es mir nicht angesehen."

„Nein. Aber seit ich weiß, dass Sie bei neun Grad baden,
bin ich anderen Sinnes geworden ... neun Grad Ostsee,
das geht über den kastalischen Quell[7] ..."

„Dessen Temperatur unbekannt ist."

„Nicht für mich; wenigstens wird mich niemand widerlegen. Aber nun muss ich aufstehen. Da kommt ja Roswitha mit Lütt-Annie."

---

[1] Lustspiel (1881) von Gustav von Moser (1825–1903) und Franz
von Schönthan (1849–1913)

[2] Posse (1863) von Georg Friedrich Belly (1836–75)

[3] Lustspiel (1871) von Adolf Wilbrandt (1837–1911)

[4] Schauspiel (1877) von Otto Franz Gensichen (1847–1933) über
die Beziehung Goethes zur Schauspielerin Christiane Neumann-
Becker (1778–97), der Goethe die Elegie „Euphrosyne" widmete.

[5] tragieren: eine Rolle tragisch spielen

[6] Korrespondent (u. a.): Teilnehmer an einem Briefwechsel

[7] heilige Quelle bei Delphi, galt römischen Dichtern als Quelle der
Inspiration

Und sie erhob sich rasch und ging auf Roswitha zu, nahm ihr das Kind aus dem Arm und hielt es stolz und glücklich in die Höhe.

Sechzehntes Kapitel

Die Tage waren schön und blieben es bis in den Oktober hinein. Eine Folge davon war, dass die halb zeltartige Veranda draußen zu ihrem Rechte kam, so sehr, dass sich wenigstens die Vormittagsstunden regelmäßig darin abspielten. Gegen elf kam dann wohl der Major, um sich zunächst nach dem Befinden der gnädigen Frau zu erkundigen und mit ihr ein wenig zu medisieren[1], was er wundervoll verstand, danach aber mit Innstetten einen Ausritt zu verabreden, oft landeinwärts, die Kessine hinauf bis an den Breitling, noch häufiger auf die Molen[2] zu. Effi, wenn die Herren fort waren, spielte mit dem Kind oder durchblätterte die von Gieshübler nach wie vor ihr zugeschickten Zeitungen und Journale, schrieb auch wohl einen Brief an die Mama oder sagte: „Roswitha, wir wollen mit Annie spazieren fahren", und dann spannte sich Roswitha vor den Korbwagen und fuhr, während Effi hinterherging, ein paar hundert Schritt in das Wäldchen hinein, auf eine Stelle zu, wo Kastanien ausgestreut lagen, die man nun auflas, um sie dem Kinde als Spielzeug zu geben. In die Stadt kam Effi wenig; es war niemand recht da, mit dem sie hätte plaudern können, nachdem ein Versuch, mit der Frau von Crampas auf einen Umgangsfuß zu kommen, aufs Neue gescheitert war. Die Majorin war und blieb menschenscheu.

Das ging so wochenlang, bis Effi plötzlich den Wunsch äußerte, mit ausreiten zu dürfen; sie habe nun mal die Passion[3], und es sei doch zu viel verlangt, bloß um des Geredes der Kessiner willen auf etwas zu verzichten, das

---

[1] klatschen, tratschen, lästern
[2] Mole: Hafendamm
[3] Leidenschaft

einem so viel wert sei. Der Major fand die Sache kapital,
und Innstetten, dem es augenscheinlich weniger passte –
so wenig, dass er immer wieder hervorhob, es werde sich
kein Damenpferd finden lassen – Innstetten musste nach-
geben, als Crampas versicherte, „das solle seine Sorge 5
sein". Und richtig, was man wünschte, fand sich auch,
und Effi war selig, am Strande hinjagen zu können, jetzt
wo „Damenbad" und „Herrenbad" keine scheidenden
Schreckensworte mehr waren. Meist war auch Rollo mit
von der Partie, und weil es sich ein paar Mal ereignet hat- 10
te, dass man am Strande zu rasten oder auch eine Strecke
Wegs zu Fuß zu machen wünschte, so kam man überein,
sich von entsprechender Dienerschaft begleiten zu lassen,
zu welchem Behufe[1] des Majors Bursche, ein alter Treptower Ulan[2], der Knut hieß, und Innstettens Kutscher Kru- 15
se zu Reitknechten umgewandelt wurden, allerdings
ziemlich unvollkommen, indem sie, zu Effis Leidwesen,
in eine Fantasielivree[3] gesteckt wurden, darin der eigentliche Beruf beider noch nachspukte.
Mitte Oktober war schon heran, als man, so herausstaf- 20
fiert, zum ersten Mal in voller Kavalkade[4] aufbrach, in
Front Innstetten und Crampas, Effi zwischen ihnen, dann
Kruse und Knut und zuletzt Rollo, der aber bald, weil
ihm das Nachtrotten missfiel, allen vorauf war. Als man
das jetzt öde Strandhotel passiert und bald danach, sich 25
rechts haltend, auf dem von einer mäßigen Brandung
überschäumten Strandwege den diesseitigen Molendamm
erreicht hatte, verspürte man Lust, abzusteigen und einen
Spaziergang bis an den Kopf der Mole zu machen. Effi
war die Erste aus dem Sattel. Zwischen den beiden Stein- 30
dämmen floss die Kessine breit und ruhig dem Meere zu,
das wie eine sonnenbeschienene Fläche, darauf nur hier
und da eine leichte Welle kräuselte, vor ihnen lag.
Effi war noch nie hier draußen gewesen, denn als sie vo-
rigen November in Kessin eintraf, war schon Sturmzeit, 35

---

[1] Behuf: Zweck
[2] Angehöriger der Kavallerie
[3] Livree: uniformartige Dienstkleidung
[4] prächtiger Reiteraufzug

und als der Sommer kam, war sie nicht mehr imstande, weite Gänge zu machen. Sie war jetzt entzückt, fand alles groß und herrlich, erging sich in kränkenden Vergleichen zwischen dem Luch und dem Meer und ergriff, sooft die Gelegenheit dazu sich bot, ein Stück angeschwemmtes Holz, um es nach links hin in die See oder nach rechts hin in die Kessine zu werfen. Rollo war immer glücklich, im Dienste seiner Herrin sich nachstürzen zu können; mit einem Mal aber wurde seine Aufmerksamkeit nach einer ganz anderen Seite hin abgezogen, und sich vorsichtig, ja beinahe ängstlich vorwärts schleichend, sprang er plötzlich auf einen in Front sichtbar werdenden Gegenstand zu, freilich vergeblich, denn im selben Augenblicke glitt von einem sonnenbeschienenen und mit grünem Tang überwachsenen Stein eine Robbe glatt und geräuschlos in das nur etwa fünf Schritt entfernte Meer hinunter. Eine kurze Weile noch sah man den Kopf, dann tauchte auch dieser unter.

Alle waren erregt, und Crampas fantasierte von Robbenjagd und dass man das nächste Mal die Büchse mitnehmen müsse, „denn die Dinger haben ein festes Fell".

„ Geht nicht", sagte Innstetten; „Hafenpolizei."

„Wenn ich so was höre", lachte der Major. „Hafenpolizei! Die drei Behörden, die wir hier haben, werden doch wohl untereinander die Augen zudrücken können. Muss denn alles so furchtbar gesetzlich sein? Alle Gesetzlichkeiten sind langweilig."

Effi klatschte in die Hände.

„Ja, Crampas, Sie kleidet das, und Effi, wie Sie sehen, klatscht Ihnen Beifall. Natürlich; die Weiber schreien sofort nach einem Schutzmann, aber von Gesetz wollen sie nichts wissen."

„Das ist so Frauenrecht von alter Zeit her, und wir werden's nicht ändern, Innstetten."

„Nein", lachte dieser, „und ich will es auch nicht. Auf Mohrenwäsche[1] lasse ich mich nicht ein. Aber einer wie

---

[1] Versuch, einen Schuldigen reinzuwaschen; hier möglicherweise im Sinne von „einen Mohren weiß waschen": das Unmögliche versuchen; Mohr: Maure, (rassistisch für:) Schwarzer

Sie, Crampas, der unter der Fahne der Disziplin groß geworden ist und recht gut weiß, dass es ohne Zucht und
Ordnung nicht geht, ein Mann wie Sie, der sollte doch eigentlich so was nicht reden, auch nicht einmal im Spaß.
Indessen, ich weiß schon, Sie haben einen himmlischen
Kehrmichnichtdran und denken, der Himmel wird nicht
gleich einstürzen. Nein, gleich nicht. Aber mal kommt es."
Crampas wurde einen Augenblick verlegen, weil er
glaubte, das alles sei mit einer gewissen Absicht gesprochen, was aber nicht der Fall war. Innstetten hielt nur
einen seiner kleinen moralischen Vorträge, zu denen
er überhaupt hinneigte. „Da lob ich mir Gieshübler",
sagte er einlenkend, „immer Kavalier und dabei doch
Grundsätze."
Der Major hatte sich mittlerweile wieder zurechtgefun-
den und sagte in seinem alten Ton: „Ja, Gieshübler; der
beste Kerl von der Welt und, wenn möglich, noch bessere Grundsätze. Aber am Ende woher? Warum? Weil er
einen ‚Verdruss'[1] hat. Wer gerade gewachsen ist, ist für
Leichtsinn. Überhaupt, ohne Leichtsinn ist das ganze
Leben keinen Schuss Pulver wert."
„Nun hören Sie, Crampas, gerade so viel kommt mitunter dabei heraus." Und dabei sah er auf des Majors linken, etwas verkürzten Arm.
Effi hatte von diesem Gespräche wenig gehört. Sie war
dicht an die Stelle getreten, wo die Robbe gelegen, und
Rollo stand neben ihr. Dann sahen beide, von dem Stein
weg, auf das Meer und warteten, ob die ‚Seejungfrau'[2]
noch einmal sichtbar werden würde.

Ende Oktober begann die Wahlkampagne, was Innstetten hinderte, sich ferner an den Ausflügen zu beteiligen,
und auch Crampas und Effi hätten jetzt um der lieben
Kessiner willen wohl verzichten müssen, wenn nicht
Knut und Kruse als eine Art Ehrengarde gewesen wären. So kam es, dass sich die Spazierritte bis in den November hinein fortsetzten.

---

[1] Buckel
[2] eigentlich: Seekuh, hier: Robbe; Nixe

Ein Wetterumschlag war freilich eingetreten, ein andauernder Nordwest trieb Wolkenmassen heran, und das Meer schäumte mächtig, aber Regen und Kälte fehlten noch, und so waren diese Ausflüge bei grauem Himmel
5 und lärmender Brandung fast noch schöner, als sie vorher bei Sonnenschein und stiller See gewesen waren. Rollo jagte vorauf, dann und wann von dem Gischt überspritzt, und der Schleier von Effis Reithut flatterte im Winde. Dabei zu sprechen war fast unmöglich; wenn
10 man dann aber, vom Meere fort, in die Schutz gebenden Dünen oder noch besser in den weiter zurückgelegenen Kiefernwald einlenkte, so wurd es still, Effis Schleier flatterte nicht mehr, und die Enge des Wegs zwang die beiden Reiter dicht nebeneinander. Das war dann die
15 Zeit, wo man – schon um der Knorren und Wurzeln willen im Schritt reitend – die Gespräche, die der Brandungslärm unterbrochen hatte, wieder aufnehmen konnte. Crampas, ein guter Causeur[1], erzählte dann Kriegs- und Regimentsgeschichten, auch Anekdoten
20 und kleine Charakterzüge von Innstetten, der mit seinem Ernst und seiner Zugeknöpftheit in den übermütigen Kreis der Kameraden nie recht hineingepasst habe, sodass er eigentlich immer mehr respektiert als geliebt worden sei.
25 „Das kann ich mir denken", sagte Effi, „ein Glück nur, dass der Respekt die Hauptsache ist."
„Ja, zu seiner Zeit. Aber er passt doch nicht immer. Und zu dem allen kam noch seine mystische[2] Richtung, die mitunter Anstoß gab, einmal weil Soldaten überhaupt
30 nicht sehr für derlei Dinge sind, und dann weil wir die Vorstellung unterhielten, vielleicht mit Unrecht, dass er doch nicht ganz so dazu stände, wie er's uns einreden wollte."
„Mystische Richtung?", sagte Effi. „Ja, Major, was ver-
35 stehen Sie darunter? Er kann doch keine Konventikel[3] abgehalten und den Propheten gespielt haben. Auch

---

[1] Plauderer
[2] mystisch: geheimnisvoll, dunkel; die Mystik betreffend
[3] geheime Zusammenkunft; außerkirchliche religiöse Versammlung

nicht einmal den aus der Oper[1] ... ich habe seinen Namen vergessen."

„Nein, so weit ging er nicht. Aber es ist vielleicht besser, davon abzubrechen. Ich möchte nicht hinter seinem Rücken etwas sagen, was falsch ausgelegt werden könnte. Zudem sind es Dinge, die sich sehr gut auch in seiner Gegenwart verhandeln lassen, Dinge, die nur, man mag wollen oder nicht, zu was Sonderbarem aufgebauscht werden, wenn er nicht dabei ist und nicht jeden Augenblick eingreifen und uns widerlegen oder meinetwegen auch auslachen kann."

„Aber das ist ja grausam, Major. Wie können Sie meine Neugier so auf die Folter spannen. Erst ist es was, und dann ist es wieder nichts. Und Mystik[2]! Ist er denn ein Geisterseher?"

„Ein Geisterseher! Das will ich nicht gerade sagen. Aber er hatte eine Vorliebe, uns Spukgeschichten zu erzählen. Und wenn er uns dann in große Aufregung versetzt und manchen auch wohl geängstigt hatte, dann war es mit einem Male wieder, als habe er sich über alle die Leichtgläubigen bloß mokieren wollen. Und kurz und gut, einmal kam es, dass ich ihm auf den Kopf zusagte: ‚Ach was, Innstetten, das ist ja alles bloß Komödie. Mich täuschen Sie nicht. Sie treiben Ihr Spiel mit uns. Eigentlich glauben Sie's grad so wenig wie wir, aber Sie wollen sich interessant machen und haben eine Vorstellung davon, dass Ungewöhnlichkeiten nach oben hin besser empfehlen. In höheren Karrieren will man keine Alltagsmenschen. Und da Sie so was vorhaben, so haben Sie sich was Apartes ausgesucht und sind bei der Gelegenheit auf den Spuk gefallen.'"

Effi sagte kein Wort, was dem Major zuletzt bedrücklich wurde. „Sie schweigen, gnädigste Frau."

„Ja."

---

[1] Gemeint ist die Oper „Der Prophet" (1849) von Giacomo Meyerbeer (1791–1864) über den Wiedertäufer Jan Bochold (1509–36).

[2] Form religiösen Erlebens, bei der durch Versenkung oder Ekstase eine innige Verbindung zum Göttlichen gesucht wird; Mystizismus: Wunderglaube, geheimnisvolle, schwärmerische Religiosität

„Darf ich fragen, warum? Hab ich Anstoß gegeben? Oder finden Sie's unritterlich, einen abwesenden Freund, ich muss das trotz aller Verwahrungen einräumen, ein klein wenig zu hecheln[1]? Aber da tun Sie mir trotz alle-
5 dem Unrecht. Das alles soll ganz ungeniert seine Fortsetzung vor seinen Ohren haben, und ich will ihm dabei jedes Wort wiederholen, was ich jetzt eben gesagt habe."

„Glaub es." Und nun brach Effi ihr Schweigen und erzählte, was sie alles in ihrem Hause erlebt und wie son-
10 derbar sich Innstetten damals dazu gestellt habe. „Er sagte nicht ja und nicht nein, und ich bin nicht klug aus ihm geworden."

„Also ganz der Alte", lachte Crampas. „So war er damals auch schon, als wir in Liancourt und dann später
15 in Beauvais mit ihm in Quartier lagen. Er wohnte da in einem alten bischöflichen Palast – beiläufig, was Sie vielleicht interessieren wird, war es ein Bischof von Beauvais, glücklicherweise ‚Cochon'[2] mit Namen, der die Jungfrau von Orleans zum Feuertod verurteilte –, und
20 da verging denn kein Tag, das heißt keine Nacht, wo Innstetten nicht Unglaubliches erlebt hatte. Freilich immer nur so halb. Es konnte auch nichts sein. Und nach diesem Prinzip arbeitet er noch, wie ich sehe."

„Gut, gut. Und nun ein ernstes Wort, Crampas, auf das
25 ich mir eine ernste Antwort erbitte: Wie erklären Sie sich dies alles?"

„Ja, meine gnädigste Frau ..."

„Keine Ausweichungen, Major. Dies alles ist sehr wichtig für mich. Er ist Ihr Freund und ich bin Ihre Freundin.
30 Ich will wissen, wie hängt dies zusammen? Was denkt er sich dabei?"

„Ja, meine gnädigste Frau, Gott sieht ins Herz, aber ein Major vom Landwehrbezirkskommando, der sieht in gar nichts. Wie soll ich solche psychologischen Rätsel lö-
35 sen? Ich bin ein einfacher Mann."

„Ach, Crampas, reden Sie nicht so töricht. Ich bin zu jung, um eine große Menschenkennerin zu sein; aber ich

---

[1] klatschen, (höhnisch) über andere reden
[2] franz.: Schwein; der Bischof von Beauvais hieß aber: Pierre Cauchon

müsste noch vor der Einsegnung[1] und beinah vor der Taufe stehen, um Sie für einen einfachen Mann zu halten. Sie sind das Gegenteil davon, Sie sind gefährlich ..."
„Das Schmeichelhafteste, was einem guten Vierziger, mit einem a. D. auf der Karte, gesagt werden kann. Und nun also, was sich Innstetten dabei denkt ..."
Effi nickte.
„Ja, wenn ich durchaus sprechen soll, er denkt sich dabei, dass ein Mann wie Landrat Baron Innstetten, der jeden Tag Ministerialdirektor oder dergleichen werden kann (denn glauben Sie mir, er ist hoch hinaus), dass ein Mann wie Baron Innstetten nicht in einem gewöhnlichen Hause wohnen kann, nicht in einer solchen Kate[2], wie die landrätliche Wohnung, ich bitte um Vergebung, gnädigste Frau, doch eigentlich ist. Da hilft er denn nach. Ein Spukhaus ist nie was Gewöhnliches ... Das ist das Eine."
„Das Eine? Mein Gott, haben Sie noch etwas?"
„Ja."
„Nun denn, ich bin ganz Ohr. Aber wenn es sein kann, lassen Sie's was Gutes sein."
„Dessen bin ich nicht ganz sicher. Es ist etwas Heikles, beinah Gewagtes, und ganz besonders vor Ihren Ohren, gnädigste Frau."
„Das macht mich nur umso neugieriger."
„Gut denn. Also Innstetten, meine gnädigste Frau, hat außer seinem brennenden Verlangen, es koste, was es wolle, ja, wenn es sein muss unter Heranziehung eines Spuks, seine Karriere zu machen, noch eine zweite Passion: Er operiert nämlich immer erzieherisch, ist der geborene Pädagog, und hätte, links Basedow und rechts Pestalozzi[3] (aber doch kirchlicher als beide), eigentlich nach Schnepfenthal oder Bunzlau[4] hingepasst."
„Und will er mich auch erziehen? Erziehen durch Spuk?"

---

[1] Konfirmation
[2] kleines Bauernhaus, Hütte
[3] Johann Bernhard Basedow (1723–90) und Johann Heinrich Pestalozzi (1746–1827) waren bedeutende Pädagogen.
[4] An beiden Orten befanden sich Erziehungsanstalten.

„Erziehen ist vielleicht nicht das richtige Wort. Aber doch erziehen auf einem Umweg."

„Ich verstehe Sie nicht."

„Eine junge Frau ist eine junge Frau, und ein Landrat ist ein Landrat. Er kutschiert oft im Kreise umher, und dann ist das Haus allein und unbewohnt. Aber solch Spuk ist wie ein Cherub[1] mit dem Schwert ..."

„Ah, da sind wir wieder aus dem Walde heraus", sagte Effi. „Und da ist Utpatels Mühle. Wir müssen nur noch an dem Kirchhof vorüber."

Gleich danach passierten sie den Hohlweg zwischen dem Kirchhof und der eingegitterten Stelle, und Effi sah nach dem Stein und der Tanne hinüber, wo der Chinese lag.

Siebzehntes Kapitel

Es schlug zwei Uhr, als man zurück war. Crampas verabschiedete sich und ritt in die Stadt hinein, bis er vor seiner am Marktplatz gelegenen Wohnung hielt. Effi ihrerseits kleidete sich um und versuchte zu schlafen; es wollte aber nicht glücken, denn ihre Verstimmung war noch größer als ihre Müdigkeit. Dass Innstetten sich seinen Spuk parat hielt, um ein nicht ganz gewöhnliches Haus zu bewohnen, das mochte hingehen, das stimmte zu seinem Hange, sich von der großen Menge zu unterscheiden; aber das andere, dass er den Spuk als Erziehungsmittel brauchte, das war doch arg und beinahe beleidigend. Und „Erziehungsmittel", darüber war sie sich klar, sagte nur die kleinere Hälfte; was Crampas gemeint hatte, war viel, viel mehr, war eine Art Angstapparat aus Kalkül[2]. Es fehlte jede Herzensgüte darin und grenzte schon fast an Grausamkeit. Das Blut stieg ihr zu Kopf, und sie ballte ihre kleine Hand und wollte Pläne schmieden; aber mit einem Male musste sie wie-

---

[1] geflügeltes Fabelwesen mit Tierleib und Menschengesicht, Wächter des Paradieses und heiliger Stätten
[2] Berechnung

der lachen. „Ich Kindskopf! Wer bürgt mir denn dafür, dass Crampas Recht hat! Crampas ist unterhaltlich, weil er medisant ist, aber er ist unzuverlässig und ein bloßer Haselant[1], der schließlich Innstetten nicht das Wasser reicht." 5

In diesem Augenblick fuhr Innstetten vor, der heute früher zurückkam als gewöhnlich. Effi sprang auf, um ihn schon im Flur zu begrüßen, und war umso zärtlicher, je mehr sie das Gefühl hatte, etwas gutmachen zu müssen. Aber ganz konnte sie das, was Crampas gesagt hatte, 10 doch nicht verwinden, und inmitten ihrer Zärtlichkeiten, und während sie mit anscheinendem Interesse zuhörte, klang es in ihr immer wieder: „Also Spuk aus Berechnung, Spuk, um dich in Ordnung zu halten." Zuletzt indessen vergaß sie's und ließ sich unbefangen 15 von ihm erzählen.

Inzwischen war Mitte November herangekommen, und der bis zum Sturm sich steigernde Nordwester stand anderthalb Tag lang so hart auf die Molen, dass die mehr und mehr zurückgestaute Kessine das Bollwerk über- 20 stieg und in die Straßen trat. Aber nachdem sich's ausgetobt, legte sich das Unwetter, und es kamen noch ein paar sonnige Spätherbsttage. „Wer weiß, wie lange sie dauern", sagte Effi zu Crampas, und so beschloss man, am nächsten Vormittage noch einmal auszureiten; auch 25 Innstetten, der einen freien Tag hatte, wollte mit. Es sollte zunächst wieder bis an die Mole gehen; da wollte man dann absteigen, ein wenig am Strande promenieren und schließlich im Schutze der Dünen, wo's windstill war, ein Frühstück nehmen. 30

Um die festgesetzte Stunde ritt Crampas vor dem landrätlichen Hause vor; Kruse hielt schon das Pferd der gnädigen Frau, die sich rasch in den Sattel hob und noch im Aufsteigen Innstetten entschuldigte, der nun doch verhindert sei: letzte Nacht wieder großes Feuer in 35 Morgenitz – das dritte seit drei Wochen, also angelegt –, da habe er hingemusst, sehr zu seinem Leidwesen, denn

---

[1] Spaßmacher, Possenreißer

er habe sich auf diesen Ausritt, der wohl der letzte in diesem Herbste sein werde, wirklich gefreut.

Crampas sprach sein Bedauern aus, vielleicht nur, um was zu sagen, vielleicht aber auch aufrichtig, denn so rücksichtslos er im Punkte chevaleresker[1] Liebesabenteuer war, so sehr war er auch wieder guter Kamerad. Natürlich, alles ganz oberflächlich. Einem Freunde helfen und fünf Minuten später ihn betrügen, waren Dinge, die sich mit seinem Ehrbegriffe sehr wohl vertrugen. Er tat das eine und das andere mit unglaublicher Bonhommie.

Der Ritt ging wie gewöhnlich durch die Plantage hin. Rollo war wieder vorauf, dann kamen Crampas und Effi, dann Kruse. Knut fehlte.

„Wo haben Sie Knut gelassen?"

„Er hat einen Ziegenpeter[2]."

„Merkwürdig", lachte Effi. „Eigentlich sah er schon immer so aus."

„Sehr richtig. Aber Sie sollten ihn jetzt sehen! Oder doch lieber nicht. Denn Ziegenpeter ist ansteckend, schon bloß durch Anblick."

„Glaub ich nicht."

„Junge Frauen glauben vieles nicht."

„Und dann glauben sie wieder vieles, was sie besser nicht glaubten."

„An meine Adresse?"

„Nein."

„Schade."

„Wie dies ‚schade' Sie kleidet. Ich glaube wirklich, Major, Sie hielten es für ganz in der Ordnung, wenn ich Ihnen eine Liebeserklärung machte."

„So weit will ich nicht gehen. Aber ich möchte den sehen, der sich dergleichen nicht wünschte. Gedanken und Wünsche sind zollfrei."

„Das fragt sich. Und dann ist doch immer noch ein Unterschied zwischen Gedanken und Wünschen. Gedanken sind in der Regel etwas, das noch im Hintergrunde

---

[1] chevaleresk: ritterlich
[2] Mumps (Infektionskrankheit)

liegt, Wünsche aber liegen meist schon auf der Lippe."
„Nur nicht gerade diesen Vergleich!"
„Ach, Crampas, Sie sind ... Sie sind ..."
„Ein Narr."
„Nein. Auch darin übertreiben Sie wieder. Aber Sie sind
etwas anderes. In Hohen-Cremmen sagten wir immer,
und ich mit, das Eitelste, was es gäbe, das sei ein Husa-
renfähnrich von achtzehn ..."
„Und jetzt?"
„Und jetzt sag ich, das Eitelste, was es gibt, ist ein Land-
wehrbezirksmajor von zweiundvierzig."
„... Wobei die zwei Jahre, die Sie mir gnädigst erlassen,
alles wieder gutmachen, – küss die Hand."
„Ja, küss die Hand. Das ist so recht das Wort, das für Sie
passt. Das ist wienerisch. Und die Wiener, die hab ich
kennengelernt, in Karlsbad, vor vier Jahren, wo sie mir
vierzehnjährigem Dinge den Hof machten. Was ich da
alles gehört habe!"
„Gewiss nicht mehr, als recht war."
„Wenn das zuträfe, wäre das, was mir schmeicheln soll,
ziemlich ungezogen ... Aber sehen Sie da die Bojen, wie
die schwimmen und tanzen. Die kleinen roten Fahnen
sind eingezogen. Immer, wenn ich diesen Sommer, die
paar Mal, wo ich mich bis an den Strand hinauswagte,
die roten Fahnen sah, sagt ich mir: Da liegt Vineta[1], da
muss es liegen, das sind die Turmspitzen ..."
„Das macht, weil Sie das Heine'sche Gedicht[2] kennen."
„Welches?"
„Nun, das von Vineta."
„Nein, das kenne ich nicht; ich kenne überhaupt nur wenig. Leider."
„Und haben doch Gieshübler und den Journalzirkel!
Übrigens hat Heine dem Gedicht einen anderen Namen
gegeben, ich glaube ‚Seegespenst' oder so ähnlich. Aber
Vineta hat er gemeint. Und er selber – verzeihen Sie,

---

[1] der Sage nach eine wegen des Hochmutes ihrer Bewohner vom
Meer verschlungene Stadt an der Ostsee
[2] Heinrich Heines „Seegespenst", erschienen im „Buch der Lieder"
(1827)

wenn ich Ihnen so ohne weiteres den Inhalt hier wiedergebe – der Dichter also, während er die Stelle passiert, liegt auf einem Schiffsdeck und sieht hinunter, und sieht da schmale, mittelalterliche Straßen und trippelnde
5 Frauen in Kapotthüten[1], und alle haben ein Gesangbuch in Händen und wollen zur Kirche, und alle Glocken läuten. Und als er das hört, da fasst ihn eine Sehnsucht, auch mit in die Kirche zu gehen, wenn auch bloß um der Kapotthüte willen, und vor Verlangen schreit er auf
10 und will sich hinunterstürzen. Aber im selben Augenblicke packt ihn der Kapitän am Bein und ruft ihm zu: ,Doktor, sind Sie des Teufels?'"

„Das ist ja allerliebst. Das möchte ich lesen. Ist es lang?"

„Nein, es ist eigentlich kurz, etwas länger als ,Du hast
15 Diamanten und Perlen' oder ,Deine weichen Lilienfinger'[2] ...", und er berührte leise ihre Hand. „Aber lang oder kurz, welche Schilderungskraft, welche Anschaulichkeit! Er ist mein Lieblingsdichter, und ich kann ihn auswendig, so wenig ich mir sonst, trotz gelegentlich ei
20 gener Versündigungen, aus der Dichterei mache. Bei Heine liegt es aber anders: Alles ist Leben, und vor allem versteht er sich auf die Liebe, die doch die Hauptsache bleibt. Er ist übrigens nicht einseitig darin ..."

„Wie meinen Sie das?"

25 „Ich meine, er ist nicht bloß für die Liebe ..."

„Nun, wenn er diese Einseitigkeit auch hätte, das wäre am Ende noch nicht das Schlimmste. Wofür ist er denn sonst noch?"

„Er ist auch sehr für das Romantische, was freilich
30 gleich nach der Liebe kommt und nach Meinung einiger sogar damit zusammenfällt. Was ich aber nicht glaube. Denn in seinen späteren Gedichten, die man denn auch die ,romantischen' genannt hat, oder eigentlich hat er es selber getan, in diesen romantischen Dichtungen wird in
35 einem fort hingerichtet, allerdings vielfach aus Liebe. Aber doch meist aus anderen gröberen Motiven, wohin

---

[1] kleiner, unterm Kinn gebundener Damenhut der Biedermeierzeit
[2] Heine-Gedichte aus dem im „Buch der Lieder" (1827) veröffentlichten Zyklus „Die Heimkehr"; richtig: „Deine weißen Lilienfinger"

ich in erster Reihe die Politik, die fast immer gröblich ist, rechne. Karl Stuart[1] zum Beispiel trägt in einer dieser Romanzen[2] seinen Kopf unterm Arm, und noch fataler ist die Geschichte vom Vitzliputzli[3] ...“

„Von wem?“

„Vom Vitzliputzli. Vitzliputzli ist nämlich ein mexikanischer Gott, und als die Mexikaner zwanzig oder dreißig Spanier gefangen genommen hatten, mussten diese zwanzig oder dreißig dem Vitzliputzli geopfert werden. Das war da nicht anders, Landessitte, Kultus, und ging auch alles im Handumdrehen, Bauch auf, Herz raus ...“

„Nein, Crampas, so dürfen Sie nicht weitersprechen. Das ist indezent[4] und degoutant[5] zugleich. Und das alles so ziemlich in demselben Augenblicke, wo wir frühstücken wollen.“

„Ich für meine Person sehe mich dadurch unbeeinflusst und stelle meinen Appetit überhaupt nur in Abhängigkeit vom Menu.“

Während dieser Worte waren sie, ganz wie's das Programm wollte, vom Strand her bis an eine schon halb im Schutze der Dünen aufgeschlagene Bank, mit einem äußerst primitiven Tisch davor, gekommen, zwei Pfosten mit einem Brett darüber. Kruse, der voraufgeritten, hatte hier bereits serviert; Teebrötchen und Aufschnitt von kaltem Braten, dazu Rotwein und neben der Flasche zwei hübsche zierliche Trinkgläser, klein und mit Goldrand, wie man sie in Badeörtern kauft oder von Glashütten als Erinnerung mitbringt. Und nun stieg man ab. Kruse, der die Zügel seines eigenen Pferdes um eine Krüppelkiefer geschlungen hatte, ging mit den beiden anderen Pferden auf und ab, während sich Crampas und Effi, die durch eine schmale Dünenöffnung einen

---

[1] Charles I. (1600–1649), ab 1625 König von England, im Englischen Bürgerkrieg 1649 enthauptet

[2] Gemeint ist hier der Gedichtband „Romanzero“ (1851) mit den Gedichten „Karl I.“, „Vitzliputzli“.

[3] Schreckgestalt, Teufel; abgeleitet aus „Huitzilopochtli“: aztekischer Sonnen- und Kriegsgott

[4] unschicklich, unanständig

[5] ekelhaft, abstoßend

freien Blick auf Strand und Mole hatten, vor dem gedeckten Tische niederließen.

Über das von den Sturmtagen her noch bewegte Meer
goss die schon halb winterliche Novembersonne ihr fah-
5 les Licht aus, und die Brandung ging hoch. Dann und
wann kam ein Windzug und trieb den Schaum bis dicht
an sie heran. Strandhafer stand umher, und das helle
Gelb der Immortellen hob sich, trotz der Farbenver-
wandtschaft, von dem gelben Sande, darauf sie wuch-
10 sen, scharf ab. Effi machte die Wirtin. „Es tut mir leid,
Major, Ihnen diese Brötchen in einem Korbdeckel prä-
sentieren zu müssen ...“

„Ein Korbdeckel ist kein Korb ...“

„... Indessen Kruse hat es so gewollt. Und da bist du ja
15 auch, Rollo. Auf dich ist unser Vorrat aber nicht eingerichtet. Was machen wir mit Rollo?“

„Ich denke, wir geben ihm alles; ich meinerseits schon
aus Dankbarkeit. Denn sehen Sie, teuerste Effi ...“

Effi sah ihn an.

20 „... Denn sehen Sie, gnädigste Frau, Rollo erinnert mich
wieder an das, was ich Ihnen noch als Fortsetzung oder
Seitenstück zum Vitzliputzli erzählen wollte – nur viel
pikanter, weil Liebesgeschichte. Haben Sie mal von einem gewissen Pedro dem Grausamen[1] gehört?“

25 „So dunkel.“

„... Eine Art Blaubartskönig[2].“

„Das ist gut. Von so einem hört man immer am liebsten,
und ich weiß noch, dass wir von meiner Freundin Hulda Niemeyer, deren Namen Sie ja kennen, immer be-
30 haupteten: Sie wisse nichts von Geschichte, mit Ausnahme der sechs Frauen von Heinrich dem Achten[3], diesem

---

[1] Heines Gedicht „Spanische Atriden“ (im Band „Romanzero“) erzählt vom kastilischen König Pedro, „dem Grausamen“ (1334–69).

[2] Ritter aus einem Märchen von Charles Perrault (1628–1703),
Blaubart tötet nacheinander seine sechs Frauen.

[3] Heinrich VIII. (1491–1547), englischer König, sagte sich von der römischen Kirche los, nachdem ihm der Papst die Scheidung verweigert hatte. Er erklärte sich selbst zum Oberhaupt der anglikanischen Kirche (1534). Er war sechsmal verheiratet und ließ zwei
seiner Frauen wegen angeblicher Untreue hinrichten.

englischen Blaubart, wenn das Wort für ihn reicht. Und wirklich, diese sechs kannte sie auswendig. Und dabei hätten Sie hören sollen, wie sie die Namen aussprach, namentlich den von der Mutter der Elisabeth[1] – so schrecklich verlegen, als wäre sie nun an der Reihe ... Aber nun bitte, die Geschichte von Don Pedro ...“

„Nun also, an Don Pedros Hofe war ein schöner, schwarzer spanischer Ritter, der das Kreuz von Kalatrava[2] – was ungefähr so viel bedeutet wie schwarzer Adler[3] und Pour le mérite[4] zusammengenommen – auf seiner Brust trug. Dies Kreuz gehörte mit dazu, das mussten sie immer tragen, und dieser Kalatravaritter, den die Königin natürlich heimlich liebte.“

„Warum natürlich?“

„Weil wir in Spanien sind.“

„Ach so.“

„Und dieser Kalatravaritter, sag ich, hatte einen wunderschönen Hund, einen Neufundländer, wiewohl es die noch gar nicht gab, denn es war grade hundert Jahre vor der Entdeckung von Amerika. Einen wunderschönen Hund also, sagen wir wie Rollo ...“

Rollo schlug an, als er seinen Namen hörte, und wedelte mit dem Schweif.

„Das ging so manchen Tag. Aber das mit der heimlichen Liebe, die wohl nicht ganz heimlich blieb, das wurde dem Könige doch zu viel, und weil er den schönen Kalatravaritter überhaupt nicht recht leiden mochte – denn er war nicht bloß grausam, er war auch ein Neidhammel, oder wenn das Wort für einen König und noch mehr für meine liebenswürdige Zuhörerin, Frau Effi, nicht recht passen sollte, wenigstens ein Neidling –, so beschloss er, den Kalatravaritter für die heimliche Liebe heimlich hinrichten zu lassen.“

---

[1] Heinrichs VIII. zweite Frau, -Anna Boleyn (gesprochen wie „buhlen“), war die Mutter der späteren Königin Elisabeth I.

[2] Ordenszeichen des Calatravaordens (spanischer Ritterorden), 1158 von König Sanchoz III. von Kastilien gestiftet

[3] höchster preußischer Orden, 1701 gestiftet von Friedrich I.

[4] hohe preußische Auszeichnung, 1740 gestiftet von Friedrich dem Großen (franz.: für das Verdienst)

„Kann ich ihm nicht verdenken."

„Ich weiß doch nicht, meine Gnädigste. Hören Sie nur weiter. Etwas geht schon, aber es war zu viel, der König, find ich, ging um ein Erkleckliches zu weit. Er heuchelte
⁵ nämlich, dass er dem Ritter wegen seiner Kriegs- und Heldentaten ein Fest veranstalten wolle, und da gab es denn eine lange, lange Tafel, und alle Granden[1] des Reichs saßen an dieser Tafel, und in der Mitte saß der König, und ihm gegenüber war der Platz für den, dem
¹⁰ dies alles galt, also für den Kalatravaritter, für den an diesem Tage zu Feiernden. Und weil der, trotzdem man schon eine ganze Weile seiner gewartet hatte, noch immer nicht kommen wollte, so musste schließlich die Festlichkeit ohne ihn begonnen werden, und es blieb ein
¹⁵ leerer Platz – ein leerer Platz gerade gegenüber dem König."

„Und nun?"

„Und nun denken Sie, meine gnädigste Frau, wie der König, dieser Pedro, sich eben erheben will, um gleisne-
²⁰ risch[2] sein Bedauern auszusprechen, dass sein ‚lieber Gast' noch immer fehle, da hört man auf der Treppe draußen einen Aufschrei der entsetzten Dienerschaften, und ehe noch irgendwer weiß, was geschehen ist, jagt etwas an der langen Festestafel entlang, und nun springt
²⁵ es auf den Stuhl und setzt ein abgeschlagenes Haupt auf den leer gebliebenen Platz, und über eben dieses Haupt hinweg starrt Rollo auf sein Gegenüber, den König. Rollo hatte seinen Herrn auf seinem letzten Gange begleitet, und im selben Augenblicke, wo das Beil fiel, hatte das
³⁰ treue Tier das fallende Haupt gepackt, und da war er nun, unser Freund Rollo, an der langen Festestafel und verklagte den königlichen Mörder."

Effi war ganz still geworden. Endlich sagte sie:

„Crampas, das ist in seiner Art sehr schön, und weil es
³⁵ sehr schön ist, will ich es Ihnen verzeihen. Aber Sie könnten doch Bessres und zugleich mir Lieberes tun,

---

[1] Grande: höchster spanischer Adelstitel, Mitglied des spanischen Hof-, Hochadels

[2] heuchlerisch

wenn Sie mir andere Geschichten erzählten. Auch von
Heine. Heine wird doch nicht bloß von Vitzliputzli und
Don Pedro und Ihrem Rollo – denn meiner hätte so was
nicht getan – gedichtet haben. Komm, Rollo! Armes Tier,
ich kann dich gar nicht mehr ansehen, ohne an den Ka-
latravaritter zu denken, den die Königin heimlich liebte
... Rufen Sie, bitte, Kruse, dass er die Sachen hier wieder
in die Halfter steckt, und wenn wir zurückreiten, müssen Sie mir was anderes erzählen, ganz was anderes."
Kruse kam. Als er aber die Gläser nehmen wollte, sagte
Crampas: „Kruse, das eine Glas, das da, das lassen Sie
stehen. Das werde ich selber nehmen."
„Zu Befehl, Herr Major."
Effi, die dies mit angehört hatte, schüttelte den Kopf.
Dann lachte sie. „Crampas, was fällt Ihnen nur eigentlich ein? Kruse ist dumm genug, über die Sache nicht
weiter nachzudenken, und wenn er darüber nachdenkt,
so findet er glücklicherweise nichts. Aber das berechtigt
Sie doch nicht, dies Glas ... dies Dreißigpfennigglas aus
der Josefinenhütte[1] ..."
„Dass Sie so spöttisch den Preis nennen, lässt mich seinen Wert umso tiefer empfinden."
„Immer derselbe. Sie haben so viel von einem Humoris-
ten, aber doch von ganz sonderbarer Art. Wenn ich Sie
recht verstehe, so haben Sie vor – es ist zum Lachen,
und ich geniere mich fast, es auszusprechen – so haben
Sie vor, sich vor der Zeit auf den König von Thule[2] hin
auszuspielen."
Er nickte mit einem Auflage von Schelmerei.
„Nun denn, meinetwegen. Jeder trägt seine Kappe[3]; Sie
wissen, welche. Nur das muss ich Ihnen doch sagen
dürfen, die Rolle, die Sie mir dabei zudiktieren, ist mir
zu wenig schmeichelhaft. Ich mag nicht als Reimwort[4]

---

[1] Glashütte bei Schreiberhau im Riesengebirge
[2] Anspielung auf das Lied, das Gretchen in Goethes Faust I singt
(V.2759ff.): „Es war ein König in Thule / Gar treu bis an das Grab, /
Dem sterbend seine Buhle / Einen goldenen Becher gab."
[3] Gemeint ist wohl: Narrenkappe.
[4] Gemeint ist: Buhle (Liebste, Geliebte).

auf Ihren König von Thule herumlaufen. Behalten Sie
das Glas, aber bitte, ziehen Sie nicht Schlüsse daraus, die
mich kompromittieren[1]. Ich werde Innstetten davon erzählen."
5 „Das werden Sie nicht tun, meine gnädigste Frau."
„Warum nicht?"
„Innstetten ist nicht der Mann, solche Dinge so zu sehen, wie sie gesehen sein wollen."
Sie sah ihn einen Augenblick scharf an. Dann aber
10 schlug sie verwirrt und fast verlegen die Augen nieder.

Achtzehntes Kapitel

Effi war unzufrieden mit sich und freute sich, dass es
nunmehr feststand, diese gemeinschaftlichen Ausflüge
für die ganze Winterdauer auf sich beruhen zu lassen.
15 Überlegte sie, was während all dieser Wochen und Tage
gesprochen, berührt und angedeutet war, so fand sie
nichts, um dessentwillen sie sich direkte Vorwürfe zu
machen gehabt hätte. Crampas war ein kluger Mann,
welterfahren, humoristisch, frei, frei auch im Guten, und
20 es wäre kleinlich und kümmerlich gewesen, wenn sie
sich ihm gegenüber aufgesteift und jeden Augenblick die
Regeln strengen Anstandes befolgt hätte. Nein, sie konnte sich nicht tadeln, auf seinen Ton eingegangen zu sein,
und doch hatte sie ganz leise das Gefühl einer überstan-
25 denen Gefahr und beglückwünschte sich, dass das alles
nun mutmaßlich hinter ihr läge. Denn an ein häufigeres
Sichsehen en famille[2] war nicht wohl zu denken, das
war durch die Crampas'schen Hauszustände so gut wie
ausgeschlossen, und Begegnungen bei den benachbarten
30 adligen Familien, die freilich für den Winter in Sicht
standen, konnten immer nur sehr vereinzelt und sehr
flüchtige sein. Effi rechnete sich dies alles mit wachsen-
der Befriedigung heraus und fand schließlich, dass ihr der
Verzicht auf das, was sie dem Verkehr mit dem Major

---

[1] in Verlegenheit bringen, bloßstellen
[2] unter sich, im Familienkreis

verdankte, nicht allzu schwer ankommen würde. Dazu
kam noch, dass Innstetten ihr mitteilte, seine Fahrten
nach Varzin würden in diesem Jahre fortfallen: Der Fürst
gehe nach Friedrichsruh[1], das ihm immer lieber zu werden scheine; nach der einen Seite hin bedauere er das, 5
nach der anderen sei es ihm lieb – er könne sich nun
ganz seinem Hause widmen, und wenn es ihr recht wäre, so wollten sie die italienische Reise, an der Hand seiner Aufzeichnungen, noch einmal durchmachen. Eine
solche Rekapitulation[2] sei eigentlich die Hauptsache, 10
dadurch mache man sich alles erst dauernd zu eigen,
und selbst Dinge, die man nur flüchtig gesehen und von
denen man kaum wisse, dass man sie in seiner Seele be-
herberge, kämen einem durch solche nachträglichen Studien erst voll zu Bewusstsein und Besitz. Er führte das 15
noch weiter aus und fügte hinzu, dass ihn Gieshübler,
der den ganzen „italienischen Stiefel" bis Palermo kenne,
gebeten habe, mit dabei sein zu dürfen. Effi, der ein ganz
gewöhnlicher Plauderabend ohne den „italienischen
Stiefel" (es sollten sogar Fotografien herumgereicht wer- 20
den) viel, viel lieber gewesen wäre, antwortete mit einer
gewissen Gezwungenheit; Innstetten indessen, ganz erfüllt von seinem Plane, merkte nichts und fuhr fort: „Natürlich ist nicht bloß Gieshübler zugegen, auch Roswitha
und Annie müssen dabei sein, und wenn ich mir dann 25
denke, dass wir den Canal grande hinauffahren und hören dabei ganz in der Ferne die Gondoliere singen, während drei Schritte von uns Roswitha sich über Annie
beugt und ‚Buhküken von Halberstadt'[3] oder so was
Ähnliches zum Besten gibt, so können das schöne Win- 30
terabende werden, und du sitzest dabei und strickst mir
eine große Winterkappe. Was meinst du dazu, Effi?"
Solche Abende wurden nicht bloß geplant, sie nahmen
auch ihren Anfang, und sie würden sich, aller Wahrscheinlichkeit nach, über viele Wochen hin ausgedehnt 35
haben, wenn nicht der unschuldige harmlose Gies-

---

[1] Besitztum Bismarcks östlich von Hamburg
[2] zusammenfassende Wiederholung
[3] Kinderlied des Bischofs Burkhard II. von Halberstadt (1006–59)

hübler, trotz größter Abgeneigtheit gegen zweideutiges Handeln, dennoch im Dienste zweier Herren gestanden hätte. Der eine, dem er diente, war Innstetten, der andere war Crampas, und wenn er der Innstetten'schen Aufforderung zu den italienischen Abenden, schon um Effis willen, auch mit aufrichtigster Freude Folge leistete, so war die Freude, mit der er Crampas gehorchte, doch noch eine größere. Nach einem Crampas'schen Plane nämlich sollte noch vor Weihnachten „Ein Schritt vom Wege"[1] aufgeführt werden, und als man vor dem dritten italienischen Abend stand, nahm Gieshübler die Gelegenheit wahr, mit Effi, die die Rolle der Ella[2] spielen sollte, darüber zu sprechen.

Effi war wie elektrisiert; was wollten Padua, Vicenza daneben bedeuten! Effi war nicht für Aufgewärmtheiten; Frisches war es, wonach sie sich sehnte, Wechsel der Dinge. Aber als ob eine Stimme ihr zugerufen hätte: „Sieh dich vor!", so fragte sie doch, inmitten ihrer freudigen Erregung: „Ist es der Major, der den Plan aufgebracht hat?"

„Ja. Sie wissen, gnädigste Frau, dass er einstimmig in das Vergnügungskomitee gewählt wurde. Wir dürfen uns endlich einen hübschen Winter in der Ressource versprechen. Er ist ja wie geschaffen dazu."

„Und wird er auch mitspielen?"

„Nein, das hat er abgelehnt. Ich muss sagen, leider. Denn er kann ja alles und würde den Arthur von Schmettwitz ganz vorzüglich geben. Er hat nur die Regie übernommen."

„Desto schlimmer."

„Desto schlimmer?", wiederholte Gieshübler.

„Oh, Sie dürfen das nicht so feierlich nehmen; das ist nur so eine Redensart, die eigentlich das Gegenteil bedeutet. Auf der anderen Seite freilich, der Major hat so was Gewaltsames, er nimmt einem die Dinge gern über den Kopf fort. Und man muss dann spielen, wie er will, und nicht, wie man selber will."

---

[1] Lustspiel (1872) von Ernst Wichert (1831–1902)
[2] Ella von Schmettwitz, eine der Hauptfiguren des Stückes

Sie sprach noch so weiter und verwickelte sich immer mehr in Widersprüche.

Der „Schritt vom Wege" kam wirklich zustande, und gerade weil man nur noch gute vierzehn Tage hatte (die letzte Woche vor Weihnachten war ausgeschlossen), so strengte sich alles an, und es ging vorzüglich; die Mitspielenden, vor allem Effi, ernteten reichen Beifall. Crampas hatte sich wirklich mit der Regie begnügt, und so streng er gegen alle anderen war, so wenig hatte er auf den Proben in Effis Spiel hineingeredet. Entweder waren ihm vonseiten Gieshüblers Mitteilungen über das mit Effi gehabte Gespräch gemacht worden, oder er hatte es auch aus sich selber bemerkt, dass Effi beflissen war, sich von ihm zurückzuziehen. Und er war klug und Frauenkenner genug, um den natürlichen Entwicklungsgang, den er nach seinen Erfahrungen nur zu gut kannte, nicht zu stören.

Am Theaterabend in der Ressource trennte man sich spät, und Mitternacht war vorüber, als Innstetten und Effi wieder zu Hause bei sich eintrafen. Johanna war noch auf, um behülflich zu sein, und Innstetten, der auf seine junge Frau nicht wenig eitel war, erzählte Johanna, wie reizend die gnädige Frau ausgesehen und wie gut sie gespielt habe. Schade, dass er nicht vorher daran gedacht, Christel und sie selber und auch die alte Unke, die Kruse, hätten von der Musikgalerie her sehr gut zusehen können; es seien viele da gewesen. Dann ging Johanna, und Effi, die müde war, legte sich nieder. Innstetten aber, der noch plaudern wollte, schob einen Stuhl heran und setzte sich an das Bett seiner Frau, diese freundlich ansehend und ihre Hand in der seinen haltend.

„Ja, Effi, das war ein hübscher Abend. Ich habe mich amüsiert über das hübsche Stück. Und denke dir, der Dichter ist ein Kammergerichtsrat, eigentlich kaum zu glauben. Und noch dazu aus Königsberg[1]. Aber wo-

---

[1] Wichert arbeitete als Kammergerichtsrat in Berlin und war Richter in Königsberg, wo Immanuel Kant (1724–1804) den „Kategorischen Imperativ" formulierte.

rüber ich mich am meisten gefreut, das war doch meine entzückende kleine Frau, die allen die Köpfe verdreht hat."

„Ach, Geert, sprich nicht so. Ich bin schon gerade eitel genug."

„Eitel genug, das wird wohl richtig sein. Aber doch lange nicht so eitel wie die anderen. Und das ist zu deinen sieben Schönheiten ..."

„Sieben Schönheiten haben alle."

„... Ich habe mich auch bloß versprochen; du kannst die Zahl gut mit sich selbst multiplizieren."

„Wie galant du bist, Geert. Wenn ich dich nicht kennte, könnt ich mich fürchten. Oder lauert wirklich was dahinter?"

„Hast du ein schlechtes Gewissen? Selber hinter der Tür gestanden?"

„Ach, Geert, ich ängstige mich wirklich." Und sie richtete sich im Bett in die Höh und sah ihn starr an. „Soll ich noch nach Johanna klingeln, dass sie uns Tee bringt? Du hast es so gern vor dem Schlafengehen."

Er küsste ihr die Hand. „Nein, Effi. Nach Mitternacht kann auch der Kaiser keine Tasse Tee mehr verlangen, und du weißt, ich mag die Leute nicht mehr in Anspruch nehmen als nötig. Nein, ich will nichts als dich ansehen und mich freuen, dass ich dich habe. So manchmal empfindet man's doch stärker, welchen Schatz man hat. Du könntest ja auch so sein wie die arme Frau Crampas; das ist eine schreckliche Frau, gegen keinen freundlich, und dich hätte sie vom Erdboden vertilgen mögen."

„Ach, ich bitte dich, Geert, das bildest du dir wieder ein. Die arme Frau! Mir ist nichts aufgefallen."

„Weil du für derlei keine Augen hast. Aber es war so, wie ich dir sage, und der arme Crampas war wie befangen dadurch und mied dich immer und sah dich kaum an. Was doch ganz unnatürlich ist; denn erstens ist er überhaupt ein Damenmann, und nun gar Damen wie du, das ist seine besondere Passion. Und ich wette auch, dass es keiner besser weiß als meine kleine Frau selber. Wenn ich daran denke, wie, Pardon, das Geschnatter hin und her ging, wenn er morgens in die Veranda kam oder wenn wir am Strande ritten oder auf der Mole spazieren gingen. Es ist, wie ich dir sage, er traute sich heute nicht, er fürchtete sich vor seiner Frau. Und ich kann es ihm nicht verdenken. Die Majorin ist so etwas wie unsere Frau Kruse, und wenn ich zwischen beiden wählen müsste, ich wüsste nicht wen." 5

„Ich wüsst es schon; es ist doch ein Unterschied zwischen den beiden. Die arme Majorin ist unglücklich, die Kruse ist unheimlich."

„Und da bist du doch mehr für das Unglückliche?" 10

„Ganz entschieden."

„Nun höre, das ist Geschmacksache. Man merkt, dass du noch nicht unglücklich warst. Übrigens hat Crampas ein Talent, die arme Frau zu eskamotieren[1]. Er erfindet immer etwas, sie zu Hause zu lassen." 15

„Aber heute war sie doch da."

„Ja, heute. Da ging es nicht anders. Aber ich habe mit ihm eine Partie zu Oberförster Ring verabredet, er, Gieshübler und der Pastor, auf den dritten Feiertag, und da hättest du sehen sollen, mit welcher Geschicklichkeit er 20 bewies, dass sie, die Frau, zu Hause bleiben müsse."

„Sind es denn nur Herren?"

„O bewahre. Da würd ich mich auch bedanken. Du bist mit dabei und noch zwei, drei andere Damen, die von den Gütern ungerechnet." 25

„Aber dann ist es doch auch hässlich von ihm, ich meine von Crampas, und so was bestraft sich immer."

„Ja, mal kommt es. Aber ich glaube, unser Freund hält zu denen, die sich über das, was kommt, keine grauen Haare wachsen lassen." 30

„Hältst du ihn für schlecht?"

„Nein, für schlecht nicht. Beinah im Gegenteil, jedenfalls hat er gute Seiten. Aber er ist so 'n halber Pole, kein rechter Verlass, eigentlich in nichts, am wenigsten mit Frauen. Eine Spielernatur. Er spielt nicht am Spieltisch, 35 aber er hasardiert[2] im Leben in einem fort, und man muss ihm auf die Finger sehen."

---

[1] wegzaubern, verschwinden lassen
[2] hasardieren: alles aufs Spiel setzen

„Es ist mir doch lieb, dass du mir das sagst. Ich werde mich vorsehen mit ihm."

„Das tu. Aber nicht zu sehr; dann hilft es nichts. Unbefangenheit ist immer das Beste, und natürlich das Allerbeste ist Charakter und Festigkeit und, wenn ich solch steifleinenes Wort brauchen darf, eine reine Seele."

Sie sah ihn groß an. Dann sagte sie: „Ja, gewiss. Aber nun sprich nicht mehr, und noch dazu lauter Dinge, die mich nicht recht froh machen können. Weißt du, mir ist, als hörte ich oben das Tanzen. Sonderbar, dass es immer wiederkommt. Ich dachte, du hättest mit dem allen nur so gespaßt."

„Das will ich doch nicht sagen, Effi. Aber so oder so, man muss nur in Ordnung sein und sich nicht zu fürchten brauchen."

Effi nickte und dachte mit einem Male wieder an die Worte, die ihr Crampas über ihren Mann als „Erzieher" gesagt hatte.

Der Heilige Abend kam und verging ähnlich wie das Jahr vorher; aus Hohen-Cremmen kamen Geschenke und Briefe; Gieshübler war wieder mit einem Huldigungsvers zur Stelle, und Vetter Briest sandte eine Karte: Schneelandschaft mit Telegraphenstangen, auf denen Draht geduckt ein Vögelchen saß. Auch für Annie war aufgebaut: Ein Baum mit Lichtern, und das Kind griff mit seinen Händchen danach. Innstetten, unbefangen und heiter, schien sich seines häuslichen Glücks zu freuen und beschäftigte sich viel mit dem Kinde. Roswitha war erstaunt, den gnädigen Herrn so zärtlich und zugleich so aufgeräumt zu sehen. Auch Effi sprach viel und lachte viel, es kam ihr aber nicht aus innerster Seele. Sie fühlte sich bedrückt und wusste nur nicht, wen sie dafür verantwortlich machen sollte, Innstetten oder sich selber. Von Crampas war kein Weihnachtsgruß eingetroffen; eigentlich war es ihr lieb, aber auch wieder nicht, seine Huldigungen erfüllten sie mit einem gewissen Bangen, und seine Gleichgültigkeiten verstimmten sie; sie sah ein, es war nicht alles so, wie's sein sollte.

„Du bist so unruhig", sagte Innstetten nach einer Weile.

„Ja. Alle Welt hat es so gut mit mir gemeint, am meisten
du; das bedrückt mich, weil ich fühle, dass ich es nicht
verdiene."

„Damit darf man sich nicht quälen, Effi. Zuletzt ist es
doch so: Was man empfängt, das hat man auch ver- 5
dient."

Effi hörte scharf hin, und ihr schlechtes Gewissen ließ
sie sich selber fragen, ob er das absichtlich in so zwei-
deutiger Form gesagt habe.

Spät gegen Abend kam Pastor Lindequist, um zu gratu- 10
lieren und noch wegen der Partie nach der Oberförsterei
Uvagla hin anzufragen, die natürlich eine Schlittenpar-
tie werden müsse. Crampas habe ihm einen Platz in seinem Schlitten angeboten, aber weder der Major noch
sein Bursche, der wie alles, auch das Kutschieren über- 15
nehmen solle, kenne den Weg, und so würde es sich
vielleicht empfehlen, die Fahrt gemeinschaftlich zu machen, wobei dann der landrätliche Schlitten die Tête[1] zu
nehmen und der Crampas'sche zu folgen hätte. Wahrscheinlich auch der Gieshübler'sche. Denn mit der Weg- 20
kenntnis Mirambos, dem sich unerklärlicherweise
Freund Alonzo, der doch sonst so vorsichtig, anvertrau-
en wolle, stehe es wahrscheinlich noch schlechter als mit
der des sommersprossigen Treptower Ulanen. Innstetten, den diese kleinen Verlegenheiten erheiterten, war 25
mit Lindequists Vorschlage durchaus einverstanden und
ordnete die Sache dahin, dass er pünktlich um zwei Uhr
über den Marktplatz fahren und ohne alles Säumen die
Führung des Zuges in die Hand nehmen werde.

Nach diesem Übereinkommen wurde denn auch verfah- 30
ren, und als Innstetten Punkt zwei Uhr den Marktplatz
passierte, grüßte Crampas zunächst von seinem Schlitten aus zu Effi hinüber und schloss sich dann dem
Innstetten'schen an. Der Pastor saß neben ihm. Gieshüblers Schlitten, mit Gieshübler selbst und Doktor Hanne- 35
mann, folgte, jener in einem eleganten Büffelrock mit
Marderbesatz, dieser in einem Bärenpelz, dem man ansah, dass er wenigstens dreißig Dienstjahre zählte. Han-

---

[1] Tete, (Kolonnen-)Spitze

nemann war nämlich in seiner Jugend Schiffschirurgus
auf einem Grönlandfahrer[1] gewesen. Mirambo saß vorn,
etwas aufgeregt wegen Unkenntnis im Kutschieren,
ganz wie Lindequist vermutet hatte.

5 Schon nach zwei Minuten war man an Utpatels Mühle
vorbei.

Zwischen Kessin und Uvagla (wo, der Sage nach, ein
Wendentempel gestanden) lag ein nur etwa tausend
Schritt breiter, aber wohl anderthalb Meilen langer
10 Waldstreifen, der an seiner rechten Längsseite das Meer,
an seiner linken, bis weit an den Horizont hin, ein großes, überaus fruchtbares und gut angebautes Stück
Land hatte. Hier, an der Binnenseite[2], flogen jetzt die
drei Schlitten hin, in einiger Entfernung ein paar alte
15 Kutschwagen vor sich, in denen, aller Wahrscheinlichkeit nach, andere nach der Oberförsterei hin eingeladene
Gäste saßen. Einer dieser Wagen war an seinen altmodisch hohen Rädern deutlich zu erkennen, es war der
Papenhagen'sche. Natürlich. Güldenklee galt als der
20 beste Redner des Kreises (noch besser als Borcke, ja
selbst besser als Grasenabb) und durfte bei Festlichkeiten nicht leicht fehlen.

Die Fahrt ging rasch – auch die herrschaftlichen Kutscher strengten sich an und wollten sich nicht überholen
25 lassen –, sodass man schon um drei vor der Oberförsterei hielt. Ring, ein stattlicher, militärisch dreinschauen-
der Herr von Mitte fünfzig, der den ersten Feldzug in
Schleswig[3] noch unter Wrangel und Bonin mitgemacht
und sich bei Erstürmung des Danewerks[4] ausgezeich-
30 net hatte, stand in der Tür und empfing seine Gäste, die,
nachdem sie abgelegt und die Frau des Hauses begrüßt

---

[1] Walfangschiff im Nordmeer

[2] die zum (Binnen-)Land hin gewandte Seite

[3] Nachdem sich Dänemark 1848 Schleswig einverleibt hatte, kam es
zu kriegerischen Auseinandersetzungen zwischen dänischen Truppen und Truppen Preußens (unter Wrangel) sowie des Deutschen
Bundes (unter General Eduard von Bonin (1793–1865)).

[4] Danewerk: Befestigungsanlage bei Schleswig, am 23. April 1848 von
preußischen Truppen erstürmt

hatten, zunächst vor einem langgedeckten Kaffeetische Platz nahmen, auf dem kunstvoll aufgeschichtete Kuchenpyramiden standen. Die Oberförsterin, eine von Natur sehr ängstliche, zum Mindesten aber sehr befangene Frau, zeigte sich auch als Wirtin so, was den überaus eitlen Oberförster, der für Sicherheit und Schneidigkeit war, ganz augenscheinlich verdross. Zum Glück kam sein Unmut zu keinem Ausbruch, denn von dem, was seine Frau vermissen ließ, hatten seine Töchter desto mehr, bildhübsche Backfische von vierzehn und dreizehn, die ganz nach dem Vater schlugen. Besonders die ältere, Cora, kokettierte sofort mit Innstetten und Crampas, und beide gingen auch darauf ein. Effi ärgerte sich darüber und schämte sich dann wieder, dass sie sich geärgert habe. Sie saß neben Sidonie von Grasenabb und sagte: „Sonderbar, so bin ich auch gewesen, als ich vierzehn war."

Effi rechnete darauf, dass Sidonie dies bestreiten oder doch wenigstens Einschränkungen machen würde. Stattdessen sagte diese: „Das kann ich mir denken."

„Und wie der Vater sie verzieht", fuhr Effi halb verlegen, und nur, um doch was zu sagen, fort.

Sidonie nickte. „Da liegt es. Keine Zucht. Das ist die Signatur[1] unserer Zeit."

Effi brach nun ab.

Der Kaffee war bald genommen, und man stand auf, um noch einen halbstündigen Spaziergang in den umliegenden Wald zu machen, zunächst auf ein Gehege zu, drin Wild eingezäunt war. Cora öffnete das Gatter, und kaum, dass sie eingetreten, so kamen auch schon die Rehe auf sie zu. Es war eigentlich reizend, ganz wie ein Märchen. Aber die Eitelkeit des jungen Dinges, das sich bewusst war, ein lebendes Bild zu stellen, ließ doch einen reinen Eindruck nicht aufkommen, am wenigsten bei Effi. „Nein", sagte sie zu sich selber, „so bin ich doch nicht gewesen. Vielleicht hat es mir auch an Zucht gefehlt, wie diese furchtbare Sidonie mir eben andeutete,

---

[1] Kennzeichen; hier angelehnt an die reaktionäre Streitschrift „signatura temporis" (1849) von Heinrich Leo (1799–1878)

vielleicht auch anderes noch. Man war zu Haus zu gütig
gegen mich, man liebte mich zu sehr. Aber das darf ich
doch wohl sagen, ich habe mich nie geziert. Das war immer Huldas Sache. Darum gefiel sie mir auch nicht, als
ich diesen Sommer sie wiedersah."

Auf dem Rückwege vom Walde nach der Oberförsterei
begann es zu schneien. Crampas gesellte sich zu Effi
und sprach ihr sein Bedauern aus, dass er noch nicht
Gelegenheit gehabt habe, sie zu begrüßen. Zugleich
wies er auf die großen, schweren Schneeflocken, die fielen, und sagte: „Wenn das so weitergeht, so schneien
wir hier ein."

„Das wäre nicht das Schlimmste. Mit dem Eingeschneit-
werden verbinde ich von langer Zeit her eine freundliche Vorstellung, eine Vorstellung von Schutz und Bei-
stand."

„Das ist mir neu, meine gnädigste Frau."

„Ja", fuhr Effi fort und versuchte zu lachen, „mit den
Vorstellungen ist es ein eigen Ding, man macht sie sich
nicht bloß nach dem, was man persönlich erfahren hat,
auch nach dem, was man irgendwo gehört oder ganz
zufällig weiß. Sie sind so belesen, Major, aber mit einem
Gedichte – freilich keinem Heine'schen, keinem ‚Seegespenst' und keinem ‚Vitzliputzli' – bin ich Ihnen, wie
mir scheint, doch voraus. Dies Gedicht heißt die ‚Gottesmauer'[1], und ich hab es bei unserm Hohen-Cremmner
Pastor vor vielen, vielen Jahren, als ich noch ganz klein
war, auswendig gelernt."

„Gottesmauer", wiederholte Crampas. „Ein hübscher Titel, und wie verhält es sich damit?"

„Eine kleine Geschichte, nur ganz kurz. Da war irgendwo Krieg, ein Winterfeldzug, und eine alte Witwe, die
sich vor dem Feinde mächtig fürchtete, betete zu Gott,
er möge doch ‚eine Mauer um sie bauen', um sie vor
dem Landesfeinde zu schützen. Und da ließ Gott das
Haus einschneien, und der Feind zog daran vorüber."
Crampas war sichtlich betroffen und wechselte das Gespräch.

---

[1] Gedicht von Clemens Brentano

Als es dunkelte, waren alle wieder in der Oberförsterei zurück.

Neunzehntes Kapitel

Gleich nach sieben ging man zu Tisch, und alles freute sich, dass der Weihnachtsbaum, eine mit zahllosen Sil- 5 berkugeln bedeckte Tanne, noch einmal angesteckt wurde. Crampas, der das Ring'sche Haus noch nicht kannte, war helle Bewunderung. Der Damast, die Weinkühler, das reiche Silbergeschirr, alles wirkte herrschaftlich, weit über oberförsterliche Durchschnittsverhältnisse 10 hinaus, was darin seinen Grund hatte, dass Rings Frau, so scheu und verlegen sie war, aus einem reichen Danziger Kornhändlerhause stammte. Von daher rührten auch die meisten der ringsumher hängenden Bilder: der Kornhändler und seine Frau, der Marienburger Remter[1] 15 und eine gute Kopie nach dem berühmten Memling'schen Altarbilde[2] in der Danziger Marienkirche. Kloster Oliva[3] war zweimal da, einmal in Öl und einmal in Kork geschnitzt. Außerdem befand sich über dem Büffet ein sehr nachgedunkeltes Porträt des alten 20 Nettelbeck[4], das noch aus dem bescheidenen Mobiliar des erst vor anderthalb Jahren verstorbenen Ring'schen Amtsvorgängers herrührte. Niemand hatte damals, bei der wie gewöhnlich stattfindenden Auktion, das Bild des Alten haben wollen, bis Innstetten, der sich über 25 diese Missachtung ärgerte, darauf geboten hatte. Da hatte sich denn auch Ring patriotisch besonnen, und der alte Kolberg-Verteidiger war der Oberförsterei verblieben. Das Nettelbeck-Bild ließ ziemlich viel zu wünschen übrig; sonst aber verriet alles, wie schon angedeutet, eine 30

---

[1] Speisesaal (Remter) der im 14. Jahrhundert erbauten Deutschordensburg in Marienburg

[2] Altarbild (um 1470) von Hans Memling (1433–94), das das Jüngste Gericht zeigt

[3] um 1170 gegründete Zisterzienserabtei bei Danzig

[4] Joachim Nettelbeck (1738–1824), preußischer Offizier, erwarb sich Ruhm bei der Verteidigung Kolbergs gegen Napoleon (1806/07).

beinahe an Glanz streifende Wohlhabenheit, und dem
entsprach denn auch das Mahl, das aufgetragen wurde.
Jeder hatte mehr oder weniger seine Freude daran, mit
Ausnahme Sidoniens. Diese saß zwischen Innstetten und
⁵ Lindequist und sagte, als sie Coras ansichtig wurde: „Da
ist ja wieder dies unausstehliche Balg, diese Cora. Sehen
Sie nur, Innstetten, wie sie die kleinen Weingläser prä-
sentiert, ein wahres Kunststück, sie könnte jeden Augenblick Kellnerin werden. Ganz unerträglich. Und dazu die
¹⁰ Blicke von Ihrem Freunde Crampas! Das ist so die rechte
Saat! Ich frage Sie, was soll dabei herauskommen?"
Innstetten, der ihr eigentlich zustimmte, fand trotzdem
den Ton, in dem das alles gesagt wurde, so verletzend
herbe, dass er spöttisch bemerkte: „Ja, meine Gnädigste,
¹⁵ was dabei herauskommen soll? Ich weiß es auch nicht" –,
worauf sich Sidonie von ihm ab- und ihrem Nachbar
zur Linken zuwandte: „Sagen Sie, Pastor, ist diese vierzehnjährige Kokette schon im Unterricht bei Ihnen?"
„Ja, mein gnädigstes Fräulein."
²⁰ „Dann müssen Sie mir die Bemerkung verzeihen, dass Sie
sie nicht in die richtige Schule genommen haben. Ich weiß
wohl, es hält das heutzutage sehr schwer, aber ich weiß
auch, dass die, denen die Fürsorge für junge Seelen obliegt,
es vielfach an dem rechten Ernste fehlen lassen. Es bleibt
²⁵ dabei, die Hauptschuld tragen die Eltern und Erzieher."
Lindequist, denselben Ton anschlagend wie Innstetten,
antwortete, dass das alles sehr richtig, der Geist der Zeit
aber zu mächtig sei.
„Geist der Zeit!", sagte Sidonie. „Kommen Sie mir nicht
³⁰ damit. Das kann ich nicht hören, das ist der Ausdruck
höchster Schwäche, Bankrotterklärung. Ich kenne das; nie
scharf zufassen wollen, immer dem Unbequemen aus
dem Wege gehen. Denn Pflicht ist unbequem. Und so
wird nur allzu leicht vergessen, dass das uns anvertraute
³⁵ Gut auch mal von uns zurückgefordert wird. Eingreifen,
lieber Pastor, Zucht. Das Fleisch ist schwach[1], gewiss; aber
..."

---

[1] Vgl. die Worte Jesu (Markus 14, 38): „Der Geist ist willig, aber das
Fleisch ist schwach."

In diesem Augenblicke kam ein englisches Roastbeef, von dem Sidonie ziemlich ausgiebig nahm, ohne Lindequists Lächeln dabei zu bemerken. Und weil sie's nicht bemerkte, so durfte es auch nicht wundernehmen, dass sie mit vieler Unbefangenheit fortfuhr: „Es kann übrigens alles, was Sie hier sehen, nicht wohl anders sein; alles ist schief und verfahren von Anfang an. Ring, Ring[1] – wenn ich nicht irre, hat es drüben in Schweden oder da herum mal einen Sagenkönig dieses Namens gegeben. Nun sehen Sie, benimmt er sich nicht, als ob er von dem abstamme, und seine Mutter, die ich noch gekannt habe, war eine Plättfrau in Köslin."

„Ich kann darin nichts Schlimmes finden."

„Schlimmes finden? Ich auch nicht. Und jedenfalls gibt es Schlimmeres. Aber so viel muss ich doch von Ihnen, als einem geweihten Diener der Kirche, gewärtigen dürfen, dass Sie die gesellschaftlichen Ordnungen gelten lassen. Ein Oberförster ist ein bisschen mehr als ein Förster, und ein Förster hat nicht solche Weinkühler und solch Silberzeug; das alles ist ungehörig und zieht dann solche Kinder groß, wie dies Fräulein Cora."

Sidonie, jedes Mal bereit, irgendwas Schreckliches zu prophezeien, wenn sie, vom Geist[2] überkommen, die Schalen ihres Zorns ausschüttete[3], würde sich auch heute bis zum Kassandrablick[4] in die Zukunft gesteigert haben, wenn nicht in eben diesem Augenblicke die dampfende Punschbowle – womit die Weihnachtsreunions[5] bei Ring immer abschlossen – auf der Tafel erschienen wäre, dazu Krausgebackenes[6], das, geschickt übereinandergetürmt, noch weit über die vor einigen Stunden aufgetragene Kaffeekuchenpyramide hinauswuchs. Und nun trat auch Ring selbst, der sich bis dahin

---

[1] Hring, König in der altnordischen Fridthjofssaga
[2] Gemeint ist wohl der Heilige Geist.
[3] In der Offenbarung (16,1) heißt es: „Gehet hin und gießet die sieben Schalen des Zornes Gottes auf die Erde."
[4] Kassandra: griechische Sagengestalt, besitzt die Gabe der Weissagung, verbunden mit dem Fluch, dass niemand ihr Glauben schenkt
[5] Reunion: (Wieder-)Vereinigung, hier: geselliges Beisammensein
[6] in Fett ausgebackener Hefeteig

etwas zurückgehalten hatte, mit einer gewissen strahlenden Feierlichkeit in Aktion und begann, die vor ihm stehenden Gläser, große geschliffene Römer[1], in virtuosem Bogensturz zu füllen, ein Einschenkekunststück, das die
5 stets schlagfertige Frau von Padden, die heute leider fehlte, mal als „Ring'sche Füllung en cascade[2]" bezeichnet hatte. Rotgolden wölbte sich dabei der Strahl, und kein Tropfen durfte verloren gehen. So war es auch heute wieder. Zuletzt aber, als jeder, was ihm zukam, in
10 Händen hielt – auch Cora, die sich mittlerweile mit ihrem rotblonden Wellenhaar auf „Onkel Crampas'" Schoß gesetzt hatte –, erhob sich der alte Papenhagner, um, wie herkömmlich bei Festlichkeiten der Art, einen Toast auf seinen lieben Oberförster auszubringen. Es gä-
15 be viele Ringe, so etwa begann er, Jahresringe, Gardinenringe, Trauringe, und was nun gar – denn auch davon dürfe sich am Ende wohl sprechen lassen – die Verlobungsringe angehe, so sei glücklicherweise die Gewähr gegeben, dass einer davon in kürzester Frist in
20 diesem Hause sichtbar werden und den Ringfinger (und zwar hier in einem doppelten Sinne den Ringfinger) eines kleinen hübschen Pätschelchens[3] zieren werde ..."
„Unerhört", raunte Sidonie dem Pastor zu.
„Ja, meine Freunde", fuhr Güldenklee mit gehobener
25 Stimme fort, „viele Ringe gibt es, und es gibt sogar eine Geschichte, die wir alle kennen, die die Geschichte von den ‚drei Ringen'[4] heißt, eine Judengeschichte, die, wie der ganze liberale Krimskrams, nichts wie Verwirrung und Unheil gestiftet hat und noch stiftet. Gott bessere es.
30 Und nun lassen Sie mich schließen, um Ihre Geduld und Nachsicht nicht über Gebühr in Anspruch zu nehmen. Ich bin nicht für diese drei Ringe, meine Lieben, ich bin vielmehr für einen Ring, für einen Ring, der so recht ein

---

[1] Weinglas mit hohem Stiel, oft farbig
[2] franz.: im Sturzguss
[3] Patsche: Händchen
[4] Ringparabel aus Gotthold Ephraim Lessings (1729–81) „Nathan der Weise" (1779). Nathan ist Jude. Die drei Ringe verkörpern Christentum, Judentum und Islam. Die Parabel kann als Aufruf zu religiöser Toleranz gelesen werden.

Ring ist, wie er sein soll, ein Ring, der alles Gute, was wir in unsrem altpommerschen Kessiner Kreise haben, alles, was noch mit Gott für König und Vaterland[1] einsteht – und es sind ihrer noch einige (lauter Jubel) –, an diesem seinem gastlichen Tisch vereinigt sieht. Für diesen Ring bin ich. Er lebe hoch!"

Alles stimmte ein und umdrängte Ring, der, solange das dauerte, das Amt des „Einschenkens en cascade" an den ihm gegenübersitzenden Crampas abtreten musste; der Hauslehrer aber stürzte von seinem Platz am unteren Ende der Tafel an das Klavier und schlug die ersten Takte des Preußenliedes[2] an, worauf alles stehend und feierlich einfiel: „Ich bin ein Preuße … will ein Preuße sein."

„Es ist doch etwas Schönes", sagte gleich nach der ersten Strophe der alte Borcke zu Innstetten, „so was hat man in anderen Ländern nicht."

„Nein", antwortete Innstetten, der von solchem Patriotismus nicht viel hielt, „in anderen Ländern hat man was anderes."

Man sang alle Strophen durch, dann hieß es, die Wagen seien vorgefahren, und gleich danach erhob sich alles, um die Pferde nicht warten zu lassen. Denn diese Rücksicht „auf die Pferde" ging auch im Kreise Kessin allem anderen vor. Im Hausflur standen zwei hübsche Mägde, Ring hielt auf dergleichen, um den Herrschaften beim Anziehen ihrer Pelze behülflich zu sein. Alles war heiter angeregt, einige mehr als das, und das Einsteigen in die verschiedenen Gefährte schien sich schnell und ohne Störung vollziehen zu sollen, als es mit einem Mal hieß, der Gieshübler'sche Schlitten sei nicht da. Gieshübler selbst war viel zu artig, um gleich Unruhe zu zeigen oder gar Lärm zu machen; endlich aber, weil doch wer das Wort nehmen musste, fragte Crampas, „was es denn eigentlich sei?"

„Mirambo kann nicht fahren", sagte der Hofeknecht; „das linke Pferd hat ihn beim Anspannen vor das Schienbein geschlagen. Er liegt im Stall und schreit."

---

[1] Inschrift auf Helm und Mütze der Landwehr; konservative Losung
[2] „Preußenhymne" (1831/32), Text von Johann Bernhard Thiersch (1794–1855), Melodie von August Heinrich Neithart (1793–1861)

Nun wurde natürlich nach Dr. Hannemann gerufen, der denn auch hinausging und nach fünf Minuten mit echter Chirurgenruhe versicherte: „Ja, Mirambo müsse zurückbleiben; es sei vorläufig in der Sache nichts zu machen als still liegen und kühlen. Übrigens von Bedenklichem keine Rede." Das war nun einigermaßen ein Trost, aber schaffte doch die Verlegenheit, wie der Gieshübler'sche Schlitten zurückzufahren sei, nicht aus der Welt, bis Innstetten erklärte, dass er für Mirambo einzutreten und das Zwiegestirn von Doktor und Apotheker persönlich glücklich heimzusteuern gedenke. Lachend und unter ziemlich angeheiterten Scherzen gegen den verbindlichsten aller Landräte, der sich, um hülfreich zu sein, sogar von seiner jungen Frau trennen wolle, wurde dem Vorschlage zugestimmt, und Innstetten, mit Gieshübler und dem Doktor im Fond, nahm jetzt wieder die Tête. Crampas und Lindequist folgten unmittelbar.

Und als gleich danach auch Kruse mit dem landrätlichen Schlitten vorfuhr, trat Sidonie lächelnd an Effi heran und bat diese, da ja nun ein Platz frei sei, mit ihr fahren zu dürfen. „In unserer Kutsche ist es immer so stickig; mein Vater liebt das. Und außerdem, ich möchte so gerne mit Ihnen plaudern. Aber nur bis Quappendorf. Wo der Morgnitzer Weg abzweigt, steig ich aus und muss dann wieder in unsern unbequemen Kasten. Und Papa raucht auch noch."

Effi war wenig erfreut über diese Begleitung und hätte die Fahrt lieber allein gemacht; aber ihr blieb keine Wahl, und so stieg denn das Fräulein ein, und kaum dass beide Damen ihre Plätze genommen hatten, so gab Kruse den Pferden auch schon einen Peitschenknips, und von der oberförsterlichen Rampe her, von der man einen prächtigen Ausblick auf das Meer hatte, ging es, die ziemlich steile Düne hinunter, auf den Strandweg zu, der, eine Meile lang, in beinahe gerader Linie bis an das Kessiner Strandhotel, und von dort aus, rechts einbiegend, durch die Plantage hin, in die Stadt führte. Der Schneefall hatte schon seit ein paar Stunden aufgehört, die Luft war frisch, und auf das weite dunkelnde Meer fiel der matte Schein der Mondsichel. Kruse fuhr hart am Wasser hin, mitunter den Schaum der Brandung durchschneidend, und Effi, die etwas fröstelte, wickelte sich fester in ihren Mantel und schwieg noch immer und mit Absicht. Sie wusste recht gut, dass das mit der „stikkigen Kutsche" bloß Vorwand gewesen und dass sich Sidonie nur zu ihr gesetzt hatte, um ihr etwas Unangenehmes zu sagen. Und das kam immer noch früh genug. Zudem war sie wirklich müde, vielleicht von dem Spaziergang im Walde, vielleicht auch von dem oberförstlichen Punsch, dem sie, auf Zureden der neben ihr sitzenden Frau v. Flemming, tapfer zugesprochen hatte. Sie tat denn auch, als ob sie schliefe, schloss die Augen und neigte den Kopf immer mehr nach links.

„Sie sollten sich nicht so sehr nach links beugen, meine gnädigste Frau. Fährt der Schlitten auf einen Stein, so fliegen Sie hinaus. Ihr Schlitten hat ohnehin kein Schutzleder und, wie ich sehe, auch nicht einmal die Haken dazu."

„Ich kann die Schutzleder nicht leiden; sie haben so was Prosaisches. Und dann, wenn ich hinausflöge, mir wär es recht, am liebsten gleich in die Brandung. Freilich ein etwas kaltes Bad, aber was tut's ... Übrigens hören Sie nichts?"

„Nein."

„Hören Sie nicht etwas wie Musik?"

„Orgel?"

„Nein, nicht Orgel. Da würd ich denken, es sei das Meer. Aber es ist etwas anderes, ein unendlich feiner Ton, fast wie menschliche Stimme ..."

„Das sind Sinnestäuschungen", sagte Sidonie, die jetzt den richtigen Einsetzemoment gekommen glaubte. „Sie sind nervenkrank. Sie hören Stimmen. Gebe Gott, dass Sie auch die richtige Stimme hören."

„Ich höre ... nun, gewiss, es ist Torheit, ich weiß, sonst würd ich mir einbilden, ich hätte die Meerfrauen singen hören ... Aber, ich bitte Sie, was ist das? Es blitzt ja bis hoch in den Himmel hinauf. Das muss ein Nordlicht sein."

„Ja", sagte Sidonie. „Gnädigste Frau tun ja, als ob es ein Weltwunder wäre. Das ist es nicht. Und wenn es

dergleichen wäre, wir haben uns vor Naturkultus zu
hüten. Übrigens ein wahres Glück, dass wir außer Gefahr sind, unsern Freund Oberförster, diesen eitelsten
aller Sterblichen, über dies Nordlicht sprechen zu hö-
5 ren. Ich wette, dass er sich einbilden würde, das tue
ihm der Himmel zu Gefallen, um sein Fest noch festli-
cher zu machen. Er ist ein Narr. Güldenklee konnte
Besseres tun, als ihn feiern. Und dabei spielt er sich auf
den Kirchlichen aus und hat auch neulich eine Altar-
10 decke geschenkt. Vielleicht, dass Cora daran mitge-
stickt hat. Diese Unechten sind schuld an allem, denn
ihre Weltlichkeit liegt immer obenauf und wird denen
mit angerechnet, die's ernst mit dem Heil ihrer Seele
meinen."
15 „Es ist so schwer, ins Herz zu sehen!"
„Ja. Das ist es. Aber bei manchem ist es auch ganz
leicht." Und dabei sah sie die junge Frau mit beinahe
ungezogener Eindringlichkeit an.
Effi schwieg und wandte sich ungeduldig zur Seite.
20 „Bei manchem, sag ich, ist es ganz leicht", wiederholte
Sidonie, die ihren Zweck erreicht hatte und deshalb ruhig lächelnd fortfuhr: „und zu diesen leichten Rätseln
gehört unser Oberförster. Wer seine Kinder so erzieht,
den beklag ich, aber das eine Gute hat es, es liegt bei
25 ihm alles klar da. Und wie bei ihm selbst, so bei den
Töchtern. Cora geht nach Amerika und wird Millionä-
rin oder Methodistenpredigerin[1]; in jedem Fall ist sie
verloren. Ich habe noch keine Vierzehnjährige gesehen
..."
30 In diesem Augenblicke hielt der Schlitten, und als sich
beide Damen umsahen, um in Erfahrung zu bringen,
was es denn eigentlich sei, bemerkten sie, dass rechts
von ihnen, in etwa dreißig Schritt Abstand, auch die beiden anderen Schlitten hielten – am weitesten nach rechts
35 der von Innstetten geführte, näher heran der Crampas'sche „Was ist?", fragte Effi.

---

[1] Methodisten: -Angehörige einer im 18. Jahrhundert aus der anglikanischen Kirche hervorgegangen Bewegung religiöser Erneuerung

Kruse wandte sich halb herum und sagte: „Der Schloon[1], gnäd'ge Frau."

„Der Schloon? Was ist das? Ich sehe nichts."

Kruse wiegte den Kopf hin und her, wie wenn er ausdrücken wollte, dass die Frage leichter gestellt als beantwortet sei. Worin er auch Recht hatte. Denn was der Schloon sei, das war nicht so mit drei Worten zu sagen. Kruse fand aber in seiner Verlegenheit alsbald Hülfe bei dem gnädigen Fräulein, das hier mit allem Bescheid wusste und natürlich auch mit dem Schloon.

„Ja, meine gnädigste Frau", sagte Sidonie, „da steht es schlimm. Für mich hat es nicht viel auf sich, ich komme bequem durch; denn wenn erst die Wagen heran sind, die haben hohe Räder, und unsere Pferde sind außerdem daran gewöhnt. Aber mit solchem Schlitten ist es was anderes; die versinken im Schloon, und Sie werden wohl oder übel einen Umweg machen müssen."

„Versinken! Ich bitte Sie, mein gnädigstes Fräulein, ich sehe noch immer nicht klar. Ist denn der Schloon ein Abgrund oder irgendwas, drin man mit Mann und Maus zugrunde gehen muss? Ich kann mir so was hierzulande gar nicht denken."

„Und doch ist es so was, nur freilich im Kleinen; dieser Schloon ist eigentlich bloß ein kümmerliches Rinnsal, das hier rechts vom Gothener See her herunterkommt und sich durch die Dünen schleicht. Und im Sommer trocknet es mitunter ganz aus, und Sie fahren dann ruhig drüber hin und wissen es nicht einmal."

„Und im Winter?"

„Ja, im Winter, da ist es was anderes; nicht immer, aber doch oft. Da wird es dann ein Sog."

„Mein Gott, was sind das nur alles für Namen und Wörter!"

„... Da wird es ein Sog, und am stärksten immer dann, wenn der Wind nach dem Lande hin steht. Dann drückt der Wind das Meerwasser in das kleine Rinnsal hinein, aber nicht so, dass man es sehen kann. Und das ist das

---

[1] ehemalige Naturerscheinung auf der Insel Usedom, zwischen Gothener See (Usedom) und Ostsee

Schlimmste von der Sache, darin steckt die eigentliche Gefahr. Alles geht nämlich unterirdisch vor sich, und der ganze Strandsand ist dann bis tief hinunter mit Wasser durchsetzt und gefüllt. Und wenn man dann über
5 solche Sandstelle weg will, die keine mehr ist, dann sinkt man ein, als ob es ein Sumpf oder ein Moor wäre."
„Das kenn ich", sagte Effi lebhaft. „Das ist wie in unsrem Luch", und inmitten all ihrer Ängstlichkeit wurde ihr mit einem Male ganz wehmütig-freudig zu Sinn.
10 Während das Gespräch noch so ging und sich fortsetzte, war Crampas aus seinem Schlitten ausgestiegen und auf den am äußersten Flügel haltenden Gieshübler'schen zugeschritten, um hier mit Innstetten zu verabreden, was nun wohl eigentlich zu tun sei. Knut, so vermeldete
15 er, wolle die Durchfahrt riskieren, aber Knut sei dumm und verstehe nichts von der Sache; nur solche, die hier zu Hause seien, müssten die Entscheidung treffen. Innstetten – sehr zu Crampas' Überraschung – war auch fürs „Riskieren", es müsse durchaus noch mal versucht
20 werden ... er wisse schon, die Geschichte wiederhole sich jedes Mal: Die Leute hier hätten einen Aberglauben und vorweg eine Furcht, während es doch eigentlich wenig zu bedeuten habe. Nicht Knut, der wisse nicht Bescheid, wohl aber Kruse solle noch einmal einen An-
25 lauf nehmen und Crampas derweilen bei den Damen einsteigen (ein kleiner Rücksitz sei ja noch da), um bei der Hand zu sein, wenn der Schlitten umkippe. Das sei doch schließlich das Schlimmste, was geschehen könne.
Mit dieser Innstetten'schen Botschaft erschien jetzt
30 Crampas bei den beiden Damen und nahm, als er lachend seinen Auftrag ausgeführt hatte, ganz nach empfangener Ordre den kleinen Sitzplatz ein, der eigentlich nichts als eine mit Tuch überzogene Leiste war, und rief Kruse zu: „Nun, vorwärts, Kruse."
35 Dieser hatte denn auch die Pferde bereits um hundert Schritte zurückgezoppt[1] und hoffte, scharf anfahrend, den Schlitten glücklich durchbringen zu können; im selben Augenblick aber, wo die Pferde den Schloon auch

---

[1] zurückgenommen

nur berührten, sanken sie bis über die Knöchel in den Sand ein, sodass sie nur mit Mühe nach rückwärts wieder herauskonnten. „Es geht nicht", sagte Crampas, und Kruse nickte.

Während sich dies abspielte, waren endlich auch die Kutschen herangekommen, die Grasenabb'sche vorauf, und als Sidonie, nach kurzem Dank gegen Effi, sich verabschiedet und dem seine türkische Pfeife[1] rauchenden Vater gegenüber ihren Rückplatz eingenommen hatte, ging es mit dem Wagen ohne weiteres auf den Schloon zu; die Pferde sanken tief ein, aber die Räder ließen alle Gefahr leicht überwinden, und ehe eine halbe Minute vorüber war, trabten auch schon die Grasenabbs drüben weiter. Die andern Kutschen folgten. Effi sah ihnen nicht ohne Neid nach. Indessen nicht lange, denn auch für die Schlittenfahrer war in der zwischenliegenden Zeit Rat geschafft worden, und zwar einfach dadurch, dass sich Innstetten entschlossen hatte, statt aller weiteren Forcierung[2] das friedlichere Mittel eines Umwegs zu wählen. Also genau das, was Sidonie gleich anfangs in Sicht gestellt hatte. Vom rechten Flügel her klang des Landrats bestimmte Weisung herüber, vorläufig diesseits zu bleiben und ihm durch die Dünen hin bis an eine weiter hinauf gelegene Bohlenbrücke zu folgen. Als beide Kutscher, Knut und Kruse, so verständigt waren, trat der Major, der, um Sidonie zu helfen, gleichzeitig mit dieser ausgestiegen war, wieder an Effi heran und sagte: „Ich kann Sie nicht allein lassen, gnäd'ge Frau."

Effi war einen Augenblick unschlüssig, rückte dann aber rasch von der einen Seite nach der anderen hinüber, und Crampas nahm links neben ihr Platz.

All dies hätte vielleicht missdeutet werden können, Crampas selbst aber war zu sehr Frauenkenner, um es sich bloß in Eitelkeit zurechtzulegen. Er sah deutlich, dass Effi nur tat, was, nach Lage der Sache, das einzig Richtige war.

---

[1] Tschibuk: lange Tabakspfeife mit kleinem Kopf
[2] forcieren: erzwingen; auf die Spitze treiben

Es war unmöglich für sie, sich seine Gegenwart zu verbitten. Und so ging es denn im Fluge den beiden anderen Schlitten nach, immer dicht an dem Wasserlaufe hin, an dessen anderem Ufer dunkle Waldmassen aufragten.

5 Effi sah hinüber und nahm an, dass schließlich an dem landeinwärts gelegenen Außenrande des Waldes hin die Weiterfahrt gehen würde, genau also den Weg entlang, auf dem man in früher Nachmittagsstunde gekommen war. Innstetten aber hatte sich inzwischen einen andern 10 Plan gemacht, und im selben Augenblicke, wo sein Schlitten die Bohlenbrücke passierte, bog er, statt den Außenweg zu wählen, in einen schmaleren Weg ein, der mitten durch die dichte Waldmasse hindurchführte. Effi schrak zusammen. Bis dahin waren Luft und Licht um 15 sie her gewesen, aber jetzt war es damit vorbei, und die dunklen Kronen wölbten sich über ihr. Ein Zittern überkam sie, und sie schob die Finger fest ineinander, um sich einen Halt zu geben. Gedanken und Bilder jagten sich und eines dieser Bilder war das Mütterchen in dem 20 Gedichte, das die „Gottesmauer" hieß, und wie das Mütterchen, so betete auch sie jetzt, dass Gott eine Mauer um sie her bauen möge. Zwei, drei Male kam es auch über ihre Lippen, aber mit einem Mal fühlte sie, dass es tote Worte waren. Sie fürchtete sich und war doch zu-25 gleich wie in einem Zauberbann und wollte auch nicht heraus.

„Effi", klang es jetzt leis an ihr Ohr, und sie hörte, dass seine Stimme zitterte. Dann nahm er ihre Hand und löste die Finger, die sie noch immer geschlossen hielt, und 30 überdeckte sie mit heißen Küssen. Es war ihr, als wandle sie eine Ohnmacht an.

Als sie die Augen wieder öffnete, war man aus dem Walde heraus, und in geringer Entfernung vor sich hörte sie das Geläut der vorauseilenden Schlitten. Immer 35 vernehmlicher klang es, und als man, dicht vor Utpatels Mühle, von den Dünen her in die Stadt einbog, lagen rechts die kleinen Häuser mit ihren Schneedächern neben ihnen.

Effi blickte sich um, und im nächsten Augenblicke hielt 40 der Schlitten vor dem landrätlichen Hause.

Zwanzigstes Kapitel

Innstetten, der Effi, als er sie aus dem Schlitten hob, scharf beobachtet, aber doch ein Sprechen über die sonderbare Fahrt zu zweien vermieden hatte, war am anderen Morgen früh auf und suchte seiner Verstimmung, die noch nachwirkte, so gut es ging, Herr zu werden.

„Du hast gut geschlafen?", sagte er, als Effi zum Frühstück kam.

„Ja."

„Wohl dir. Ich kann dasselbe von mir nicht sagen. Ich träumte, dass du mit dem Schlitten im Schloon verunglückt seist, und Crampas mühte sich, dich zu retten; ich muss es so nennen, aber er versank mit dir."

„Du sprichst das alles so sonderbar, Geert. Es verbirgt sich ein Vorwurf dahinter, und ich ahne weshalb."

„Sehr merkwürdig."

„Du bist nicht einverstanden damit, dass Crampas kam und uns seine Hülfe anbot."

„Uns?"

„Ja, uns. Sidonien und mir. Du musst durchaus vergessen haben, dass der Major in deinem Auftrage kam. Und als er mir erst gegenübersaß, beiläufig jämmerlich genug auf der elenden schmalen Leiste, sollte ich ihn da ausweisen, als die Grasenabbs kamen und mit einem Male die Fahrt weiterging? Ich hätte mich lächerlich gemacht, und dagegen bist du doch so empfindlich. Erinnere dich, dass wir unter deiner Zustimmung viele Male gemeinschaftlich spazieren geritten sind, und nun sollte ich nicht gemeinschaftlich mit ihm fahren? Es ist falsch, so hieß es bei uns zu Haus, einem Edelmanne Misstrauen zu zeigen."

„Einem Edelmanne", sagte Innstetten mit Betonung.

„Ist er keiner? Du hast ihn selbst einen Kavalier genannt, sogar einen perfekten Kavalier."

„Ja", fuhr Innstetten fort, und seine Stimme wurde freundlicher, trotzdem ein leiser Spott noch darin nachklang. „Kavalier, das ist er, und ein perfekter Kavalier, das ist er nun schon ganz gewiss. Aber Edelmann! Meine liebe Effi, ein Edelmann sieht anders aus. Hast du schon etwas Edles an ihm bemerkt? Ich nicht."

Effi sah vor sich hin und schwieg.

„Es scheint, wir sind gleicher Meinung. Im Übrigen, wie du schon sagtest, ich bin selber schuld; von einem Fauxpas[1] mag ich nicht sprechen, das ist in diesem Zusammenhange kein gutes Wort. Also selber schuld, und es soll nicht wieder vorkommen, so weit ich's hindern kann. Aber auch du, wenn ich dir raten darf, sei auf deiner Hut. Er ist ein Mann der Rücksichtslosigkeiten und hat so seine Ansichten über junge Frauen. Ich kenne ihn von früher."

„Ich werde mir deine Worte gesagt sein lassen. Nur so viel, ich glaube, du verkennst ihn."

„Ich verkenne ihn nicht."

„Oder mich", sagte sie mit einer Kraftanstrengung und versuchte, seinem Blicke zu begegnen.

„Auch dich nicht, meine liebe Effi. Du bist eine reizende kleine Frau, aber Festigkeit ist nicht eben deine Spezialität."

Er erhob sich, um zu gehen. Als er bis an die Tür gegangen war, trat Friedrich ein, um ein Gieshübler'sches Billet abzugeben, das natürlich an die gnädige Frau gerichtet war. Effi nahm es. „Eine Geheimkorrespondenz mit Gieshübler", sagte sie; „Stoff zu neuer Eifersucht für meinen gestrengen Herrn. Oder nicht?"

„Nein, nicht ganz, meine liebe Effi. Ich begehe die Torheit, zwischen Crampas und Gieshübler einen Unterschied zu machen. Sie sind sozusagen nicht von gleichem Karat; nach Karat berechnet man nämlich den reinen Goldeswert, unter Umständen auch der Menschen. Mir persönlich, um auch das noch zu sagen, ist Gieshüblers weißes Jabot, trotzdem kein Mensch mehr Jabots trägt, erheblich lieber als Crampas' rotblonder Sappeurbart[2]. Aber ich bezweifle, dass dies weiblicher Geschmack ist."

„Du hältst uns für schwächer, als wir sind."

---

[1] Verstoß gegen die guten Sitten, Taktlosigkeit; wörtlich (franz.): Fehltritt

[2] langer Bart, wie ihn französische Pioniersoldaten (Sappeure) trugen

„Eine Tröstung von praktisch außerordentlicher Gering-
fügigkeit. Aber lassen wir das. Lies lieber."
Und Effi las: „Darf ich mich nach der gnäd'gen Frau Befinden erkundigen? Ich weiß nur, dass Sie dem Schloon
glücklich entronnen sind: Aber es blieb auch durch den
Wald hin immer noch Fährlichkeit genug. Eben kommt
Dr. Hannemann von Uvagla zurück und beruhigt mich
über Mirambo; gestern habe er die Sache für bedenkli-
cher angesehen, als er uns habe sagen wollen, heute
nicht mehr. Es war eine reizende Fahrt. – In drei Tagen
feiern wir Silvester. Auf eine Festlichkeit, wie die vorjäh-
rige, müssen wir verzichten; aber einen Ball haben wir
natürlich, und Sie erscheinen zu sehen würde die
Tanzwelt beglücken und nicht am wenigsten Ihren re-
spektvollst ergebenen Alonzo G."
Effi lachte. „Nun, was sagst du?"
„Nach wie vor nur das eine, dass ich dich lieber mit
Gieshübler als mit Crampas sehe."
„Weil du den Crampas zu schwer und den Gieshübler
zu leicht nimmst."
Innstetten drohte ihr scherzhaft mit dem Finger.

Drei Tage später war Silvester. Effi erschien in einer reizenden Balltoilette, einem Geschenk, das ihr der Weih-
nachtstisch gebracht hatte; sie tanzte aber nicht, sondern nahm ihren Platz bei den alten Damen, für die,
ganz in der Nähe der Musikempore, die Fauteuils gestellt waren. Von den adligen Familien, mit denen Innstettens vorzugsweise verkehrten, war niemand da,
weil kurz vorher ein kleines Zerwürfnis mit dem städ-
tischen Ressourcenvorstand, der, namentlich seitens
des alten Güldenklee, mal wieder „destruktiver[1] Ten-
denzen" beschuldigt worden war, stattgefunden hatte;
drei, vier andere adlige Familien aber, die nicht Mitglieder der Ressource, sondern immer nur geladene
Gäste waren und deren Güter an der anderen Seite der
Kessine lagen, waren aus zum Teil weiter Entfernung
über das Flusseis gekommen und freuten sich, an dem

---

[1] destruktiv: zerstörend, zersetzend

Feste teilnehmen zu können. Effi saß zwischen der alten Ritterschaftsrätin von Padden und einer etwas jüngeren Frau von Titzewitz. Die Ritterschaftsrätin, eine vorzügliche alte Dame, war in allen Stücken ein Original und suchte das, was die Natur, besonders durch starke Backenknochenbildung, nach der wendisch-heidnischen Seite hin für sie getan hatte, durch christlich-germanische Glaubensstrenge wieder in Ausgleich zu bringen. In dieser Strenge ging sie so weit, dass selbst Sidonie von Grasenabb eine Art esprit fort[1] neben ihr war, wogegen sie freilich – vielleicht weil sich die Radegaster und die Swantowiter Linie des Hauses in ihr vereinigten – über jenen alten Paddenhumor verfügte, der, von langer Zeit her, wie ein Segen auf der Familie ruhte, und jeden, der mit derselben in Berührung kam, auch wenn es Gegner in Politik und Kirche waren, herzlich erfreute.

„Nun, Kind", sagte die Ritterschaftsrätin, „wie geht es Ihnen denn eigentlich?"

„Gut, gnädigste Frau; ich habe einen sehr ausgezeichneten Mann."

„Weiß ich. Aber das hilft nicht immer. Ich hatte auch einen ausgezeichneten Mann. Wie steht es hier? Keine Anfechtungen?"

Effi erschrak und war zugleich wie gerührt. Es lag etwas ungemein Erquickliches in dem freien und natürlichen Ton, in dem die alte Dame sprach, und dass es eine so fromme Frau war, das machte die Sache nur noch erquicklicher.

„Ach, gnädigste Frau ..."

„Da kommt es schon. Ich kenne das. Immer dasselbe. Darin ändern die Zeiten nichts. Und vielleicht ist es auch recht gut so. Denn worauf es ankommt, meine liebe junge Frau, das ist das Kämpfen. Man muss immer ringen mit dem natürlichen Menschen. Und wenn man sich dann so unter hat und beinah schreien möchte, weil's weh tut, dann jubeln die lieben Engel!"

„Ach, gnädigste Frau. Es ist oft recht schwer."

---

[1] Freigeist

„Freilich ist es schwer. Aber je schwerer, desto besser. Darüber müssen Sie sich freuen. Das mit dem Fleisch, das bleibt, und ich habe Enkel und Enkelinnen, da seh ich es jeden Tag. Aber im Glauben sich unterkriegen, meine liebe Frau, darauf kommt es an, das ist das Wahre. Das hat uns unser alter Martin Luther zur Erkenntnis gebracht, der Gottesmann. Kennen Sie seine Tisch-reden[1]?"

„Nein, gnädigste Frau."

„Die werde ich Ihnen schicken."

In diesem Augenblicke trat Major Crampas an Effi heran und bat, sich nach ihrem Befinden erkundigen zu dürfen. Effi war wie mit Blut übergossen, aber ehe sie noch antworten konnte, sagte Crampas: „Darf ich Sie bitten, gnädigste Frau, mich den Damen vorstellen zu wollen?"

Effi nannte nun Crampas' Namen, der seinerseits schon vorher vollkommen orientiert war und in leichtem Geplauder alle Paddens und Titzewitze, von denen er je gehört hatte, Revue passieren ließ. Zugleich entschuldigte er sich, den Herrschaften jenseits der Kessine noch immer nicht seinen Besuch gemacht und seine Frau vorgestellt zu haben; aber es sei sonderbar, welche trennende Macht das Wasser habe. Es sei dasselbe wie mit dem Canal La Manche[2] ...

„Wie?", fragte die alte Titzewitz.

Crampas seinerseits hielt es für unangebracht, Aufklärungen zu geben, die doch zu nichts geführt haben würden, und fuhr fort: „Auf zwanzig Deutsche, die nach Frankreich gehen, kommt noch nicht einer, der nach England geht. Das macht das Wasser; ich wiederhole, das Wasser hat eine scheidende Kraft."

Frau von Padden, die darin mit feinem Instinkt etwas Anzügliches witterte, wollte für das Wasser eintreten, Crampas aber sprach mit immer wachsendem Redefluss weiter und lenkte die Aufmerksamkeit der Damen auf

---

[1] Die „Tischreden" Luthers wurden im 16. Jahrhundert von Johann Aurifaber (1519–75) veröffentlicht.

[2] franz.:Ärmelkanal

ein schönes Fräulein von Stojentin, „das ohne Zweifel
die Ballkönigin" sei, wobei sein Blick übrigens Effi be-
wundernd streifte. Dann empfahl er sich rasch unter
Verbeugung gegen alle drei.
5 „Schöner Mann", sagte die Padden. „Verkehrt er in Ih-
rem Hause?"
„Flüchtig."
„Wirklich", wiederholte die Padden, „ein schöner Mann.
Ein bisschen zu sicher. Und Hochmut kommt vor dem
10 Fall ... Aber sehen Sie nur, da tritt er wirklich mit der
Grete Stojentin an. Eigentlich ist er doch zu alt; wenigs-
tens Mitte Vierzig."
„Er wird vierundvierzig."
„Ei, ei, Sie scheinen ihn ja gut zu kennen."

15 Es kam Effi sehr zupass, dass das neue Jahr, gleich in
seinem Anfang, allerlei Aufregungen brachte. Seit
Silvesternacht ging ein scharfer Nordost, der sich in den
nächsten Tagen fast bis zum Sturm steigerte, und am
dritten Januar nachmittags hieß es, dass ein Schiff drau-
20 ßen mit der Einfahrt nicht zustande gekommen und
hundert Schritt vor der Mole gescheitert sei; es sei ein
englisches, von Sunderland her, und soweit sich erkennen lasse, sieben Mann an Bord; die Lotsen könnten
beim Ausfahren, trotz aller Anstrengung, nicht um die
25 Mole herum, und vom Strande aus ein Boot abzulassen,
daran sei nun vollends nicht zu denken, die Brandung
sei viel zu stark. Das klang traurig genug. Aber Johanna,
die die Nachricht brachte, hatte doch auch Trost bei der
Hand: Konsul Eschrich, mit dem Rettungsapparat und
30 der Raketenbatterie[1], sei schon unterwegs, und es würde gewiss glücken; die Entfernung sei nicht voll so weit
wie Anno 75, wo's doch auch gegangen, und sie hätten
damals sogar den Pudel mit gerettet, und es wäre ordentlich rührend gewesen, wie sich das Tier gefreut und

---

[1] Raketenapparat: Gestell zur Rettung Schiffbrüchiger, von dem mit
Raketen Leinen auf gestrandete Schiffe geschossen werden, über
die die Gestrandeten (mittels „Hosenbojen") an Land geholt werden können

die Kapitänsfrau und das liebe, kleine Kind, nicht viel
größer als Anniechen, immer wieder mit seiner roten
Zunge geleckt habe.

„Geert, da muss ich mit hinaus, das muss ich sehen",
hatte Effi sofort erklärt, und beide waren aufgebrochen, um nicht zu spät zu kommen, und hatten denn auch
den rechten Moment abgepasst; denn im Augenblick,
als sie, von der Plantage her, den Strand erreichten, fiel
der erste Schuss, und sie sahen ganz deutlich, wie die
Rakete mit dem Fangseil unter dem Sturmgewölk hin-
flog und über das Schiff weg jenseits niederfiel. Alle
Hände regten sich sofort an Bord, und nun holten sie,
mit Hülfe der kleinen Leine, das dickere Tau samt dem
Korb heran, und nicht lange, so kam der Korb in einer
Art Kreislauf wieder zurück, und einer der Matrosen,
ein schlanker, bildhübscher Mensch mit einer wachslei-
nenen Kappe, war geborgen an Land und wurde neugierig ausgefragt, während der Korb aufs Neue seinen
Weg machte, zunächst den zweiten und dann den dritten heranzuholen und so fort. Alle wurden gerettet, und
Effi hätte sich, als sie nach einer halben Stunde mit ihrem Manne wieder heimging, in die Dünen werfen und
sich ausweinen mögen. Ein schönes Gefühl hatte wieder
Platz in ihrem Herzen gefunden, und es beglückte sie
unendlich, dass es so war.

Das war am dritten gewesen. Schon am fünften kam ihr
eine neue Aufregung, freilich ganz anderer Art. Innstetten hatte Gieshübler, der natürlich auch Stadtrat und
Magistratsmitglied war, beim Herauskommen aus dem
Rathause getroffen und im Gespräche mit ihm erfahren,
dass seitens des Kriegsministeriums angefragt worden
sei, wie sich die Stadtbehörden eventuell zur Garnisons-
frage[1] zu stellen gedächten? Bei nötigem Entgegenkommen, also bei Bereitwilligkeit zu Stall- und Kaser-
nenbauten, könnten ihnen zwei Schwadronen[2] Husaren zugesagt werden. „Nun, Effi, was sagst du da-

---

[1] Garnison: Standort einer Truppe; Besatzung eines Truppenstandor-
tes; Garnisonstruppe
[2] Schwadron: Einheit der Kavallerie

zu?" – Effi war wie benommen. All das unschuldige
Glück ihrer Kinderjahre stand mit einem Mal wieder vor
ihrer Seele, und im Augenblick war es ihr, als ob rote
Husaren – denn es waren auch rote wie daheim in Hohen-Cremmen – so recht eigentlich die Hüter von Paradies und Unschuld seien. Und dabei schwieg sie noch
immer.

„Du sagst ja nichts, Effi."

„Ja, sonderbar, Geert. Aber es beglückt mich so, dass ich
vor Freude nichts sagen kann. Wird es denn auch sein?
Werden sie denn auch kommen?"

„Damit hat's freilich noch gute Wege, ja, Gieshübler
meinte sogar, die Väter der Stadt, seine Kollegen, ver-
dienten es gar nicht. Statt einfach über die Ehre, und
wenn nicht über die Ehre, so doch wenigstens über den
Vorteil einig und glücklich zu sein, wären sie mit allerlei
‚Wenns' und ‚Abers' gekommen und hätten geknausert
wegen der neuen Bauten; ja, Pfefferküchler[1] Michelsen
habe sogar gesagt, es verderbe die Sitten der Stadt, und
wer eine Tochter habe, der möge sich vorsehen und Git-
terfenster anschaffen."

„Es ist nicht zu glauben. Ich habe nie manierlichere Leute gesehen als unsere Husaren; wirklich, Geert. Nun, du
weißt es ja selbst. Und nun will dieser Michelsen alles
vergittern. Hat er denn Töchter?"

„Gewiss; sogar drei. Aber sie sind sämtlich hors con-
cours[2]."

Effi lachte so herzlich, wie sie seit lange nicht mehr gelacht hatte. Doch es war von keiner Dauer, und als Innstetten ging und sie allein ließ, setzte sie sich an die Wiege des Kindes, und ihre Tränen fielen auf die Kissen. Es
brach wieder über sie herein, und sie fühlte, dass sie wie
eine Gefangene sei und nicht mehr heraus könne.

Sie litt schwer darunter und wollte sich befreien. Aber
wiewohl sie starker Empfindungen fähig war, so war sie
doch keine starke Natur; ihr fehlte die Nachhaltigkeit,
und alle guten Anwandlungen gingen wieder vorüber.

---

[1] Konditor
[2] außer Konkurrenz

So trieb sie denn weiter, heute, weil sie's nicht ändern
konnte, morgen, weil sie's nicht ändern wollte. Das Ver-
botene, das Geheimnisvolle hatte seine Macht über sie.
So kam es, dass sie sich, von Natur frei und offen, in ein
verstecktes Komödienspiel mehr und mehr hineinlebte. 5
Mitunter erschrak sie, wie leicht es ihr wurde. Nur in einem blieb sie sich gleich: Sie sah alles klar und beschö-
nigte nichts. Einmal trat sie spät abends vor den Spiegel
in ihrer Schlafstube; die Lichter und Schatten flogen hin
und her, und Rollo schlug draußen an, und im selben 10
Augenblicke war es ihr, als sähe ihr wer über die Schulter. Aber sie besann sich rasch. „Ich weiß schon, was es
ist; es war nicht der", und sie wies mit dem Finger nach
dem Spukzimmer oben. „Es war was anderes ... mein
Gewissen ... Effi, du bist verloren." 15
Es ging aber doch weiter so, die Kugel war im Rollen,
und was an einem Tage geschah, machte das Tun des
andern zur Notwendigkeit.
Um die Mitte des Monats kamen Einladungen aufs
Land. Über die dabei innezuhaltende Reihenfolge hatten 20
sich die vier Familien, mit denen Innstettens vorzugsweise verkehrten, geeinigt: Die Borckes sollten beginn-
en, die Flemmings und Grasenabbs folgten, die Güldenklees schlossen ab. Immer eine Woche dazwischen.
Alle vier Einladungen kamen am selben Tage; sie sollten 25
ersichtlich den Eindruck des Ordentlichen und Wohler-
wogenen machen, auch wohl den einer besonderen
freundschaftlichen Zusammengehörigkeit.
„Ich werde nicht dabei sein, Geert, und du musst mich
der Kur halber, in der ich nun seit Wochen stehe, von 30
vornherein entschuldigen."
Innstetten lachte. „Kur. Ich soll es auf die Kur schieben.
Das ist das Vorgebliche; das Eigentliche heißt: Du willst
nicht."
„Nein, es ist doch mehr Ehrlichkeit dabei, als du zuge- 35
ben willst. Du hast selbst gewollt, dass ich den Doktor
zurate ziehe. Das hab ich getan, und nun muss ich doch
seinem Rate folgen. Der gute Doktor, er hält mich für
bleichsüchtig, sonderbar genug, und du weißt, dass ich
jeden Tag von dem Eisenwasser trinke. Wenn du dir ein 40

Borcke'sches Diner dazu vorstellst, vielleicht mit Press-
kopf[1] und Aal in Aspik[2], so musst du den Eindruck haben, es wäre mein Tod. Und so wirst du dich doch zu
deiner Effi nicht stellen wollen. Freilich mitunter ist es
5 mir ..."

„Ich bitte dich, Effi ..."

„... Übrigens freu ich mich, und das ist das einzige Gute
dabei, dich jedesmal, wenn du fährst, eine Strecke Wegs
begleiten zu können, bis an die Mühle gewiss oder bis
10 an den Kirchhof oder auch bis an die Waldecke, da, wo
der Morgnitzer Querweg einmündet. Und dann steig
ich ab und schlendere wieder zurück. In den Dünen ist
es immer am schönsten."

Innstetten war einverstanden, und als drei Tage später
15 der Wagen vorfuhr, stieg Effi mit auf und gab ihrem
Manne das Geleit bis an die Waldecke. „Hier lass halten,
Geert. Du fährst nun links weiter, ich gehe rechts bis an
den Strand und durch die Plantage zurück. Es ist etwas
weit, aber doch nicht zu weit. Doktor Hannemann sagt
20 mir jeden Tag, Bewegung sei alles, Bewegung und frische Luft. Und ich glaube beinah, dass er Recht hat.
Empfiehl mich all den Herrschaften; nur bei Sidonie
kannst du schweigen."

Die Fahrten, auf denen Effi ihren Gatten bis an die
25 Waldecke begleitete, wiederholten sich allwöchentlich;
aber auch in der zwischenliegenden Zeit hielt Effi darauf, dass sie der ärztlichen Verordnung streng nachkam.
Es verging kein Tag, wo sie nicht ihren vorgeschriebe-
nen Spaziergang gemacht hätte, meist nachmittags,
30 wenn sich Innstetten in seine Zeitungen zu vertiefen begann. Das Wetter war schön, eine milde, frische Luft,
der Himmel bedeckt. Sie ging in der Regel allein und
sagte zu Roswitha: „Roswitha, ich gehe nun also die
Chaussee hinunter und dann rechts an den Platz mit
35 dem Karussell; da will ich auf dich warten, da hole mich
ab. Und dann gehen wir durch die Birkenallee oder
durch die Reeperbahn wieder zurück. Aber komme nur,

---

1 Presssack, eine Art Sülzwurst
2 Sülze

wenn Annie schläft. Und wenn sie nicht schläft, so
schicke Johanna. Oder lass es lieber ganz; es ist nicht nötig, ich finde mich schon zurecht."
Den ersten Tag, als es so verabredet war, trafen sie sich
auch wirklich. Effi saß auf einer an einem langen Holzschuppen sich hinziehenden Bank und sah nach einem
niedrigen Fachwerkhause hinüber; gelb mit schwarz gestrichenen Balken, einer Wirtschaft für kleine Bürger, die
hier ihr Glas Bier tranken oder Solo[1] spielten. Es dunkelte noch kaum, die Fenster aber waren schon hell, und
ihr Lichtschimmer fiel auf die Schneemassen und etliche
zur Seite stehende Bäume. „Sieh, Roswitha, wie schön
das aussieht."
Ein paar Tage wiederholte sich das. Meist aber, wenn
Roswitha bei dem Karussell und dem Holzschuppen ankam, war niemand da, und wenn sie dann zurückkam
und in den Hausflur eintrat, kam ihr Effi schon entgegen und sagte: „Wo du nur bleibst, Roswitha, ich bin
schon lange wieder hier."
In dieser Art ging es durch Wochen hin. Das mit den
Husaren hatte sich wegen der Schwierigkeiten, die die
Bürgerschaft machte, so gut wie zerschlagen; aber da
die Verhandlungen noch nicht geradezu abgeschlossen
waren und neuerdings durch eine andere Behörde, das
Generalkommando[2], gingen, so war Crampas nach Stet-
tin berufen worden, wo man seine Meinung in dieser
Angelegenheit hören wollte. Von dort schrieb er den
zweiten Tag an Innstetten: „Pardon, Innstetten, dass ich
mich auf französisch empfohlen. Es kam alles so schnell.
Ich werde übrigens die Sache hinauszuspinnen suchen,
denn man ist froh, einmal draußen zu sein. Empfehlen
Sie mich der gnädigen Frau, meiner liebenswürdigen
Gönnerin."
Er las es Effi vor. Diese blieb ruhig. Endlich sagte sie:
„Es ist recht gut so."
„Wie meinst du das?"

---

[1] Kartenspiel für vier Personen
[2] Bis 1918 oberste militärische Führungs- und Verwaltungsinstanz ei-
    nes Armeekorps (einem General unterstehender Truppenverband)

„Dass er fort ist. Er sagt eigentlich immer dasselbe. Wenn er wieder da ist, wird er wenigstens vorübergehend was Neues zu sagen haben."

Innstettens Blick flog scharf über sie hin. Aber er sah nichts, und sein Verdacht beruhigte sich wieder. „Ich will auch fort", sagte er nach einer Weile, „sogar nach Berlin; vielleicht kann ich dann, wie Crampas, auch mal was Neues mitbringen. Meine liebe Effi will immer gern was Neues hören; sie langweilt sich in unserm guten Kessin. Ich werde gegen acht Tage fort sein, vielleicht noch einen Tag länger. Und ängstige dich nicht ... es wird ja wohl nicht wiederkommen ... Du weißt schon, das da oben ... Und wenn doch, du hast ja Rollo und Roswitha."

Effi lächelte vor sich hin, und es mischte sich etwas von Wehmut mit ein. Sie musste des Tages gedenken, wo Crampas ihr zum ersten Mal gesagt hatte, dass er mit dem Spuk und ihrer Furcht eine Komödie spiele. Der große Erzieher! Aber hatte er nicht Recht? War die Komödie nicht am Platz? Und allerhand Widerstreitendes, Gutes und Böses, ging ihr durch den Kopf.

Den dritten Tag reiste Innstetten ab.

Über das, was er in Berlin vorhabe, hatte er nichts gesagt.

Einundzwanzigstes Kapitel

Innstetten war erst vier Tage fort, als Crampas von Stettin wieder eintraf und die Nachricht brachte, man hätte höheren Orts die Absicht, zwei Schwadronen nach Kessin zu legen, endgültig fallen lassen; es gäbe so viele kleine Städte, die sich um eine Kavalleriegarnison, und nun gar um Blücher'sche Husaren, bewürben, dass man gewohnt sei, bei solchem Anerbieten einem herzlichen Entgegenkommen, aber nicht einem zögernden zu begegnen. Als Crampas dies mitteilte, machte der Magistrat ein ziemlich verlegenes Gesicht; nur Gieshübler, weil er der Philisterei seiner Kollegen eine Niederlage gönnte, triumphierte. Seitens der kleinen Leute griff, beim Bekanntwerden der Nachricht, eine gewisse Verstimmung Platz, ja selbst einige Konsuls mit Töchtern waren momentan unzufrieden; im Ganzen aber kam man rasch über die Sache hin, vielleicht weil die nebenherlaufende Frage, „was Innstetten in Berlin vorhabe", die Kessiner Bevölkerung oder doch wenigstens die Honoratiorenschaft der Stadt mehr interessierte. Diese wollte den überaus wohlgelittenen Landrat nicht gern verlieren, und doch gingen darüber ganz ausschweifende Gerüchte, die von Gieshübler, wenn er nicht ihr Erfinder war, wenigstens genährt und weiterverbreitet wurden. Unter anderem hieß es, Innstetten würde als Führer einer Gesandtschaft nach Marokko gehn, und zwar mit Geschenken, unter denen nicht bloß die herkömmliche Vase mit Sanssouci und dem Neuen Palais[1], sondern vor allem auch eine große Eismaschine sei. Das Letztere erschien, mit Rücksicht auf die marokkanischen Temperaturverhältnisse, so wahrscheinlich, dass das Ganze geglaubt wurde.

Effi hörte auch davon. Die Tage, wo sie sich darüber erheitert hätte, lagen noch nicht allzu weit zurück; aber in der Seelenstimmung, in der sie sich seit Schluss des Jahres befand, war sie nicht mehr fähig, unbefangen und ausgelassen über derlei Dinge zu lachen. Ihre Gesichtszüge hatten einen ganz anderen Ausdruck angenommen, und das halb rührend, halb schelmisch Kindliche, was sie noch als Frau gehabt hatte, war hin. Die Spaziergänge nach dem Strand und der Plantage, die sie, während Crampas in Stettin war, aufgegeben hatte, nahm sie nach seiner Rückkehr wieder auf und ließ sich auch durch ungünstige Witterung nicht davon abhalten. Es wurde wie früher bestimmt, dass ihr Roswitha bis an den Ausgang der Reeperbahn oder bis in die Nähe des Kirchhofs entgegenkommen solle, sie verfehlten sich aber noch häufiger als früher. „Ich könnte dich schelten, Roswitha, dass du mich nie findest. Aber es hat nichts

[1] Vasen mit Abbildungen des Schlosses Sanssouci (Schloss Friedrichs des Großen bei Potsdam, erbaut 1745–47) oder des Neuen Palais (Schloss an der Westseite des Parks Sanssouci, erbaut 1763–69) waren häufige Gastgeschenke deutscher Gesandtschaften.

auf sich; ich ängstige mich nicht mehr, auch nicht einmal
am Kirchhof, und im Walde bin ich noch keiner Men-
schenseele begegnet."

Es war am Tage vor Innstettens Rückkehr von Berlin,
⁵ dass Effi das sagte. Roswitha machte nicht viel davon
und beschäftigte sich lieber damit, Girlanden über den
Türen anzubringen; auch der Haifisch bekam einen
Fichtenzweig und sah noch merkwürdiger aus als gewöhnlich. Effi sagte: „Das ist recht, Roswitha; er wird
¹⁰ sich freuen über all das Grün, wenn er morgen wieder
da ist. Ob ich heute wohl noch gehe? Doktor Hannemann besteht darauf und meint in einem fort, ich nähme es nicht ernst genug, sonst müsste ich besser aus-
sehn; ich habe aber keine rechte Lust heut, es nieselt und
¹⁵ der Himmel ist so grau."

„Ich werde der gnäd'gen Frau den Regenmantel bringen."

„Das tu! Aber komme heute nicht nach, wir treffen uns
ja doch nicht", und sie lachte. „Wirklich, du bist gar
²⁰ nicht findig, Roswitha. Und ich mag nicht, dass du dich
erkältest und alles um nichts."

Roswitha blieb denn auch zu Haus, und weil Annie
schlief, ging sie zu Kruses, um mit der Frau zu plaudern.
„Liebe Frau Kruse", sagte sie, „Sie wollten mir ja das
²⁵ mit dem Chinesen noch erzählen. Gestern kam die Johanna dazwischen, die tut immer so vornehm, für die
ist so was nicht. Ich glaube aber doch, dass es was gewesen ist, ich meine mit dem Chinesen und mit Thomsens
Nichte, wenn es nicht seine Enkelin war."

³⁰ Die Kruse nickte.

„Entweder", fuhr Roswitha fort, „war es eine unglückliche Liebe (die Kruse nickte wieder), oder es kann auch
eine glückliche gewesen sein, und der Chinese konnte es
bloß nicht aushalten, dass es alles mit einem Mal so wie-
³⁵ der vorbei sein sollte. Denn die Chinesen sind doch
auch Menschen, und es wird wohl alles ebenso mit ihnen sein, wie mit uns."

„Alles", versicherte die Kruse und wollte dies eben
durch ihre Geschichte bestätigen, als ihr Mann eintrat
⁴⁰ und sagte: „Mutter, du könntest mir die Flasche mit

dem Lederlack geben; ich muss doch das Sielenzeug[1]
blank haben, wenn der Herr morgen wieder da ist; der
sieht alles, und wenn er auch nichts sagt, so merkt man
doch, dass er's gesehn hat."

„Ich bring es Ihnen raus, Kruse", sagte Roswitha, „Ihre 5
Frau will mir bloß noch was erzählen; aber es is gleich
aus, und dann komm ich und bring es."

Roswitha, die Flasche mit dem Lack in der Hand, kam
denn auch ein paar Minuten danach auf den Hof hinaus
und stellte sich neben das Sielenzeug, das Kruse eben 10
über den Gartenzaun gelegt hatte. „Gott", sagte er, während er ihr die Flasche aus der Hand nahm, „viel hilft es
ja nicht, es nieselt in einem weg, und die Blänke vergeht
doch wieder. Aber ich denke, alles muss seine Ordnung
haben." 15

„Das muss es. Und dann, Kruse, es ist ja doch auch ein
richtiger Lack, das kann ich gleich sehn, und was ein richtiger Lack ist, der klebt nicht lange, der muss gleich trock-
nen. Und wenn es dann morgen nebelt oder nass fällt,
dann schadet es nich mehr. Aber das muss ich doch sagen, 20
das mit dem Chinesen is eine merkwürdige Geschichte."

Kruse lachte. „Unsinn is es, Roswitha. Und meine Frau,
statt aufs Richtige zu sehen, erzählt immer so was, un
wenn ich ein reines Hemd anziehen will, fehlt ein
Knopp. Un so is es nu schon, solange wir hier sind. Sie 25
hat immer bloß solche Geschichten in ihrem Kopp und
dazu das schwarze Huhn. Un das schwarze Huhn legt
nich mal Eier. Un am Ende, wovon soll es auch Eier legen? Es kommt ja nich raus und vons bloße Kikeriki
kann doch so was nich kommen. Das is von keinem 30
Huhn nich zu verlangen."

„Hören Sie, Kruse, das werde ich Ihrer Frau wieder erzählen. Ich habe Sie immer für einen anständigen Menschen gehalten, und nun sagen Sie so was wie das da
von Kikeriki. Die Mannsleute sind doch immer noch 35
schlimmer, als man denkt. Un eigentlich müsst ich nu
gleich den Pinsel hier nehmen und Ihnen einen schwarzen Schnurrbart anmalen."

---

[1] Pferdegeschirr mit breitem Brustriemen

„Nu von Ihnen, Roswitha, kann man sich das schon gefallen lassen", und Kruse, der meist den Würdigen spielte, schien in einen mehr und mehr schäkrigen Ton übergehen zu wollen, als er plötzlich der gnädigen Frau
5 ansichtig wurde, die heute von der anderen Seite der Plantage herkam und in eben diesem Augenblicke den Gartenzaun passierte.

„Guten Tag, Roswitha, du bist ja so ausgelassen. Was macht denn Annie?"

10 „Sie schläft, gnäd'ge Frau."

Aber Roswitha, als sie das sagte, war doch rot geworden und ging, rasch abbrechend, auf das Haus zu, um der gnädigen Frau beim Umkleiden behülflich zu sein. Denn ob Johanna da war, das war die Frage. Die steckte
15 jetzt viel auf dem „Amt" drüben, weil es zu Haus weniger zu tun gab, und Friedrich und Christel waren ihr zu langweilig und wussten nie was.

Annie schlief noch. Effi beugte sich über die Wiege, ließ sich dann Hut und Regenmantel abnehmen und setzte
20 sich auf das kleine Sofa in ihrer Schlafstube. Das feuchte Haar strich sie langsam zurück, legte die Füße auf einen niedrigen Stuhl, den Roswitha herangeschoben, und sagte, während sie sichtlich das Ruhebehagen nach einem ziemlich langen Spaziergange genoss: „Ich muss
25 dich darauf aufmerksam machen, Roswitha, dass Kruse verheiratet ist."

„Ich weiß, gnäd'ge Frau."

„Ja, was weiß man nicht alles und handelt doch, als ob man es nicht wüsste. Das kann nie was werden."

30 „Es soll ja auch nichts werden, gnäd'ge Frau."

„Denn wenn du denkst, sie sei krank, da machst du die Rechnung ohne den Wirt. Die Kranken leben am längsten. Und dann hat sie das schwarze Huhn. Vor dem hüte dich, das weiß alles und plaudert alles aus. Ich weiß
35 nicht, ich habe einen Schauder davor. Und ich wette, dass das alles da oben mit dem Huhn zusammenhängt."

„Ach, das glaub ich nicht. Aber schrecklich ist es doch. Und Kruse, der immer gegen seine Frau ist, kann es mir nicht ausreden."

40 „Was sagte der?"

„Er sagte, es seien bloß Mäuse."

„Nun, Mäuse, das ist auch gerade schlimm genug. Ich kann keine Mäuse leiden. Aber ich sah ja deutlich, wie du mit dem Kruse schwatztest und vertraulich tatest, und ich glaube sogar, du wolltest ihm einen Schnurrbart anmalen. Das ist doch schon sehr viel. Und nachher sitzest du da. Du bist ja noch eine schmucke Person und hast so was. Aber sieh dich vor, so viel kann ich dir bloß sagen. Wie war es denn eigentlich das erste Mal mit dir? Ist es so, dass du mir's erzählen kannst?"

„Ach, ich kann schon. Aber schrecklich war es. Und weil es so schrecklich war, drum können gnäd'ge Frau auch ganz ruhig sein, von wegen dem Kruse. Wem es so gegangen ist wie mir, der hat genug davon und passt auf. Mitunter träume ich noch davon, und dann bin ich den andern Tag wie zerschlagen. Solche grausame Angst ..."

Effi hatte sich aufgerichtet und stützte den Kopf auf ihren Arm. „Nun erzähle. Wie kann es denn gewesen sein? Es ist ja mit euch, das weiß ich noch von Hause her, immer dieselbe Geschichte ..."

„Ja, zuerst is es wohl immer dasselbe, und ich will mir auch nicht einbilden, dass es mit mir was Besonderes war, ganz und gar nicht. Aber wie sie's mir dann auf den Kopf zusagten und ich mit einem Male sagen musste: ‚Ja, es ist so', ja, das war schrecklich. Die Mutter, na, das ging noch, aber der Vater, der die Dorfschmiede hatte, der war streng und wütend, und als er's hörte, da kam er mit einer Stange auf mich los, die er eben aus dem Feuer genommen hatte, und wollte mich umbringen. Und ich schrie laut auf und lief auf den Boden und versteckte mich, und da lag ich und zitterte und kam erst wieder nach unten, als sie mich riefen und sagten, ich solle nur kommen. Und dann hatte ich noch eine jüngere Schwester, die wies immer auf mich hin und sagte ‚Pfui'. Und dann, wie das Kind kommen sollte, ging ich in eine Scheune nebenan, weil ich mir's bei uns nicht getraute. Da fanden mich fremde Leute halb tot und trugen mich ins Haus und in mein Bett. Und den dritten Tag nahmen sie mir das Kind fort, und als ich nachher fragte, wo es sei, da hieß es, es sei gut aufgehoben. Ach, gnädigste Frau, die heil'ge Mutter Gottes bewahre Sie vor solchem Elend."

Effi fuhr auf und sah Roswitha mit großen Augen an. Aber sie war doch mehr erschrocken als empört. „Was du nur sprichst! Ich bin ja doch eine verheiratete Frau. So was darfst du nicht sagen, das ist ungehörig, das passt sich nicht."

„Ach, gnädigste Frau ..."

„Erzähle mir lieber, was aus dir wurde. Das Kind hatten sie dir genommen. So weit warst du ..."

„Und dann, nach ein paar Tagen, da kam wer aus Erfurt, der fuhr bei dem Schulzen vor und fragte, ‚ob da nicht eine Amme sei'. Da sagte der Schulze ja. Gott lohne es ihm, und der fremde Herr nahm mich gleich mit, und von da an hab ich bessre Tage gehabt; selbst bei der Registratorin war es doch immer noch zum Aushalten, und zuletzt bin ich zu Ihnen gekommen, gnädige Frau. Und das war das Beste, das Allerbeste." Und als sie das sagte, trat sie an das Sofa heran und küsste Effi die Hand.

„Roswitha, du musst mir nicht immer die Hand küssen, ich mag das nicht. Und nimm dich nur in Acht mit dem Kruse. Du bist doch sonst eine so gute und verständige Person ... Mit einem Ehemanne ... das tut nie gut."

„Ach, gnäd'ge Frau, Gott und seine Heiligen führen uns wunderbar, und das Unglück, das uns trifft, das hat doch auch sein Glück. Und wen es nicht bessert, dem is nich zu helfen ... Ich kann eigentlich die Mannsleute gut leiden ..."

„Siehst du, Roswitha, siehst du."

„Aber wenn es mal wieder so über mich käme, mit dem Kruse, das is ja nichts, und ich könnte nicht mehr anders, da lief ich gleich ins Wasser. Es war zu schrecklich. Alles. Und was nur aus dem armen Wurm geworden is? Ich glaube nicht, dass es noch lebt; sie haben es umkommen lassen, aber ich bin doch schuld." Und sie warf sich vor Annies Wiege nieder und wiegte das Kind hin und her und sang in einem fort ihr „Buhküken von Halberstadt".

„Lass", sagte Effi. „Singe nicht mehr; ich habe Kopfweh. Aber bringe mir die Zeitungen. Oder hat Gieshübler vielleicht die Journale geschickt?"

„Das hat er. Und die Modezeitung lag obenauf. Da haben wir drin geblättert, ich und Johanna, eh sie rüberging. Johanna ärgert sich immer, dass sie so was nicht haben kann. Soll ich die Modezeitung bringen?"

„Ja, die bringe und bring auch die Lampe."

Roswitha ging, und Effi, als sie allein war, sagte: „Womit man sich nicht alles hilft? Eine hübsche Dame mit einem Muff und eine mit einem Halbschleier; Modepuppen. Aber es ist das Beste, mich auf andre Gedanken zu bringen."

Im Laufe des andern Vormittags kam ein Telegramm von Innstetten, worin er mitteilte, dass er erst mit dem zweiten Zuge kommen, also nicht vor Abend in Kessin eintreffen werde. Der Tag verging in ewiger Unruhe; glücklicherweise kam Gieshübler im Laufe des Nachmittags und half über eine Stunde weg. Endlich um sieben Uhr fuhr der Wagen vor, Effi trat hinaus, und man begrüßte sich. Innstetten war in einer ihm sonst fremden Erregung, und so kam es, dass er die Verlegenheit nicht sah, die sich in Effis Herzlichkeit mischte. Drinnen im Flur brannten die Lampen und Lichter, und das Teezeug, das Friedrich schon auf einen der zwischen den Schränken stehenden Tische gestellt hatte, reflektierte den Lichterglanz.

„Das sieht ja ganz so aus wie damals, als wir hier ankamen. Weißt du noch, Effi?"

Sie nickte.

„Nur der Haifisch mit seinem Fichtenzweig verhält sich heute ruhiger, und auch Rollo spielt den Zurückhaltenden und legt mir nicht mehr die Pfoten auf die Schulter. Was ist das mit dir, Rollo?"

Rollo strich an seinem Herrn vorbei und wedelte.

„Der ist nicht recht zufrieden, entweder mit mir nicht oder mit andern. Nun, ich will annehmen, mit mir. Jedenfalls lass uns eintreten." Und er trat in sein Zimmer und bat Effi, während er sich aufs Sofa niederließ, neben ihm Platz zu nehmen. „Es war so hübsch in Berlin, über Erwarten; aber in all meiner Freude habe ich mich immer zurückgesehnt. Und wie gut du aussiehst! Ein bisschen blass und auch ein bisschen verändert, aber es kleidet dich."

Effi wurde rot.

„Und nun wirst du auch noch rot. Aber es ist, wie ich dir sage. Du hattest so was von einem verwöhnten Kind, mit einem Mal siehst du aus wie eine Frau."

„Das hör ich gern, Geert, aber ich glaube, du sagst es nur so."

„Nein, nein, du kannst es dir gutschreiben, wenn es etwas Gutes ist ..."

„Ich dächte doch."

„Und nun rate, von wem ich dir Grüße bringe."

„Das ist nicht schwer, Geert. Außerdem, wir Frauen, zu denen ich mich, seitdem du wieder da bist, ja rechnen darf (und sie reichte ihm die Hand und lachte), wir Frauen, wir raten leicht. Wir sind nicht so schwerfällig wie ihr."

„Nun von wem?"

„Nun natürlich von Vetter Briest. Er ist ja der Einzige, den ich in Berlin kenne, die Tanten abgerechnet, die du nicht aufgesucht haben wirst und die viel zu neidisch sind, um mich grüßen zu lassen. Hast du nicht auch gefunden, alle alten Tanten sind neidisch."

„Ja, Effi, das ist wahr. Und dass du das sagst, das ist ganz meine alte Effi wieder. Denn du musst wissen, die alte Effi, die noch aussah wie ein Kind, nun, die war auch nach meinem Geschmack. Grad so wie die jetzige gnäd'ge Frau."

„Meinst du? Und wenn du dich zwischen beiden entscheiden solltest ..."

„Das ist eine Doktorfrage[1], darauf lasse ich mich nicht ein. Aber da bringt Friedrich den Tee. Wie hat's mich nach dieser Stunde verlangt! Und hab es auch ausgesprochen, sogar zu deinem Vetter Briest, als wir bei Dressel[2] saßen und in Champagner dein Wohl tranken

---

[1] hier wohl: (zu) schwere Frage, Frage für einen Doktor oder eine Doktorprüfung; möglicherweise auch: eine rein akademische, theoretische Frage

[2] vornehmes Berliner Restaurant

... Die Ohren müssen dir geklungen haben ... Und weißt
du, was dein Vetter dabei sagte?"

„Gewiss etwas Albernes. Darin ist er groß."

„Das ist der schwärzeste Undank, den ich all mein Leb-
tag erlebt habe. ‚Lassen wir Effi leben', sagte er, ‚meine
schöne Cousine ... Wissen Sie, Innstetten, dass ich Sie am
liebsten fordern und totschießen möchte? Denn Effi ist
ein Engel, und Sie haben mich um diesen Engel gebracht.' Und dabei sah er so ernst und wehmütig aus,
dass man's beinah hätte glauben können."

„Oh, diese Stimmung kenn ich an ihm. Bei der wieviel-
ten wart ihr?"

„Ich hab es nicht mehr gegenwärtig, und vielleicht hätte
ich es auch damals nicht mehr sagen können. Aber das
glaub ich, dass es ihm ganz ernst war. Und vielleicht
wäre es auch das Richtige gewesen. Glaubst du nicht,
dass du mit ihm hättest leben können?"

„Leben können? Das ist wenig, Geert. Aber beinah
möchte ich sagen, ich hätte auch nicht einmal mit ihm
leben können."

„Warum nicht? Er ist wirklich ein liebenswürdiger und
netter Mensch und auch ganz gescheit."

„Ja, das ist er ..."

„Aber ..."

„Aber er ist dalbrig[1]. Und das ist keine Eigenschaft, die
wir Frauen lieben, auch nicht einmal dann, wenn wir
noch halbe Kinder sind, wohin du mich immer gerech-
net hast und vielleicht, trotz meiner Fortschritte, auch
jetzt noch rechnest. Das Dalbrige, das ist nicht unsre Sache. Männer müssen Männer sein."

„Gut, dass du das sagst. Alle Teufel, da muss man sich ja
zusammennehmen. Und ich kann von Glück sagen,
dass ich von so was, das wie Zusammennehmen aussieht, oder wenigstens ein Zusammennehmen in Zukunft fordert, so gut wie direkt herkomme ... Sage, wie
denkst du dir ein Ministerium?"

„Ein Ministerium? Nun, das kann zweierlei sein. Es
können Menschen sein, kluge, vornehme Herren, die

---

[1] dalbern (umgangssprachlich): sich albern benehmen

den Staat regieren, und es kann auch bloß ein Haus sein, ein Palazzo, ein Palazzo Strozzi oder Pitti[1] oder, wenn die nicht passen, irgendein andrer. Du siehst, ich habe meine italienische Reise nicht umsonst gemacht."

5 „Und könntest du dich entschließen, in solchem Palazzo zu wohnen? Ich meine, in solchem Ministerium?"

„Um Gottes willen, Geert, sie haben dich doch nicht zum Minister gemacht? Gieshübler sagte so was. Und der Fürst kann alles. Gott, der hat es am Ende durchge-
10 setzt, und ich bin erst achtzehn."

Innstetten lachte. „Nein, Effi, nicht Minister, so weit sind wir noch nicht. Aber vielleicht kommen noch allerhand Gaben in mir heraus, und dann ist es nicht unmöglich."

„Also jetzt noch nicht, noch nicht Minister?"

15 „Nein. Und wir werden, die Wahrheit zu sagen, auch nicht einmal in einem Ministerium wohnen, aber ich werde täglich ins Ministerium gehen, wie ich jetzt in unser Landratsamt gehe, und werde dem Minister Vortrag halten und mit ihm reisen, wenn er die Provinzialbehör-
20 den[2] inspiziert. Und du wirst eine Ministerialrätin[3] sein und in Berlin leben, und in einem halben Jahre wirst du kaum noch wissen, dass du hier in Kessin gewesen bist und nichts gehabt hast als Gieshübler und die Dünen und die Plantage."

25 Effi sagte kein Wort, und nur ihre Augen wurden immer größer; um ihre Mundwinkel war ein nervöses Zucken, und ihr ganzer zarter Körper zitterte. Mit einem Male aber glitt sie von ihrem Sitze vor Innstetten nieder, umklammerte seine Knie und sagte in einem Tone, wie
30 wenn sie betete: „Gott sei Dank!"

Innstetten verfärbte sich. Was war das? Etwas, was seit Wochen flüchtig, aber doch immer sich erneuernd über ihn kam, war wieder da und sprach so deutlich aus seinem Auge, dass Effi davor erschrak. Sie hatte sich durch
35 ein schönes Gefühl, das nicht viel was andres als ein Bekenntnis ihrer Schuld war, hinreißen lassen und dabei

---

[1] Renaissance-Paläste in Florenz
[2] Behörden in den preußischen Provinzen (Verwaltungsbezirken)
[3] Ministerialrat: hoher, in einem Ministerium tätiger Beamter

mehr gesagt, als sie sagen durfte. Sie musste das wieder ausgleichen, musste was finden, irgendeinen Ausweg, es koste, was es wolle.

„Steh auf, Effi. Was hast du?"

Effi erhob sich rasch. Aber sie nahm ihren Platz auf dem Sofa nicht wieder ein, sondern schob einen Stuhl mit hoher Lehne heran, augenscheinlich, weil sie nicht Kraft genug fühlte, sich ohne Stütze zu halten.

„Was hast du?", wiederholte Innstetten. „Ich dachte, du hättest hier glückliche Tage verlebt. Und nun rufst du ‚Gott sei Dank', als ob dir hier alles nur ein Schrecknis gewesen wäre. War ich dir ein Schrecknis? Oder war es was andres? Sprich."

„Dass du noch fragen kannst, Geert", sagte sie, während sie mit einer äußersten Anstrengung das Zittern ihrer Stimme zu bezwingen suchte. „Glückliche Tage! Ja, gewiss, glückliche Tage, aber doch auch andre. Nie bin ich die Angst hier ganz losgeworden, nie. Noch keine vierzehn Tage, dass es mir wieder über die Schulter sah, dasselbe Gesicht, derselbe fahle Teint. Und diese letzten Nächte, wo du fort warst, war es auch wieder da, nicht das Gesicht, aber es schlurrte[1] wieder, und Rollo schlug wieder an, und Roswitha, die's auch gehört, kam an mein Bett und setzte sich zu mir, und erst, als es schon dämmerte, schliefen wir wieder ein. Es ist ein Spukhaus, und ich hab es auch glauben sollen, das mit dem Spuk, – denn du bist ein Erzieher. Ja, Geert, das bist du. Aber lass es sein, wie's will, so viel weiß ich, ich habe mich ein ganzes Jahr lang und länger in diesem Hause gefürchtet, und wenn ich von hier fortkomme, so wird es, denk ich, von mir abfallen, und ich werde wieder frei sein."

Innstetten hatte kein Auge von ihr gelassen und war jedem Worte gefolgt. Was sollte das heißen: „Du bist ein Erzieher"? und dann das andre, was vorausging: „und ich hab es auch glauben sollen, das mit dem Spuk." Was war das alles? Wo kam das her? Und er fühlte seinen leisen Argwohn sich wieder regen und fester einnisten.

---

[1] schlurren (norddeutsch): schlurfen

Aber er hatte lange genug gelebt, um zu wissen, dass alle Zeichen trügen und dass wir in unsrer Eifersucht, trotz ihrer hundert Augen, oft noch mehr in die Irre gehen als in der Blindheit unsres Vertrauens. Es konnte ja
5 so sein, wie sie sagte. Und wenn es so war, warum sollte sie nicht ausrufen: „Gott sei Dank!"

Und so, rasch alle Möglichkeiten ins Auge fassend, wurde er seines Argwohns wieder Herr und reichte ihr die Hand über den Tisch hin: „Verzeih mir, Effi, aber ich war
10 so sehr überrascht von dem allen. Freilich wohl meine Schuld. Ich bin immer zu sehr mit mir beschäftigt gewesen. Wir Männer sind alle Egoisten. Aber das soll nun anders werden. Ein Gutes hat Berlin gewiss: Spukhäuser gibt es da nicht. Wo sollen die auch herkommen? Und
15 nun lass uns hinübergehen, dass ich Annie sehe; Roswitha verklagt mich sonst als einen unzärtlichen Vater."

Effi war unter diesen Worten allmählich ruhiger geworden, und das Gefühl, aus einer selbst geschaffenen Gefahr sich glücklich befreit zu haben, gab ihr ihre Spann-
20 kraft und gute Haltung wieder zurück.

Zweiundzwanzigstes Kapitel

Am andern Morgen nahmen beide gemeinschaftlich ihr etwas verspätetes Frühstück. Innstetten hatte seine Missstimmung und Schlimmeres überwunden, und Effi
25 lebte so ganz dem Gefühl ihrer Befreiung, dass sie nicht bloß die Fähigkeit einer gewissen erkünstelten guten Laune, sondern fast auch ihre frühere Unbefangenheit wiedergewonnen hatte. Sie war noch in Kessin, und doch war ihr schon zumute, als läge es weit hinter ihr.
30 „Ich habe mir's überlegt, Effi", sagte Innstetten, „du hast nicht so ganz Unrecht mit allem, was du gegen unser Haus hier gesagt hast. Für Kapitän Thomsen war es gerade gut genug, aber nicht für eine junge, verwöhnte Frau; alles altmodisch, kein Platz. Da sollst du's in Ber-
35 lin besser haben, auch einen Saal, aber einen andern als hier, und auf Flur und Treppe hohe bunte Glasfenster, Kaiser Wilhelm mit Szepter und Krone oder auch was

Kirchliches, heilige Elisabeth[1] oder Jungfrau Maria. Sagen wir Jungfrau Maria, das sind wir Roswitha schuldig."

Effi lachte. „So soll es sein. Aber wer sucht uns eine Wohnung? Ich kann doch nicht Vetter Briest auf die Suche schicken. Oder gar die Tanten! Die finden alles gut genug."

„Ja, das Wohnungsuchen. Das macht einem keiner zu Dank. Ich denke, da musst du selber hin."

„Und wann meinst du?"

„Mitte März."

„Oh, das ist viel zu spät, Geert, dann ist ja alles fort. Die guten Wohnungen werden schwerlich auf uns warten!"

„Ist schon recht. Aber ich bin erst seit gestern wieder hier und kann doch nicht sagen ‚reise morgen'. Das würde mich schlecht kleiden und passte mir auch wenig; ich bin froh, dass ich dich wieder habe."

„Nein", sagte sie, während sie das Kaffeegeschirr, um eine aufsteigende Verlegenheit zu verbergen, ziemlich geräuschvoll zusammenrückte, „nein, so soll's auch nicht sein, nicht heut und nicht morgen, aber doch in den nächsten Tagen. Und wenn ich etwas finde, so bin ich rasch wieder zurück. Aber noch eins, Roswitha und Annie müssen mit. Am schönsten wär es, du auch. Aber ich sehe ein, das geht nicht. Und ich denke, die Trennung soll nicht lange dauern. Ich weiß auch schon, wo ich miete ..."

„Nun?"

„Das bleibt mein Geheimnis. Ich will auch ein Geheimnis haben. Damit will ich dich dann überraschen."

In diesem Augenblick trat Friedrich ein, um die Postsachen abzugeben. Das meiste war Dienstliches und Zeitungen. „Ah, da ist auch ein Brief für dich", sagte Innstetten.

„Und wenn ich nicht irre, die Handschrift der Mama."

Effi nahm den Brief. „Ja, von der Mama. Aber das ist ja

---

[1] Elisabeth Landgräfin von Thüringen (1207 – 31), Tochter des Königs Andreas II. von Ungarn, stellte ihr Leben in den Dienst der Armen und Kranken, 1235 heiliggesprochen.

nicht der Friesacker Poststempel[1]; sieh nur, das heißt ja deutlich Berlin."

„Freilich", lachte Innstetten. „Du tust, als ob es ein Wunder wäre. Die Mama wird in Berlin sein und hat ihrem
5 Liebling von ihrem Hotel aus einen Brief geschrieben."

„Ja", sagte Effi, „so wird es sein. Aber ich ängstige mich doch beinah und kann keinen rechten Trost darin finden, dass Hulda Niemeyer immer sagte: Wenn man sich ängstigt, ist es besser, als wenn man hofft. Was meinst
10 du dazu?"

„Für eine Pastorstochter nicht ganz auf der Höhe. Aber nun lies den Brief. Hier ist ein Papiermesser."

Effi schnitt das Couvert auf und las: „Meine liebe Effi. Seit Stunden bin ich hier in Berlin; Konsultationen[2] bei
15 Schweigger[3]. Als er mich sieht, beglückwünscht er mich, und als ich erstaunt ihn frage, wozu, erfahr ich, dass Ministerialdirektor Wüllersdorf eben bei ihm gewesen und ihm erzählt habe: Innstetten sei ins Ministerium berufen. Ich bin ein wenig ärgerlich, dass man derglei-
20 chen von einem Dritten erfahren muss. Aber in meinem Stolz und meiner Freude sei euch verziehen. Ich habe es übrigens immer gewusst (schon als I. noch bei den Rathenowern war), dass etwas aus ihm werden würde. Nun kommt es dir zugute. Natürlich müsst ihr eine
25 Wohnung haben und eine andere Einrichtung. Wenn du, meine liebe Effi, glaubst, meines Rates dabei bedürfen zu können, so komme, so rasch es dir deine Zeit erlaubt. Ich bleibe acht Tage hier in Kur, und wenn es nicht anschlägt, vielleicht noch etwas länger; Schweigger drückt
30 sich unbestimmt darüber aus. Ich habe eine Privatwohnung in der Schadowstraße genommen; neben dem meinigen sind noch Zimmer frei. Was es mit meinem Auge ist, darüber mündlich; vorläufig beschäftigt mich nur eure Zukunft. Briest wird unendlich glücklich sein, er
35 tut immer so gleichgültig gegen dergleichen, eigentlich

---

[1] Friesack: Stadt im damaligen preußischen Regierungsbezirk Potsdam, in deren Postbezirk Fontane Hohen-Cremmen ansiedelt

[2] Konsultation (u. a.): ärztliche Beratung

[3] Karl Schweigger (1830–1905), Berliner Augenarzt

hängt er aber mehr daran als ich. Grüße Innstetten, küsse Annie, die du vielleicht mitbringst. Wie immer deine dich zärtlich liebende Mutter Luise von B."

Effi legte den Brief aus der Hand und sagte nichts. Was sie zu tun habe, das stand bei ihr fest; aber sie wollte es nicht selber aussprechen, Innstetten sollte damit kommen, und dann wollte sie zögernd ja sagen.

Innstetten ging auch wirklich in die Falle. „Nun, Effi, du bleibst so ruhig."

„Ach, Geert, es hat alles so seine zwei Seiten. Auf der einen Seite beglückt es mich, die Mama wiederzusehen und vielleicht sogar schon in wenigen Tagen. Aber es spricht auch so vieles dagegen."

„Was?"

„Die Mama, wie du weißt, ist sehr bestimmt und kennt nur ihren eignen Willen. Dem Papa gegenüber hat sie alles durchsetzen können. Aber ich möchte gern eine Wohnung haben, die nach meinem Geschmack ist, und eine neue Einrichtung, die mir gefällt."

Innstetten lachte. „Und das ist alles?"

„Nun, es wäre grade genug. Aber es ist nicht alles." Und nun nahm sie sich zusammen und sah ihn an und sagte: „Und dann, Geert, ich möchte nicht gleich wieder von dir fort."

„Schelm, das sagst du so, weil du meine Schwäche kennst. Aber wir sind alle so eitel, und ich will es glauben. Ich will es glauben und doch zugleich auch den Heroischen spielen, den Entsagenden. Reise, sobald du's für nötig hältst und vor deinem Herzen verantworten kannst."

„So darfst du nicht sprechen, Geert. Was heißt das ‚vor meinem Herzen verantworten'. Damit schiebst du mir, halb gewaltsam, eine Zärtlichkeitsrolle zu, und ich muss dir dann aus reiner Koketterie[1] sagen: ‚Ach, Geert, dann reise ich nie.' Oder doch so etwas Ähnliches."

Innstetten drohte ihr mit dem Finger. „Effi, du bist mir zu fein. Ich dachte immer, du wärst ein Kind, und sehe

---

[1] kokettes Verhalten, Gefallsucht; kokett: spielerisch darauf bedacht, anderen zu gefallen

nun, dass du das Maß hast wie alle andern. Aber lassen wir das, oder wie dein Papa immer sagte: ‚Das ist ein zu weites Feld.' Sage lieber, wann willst du fort?"

„Heute haben wir Dienstag. Sagen wir also Freitag Mittag mit dem Schiff. Dann bin ich am Abend in Berlin."

„Abgemacht. Und wann zurück?"

„Nun, sagen wir Montagabend. Das sind dann drei Tage."

„Geht nicht. Das ist zu früh. In drei Tagen kannst du's nicht zwingen. Und so rasch lässt dich die Mama auch nicht fort."

„Also auf Diskretion[1]."

„Gut."

Und damit erhob sich Innstetten, um nach dem Landratsamte hinüberzugehen.

Die Tage bis zur Abreise vergingen wie im Fluge. Roswitha war sehr glücklich. „Ach, gnädigste Frau, Kessin, nun ja …, aber Berlin ist es nicht. Und die Pferdebahn[2]. Und wenn es dann so klingelt und man nicht weiß, ob man links oder rechts soll, und mitunter ist mir schon gewesen, als ginge alles grad über mich weg. Nein, so was ist hier nicht. Ich glaube, manchen Tag sehen wir keine sechs Menschen. Und immer bloß die Dünen und draußen die See. Und das rauscht und rauscht, aber weiter ist es auch nichts."

„Ja, Roswitha, du hast Recht. Es rauscht und rauscht immer, aber es ist kein richtiges Leben. Und dann kommen einem allerhand dumme Gedanken. Das kannst du doch nicht bestreiten, das mit dem Kruse war nicht in der Richtigkeit."

„Ach, gnädigste Frau …"

„Nun, ich will nicht weiter nachforschen. Du wirst es natürlich nicht zugeben. Und nimm nur nicht zu wenig Sachen mit. Deine Sachen kannst du eigentlich ganz mitnehmen und Annies auch."

„Ich denke, wir kommen noch mal wieder."

---

[1] hier angelehnt an franz.: à discrétion: nach (eigenem) Ermessen, nach Belieben

[2] von Pferden gezogene Straßenbahn

„Ja, ich. Der Herr wünscht es. Aber ihr könnt vielleicht dableiben, bei meiner Mutter. Sorge nur, dass sie Anniechen nicht zu sehr verwöhnt. Gegen mich war sie mitunter streng, aber ein Enkelkind …"

„Und dann ist Anniechen ja auch so zum Anbeißen. Da muss ja jeder zärtlich sein."

Das war am Donnerstag, am Tage vor der Abreise. Innstetten war über Land gefahren und wurde erst gegen Abend zurückerwartet. Am Nachmittag ging Effi in die Stadt, bis auf den Marktplatz, und trat hier in die Apotheke und bat um eine Flasche Sal volatile[1]. „Man weiß nie, mit wem man reist", sagte sie zu dem alten Gehülfen, mit dem sie auf dem Plauderfuße stand und der sie anschwärmte wie Gieshübler selbst.

„Ist der Herr Doktor zu Hause?", fragte sie weiter, als sie das Fläschchen eingesteckt hatte.

„Gewiss, gnädigste Frau; er ist hier nebenan und liest die Zeitungen."

„Ich werde ihn doch nicht stören?"

„Oh, nie."

Und Effi trat ein. Es war eine kleine, hohe Stube, mit Regalen ringsherum, auf denen allerlei Kolben[2] und Retorten[3] standen; nur an der einen Wand befanden sich alphabetisch geordnete, vorn mit einem Eisenringe versehene Kästen, in denen die Rezepte lagen.

Gieshübler war beglückt und verlegen. „Welche Ehre. Hier unter meinen Retorten. Darf ich die gnädige Frau auffordern, einen Augenblick Platz zu nehmen?"

„Gewiss, lieber Gieshübler. Aber auch wirklich nur einen Augenblick. Ich will Ihnen Adieu sagen."

„Aber meine gnädigste Frau, Sie kommen ja doch wieder. Ich habe gehört, nur auf drei, vier Tage …"

„Ja, lieber Freund, ich soll wiederkommen, und es ist sogar verabredet, dass ich spätestens in einer Woche wieder in Kessin bin. Aber ich könnte doch auch nicht wieder-

---

[1] Riechsalz
[2] Kolben: dünnes Glasgefäß zur Durchführung chemischer Reaktionen
[3] Retorte: birnenförmiges, gläsernes Destilliergefäß

kommen. Muss ich Ihnen sagen, welche tausend Möglichkeiten es gibt ... Ich sehe, Sie wollen mir sagen, dass
ich noch zu jung sei ..., auch Junge können sterben. Und
dann so vieles andere noch. Und da will ich doch lieber
5 Abschied nehmen von Ihnen, als wär es für immer."
„Aber meine gnädigste Frau ..."
„Als wär es für immer. Und ich will Ihnen danken, lieber Gieshübler. Denn Sie waren das Beste hier; natürlich, weil Sie der Beste waren. Und wenn ich hundert
10 Jahr alt würde, so werde ich Sie nicht vergessen. Ich habe mich hier mitunter einsam gefühlt, und mitunter war
mir so schwer ums Herz, schwerer als Sie wissen können; ich habe es nicht immer richtig eingerichtet; aber
wenn ich Sie gesehen habe, vom ersten Tage an, dann
15 habe ich mich immer wohler gefühlt und auch besser."
„Aber meine gnädigste Frau."
„Und dafür wollte ich Ihnen danken. Ich habe mir eben
ein Fläschchen mit Sal volatile gekauft; im Coupé sind
mitunter so merkwürdige Menschen und wollen einem
20 nicht mal erlauben, dass man ein Fenster aufmacht; und
wenn mir dann vielleicht – denn es steigt einem ja ordentlich zu Kopf, ich meine das Salz – die Augen übergehen, dann will ich an Sie denken. Adieu, lieber
Freund, und grüßen Sie Ihre Freundin, die Trippelli. Ich
25 habe in den letzten Wochen öfter an sie gedacht und an
Fürst Kotschukoff. Ein eigentümliches Verhältnis bleibt
es doch. Aber ich kann mich hineinfinden ... Und lassen
Sie einmal von sich hören. Oder ich werde schreiben."
Damit ging Effi. Gieshübler begleitete sie bis auf den
30 Platz hinaus. Er war wie benommen, so sehr, dass er
über manches Rätselhafte, was sie gesprochen, ganz hinwegsah.

Effi ging wieder nach Haus. „Bringen Sie mir die Lampe, Johanna", sagte sie, „aber in mein Schlafzimmer.
35 Und dann eine Tasse Tee. Ich hab es so kalt und kann
nicht warten, bis der Herr wieder da ist."
Beides kam. Effi saß schon an ihrem kleinen Schreibtisch, einen Briefbogen vor sich, die Feder in der Hand.
„Bitte, Johanna, den Tee auf den Tisch da."

Als Johanna das Zimmer wieder verlassen hatte, schloss Effi sich ein, sah einen Augenblick in den Spiegel und setzte sich dann wieder. Und nun schrieb sie: „Ich reise morgen mit dem Schiff, und dies sind Abschiedszeilen. Innstetten erwartet mich in wenig Tagen zurück, aber ich komme nicht wieder ... Warum ich nicht wiederkomme, Sie wissen es ... Es wäre das Beste gewesen, ich hätte dies Stück Erde nie gesehen. Ich beschwöre Sie, dies nicht als einen Vorwurf zu fassen; alle Schuld ist bei mir. Blick ich auf Ihr Haus ..., Ihr Tun mag entschuldbar sein, nicht das meine. Meine Schuld ist sehr schwer. Aber vielleicht kann ich noch heraus. Dass wir hier abberufen wurden, ist mir wie ein Zeichen, dass ich noch zu Gnaden angenommen werden kann. Vergessen Sie das Geschehene, vergessen Sie mich. Ihre Effi."

Sie überflog die Zeilen noch einmal, am fremdesten war ihr das „Sie"; aber auch das musste sein; es sollte ausdrücken, dass keine Brücke mehr da sei. Und nun schob sie die Zeilen in ein Couvert und ging auf ein Haus zu, zwischen dem Kirchhof und der Waldecke. Ein dünner Rauch stieg aus dem halb eingefallenen Schornstein. Da gab sie die Zeilen ab.

Als sie wieder zurück war, war Innstetten schon da, und sie setzte sich zu ihm und erzählte ihm von Gieshübler und dem Sal volatile.

Innstetten lachte. „Wo hast du nur dein Latein her, Effi?"

Das Schiff, ein leichtes Segelschiff (die Dampfboote gingen nur Sommers), fuhr um zwölf. Schon eine Viertelstunde vorher waren Effi und Innstetten an Bord; auch Roswitha und Annie.

Das Gepäck war größer, als es für einen auf so wenig Tage geplanten Ausflug geboten erschien. Innstetten sprach mit dem Kapitän; Effi, in einem Regenmantel und hellgrauen Reisehut, stand auf dem Hinterdeck, nahe am Steuer, und musterte von hier aus das Bollwerk und die hübsche Häuserreihe, die dem Zuge des Bollwerks folgte. Gerade der Landungsbrücke gegenüber lag Hoppensacks Hotel, ein drei Stock hohes Gebäude, von dessen Giebeldach eine gelbe Flagge, mit

Kreuz und Krone darin, schlaff in der stillen, etwas nebeligen Luft herniederhing. Effi sah eine Weile nach der Flagge hinauf, ließ dann aber ihr Auge wieder abwärtsgleiten und verweilte zuletzt auf einer Anzahl von Personen, die neugierig am Bollwerk umherstanden. In diesem Augenblicke wurde geläutet. Effi war ganz eigen zumut, das Schiff setzte sich langsam in Bewegung, und als sie die Landungsbrücke noch einmal musterte, sah sie, dass Crampas in vorderster Reihe stand. Sie erschrak bei seinem Anblick und freute sich doch auch. Er seinerseits, in seiner ganzen Haltung verändert, war sichtlich bewegt und grüßte ernst zu ihr hinüber, ein Gruß, den sie ebenso, aber doch zugleich in großer Freundlichkeit, erwiderte; dabei lag etwas Bittendes in ihrem Auge. Dann ging sie rasch auf die Kajüte zu, wo sich Roswitha mit Annie schon eingerichtet hatte. Hier, in dem etwas stickigen Raume, blieb sie, bis man aus dem Fluss in die weite Bucht des Breitling eingefahren war; da kam Innstetten und rief sie nach oben, dass sie sich an dem herrlichen Anblick erfreue, den die Landschaft gerade an dieser Stelle bot. Sie ging dann auch hinauf. Über dem Wasserspiegel hingen graue Wolken, und nur dann und wann schoss ein halb umschleierter Sonnenblick aus dem Gewölk hervor. Effi gedachte des Tages, wo sie, vor jetzt gerade Fünfvierteljahren, im offenen Wagen am Ufer eben dieses Breitlings hin entlanggefahren war. Eine kurze Spanne Zeit, und das Leben oft so still und einsam. Und doch, was war alles seitdem geschehen!

So fuhr man die Wasserstraße hinauf und war um zwei an der Station oder doch ganz in Nähe derselben. Als man gleich danach das Gasthaus des „Fürsten Bismarck" passierte, stand auch Golchowski wieder in der Tür und versäumte nicht, den Herrn Landrat und die gnädige Frau bis an die Stufen der Böschung zu geleiten. Oben war der Zug noch nicht angemeldet, und Effi und Innstetten schritten auf dem Bahnsteig auf und ab. Ihr Gespräch drehte sich um die Wohnungsfrage; man war einig über den Stadtteil, und dass es zwischen dem Tiergarten und dem Zoologischen Garten sein müsse.

„Ich will den Finkenschlag hören und die Papageien auch", sagte Innstetten, und Effi stimmte ihm zu.

Nun aber hörte man das Signal, und der Zug lief ein; der Bahnhofsinspektor war voller Entgegenkommen, und Effi erhielt ein Coupé für sich.

Noch ein Händedruck, ein Wehen mit dem Tuch, und der Zug setzte sich wieder in Bewegung.

Dreiundzwanzigstes Kapitel

Auf dem Friedrichstraßen-Bahnhofe war ein Gedränge; aber trotzdem, Effi hatte schon vom Coupé aus die Mama erkannt und neben ihr den Vetter Briest. Die Freude des Wiedersehens war groß, das Warten in der Gepäckhalle stellte die Geduld auf keine allzu harte Probe, und nach wenig mehr als fünf Minuten rollte die Droschke[1] neben dem Pferdebahngeleise hin, in die Dorotheenstraße hinein und auf die Schadowstraße zu, an deren nächstgelegener Ecke sich die „Pension" befand. Roswitha war entzückt und freute sich über Annie, die die Händchen nach den Lichtern ausstreckte.

Nun war man da. Effi erhielt ihre zwei Zimmer, die nicht, wie erwartet, neben denen der Frau von Briest, aber doch auf demselben Korridor lagen, und als alles seinen Platz und Stand hatte und Annie in einem Bettchen mit Gitter glücklich untergebracht war, erschien Effi wieder im Zimmer der Mama, einem kleinen Salon mit Kamin, drin ein schwaches Feuer brannte; denn es war mildes, beinah warmes Wetter. Auf dem runden Tische mit grüner Schirmlampe waren drei Couverts gelegt, und auf einem Nebentischchen stand das Teezeug.

„Du wohnst ja reizend, Mama", sagte Effi, während sie dem Sofa gegenüber Platz nahm, aber nur, um sich gleich danach an dem Teetisch zu schaffen zu machen. „Darf ich wieder die Rolle des Teefräuleins übernehmen?"

---

[1] (Miet-)Pferdekutsche

„Gewiss, meine liebe Effi. Aber nur für Dagobert und dich selbst. Ich meinerseits muss verzichten, was mir beinah schwerfällt."

„Ich versteh, deiner Augen halber. Aber nun sage mir, Mama, was ist es damit? In der Droschke, die noch dazu so klapperte, haben wir immer nur von Innstetten und unserer großen Karriere gesprochen, viel zu viel, und das geht nicht so weiter; glaube mir, deine Augen sind mir wichtiger, und in einem finde ich sie, Gott sei Dank, ganz unverändert, du siehst mich immer noch so freundlich an wie früher." Und sie eilte auf die Mama zu und küsste ihr die Hand.

„Effi, du bist so stürmisch. Ganz die alte."

„Ach nein, Mama. Nicht die alte. Ich wollte, es wäre so. Man ändert sich in der Ehe."

Vetter Briest lachte. „Cousine, ich merke nicht viel davon; du bist noch hübscher geworden, das ist alles. Und mit dem Stürmischen wird es wohl auch noch nicht vorbei sein."

„Ganz der Vetter", versicherte die Mama; Effi selbst aber wollte davon nichts hören und sagte: „Dagobert, du bist alles, nur kein Menschenkenner. Es ist sonderbar, Ihr Offiziere seid keine guten Menschenkenner, die jungen gewiss nicht. Ihr guckt euch immer nur selber an oder eure Rekruten, und die von der Kavallerie haben auch noch ihre Pferde. Die wissen nun vollends nichts."

„Aber Cousine, wo hast du denn diese ganze Weisheit her? Du kennst ja keine Offiziere. Kessin, so habe ich gelesen, hat ja auf die ihm zugedachten Husaren verzichtet, ein Fall, der übrigens einzig in der Weltgeschichte dasteht. Und willst du von alten Zeiten sprechen? Du warst ja noch ein halbes Kind, als die Rathenower zu euch herüberkamen."

„Ich könnte dir erwidern, dass Kinder am besten beobachten. Aber ich mag nicht, das sind ja alles bloß Allotria[1]. Ich will wissen, wie's mit Mamas Augen steht."

Frau von Briest erzählte nun, dass es der Augenarzt für Blutandrang nach dem Gehirn ausgegeben habe. Daher

---

[1] Nebensächlichkeiten, Dummheiten

käme das Flimmern. Es müsse mit Diät gezwungen werden; Bier, Kaffee, Tee – alles gestrichen und gelegentlich
eine lokale Blutentziehung[1], dann würde es bald besser
werden. „Er sprach so von vierzehn Tagen. Aber ich
kenne die Doktorangaben; vierzehn Tage heißt sechs
Wochen, und ich werde noch hier sein, wenn Innstetten
kommt und ihr in eure neue Wohnung einzieht. Ich will
auch nicht leugnen, dass das das Beste von der Sache ist
und mich über die mutmaßlich lange Kurdauer schon
vorweg tröstet. Sucht euch nur recht was Hübsches. Ich
habe mir Landgrafen- oder Keithstraße gedacht, elegant
und doch nicht allzu teuer. Denn ihr werdet euch ein-
schränken müssen. Innstettens Stellung ist sehr ehren-
voll, aber sie wirft nicht allzu viel ab. Und Briest klagt
auch. Die Preise gehen herunter, und er erzählt mir jeden Tag, wenn nicht Schutzzölle[2] kämen, so müss' er
mit einem Bettelsack von Hohen-Cremmen abziehen.
Du weißt, er übertreibt gern. Aber nun lange zu, Dagobert, und wenn es sein kann, erzähle uns was Hübsches. Krankheitsberichte sind immer langweilig, und
die liebsten Menschen hören bloß zu, weil es nicht anders geht. Effi wird wohl auch gern eine Geschichte hören, etwas aus den Fliegenden Blättern oder aus dem
Kladderadatsch[3]. Er soll aber nicht mehr so gut sein."
„Oh, er ist noch ebenso gut wie früher. Sie haben immer
noch Strudelwitz und Prudelwitz, und da macht es sich
von selber."
„Mein Liebling ist Karlchen Mießnick und Wippchen
von Bernau[4]."
„Ja, das sind die Besten. Aber Wippchen, der übrigens –
Pardon, schöne Cousine – keine Kladderadatschfigur ist,

---

[1] gezielte örtliche Blutentnahme, oft mithilfe von Blutegeln
[2] Schutzzoll: Einfuhrzoll zum Schutze der inländischen Industrie und
     Landwirtschaft, -Anspielung auf Bismarcks Schutzzollpolitik
[3] Krach, -Aufregung; Titel einer satirischen Berliner Zeitschrift
     (1848–1944), in der die Figuren „Strudelwitz", „Pudelwitz" und
     „Karlchen Mießnick" vorkamen
[4] Die Figur des „Kriegsberichterstatters Wippchen" stammt aus
     dem Satireblatt „Berliner Wespen".

Wippchen hat gegenwärtig nichts zu tun, es ist ja kein Krieg mehr. Leider. Unsereins möchte doch auch mal an die Reihe kommen und hier diese schreckliche Leere", und er strich vom Knopfloch nach der Achsel hinüber, "endlich loswerden."

"Ach, das sind ja bloß Eitelkeiten. Erzähle lieber. Was ist denn jetzt dran?"

"Ja, Cousine, das ist ein eigen Ding. Das ist nicht für jedermann. Jetzt haben wir nämlich die Bibelwitze."

"Die Bibelwitze? Was soll das heißen? ... Bibel und Witze gehören nicht zusammen."

"Eben deshalb sagte ich, es sei nicht für jedermann. Aber ob zulässig oder nicht, sie stehen jetzt hoch im Preise. Modesache, wie Kiebitzeier[1]."

"Nun, wenn es nicht zu toll ist, so gib uns eine Probe. Geht es?"

"Gewiss geht es. Und ich möchte sogar hinzusetzen dürfen, du triffst es besonders gut. Was jetzt nämlich kursiert, ist etwas hervorragend Feines, weil es als Kombination auftritt und in die einfache Bibelstelle noch das dativisch Wrangel'sche[2] mit einmischt. Die Fragestellung – alle diese Witze treten nämlich in Frageform auf – ist übrigens in vorliegendem Falle von großer Simplizität und lautet: ‚Wer war der erste Kutscher?' Und nun rate."

"Nun vielleicht Apollo[3]."

"Sehr gut. Du bist doch ein Daus, Effi. Ich wäre nicht darauf gekommen. Aber trotzdem, du triffst damit nicht ins Schwarze."

"Nun, wer war es denn?"

"Der erste Kutscher war ‚Leid'. Denn schon im Buche Hiob heißt es: ‚Leid soll mir nicht widerfahren', oder auch ‚wieder fahren' in zwei Wörtern und mit einem e."

Effi wiederholte kopfschüttelnd den Satz, auch die Zu-

---

[1] Die Eier des Kiebitz' (Vogel aus der Familie der Regenpfeifer) zählten zu Bismarcks Lieblingsspeisen.

[2] Generalfeldmarschall Wrangel war bekannt dafür, Akkusativ und Dativ zu vertauschen (berlinerisch).

[3] Apoll(on): griechischer Gott, lenkte den Sonnenwagen

bemerkung, konnte sich aber trotz aller Mühe nicht drin zurechtfinden; sie gehörte ganz ausgesprochen zu den Bevorzugten, die für derlei Dinge durchaus kein Organ haben, und so kam denn Vetter Briest in die nicht beneidenswerte Situation, immer erneut erst auf den Gleichklang und dann auch wieder auf den Unterschied von „widerfahren" und „wieder fahren" hinweisen zu müssen.

„Ach, nun versteh ich. Und du musst mir verzeihen, dass es so lange gedauert. Aber es ist wirklich zu dumm."

„Ja, dumm ist es", sagte Dagobert kleinlaut.

„Dumm und unpassend und kann einem Berlin ordentlich verleiden. Da geht man nun aus Kessin fort, um wieder unter Menschen zu sein, und das Erste, was man hört, ist ein Bibelwitz. Auch Mama schweigt, und das sagt genug. Ich will dir aber doch den Rückzug erleichtern ..." „Das tu, Cousine."

„... den Rückzug erleichtern und es ganz ernsthaft als ein gutes Zeichen nehmen, dass mir, als Erstes hier, von meinem Vetter Dagobert gesagt wurde: ‚Leid soll mir nicht widerfahren.' Sonderbar, Vetter, so schwach die Sache als Witz ist, ich bin dir doch dankbar dafür."

Dagobert, kaum aus der Schlinge heraus, versuchte, über Effis Feierlichkeit zu spötteln, ließ aber ab davon, als er sah, dass es sie verdross.

Bald nach zehn Uhr brach er auf und versprach, am anderen Tage wiederzukommen, um nach den Befehlen zu fragen.

Und gleich, nachdem er gegangen, zog sich auch Effi in ihre Zimmer zurück.

Am andern Tage war das schönste Wetter, und Mutter und Tochter brachen früh auf, zunächst nach der Augenklinik, wo Effi im Vorzimmer verblieb und sich mit dem Durchblättern eines Albums beschäftigte. Dann ging es nach dem Tiergarten und bis in die Nähe des „Zoologischen", um dort herum nach einer Wohnung zu suchen. Es traf sich auch wirklich so, dass man in der Keithstraße, worauf sich ihre Wünsche von Anfang an gerichtet hatten, etwas durchaus Passendes ausfindig

machte, nur dass es ein Neubau war, feucht und noch
unfertig. „Es wird nicht gehen, liebe Effi", sagte Frau
von Briest, „schon einfach Gesundheitsrücksichten werden es verbieten. Und dann, ein Geheimrat[1] ist kein
Trockenwohner[2]."

Effi, sosehr ihr die Wohnung gefiel, war umso einver-
standener mit diesem Bedenken, als ihr an einer raschen
Erledigung überhaupt nicht lag, ganz im Gegenteil:
„Zeit gewonnen, alles gewonnen", und so war ihr denn
ein Hinausschieben der ganzen Angelegenheit eigentlich das Liebste, was ihr begegnen konnte. „Wir wollen
diese Wohnung aber doch im Auge behalten, Mama, sie
liegt so schön und ist im Wesentlichen das, was ich mir
gewünscht habe." Dann fuhren beide Damen in die
Stadt zurück, aßen im Restaurant, das man ihnen empfohlen, und waren am Abend in der Oper, wozu der
Arzt unter der Bedingung, dass Frau von Briest mehr
hören als sehen wolle, die Erlaubnis gegeben hatte.

Die nächsten Tage nahmen einen ähnlichen Verlauf;
man war aufrichtig erfreut, sich wiederzuhaben und
nach so langer Zeit wieder ausgiebig miteinander plaudern zu können. Effi, die sich nicht bloß auf Zuhören
und Erzählen, sondern, wenn ihr am wohlsten war,
auch auf Medisieren ganz vorzüglich verstand, geriet
mehr als einmal in ihren alten Übermut, und die Mama
schrieb nach Hause, wie glücklich sie sei, das „Kind"
wieder so heiter und lachlustig zu finden; es wiederhole sich ihnen allen die schöne Zeit von vor fast zwei
Jahren, wo man die Ausstattung besorgt habe. Auch
Vetter Briest sei ganz der Alte. Das war nun auch wirklich der Fall, nur mit dem Unterschiede, dass er sich
seltener sehen ließ als vordem, und auf die Frage nach
dem „Warum" anscheinend ernsthaft versicherte: „Du

---

[1] Geheimer Rat: in absolutistischen Monarchien: die Oberste Regie-
rungsbehörde und ihre Mitglieder (im 19. Jahrhundert ersetzt
durch Ministerium und Ministerialrat); in Preußen bis 1918: Ehrentitel

[2] Mieter, der für eine geringere Miete in einem noch nicht ausge-
trockneten Neubau wohnt

bist mir zu gefährlich, Cousine." Das gab dann jedesmal ein Lachen bei Mutter und Tochter, und Effi sagte: „Dagobert, du bist freilich noch sehr jung, aber zu solcher Form des Courmachens doch nicht mehr jung genug."

So waren schon beinah vierzehn Tage vergangen. Innstetten schrieb immer dringlicher und wurde ziemlich spitz, fast auch gegen die Schwiegermama, sodass Effi einsah, ein weiteres Hinausschieben sei nicht mehr gut möglich, und es müsse nun wirklich gemietet werden. Aber was dann? Bis zum Umzuge nach Berlin waren immer noch drei Wochen, und Innstetten drang auf rasche Rückkehr. Es gab also nur ein Mittel: Sie musste wieder eine Komödie spielen, musste krank werden.

Das kam ihr aus mehr als einem Grunde nicht leicht an; aber es musste sein, und als ihr das feststand, stand ihr auch fest, wie die Rolle, bis in die kleinsten Einzelheiten hinein, gespielt werden müsse.

„Mama, Innstetten, wie du siehst, wird über mein Ausbleiben empfindlich. Ich denke, wir geben also nach und mieten heute noch. Und morgen reise ich. Ach, es wird mir so schwer, mich von dir zu trennen."

Frau von Briest war einverstanden. „Und welche Wohnung wirst du wählen?"

„Natürlich die erste, die in der Keithstraße, die mir von Anfang an so gut gefiel und dir auch. Sie wird wohl noch nicht ganz ausgetrocknet sein, aber es ist ja das Sommerhalbjahr, was einigermaßen ein Trost ist. Und wird es mit der Feuchtigkeit zu arg und kommt ein bisschen Rheumatismus, so hab ich ja schließlich immer noch Hohen-Cremmen."

„Kind, beruf es nicht; ein Rheumatismus ist mitunter da, man weiß nicht wie."

Diese Worte der Mama kamen Effi sehr zupass. Sie mietete denselben Vormittag noch und schrieb eine Karte an Innstetten, dass sie den nächsten Tag zurückwolle. Gleich danach wurden auch wirklich die Koffer gepackt und alle Vorbereitungen getroffen. Als dann aber der andere Morgen da war, ließ Effi die Mama an ihr Bett rufen und sagte: „Mama, ich kann nicht reisen. Ich habe ein solches Reißen und Ziehen, es schmerzt mich über den ganzen Rücken hin, und ich glaube beinah, es ist ein Rheumatismus. Ich hätte nicht gedacht, dass das so schmerzhaft sei."

5 „Siehst du, was ich dir gesagt habe; man soll den Teufel nicht an die Wand malen. Gestern hast du noch leichtsinnig darüber gesprochen, und heute ist es schon da. Wenn ich Schweigger sehe, werde ich ihn fragen, was du tun sollst."

10 „Nein, nicht Schweigger. Der ist ja ein Spezialist. Das geht nicht, und er könnt es am Ende übelnehmen, in so was anderem zurate gezogen zu werden. Ich denke, das Beste ist, wir warten es ab. Es kann ja auch vorübergehen. Ich werde den ganzen Tag über von Tee und Soda-

15 wasser leben, und wenn ich dann transpiriere, komm ich vielleicht drüber hin."

Frau von Briest drückte ihre Zustimmung aus, bestand aber darauf, dass sie sich gut verpflege. Dass man nichts genießen müsse, wie das früher Mode war, das sei ganz

20 falsch und schwäche bloß; in diesem Punkte stehe sie ganz zu der jungen Schule: tüchtig essen. Effi sog sich nicht wenig Trost aus diesen Anschauungen, schrieb ein Telegramm an Innstetten, worin sie von dem „leidigen Zwischenfall" und einer ärgerlichen, aber doch nur mo-

25 mentanen Behinderung sprach, und sagte dann zu Roswitha: „Roswitha, du musst mir nun auch Bücher besorgen; es wird nicht schwerhalten[1], ich will alte, ganz alte."

„Gewiss, gnäd'ge Frau. Die Leihbibliothek ist ja gleich

30 hier nebenan. Was soll ich besorgen?"

„Ich will es aufschreiben, allerlei zur Auswahl, denn mitunter haben sie nicht das eine, was man grade haben will."

Roswitha brachte Bleistift und Papier, und Effi schrieb

35 auf: Walter Scott, Ivanhoe oder Quentin Durward[2];

---

[1] umgangssprachlich: schwer sein, schwierig sein
[2] Romane Walter Scotts, „Ivanhoe" (1819), „Quentin Durward" (1823)

Cooper, Der Spion[1]; Dickens, David Copperfield[2]; Willibald Alexis, Die Hosen des Herrn von Bredow[3].

Roswitha las den Zettel durch und schnitt in der anderen Stube die letzte Zeile fort; sie genierte sich ihret- und ihrer Frau wegen, den Zettel in seiner ursprünglichen Gestalt abzugeben.

Ohne besondere Vorkommnisse verging der Tag. Am andern Morgen war es nicht besser und am dritten auch nicht.

„Effi, das geht so nicht länger. Wenn so was einreißt, dann wird man's nicht wieder los; wovor die Doktoren am meisten warnen und mit Recht, das sind solche Verschleppungen."

Effi seufzte. „Ja, Mama, aber wen sollen wir nehmen? Nur keinen jungen; ich weiß nicht, aber es würde mich genieren."

„Ein junger Doktor ist immer genant, und wenn er es nicht ist, desto schlimmer. Aber du kannst dich beruhigen; ich komme mit einem ganz alten, der mich schon behandelt hat, als ich noch in der Hecker'schen Pension[4] war, also vor etlichen zwanzig Jahren. Und damals war er nah an Fünfzig und hatte schönes graues Haar, ganz kraus. Er war ein Damenmann, aber in den richtigen Grenzen. Ärzte, die das vergessen, gehen unter, und es kann auch nicht anders sein; unsere Frauen, wenigstens die aus der Gesellschaft, haben immer noch einen guten Fond[5]."

„Meinst du? Ich freue mich immer, so was Gutes zu hören. Denn mitunter hört man doch auch andres. Und schwer mag es wohl oft sein. Und wie heißt denn der al-

---

[1] „Der Spion": Roman (1821) von James Fenimore Cooper (1789–1851)

[2] „David Copperfield": Roman (1849/51) von Charles Dickens (1812–70)

[3] Willibald Alexis (1798–1871), eigentlich Wilhelm Häring, gilt als Mitbegründer des historischen Romans; „Die Hosen des Herrn von Bredow" (1846)

[4] hier: Pensionat, Internat

[5] hier: Kern

te Geheimrat? Ich nehme an, dass es ein Geheimrat ist."
„Geheimrat Rummschüttel."
Effi lachte herzlich. „Rummschüttel! Und als Arzt für je-
manden, der sich nicht rühren kann."
5 „Effi, du sprichst so sonderbar. Große Schmerzen kannst
du nicht haben."
„Nein, in diesem Augenblicke nicht; es wechselt beständig."

Am andern Morgen erschien Geheimrat Rummschüttel.
10 Frau von Briest empfing ihn, und als er Effi sah, war
sein erstes Wort: „Ganz die Mama."
Diese wollte den Vergleich ablehnen und meinte, zwanzig Jahre und drüber seien doch eine lange Zeit; Rummschüttel blieb aber bei seiner Behauptung, zugleich ver-
15 sichernd: Nicht jeder Kopf präge sich ihm ein, aber wenn
er überhaupt erst einen Eindruck empfangen habe, so
bleibe der auch für immer. „Und nun, meine gnädigste
Frau von Innstetten, wo fehlt es, wo sollen wir helfen?"
„Ach, Herr Geheimrat, ich komme in Verlegenheit, Ih-
20 nen auszudrücken, was es ist. Es wechselt beständig. In
diesem Augenblick ist es wie weggeflogen. Anfangs habe ich an Rheumatisches gedacht, aber ich möchte beinah glauben, es sei eine Neuralgie[1], Schmerzen den Rük-
ken entlang, und dann kann ich mich nicht aufrichten.
25 Mein Papa leidet an Neuralgie, da hab ich es früher beobachten können. Vielleicht ein Erbstück von ihm."
„Sehr wahrscheinlich", sagte Rummschüttel, der den Puls
gefühlt und die Patientin leicht, aber doch scharf beobachtet hatte. „Sehr wahrscheinlich, meine gnädigste Frau."
30 Was er aber still zu sich selber sagte, das lautete: „Schul-
krank und mit Virtuosität[2] gespielt; Evastochter comme il
faut[3]." Er ließ jedoch nichts davon merken, sondern sagte
mit allem wünschenswerten Ernst: „Ruhe und Wärme
sind das Beste, was ich anraten kann. Eine Medizin, übri-
35 gens nichts Schlimmes, wird das Weitere tun."

---

[1] anfallsartig auftretender Nervenschmerz
[2] meisterhaftes Können
[3] musterhaft, wie es sich gehört

Und er erhob sich, um das Rezept aufzuschreiben: Aqua
Amygdalarum amararum[1] eine halbe Unze[2], Syrupus
florum Aurantii[3] zwei Unzen. „Hiervon, meine gnädigste Frau, bitte ich Sie, alle zwei Stunden einen halben Tee-
löffel voll nehmen zu wollen. Es wird Ihre Nerven beru- 5
higen. Und worauf ich noch dringen möchte: keine
geistigen Anstrengungen, keine Besuche, keine Lektüre." Dabei wies er auf das neben ihr liegende Buch.
„Es ist Scott."
„Oh, dagegen ist nichts einzuwenden. Das Beste sind 10
Reisebeschreibungen. Ich spreche morgen wieder vor."
Effi hatte sich wundervoll gehalten, ihre Rolle gut
durchgespielt. Als sie wieder allein war – die Mama begleitete den Geheimrat –, schoss ihr trotzdem das Blut
zu Kopf; sie hatte recht gut bemerkt, dass er ihrer 15
Komödie mit einer Komödie begegnet war. Er war of-
fenbar ein überaus lebensgewandter Herr, der alles
recht gut sah, aber nicht alles sehen wollte, vielleicht
weil er wusste, dass dergleichen auch mal zu respektieren sein könne. Denn gab es nicht zu respektierende 20
Komödien, war nicht die, die sie selber spielte, eine solche?
Bald danach kam die Mama zurück, und Mutter und
Tochter ergingen sich in Lobeserhebungen über den feinen alten Herrn, der trotz seiner beinah Siebzig noch et- 25
was Jugendliches habe. „Schicke nur gleich Roswitha
nach der Apotheke ... Du sollst aber nur alle drei Stunden nehmen, hat er mir draußen noch eigens gesagt. So
war er schon damals, er verschrieb nicht oft und nicht
viel; aber immer Energisches, und es half auch gleich." 30

Rummschüttel kam den zweiten Tag und dann jeden
dritten, weil er sah, welche Verlegenheit sein Kommen
der jungen Frau bereitete. Dies nahm ihn für sie ein, und
sein Urteil stand ihm nach dem dritten Besuche fest:
„Hier liegt etwas vor, was die Frau zwingt, so zu han- 35

---

[1] lat.: Bittermandelwasser
[2] Gewichtseinheit, alte Unze = circa. 31 Gramm
[3] lat.: Orangenblütensirup

deln, wie sie handelt." Über solche Dinge den Empfindlichen zu spielen lag längst hinter ihm.

Als Rummschüttel seinen vierten Besuch machte, fand er Effi auf, in einem Schaukelstuhl sitzend, ein Buch in der Hand, Annie neben ihr.

„Ah, meine gnädigste Frau! Hocherfreut. Ich schiebe es nicht auf die Arznei; das schöne Wetter, die hellen, frischen Märztage, da fällt die Krankheit ab. Ich beglückwünsche Sie. Und die Frau Mama?"

„Sie ist ausgegangen, Herr Geheimrat, in die Keithstraße, wo wir gemietet haben. Ich erwarte nun innerhalb weniger Tage meinen Mann, auf den ich mich, wenn in unserer Wohnung erst alles in Ordnung sein wird, herzlich freue, Ihnen vorstellen zu können. Denn ich darf doch wohl hoffen, dass Sie auch in Zukunft sich meiner annehmen werden."

Er verbeugte sich.

„Die neue Wohnung", fuhr sie fort, „ein Neubau, macht mir freilich Sorge. Glauben Sie, Herr Geheimrat, dass die feuchten Wände ..."

„Nicht im Geringsten, meine gnädigste Frau. Lassen Sie drei, vier Tage lang tüchtig heizen und immer Türen und Fenster auf, da können Sie's wagen, auf meine Verantwortung. Und mit Ihrer Neuralgie, das war nicht von solcher Bedeutung. Aber ich freue mich Ihrer Vorsicht, die mir Gelegenheit gegeben hat, eine alte Bekanntschaft zu erneuern und eine neue zu machen."

Er wiederholte seine Verbeugung, sah noch Annie freundlich in die Augen und verabschiedete sich unter Empfehlungen an die Mama. Kaum dass er fort war, so setzte sich Effi an den Schreibtisch und schrieb: „Liebster Innstetten! Eben war Rummschüttel hier und hat mich aus der Kur entlassen. Ich könnte nun reisen, morgen etwa; aber heut ist schon der 24., und am 28. willst du hier eintreffen. Angegriffen bin ich ohnehin noch. Ich denke, du wirst einverstanden sein, wenn ich die Reise ganz aufgebe. Die Sachen sind ja ohnehin schon unterwegs, und wir würden, wenn ich käme, in Hoppensacks Hotel wie Fremde leben müssen. Auch der Kostenpunkt ist in Betracht zu ziehen, die Ausgaben werden sich ohnehin häufen; unter anderem ist Rummschüttel zu honorieren, wenn er uns auch als Arzt verbleibt. Übrigens ein sehr liebenswürdiger alter Herr. Er gilt ärztlich nicht für ersten Ranges, ‚Damendoktor‘ sagen seine Gegner und Neider. Aber dies Wort umschließt doch auch ein Lob; es kann eben nicht jeder mit uns umgehen. Dass ich von den Kessinern nicht persönlich Abschied nehme, hat nicht viel auf sich. Bei Gieshübler war ich. Die Frau Majorin hat sich immer ablehnend gegen mich verhalten, ablehnend bis zur Unart; bleibt nur noch der Pastor und Dr. Hannemann und Crampas. Empfiehl mich Letzterem. An die Familien auf dem Lande schicke ich Karten; Güldenklees, wie du mir schreibst, sind in Italien (was sie da wollen, weiß ich nicht), und so bleiben nur die drei andern. Entschuldige mich, so gut es geht. Du bist ja der Mann der Formen und weißt das richtige Wort zu treffen. An Frau von Padden, die mir am Silvesterabend so außerordentlich gut gefiel, schreibe ich vielleicht selber noch und spreche ihr mein Bedauern aus. Lass mich in einem Telegramm wissen, ob du mit allem einverstanden bist. Wie immer Deine Effi."

Effi brachte selber den Brief zur Post, als ob sie dadurch die Antwort beschleunigen könne, und am nächsten Vormittage traf denn auch das erbetene Telegramm von Innstetten ein: „Einverstanden mit allem." Ihr Herz jubelte, sie eilte hinunter und auf den nächsten Droschkenstand zu. „Keithstraße 1 c." Und erst die Linden und dann die Tiergartenstraße hinunter flog die Droschke, und nun hielt sie vor der neuen Wohnung.

Oben standen die den Tag vorher eingetroffenen Sachen noch bunt durcheinander; aber es störte sie nicht, und als sie auf den breiten aufgemauerten Balkon hinaustrat, lag jenseits der Kanalbrücke der Tiergarten vor ihr, dessen Bäume schon überall einen grünen Schimmer zeigten. Darüber aber ein klarer blauer Himmel und eine lachende Sonne.

Sie zitterte vor Erregung und atmete hoch auf. Dann trat sie, vom Balkon her, wieder über die Türschwelle zurück, erhob den Blick und faltete die Hände.

„Nun, mit Gott, ein neues Leben! Es soll anders werden."

Vierundzwanzigstes Kapitel

Drei Tage danach, ziemlich spät, um die neunte Stunde, traf Innstetten in Berlin ein. Alles war am Bahnhof, Effi, die Mama, der Vetter; der Empfang war herzlich, am
5 herzlichsten von seiten Effis, und man hatte bereits eine Welt von Dingen durchgesprochen, als der Wagen, den man genommen, vor der neuen Wohnung in der Keith-straße hielt. „Ach, da hast du gut gewählt, Effi", sagte Innstetten, als er in das Vestibül eintrat, „kein Haifisch,
10 kein Krokodil und hoffentlich auch kein Spuk."
„Nein, Geert, damit ist es nun vorbei. Nun bricht eine andere Zeit an, und ich fürchte mich nicht mehr und will auch besser sein als früher und dir mehr zu Willen leben." Alles das flüsterte sie ihm zu, während sie die
15 teppichbedeckte Treppe bis in den zweiten Stock hinan-stiegen. Der Vetter führte die Mama.
Oben fehlte noch manches, aber für einen wohnlichen Eindruck war doch gesorgt, und Innstetten sprach seine Freude darüber aus. „Effi, du bist doch ein kleines Ge-
20 nie", aber diese lehnte das Lob ab und zeigte auf die Mama, die habe das eigentliche Verdienst. „Hier muss es stehen", so hab es unerbittlich geheißen, und immer habe sie's getroffen, wodurch natürlich viel Zeit gespart und die gute Laune nie gestört worden sei. Zuletzt kam
25 auch Roswitha, um den Herrn zu begrüßen, bei welcher Gelegenheit sie sagte: „Fräulein Annie ließe sich für heute entschuldigen" – ein kleiner Witz, auf den sie stolz war und mit dem sie auch ihren Zweck vollkom-men erreichte.
30 Und nun nahmen sie Platz um den schon gedeckten Tisch, und als Innstetten sich ein Glas Wein einge-schenkt und „auf glückliche Tage" mit allen angestoßen hatte, nahm er Effis Hand und sagte: „Aber Effi, nun er-zähle mir, was war das mit deiner Krankheit?"
35 „Ach, lassen wir doch das, nicht der Rede wert; ein biss-chen schmerzhaft und eine rechte Störung, weil es einen Strich durch unsere Pläne machte. Aber mehr war es nicht, und nun ist es vorbei. Rummschüttel hat sich be-währt, ein feiner, liebenswürdiger, alter Herr, wie ich

dir, glaub ich, schon schrieb. In seiner Wissenschaft soll
er nicht gerade glänzen, aber Mama sagt, das sei ein
Vorzug. Und sie wird wohl Recht haben wie in allen
Stücken. Unser guter Dr. Hannemann war auch kein
Licht und traf es doch immer. Und nun sage, was macht
Gieshübler und die anderen alle?"

„Ja, wer sind die anderen alle? Crampas lässt sich der
gnäd'gen Frau empfehlen ..."

„Ah, sehr artig."

„Und der Pastor will dir desgleichen empfohlen sein;
nur die Herrschaften auf dem Lande waren ziemlich
nüchtern und schienen auch mich für deinen Abschied
ohne Abschied verantwortlich machen zu wollen. Unsere Freundin Sidonie war sogar spitz, und nur die gute
Frau von Padden, zu der ich eigens vorgestern noch hin-
überfuhr, freute sich aufrichtig über deinen Gruß und
deine Liebeserklärung an sie. ,Du seist eine reizende
Frau', sagte sie, ,aber ich sollte dich gut hüten.' Und als
ich ihr erwiderte: ,Du fandest schon, dass ich mehr ein
,Erzieher' als ein Ehemann sei', sagte sie halblaut und
beinahe wie abwesend: ,Ein junges Lämmchen weiß wie
Schnee.'[1] Und dann brach sie ab."

Vetter Briest lachte. „,Ein junges Lämmchen weiß wie
Schnee ...' Da hörst du's, Cousine." Und er wollte sie zu
necken fortfahren, gab es aber auf, als er sah, dass sie
sich verfärbte.

Das Gespräch, das meist zurückliegende Verhältnisse
berührte, spann sich noch eine Weile weiter, und Effi er-

---

[1] So beginnt Friedrich Justin Bertuchs (1747–1822) Gedicht „Das
Lämmchen" (erschienen in „Wiegenliederchen" (1772)): „Ein junges
Lämmchen, weiß wie Schnee, / Ging einst mit auf die Weide, / Und
sprang mutwillig in dem Klee / Mit ausgelassner Freude. // Es hüpfte
über Stock und Stein / Mit unvorsicht'gen Sprüngen. / Kind! rief die
Mutter, Kind! halt ein! / Die Lust wird nicht gelingen. // Allein das
Lämmchen hüpfte fort, / Berg auf Berg ab in Freuden. / Doch bald
musst' es, am Hügel dort, / Für seinen Leichtsinn leiden. // Am Hügel
lag ein großer Stein, / Den wollt' es überspringen; / Allein es sprang
und – brach ein Bein; / Aus war nun Lust und Springen. // O lieben,
muntern Kinder! schreibt / Tief in die jungen Herzen: / Die Freuden,
die man übertreibt, / Die Freuden werden Schmerzen."

fuhr zuletzt aus diesem und jenem, was Innstetten mitteilte, dass sich von dem ganzen Kessiner Hausstande
nur Johanna bereit erklärt habe, die Übersiedelung nach
Berlin mitzumachen. Sie sei natürlich noch zurückge-
5 blieben, werde aber in zwei, drei Tagen mit dem Rest
der Sachen eintreffen; er sei froh über ihren Entschluss,
denn sie sei immer die Brauchbarste gewesen und von
einem ausgesprochenen großstädtischen Chic. Vielleicht
ein bisschen zu sehr. Christel und Friedrich hätten sich
10 beide für zu alt erklärt, und mit Kruse zu verhandeln
habe sich von vornherein verboten. „Was soll uns ein
Kutscher hier?", schloss Innstetten, „Pferd und Wagen,
das sind Tempi passati[1], mit diesem Luxus ist es in Berlin vorbei. Nicht einmal das schwarze Huhn hätten wir
15 unterbringen können. Oder unterschätz ich die Wohnung?"
Effi schüttelte den Kopf, und als eine kleine Pause eintrat, erhob sich die Mama; es sei bald elf und sie habe
noch einen weiten Weg, übrigens solle sie niemand be-
20 gleiten, der Droschkenstand sei ja nah – ein Ansinnen,
das Vetter Briest natürlich ablehnte. Bald darauf trennte
man sich, nachdem noch Rendezvous für den andern
Vormittag verabredet war.
Effi war ziemlich früh auf und hatte – die Luft war bei-
25 nahe sommerlich warm – den Kaffeetisch bis nahe an
die geöffnete Balkontür rücken lassen, und als Innstetten nun auch erschien, trat sie mit ihm auf den Balkon
hinaus und sagte: „Nun, was sagst du? Du wolltest den
Finkenschlag aus dem Tiergarten hören und die Papa-
30 geien aus dem Zoologischen. Ich weiß nicht, ob beide
dir den Gefallen tun werden, aber möglich ist es. Hörst
du wohl? Das kam von drüben, drüben aus dem kleinen
Park. Es ist nicht der eigentliche Tiergarten, aber doch
beinah."
35 Innstetten war entzückt und von einer Dankbarkeit, als
ob Effi ihm das alles persönlich herangezaubert habe.
Dann setzten sie sich, und nun kam auch Annie. Roswitha verlangte, dass Innstetten eine große Veränderung

---

[1] ital.: -vergangene Zeiten

an dem Kinde finden solle, was er denn auch schließlich
tat. Und dann plauderten sie weiter, abwechselnd über
die Kessiner und die in Berlin zu machenden Visiten,
und ganz zuletzt auch über eine Sommerreise. Mitten
im Gespräch aber mussten sie abbrechen, um rechtzeitig 5
beim Rendezvous erscheinen zu können.

Man traf sich, wie verabredet, bei Helms[1], gegenüber
dem roten Schloss[2], besuchte verschiedene Läden, aß bei
Hiller[3] und war bei guter Zeit wieder zu Haus. Es war
ein gelungenes Beisammensein gewesen, Innstetten 10
herzlich froh, das großstädtische Leben wieder mitmachen und auf sich wirken lassen zu können. Tags darauf,
am 1. April, begab er sich in das Kanzlerpalais, um sich
einzuschreiben[4] (eine persönliche Gratulation unterließ
er aus Rücksicht), und ging dann aufs Ministerium, um 15
sich da zu melden. Er wurde auch angenommen, trotzdem es ein geschäftlich und gesellschaftlich sehr unruhi-
ger Tag war, ja, sah sich seitens seines Chefs durch
besonders entgegenkommende Liebenswürdigkeit ausgezeichnet. „Er wisse, was er an ihm habe, und sei si- 20
cher, ihr Einvernehmen nie gestört zu sehen."
Auch im Hause gestaltete sich alles zum Guten. Ein auf-
richtiges Bedauern war es für Effi, die Mama, nachdem
diese, wie gleich anfänglich vermutet, fast sechs Wochen
lang in Kur gewesen, nach Hohen-Cremmen zurückkeh- 25
ren zu sehen, ein Bedauern, das nur dadurch einigermaßen gemildert wurde, dass sich Johanna denselben
Tag noch in Berlin einstellte. Das war immerhin was,
und wenn die hübsche Blondine dem Herzen Effis auch
nicht ganz so nahestand wie die ganz selbstsuchtslose 30
und unendlich gutmütige Roswitha, so war sie doch
gleichmäßig angesehen, ebenso bei Innstetten wie bei ihrer jungen Herrin, weil sie sehr geschickt und brauchbar

---

[1] Berliner Restaurant
[2] „Rotes Schloss": rotes Backsteinhaus am Berliner Schlossplatz
[3] vornehmes Restaurant, Weinlokal (Inhaber: Carl Hiller)
[4] in die im Reichskanzlerpalais ausliegende Gratulationsliste zu Bis-
     marcks Geburtstag (1. April 1815)

und der Männerwelt gegenüber von einer ausgesprochenen und selbstbewussten Reserviertheit war. Einem
Kessiner Ondit[1] zufolge ließen sich die Wurzeln ihrer
Existenz auf eine längst pensionierte Größe der Garnison Pasewalk zurückführen, woraus man sich auch ihre
vornehme Gesinnung, ihr schönes blondes Haar und die
besondere Plastik ihrer Gesamterscheinung erklären
wollte. Johanna selbst teilte die Freude, die man aller-
seits über ihr Eintreffen empfand, und war durchaus
einverstanden damit, als Hausmädchen und Jungfer[2],
ganz wie früher, den Dienst bei Effi zu übernehmen,
während Roswitha, die der Christel in beinahe Jahres-
frist ihre Kochkünste so ziemlich abgelernt hatte, dem
Küchendepartement[3] vorstehen sollte.
Annies Abwartung[4] und Pflege fiel Effi selber zu, worüber Roswitha freilich lachte. Denn sie kannte die jungen Frauen.
Innstetten lebte ganz seinem Dienst und seinem Haus.
Er war glücklicher als vordem in Kessin, weil ihm nicht
entging, dass Effi sich unbefangener und heiterer gab.
Und das konnte sie, weil sie sich freier fühlte. Wohl
blickte das Vergangene noch in ihr Leben hinein, aber es
ängstigte sie nicht mehr, oder doch um vieles seltener
und vorübergehender, und alles, was davon noch in ihr
nachzitterte, gab ihrer Haltung einen eigenen Reiz. In
jeglichem, was sie tat, lag etwas Wehmütiges wie eine
Abbitte, und es hätte sie glücklich gemacht, dies alles
noch deutlicher zeigen zu können. Aber das verbot sich
freilich.
Das gesellschaftliche Leben der großen Stadt war, als sie
während der ersten Aprilwochen ihre Besuche machten,
noch nicht vorüber, wohl aber im Erlöschen, und so kam
es für sie zu keiner rechten Teilnahme mehr daran. In
der zweiten Hälfte des Mai starb es dann ganz hin, und

---

[1] Gerücht
[2] hier: persönliche Dienerin der Hausherrin
[3] hier: Küchenbereich. Departement: Bereich; Geschäfts-, Verwal-
     tungsbezirk
[4] Umsorgung

mehr noch als vorher war man glücklich, sich in der
Mittagsstunde, wenn Innstetten von seinem Ministerium kam, im Tiergarten treffen oder nachmittags einen
Spaziergang nach dem Charlottenburger Schlossgarten
machen zu können. Effi sah sich, wenn sie die lange
Front zwischen dem Schloss und den Orangeriebäumen
auf und ab schritt, immer wieder die massenhaft dort
stehenden römischen Kaiser an, fand eine merkwürdige
Ähnlichkeit zwischen Nero und Titus[1], sammelte Tan-
nenäpfel, die von den Trauertannen gefallen waren, und
ging dann, Arm in Arm mit ihrem Manne, bis auf das
nach der Spree hin einsam gelegene „Belvedere"[2] zu.
„Da drin soll es auch einmal gespukt haben", sagte sie.
„Nein, bloß Geistererscheinungen."
„Das ist dasselbe."
„Ja, zuweilen", sagte Innstetten. „Aber eigentlich ist doch
ein Unterschied. Geistererscheinungen werden immer gemacht[3] – wenigstens soll es hier in dem ‚Belvedere' so gewesen sein, wie mir Vetter Briest erst gestern noch erzählte –, Spuk aber wird nie gemacht, Spuk ist natürlich."
„Also glaubst du doch dran?"
„Gewiss glaub ich dran. Es gibt so was. Nur an das, was
wir in Kessin davon hatten, glaub ich nicht recht. Hat
dir denn Johanna schon ihren Chinesen gezeigt?"
„Welchen?"
„Nun, unsern. Sie hat ihn, eh sie unser altes Haus verließ, oben von der Stuhllehne abgelöst und ihn ins Portmonee gelegt. Als ich mir neulich ein Markstück bei ihr
wechselte, hab ich ihn gesehen. Und sie hat es mir auch
verlegen bestätigt."
„Ach, Geert, das hättest du mir nicht sagen sollen. Nun
ist doch wieder so was in unserm Hause."
„Sag ihr, dass sie ihn verbrennt."
„Nein, das mag ich auch nicht, und das hilft auch nichts.
Aber ich will Roswitha bitten ..."

---

[1] Römische Kaiser, Nero (37–68), Titus (41–81)
[2] Pavillon im Charlottenburger Schlosspark
[3] als Ergebnis spiritistischer Sitzungen, die im „Belvedere" für Fried-
      rich Wilhelm II. veranstaltet wurden

„Um was? Ah, ich verstehe schon, ich ahne, was du vorhast. Die soll ein Heiligenbild kaufen und es dann auch ins Portmonee tun. Ist es so was?"

Effi nickte.

5 „Nun, tu was du willst. Aber sag es niemandem."

Effi meinte dann schließlich, es lieber doch lassen zu wollen, und unter allerhand kleinem Geplauder, in welchem die Reisepläne für den Sommer mehr und mehr Platz gewannen, fuhren sie bis an den großen Stern zu-

10 rück und gingen dann durch die Korso-Allee und die breite Friedrich-Wilhelms-Straße auf ihre Wohnung zu.

Sie hatten vor, schon Ende Juli Urlaub zu nehmen und ins bayerische Gebirge zu gehen, wo gerade in diesem Jahre wieder die Oberammergauer Spiele[1] stattfanden.

15 Es ließ sich aber nicht tun; Geheimrat von Wüllersdorf, den Innstetten schon von früher her kannte und der jetzt sein Spezialkollege war, erkrankte plötzlich, und Innstetten musste bleiben und ihn vertreten. Erst Mitte August war alles wieder beglichen und damit die Reisemöglich-

20 keit gegeben; es war aber nun zu spät geworden, um noch nach Oberammergau zu gehen, und so entschied man sich für einen Aufenthalt auf Rügen. „Zunächst natürlich Stralsund, mit Schill[2], den du kennst, und mit Scheele[3], den du nicht kennst und der den Sauerstoff

25 entdeckte, was man aber nicht zu wissen braucht. Und dann von Stralsund nach Bergen und dem Rugard[4], von wo man, wie mir Wüllersdorf sagte, die ganze Insel übersehen kann, und dann zwischen dem Großen und Kleinen Jasmunder Bodden[5] hin, bis nach Saßnitz[6].

---

[1] Oberammergauer Passionsspiele, seit 1634

[2] Ferdinand von Schill (1776–1809), preußischer Offizier, führte im Kampf gegen die napoleonische Fremdherrschaft ein Husarenregiment von Berlin nach Stralsund, wo er fiel.

[3] Karl Wilhelm Scheele (1742–86), in Stralsund geborener Chemiker, einer der Entdecker des Sauerstoffs

[4] Hügel (98m) bei Bergen auf Rügen

[5] Bodden: seichte Meeresbucht; der Große und der Kleine Jasmunder Bodden liegen zwischen Rügen und der zu Rügen gehörenden Halbinsel Jasmund.

[6] Seebad auf Jasmund

Denn nach Rügen reisen heißt, nach Saßnitz reisen. Binz ginge vielleicht auch noch, aber da sind – ich muss Wüllersdorf noch einmal zitieren – so viele kleine Steinchen und Muschelschalen am Strande, und wir wollen doch baden." 5

Effi war einverstanden mit allem, was von seiten Innstettens geplant wurde, vor allem auch damit, dass der ganze Hausstand auf vier Wochen aufgelöst werden und Roswitha mit Annie nach Hohen-Cremmen, Johanna aber zu ihrem etwas jüngeren Halbbruder reisen soll- 10 te, der bei Pasewalk eine Schneidemühle hatte. So war alles gut untergebracht. Mit Beginn der nächsten Woche brach man denn auch wirklich auf, und am selben Abende noch war man in Saßnitz. Über dem Gasthause stand „Hotel Fahrenheit". „Die Preise hoffentlich nach 15 Réaumur[1]", setzte Innstetten, als er den Namen las, hinzu, und in bester Laune machten beide noch einen Abendspaziergang an dem Klippenstrande hin und sahen von einem Felsenvorsprung aus auf die stille, vom Mondschein überzitterte Bucht. Effi war entzückt. „Ach, 20 Geert, das ist ja Capri, das ist ja Sorrent. Ja, hier bleiben wir. Aber natürlich nicht im Hotel; die Kellner sind mir zu vornehm, und man geniert sich, um eine Flasche Sodawasser zu bitten ..."

„Ja, lauter Attachés[2]. Es wird sich aber wohl eine Privat- 25 wohnung finden lassen."

„Denk ich auch. Und wir wollen gleich morgen danach aussehen."

Schön wie der Abend war der Morgen, und man nahm das Frühstück im Freien. Innstetten empfing etliche 30 Briefe, die schnell erledigt werden mussten, und so beschloss Effi, die für sie frei gewordene Stunde sofort zur Wohnungssuche zu benutzen. Sie ging erst an einer ein-

---

[1] Réne-Antoine Ferchault de Réaumur (1683–1757), französischer Physiker. Die nach ihm benannte Temperaturskala setzte den Siedepunkt des Wassers deutlich niedriger an (80° R) als die nach Gabriel Daniel Fahrenheit (1686–1736) benannte Skala (212°F).

[2] Attaché: Begleiter eines diplomatischen Gesandten

gepferchten Wiese, dann an Häusergruppen und Hafer-
feldern vorüber und bog zuletzt in einen Weg ein, der
schluchtartig auf das Meer zulief. Da, wo dieser
Schluchtenweg den Strand traf, stand ein von hohen Bu-
chen überschattetes Gasthaus, nicht so vornehm wie das
Fahrenheit'sche, mehr ein bloßes Restaurant, in dem,
der frühen Stunde halber, noch alles leer war. Effi nahm
an einem Aussichtspunkte Platz, und kaum dass sie von
dem Sherry, den sie bestellt, genippt hatte, so trat auch
schon der Wirt an sie heran, um halb aus Neugier und
halb aus Artigkeit ein Gespräch mit ihr anzuknüpfen.
„Es gefällt uns sehr gut hier", sagte sie, „meinem Manne
und mir; welch prächtiger Blick über die Bucht, und wir
sind nur in Sorge wegen einer Wohnung."
„Ja, gnädigste Frau, das wird schwerhalten ..."
„Es ist aber schon spät im Jahr ..."
„Trotzdem. Hier in Saßnitz ist sicherlich nichts zu finden, dafür möchte ich mich verbürgen; aber weiterhin
am Strand, wo das nächste Dorf anfängt, Sie können die
Dächer von hier aus blinken sehen, da möcht es vielleicht sein."
„Und wie heißt das Dorf?"
„Crampas."
Effi glaubte, nicht recht gehört zu haben. „Crampas",
wiederholte sie mit Anstrengung. „Ich habe den Namen
als Ortsnamen nie gehört ... Und sonst nichts in der Nähe?"
„Nein, gnädigste Frau. Hier herum nichts. Aber höher
hinauf, nach Norden zu, da kommen noch wieder Dör-
fer, und in dem Gasthause, das dicht neben Stubbenkammer[1] liegt, wird man Ihnen gewiss Auskunft geben
können. Es werden dort von solchen, die gerne noch
vermieten wollen, immer Adressen abgegeben." Effi war
froh, das Gespräch allein geführt zu haben, und als sie
bald danach ihrem Manne Bericht erstattet und nur den
Namen des an Saßnitz angrenzenden Dorfes verschwie-
gen hatte, sagte dieser: „Nun, wenn es hier herum nichts
gibt, so wird es das Beste sein, wir nehmen einen Wagen

---

[1] Kreidekliff auf Jasmund

(wodurch man sich beiläufig einem Hotel immer emp-
fiehlt) und übersiedeln ohne weiteres da höher hinauf,
nach Stubbenkammer hin. Irgendwas Idyllisches mit einer Geisblattlaube[1] wird sich da wohl finden lassen, und
finden wir nichts, so bleibt uns immer noch das Hotel
selbst. Eins ist schließlich wie das andere."

Effi war einverstanden, und gegen Mittag schon erreichten sie das neben Stubbenkammer gelegene Gasthaus,
von dem Innstetten eben gesprochen, und bestellten daselbst einen Imbiss. „Aber erst nach einer halben Stunde; wir haben vor, zunächst noch einen Spaziergang zu
machen und uns den Herthasee anzusehen. Ein Führer
ist doch wohl da?"

Dies wurde bejaht, und ein Mann von mittleren Jahren
trat alsbald an unsere Reisenden heran. Er sah so wichtig und feierlich aus, als ob er mindestens ein Adjunkt[2]
bei dem alten Herthadienst[3] gewesen wäre.

Der von hohen Bäumen umstandene See lag ganz in der
Nähe, Binsen säumten ihn ein, und auf der stillen,
schwarzen Wasserfläche schwammen zahlreiche Mummeln[4].

„Es sieht wirklich nach so was aus", sagte Effi, „nach
Herthadienst."

„Ja, gnäd'ge Frau ... Dessen sind auch noch die Steine
Zeugen."

„Welche Steine?"

„Die Opfersteine."

Und während sich das Gespräch in dieser Weise fortsetzte, traten alle drei vom See her an eine senkrecht ab-
gestochene Kies- und Lehmwand heran, an die sich etliche glatt polierte Steine lehnten, alle mit einer flachen
Höhlung und etlichen nach unten laufenden Rinnen.

„Und was bezwecken die?"

---

[1] Geißblattgewächse: Sträucher und Kletterpflanzen
[2] Gehilfe
[3] Hertha: irrtümlich abgeleiteter Nebenname zu „Nerthus". Nerthus: germanische Erdgöttin; Herthadienst meint hier also: Ner-
thus-Kult (mit Opferritualen).
[4] Mummel: Teichrose, Seerose

„Dass es besser abliefe, gnäd'ge Frau."

„Lass uns gehen", sagte Effi, und den Arm ihres Mannes
nehmend, ging sie mit ihm wieder auf das Gasthaus zurück, wo nun, an einer Stelle mit weitem Ausblick auf
das Meer, das vorher bestellte Frühstück aufgetragen
wurde. Die Bucht lag im Sonnenlichte vor ihnen, einzelne Segelboote glitten darüber hin, und um die benachbarten Klippen haschten sich die Möwen. Es war sehr
schön, auch Effi fand es, aber wenn sie dann über die
glitzernde Fläche hinwegsah, bemerkte sie, nach Süden
zu, wieder die hell aufleuchtenden Dächer des lang ge-
streckten Dorfes, dessen Namen sie heute früh so sehr
erschreckt hatte.

Innstetten, wenn auch ohne Wissen und Ahnung dessen,
was in ihr vorging, sah doch deutlich, dass es ihr an aller
Lust und Freude gebrach. „Es tut mir leid, Effi, dass du
der Sache hier nicht recht froh wirst. Du kannst den
Herthasee nicht vergessen und noch weniger die Steine."
Sie nickte. „Es ist so, wie du sagst. Und ich muss dir bekennen, ich habe nichts in meinem Leben gesehen, was
mich so traurig gestimmt hätte. Wir wollen das Woh-
nungssuchen ganz aufgeben; ich kann hier nicht bleiben."

„Und gestern war es dir noch der Golf von Neapel und
alles mögliche Schöne."

„Ja, gestern."

„Und heute? Heute keine Spur mehr von Sorrent?"

„Eine Spur noch, aber auch nur eine Spur; es ist Sorrent,
als ob es sterben wollte."

„Gut dann, Effi", sagte Innstetten und reichte ihr die
Hand. „Ich will dich mit Rügen nicht quälen, und so geben wir's denn auf. Abgemacht. Es ist nicht nötig, dass
wir uns an Stubbenkammer anklammern oder an Saßnitz oder da weiter hinunter. Aber wohin?"

„Ich denke, wir bleiben noch einen Tag und warten das
Dampfschiff ab, das, wenn ich nicht irre, morgen von
Stettin kommt und nach Kopenhagen hinüberfährt. Da
soll es ja so vergnüglich sein, und ich kann dir gar nicht
sagen, wie sehr ich mich nach etwas Vergnüglichem seh-
ne. Hier ist mir, als ob ich in meinem ganzen Leben nicht

mehr lachen könnte und überhaupt nie gelacht hätte, und du weißt doch, wie gern ich lache."

Innstetten zeigte sich voll Teilnahme mit ihrem Zustand, und das umso lieber, als er ihr in vielem Recht gab. Es war wirklich alles schwermütig, so schön es war.

Und so warteten sie denn das Stettiner Schiff ab und trafen am dritten Tage in aller Frühe in Kopenhagen ein, wo sie auf Kongens Nytorv[1] Wohnung nahmen. Zwei Stunden später waren sie schon im Thorwaldsen-Museum[2] und Effi sagte: „Ja, Geert, das ist schön, und ich bin glücklich, dass wir uns hierher auf den Weg gemacht haben." Bald danach gingen sie zu Tisch und machten an der Table d'hôte die Bekanntschaft einer ihnen gegen-übersitzenden jütländischen Familie, deren bildschöne Tochter, Thora von Penz, ebenso Innstettens wie Effis beinah bewundernde Aufmerksamkeit sofort in Anspruch nahm. Effi konnte sich nicht sattsehen an den großen, blauen Augen und dem flachsblonden Haar, und als man sich nach anderthalb Stunden von Tisch erhob, wurde seitens der Penz'schen Familie – die leider, denselben Tag noch, Kopenhagen wieder verlassen musste – die Hoffnung ausgesprochen, das junge preußische Paar mit nächstem in Schloss Aggerhuus (eine halbe Meile vom Limfjord[3]) begrüßen zu dürfen, eine Einladung, die von den Innstettens auch ohne langes Zögern angenommen wurde. So vergingen die Stunden im Hotel. Aber damit war es nicht genug des Guten an diesem denkwürdigen Tage, von dem Effi denn auch versicherte, dass er im Kalender rot angestrichen werden müsse. Der Abend brachte, das Maß des Glücks vollzumachen, eine Vorstellung im Tivoli-Theater[4]: eine italienische Pantomime, Arlekin und Colombine[5]. Effi war wie

---

[1] Platz in Kopenhagen („Königs Neumarkt")

[2] Bertel Thorvaldsen (1770–1844), dänischer Bildhauer

[3] Boddenlandschaft in Nordjütland (Dänemark)

[4] Pantomimentheater im Kopenhagener Vergnügungsviertel Tivoli

[5] Harlekin und Kolumbine (kokette Zofe und Geliebte des Harlekin), komische Figuren aus der italienischen Commedia dell'Arte (Stegreiflustspiel)

berauscht von den kleinen Schelmereien, und als sie
spät am Abend nach ihrem Hotel zurückkehrten, sagte
sie: „Weißt du, Geert, nun fühl ich doch, dass ich allmählich wieder zu mir komme. Von der schönen Thora
⁵ will ich gar nicht erst sprechen; aber wenn ich bedenke,
heute Vormittag Thorwaldsen und heute Abend diese
Colombine ..."

„... Die dir im Grunde doch noch lieber war als Thorwaldsen ..."

¹⁰ „Offen gestanden, ja. Ich habe nun mal den Sinn für dergleichen. Unser gutes Kessin war ein Unglück für mich.
Alles fiel mir da auf die Nerven. Rügen beinah auch. Ich
denke, wir bleiben noch ein paar Tage hier in Kopenhagen, natürlich mit Ausflug nach Frederiksborg[1] und
¹⁵ Helsingör[2], und dann nach Jütland hinüber; ich freue
mich aufrichtig, die schöne Thora wiederzusehen, und
wenn ich ein Mann wäre, so verliebte ich mich in sie."
Innstetten lachte. „Du weißt noch nicht, was ich tue."

„Wär mir schon recht. Dann gibt es einen Wettstreit, und
²⁰ du sollst sehen, dann hab ich auch noch meine Kräfte."

„Das brauchst du mir nicht erst zu versichern."

So verlief denn auch die Reise. Drüben in Jütland fuhren sie den Limfjord hinauf, bis Schloss Aggerhuus, wo
sie drei Tage bei der Penz'schen Familie verblieben, und
²⁵ kehrten dann mit vielen Stationen und kürzeren und
längeren Aufenthalten in Viborg, Flensburg, Kiel, über
Hamburg (das ihnen ungemein gefiel) in die Heimat
zurück – nicht direkt nach Berlin in die Keithstraße,
wohl aber vorher nach Hohen-Cremmen, wo man sich
³⁰ nun einer wohlverdienten Ruhe hingeben wollte. Für
Innstetten bedeutete das nur wenige Tage, da sein Urlaub abgelaufen war, Effi blieb aber noch eine Woche
länger und sprach es aus, erst zum dritten Oktober, ihrem Hochzeitstage, wieder zu Haus eintreffen zu wol-
³⁵ len.

---

[1] dänisches Renaissanceschloss auf Seeland
[2] Hafenstadt auf Seeland, in der Shakespeares „Hamlet" (1601) spielt
(Schloss Kronborg)

Annie war in der Landluft prächtig gediehen, und was
Roswitha geplant hatte, dass sie der Mama in Stiefelchen
entgegenlaufen sollte, das gelang auch vollkommen.
Briest gab sich als zärtlicher Großvater, warnte vor zu viel
Liebe, noch mehr vor zu viel Strenge, und war in allem 5
der Alte. Eigentlich aber galt all seine Zärtlichkeit doch
nur Effi, mit der er sich in seinem Gemüt immer beschäftigte, zumeist auch, wenn er mit seiner Frau allein war.
„Wie findest du Effi?"
„Lieb und gut wie immer. Wir können Gott nicht genug 10
danken, eine so liebenswürdige Tochter zu haben. Und
wie dankbar sie für alles ist und immer so glücklich,
wieder unter unserm Dach zu sein."
„Ja", sagte Briest, „sie hat von dieser Tugend mehr, als
mir lieb ist. Eigentlich ist es, als wäre dies hier immer 15
noch ihre Heimstätte. Sie hat doch den Mann und das
Kind, und der Mann ist ein Juwel und das Kind ist ein
Engel, aber dabei tut sie, als wäre Hohen-Cremmen immer noch die Hauptsache für sie, und Mann und Kind
kämen gegen uns beide nicht an. Sie ist eine prächtige 20
Tochter, aber sie ist es mir zu sehr. Es ängstigt mich ein
bisschen. Und ist auch ungerecht gegen Innstetten. Wie
steht es denn eigentlich damit?"
„Ja, Briest, was meinst du?"
„Nun, ich meine, was ich meine, und du weißt auch, 25
was. Ist sie glücklich? Oder ist da doch irgendwas im
Wege? Von Anfang an war mir's so, als ob sie ihn mehr
schätze als liebe. Und das ist in meinen Augen ein
schlimm Ding. Liebe hält auch nicht immer vor, aber
Schätzung gewiss nicht. Eigentlich ärgern sich die Wei- 30
ber, wenn sie wen schätzen müssen; erst ärgern sie sich,
und dann langweilen sie sich, und zuletzt lachen sie."
„Hast du so was an dir selber erfahren?"
„Das will ich nicht sagen. Dazu stand ich nicht hoch genug in der Schätzung. Aber schrauben[1] wir uns nicht 35
weiter, Luise. Sage, wie steht es?"
„Ja, Briest, du kommst immer auf diese Dinge zurück.
Da reicht ja kein dutzend Mal, dass wir darüber gespro-

---

[1] quälen, ärgern

chen und unsere Meinungen ausgetauscht haben, und immer bist du wieder da mit deinem Alles-wissen-Wollen und fragst dabei so schrecklich naiv, als ob ich in alle Tiefen sähe. Was hast du nur für Vorstellungen von einer jungen Frau und ganz speziell von deiner Tochter? Glaubst du, dass das alles so plan daliegt? Oder dass ich ein Orakel bin (ich kann mich nicht gleich auf den Namen der Person[1] besinnen) oder dass ich die Wahrheit sofort klipp und klar in den Händen halte, wenn mir Effi ihr Herz ausgeschüttet hat? Oder was man wenigstens so nennt. Denn was heißt ausschütten? Das Eigentliche bleibt doch zurück. Sie wird sich hüten, mich in ihre Geheimnisse einzuweihen. Außerdem, ich weiß nicht, von wem sie's hat, sie ist ... ja, sie ist eine sehr schlaue kleine Person, und diese Schlauheit an ihr ist umso gefährlicher, weil sie so sehr liebenswürdig ist."

„Also das gibst du doch zu ... liebenswürdig. Und auch gut?"

„Auch gut. Das heißt voll Herzensgüte. Wie's sonst steht, da bin ich mir doch nicht sicher; ich glaube, sie hat einen Zug, den lieben Gott einen guten Mann sein zu lassen und sich zu trösten, er werde wohl nicht allzu streng mit ihr sein."

„Meinst du?"

„Ja, das mein ich. Übrigens glaube ich, dass sich vieles gebessert hat. Ihr Charakter ist, wie er ist, aber die Verhältnisse liegen seit ihrer Übersiedlung um vieles günstiger, und sie leben sich mehr und mehr ineinander ein. Sie hat mir so was gesagt, und was mir wichtiger ist, ich hab es auch bestätigt gefunden, mit Augen gesehen."

„Nun, was sagte sie?"

„Sie sagte: Mama, es geht jetzt besser. Innstetten war immer ein vortrefflicher Mann, so einer, wie's nicht viele gibt, aber ich konnte nicht recht an ihn heran, er hatte so was Fremdes. Und fremd war er auch in seiner Zärtlichkeit. Ja, dann am meisten; es hat Zeiten gegeben, wo ich mich davor fürchtete."

„Kenn ich, kenn ich."

---

[1] Gemeint sein dürfte die Priesterin Pythia vom Orakel zu Delphi.

„Was soll das heißen, Briest? Soll ich mich gefürchtet haben oder willst du dich gefürchtet haben? Ich finde beides gleich lächerlich ..."

„Du wolltest von Effi erzählen."

„Nun also, sie gestand mir, dass dies Gefühl des Fremden sie verlassen habe, was sie sehr glücklich mache. Kessin sei nicht der rechte Platz für sie gewesen, das spukige Haus und die Menschen da, die einen zu fromm, die andern zu platt, aber seit ihrer Übersiedlung nach Berlin fühle sie sich ganz an ihrem Platz. Er sei der beste Mensch, etwas zu alt für sie und zu gut für sie, aber sie sei nun über den Berg. Sie brauchte diesen Ausdruck, der mir allerdings auffiel."

„Wieso? Er ist nicht ganz auf der Höhe, ich meine der Ausdruck. Aber ..."

„Es steckt etwas dahinter. Und sie hat mir das auch andeuten wollen."

„Meinst du?"

„Ja, Briest; du glaubst immer, sie könne kein Wasser trüben. Aber darin irrst du. Sie lässt sich gern treiben, und wenn die Welle gut ist, dann ist sie auch selber gut. Kampf und Widerstand sind nicht ihre Sache."

Roswitha kam mit Annie, und so brach das Gespräch ab.

Dies Gespräch führten Briest und Frau an demselben Tage, wo Innstetten von Hohen-Cremmen nach Berlin hin abgereist war, Effi auf wenigstens noch eine Woche zurücklassend. Er wusste, dass es nichts Schöneres für sie gab, als so sorglos in einer weichen Stimmung hinträumen zu können, immer freundliche Worte zu hören und die Versicherung, wie liebenswürdig sie sei. Ja, das war das, was ihr vor allem wohltat, und sie genoss es auch diesmal wieder in vollen Zügen und aufs Dankbarste, trotzdem jede Zerstreuung fehlte; Besuch kam selten, weil es seit ihrer Verheiratung, wenigstens für die junge Welt, an dem rechten Anziehungspunkte gebrach, und selbst die Pfarre und die Schule waren nicht mehr das, was sie noch vor Jahr und Tag gewesen waren. Zumal im Schulhause stand alles halb leer. Die Zwillinge hatten sich im Frühjahr an zwei Lehrer in der Nähe von

Genthin verheiratet, große Doppelhochzeit mit Festbericht im „Anzeiger fürs Havelland", und Hulda war in Friesack zur Pflege einer alten Erbtante, die sich übrigens, wie gewöhnlich in solchen Fällen, um sehr viel
⁵ langlebiger erwies, als Niemeyers angenommen hatten. Hulda schrieb aber trotzdem immer zufriedene Briefe, nicht weil sie wirklich zufrieden war (im Gegenteil), sondern weil sie den Verdacht nicht aufkommen lassen wollte, dass es einem so ausgezeichneten Wesen anders
¹⁰ als sehr gut ergehen könne. Niemeyer, ein schwacher Vater, zeigte die Briefe mit Stolz und Freude, während der ebenfalls ganz in seinen Töchtern lebende Jahnke sich herausgerechnet hatte, dass beide junge Frauen am selben Tage, und zwar am Weihnachtsheiligabend, ihre
¹⁵ Niederkunft halten würden. Effi lachte herzlich und drückte dem Großvater in spe[1] zunächst den Wunsch aus, bei beiden Enkeln zu Gevatter geladen zu werden, ließ dann aber die Familienthemata fallen und erzählte von „Kjøbenhavn"[2] und Helsingör, vom Limfjord und
²⁰ Schloss Aggerhuus, und vor allem von Thora von Penz, die, wie sie nur sagen könne, „typisch skandinavisch" gewesen sei, blauäugig, flachsen und immer in einer roten Plüschtaille, wobei sich Jahnke verklärte und einmal über das andere sagte: „Ja, so sind sie; rein germanisch,
²⁵ viel deutscher als die Deutschen."
An ihrem Hochzeitstage, dem dritten Oktober, wollte Effi wieder in Berlin sein. Nun war es der Abend vorher, und unter dem Vorgeben, dass sie packen und alles zur Rückreise vorbereiten wolle, hatte sie sich schon verhält-
³⁰ nismäßig früh auf ihr Zimmer zurückgezogen. Eigentlich lag ihr aber nur daran, allein zu sein; so gern sie plauderte, so hatte sie doch auch Stunden, wo sie sich nach Ruhe sehnte.
Die von ihr im Oberstock bewohnten Zimmer lagen
³⁵ nach dem Garten hinaus; in dem kleineren schlief Roswitha und Annie, die Tür nur angelehnt, in dem größeren, das sie selber innehatte, ging sie auf und ab; die un-

---

[1] in spe: in Zukunft, in Hoffnung; also: dem zukünftigen Großvater
[2] dän.: Kopenhagen

teren Fensterflügel waren geöffnet, und die kleinen
weißen Gardinen bauschten sich in dem Zuge, der ging,
und fielen dann langsam über die Stuhllehne, bis ein
neuer Zugwind kam und sie wieder frei machte. Dabei
war es so hell, dass man die Unterschriften unter den
über dem Sofa hängenden und in schmale Goldleisten
eingerahmten Bildern deutlich lesen konnte: „Der
Sturm auf Düppel[1], Schanze V", und daneben: „König
Wilhelm und Graf Bismarck auf der Höhe von Lipa[2]".
Effi schüttelte den Kopf und lächelte. „Wenn ich wieder
hier bin, bitt ich mir andere Bilder aus; ich kann so was
Kriegerisches nicht leiden." Und nun schloss sie das eine Fenster und setzte sich an das andere, dessen Flügel
sie offen ließ. Wie tat ihr das alles so wohl. Neben dem
Kirchturm stand der Mond und warf sein Licht auch
auf den Rasenplatz mit der Sonnenuhr und den Helio-
tropbeeten. Alles schimmerte silbern, und neben den
Schattenstreifen lagen weiße Lichtstreifen, so weiß, als
läge Leinwand auf der Bleiche. Weiterhin aber standen
die hohen Rhabarberstauden wieder, die Blätter herbstlich gelb, und sie musste des Tages gedenken, nun erst
wenig über zwei Jahre, wo sie hier mit Hulda und den
Jahnke'schen Mädchen gespielt hatte. Und dann war
sie, als der Besuch kam, die kleine Steintreppe neben
der Bank hinaufgestiegen, und eine Stunde später war
sie Braut.
Sie erhob sich und ging auf die Tür zu und horchte; Roswitha schlief schon und Annie auch.
Und mit einem Male, während sie das Kind so vor sich
hatte, traten ungerufen allerlei Bilder aus den Kessiner
Tagen wieder vor ihre Seele: Das landrätliche Haus mit
seinem Giebel und die Veranda mit dem Blick auf die
Plantage, und sie saß im Schaukelstuhl und wiegte sich;
und nun trat Crampas an sie heran, um sie zu begrüßen,

---

[1] Die in der Nähe des Dorfes Düppel (Nordschleswig) von den Dä-
     nen angelegten Festungswälle („Düppeler Schanzen") wurden
     1864 von Preußen erstürmt.
[2] Kriegsschauplatz der Schlacht bei Königgrätz (3. Juli 1866 im Preu-
     ßisch-Österreichischen Krieg)

und dann kam Roswitha mit dem Kinde, und sie nahm
es und hob es hoch in die Höhe und küsste es.

„Das war der erste Tag; da fing es an." Und während sie
dem nachhing, verließ sie das Zimmer, drin die beiden
5 schliefen, und setzte sich wieder an das offene Fenster
und sah in die stille Nacht hinaus.

„Ich kann es nicht loswerden", sagte sie. „Und was das
Schlimmste ist und mich ganz irremacht an mir selbst
..."

10 In diesem Augenblicke setzte die Turmuhr drüben ein,
und Effi zählte die Schläge.

„Zehn ... Und morgen um diese Stunde bin ich in Berlin.
Und wir sprechen davon, dass unser Hochzeitstag sei,
und er sagt mir Liebes und Freundliches und vielleicht
15 Zärtliches. Und ich sitze dabei und höre es und habe die
Schuld auf meiner Seele."

Und sie stützte den Kopf auf ihre Hand und starrte vor
sich hin und schwieg.

„Und habe die Schuld auf meiner Seele", wiederholte
20 sie. „Ja, da hab ich sie. Aber lastet sie auch auf meiner
Seele? Nein. Und das ist es, warum ich vor mir selbst erschrecke. Was da lastet, das ist etwas ganz anderes –
Angst, Todesangst und die ewige Furcht: Es kommt
doch am Ende noch an den Tag. Und dann außer der
25 Angst ... Scham. Ich schäme mich. Aber wie ich nicht die
rechte Reue habe, so hab ich auch nicht die rechte
Scham. Ich schäme mich bloß von wegen dem ewigen
Lug und Trug; immer war es mein Stolz, dass ich nicht
lügen könne und auch nicht zu lügen brauche, lügen ist
30 so gemein, und nun habe ich doch immer lügen müssen,
vor ihm und vor aller Welt, im Großen und im Kleinen,
und Rummschüttel hat es gemerkt und hat die Achseln
gezuckt, und wer weiß, was er von mir denkt, jedenfalls
nicht das Beste. Ja, Angst quält mich und dazu Scham
35 über mein Lügenspiel. Aber Scham über meine Schuld,
die hab ich nicht oder doch nicht so recht oder doch
nicht genug, und das bringt mich um, dass ich sie nicht
habe. Wenn alle Weiber so sind, dann ist es schrecklich,
und wenn sie nicht so sind, wie ich hoffe, dann steht es
40 schlecht um mich, dann ist etwas nicht in Ordnung in

meiner Seele, dann fehlt mir das richtige Gefühl. Und das hat mir der alte Niemeyer in seinen guten Tagen noch, als ich noch ein halbes Kind war, mal gesagt: Auf ein richtiges Gefühl, darauf käme es an, und wenn man das habe, dann könne einem das Schlimmste nicht passieren, und wenn man es nicht habe, dann sei man in einer ewigen Gefahr, und das, was man den Teufel nenne, das habe dann eine sichere Macht über uns. Um Gottes Barmherzigkeit willen, steht es so mit mir."

Und sie legte den Kopf in ihre Arme und weinte bitterlich.

Als sie sich wieder aufrichtete, war sie ruhiger geworden und sah wieder in den Garten hinaus. Alles war so still, und ein leiser, feiner Ton, wie wenn es regnete, traf von den Platanen her ihr Ohr.

So verging eine Weile. Herüber von der Dorfstraße klang ein Geplärr: Der alte Nachtwächter Kulicke rief die Stunden[1] ab, und als er zuletzt schwieg, vernahm sie von fernher, aber immer näher kommend, das Rasseln des Zuges, der, auf eine halbe Meile Entfernung, an Hohen-Cremmen vorüberfuhr. Dann wurde der Lärm wieder schwächer, endlich erstarb er ganz, und nur der Mondschein lag noch auf dem Grasplatz, und nur auf die Platanen rauschte es nach wie vor wie leiser Regen nieder.

Aber es war nur die Nachtluft, die ging.

Fünfundzwanzigstes Kapitel

Am andern Abend war Effi wieder in Berlin, und Innstetten empfing sie am Bahnhof, mit ihm Rollo, der, als sie plaudernd durch den Tiergarten hinfuhren, nebenhertrabte.

„Ich dachte schon, du würdest nicht Wort halten."

---

[1] Nachtwächter hatten in Städten vor Feuer und Gefahren zu warnen. Sie riefen die Sperrstunde aus und verkündeten mit Stundenrufen die Uhrzeit. Im 19. Jahrhundert wurden ihre Aufgaben zunehmend von der Polizei übernommen.

„Aber Geert, ich werde doch Wort halten, das ist doch das Erste."

„Sage das nicht. Immer Wort halten ist sehr viel. Und mitunter kann man auch nicht. Denke doch zurück. Ich erwartete dich damals in Kessin, als du die Wohnung mietetest, und wer nicht kam, war Effi."

„Ja, das war was anderes."

Sie mochte nicht sagen „ich war krank", und Innstetten hörte drüber hin. Er hatte seinen Kopf auch voll anderer Dinge, die sich auf sein Amt und seine gesellschaftliche Stellung bezogen. „Eigentlich, Effi, fängt unser Berliner Leben nun erst an. Als wir im April hier einzogen, damals ging es mit der Saison auf die Neige, kaum noch dass wir unsere Besuche machen konnten, und Wüllersdorf, der Einzige, dem wir näherstanden – nun, der ist leider Junggeselle. Von Juni an schläft dann alles ein, und die heruntergelassenen Rouleaus verkünden einem schon auf hundert Schritt ,alles ausgeflogen'; ob wahr oder nicht, macht keinen Unterschied ... Ja, was blieb da noch? Mal mit Vetter Briest sprechen, mal bei Hiller essen, das ist kein richtiges Berliner Leben. Aber nun soll es anders werden. Ich habe mir die Namen aller Räte notiert, die noch mobil genug sind, um ein Haus zu machen. Und wir wollen es auch, wollen auch ein Haus machen[1], und wenn der Winter dann da ist, dann soll es im ganzen Ministerium heißen: ,Ja, die liebenswürdigste Frau, die wir jetzt haben, das ist doch die Frau von Innstetten."

„Ach, Geert, ich kenne dich ja gar nicht wieder, du sprichst ja wie ein Courmacher."

„Es ist unser Hochzeitstag, und da musst du mir schon was zugute halten."

Innstetten war ernsthaft gewillt, auf das stille Leben, das er in seiner landrätlichen Stellung geführt, ein gesellschaftlich angeregteres folgen zu lassen, um seinet- und noch mehr um Effis willen; es ließ sich aber anfangs nur schwach und vereinzelt damit an, die rechte Zeit war noch nicht gekommen, und das Beste, was man zu-

---

[1] häusliche Gesellschaftsabende veranstalten

nächst von dem neuen Leben hatte, war, genauso wie
während des zurückliegenden Halbjahres, ein Leben im
Hause. Wüllersdorf kam oft, auch Vetter Briest, und waren die da, so schickte man zu Gizickis hinauf, einem
jungen Ehepaare, das über ihnen wohnte. Gizicki selbst
war Landgerichtsrat, seine kluge, aufgeweckte Frau ein
Fräulein von Schmettau. Mitunter wurde musiziert, kurze Zeit sogar ein Whist[1] versucht; man gab es aber wieder auf, weil man fand, dass eine Plauderei gemütlicher
wäre. Gizickis hatten bis vor kurzem in einer kleinen
oberschlesischen Stadt gelebt, und Wüllersdorf war sogar, freilich vor einer Reihe von Jahren schon, in den
verschiedensten kleinen Nestern der Provinz Posen gewesen, weshalb er denn auch den bekannten Spottvers:

Schrimm
Ist schlimm,
Rogasen
Zum Rasen,
Aber weh dir nach Samter
Verdammter[2] –

mit ebenso viel Emphase[3] wie Vorliebe zu zitieren pfleg-
te. Niemand erheiterte sich dabei mehr als Effi, was
dann meistens Veranlassung wurde, kleinstädtische Geschichten in Hülle und Fülle folgen zu lassen. Auch Kessin mit Gieshübler und der Trippelli, mit Oberförster
Ring und Sidonie Grasenabb – kam dann wohl an die
Reihe, wobei sich Innstetten, wenn er guter Laune war,
nicht leicht genug tun konnte. „Ja", so hieß es dann
wohl, „unser gutes Kessin! Das muss ich zugeben, es
war eigentlich reich an Figuren, obenan Crampas, Major
Crampas, ganz Beau[4] und halber Barbarossa[5], den

---

[1] Kartenspiel für vier Personen, -Vorläufer des Bridge
[2] Schrimm, Rogasen an der Welna, Samter: Städte im damaligen
    preußischen Regierungsbezirk Posen
[3] Nachdruck, Leidenschaft
[4] schöner, eitler Mann; Geck
[5] ital.: Rotbart; Beiname Kaiser Friedrichs I. (1125 – 90)

meine Frau, ich weiß nicht, soll ich sagen unbegreiflicher- oder begreiflicherweise, stark in Affektion[1] genommen hatte ..." – „Sagen wir begreiflicherweise", warf Wüllersdorf ein, „denn ich nehme an, dass er Ressourcenvorstand war und Komödie spielte, Liebhaber oder Bonvivants[2]. Und vielleicht noch mehr, vielleicht war er auch ein Tenor." Innstetten bestätigte das eine wie das andere, und Effi suchte lachend darauf einzugehen, aber es gelang ihr nur mit Anstrengung, und wenn dann die Gäste gingen und Innstetten sich in sein Zimmer zurückzog, um noch einen Stoß Akten abzuarbeiten, so fühlte sie sich immer aufs Neue von den alten Vorstellungen gequält, und es war ihr zu Sinn, als ob ihr ein Schatten nachginge.

Solche Beängstigungen blieben ihr auch. Aber sie kamen doch seltener und schwächer, was bei der Art, wie sich ihr Leben gestaltete, nicht wundernehmen konnte. Die Liebe, mit der ihr nicht nur Innstetten, sondern auch fernerstehende Personen begegneten, und nicht zum wenigsten die beinah zärtliche Freundschaft, die die Ministerin, eine selbst noch junge Frau, für sie an den Tag legte – all das ließ die Sorgen und Ängste zurückliegender Tage sich wenigstens mindern, und als ein zweites Jahr ins Land gegangen war und die Kaiserin[3], bei Gelegenheit einer neuen Stiftung[4], die „Frau Geheimrätin" mit ausgewählt und in die Zahl der Ehrendamen eingereiht, der alte Kaiser Wilhelm[5] aber auf dem Hofball gnädige, huldvolle Worte an die schöne, junge Frau, „von der er schon gehört habe", gerichtet hatte, da fiel es allmählich von ihr ab. Es war einmal gewesen, aber weit, weit weg, wie auf einem andern Stern, und alles löste sich wie ein Nebelbild und wurde Traum.

---

[1] Gunst, Zuneigung
[2] Bonvivant: Lebemann; im Theater: Rolle des Salonhelden
[3] Augusta Marie Luise Katharina Prinzessin von Sachsen-Weimar (1811–90), seit 1871 deutsche Kaiserin
[4] (hier: von der Kaiserin) gestiftete wohltätige Einrichtung. -Als „Ehrendame" in das Stiftungskomitee aufgenommen zu werden war eine hohe Auszeichnung.
[5] Wilhelm I., Kaiser 1871–88

Die Hohen-Cremmener kamen dann und wann auf Besuch und freuten sich des Glücks der Kinder, Annie wuchs heran – „schön wie die Großmutter", sagte der alte Briest – und wenn es an dem klaren Himmel eine Wolke gab, so war es die, dass es, wie man nun beinahe annehmen musste, bei Klein-Annie sein Bewenden haben werde; Haus Innstetten (denn es gab nicht einmal Namensvettern) stand also mutmaßlich auf dem Aussterbeetat[1]. Briest, der den Fortbestand anderer Familien obenhin behandelte, weil er eigentlich nur an die Briests glaubte, scherzte mitunter darüber und sagte: „Ja, Innstetten, wenn das so weitergeht, so wird Annie seinerzeit wohl einen Bankier heiraten (hoffentlich einen christlichen[2], wenn's deren dann noch gibt) und mit Rücksicht auf das alte freiherrliche[3] Geschlecht der Innstetten wird dann Seine Majestät Annies Hautefinance[4]-Kinder unter dem Namen ‚von der Innstetten' im Gothaischen Kalender[5]; oder, was weniger wichtig ist, in der preußischen Geschichte fortleben lassen" – Ausführungen, die von Innstetten selbst immer mit einer kleinen Verlegenheit, von Frau von Briest mit Achselzucken, von Effi dagegen mit Heiterkeit aufgenommen wurden. Denn so adelsstolz sie war, so war sie's doch nur für ihre Person, und ein eleganter und welterfahrener und vor allem sehr, sehr reicher Bankierschwiegersohn wäre durchaus nicht gegen ihre Wünsche gewesen.

Ja, Effi nahm die Erbfolgefrage leicht, wie junge, reizende Frauen das tun; als aber eine lange, lange Zeit – sie waren schon im siebenten Jahre in ihrer neuen Stellung – vergangen war, wurde der alte Rummschüttel, der auf dem Gebiete der Gynäkologie nicht ganz ohne Ruf war, durch Frau von Briest doch schließlich zurate gezogen.

---

[1] auf dem Aussterbeetat stehen: aussterben, zu Ende gehen
[2] Es gab damals zahlreiche jüdische Bankiers.
[3] Freiherr: niedriger, „Baron" entsprechender Adelstitel
[4] Hochfinanz, Geldadel
[5] seit 1763 im Verlag Justus Perthes in Gotha erscheinendes Adelsverzeichnis

Er verordnete Schwalbach[1]. Weil aber Effi seit letztem Winter auch an katarrhalischen Affektionen[2] litt und ein paar Mal sogar auf Lunge hin behorcht worden war, so hieß es abschließend: „Also zunächst Schwalbach, meine Gnädigste, sagen wir drei Wochen, und dann ebenso lange Ems[3]. Bei der Emser Kur kann aber der Geheimrat zugegen sein. Bedeutet mithin alles in allem drei Wochen Trennung. Mehr kann ich für Sie nicht tun, lieber Innstetten."

Damit war man denn auch einverstanden, und zwar sollte Effi, dahin ging ein weiterer Beschluss, die Reise mit einer Geheimrätin Zwicker zusammen machen, wie Briest sagte, „zum Schutze dieser Letzteren", worin er nicht ganz Unrecht hatte, da die Zwicker, trotz guter Vierzig, eines Schutzes erheblich bedürftiger war als Effi. Innstetten, der wieder viel mit Vertretung zu tun hatte, beklagte, dass er, von Schwalbach gar nicht zu reden, wahrscheinlich auch auf gemeinschaftliche Tage in Ems werde verzichten müssen. Im Übrigen wurde der 24. Juni (Johannistag) als Abreisetag festgesetzt, und Roswitha half der gnädigen Frau beim Packen und Aufschreiben der Wäsche. Effi hatte noch immer die alte Liebe für sie, war doch Roswitha die Einzige, mit der sie von all dem Zurückliegenden, von Kessin und Crampas, von dem Chinesen und Kapitän Thomsens Nichte frei und unbefangen reden konnte.

„Sage, Roswitha, du bist doch eigentlich katholisch. Gehst du denn nie zur Beichte?"

„Nein."

„Warum nicht?"

„Ich bin früher gegangen. Aber das Richtige hab ich doch nicht gesagt."

„Das ist sehr unrecht. Dann freilich kann es nicht helfen."

„Ach, gnädigste Frau, bei mir im Dorfe machten es alle so. Und welche waren, die kicherten bloß."

---

[1] Kurbad im Taunus, empfohlen bei Frauenleiden
[2] Schleimhautentzündung; Schnupfen, Erkältung
[3] Bad Ems: berühmter Kurort an der Lahn

„Hast du denn nie empfunden, dass es ein Glück ist, wenn man etwas auf der Seele hat, dass es runter kann?"

„Nein, gnädigste Frau. Angst habe ich wohl gehabt, als mein Vater damals mit dem glühenden Eisen auf mich los kam; ja, das war eine große Furcht, aber weiter war es nichts."

„Nicht vor Gott?"

„Nicht so recht, gnädigste Frau. Wenn man sich vor seinem Vater so fürchtet, wie ich mich gefürchtet habe, dann fürchtet man sich nicht so sehr vor Gott. Ich habe bloß immer gedacht, der liebe Gott sei gut und werde mir armem Wurm schon helfen."

Effi lächelte und brach ab und fand es auch natürlich, dass die arme Roswitha so sprach, wie sie sprach. Sie sagte aber doch: „Weißt du, Roswitha, wenn ich wiederkomme, müssen wir doch noch mal ernstlich drüber reden. Es war doch eigentlich eine große Sünde."

„Das mit dem Kinde, und dass es verhungert ist? Ja, gnädigste Frau, das war es. Aber ich war es ja nicht, das waren ja die anderen ... Und dann ist es auch schon so sehr lange her."

Sechsundzwanzigstes Kapitel

Effi war nun schon in die fünfte Woche fort und schrieb glückliche, beinahe übermütige Briefe, namentlich seit ihrem Eintreffen in Ems, wo man doch unter Menschen sei, das heißt unter Männern, von denen sich in Schwalbach nur ausnahmsweise was gezeigt habe. Geheimrätin Zwicker, ihre Reisegefährtin, habe freilich die Frage nach dem Kurgemäßen dieser Zutat aufgeworfen und sich aufs Entschiedenste dagegen ausgesprochen, alles natürlich mit einem Gesichtsausdrucke, der so ziemlich das Gegenteil versichert habe; die Zwicker sei reizend, etwas frei, wahrscheinlich sogar mit einer Vergangenheit, aber höchst amüsant, und man könne viel, sehr viel von ihr lernen; nie habe sie sich, trotz ihrer Fünfundzwanzig, so als Kind gefühlt, wie nach der Bekanntschaft mit dieser

Dame. Dabei sei sie so belesen, auch in fremder Literatur, und als sie, Effi, beispielsweise neulich von „Nana"[1]
gesprochen und dabei gefragt habe, „ob es denn wirklich so schrecklich sei", habe die Zwicker geantwortet:
5 „Ach, meine liebe Baronin, was heißt schrecklich? Da
gibt es noch ganz anderes." „Sie schien mich auch", so
schloss Effi ihren Brief, „mit diesem ‚anderen' bekannt
machen zu wollen. Ich habe es aber abgelehnt, weil ich
weiß, dass du die Unsitte unserer Zeit aus diesem und
10 Ähnlichem herleitest, und wohl mit Recht. Leicht ist es
mir aber nicht geworden. Dazu kommt noch, dass Ems
in einem Kessel liegt. Wir leiden hier außerordentlich
unter der Hitze."
Innstetten hatte diesen letzten Brief mit geteilten Emp-
15 findungen gelesen, etwas erheitert, aber doch auch ein
wenig missmutig. Die Zwicker war keine Frau für Effi,
der nun mal ein Zug innewohnte, sich nach links hin[2]
treiben zu lassen; er gab es aber auf, irgendwas in diesem Sinne zu schreiben, einmal weil er sie nicht verstim-
20 men wollte, mehr noch, weil er sich sagte, dass es doch
nichts helfen würde. Dabei sah er der Rückkehr seiner
Frau mit Sehnsucht entgegen und beklagte des Dienstes
nicht bloß „immer gleichgestellte"[3], sondern jetzt, wo jeder Ministerialrat fort war oder fort wollte, leider auch
25 auf Doppelstunden gestellte Uhr.
Ja, Innstetten sehnte sich nach Unterbrechung von Arbeit und Einsamkeit, und verwandte Gefühle hegte man
draußen in der Küche, wo Annie, wenn die Schulstunden hinter ihr lagen, ihre Zeit am liebsten verbrachte,
30 was insoweit ganz natürlich war, als Roswitha und Johanna nicht nur das kleine Fräulein in gleichem Maße
liebten, sondern auch untereinander nach wie vor auf
dem besten Fuße standen. Diese Freundschaft der beiden Mädchen war ein Lieblingsgespräch zwischen den

---

[1] Roman von Emile Zola (1840–1902), wegen seiner naturalisti-
    schen Schilderungen bei den Zeitgenossen umstritten
[2] leichthin, leichtfertig
[3] „des Dienstes immer gleichgestellte Uhr": Zitat aus Schillers
    „Piccolomini" I,4

verschiedenen Freunden des Hauses, und Landgerichtsrat Gizicki sagte dann wohl zu Wüllersdorf: „Ich sehe
darin nur eine neue Bestätigung des alten Weisheitssat-
zes: ‚Lasst fette Leute um mich sein'[1]; – Cäsar war eben
ein Menschenkenner und wusste, dass Dinge wie Be-
haglichkeit und Umgänglichkeit eigentlich nur beim
Embonpoint[2] sind." Von einem solchen ließ sich denn
nun bei beiden Mädchen auch wirklich sprechen, nur
mit dem Unterschiede, dass das in diesem Falle nicht
gut zu umgehende Fremdwort bei Roswitha schon stark
eine Beschönigung, bei Johanna dagegen einfach die zu-
treffende Bezeichnung war. Diese Letztere durfte man
nämlich nicht eigentlich korpulent nennen, sie war nur
prall und drall und sah jederzeit mit einer eigenen, ihr
übrigens durchaus kleidenden Siegermiene gradlinig
und blauäugig über ihre Normalbüste fort. Von Haltung
und Anstand getragen, lebte sie ganz in dem Hochge-
fühl, die Dienerin eines guten Hauses zu sein, wobei sie
das Überlegenheitsbewusstsein über die halb bäuerisch
gebliebene Roswitha in einem so hohen Maße hatte,
dass sie, was gelegentlich vorkam, die momentan bevor-
zugte Stellung dieser nur belächelte. Diese Bevorzu-
gung, – nun ja, wenn's dann mal so sein sollte, war eine
kleine liebenswürdige Sonderbarkeit der gnädigen Frau,
die man der guten alten Roswitha mit ihrer ewigen Geschichte „von dem Vater mit der glühenden Eisenstange" schon gönnen konnte. „Wenn man sich besser hält,
so kann dergleichen nicht vorkommen." Das alles dachte sie, sprach's aber nicht aus. Es war eben ein freundliches Miteinanderleben. Was aber wohl ganz besonders
für Frieden und gutes Einvernehmen sorgte, das war
der Umstand, dass man sich, nach einem stillen Übereinkommen, in die Behandlung und fast auch Erziehung
Annies geteilt hatte. Roswitha hatte das poetische Departement, die Märchen- und Geschichtenerzählung,
Johanna dagegen das des Anstands, eine Teilung, die
hüben und drüben so fest gewurzelt stand, dass Kompe-

---

1   Zitat aus Shakespeares „Julius Cäsar" (1600) I,2
2   Wohlbeleibtheit, Körperfülle

tenzkonflikte kaum vorkamen, wobei der Charakter Annies, die eine ganz entschiedene Neigung hatte, das vornehme Fräulein zu betonen, allerdings mithalf, eine
Rolle, bei der sie keine bessere Lehrerin als Johanna haben konnte.

Noch einmal also: Beide Mädchen waren gleichwertig in
Annies Augen. In diesen Tagen aber, wo man sich auf
die Rückkehr Effis vorbereitete, war Roswitha der Rivalin mal wieder um einen Pas[1] voraus, weil ihr, und zwar
als etwas ihr Zuständiges, die ganze Begrüßungsangele-
genheit zugefallen war. Diese Begrüßung zerfiel in zwei
Hauptteile: Girlande mit Kranz und dann, abschließend,
Gedichtvortrag. Kranz und Girlande – nachdem man
über „W" oder „E. v. I." eine Zeitlang geschwankt – hatte zuletzt keine sonderlichen Schwierigkeiten gemacht
(„W", in Vergissmeinnicht geflochten, war bevorzugt
worden), aber desto größere Verlegenheit schien die Ge-
dichtfrage heraufbeschwören zu sollen und wäre vielleicht ganz unbeglichen geblieben, wenn Roswitha nicht
den Mut gehabt hätte, den von einer Gerichtssitzung
heimkehrenden Landgerichtsrat auf der zweiten Treppe
zu stellen und ihm mit einem auf einen „Vers" gerichte-
ten Ansinnen mutig entgegenzutreten. Gizicki, ein sehr
gütiger Herr, hatte sofort alles versprochen, und noch
am selben Spätnachmittage war seitens seiner Köchin
der gewünschte Vers und zwar folgenden Inhalts abgegeben worden:

Mama, wir erwarten dich lange schon,
Durch Wochen und Tage und Stunden,
Nun grüßen wir dich von Flur und Balkon
Und haben Kränze gewunden.
Nun lacht Papa voll Freudigkeit,
Denn die gattin- und mutterlose Zeit
Ist endlich von ihm genommen,
Und Roswitha lacht und Johanna dazu,
Und Annie springt aus ihrem Schuh
Und ruft: willkommen, willkommen.

---

[1] Schritt, Tanzschritt (Ballett)

Es versteht sich von selbst, dass die Strophe noch an demselben Abend auswendig gelernt, aber doch nebenher auch auf ihre Schönheit, beziehungsweise Nicht-Schönheit kritisch geprüft worden war. Das Betonen von Gattin und Mutter, so hatte sich Johanna geäußert, erscheine zunächst freilich nur in der Ordnung; aber es läge doch auch etwas darin, was Anstoß erregen könne, und sie persönlich würde sich als „Gattin und Mutter" dadurch verletzt fühlen. Annie, durch diese Bemerkung einigermaßen geängstigt, versprach, das Gedicht am andern Tage der Klassenlehrerin vorlegen zu wollen, und kam mit dem Bemerken zurück: „Das Fräulein sei mit ‚Gattin und Mutter' durchaus einverstanden, aber desto mehr gegen ‚Roswitha und Johanna' gewesen", – worauf Roswitha erklärt hatte: „Das Fräulein sei eine dumme Gans; das käme davon, wenn man zu viel gelernt habe."

Es war an einem Mittwoch, dass die Mädchen und Annie das vorstehende Gespräch geführt und den Streit um die bemängelte Zeile beigelegt hatten. Am andern Morgen – ein erwarteter Brief Effis hatte noch den mutmaßlich erst in den Schluss der nächsten Woche fallenden Ankunftstag festzustellen – ging Innstetten auf das Ministerium. Jetzt war Mittag heran, die Schule aus, und als Annie, ihre Mappe auf dem Rücken, eben vom Kanal her auf die Keithstraße zuschritt, traf sie Roswitha vor ihrer Wohnung.

„Nun lass sehen", sagte Annie, „wer am ehesten von uns die Treppe heraufkommt." Roswitha wollte von diesem Wettlauf nichts wissen, aber Annie jagte voran, geriet, oben angekommen, ins Stolpern und fiel dabei so unglücklich, dass sie mit der Stirn auf den dicht an der Treppe befindlichen Abkratzer[1] aufschlug und stark blutete. Roswitha, mühevoll nachkeuchend, riss jetzt die Klingel, und als Johanna das etwas verängstigte Kind hineingetragen hatte, beratschlagte man, was nun wohl zu machen sei. „Wir wollen nach dem Doktor schicken,

---

[1] (eiserner) Schuhabstreifer, Kratzeisen

... wir wollen nach dem gnädigen Herrn schicken ... des Portiers Lene muss ja jetzt auch aus der Schule wieder da sein." Es wurde aber alles wieder verworfen, weil es zu lange dauerte, man müsse gleich was tun, und so packte man denn das Kind aufs Sofa und begann, mit kaltem Wasser zu kühlen. Alles ging auch gut, sodass man sich zu beruhigen begann. „Und nun wollen wir sie verbinden", sagte schließlich Roswitha. „Da muss ja noch die lange Binde sein, die die gnädige Frau letzten Winter zuschnitt, als sie sich auf dem Eise den Fuß verknickt hatte ..." „Freilich, freilich", sagte Johanna, „bloß wo die Binde hernehmen? ... Richtig, da fällt mir ein, die liegt im Nähtisch. Er wird wohl zu sein, aber das Schloss ist Spielerei; holen Sie nur das Stemmeisen, Roswitha, wir wollen den Deckel aufbrechen." Und nun wuchteten sie auch wirklich den Deckel ab und begannen, in den Fächern umherzukramen, oben und unten, die zusammengerollte Binde jedoch wollte sich nicht finden lassen. „Ich weiß aber doch, dass ich sie gesehn habe", sagte Roswitha, und während sie halb ärgerlich immer weiter suchte, flog alles, was ihr dabei zu Händen kam, auf das breite Fensterbrett: Nähzeug, Nadelkissen, Rollen mit Zwirn und Seide, kleine vertrocknete Veilchensträußchen, Karten, Billets, zuletzt ein kleines Konvolut[1] von Briefen, das unter dem dritten Einsatz gelegen hatte, ganz unten, mit einem roten Seidenfaden umwickelt. Aber die Binde hatte man noch immer nicht. In diesem Augenblicke trat Innstetten ein.

„Gott", sagte Roswitha und stellte sich erschreckt neben das Kind. „Es ist nichts, gnädiger Herr; Annie ist auf das Kratzeisen gefallen ... Gott, was wird die gnädige Frau sagen. Und doch ist es ein Glück, dass sie nicht mit dabei war."

Innstetten hatte mittlerweile die vorläufig aufgelegte Kompresse fortgenommen und sah, dass es ein tiefer Riss, sonst aber ungefährlich war. „Es ist nicht schlimm", sagte er; „trotzdem, Roswitha, wir müssen sehen, dass Rummschüttel kommt. Lene kann ja gehen,

---

[1] Bündel von Schriftstücken

die wird jetzt Zeit haben. Aber was in aller Welt ist denn
das da mit dem Nähtisch?"
Und nun erzählte Roswitha, wie sie nach der gerollten
Binde gesucht hätten; aber sie woll' es nun aufgeben
und lieber eine neue Leinwand[1] schneiden.
Innstetten war einverstanden und setzte sich, als danach
beide Mädchen das Zimmer verlassen hatten, zu dem
Kinde. „Du bist so wild, Annie, das hast du von der Mama. Immer wie ein Wirbelwind. Aber dabei kommt
nichts heraus oder höchstens so was." Und er wies auf
die Wunde und gab ihr einen Kuss. „Du hast aber nicht
geweint, das ist brav, und darum will ich dir die Wild-
heit verzeihen ... Ich denke, der Doktor wird in einer
Stunde hier sein; tu nur alles, was er sagt, und wenn er
dich verbunden hat, so zerre nicht und rücke und
drücke nicht dran, dann heilt es schnell, und wenn die
Mama dann kommt, dann ist alles wieder in Ordnung
oder doch beinah. Ein Glück ist es aber doch, dass es
noch bis nächste Woche dauert, Ende nächster Woche,
so schreibt sie mir; eben habe ich einen Brief von ihr bekommen; sie lässt dich grüßen und freut sich, dich wiederzusehen."
„Du könntest mir den Brief eigentlich vorlesen, Papa."
„Das will ich gern."
Aber eh er dazu kam, kam Johanna, um zu sagen, dass
das Essen aufgetragen sei. Annie, trotz ihrer Wunde,
stand mit auf, und Vater und Tochter setzten sich zu
Tisch.

Siebenundzwanzigstes Kapitel

Innstetten und Annie saßen sich eine Weile stumm gegenüber; endlich als ihm die Stille peinlich wurde, tat er
ein paar Fragen über die Schulvorsteherin und welche
Lehrerin sie eigentlich am liebsten habe. Annie antwortete auch, aber ohne rechte Lust, weil sie fühlte, dass

---

[1] Baumwoll- oder Flachsgewebe in Leinwandbindung (spezielle, einfache Webart)

Innstetten wenig bei der Sache war. Es wurde erst besser, als Johanna, nach dem zweiten Gericht, ihrem Anniechen zuflüsterte, es gäbe noch was. Und wirklich, die
gute Roswitha, die dem Liebling an diesem Unglücksta-
5 ge was schuldig zu sein glaubte, hatte noch ein Übriges
getan und sich zu einer Omelette mit Apfelschnitten
aufgeschwungen.
Annie wurde bei diesem Anblicke denn auch etwas red-
seliger, und ebenso zeigte sich Innstettens Stimmung ge-
10 bessert, als es gleich danach klingelte und Geheimrat
Rummschüttel eintrat. Ganz zufällig. Er sprach nur vor,
ohne jede Ahnung, dass man nach ihm geschickt und
um seinen Besuch gebeten habe. Mit den aufgelegten
Kompressen war er zufrieden. „Lassen Sie noch etwas
15 Bleiwasser[1] holen und Annie morgen zu Hause bleiben.
Überhaupt Ruhe." Dann frug er noch nach der gnädigen
Frau und wie die Nachrichten aus Ems seien; er werde
den andern Tag wiederkommen und nachsehen.

Als man von Tisch aufgestanden und in das nebenan ge-
20 legene Zimmer – dasselbe, wo man mit so viel Eifer und
doch vergebens nach dem Verbandstück gesucht hatte –
eingetreten war, wurde Annie wieder auf das Sofa ge-
bettet. Johanna kam und setzte sich zu dem Kinde, während Innstetten die zahllosen Dinge, die bunt
25 durcheinandergewürfelt noch auf dem Fensterbrett um-
herlagen, wieder in den Nähtisch einzuräumen begann.
Dann und wann wusste er sich nicht recht Rat und musste fragen.
„Wo haben die Briefe gelegen, Johanna?"
30 „Ganz zuunterst", sagte diese, „hier in diesem Fach."
Und während so Frage und Antwort ging, betrachtete
Innstetten etwas aufmerksamer als vorher das kleine,
mit einem roten Faden zusammengebundene Paket, das
mehr aus einer Anzahl zusammengelegter Zettel als aus
35 Briefen zu bestehen schien. Er fuhr, als wäre es ein Spiel
Karten, mit dem Daumen und Zeigefinger an der Seite

---

[1] spezielle Bleilösung, wurde bei Schwellungen und Verbrennungen
verschrieben

des Päckchens hin, und einige Zeilen, eigentlich nur ver-
einzelte Worte, flogen dabei an seinem Auge vorüber.
Von deutlichem Erkennen konnte keine Rede sein, aber
es kam ihm doch so vor, als habe er die Schriftzüge
schon irgendwo gesehen. Ob er nachsehen solle?
„Johanna, Sie könnten uns den Kaffee bringen. Annie
trinkt auch eine halbe Tasse. Der Doktor hat's nicht verboten, und was nicht verboten ist, ist erlaubt."
Als er das sagte, wand er den roten Faden ab und ließ,
während Johanna das Zimmer verließ, den ganzen Inhalt des Päckchens rasch durch die Finger gleiten. Nur
zwei, drei Briefe waren adressiert: „An Frau Landrat
von Innstetten." Er erkannte jetzt auch die Handschrift;
es war die des Majors. Innstetten wusste nichts von einer Korrespondenz zwischen Crampas und Effi, und in
seinem Kopfe begann sich alles zu drehen. Er steckte
das Paket zu sich und ging in sein Zimmer zurück. Etliche Minuten später, und Johanna, zum Zeichen, dass
der Kaffee da sei, klopfte leis an die Tür. Innstetten antwortete auch, aber dabei blieb es; sonst alles still. Erst
nach einer Viertelstunde hörte man wieder sein Auf-
und Abschreiten auf dem Teppich. „Was nur Papa hat?",
sagte Johanna zu Annie. „Der Doktor hat ihm doch gesagt, es sei nichts."

Das Auf- und Abschreiten nebenan wollte kein Ende
nehmen. Endlich erschien Innstetten wieder im Nebenzimmer und sagte: „Johanna, achten Sie auf Annie und
dass sie ruhig auf dem Sofa bleibt. Ich will eine Stunde
gehen oder vielleicht zwei."
Dann sah er das Kind aufmerksam an und entfernte
sich.
„Hast du gesehen, Johanna, wie Papa aussah?"
„Ja, Annie. Er muss einen großen Ärger gehabt haben.
Er war ganz blass. So hab ich ihn noch nie gesehen."
Es vergingen Stunden. Die Sonne war schon unter, und
nur ein roter Widerschein lag noch über den Dächern
drüben, als Innstetten wieder zurückkam. Er gab Annie
die Hand, fragte, wie's ihr gehe, und ordnete dann an,
dass ihm Johanna die Lampe in sein Zimmer bringe. Die

Lampe kam auch. In dem grünen Schirm befanden sich halb durchsichtige Ovale mit Fotografien, allerlei Bildnisse seiner Frau, die noch in Kessin, damals, als man den Wichert'schen „Schritt vom Wege" aufgeführt hatte, für die verschiedenen Mitspielenden angefertigt waren. Innstetten drehte den Schirm langsam von links nach rechts und musterte jedes einzelne Bildnis. Dann ließ er davon ab, öffnete, weil er es schwül fand, die Balkontür und nahm schließlich das Briefpaket wieder zur Hand. Es schien, dass er, gleich beim ersten Durchsehen, ein paar davon ausgewählt und obenauf gelegt hatte. Diese las er jetzt noch einmal mit halblauter Stimme.

„Sei heute Nachmittag wieder in den Dünen, hinter der Mühle. Bei der alten Adermann können wir uns ruhig sprechen, das Haus ist abgelegen genug. Du musst dich nicht um alles so bangen. Wir haben auch ein Recht. Und wenn du dir das eindringlich sagst, wird, denk ich, alle Furcht von dir abfallen. Das Leben wäre nicht des Lebens wert, wenn das alles gelten sollte, was zufällig gilt. Alles Beste liegt jenseits davon. Lerne dich daran freuen."

„... Fort, so schreibst du, Flucht. Unmöglich. Ich kann meine Frau nicht im Stich lassen, zu allem andern auch noch in Not. Es geht nicht, und wir müssen es leicht nehmen, sonst sind wir arm und verloren. Leichtsinn ist das Beste, was wir haben. Alles ist Schicksal. Es hat so sein sollen. Und möchtest du, dass es anders wäre, dass wir uns nie gesehen hätten?"

Dann kam der dritte Brief.

„... Sei heute noch einmal an der alten Stelle. Wie sollen meine Tage hier verlaufen ohne dich! In diesem öden Nest. Ich bin außer mir, und nur darin hast du Recht: Es ist die Rettung, und wir müssen schließlich doch die Hand segnen, die diese Trennung über uns verhängt."

Innstetten hatte die Briefe kaum wieder beiseitegeschoben, als draußen die Klingel ging. Gleich danach meldete Johanna: „Geheimrat Wüllersdorf."

Wüllersdorf trat ein und sah auf den ersten Blick, dass etwas vorgefallen sein müsse.

„Pardon, Wüllersdorf", empfing ihn Innstetten, „dass ich Sie gebeten habe, noch gleich heute bei mir vorzusprechen. Ich störe niemand gern in seiner Abendruhe, am wenigsten einen geplagten Ministerialrat. Es ging aber nicht anders. Ich bitte Sie, machen Sie sich's bequem. Und hier eine Zigarre."

Wüllersdorf setzte sich. Innstetten ging wieder auf und 5 ab und wäre bei der ihn verzehrenden Unruhe gern in Bewegung geblieben, sah aber, dass das nicht gehe. So nahm er denn auch seinerseits eine Zigarre, setzte sich Wüllersdorf gegenüber und versuchte, ruhig zu sein.

„Es ist", begann er, „um zweier Dinge willen, dass 10 ich Sie habe bitten lassen: erst um eine Forderung[1] zu überbringen und zweitens um hinterher, in der Sache selbst, mein Sekundant[2] zu sein; das eine ist nicht angenehm und das andere noch weniger. Und nun Ihre Antwort." 15

„Sie wissen, Innstetten, Sie haben über mich zu verfügen. Aber eh ich die Sache kenne, verzeihen Sie mir die naive Vorfrage: Muss es sein? Wir sind doch über die Jahre weg, Sie, um die Pistole in die Hand zu nehmen, und ich, um dabei mitzumachen. Indessen missverste- 20 hen Sie mich nicht, alles dies soll kein ‚Nein' sein. Wie könnte ich Ihnen etwas abschlagen. Aber nun sagen Sie, was ist es?"

„Es handelt sich um einen Galan[3] meiner Frau, der zugleich mein Freund war oder doch beinah." 25

Wüllersdorf sah Innstetten an. „Innstetten, das ist nicht möglich."

„Es ist mehr als möglich, es ist gewiss. Lesen Sie."

Wüllersdorf flog drüber hin. „Die sind an Ihre Frau gerichtet?" 30

„Ja. Ich fand sie heut in ihrem Nähtisch."

„Und wer hat sie geschrieben?"

„Major Crampas."

„Also Dinge, die sich abgespielt, als Sie noch in Kessin waren?" 35

Innstetten nickte.

---

[1] Duellforderung
[2] Zeuge und Helfer beim Duell
[3] hier: Liebhaber

„Liegt also sechs Jahre zurück oder noch ein halb Jahr länger."

„Ja."

Wüllersdorf schwieg. Nach einer Weile sagte Innstetten:

5 „Es sieht fast so aus, Wüllersdorf, als ob die sechs oder sieben Jahre einen Eindruck auf Sie machten. Es gibt eine Verjährungstheorie, natürlich, aber ich weiß doch nicht, ob wir hier einen Fall haben, diese Theorie gelten zu lassen."

10 „Ich weiß es auch nicht", sagte Wüllersdorf. „Und ich bekenne Ihnen offen, um diese Frage scheint sich hier alles zu drehen."

Innstetten sah ihn groß an. „Sie sagen das in vollem Ernst?"

15 „In vollem Ernst. Es ist keine Sache, sich in jeu d'esprit[1] oder in dialektischen[2] Spitzfindigkeiten zu versuchen."

„Ich bin neugierig, wie Sie das meinen. Sagen Sie mir offen, wie stehen Sie dazu?"

20 „Innstetten, Ihre Lage ist furchtbar, und Ihr Lebensglück ist hin. Aber wenn Sie den Liebhaber totschießen, ist Ihr Lebensglück sozusagen doppelt hin, und zu dem Schmerz über empfangenes Leid kommt noch der Schmerz über getanes Leid. Alles dreht sich um die Fra-
25 ge, müssen Sie's durchaus tun? Fühlen Sie sich so verletzt, beleidigt, empört, dass einer weg muss, er oder Sie? Steht es so?"

„Ich weiß es nicht."

„Sie müssen es wissen."

30 Innstetten war aufgesprungen, trat ans Fenster und tippte voll nervöser Erregung an die Scheiben. Dann wandte er sich rasch wieder, ging auf Wüllersdorf zu und sagte: „Nein, so steht es nicht."

---

[1] franz.: Denksportaufgabe, Wortspiel, Wortwitz

[2] Dialektik: innere Gegensätzlichkeit; philosophische Methode, die sich erhofft, durch die Verbindung widersprüchlicher Thesen in einer „Synthese" eine höhere Erkenntnis zu gewinnen; Fähigkeit, einen Diskussionspartner im Wechsel von Rede und Gegenrede zu überzeugen

„Wie steht es dann?"

„Es steht so, dass ich unendlich unglücklich bin; ich bin gekränkt, schändlich hintergangen, aber trotzdem, ich bin ohne jedes Gefühl von Hass oder gar von Durst nach Rache. Und wenn ich mich frage, warum nicht?, so ⁵ kann ich zunächst nichts anderes finden als die Jahre. Man spricht immer von unsühnbarer Schuld; vor Gott ist es gewiss falsch, aber vor den Menschen auch. Ich hätte nie geglaubt, dass die Zeit, rein als Zeit, so wirken könne. Und dann als Zweites: Ich liebe meine Frau, ja, ¹⁰ seltsam zu sagen, ich liebe sie noch, und so furchtbar ich alles finde, was geschehen, ich bin so sehr im Bann ihrer Liebenswürdigkeit, eines ihr eignen heiteren Charmes, dass ich mich, mir selbst zum Trotz, in meinem letzten Herzenswinkel zum Verzeihen geneigt fühle." ¹⁵

Wüllersdorf nickte. „Kann ganz folgen, Innstetten, würde mir vielleicht ebenso gehen. Aber wenn Sie so zu der Sache stehen und mir sagen: ‚Ich liebe diese Frau so sehr, dass ich ihr alles verzeihen kann', und wenn wir dann das andere hinzunehmen, dass alles weit, weit zu- ²⁰ rückliegt, wie ein Geschehnis auf einem andern Stern, ja, wenn es so liegt, Innstetten, so frage ich, wozu die ganze Geschichte?"

„Weil es trotzdem sein muss. Ich habe mir's hin und her überlegt. Man ist nicht bloß ein einzelner Mensch, man ²⁵ gehört einem Ganzen an, und auf das Ganze haben wir beständig Rücksicht zu nehmen, wir sind durchaus abhängig von ihm. Ging' es, in Einsamkeit zu leben, so könnt ich es gehen lassen; ich trüge dann die mir aufgepackte Last, das rechte Glück wäre hin, aber es müssen ³⁰ so viele leben ohne dies ‚rechte Glück', und ich würde es auch müssen und – auch können. Man braucht nicht glücklich zu sein, am allerwenigsten hat man einen Anspruch darauf, und den, der einem das Glück genommen hat, den braucht man nicht notwendig aus der Welt ³⁵ zu schaffen. Man kann ihn, wenn man weltabgewandt weiterexistieren will, auch laufen lassen. Aber im Zusammenleben mit den Menschen hat sich ein Etwas ausgebildet, das nun mal da ist und nach dessen Paragraphen wir uns gewöhnt haben, alles zu beurteilen, die ⁴⁰ andern und uns selbst. Und dagegen zu verstoßen, geht nicht; die Gesellschaft verachtet uns, und zuletzt tun wir es selbst und können es nicht aushalten und jagen uns die Kugel durch den Kopf. Verzeihen Sie, dass ich Ihnen solche Vorlesung halte, die schließlich doch nur sagt, was sich jeder selber hundertmal gesagt hat. Aber freilich, wer kann was Neues sagen! Also noch einmal, nichts von Hass oder dergleichen, und um eines Glückes willen, das mir genommen wurde, mag ich nicht Blut an den Händen haben; aber jenes, wenn Sie wollen, uns tyrannisierende Gesellschafts-Etwas, das fragt nicht nach Charme und nicht nach Liebe und nicht nach Verjährung. Ich habe keine Wahl. Ich muss."

„Ich weiß doch nicht, Innstetten ..."

Innstetten lächelte. „Sie sollen selbst entscheiden, Wüllersdorf. Es ist jetzt zehn Uhr. Vor sechs Stunden, diese Konzession[1] will ich Ihnen vorweg machen, hatt ich das Spiel noch in der Hand, konnt ich noch das eine und noch das andere, da war noch ein Ausweg. Jetzt nicht mehr, jetzt stecke ich in einer Sackgasse. Wenn Sie wollen, so bin ich selber schuld daran; ich hätte mich besser beherrschen und bewachen, alles in mir verbergen, alles im eignen Herzen auskämpfen sollen. Aber es kam mir zu plötzlich, zu stark, und so kann ich mir kaum einen Vorwurf machen, meine Nerven nicht geschickter in Ordnung gehalten zu haben. Ich ging zu Ihnen und schrieb Ihnen einen Zettel, und damit war das Spiel aus meiner Hand. Von dem Augenblicke an hatte mein Unglück und, was schwerer wiegt, der Fleck auf meiner Ehre einen halben Mitwisser, und nach den ersten Worten, die wir hier gewechselt, hat es einen ganzen. Und weil dieser Mitwisser da ist, kann ich nicht mehr zurück."

„Ich weiß doch nicht", wiederholte Wüllersdorf. „Ich mag nicht gerne zu der alten abgestandenen Phrase greifen, aber doch lässt sich's nicht besser sagen: Innstetten, es ruht alles in mir wie in einem Grabe."

„Ja, Wüllersdorf, so heißt es immer. Aber es gibt keine Verschwiegenheit. Und wenn Sie's wahr machen und

---

[1] Zugeständnis

gegen andere die Verschwiegenheit selber sind, so wissen Sie es, und es rettet mich nicht vor Ihnen, dass Sie mir eben Ihre Zustimmung ausgedrückt und mir sogar gesagt haben: Ich kann Ihnen in allem folgen. Ich bin, und dabei bleibt es, von diesem Augenblicke an ein Gegenstand Ihrer Teilnahme[1] (schon nicht etwas sehr Angenehmes), und jedes Wort, das Sie mich mit meiner Frau wechseln hören, unterliegt Ihrer Kontrolle, Sie mögen wollen oder nicht, und wenn meine Frau von Treue spricht oder, wie Frauen tun, über eine andere zu Gericht sitzt, so weiß ich nicht, wo ich mit meinen Blicken hin soll. Und ereignet sich's gar, dass ich in irgendeiner ganz alltäglichen Beleidigungssache zum Guten rede, ‚weil ja der Dolus[2] fehle' oder so was Ähnliches, so geht ein Lächeln über Ihr Gesicht, oder es zuckt wenigstens darin, und in Ihrer Seele klingt es: ‚Der gute Innstetten, er hat doch eine wahre Passion, alle Beleidigungen auf ihren Beleidigungsgehalt chemisch zu untersuchen, und das richtige Quantum Stickstoff findet er nie. Er ist noch nie an einer Sache erstickt' ... Habe ich Recht, Wüllersdorf, oder nicht?"

Wüllersdorf war aufgestanden. „Ich finde es furchtbar, dass Sie Recht haben, aber Sie haben Recht. Ich quäle Sie nicht länger mit meinem ‚muss es sein'. Die Welt ist einmal, wie sie ist, und die Dinge verlaufen nicht, wie wir wollen, sondern wie die andern wollen. Das mit dem ‚Gottesgericht', wie manche hochtrabend versichern, ist freilich ein Unsinn, nichts davon, umgekehrt, unser Ehrenkultus ist ein Götzendienst, aber wir müssen uns ihm unterwerfen, solange der Götze gilt."

Innstetten nickte.

Sie blieben noch eine Viertelstunde miteinander, und es wurde festgestellt, Wüllersdorf solle noch denselben Abend[3] abreisen. Ein Nachtzug ging um zwölf.

---

[1] hier: Aufmerksamkeit, Anteilnahme, Mitleid
[2] böser Vorsatz, Arglist
[3] Den Duellregeln entsprechend musste eine Forderung innerhalb von 24 Stunden nach der Beleidigung (bzw. ihrer Entdeckung) überbracht werden.

Dann trennten sie sich mit einem kurzen: „Auf Wiedersehen in Kessin."

Achtundzwanzigstes Kapitel

Am andern Abend, wie verabredet, reiste Innstetten. Er benutzte denselben Zug, den am Tage vorher Wüllersdorf benutzt hatte, und war bald nach fünf Uhr früh auf der Bahnstation, von wo der Weg nach Kessin links abzweigte. Wie immer, solange die Saison dauerte, ging auch heute, gleich nach Eintreffen des Zuges, das mehrerwähnte Dampfschiff, dessen erstes Läuten Innstetten schon hörte, als er die letzten Stufen der vom Bahndamm hinabführenden Treppe erreicht hatte. Der Weg bis zur Anlegestelle war keine drei Minuten; er schritt darauf zu und begrüßte den Kapitän, der etwas verlegen war, also im Laufe des gestrigen Tages von der ganzen Sache schon gehört haben musste, und nahm dann seinen Platz in der Nähe des Steuers. Gleich danach löste sich das Schiff vom Brückensteg los; das Wetter war herrlich, helle Morgensonne, nur wenig Passagiere an Bord. Innstetten gedachte des Tages, als er, mit Effi von der Hochzeitsreise zurückkehrend, hier am Ufer der Kessine hin in offenem Wagen gefahren war, – ein grauer Novembertag damals, aber er selber froh im Herzen; nun hatte sich's verkehrt: Das Licht lag draußen, und der Novembertag war in ihm. Viele, viele Male war er dann des Weges hier gekommen, und der Frieden, der sich über die Felder breitete, das Zuchtvieh in den Koppeln, das aufhorchte, wenn er vorüberfuhr, die Leute bei der Arbeit, die Fruchtbarkeit der Äcker, das alles hatte seinem Sinne wohlgetan, und jetzt, in hartem Gegensatz dazu, war er froh, als etwas Gewölk heranzog und den lachenden blauen Himmel leise zu trüben begann. So fuhren sie den Fluss hinab, und bald, nachdem sie die prächtige Wasserfläche des „Breitling" passiert, kam der Kessiner Kirchturm in Sicht und gleich danach auch das Bollwerk und die lange Häuserreihe mit Schiffen und Booten davor. Und nun waren sie heran. Innstetten ver-

abschiedete sich von dem Kapitän und schritt auf den
Steg zu, den man, bequemeren Aussteigens halber, he-
rangerollt hatte. Wüllersdorf war schon da. Beide be-
grüßten sich, ohne zunächst ein Wort zu sprechen, und
gingen dann, quer über den Damm, auf den
Hoppensack'schen Gasthof zu, wo sie unter einem Zelt-
dach Platz nahmen.
„Ich habe mich gestern früh hier einquartiert", sagte
Wüllersdorf, der nicht gleich mit den Sachlichkeiten beginnen wollte. „Wenn man bedenkt, dass Kessin ein
Nest ist, ist es erstaunlich, ein so gutes Hotel hier zu finden. Ich bezweifle nicht, dass mein Freund, der Ober-
kellner, drei Sprachen spricht; seinem Scheitel und seiner ausgeschnittnen Weste nach können wir dreist auf
vier rechnen ... Jean, bitte, wollen Sie uns Kaffee und
Cognac bringen."
Innstetten begriff vollkommen, warum Wüllersdorf diesen Ton anschlug, war auch damit einverstanden, konnte aber seiner Unruhe nicht ganz Herr werden und zog
unwillkürlich die Uhr.
„Wir haben Zeit", sagte Wüllersdorf. „Noch anderthalb
Stunden oder doch beinah. Ich habe den Wagen auf
8 $\frac{1}{4}$ bestellt; wir fahren nicht länger als zehn Minuten."
„Und wo?"
„Crampas schlug erst ein Waldeck vor, gleich hinter
dem Kirchhof. Aber dann unterbrach er sich und sagte:
,Nein, da nicht.' Und dann haben wir uns über eine Stelle zwischen den Dünen geeinigt. Hart am Strand; die
vorderste Düne hat einen Einschnitt, und man sieht aufs
Meer."
Innstetten lächelte. „Crampas scheint sich einen Schön-
heitspunkt ausgesucht zu haben. Er hatte immer die Al-
lüren[1] dazu. Wie benahm er sich?"
„Wundervoll."
„Übermütig? Frivol[2]?"
„Nicht das eine und nicht das andere. Ich bekenne Ihnen
offen, Innstetten, dass es mich erschütterte. Als ich Ihren

---

[1] (besonderes) Benehmen, (arrogantes) Auftreten, Umgangsformen
[2] leichtfertig; frech, schamlos

Namen nannte, wurde er totenblass und rang nach Fassung, und um seine Mundwinkel sah ich ein Zittern. Aber all das dauerte nur einen Augenblick, dann hatte er sich wieder gefasst, und von da ab war alles an ihm ⁵ wehmütige Resignation. Es ist mir ganz sicher, er hat das Gefühl, aus der Sache nicht heil herauszukommen, und will auch nicht. Wenn ich ihn richtig beurteile, er lebt gern und ist zugleich gleichgültig gegen das Leben. Er nimmt alles mit und weiß doch, dass es nicht viel da-¹⁰ mit ist."

„Wer wird ihm sekundieren[1]? Oder sag ich lieber, wen wird er mitbringen?"

„Das war, als er sich wieder gefunden hatte, seine Hauptsorge. Er nannte zwei, drei Adlige aus der Nähe, ¹⁵ ließ sie dann aber wieder fallen, sie seien zu alt und zu fromm, er werde nach Treptow hin telegraphieren an seinen Freund Buddenbrook. Und der ist auch gekommen, famoser Mann, schneidig und doch zugleich wie ein Kind. Er konnte sich nicht beruhigen und ging in ²⁰ größter Erregung auf und ab. Aber als ich ihm alles gesagt hatte, sagte er gerade so wie wir: ‚Sie haben Recht, es muss sein!'"

Der Kaffee kam. Man nahm eine Zigarre, und Wüllersdorf war wieder darauf aus, das Gespräch auf mehr ²⁵ gleichgültige Dinge zu lenken.

„Ich wundere mich, dass keiner von den Kessinern sich einfindet, Sie zu begrüßen. Ich weiß doch, dass Sie sehr beliebt gewesen sind. Und nun gar Ihr Freund Gieshübler ..."

³⁰ Innstetten lächelte. „Da verkennen Sie die Leute hier an der Küste; halb sind es Philister[2] und halb Pfiffici[3], nicht sehr nach meinem Geschmack; aber eine Tugend haben sie, sie sind alle sehr manierlich. Und nun gar mein alter Gieshübler. Natürlich weiß jeder, um was sich's handelt, ³⁵ aber eben deshalb hütet man sich, den Neugierigen zu spielen."

---

[1] als Sekundant zur Seite stehen
[2] Philister: kleinbürgerlicher Mensch, Spießbürger; Nichtakademiker
[3] Pfiffikusse; Pfiffikus (umgangssprachlich): gewitzter, schlauer Mensch

In diesem Augenblicke wurde von links her ein zurück-
geschlagener Chaisewagen[1] sichtbar, der, weil es noch
vor der bestimmten Zeit war, langsam herankam.
„Ist das unser?", fragte Innstetten.
„Mutmaßlich."
Und gleich danach hielt der Wagen vor dem Hotel, und
Innstetten und Wüllersdorf erhoben sich.
Wüllersdorf trat an den Kutscher heran und sagte:
„Nach der Mole."
Die Mole lag nach der entgegengesetzten Strandseite,
rechts statt links, und die falsche Weisung wurde nur
gegeben, um etwaigen Zwischenfällen, die doch immerhin möglich waren, vorzubeugen. Im Übrigen, ob man
sich nun weiter draußen nach rechts oder links zu halten vorhatte, durch die Plantage musste man jedenfalls,
und so führte denn der Weg unvermeidlich an Innstettens alter Wohnung vorüber. Das Haus lag noch stiller
da als früher; ziemlich vernachlässigt sah's in den Par-
terreräumen aus; wie mocht es erst da oben sein! Und
das Gefühl des Unheimlichen, das Innstetten an Effi so
oft bekämpft oder auch wohl belächelt hatte, jetzt überkam es ihn selbst, und er war froh, als sie dran vorüber
waren.
„Da hab ich gewohnt", sagte er zu Wüllersdorf.
„Es sieht sonderbar aus, etwas öd und verlassen."
„Mag auch wohl. In der Stadt galt es als ein Spukhaus,
und wie's heute daliegt, kann ich den Leuten nicht Unrecht geben."
„Was war es denn damit?"
„Ach, dummes Zeug: alter Schiffskapitän mit Enkelin
oder Nichte, die eines schönen Tages verschwand, und
dann ein Chinese, der vielleicht ein Liebhaber war, und
auf dem Flur ein kleiner Haifisch und ein Krokodil, beides an Strippen[2] und immer in Bewegung. Wundervoll
zu erzählen, aber nicht jetzt. Es spukt einem doch allerhand anderes im Kopf."
„Sie vergessen, es kann auch alles glatt ablaufen."

---

[1] Kutsche mit (zurückschlagbarem) Halbverdeck
[2] Strippe (mundartlich): Faden, Schnur

„Darf nicht. Und vorhin, Wüllersdorf, als Sie von Crampas sprachen, sprachen Sie selber anders davon."
Bald danach hatte man die Plantage passiert, und der Kutscher wollte jetzt rechts einbiegen auf die Mole zu.
5 „Fahren Sie lieber links. Das mit der Mole kann nachher kommen."
Und der Kutscher bog links in eine breite Fahrstraße ein, die hinter dem Herrenbade grad auf den Wald zulief. Als sie bis auf dreihundert Schritt an diesen heran wa-
10 ren, ließ Wüllersdorf den Wagen halten, und beide gingen nun, immer durch mahlenden Sand hin, eine ziemlich breite Fahrstraße hinunter, die die hier dreifache Dünenreihe senkrecht durchschnitt. Überall zur Seite standen dichte Büschel von Strandhafer, um diesen he-
15 rum aber Immortellen und ein paar blutrote Nelken. Innstetten bückte sich und steckte sich eine der Nelken ins Knopfloch. „Die Immortellen nachher."
So gingen sie fünf Minuten. Als sie bis an die ziemlich tiefe Senkung gekommen waren, die zwischen den bei-
20 den vordersten Dünenreihen hinlief, sahen sie, nach links hin, schon die Gegenpartei: Crampas und Buddenbrook und mit ihnen den guten Dr. Hannemann, der seinen Hut in der Hand hielt, sodass das weiße Haar im Winde flatterte.
25 Innstetten und Wüllersdorf gingen die Sandschlucht hinauf, Buddenbrook kam ihnen entgegen. Man begrüßte sich, worauf beide Sekundanten beiseitetraten, um noch ein kurzes sachliches Gespräch zu führen. Es lief darauf hinaus, dass man a tempo avancieren[1] und auf
30 zehn Schritt Distance feuern solle. Dann kehrte Buddenbrook an seinen Platz zurück; alles erledigte sich rasch; und die Schüsse fielen. Crampas stürzte.
Innstetten, einige Schritte zurücktretend, wandte sich ab von der Szene. Wüllersdorf aber war auf Buddenbrook
35 zugeschritten, und beide warteten jetzt auf den Ausspruch des Doktors, der die Achseln zuckte. Zugleich deutete Crampas durch eine Handbewegung an, dass er etwas sagen wollte. Wüllersdorf beugte sich zu ihm nie-

---

[1] gleichzeitig vorrücken

der, nickte zustimmend zu ein paar Worten, die kaum
hörbar von des Sterbenden Lippen kamen, und ging
dann auf Innstetten zu.
„Crampas will Sie noch sprechen, Innstetten. Sie müssen
ihm zu Willen sein. Er hat keine drei Minuten Leben
mehr."
Innstetten trat an Crampas heran.
„Wollen Sie ...", das waren seine letzten Worte.
Noch ein schmerzlicher und doch beinah freundlicher
Schimmer in seinem Antlitz, und dann war es vorbei.

Neunundzwanzigstes Kapitel

Am Abend desselben Tages traf Innstetten wieder in
Berlin ein. Er war mit dem Wagen, den er innerhalb der
Dünen an dem Querwege zurückgelassen hatte, direkt
nach der Bahnstation gefahren, ohne Kessin noch einmal
zu berühren, dabei den beiden Sekundanten die Meldung an die Behörden überlassend. Unterwegs (er war
allein im Coupé) hing er, alles noch mal überdenkend,
dem Geschehenen nach; es waren dieselben Gedanken
wie zwei Tage zuvor, nur, dass sie jetzt den umgekehr-
ten Gang gingen und mit der Überzeugtheit von seinem
Recht und seiner Pflicht anfingen, um mit Zweifeln daran aufzuhören. „Schuld, wenn sie überhaupt was ist, ist
nicht an Ort und Stunde gebunden und kann nicht hin-
fällig werden von heute auf morgen. Schuld verlangt
Sühne; das hat einen Sinn. Aber Verjährung ist etwas
Halbes, etwas Schwächliches, zum Mindesten was Prosaisches." Und er richtete sich an dieser Vorstellung auf
und wiederholte sich's, dass es gekommen sei, wie's habe kommen müssen. Aber im selben Augenblicke, wo
dies für ihn feststand, warf er's auch wieder um. „Es
muss eine Verjährung geben, Verjährung ist das einzig
Vernünftige; ob es nebenher auch noch prosaisch ist, ist
gleichgültig; das Vernünftige ist meist prosaisch. Ich bin
jetzt fünfundvierzig. Wenn ich die Briefe fünfundzwanzig Jahre später gefunden hätte, so wär ich siebzig. Dann
hätte Wüllersdorf gesagt: ‚Innstetten, seien Sie kein

Narr.' Und wenn es Wüllersdorf nicht gesagt hätte, so
hätt es Buddenbrook gesagt, und wenn auch der nicht,
so ich selbst. Dies ist mir klar. Treibt man etwas auf die
Spitze, so übertreibt man und hat die Lächerlichkeit.
5 Kein Zweifel. Aber wo fängt es an? Wo liegt die Grenze?
Zehn Jahre verlangen noch ein Duell, und da heißt es
Ehre, und nach elf Jahren oder vielleicht schon bei zehn-
undeinhalb heißt es Unsinn. Die Grenze, die Grenze.
Wo ist sie? War sie da? War sie schon überschritten?
10 Wenn ich mir seinen letzten Blick vergegenwärtige, re-
sig-niert und in seinem Elend doch noch ein Lächeln, so
hieß der Blick: ,Innstetten, Prinzipienreiterei ... Sie konnten es mir ersparen und sich selber auch.' Und er hatte
vielleicht Recht. Mir klingt so was in der Seele. Ja, wenn
15 ich voll tödlichem Hass gewesen wäre, wenn mir hier
ein tiefes Rachegefühl gesessen hätte ... Rache ist nichts
Schönes, aber was Menschliches und hat ein natürlich
menschliches Recht. So aber war alles einer Vorstellung,
einem Begriff zuliebe, war eine gemachte Geschichte,
20 halbe Komödie. Und diese Komödie muss ich nun fort-
setzen und muss Effi wegschicken und sie ruinieren,
und mich mit ... Ich musste die Briefe verbrennen, und
die Welt durfte nie davon erfahren. Und wenn sie dann
kam, ahnungslos, so musst ich ihr sagen: ,Da ist dein
25 Platz', und musste mich innerlich von ihr scheiden.
Nicht vor der Welt. Es gibt so viele Leben, die keine
sind, und so viele Ehen, die keine sind ... dann war das
Glück hin, aber ich hätte das Auge mit seinem Frageblik-
ke und mit seiner stummen, leisen Anklage nicht vor
30 mir."

Kurz vor zehn hielt Innstetten vor seiner Wohnung. Er
stieg die Treppen hinauf und zog die Glocke; Johanna
kam und öffnete.
„Wie steht es mit Annie?"
35 „Gut, gnäd'ger Herr. Sie schläft noch nicht ... Wenn der
gnäd'ge Herr ..."
„Nein, nein, das regt sie bloß auf. Ich sehe sie lieber
morgen früh. Bringen Sie mir ein Glas Tee, Johanna. Wer
war hier?"

„Nur der Doktor."

Und nun war Innstetten wieder allein. Er ging auf und ab, wie er's zu tun liebte. „Sie wissen schon alles; Roswitha ist dumm, aber Johanna ist eine kluge Person. Und wenn sie's nicht mit Bestimmtheit wissen, so haben sie sich's zurechtgelegt und wissen es doch. Es ist merkwürdig, was alles zum Zeichen wird und Geschichten ausplaudert, als wäre jeder mit dabei gewesen."

Johanna brachte den Tee. Innstetten trank. Er war nach der Überanstrengung todmüde und schlief ein.

Innstetten war zu guter Zeit auf. Er sah Annie, sprach ein paar Worte mit ihr, lobte sie, dass sie eine gute Kranke sei, und ging dann aufs Ministerium, um seinem Chef von allem Vorgefallenen Meldung zu machen. Der Minister war sehr gnädig. „Ja, Innstetten, wohl dem, der aus allem, was das Leben uns bringen kann, heil herauskommt; Sie hat's getroffen." Er fand alles, was geschehen, in der Ordnung und überließ Innstetten das Weitere.

Erst spät nachmittags war Innstetten wieder in seiner Wohnung, in der er ein paar Zeilen von Wüllersdorf vorfand. „Heute früh wieder eingetroffen. Eine Welt von Dingen erlebt; Schmerzliches, Rührendes, Gieshübler an der Spitze. Der liebenswürdigste Pucklige[1], den ich je gesehen. Von Ihnen sprach er nicht allzu viel, aber die Frau, die Frau! Er konnte sich nicht beruhigen, und zuletzt brach der kleine Mann in Tränen aus. Was alles vorkommt. Es wäre zu wünschen, dass es mehr Gieshübler gäbe. Es gibt aber mehr andere. Und dann die Szene im Hause des Majors ... furchtbar. Kein Wort davon. Man hat wieder mal gelernt: aufpassen. Ich sehe Sie morgen. Ihr W."

Innstetten war ganz erschüttert, als er gelesen. Er setzte sich und schrieb seinerseits ein paar Briefe. Als er damit zu Ende war, klingelte er: „Johanna, die Briefe in den Kasten."

Johanna nahm die Briefe und wollte gehen.

---

[1] Puckliger (norddeutsch): Buckliger

„... Und dann, Johanna, noch eins: Die Frau kommt nicht wieder, Sie werden von anderen erfahren, warum nicht. Annie darf nichts wissen, wenigstens jetzt nicht. Das arme Kind. Sie müssen es ihr allmählich beibringen, dass sie
5 keine Mutter mehr hat. Ich kann es nicht. Aber machen Sie's gescheit. Und dass Roswitha nicht alles verdirbt."
Johanna stand einen Augenblick ganz wie benommen da. Dann ging sie auf Innstetten zu und küsste ihm die Hand.

10 Als sie wieder draußen in der Küche war, war sie von Stolz und Überlegenheit ganz erfüllt, ja beinahe von Glück. Der gnädige Herr hatte ihr nicht nur alles gesagt, sondern am Schlusse auch noch hinzugesetzt „und dass Roswitha nicht alles verdirbt". Das war die Hauptsache,
15 und ohne dass es ihr an gutem Herzen und selbst an Teilnahme mit der Frau gefehlt hätte, beschäftigte sie doch, über jedes andere hinaus, der Triumph einer gewissen Intimitätsstellung zum gnädigen Herrn.

Unter gewöhnlichen Umständen wäre ihr denn auch die
20 Herauskehrung und Geltendmachung dieses Triumphes ein Leichtes gewesen, aber heute traf sich's so wenig günstig für sie, dass ihre Rivalin, ohne Vertrauensperson gewesen zu sein, sich doch als die Eingeweihtere zeigen sollte. Der Portier unten hatte nämlich, so ziemlich um
25 dieselbe Zeit, wo dies spielte, Roswitha in seine kleine Stube hineingerufen und ihr gleich beim Eintreten ein Zeitungsblatt zum Lesen zugeschoben. „Da, Roswitha, das ist was für Sie; Sie können es mir nachher wieder runterbringen. Es ist bloß das Fremdenblatt[1]: Aber Lene
30 ist schon hin und holt das Kleine Journal[2]. Da wird wohl schon mehr drin stehen; die wissen immer alles. Hören Sie, Roswitha, wer so was gedacht hätte."
Roswitha, sonst nicht allzu neugierig, hatte sich doch nach dieser Ansprache so rasch wie möglich die Hinter-
35 treppe hinaufbegeben und war mit dem Lesen gerade fertig, als Johanna dazukam.

---

[1] „Berliner Fremdenblatt", Berliner Zeitung
[2] „Kleines Journal", Berliner Tageszeitung mit Berichten aus dem Hof- und Gesellschaftsleben

Diese legte die Briefe, die ihr Innstetten eben gegeben,
auf den Tisch, überflog die Adressen oder tat wenigstens so (denn sie wusste längst, an wen sie gerichtet
waren) und sagte mit gut erkünstelter Ruhe: „Einer ist
nach Hohen-Cremmen.“ ⁵

„Das kann ich mir denken“, sagte Roswitha.
Johanna war nicht wenig erstaunt über diese Bemerkung. „Der Herr schreibt sonst nie nach Hohen-Cremmen.“
„Ja, sonst. Aber jetzt ... Denken Sie sich, d a s hat mir ¹⁰
eben der Portier unten gegeben.“
Johanna nahm das Blatt und las nun halblaut eine mit
einem dicken Tintenstrich markierte Stelle: „Wie wir
kurz vor Redaktionsschluss von gut unterrichteter Seite
her vernehmen, hat gestern früh in dem Badeort Kessin, ¹⁵
in Hinterpommern, ein Duell zwischen dem Ministerialrat v. I. (Keithstraße) und dem Major von Crampas stattgefunden. Major von Crampas fiel. Es heißt, dass Beziehungen zwischen ihm und der Rätin, einer schönen und
noch sehr jungen Frau, bestanden haben sollen.“ ²⁰
„Was solche Blätter auch alles schreiben“, sagte Johanna,
die verstimmt war, ihre Neuigkeit überholt zu sehen.
„Ja“, sagte Roswitha. „Und das lesen nun die Menschen
und verschimpfieren[1] mir meine liebe, arme Frau. Und
der arme Major. Nun ist er tot.“ ²⁵
„Ja, Roswitha, was denken Sie sich eigentlich. Soll er
nicht tot sein? Oder soll lieber unser gnädiger Herr tot
sein?“
„Nein, Johanna, unser gnäd'ger Herr, der soll auch leben, alles soll leben. Ich bin nicht für totschießen und ³⁰
kann nicht mal das Knallen hören. Aber bedenken Sie
doch, Johanna, das ist ja nun schon eine halbe Ewigkeit
her, und die Briefe, die mir gleich so sonderbar aussa-
hen, weil sie die rote Strippe hatten und drei- oder viermal umwickelt und dann eingeknotet und keine Schleife ³⁵
– die sahen ja schon ganz gelb aus, so lange ist es her.
Wir sind ja nun schon über sechs Jahre hier, und wie
kann man wegen solcher alten Geschichten ...“

---

[1] beschimpfen, verunglimpfen

„Ach, Roswitha, Sie reden, wie Sie's verstehen. Und bei Lichte besehen, sind Sie schuld. Von den Briefen kommt es her. Warum kamen Sie mit dem Stemmeisen und brachen den Nähtisch auf, was man nie darf; man darf kein Schloss aufbrechen, was ein anderer zugeschlossen hat."

„Aber, Johanna, das ist doch wirklich zu schlecht von Ihnen, mir so was auf den Kopf zuzusagen, und Sie wissen doch, dass Sie schuld sind und dass Sie wie närrisch in die Küche stürzten und mir sagten, der Nähtisch müsse aufgemacht werden, da wäre die Bandage drin, und da bin ich mit dem Stemmeisen gekommen, und nun soll ich schuld sein. Nein, ich sage ..."

„Nun, ich will es nicht gesagt haben, Roswitha. Nur Sie sollen mir nicht kommen und sagen: der arme Major. Was heißt der arme Major! Der ganze arme Major taugte nichts; wer solchen rotblonden Schnurrbart hat und immer wribbelt[1], der taugt nie was und richtet bloß Schaden an. Und wenn man immer in vornehmen Häusern gedient hat ... aber das haben Sie nicht, Roswitha, das fehlt Ihnen eben ... dann weiß man auch, was sich passt und schickt und was Ehre ist, und weiß auch, dass, wenn so was vorkommt, dann geht es nicht anders, und dann kommt das, was man eine Forderung nennt, und dann wird einer totgeschossen."

„Ach, das weiß ich auch; ich bin nicht so dumm, wie Sie mich immer machen wollen. Aber wenn es so lange her ist ..."

„Ja, Roswitha, mit Ihrem ewigen ‚so lange her'; daran sieht man ja eben, dass Sie nichts davon verstehen. Sie erzählen immer die alte Geschichte von Ihrem Vater mit dem glühenden Eisen und wie er damit auf Sie losgekommen, und jedes Mal, wenn ich einen glühenden Bolzen eintue, muss ich auch wirklich immer an Ihren Vater denken und sehe immer, wie er Sie wegen des Kindes, das ja nun tot ist, totmachen will. Ja, Roswitha, davon sprechen Sie in einem fort, und es fehlt bloß noch, dass Sie Anniechen auch die Geschichte erzählen, und wenn Anniechen eingesegnet wird, dann wird sie's auch gewiss erfahren,

---

[1] wribbeln: zwirbeln (hier: den Bart)

und vielleicht denselben Tag noch; und das ärgert mich, dass Sie das alles erlebt haben, und Ihr Vater war doch bloß ein Dorfschmied und hat Pferde beschlagen oder einen Radreifen gelegt, und nun kommen Sie und verlangen von unserm gnäd'gen Herrn, dass er sich das alles ruhig gefallen lässt, bloß weil es so lange her ist. Was heißt lange her? Sechs Jahre ist nicht lange her. Und unsre gnäd'ge Frau – die aber nicht wiederkommt, der gnäd'ge Herr hat es mir eben gesagt – unsre gnäd'ge Frau wird erst sechsundzwanzig, und im August ist ihr Geburtstag, und da kommen Sie mir mit ‚lange her'. Und wenn sie sechsunddreißig wäre, ich sage Ihnen, bei sechsunddreißig muss man erst recht aufpassen, und wenn der gnäd'ge Herr nichts getan hätte, dann hätten ihn die vornehmen Leute ‚geschnitten'. Aber das Wort kennen Sie gar nicht, Roswitha, davon wissen Sie nichts."

„Nein, davon weiß ich nichts, will auch nicht; aber das weiß ich, Johanna, dass Sie in den gnäd'gen Herrn verliebt sind."

Johanna schlug eine krampfhafte Lache auf.

„Ja, lachen Sie nur. Ich seh es schon lange. Sie haben so was. Und ein Glück, dass unser gnäd'ger Herr keine Augen dafür hat ... Die arme Frau, die arme Frau."

Johanna lag daran, Frieden zu schließen. „Lassen Sie's gut sein, Roswitha. Sie haben wieder Ihren Koller[1]; aber ich weiß schon, den haben alle vom Lande."

„Kann schon sein."

„Ich will jetzt nur die Briefe forttragen und unten sehen, ob der Portier vielleicht schon die andere Zeitung hat. Ich habe doch recht verstanden, dass er Lene danach geschickt hat? Und es muss auch mehr darin stehen; das hier ist ja so gut wie gar nichts."

Dreißigstes Kapitel

Effi und die Geheimrätin Zwicker waren seit fast drei Wochen in Ems und bewohnten daselbst das Erdge-

---

[1] Gefühlsausbruch

schoss einer reizenden kleinen Villa. In ihrem zwischen
ihren zwei Wohnzimmern gelegenen gemeinschaftlichen Salon mit Blick auf den Garten stand ein Polysan-
derflügel[1], auf dem Effi dann und wann eine Sonate, die
Zwicker dann und wann einen Walzer spielte; sie war
ganz unmusikalisch und beschränkte sich im Wesentlichen darauf, für Niemann[2] als Tannhäuser[3] zu schwär-
men.

Es war ein herrlicher Morgen; in dem kleinen Garten
zwitscherten die Vögel, und aus dem angrenzenden
Hause, drin sich ein „Lokal" befand, hörte man, trotz
der frühen Stunde, bereits das Zusammenschlagen der
Billardbälle. Beide Damen hatten ihr Frühstück nicht im
Salon selbst, sondern auf einem ein paar Fuß hoch aufgemauerten und mit Kies bestreuten Vorplatz eingenommen, von dem aus drei Stufen nach dem Garten
hinunterführten; die Markise, ihnen zu Häupten, war
aufgezogen, um den Genuss der frischen Luft in nichts
zu beschränken, und sowohl Effi wie die Geheimrätin
waren ziemlich emsig bei ihrer Handarbeit. Nur dann
und wann wurden ein paar Worte gewechselt.

„Ich begreife nicht", sagte Effi, „dass ich schon seit vier
Tagen keinen Brief habe; er schreibt sonst täglich. Ob
Annie krank ist? Oder er selbst?"

Die Zwicker lächelte: „Sie werden erfahren, liebe Freundin, dass er gesund ist, ganz gesund."

Effi fühlte sich durch den Ton, in dem dies gesagt wurde, wenig angenehm berührt und schien antworten zu
wollen, aber in eben diesem Augenblicke trat das aus
der Umgegend von Bonn stammende Hausmädchen,
das sich von Jugend an daran gewöhnt hatte, die man-
nigfachsten Erscheinungen des Lebens an Bonner Studenten und Bonner Husaren zu messen, vom Salon her
auf den Vorplatz hinaus, um hier den Frühstückstisch
abzuräumen. Sie hieß Afra.

---

[1]   Palisander: dunkles, hartes tropisches Edelholz
[2]   Albert Niemann (1831–1917), berühmter Tenor
[3]   Titelfigur aus Richard Wagners romantischer Oper „Tannhäuser
      und der Sängerkrieg auf Wartburg" (1842/45)

„Afra", sagte Effi, „es muss doch schon neun sein; war der Postbote noch nicht da?"

„Nein, noch nicht, gnäd'ge Frau."

„Woran liegt es?"

„Natürlich an dem Postboten; er ist aus dem Siegen'schen und hat keinen Schneid[1]. Ich hab's ihm auch schon gesagt, das sei die ‚reine Lodderei'[2]. Und wie ihm das Haar sitzt; ich glaube, er weiß gar nicht, was ein Scheitel ist."

„Afra, Sie sind mal wieder zu streng. Denken Sie doch: Postbote, und so tagaus, tagein bei der ewigen Hitze ..."

„Ist schon recht, gnäd'ge Frau. Aber es gibt doch andere, die zwingen's; wo's drinsteckt, da geht es auch." Und während sie noch so sprach, nahm sie das Tablett geschickt auf ihre fünf Fingerspitzen und stieg die Stufen hinunter, um durch den Garten hin den näheren Weg in die Küche zu nehmen.

„Eine hübsche Person", sagte die Zwicker. „Und so quick[3] und kasch[4], und ich möchte fast sagen von einer natürlichen Anmut. Wissen Sie, liebe Baronin, dass mich diese Afra ... übrigens ein wundervoller Name, und es soll sogar eine heilige Afra[5] gegeben haben, aber ich glaube nicht, dass unsere davon abstammt ..."

„Und nun, liebe Geheimrätin, vertiefen Sie sich wieder in Ihr Nebenthema, das diesmal Afra heißt, und vergessen darüber ganz, was Sie eigentlich sagen wollten ..."

„Doch nicht, liebe Freundin, oder ich finde mich wenigstens wieder zurück. Ich wollte sagen, dass mich diese Afra ganz ungemein an die stattliche Person erinnert, die ich in Ihrem Hause ..."

„Ja, Sie haben Recht. Es ist eine Ähnlichkeit da. Nur unser Berliner Hausmädchen ist doch erheblich hübscher und namentlich ihr Haar viel schöner und voller. Ich habe so schönes flachsenes Haar, wie unsere Johanna hat,

---

[1] hier: Tatkraft
[2] Lotterei: Faulenzerei
[3] rege, schnell
[4] schnell
[5] Märtyrerin, 304 im Zuge der Christenverfolgung durch den römischen Kaiser Diokletian verbrannt

überhaupt noch nicht gesehen. Ein bisschen davon sieht man ja wohl, aber solche Fülle ..."

Die Zwicker lächelte. „Das ist wirklich selten, dass man eine junge Frau mit solcher Begeisterung von dem flach-
5 senen Haar ihres Hausmädchens sprechen hört. Und nun auch noch von der Fülle! Wissen Sie, dass ich das rührend finde. Denn eigentlich ist man doch bei der Wahl der Mädchen in einer beständigen Verlegenheit. Hübsch sollen sie sein, weil es jeden Besucher, wenigs-
10 tens die Männer, stört, eine lange Stakete[1] mit griesem[2] Teint und schwarzen Rändern in der Türöffnung er- scheinen zu sehen, und ein wahres Glück, dass die Kor- ridore meistens so dunkel sind. Aber nimmt man wieder zu viel Rücksicht auf solche Hausrepräsentation und
15 den sogenannten ersten Eindruck und schenkt man wohl gar noch einer solchen hübschen Person eine wei- ße Tändelschürze[3] nach der andern, so hat man eigent- lich keine ruhige Stunde mehr und fragt sich, wenn man nicht zu eitel ist und nicht zu viel Vertrauen zu sich sel-
20 ber hat, ob da nicht Remedur[4] geschaffen werden müs- se. Remedur war nämlich ein Lieblingswort von Zwik- ker, womit er mich oft gelangweilt hat; aber freilich, alle Geheimräte haben solche Lieblingsworte."

Effi hörte mit sehr geteilten Empfindungen zu. Wenn
25 die Geheimrätin nur ein bisschen anders gewesen wäre, so hätte dies alles reizend sein können, aber da sie nun mal war, wie sie war, so fühlte sich Effi wenig angenehm von dem berührt, was sie sonst vielleicht einfach erhei- tert hätte.

30 „Das ist schon recht, liebe Freundin, was Sie da von den Geheimräten sagen. Innstetten hat sich auch dergleichen angewöhnt, lacht aber immer, wenn ich ihn daraufhin ansehe, und entschuldigt sich hinterher wegen der Ak- tenausdrücke. Ihr Herr Gemahl war freilich schon län-
35 ger im Dienst und überhaupt wohl älter ..."

---

[1] Stange, Latte
[2] von: Grieß: (grob)körniger Stoff
[3] Zierschürze mit Spitzen und Stickereien
[4] Abhilfe

„Um ein Geringes", sagte die Geheimrätin spitz und ablehnend.

„Und alles in allem kann ich mich in Befürchtungen, wie Sie sie aussprechen, nicht recht zurechtfinden. Das, was man gute Sitte nennt, ist doch immer noch eine Macht ..." 5

„Meinen Sie?"

„... Und ich kann mir namentlich nicht denken, dass es gerade Ihnen, liebe Freundin, beschieden gewesen sein sollte, solche Sorgen und Befürchtungen durchzumachen. Sie haben, Verzeihung, dass ich diesen Punkt hier so offen berühre, 10 gerade das, was die Männer einen ‚Charme' nennen, Sie sind heiter, fesselnd, anregend, und, wenn es nicht indiskret ist, so möcht ich, angesichts dieser Ihrer Vorzüge, wohl fragen dürfen, stützt sich das, was Sie da sagen, auf allerlei Schmerzliches, das Sie persönlich erlebt haben?" 15

„Schmerzliches?", sagte die Zwicker. „Ach, meine liebe, gnädigste Frau, Schmerzliches, das ist ein zu großes Wort, auch dann noch, wenn man vielleicht wirklich manches erlebt hat. Schmerzlich ist einfach zu viel, viel zu viel. Und dann hat man doch schließlich auch seine 20 Hülfsmittel und Gegenkräfte. Sie dürfen dergleichen nicht zu tragisch nehmen."

„Ich kann mir keine rechte Vorstellung von dem machen, was Sie anzudeuten belieben. Nicht, als ob ich nicht wüsste, was Sünde sei, das weiß ich auch; aber es 25 ist doch ein Unterschied, ob man so hineingerät in allerlei schlechte Gedanken oder ob einem derlei Dinge zur halben oder auch wohl zur ganzen Lebensgewohnheit werden. Und nun gar im eigenen Hause..."

„Davon will ich nicht sprechen, das will ich nicht so direkt 30 gesagt haben, obwohl ich, offen gestanden, auch nach dieser Seite hin voller Misstrauen bin, oder, wie ich jetzt sagen muss, war; denn es liegt ja alles zurück. Aber da gibt es Außengebiete. Haben Sie von Landpartien gehört?"

„Gewiss. Und ich wollte wohl, Innstetten hätte mehr 35 Sinn dafür ..."

„Überlegen Sie sich das, liebe Freundin. Zwicker saß immer in Saatwinkel[1]. Ich kann Ihnen nur sagen, wenn

---

[1] Berliner Ausflugsziel am Tegeler See

ich das Wort höre, gibt es mir noch jetzt einen Stich ins
Herz. Überhaupt diese Vergnügungsörter in der Umgegend unseres lieben, alten Berlin! Denn ich liebe Berlin
trotz alledem. Aber schon die bloßen Namen der dabei
5 infrage kommenden Ortschaften umschließen eine Welt
von Angst und Sorge. Sie lächeln. Und doch, sagen Sie
selbst, liebe Freundin, was können Sie von einer großen
Stadt und ihren Sittlichkeitszuständen erwarten, wenn
Sie beinah unmittelbar vor den Toren derselben (denn
10 zwischen Charlottenburg und Berlin ist kein rechter Unterschied mehr), auf kaum tausend Schritte zusammen-
gedrängt, einem Pichelsberg, einem Pichelsdorf und einem Pichelswerder[1] begegnen. Dreimal Pichel[2] ist zu
viel. Sie können die ganze Welt absuchen, das finden Sie
15 nicht wieder."
Effi nickte.
„Und das alles", fuhr die Zwicker fort, „geschieht am
grünen Holze der Havelseite. Das alles liegt nach Westen zu, da haben Sie Kultur und höhere Gesittung. Aber
20 nun gehen Sie, meine Gnädigste, nach der andern Seite
hin, die Spree hinauf. Ich spreche nicht von Treptow
und Stralau, das sind Bagatellen, Harmlosigkeiten, aber
wenn Sie die Spezialkarte zur Hand nehmen wollen, da
begegnen Sie neben mindestens sonderbaren Namen
25 wie Kiekebusch, wie Wuhlheide ... Sie hätten hören sollen, wie Zwicker das Wort aussprach ... Namen von geradezu brutalem Charakter, mit denen ich Ihr Ohr nicht
verletzen will. Aber natürlich sind das gerade die Plätze,
die bevorzugt werden. Ich hasse diese Landpartien, die
30 sich das Volksgemüt als eine Kremserpartie[3] mit ‚Ich
bin ein Preuße' vorstellt, in Wahrheit aber schlummern
hier die Keime einer sozialen Revolution. Wenn ich sage

---

[1] Pichelsberg, Pichelsdorf und Pichelswerder waren drei beliebte
Berliner Ausflugsziele in der Nähe von Spandau.

[2] Anspielung auf „Pichelei", umgangssprachlich für Trinkerei

[3] Landpartie (Landausflug) in einem Kremser (nach einem Berliner
Fuhrunternehmer benannter, offener Pferdemietwagen für 10 bis
20 Personen; meist mit Verdeck)

soziale Revolution, so meine ich natürlich moralische Revolution, alles andere ist bereits wieder überholt, und schon Zwicker sagte mir noch in seinen letzten Tagen: ‚Glaube mir, Sophie, Saturn frisst seine Kinder.'[1] Und Zwicker, welche Mängel und Gebrechen er haben mochte, das bin ich ihm schuldig, er war ein philosophischer Kopf und hatte ein natürliches Gefühl für historische Entwickelung ... Aber ich sehe, meine liebe Frau von Innstetten, so artig sie sonst ist, hört nur noch mit halbem Ohr zu; natürlich, der Postbote hat sich drüben blicken lassen, und da fliegt denn das Herz hinüber und nimmt die Liebesworte vorweg aus dem Briefe heraus ... Nun, Böselager, was bringen Sie?"

Der Angeredete war mittlerweile bis an den Tisch herangetreten und packte aus: mehrere Zeitungen, zwei Friseuranzeigen und zuletzt auch einen großen eingeschriebenen Brief an Frau Baronin von Innstetten, geb. von Briest.

Die Empfängerin unterschrieb, und nun ging der Postbote wieder. Die Zwicker aber überflog die Friseuranzeigen und lachte über die Preisermäßigung von Shampooing.

Effi hörte nicht hin; sie drehte den ihrerseits empfangenen Brief zwischen den Fingern und hatte eine ihr unerklärliche Scheu, ihn zu öffnen. Eingeschrieben und mit zwei großen Siegeln gesiegelt und ein dickes Couvert. Was bedeutete das? Poststempel: „Hohen-Cremmen", und die Adresse von der Handschrift der Mutter. Von Innstetten, es war der fünfte Tag, keine Zeile.

Sie nahm eine Stickschere mit Perlmuttergriff und schnitt die Längsseite des Briefes langsam auf. Und nun harrte ihrer eine neue Überraschung. Der Briefbogen, ja das waren eng geschriebene Zeilen von der Mama, dar-

---

[1] Anspielung auf Georg Büchners (1813–37) Drama „Dantons Tod" (1835). Danton sagt darin (I, 5): „Ich weiß wohl – die Revolution ist wie Saturn, sie frisst ihre eigenen Kinder." Dem Mythos nach verschlang der römische Gott Saturnus (griech.: Kronos) seine Kinder, nachdem ihm geweissagt worden war, dass sie ihn stürzen würden. Jupiter (Zeus) entging den Morden und erfüllte die Prophezeiung.

in eingelegt aber waren Geldscheine mit einem breiten Papierstreifen drum herum, auf dem mit Rotstift, und zwar von des Vaters Hand, der Betrag der eingelegten Summe verzeichnet war.

5 Sie schob das Konvolut zurück und begann zu lesen, während sie sich in den Schaukelstuhl zurücklehnte. Aber sie kam nicht weit, die Zeilen entfielen ihr, und aus ihrem Gesicht war alles Blut fort. Dann bückte sie sich und nahm den Brief wieder auf.

10 „Was ist Ihnen, liebe Freundin? Schlechte Nachrichten?" Effi nickte, gab aber weiter keine Antwort und bat nur, ihr ein Glas Wasser reichen zu wollen. Als sie getrunken, sagte sie: „Es wird vorübergehen, liebe Geheimrätin, aber ich möchte mich doch einen Augenblick zurückzie-
15 hen ... Wenn Sie mir Afra schicken könnten."

Und nun erhob sie sich und trat in den Salon zurück, wo sie sichtlich froh war, einen Halt gewinnen und sich an dem Palisanderflügel entlangfühlen zu können. So kam sie bis an ihr nach rechts hin gelegenes Zimmer, und als
20 sie hier, tappend und suchend, die Tür geöffnet und das Bett an der Wand gegenüber erreicht hatte, brach sie ohnmächtig zusammen.

Einunddreißigstes Kapitel

Minuten vergingen. Als Effi sich wieder erholt hatte,
25 setzte sie sich auf einen am Fenster stehenden Stuhl und sah auf die stille Straße hinaus. Wenn da doch Lärm und Streit gewesen wäre; aber nur der Sonnenschein lag auf dem chaussierten Wege und dazwischen die Schatten, die das Gitter und die Bäume warfen. Das Gefühl des
30 Alleinseins in der Welt überkam sie mit seiner ganzen Schwere. Vor einer Stunde noch eine glückliche Frau, Liebling aller, die sie kannten, und nun ausgestoßen. Sie hatte nur erst den Anfang des Briefes gelesen, aber genug, um ihre Lage klar vor Augen zu haben. Wohin? Sie
35 hatte keine Antwort darauf, und doch war sie voll tiefer Sehnsucht, aus dem herauszukommen, was sie hier umgab, also fort von dieser Geheimrätin, der das alles bloß

ein „interessanter Fall" war, und deren Teilnahme, wenn etwas davon existierte, sicher an das Maß ihrer Neugier nicht heranreichte.

„Wohin?"

Auf dem Tische vor ihr lag der Brief; aber ihr fehlte der Mut weiterzulesen. Endlich sagte sie: „Wovor bange ich mich noch? Was kann noch gesagt werden, das ich mir nicht schon selber sagte? Der, um den all dies kam, ist tot, eine Rückkehr in mein Haus gibt es nicht, in ein paar Wochen wird die Scheidung ausgesprochen sein, und das Kind wird man dem Vater lassen. Natürlich. Ich bin schuldig, und eine Schuldige kann ihr Kind nicht erziehen. Und wovon auch? Mich selbst werde ich wohl durchbringen. Ich will sehen, was die Mama darüber schreibt, wie sie sich mein Leben denkt."

Und unter diesen Worten nahm sie den Brief wieder, um auch den Schluss zu lesen.

„... Und nun deine Zukunft, meine liebe Effi. Du wirst dich auf dich selbst stellen müssen, und darfst dabei, soweit äußere Mittel mitsprechen, unserer Unterstützung sicher sein. Du wirst am besten in Berlin leben (in einer großen Stadt vertut sich dergleichen am besten) und wirst da zu den vielen gehören, die sich um freie Luft und lichte Sonne gebracht haben. Du wirst einsam leben, und wenn du das nicht willst, wahrscheinlich aus deiner Sphäre herabsteigen müssen. Die Welt, in der du gelebt hast, wird dir verschlossen sein. Und was das Traurigste für uns und für dich ist (auch für dich, wie wir dich zu kennen vermeinen) – auch das elterliche Haus wird dir verschlossen sein; wir können dir keinen stillen Platz in Hohen-Cremmen anbieten, keine Zuflucht in unserem Hause, denn es hieße das, dies Haus von aller Welt abschließen, und das zu tun, sind wir entschieden nicht geneigt. Nicht weil wir zu sehr an der Welt hingen und ein Abschiednehmen von dem, was sich ‚Gesellschaft' nennt, uns als etwas unbedingt Unerträgliches erschiene; nein, nicht deshalb, sondern einfach weil wir Farbe bekennen, und vor aller Welt, ich kann dir das Wort nicht ersparen, unsere Verurteilung deines Tuns, des Tuns unseres einzigen und von uns so sehr geliebten Kindes, aussprechen wollen ..."

Effi konnte nicht weiterlesen; ihre Augen füllten sich mit Tränen, und nachdem sie vergeblich dagegen angekämpft hatte, brach sie zuletzt in ein heftiges Schluchzen und Weinen aus, darin sich ihr Herz erleichterte.

5 Nach einer halben Stunde klopfte es, und auf Effis „Herein" erschien die Geheimrätin.

„Darf ich eintreten?"

„Gewiss, liebe Geheimrätin", sagte Effi, die jetzt, leicht zugedeckt und die Hände gefaltet, auf dem Sofa lag.
10 „Ich bin erschöpft und habe mich hier eingerichtet, so gut es ging. Darf ich Sie bitten, sich einen Stuhl zu nehmen."

Die Geheimrätin setzte sich so, dass der Tisch, mit einer Blumenschale darauf, zwischen ihr und Effi war. Effi
15 zeigte keine Spur von Verlegenheit und änderte nichts in ihrer Haltung, nicht einmal die gefalteten Hände. Mit einem Male war es ihr vollkommen gleichgültig, was die Frau dachte; nur fort wollte sie.

„Sie haben eine traurige Nachricht empfangen, liebe,
20 gnädigste Frau ..."

„Mehr als traurig", sagte Effi. „Jedenfalls traurig genug, um unserem Beisammensein ein rasches Ende zu machen. Ich muss noch heute fort."

„Ich möchte nicht zudringlich erscheinen, aber ist es et-
25 was mit Annie?"

„Nein, nicht mit Annie. Die Nachrichten kamen überhaupt nicht aus Berlin, es waren Zeilen meiner Mama. Sie hat Sorgen um mich, und es liegt mir daran, sie zu zerstreuen, oder wenn ich das nicht kann, wenigstens an
30 Ort und Stelle zu sein."

„Mir nur zu begreiflich, sosehr ich es beklage, diese letzten Emser Tage nun ohne Sie verbringen zu sollen. Darf ich Ihnen meine Dienste zur Verfügung stellen?"

Ehe Effi darauf antworten konnte, trat Afra ein und mel-
35 dete, dass man sich eben zum Lunch versammle. Die Herrschaften seien alle sehr in Aufregung: Der Kaiser käme wahrscheinlich auf drei Wochen, und am Schluss seien große Manöver, und die Bonner Husaren kämen auch.

Die Zwicker überschlug sofort, ob es sich verlohnen würde, bis dahin zu bleiben, kam zu einem entschiedenen „Ja" und ging dann, um Effis Ausbleiben beim Lunch zu entschuldigen.

Als gleich danach auch Afra gehen wollte, sagte Effi: „Und dann, Afra, wenn Sie frei sind, kommen Sie wohl noch eine Viertelstunde zu mir, um mir beim Packen behülflich zu sein. Ich will heute noch mit dem Sieben-Uhr-Zuge fort."

„Heute noch? Ach, gnädigste Frau, das ist doch aber schade. Nun fangen ja die schönen Tage erst an."

Effi lächelte.

Die Zwicker, die noch allerlei zu hören hoffte, hatte sich nur mit Mühe bestimmen lassen, der „Frau Baronin" beim Abschiede nicht das Geleit zu geben. „Auf einem Bahnhofe", so hatte Effi versichert, „sei man immer so zerstreut und nur mit seinem Platz und seinem Gepäck beschäftigt; gerade Personen, die man lieb habe, von denen nähme man gern vorher Abschied." Die Zwicker bestätigte das, trotzdem sie das Vorgeschützte darin sehr wohl heraushörte; sie hatte hinter allen Türen gestanden und wusste gleich, was echt und unecht war.

Afra begleitete Effi zum Bahnhof und ließ sich fest versprechen, dass die Frau Baronin im nächsten Sommer wiederkommen wolle; wer mal in Ems gewesen, der komme immer wieder. Ems sei das Schönste, außer Bonn.

Die Zwicker hatte sich mittlerweile zum Briefschreiben niedergesetzt, nicht an dem etwas wackligen Rokokosekretär im Salon, sondern draußen auf der Veranda, an demselben Tisch, an dem sie kaum zehn Stunden zuvor mit Effi das Frühstück genommen hatte.

Sie freute sich auf den Brief, der einer befreundeten, zurzeit in Reichenhall weilenden Berliner Dame zugute kommen sollte. Beider Seelen hatten sich längst gefunden und gipfelten in einer der ganzen Männerwelt geltenden starken Skepsis; sie fanden die Männer durchweg weit zurückbleibend hinter dem, was billigerweise gefordert werden könne, die sogenannten „forschen" am meisten. „Die, die vor Verlegenheit nicht wissen, wo sie hinsehen sollen, sind, nach einem kurzen Vorstudium, immer noch die besten, aber die eigentlichen Don Juans erweisen sich jedes Mal als eine Enttäuschung. Wo soll es am Ende auch herkommen." Das waren so Weisheitssätze, die zwischen den zwei Freundinnen ausgetauscht wurden.

Die Zwicker war schon auf dem zweiten Bogen und fuhr in ihrem mehr als dankbaren Thema, das natürlich „Effi" hieß, eben wie folgt fort: „Alles in allem war sie sehr zu leiden, artig, anscheinend offen, ohne jeden Adelsdünkel (oder doch groß in der Kunst, ihn zu verbergen) und immer interessiert, wenn man ihr etwas Interessantes erzählte, wovon ich, wie ich dir nicht zu versichern brauche, den ausgiebigsten Gebrauch machte. Nochmals also, reizende junge Frau, fünfundzwanzig oder nicht viel mehr. Und doch hab ich dem Frieden nie getraut und traue ihm auch in diesem Augenblicke noch nicht, ja, jetzt vielleicht am wenigsten. Die Geschichte heute mit dem Briefe – da steckt eine wirkliche Geschichte dahinter. Dessen bin ich so gut wie sicher. Es wäre das erste Mal, dass ich mich in solcher Sache geirrt hätte. Dass sie mit Vorliebe von den Berliner Modepredigern sprach und das Maß der Gottseligkeit jedes einzelnen feststellte, das, und der gelegentliche Gretchenblick[1], der jedesmal versicherte, kein Wässerchen trüben zu können – alle diese Dinge haben mich in meinem Glauben ... Aber da kommt eben unsere Afra, von der ich dir, glaub ich, schon schrieb, eine hübsche Person, und packt mir ein Zeitungsblatt auf den Tisch, das ihr, wie sie sagt, unsere Frau Wirtin für mich gegeben habe; die blau angestrichne Stelle. Nun verzeih, wenn ich diese Stelle erst lese ...

Nachschrift. Das Zeitungsblatt war interessant genug und kam wie gerufen. Ich schneide die blau angestrichene Stelle heraus und lege sie diesen Zeilen bei. Du siehst daraus, dass ich mich nicht geirrt habe. Wer mag nur

---

[1] Anspielung auf Gretchen aus Goethes „Faust" (I, V 2616): „Wie sie die Augen niederschlägt."

der Crampas sein? Es ist unglaublich – erst selber Zettel und Briefe schreiben und dann auch noch die des anderen aufbewahren! Wozu gibt es Öfen und Kamine? Solange wenigstens, wie dieser Duellunsinn noch existiert, darf dergleichen nicht vorkommen; einem kommenden Geschlechte kann diese Briefschreibepassion (weil dann gefahrlos geworden) vielleicht freigegeben werden. Aber so weit sind wir noch lange nicht. Übrigens bin ich voll Mitleid mit der jungen Baronin und finde, eitel wie man nun mal ist, meinen einzigen Trost darin, mich in der Sache selbst nicht getäuscht zu haben. Und der Fall lag nicht so ganz gewöhnlich. Ein schwächerer Diagnostiker[1] hätte sich doch vielleicht hinters Licht führen lassen. Wie immer
Deine Sophie."

Zweiunddreißigstes Kapitel

Drei Jahre waren vergangen, und Effi bewohnte seit fast ebenso langer Zeit eine kleine Wohnung in der Königgrätzer Straße, zwischen Askanischem Platz und Halleschem Tor: ein Vorder- und Hinterzimmer, und hinter diesem die Küche mit Mädchengelass, alles so durchschnittsmäßig und alltäglich wie nur möglich. Und doch war es eine apart hübsche Wohnung, die jedem, der sie sah, angenehm auffiel, am meisten vielleicht dem alten Geheimrat Rummschüttel, der, dann und wann vorsprechend, der armen jungen Frau nicht bloß die nun weit zurückliegende Rheumatismus- und Neuralgie-Komödie, sondern auch alles, was seitdem sonst noch vorgekommen war, längst verziehen hatte, wenn es für ihn der Verzeihung überhaupt bedurfte.
Denn Rummschüttel kannte noch ganz anderes. Er war jetzt ausgangs Siebzig, aber wenn Effi, die seit einiger Zeit ziemlich viel kränkelte, ihn brieflich um seinen Besuch bat, so war er am anderen Vormittag auch da und wollte von Entschuldigungen, dass es so hoch sei, nichts

---

[1] jemand, der eine Diagnose stellt, einen Zustand beurteilt

wissen. „Nur keine Entschuldigungen, meine liebe, gnädigste Frau; denn erstens ist es mein Metier[1], und zweitens bin ich glücklich und beinahe stolz, die drei Treppen so gut noch steigen zu können. Wenn ich nicht
5 fürchten müsste, Sie zu belästigen – denn ich komme
doch schließlich als Arzt und nicht als Naturfreund und
Landschaftsschwärmer –, so käme ich wohl noch öfter,
bloß um Sie zu sehen und mich hier etliche Minuten an
Ihr Hinterfenster zu setzen. Ich glaube, Sie würdigen
10 den Ausblick nicht genug."

„O doch, doch", sagte Effi; Rummschüttel aber ließ sich
nicht stören und fuhr fort: „Bitte, meine gnädigste Frau,
treten Sie hier heran, nur einen Augenblick, oder erlauben Sie mir, dass ich Sie bis an das Fenster führe. Wieder
15 ganz herrlich heute. Sehen Sie doch nur die verschiedenen Bahndämme, drei, nein vier, und wie es beständig
darauf hin und her gleitet ... und nun verschwindet der
Zug da wieder hinter einer Baumgruppe. Wirklich herrlich. Und wie die Sonne den weißen Rauch durchleuch-
20 tet! Wäre der Matthäikirchhof[2] nicht unmittelbar dahinter, so wäre es ideal."

„Ich sehe gern Kirchhöfe."

„Ja, Sie dürfen das sagen. Aber unserein! Unsereinem
kommt unabweislich immer die Frage, könnten hier
25 nicht vielleicht einige weniger liegen? Im Übrigen, meine
gnädigste Frau, bin ich mit Ihnen zufrieden und beklage
nur, dass Sie von Ems nichts wissen wollen; Ems, bei Ihren katarrhalischen Affektionen, würde Wunder ..."

Effi schwieg.

30 „Ems würde Wunder tun. Aber da Sie's nicht mögen
(und ich finde mich darin zurecht), so trinken Sie den
Brunnen hier. In drei Minuten sind Sie im Prinz Albrecht'schen Garten[3], und wenn auch die Musik und die
Toiletten und all die Zerstreuungen einer regelrechten
35 Brunnenpromenade fehlen, der Brunnen selbst ist doch
die Hauptsache."

---

[1] Beruf, -Arbeitsgebiet
[2] Friedhof in Berlin-Schöneberg
[3] Park am Palais des Prinzen Albrecht von Preußen (1837–1906)

Effi war einverstanden, und Rummschüttel nahm Hut und Stock. Aber er trat noch einmal an das Fenster heran. „Ich höre von einer Terrassierung des Kreuzbergs[1] sprechen, Gott segne die Stadtverwaltung, und wenn dann erst die kahle Stelle da hinten mehr in Grün stehen wird ... Eine reizende Wohnung. Ich könnte Sie fast beneiden ... Und was ich schon längst einmal sagen wollte, meine gnädige Frau, Sie schreiben mir immer einen so liebenswürdigen Brief. Nun, wer freute sich dessen nicht? Aber es ist doch jedesmal eine Mühe ... Schicken Sie mir doch einfach Roswitha."
Effi dankte ihm, und so schieden sie.

„Schicken Sie mir doch einfach Roswitha . . .", hatte Rummschüttel gesagt. Ja, war denn Roswitha bei Effi? War sie denn statt in der Keith- in der Königgrätzer Straße? Gewiss war sie's und zwar sehr lange schon, geradeso lange, wie Effi selbst in der Königgrätzer Straße wohnte. Schon drei Tage vor diesem Einzug hatte sich Roswitha bei ihrer lieben gnädigen Frau sehen lassen, und das war ein großer Tag für beide gewesen, so sehr, dass dieses Tages hier noch nachträglich gedacht werden muss.
Effi hatte damals, als der elterliche Absagebrief aus Hohen-Cremmen kam und sie mit dem Abendzuge von Ems nach Berlin zurückreiste, nicht gleich eine selbstständige Wohnung genommen, sondern es mit einem Unterkommen in einem Pensionate[2] versucht. Es war ihr damit auch leidlich geglückt. Die beiden Damen, die dem Pensionate vorstanden, waren gebildet und voll Rücksicht und hatten es längst verlernt, neugierig zu sein. Es kam da so vieles zusammen, dass ein Eindringenwollen in die Geheimnisse jedes Einzelnen viel zu umständlich gewesen wäre. Dergleichen hinderte nur den Geschäftsgang. Effi, die die mit den Augen angestellten Kreuzverhöre der Zwicker noch in Erinnerung hatte, fühlte sich denn auch

von dieser Zurückhaltung der Pensionsdamen sehr angenehm berührt, als aber vierzehn Tage vorüber waren,
empfand sie doch deutlich, dass die hier herrschende Ge-
samtatmosphäre, die physische wie die moralische, nicht
5 wohl ertragbar für sie sei. Bei Tisch waren sie zumeist zu
sieben, und zwar außer Effi und der einen Pensionsvor-
steherin (die andere leitete draußen das Wirtschaftliche)
zwei die Hochschule besuchende Engländerinnen, eine
adelige Dame aus Sachsen, eine sehr hübsche galizische
10 Jüdin, von der niemand wusste, was sie eigentlich vorhatte, und eine Kantorstochter aus Polzin in Pommern, die
Malerin werden wollte. Das war eine schlimme Zusam-
mensetzung, und die gegenseitigen Überheblichkeiten,
bei denen die Engländerinnen merkwürdigerweise nicht
15 absolut obenan standen, sondern mit der vom höchsten
Malergefühl erfüllten Polzinerin um die Palme[1] rangen,
waren unerquicklich; dennoch wäre Effi, die sich passiv
verhielt, über den Druck, den diese geistige Atmosphäre
übte, hinweggekommen, wenn nicht, rein physisch und
20 äußerlich, die sich hinzugesellende Pensionsluft gewesen
wäre. Woraus sich diese eigentlich zusammensetzte, war
vielleicht überhaupt unerforschlich, aber dass sie der sehr
empfindlichen Effi den Atem raubte, war nur zu gewiss,
und so sah sie sich, aus diesem äußerlichen Grunde, sehr
25 bald schon zur Aus- und Umschau nach einer anderen
Wohnung gezwungen, die sie denn auch in verhältnismä-
ßiger Nähe fand. Es war dies die vorgeschilderte Wohnung in der Königgrätzer Straße. Sie sollte dieselbe zu
Beginn des Herbstvierteljahrs beziehen, hatte das Nötige
30 dazu beschafft und zählte während der letzten Septem-
bertage die Stunden bis zur Erlösung aus dem Pensionat.
An einem dieser letzten Tage – sie hatte sich eine Viertelstunde zuvor aus dem Esszimmer zurückgezogen und
gedachte sich eben auf einem mit einem großblumigen
35 Wollstoff überzogenen Seegrassofa[2] auszuruhen – wurde leise an ihre Tür geklopft.

---

[1] Bei den Olympischen Spielen des Altertums (seit etwa 800 v. Chr.)
     erhielten die Sieger Palmzweige.
[2] mit getrocknetem Seegras gepolstertes Sofa

„Herein."

Das eine Hausmädchen, eine kränklich aussehende Person von Mitte Dreißig, die, durch beständigen Aufenthalt auf dem Korridor des Pensionats, den hier lagernden Dunstkreis überallhin in ihren Falten mitschleppte, trat ein und sagte: „Die gnädige Frau möchte entschuldigen, aber es wolle sie jemand sprechen."

„Wer?"

„Eine Frau."

„Und hat sie ihren Namen genannt?"

„Ja. Roswitha."

Und siehe da, kaum dass Effi diesen Namen gehört hatte, so schüttelte sie den Halbschlaf von sich ab und sprang auf und lief auf den Korridor hinaus, um Roswitha bei beiden Händen zu fassen und in ihr Zimmer zu ziehen.

„Roswitha. Du. Ist das eine Freude. Was bringst du? Natürlich was Gutes. Ein so gutes altes Gesicht kann nur was Gutes bringen. Ach, wie glücklich ich bin, ich könnte dir einen Kuss geben; ich hätte nicht gedacht, dass ich noch solche Freude haben könnte. Mein gutes altes Herz, wie geht es dir denn? Weißt du noch, wie's damals war, als der Chinese spukte? Das waren glückliche Zeiten. Ich habe damals gedacht, es wären unglückliche, weil ich das Harte des Lebens noch nicht kannte. Seitdem habe ich es kennengelernt. Ach, Spuk ist lange nicht das Schlimmste! Komm, meine gute Roswitha, komm, setze dich hier zu mir und erzähle mir ... Ach, ich habe solche Sehnsucht. Was macht Annie?"

Roswitha konnte kaum reden und sah sich in dem sonderbaren Zimmer um, dessen grau und verstaubt aussehende Wände in schmale Goldleisten gefasst waren. Endlich aber fand sie sich und sagte, dass der gnädige Herr nun wieder aus Glatz[1] zurück sei; der alte Kaiser habe gesagt, „sechs Wochen in solchem Falle sei gerade

---

[1] Kreisstadt im damaligen preußischen Regierungsbezirk Breslau. In der dortigen Festung ließ Fontane Innstetten die Festungshaft (nicht entehrende Freiheitsstrafe) absitzen, die aufgrund seiner Duellteilnahme über ihn verhängt wurde.

genug"[1], und auf den Tag, wo der gnädige Herr wieder
da sein würde, darauf habe sie bloß gewartet, wegen
Annie, die doch eine Aufsicht haben müsse. Denn Johanna sei wohl eine sehr propre Person, aber sie sei
5 doch noch zu hübsch und beschäftige sich noch zu viel
mit sich selbst und denke vielleicht Gott weiß was alles.
Aber nun, wo der gnädige Herr wieder aufpassen und
in allem nach dem Rechten sehen könne, da habe sie
sich's doch antun wollen und mal sehen, wie's der gnä-
10 digen Frau gehe ...
„Das ist recht, Roswitha ..."
... Und habe mal sehen wollen, ob der gnädigen Frau
was fehle und ob sie sie vielleicht brauche, dann wolle
sie gleich hierbleiben und beispringen und alles machen
15 und dafür sorgen, dass es der gnädigen Frau wieder gut
ginge.
Effi hatte sich in die Sofaecke zurückgelehnt und die Augen geschlossen. Aber mit eins richtete sie sich auf und
sagte: „Ja, Roswitha, was du da sagst, das ist ein Gedan-
20 ke; das ist was. Denn du musst wissen, ich bleibe hier
nicht in dieser Pension, ich habe da weiterhin eine Wohnung gemietet und auch Einrichtung besorgt und in drei
Tagen will ich da einziehen. Und wenn ich da mit dir
ankäme und zu dir sagen könnte: ‚Nein, Roswitha, da
25 nicht, der Schrank muss dahin und der Spiegel da', ja,
das wäre was, das sollte mir schon gefallen. Und wenn
wir dann müde von all der Plackerei wären, dann sagte
ich: ‚Nun, Roswitha, gehe da hinüber und hole uns eine
Karaffe Spatenbräu[2], denn wenn man gearbeitet hat,
30 dann will man doch auch trinken, und wenn du kannst,
so bring uns auch etwas Gutes aus dem ‚Habsburger
Hof' mit, du kannst ja das Geschirr nachher wieder her-
überbringen –' ja, Roswitha, wenn ich mir das denke, da
wird mir ordentlich leichter ums Herz. Aber ich muss
35 dich doch fragen, hast du dir auch alles überlegt? Von

---

1 Obwohl für ein Duell mit Todesfolge mehrere Jahre Festungshaft
verhängt werden konnten, wurden die meisten Täter bereits nach
wenigen Wochen vom Kaiser begnadigt.
2 Bier der Münchner „Spatenbrauerei"

Annie will ich nicht sprechen, an der du doch hängst, sie
ist ja fast wie dein eigen Kind – aber trotzdem, für Annie
wird schon gesorgt werden, und die Johanna hängt
ja auch an ihr. Also davon nichts. Aber bedenke, wie sich
alles verändert hat, wenn du wieder zu mir willst. Ich
bin nicht mehr wie damals; ich habe jetzt eine ganz kleine Wohnung genommen, und der Portier wird sich wohl
nicht sehr um dich und um mich bemühen. Und wir
werden eine sehr kleine Wirtschaft haben, immer das,
was wir sonst unser Donnerstagsessen nannten, weil da
reingemacht wurde. Weißt du noch? Und weißt du noch,
wie der gute Gieshübler mal dazukam und sich zu uns
setzen musste, und wie er dann sagte: ,So was Delikates
habe er noch nie gegessen.' Du wirst dich noch erinnern,
er war immer so schrecklich artig, denn eigentlich war
er doch der einzige Mensch in der Stadt, der von Essen
was verstand. Die andern fanden alles schön."
Roswitha freute sich über jedes Wort und sah schon alles
in bestem Gange, bis Effi wieder sagte: „Hast du dir das alles überlegt? Denn du bist doch – ich muss das sagen, wiewohl es meine eigne Wirtschaft war –, du bist doch nun
durch viele Jahre hin verwöhnt, und es kam nie darauf an,
wir hatten es nicht nötig, sparsam zu sein; aber jetzt muss
ich sparsam sein, denn ich bin arm und habe nur, was man
mir gibt, du weißt von Hohen-Cremmen her. Meine Eltern
sind sehr gut gegen mich, soweit sie's können, aber sie
sind nicht reich. Und nun sage, was meinst du?"
„Dass ich nächsten Sonnabend mit meinem Koffer an-
ziehe, nicht am Abend, sondern gleich am Morgen, und
dass ich da bin, wenn das Einrichten losgeht. Denn ich
kann doch ganz anders zufassen wie die gnädige Frau."
„Sage das nicht, Roswitha. Ich kann es auch. Wenn man
muss, kann man alles."
„Und dann, gnädige Frau, Sie brauchen sich wegen meiner nicht zu fürchten, als ob ich mal denken könnte: ,Für
Roswitha ist das nicht gut genug.' Für Roswitha ist alles
gut, was sie mit der gnädigen Frau teilen muss, und am
liebsten, wenn es was Trauriges ist. Ja, darauf freue ich
mich schon ordentlich. Dann sollen Sie mal sehen, das
verstehe ich. Und wenn ich es nicht verstünde, dann

wollte ich es schon lernen. Denn, gnädige Frau, das hab
ich nicht vergessen, als ich da auf dem Kirchhof saß,
mutterwindallein und bei mir dachte, nun wäre es doch
wohl das Beste, ich läge da gleich mit in der Reihe. Wer
5 kam da? Wer hat mich da bei Leben erhalten? Ach, ich
habe so viel durchzumachen gehabt. Als mein Vater damals mit der glühenden Stange auf mich loskam ..."
„Ich weiß schon, Roswitha ..."
„Ja, das war schlimm genug. Aber als ich da auf dem
10 Kirchhof saß, so ganz arm und verlassen, das war doch
noch schlimmer. Und da kam die gnädige Frau. Und ich
will nicht selig werden, wenn ich das vergesse."
Und dabei stand sie auf und ging aufs Fenster zu. „Sehen
Sie, gnädige Frau, den müssen Sie doch auch noch sehen."
15 Und nun trat auch Effi heran.
Drüben, auf der anderen Seite der Straße, saß Rollo und
sah nach den Fenstern der Pension hinauf.
Wenige Tage danach bezog Effi, von Roswitha unterstützt, ihre Wohnung in der Königgrätzer Straße, darin
20 es ihr von Anfang an gefiel. Umgang fehlte freilich, aber
sie hatte während ihrer Pensionstage von dem Verkehr
mit Menschen so wenig Erfreuliches gehabt, dass ihr
das Alleinsein nicht schwerfiel, wenigstens anfänglich
nicht. Mit Roswitha ließ sich allerdings kein ästhetisches
25 Gespräch führen, auch nicht mal sprechen über das, was
in der Zeitung stand, aber wenn es einfach menschliche
Dinge betraf und Effi mit einem „ach Roswitha, mich
ängstigt es wieder ..." ihren Satz begann, dann wusste
die treue Seele jedes Mal gut zu antworten und hatte im-
30 mer Trost und meist auch Rat.
Bis Weihnachten ging es vorzüglich; aber der Heiligabend verlief schon recht traurig, und als das neue Jahr
herankam, begann Effi ganz schwermütig zu werden. Es
war nicht kalt, nur grau und regnerisch, und wenn die
35 Tage kurz waren, so waren die Abende desto länger.
Was tun? Sie las, sie stickte, sie legte Patience, sie spielte
Chopin, aber diese Nocturnes[1] waren auch nicht ange-

---

[1] von Frédéric François (eigentlich: Fryderyk Franciszek) Chopin
(1810–49) komponierte kleine Klavierstücke („Nachtstücke")

tan, viel Licht in ihr Leben zu tragen, und wenn Roswitha mit dem Teebrett kam und außer dem Teezeug auch noch zwei Tellerchen mit einem Ei und einem in kleine Scheiben geschnittenen Wiener Schnitzel auf den Tisch setzte, sagte Effi, während sie das Pianino[1] schloss: 5 „Rücke heran, Roswitha. Leiste mir Gesellschaft."

Roswitha kam denn auch. „Ich weiß schon, die gnädige Frau haben wieder zu viel gespielt; dann sehen Sie immer so aus und haben rote Flecke. Der Geheimrat hat es doch verboten." 10

„Ach, Roswitha, der Geheimrat hat leicht verbieten, und du hast es auch leicht, all das nachzusprechen. Aber was soll ich denn machen? Ich kann doch nicht den ganzen Tag am Fenster sitzen und nach der Christuskirche hinübersehen. Sonntags, beim Abendgottesdienst, wenn die 15 Fenster erleuchtet sind, sehe ich ja immer hinüber; aber es hilft mir auch nichts, mir wird dann immer noch schwerer ums Herz."

„Ja, gnädige Frau, dann sollten Sie mal hineingehen. Einmal waren Sie ja schon drüben." 20

„O schon öfters. Aber ich habe nicht viel davon gehabt. Er predigt ganz gut und ist ein sehr kluger Mann, und ich wäre froh, wenn ich das Hundertste davon wüsste. Aber es ist doch alles bloß, wie wenn ich ein Buch lese; und wenn er dann so laut spricht und herumficht und 25 seine schwarzen Locken schüttelt, dann bin ich aus meiner Andacht heraus."

„Heraus?"

Effi lachte. „Du meinst, ich war noch gar nicht drin. Und es wird wohl so sein. Aber an wem liegt das? Das liegt 30 doch nicht an mir. Er spricht immer so viel vom Alten Testament. Und wenn es auch ganz gut ist, es erbaut mich nicht. Überhaupt all das Zuhören; es ist nicht das Rechte. Sieh, ich müsste so viel zu tun haben, dass ich nicht ein noch aus wüsste. Das wäre was für mich. Da 35 gibt es so Vereine, wo junge Mädchen die Wirtschaft lernen oder Nähschulen oder Kindergärtnerinnen. Hast du nie davon gehört?"

---

[1] kleines Klavier

„Ja, ich habe mal davon gehört. Anniechen sollte mal in einen Kindergarten."

„Nun siehst du, du weißt es besser als ich. Und in solchen Verein, wo man sich nützlich machen kann, da möchte ich eintreten. Aber daran ist gar nicht zu denken; die Damen nehmen mich nicht an und können es auch nicht. Und das ist das Schrecklichste, dass einem die Welt so zu ist und dass es sich einem sogar verbietet, bei Gutem mit dabei zu sein. Ich kann nicht mal armen Kindern eine Nachhilfestunde geben ..."

„Das wäre auch nichts für Sie, gnädige Frau; die Kinder haben immer so fettige Stiefel an, und wenn es nasses Wetter ist, – das ist dann solch Dunst und Schmok[1], das halten die gnädige Frau gar nicht aus."

Effi lächelte. „Du wirst wohl Recht haben, Roswitha; aber es ist schlimm, dass du Recht hast, und ich sehe daran, dass ich noch zu viel von dem alten Menschen in mir habe und dass es mir noch zu gut geht."

Davon wollte aber Roswitha nichts wissen. „Wer so gut ist, wie gnädige Frau, dem kann es gar nicht zu gut gehen. Und Sie müssen nur nicht immer so was Trauriges spielen, und mitunter denke ich mir, es wird alles noch wieder gut und es wird sich schon was finden."

Und es fand sich auch was. Effi, trotz der Kantorstochter aus Polzin, deren Künstlerdünkel ihr immer noch als etwas Schreckliches vorschwebte, wollte Malerin werden, und wiewohl sie selber darüber lachte, weil sie sich bewusst war, über eine unterste Stufe des Dilettantismus[2] nie hinauskommen zu können, so griff sie doch mit Passion danach, weil sie nun eine Beschäftigung hatte, noch dazu eine, die, weil still und geräuschlos, ganz nach ihrem Herzen war. Sie meldete sich denn auch bei einem ganz alten Malerprofessor, der in der märkischen Aristokratie sehr bewandert und zugleich so fromm war, dass ihm Effi von Anfang an ans Herz gewachsen erschien. Hier, so gingen wohl seine Gedanken, war eine Seele zu retten, und so kam er ihr, als ob sie seine Tochter gewe-

---

[1] Rauch
[2] nichtberufliche, laienhafte Beschäftigung

sen wäre, mit einer ganz besonderen Liebenswürdigkeit
entgegen. Effi war sehr glücklich darüber, und der Tag
ihrer ersten Malstunde bezeichnete für sie einen Wende-
punkt zum Guten. Ihr armes Leben war nun nicht so
arm mehr, und Roswitha triumphierte, dass sie Recht
gehabt und sich nun doch etwas gefunden habe.
Das ging so Jahr und Tag und darüber hinaus. Aber dass
sie nun wieder eine Berührung mit den Menschen hatte,
wie sie's beglückte, so ließ es auch wieder den Wunsch
in ihr entstehen, dass diese Berührungen sich erneuern
und mehren möchten. Sehnsucht nach Hohen-Cremmen
erfasste sie mitunter mit einer wahren Leidenschaft, und
noch leidenschaftlicher sehnte sie sich danach, Annie
wiederzusehen. Es war doch ihr Kind, und wenn sie
dem nachhing und sich dabei gleichzeitig der Trippelli
erinnerte, die mal gesagt hatte: „Die Welt sei so klein
und in Mittelafrika könne man sicher sein, plötzlich einem alten Bekannten zu begegnen[1]", so war sie mit
Recht verwundert, Annie noch nie getroffen zu haben.
Aber auch das sollte sich eines Tages ändern. Sie kam
aus der Malstunde, dicht am Zoologischen Garten, und
stieg, nahe dem Halteplatz, in einen die lange Kurfürs-
tenstraße passierenden Pferdebahnwagen ein. Es war
sehr heiß, und die herabgelassenen Vorhänge, die bei
dem starken Luftzuge, der ging, hin und her bauschten,
taten ihr wohl. Sie lehnte sich in die dem Vorderperron[2] zugekehrte Ecke und musterte eben mehrere in eine
Glasscheibe eingebrannte Sofas, blau mit Quasten[3] und
Puscheln[4] daran, als sie – der Wagen war gerade in einem langsamen Fahren – drei Schulkinder aufspringen
sah, die Mappen auf dem Rücken, mit kleinen spitzen
Hüten, zwei blond und ausgelassen, die dritte dunkel
und ernst. Es war Annie. Effi fuhr heftig zusammen, und

---

[1] möglicherweise Anspielung auf den Afrikareisenden Henry Morton
     Stanley (1841–1904), der 1871 am Tanganjika-See den verscholle-
     nen Afrikaforscher David Livingstone (1813–73) fand
[2] vordere Wagenplattform
[3] Quaste: Faden-, Schnurbüschel; Bommel
[4] Puschel (norddeutsch): Quaste

eine Begegnung mit dem Kinde zu haben, wonach sie
sich doch so lange gesehnt, erfüllte sie jetzt mit einer
wahren Todesangst. Was tun? Rasch entschlossen öffnete sie die Tür zu dem Vorderperron, auf dem niemand
5 stand als der Kutscher, und bat diesen, sie bei der nächsten Haltestelle vorn absteigen zu lassen. „Is verboten,
Fräulein", sagte der Kutscher; sie gab ihm aber ein Geld-
stück und sah ihn so bittend an, dass der gutmütige
Mensch anderen Sinnes wurde und vor sich hin sagte:
10 „Sind soll es eigentlich nich; aber es wird ja woll mal
gehn." Und als der Wagen hielt, nahm er das Gitter aus,
und Effi sprang ab.

Noch in großer Erregung kam Effi nach Hause.

„Denke dir, Roswitha, ich habe Annie gesehen." Und
15 nun erzählte sie von der Begegnung in dem Pferdebahnwagen. Roswitha war unzufrieden, dass Mutter und
Tochter keine Wiedersehensszene gefeiert hatten, und
ließ sich nur ungern überzeugen, dass das, in Gegenwart so vieler Menschen, nicht wohl angegangen sei.
20 Dann musste Effi erzählen, wie Annie ausgesehen habe,
und als sie das mit mütterlichem Stolze getan, sagte
Roswitha: „Ja, sie ist so halb und halb. Das Hübsche
und, wenn ich es sagen darf, das Sonderbare, das hat sie
von der Mama; aber das Ernste, das ist ganz der Papa.
25 Und wenn ich mir so alles überlege, ist sie doch wohl
mehr wie der gnädige Herr."

„Gott sei Dank!", sagte Effi.

„Na, gnäd'ge Frau, das ist nu doch auch noch die Frage.
Und da wird ja wohl mancher sein, der mehr für die
30 Mama ist."

„Glaubst du, Roswitha? Ich glaube es nicht."

„Na, na, ich lasse mir nichts vormachen, und ich glaube,
die gnädige Frau weiß auch ganz gut, wie's eigentlich
ist und was die Männer am liebsten haben."
35 „Ach, sprich nicht davon, Roswitha."

Damit brach das Gespräch ab und wurde auch nicht
wieder aufgenommen. Aber Effi, wenn sie's auch vermied, grade über Annie mit Roswitha zu sprechen,
konnte die Begegnung in ihrem Herzen doch nicht ver-
40 winden und litt unter der Vorstellung, vor ihrem eige-

nen Kinde geflohen zu sein. Es quälte sie bis zur Beschämung, und das Verlangen nach einer Begegnung mit Annie steigerte sich bis zum Krankhaften. An Innstetten schreiben und ihn darum bitten, das war nicht möglich. Ihrer Schuld war sie sich wohl bewusst, ja, sie nährte das Gefühl davon mit einer halb leidenschaftlichen Geflissentlichkeit; aber inmitten ihres Schuldbewusstseins fühlte sie sich andererseits auch von einer gewissen Auflehnung gegen Innstetten erfüllt. Sie sagte sich: Er hatte Recht und noch einmal und noch einmal, und zuletzt hatte er doch Unrecht. Alles Geschehene lag so weit zurück, ein neues Leben hatte begonnen, – er hätte es können verbluten lassen, stattdessen verblutete der arme Crampas.

Nein, an Innstetten schreiben, das ging nicht; aber Annie wollte sie sehen und sprechen und an ihr Herz drücken, und nachdem sie's tagelang überlegt hatte, stand ihr fest, wie's am besten zu machen sei.

Gleich am andern Vormittage kleidete sie sich sorgfältig in ein dezentes Schwarz und ging auf die Linden zu, sich hier bei der Ministerin melden zu lassen. Sie schickte ihre Karte hinein, auf der nur stand: Effi von Innstetten geb. von Briest. Alles andere war fortgelassen, auch die Baronin. „Exzellenz lassen bitten", und Effi folgte dem Diener bis in ein Vorzimmer, wo sie sich niederließ und trotz der Erregung, in der sie sich befand, den Bilderschmuck an den Wänden musterte. Da war zunächst Guido Renis Aurora[1], gegenüber aber hingen englische Kupferstiche, Stiche nach Benjamin West[2], in der bekannten Aquatinta-Manier[3] von viel Licht und Schatten. Eines der Bilder war König Lear im Unwetter auf der Heide[4].

Effi hatte ihre Musterung kaum beendet, als die Tür des angrenzenden Zimmers sich öffnete und eine große

---

[1] „Aurora": Deckengemälde im Palazzo Rospigliosi in Rom von Guido Reni (1575 – 1642)

[2] amerikanischer Historienmaler (1738 – 1820)

[3] spezielles künstlerisches Tiefdruckverfahren

[4] Szene (III,2) aus Shakespeares Tragödie „König Lear" (1606)

schlanke Dame von einem sofort für sie einnehmenden
Ausdruck auf die Bittstellerin zutrat und ihr die Hand
reichte. „Meine liebe, gnädigste Frau", sagte sie, „welche Freude für mich, Sie wiederzusehen ..."
5 Und während sie das sagte, schritt sie auf das Sofa zu und
zog Effi, während sie selber Platz nahm, zu sich nieder.
Effi war bewegt durch die sich in allem aussprechende
Herzensgüte. Keine Spur von Überheblichkeit oder Vorwurf, nur menschlich schöne Teilnahme. „Womit kann
10 ich Ihnen dienen?", nahm die Ministerin noch einmal
das Wort.
Um Effis Mund zuckte es. Endlich sagte sie: „Was mich
herführt, ist eine Bitte, deren Erfüllung Exzellenz vielleicht möglich machen. Ich habe eine zehnjährige Toch-
15 ter, die ich seit drei Jahren nicht gesehen habe und gern
wiedersehen möchte."
Die Ministerin nahm Effis Hand und sah sie freundlich
an.
„Wenn ich sage, in drei Jahren nicht gesehen, so ist das
20 nicht ganz richtig. Vor drei Tagen habe ich sie wiedergesehen." Und nun schilderte Effi mit großer Lebendigkeit
die Begegnung, die sie mit Annie gehabt hatte. „Vor
meinem eigenen Kinde auf der Flucht. Ich weiß wohl,
man liegt, wie man sich bettet, und ich will nichts än-
25 dern in meinem Leben. Wie es ist, so ist es recht; ich habe es nicht anders gewollt. Aber das mit dem Kinde, das
ist doch zu hart, und so habe ich denn den Wunsch, es
dann und wann sehen zu dürfen, nicht heimlich und
verstohlen, sondern mit Wissen und Zustimmung aller
30 Beteiligten."
„Unter Wissen und Zustimmung aller Beteiligten", wiederholte die Ministerin Effis Worte. „Das heißt also unter Zustimmung Ihres Herrn Gemahls. Ich sehe, dass
seine Erziehung dahin geht, das Kind von der Mutter
35 fernzuhalten, ein Verfahren, über das ich mir kein Urteil
erlaube. Vielleicht, dass er Recht hat; verzeihen Sie mir
diese Bemerkung, gnädige Frau."
Effi nickte.
„Sie finden sich selbst in der Haltung Ihres Herrn Ge-
40 mahls zurecht und verlangen nur, dass einem natürli-

chen Gefühle, wohl dem schönsten unserer Gefühle
(wenigstens wir Frauen werden uns darin finden), sein
Recht werde. Treff ich es darin?"

„In allem."

„Und so soll ich denn die Erlaubnis zu gelegentlichen
Begegnungen erwirken, in Ihrem Hause, wo Sie versuchen können, sich das Herz Ihres Kindes zurückzuer-
obern."

Effi drückte noch einmal ihre Zustimmung aus,
während die Ministerin fortfuhr: „Ich werde also tun,
meine gnädigste Frau, was ich tun kann. Aber wir werden es nicht eben leicht haben. Ihr Herr Gemahl, verzeihen Sie, dass ich ihn nach wie vor so nenne, ist ein
Mann, der nicht nach Stimmungen und Laune, sondern
nach Grundsätzen handelt, und diese fallen zu lassen
oder auch nur momentan aufzugeben wird ihm hart ankommen. Läg es nicht so, so wäre seine Handlungs- und
Erziehungsweise längst eine andere gewesen. Das, was
hart für Ihr Herz ist, hält er für richtig."

„So meinen Exzellenz vielleicht, es wäre besser, meine
Bitte zurückzunehmen?"

„Doch nicht. Ich wollte nur das Tun Ihres Herrn Gemahls erklären, um nicht zu sagen rechtfertigen, und
wollte zugleich die Schwierigkeiten andeuten, auf die
wir, aller Wahrscheinlichkeit nach, stoßen werden. Aber
ich denke, wir zwingen es trotzdem. Denn wir Frauen,
wenn wir's klug einleiten und den Bogen nicht über-
spannen, wissen mancherlei durchzusetzen. Zudem
gehört Ihr Herr Gemahl zu meinen besonderen Vereh-
rern, und er wird mir eine Bitte, die ich an ihn richte,
nicht wohl abschlagen. Wir haben morgen einen kleinen Zirkel, auf dem ich ihn sehe, und übermorgen früh
haben Sie ein paar Zeilen von mir, die Ihnen sagen werden, ob ich's klug, das heißt glücklich eingeleitet oder
nicht. Ich denke, wir siegen in der Sache, und Sie werden Ihr Kind wiedersehen und sich seiner freuen. Es
soll ein sehr schönes Mädchen sein. Nicht zu verwundern."

Dreiunddreißigstes Kapitel

Am zweitfolgenden Tage trafen, wie versprochen, einige Zeilen ein, und Effi las: „Es freut mich, liebe gnädige Frau, Ihnen gute Nachricht geben zu können. Alles ging
5 nach Wunsch; Ihr Herr Gemahl ist zu sehr Mann von Welt, um einer Dame eine von ihr vorgetragene Bitte abschlagen zu können; zugleich aber – auch das darf ich Ihnen nicht verschweigen –, ich sah deutlich, dass sein Ja nicht dem entsprach, was er für klug und recht hält.
10 Aber kritteln wir nicht, wo wir uns freuen sollen. Ihre Annie, so haben wir es verabredet, wird über Mittag kommen, und ein guter Stern stehe über Ihrem Wiedersehen."

Es war mit der zweiten Post, dass Effi diese Zeilen emp-
15 fing, und bis zu Annies Erscheinen waren mutmaßlich keine zwei Stunden mehr. Eine kurze Zeit, aber immer noch zu lang, und Effi schritt in Unruhe durch beide Zimmer und dann wieder in die Küche, wo sie mit Roswitha von allem Möglichen sprach, von dem Efeu drüben
20 an der Christuskirche, nächstes Jahr würden die Fenster wohl ganz zugewachsen sein, von dem Portier, der den Gashahn wieder so schlecht zugeschraubt habe (sie würden doch noch nächstens in die Luft fliegen), und dass sie das Petroleum doch lieber wieder aus der großen Lam-
25 penhandlung Unter den Linden als aus der Anhaltstraße holen solle, – von allem Möglichen sprach sie, nur von Annie nicht, weil sie die Furcht nicht aufkommen lassen wollte, die trotz der Zeilen der Ministerin, oder vielleicht auch um dieser Zeilen willen, in ihr lebte.
30 Nun war Mittag. Endlich wurde geklingelt, schüchtern, und Roswitha ging, um durch das Guckloch zu sehen. Richtig, es war Annie. Roswitha gab dem Kinde einen Kuss, sprach aber sonst kein Wort, und ganz leise, wie wenn ein Kranker im Hause wäre, führte sie das Kind
35 vom Korridor her erst in die Hinterstube und dann bis an die nach vorn führende Tür.

„Da geh hinein, Annie." Und unter diesen Worten, sie wollte nicht stören, ließ sie das Kind allein und ging wieder auf die Küche zu.

Effi stand am andern Ende des Zimmers, den Rücken
gegen den Spiegelpfeiler, als das Kind eintrat. „Annie!"
Aber Annie blieb an der nur angelehnten Tür stehen,
halb verlegen, aber halb auch mit Vorbedacht, und so
eilte denn Effi auf das Kind zu, hob es in die Höhe und ₅
küsste es.

„Annie, mein süßes Kind, wie freue ich mich. Komm, erzähle mir", und dabei nahm sie Annie bei der Hand und
ging auf das Sofa zu, um sich da zu setzen. Annie stand
aufrecht und griff, während sie die Mutter immer noch ₁₀
scheu ansah, mit der Linken nach dem Zipfel der herab-
hängenden Tischdecke. „Weißt du wohl, Annie, dass ich
dich einmal gesehen habe."

„Ja, mir war es auch so."

„Und nun erzähle mir recht viel. Wie groß du geworden ₁₅
bist! Und das ist die Narbe da; Roswitha hat mir davon
erzählt. Du warst immer so wild und ausgelassen beim
Spielen. Das hast du von deiner Mama, die war auch so.
Und in der Schule? Ich denke mir, du bist immer die
Erste, du siehst mir so aus, als müsstest du eine Muster- ₂₀
schülerin sein und immer die besten Zensuren nach
Hause bringen. Ich habe auch gehört, dass dich das
Fräulein von Wedelstädt so gelobt haben soll. Das ist
recht; ich war auch so ehrgeizig, aber ich hatte nicht sol-
che gute Schule. Mythologie war immer mein Bestes. ₂₅
Worin bist du denn am besten?"

„Ich weiß es nicht."

„Oh, du wirst es schon wissen. Das weiß man. Worin
hast du denn die beste Zensur?"

„In der Religion." ₃₀

„Nun, siehst du, da weiß ich es doch. Ja, das ist sehr
schön; ich war nicht so gut darin, aber es wird wohl
auch an dem Unterricht gelegen haben. Wir hatten bloß
einen Kandidaten."

„Wir hatten auch einen Kandidaten." ₃₅

„Und der ist fort?"

Annie nickte.

„Warum ist er fort?"

„Ich weiß es nicht. Wir haben nun wieder den Prediger."

„Den ihr alle sehr liebt." ₄₀

„Ja; zwei aus der ersten Klasse wollen auch übertreten."

„Ah, ich verstehe; das ist schön. Und was macht Johanna?"

„Johanna hat mich bis vor das Haus begleitet ..."

5 „Und warum hast du sie nicht mit heraufgebracht?"

„Sie sagte, sie wolle lieber unten bleiben und an der Kirche drüben warten."

„Und da sollst du sie wohl abholen?"

„Ja."

10 „Nun, sie wird da hoffentlich nicht ungeduldig werden. Es ist ein kleiner Vorgarten da, und die Fenster sind schon halb von Efeu überwachsen, als ob es eine alte Kirche wäre."

„Ich möchte sie aber doch nicht gerne warten lassen."

15 „Ach, ich sehe, du bist sehr rücksichtsvoll, und darüber werde ich mich wohl freuen müssen. Man muss es nur richtig einteilen ... Und nun sage mir noch, was macht Rollo?"

„Rollo ist sehr gut. Aber Papa sagt, er würde so faul; er

20 liegt immer in der Sonne."

„Das glaub ich. So war er schon, als du noch ganz klein warst ... Und nun sage mir, Annie – denn heute haben wir uns ja bloß so mal wiedergesehen –, wirst du mich öfter besuchen?"

25 „O gewiss, wenn ich darf."

„Wir können dann in dem Prinz-Albrecht'schen Garten spazieren gehen."

„O gewiss, wenn ich darf."

„Oder wir gehen zu Schilling[1] und essen Eis, Ananas-

30 oder Vanilleneis; das aß ich immer am liebsten."

„O gewiss, wenn ich darf."

Und bei diesem dritten „wenn ich darf" war das Maß voll; Effi sprang auf, und ein Blick, in dem es wie Empörung aufflammte, traf das Kind. „Ich glaube, es ist

35 die höchste Zeit, Annie; Johanna wird sonst ungeduldig." Und sie zog die Klingel. Roswitha, die schon im Nebenzimmer war, trat gleich ein. „Roswitha, gib Annie das Geleit bis drüben zur Kirche. Johanna wartet da.

---

[1] Berliner Konditorei

Hoffentlich hat sie sich nicht erkältet. Es sollte mir leid
tun. Grüße Johanna."
Und nun gingen beide.
Kaum aber, dass Roswitha draußen die Tür ins Schloss
gezogen hatte, so riss Effi, weil sie zu ersticken drohte, 5
ihr Kleid auf und verfiel in ein krampfhaftes Lachen. „So
also sieht ein Wiedersehen aus", und dabei stürzte sie
nach vorn, öffnete die Fensterflügel und suchte nach etwas, das ihr beistehe. Und sie fand auch was in der Not
ihres Herzens. Da neben dem Fenster war ein Bücher- 10
brett, ein paar Bände von Schiller und Körner[1] darauf,
und auf den Gedichtbüchern, die alle gleiche Höhe hatten, lag eine Bibel und ein Gesangbuch. Sie griff danach,
weil sie was haben musste, vor dem sie knien und beten
konnte, und legte Bibel und Gesangbuch auf den Tisch- 15
rand, gerade da, wo Annie gestanden hatte, und mit einem heftigen Ruck warf sie sich davor nieder und
sprach halblaut vor sich hin: „O du Gott im Himmel,
vergib mir, was ich getan; ich war ein Kind ... Aber nein,
nein, ich war kein Kind, ich war alt genug, um zu wis- 20
sen, was ich tat. Ich hab es auch gewusst, und ich will
meine Schuld nicht kleiner machen, ... aber das ist zu
viel. Denn das hier, mit dem Kind, das bist nicht du,
Gott, der mich strafen will, das ist er, bloß er! Ich habe
geglaubt, dass er ein edles Herz habe, und habe mich 25
immer klein neben ihm gefühlt; aber jetzt weiß ich, dass
er es ist, er ist klein. Und weil er klein ist, ist er grausam.
Alles, was klein ist, ist grausam. Das hat er dem Kinde
beigebracht, ein Schulmeister war er immer, Crampas
hat ihn so genannt, spöttisch damals, aber er hat Recht 30
gehabt. ‚O gewiss, wenn ich darf.' Du brauchst nicht
zu dürfen; ich will euch nicht mehr, ich hass euch, auch
mein eigen Kind. Was zu viel ist, ist zu viel. Ein Streber
war er, weiter nichts. – Ehre, Ehre, Ehre ... und dann hat
er den armen Kerl totgeschossen, den ich nicht einmal 35
liebte und den ich vergessen hatte, weil ich ihn nicht
liebte. Dummheit war alles, und nun Blut und Mord.

---

[1] Karl Theodor Körner (1791–1813), Dichter in der Nachfolge
Schillers, Freiheitskämpfer in den Napoleonischen Kriegen

Und ich schuld. Und nun schickt er mir das Kind, weil er einer Ministerin nichts abschlagen kann, und ehe er das Kind schickt, richtet er's ab wie einen Papagei und bringt ihm die Phrase bei ,wenn ich darf'. Mich ekelt, was ich getan; aber was mich noch mehr ekelt, das ist eure Tugend. Weg mit euch. Ich muss leben, aber ewig wird es ja wohl nicht dauern."

Als Roswitha wiederkam, lag Effi am Boden, das Gesicht abgewandt, wie leblos.

Vierunddreißigstes Kapitel

Rummschüttel, als er gerufen wurde, fand Effis Zustand nicht unbedenklich. Das Hektische, das er seit Jahr und Tag an ihr beobachtete, trat ihm ausgesprochener als früher entgegen, und, was schlimmer war, auch die ersten Zeichen eines Nervenleidens waren da. Seine ruhig freundliche Weise aber, der er einen Beisatz von Laune zu geben wusste, tat Effi wohl, und sie war ruhig, solange Rummschüttel um sie war. Als er schließlich ging, begleitete Roswitha den alten Herrn bis in den Vorflur und sagte: „Gott, Herr Geheimrat, mir ist so bange; wenn es nu mal wiederkommt, und es kann doch; Gott, – da hab ich ja keine ruhige Stunde mehr. Es war aber doch auch zu viel, das mit dem Kind. Die arme gnädige Frau. Und noch so jung, wo manche erst anfangen."

„Lassen Sie nur, Roswitha. Kann noch alles wieder werden. Aber fort muss sie. Wir wollen schon sehen. Andere Luft, andere Menschen."

Den zweiten Tag danach traf ein Brief in Hohen-Cremmen ein, der lautete: „Gnädigste Frau! Meine alten freundschaftlichen Beziehungen zu den Häusern Briest und Beiling und nicht zum Wenigsten die herzliche Liebe, die ich zu Ihrer Frau Tochter hege, werden diese Zeilen rechtfertigen. Es geht so nicht weiter. Ihre Frau Tochter, wenn nicht etwas geschieht, das sie der Einsamkeit und dem Schmerzlichen ihres nun seit Jahren geführten Lebens entreißt, wird schnell hinsiechen. Eine Dispositi-

on[1] zu Phtisis[2] war immer da, weshalb ich schon vor
Jahren Ems verordnete; zu diesem alten Übel hat sich
nun ein neues gesellt: Ihre Nerven zehren sich auf. Dem
Einhalt zu tun, ist ein Luftwechsel nötig. Aber wohin? Es
würde nicht schwer sein, in den schlesischen Bädern eine Auswahl zu treffen, Salzbrunn gut, und Reinerz, wegen der Nervenkomplikation, noch besser. Aber es darf
nur Hohen-Cremmen sein. Denn, meine gnädigste Frau,
was Ihrer Frau Tochter Genesung bringen kann, ist nicht
Luft allein; sie siecht hin, weil sie nichts hat als Roswitha. Dienertreue ist schön, aber Elternliebe ist besser.
Verzeihen Sie einem alten Manne dies Sicheinmischen in
Dinge, die jenseits seines ärztlichen Berufes liegen. Und
doch auch wieder nicht, denn es ist schließlich auch der
Arzt, der hier spricht und seiner Pflicht nach, verzeihen
Sie dies Wort, Forderungen stellt ... Ich habe so viel vom
Leben gesehen ... aber nichts mehr in diesem Sinne. Mit
der Bitte, mich Ihrem Herrn Gemahl empfehlen zu wol-
len, in vorzüglicher Ergebenheit Dr. Rummschüttel."
Frau von Briest hatte den Brief ihrem Manne vorgelesen;
beide saßen auf dem schattigen Steinfliesengange, den
Gartensaal im Rücken, das Rondell mit der Sonnenuhr
vor sich. Der um die Fenster sich rankende wilde Wein be-
wegte sich leis in dem Luftzuge, der ging, und über dem
Wasser standen ein paar Libellen im hellen Sonnenschein.
Briest schwieg und trommelte mit dem Finger auf dem
Teebrett.
„Bitte, trommle nicht; sprich lieber."
„Ach, Luise, was soll ich sagen. Dass ich trommle, sagt
gerade genug. Du weißt seit Jahr und Tag, wie ich darüber denke. Damals als Innstettens Brief kam, ein Blitz
aus heiterem Himmel, damals war ich deiner Meinung.
Aber das ist nun schon wieder eine halbe Ewigkeit her;
soll ich hier bis an mein Lebensende den Großinquisitor[3]
spielen? Ich kann dir sagen, ich hab es seit lange satt ..."

---

[1] hier: -Anlage, Empfänglichkeit (für Krankheiten)
[2] Phthisis: Schwindsucht, Lungentuberkulose
[3] Oberster Richter bei Ketzerprozessen (Inquisition); im 19. Jahr-
     hundert wurde die Inquisition abgeschafft.

„Mache mir keine Vorwürfe, Briest; ich liebe sie so wie
du, vielleicht noch mehr; jeder hat seine Art. Aber man
lebt doch nicht bloß in der Welt, um schwach und zärtlich zu sein und alles mit Nachsicht zu behandeln, was
5 gegen Gesetz und Gebot ist und was die Menschen verurteilen und, vorläufig wenigstens, auch noch – mit
Recht verurteilen."

„Ach was. Eins geht vor."

„Natürlich, eins geht vor; aber was ist das eine?"

10 „Liebe der Eltern zu ihren Kindern. Und wenn man gar
bloß eines hat ..."

„Dann ist es vorbei mit Katechismus[1] und Moral und
mit dem Anspruch der ‚Gesellschaft'."

„Ach, Luise, komme mir mit Katechismus, so viel du
15 willst; aber komme mir nicht mit, ‚Gesellschaft'."

„Es ist sehr schwer, sich ohne Gesellschaft zu behelfen."

„Ohne Kind auch. Und dann glaube mir, Luise, die ‚Gesellschaft', wenn sie nur will, kann auch ein Auge zudrücken. Und ich stehe so zu der Sache: Kommen die
20 Rathenower, so ist es gut, und kommen sie nicht, so ist
es auch gut. Ich werde ganz einfach telegraphieren: ‚Effi
komm.' Bist du einverstanden?"

Sie stand auf und gab ihm einen Kuss auf die Stirn. „Natürlich bin ich's. Du solltest mir nur keinen Vorwurf ma-
25 chen. Ein leichter Schritt ist es nicht. Und unser Leben
wird von Stund an ein anderes."

„Ich kann's aushalten. Der Raps steht gut, und im
Herbst kann ich einen Hasen hetzen. Und der Rotwein
schmeckt mir noch. Und wenn ich das Kind erst wieder
30 im Hause habe, dann schmeckt er mir noch besser ...
Und nun will ich das Telegramm schicken."

Effi war nun schon über ein halbes Jahr in Hohen-Cremmen; sie bewohnte die beiden Zimmer im ersten Stock,
die sie schon früher, wenn sie zu Besuch da war, be-
35 wohnt hatte; das größere war für sie persönlich hergerichtet, nebenan schlief Roswitha. Was Rummschüttel
von diesem Aufenthalt und all dem andern Guten erwartet hatte, das hatte sich auch erfüllt, soweit sich's er-

---

[1] Glaubensunterricht; Lehrbuch für Glaubensfragen

füllen konnte. Das Hüsteln ließ nach, der herbe Zug, der das so gütige Gesicht um ein gut Teil seines Liebreizes gebracht hatte, schwand wieder hin, und es kamen Tage, wo sie wieder lachen konnte. Von Kessin und allem, was da zurücklag, wurde wenig gesprochen, mit alleiniger Ausnahme von Frau von Padden und natürlich von Gieshübler, für den der alte Briest eine lebhafte Vorliebe hatte. „Dieser Alonzo, dieser Preciosa-Spanier, der einen Mirambo beherbergt und eine Trippelli großzieht, – ja, das muss ein Genie sein, das lass ich mir nicht ausreden." Und dann musste sich Effi bequemen, ihm den ganzen Gieshübler, mit dem Hut in der Hand und seinen endlosen Artigkeitsverbeugungen vorzuspielen, was sie, bei dem ihr eigenen Nachahmungstalent, sehr gut konnte, trotzdem aber ungern tat, weil sie's allemal als ein Unrecht gegen den guten und lieben Menschen empfand. – Von Innstetten und Annie war nie die Rede, wiewohl feststand, dass Annie Erbtochter sei, und Hohen-Cremmen ihr zufallen würde.

Ja, Effi lebte wieder auf, und die Mama, die, nach Frauenart, nicht ganz abgeneigt war, die ganze Sache, so schmerzlich sie blieb, als einen interessanten Fall anzusehen, wetteiferte mit ihrem Manne in Liebes- und Aufmerksamkeitsbezeugungen.

„Solchen guten Winter haben wir lange nicht gehabt", sagte Briest. Und dann erhob sich Effi von ihrem Platz und streichelte ihm das spärliche Haar aus der Stirn. Aber so schön das alles war, auf Effis Gesundheit hin angesehen, war es doch alles nur Schein, in Wahrheit ging die Krankheit weiter und zehrte still das Leben auf. Wenn Effi – die wieder, wie damals an ihrem Verlobungstage mit Innstetten, ein blau und weiß gestreiftes Kittelkleid mit einem losen Gürtel trug – rasch und elastisch auf die Eltern zutrat, um ihnen einen guten Morgen zu bieten, so sahen sich diese freudig verwundert an, freudig verwundert, aber doch auch wehmütig, weil ihnen nicht entgehen konnte, dass es nicht die helle Jugend, sondern eine Verklärtheit war, was der schlanken Erscheinung und den leuchtenden Augen diesen eigentümlichen Ausdruck gab. Alle, die schärfer zusahen,

sahen dies, nur Effi selbst sah es nicht und lebte ganz
dem Glücksgefühle, wieder an dieser für sie so freundlich friedreichen Stelle zu sein, in Versöhnung mit denen, die sie immer geliebt hatte und von denen sie im-
5 mer geliebt worden war, auch in den Jahren ihres Elends
und ihrer Verbannung.

Sie beschäftigte sich mit allerlei Wirtschaftlichem und
sorgte für Ausschmückung und kleine Verbesserungen
im Haushalt. Ihr Sinn für das Schöne ließ sie darin im-
10 mer das Richtige treffen. Lesen aber und vor allem die
Beschäftigung mit den Künsten hatte sie ganz aufgegeben. „Ich habe davon so viel gehabt, dass ich froh bin,
die Hände in den Schoß legen zu können." Es erinnerte
sie auch wohl zu sehr an ihre traurigen Tage. Sie bildete
15 stattdessen die Kunst aus, still und entzückt auf die Natur zu blicken, und wenn das Laub von den Platanen
fiel, wenn die Sonnenstrahlen auf dem Eis des kleinen
Teiches blitzten oder die ersten Krokus aus dem noch
halb winterlichen Rondell aufblühten, – das tat ihr wohl,
20 und auf all das konnte sie stundenlang blicken und dabei vergessen, was ihr das Leben versagt, oder richtiger
wohl, um was sie sich selbst gebracht hatte.

Besuch blieb nicht ganz aus, nicht alle stellten sich gegen sie; ihren Hauptverkehr aber hatte sie doch in
25 Schulhaus und Pfarre.

Dass im Schulhaus die Töchter ausgeflogen waren, scha-
dete nicht viel, es würde nicht mehr so recht gegangen
sein; aber zu Jahnke selbst – der nicht bloß ganz Schwedisch-Pommern, sondern auch die Kessiner Gegend als
30 skandinavisches Vorland ansah und beständig darauf be-
zügliche Fragen stellte –, zu diesem alten Freunde stand
sie besser denn je. „Ja, Jahnke, wir hatten ein Dampfschiff, und wie ich Ihnen, glaub ich, schon einmal schrieb
oder vielleicht auch schon mal erzählt habe, beinahe wär
35 ich wirklich rüber nach Wisby gekommen. Denken Sie
sich, beinahe nach Wisby. Es ist komisch, aber ich kann
eigentlich von vielem in meinem Leben sagen ‚beinah'."

„Schade, schade", sagte Jahnke.

„Ja, freilich schade. Aber auf Rügen bin ich wirklich um-
40 hergefahren. Und das wäre so was für Sie gewesen,

Jahnke. Denken Sie sich, Arkona[1] mit einem großen Wenden-Lagerplatz[2], der noch sichtbar sein soll; denn ich bin nicht hingekommen; aber nicht allzu weit davon ist der Herthasee mit weißen und gelben Mummeln. Ich habe da viel an Ihre Hertha denken müssen ..."

„Nun, ja, ja, Hertha ... Aber Sie wollten von dem Herthasee sprechen ..."

„Ja, das wollt ich ... Und denken Sie sich, Jahnke, dicht an dem See standen zwei große Opfersteine, blank und noch die Rinnen drin, in denen vordem das Blut ablief. Ich habe von der Zeit an einen Widerwillen gegen die Wenden."

„Ach, gnäd'ge Frau verzeihen. Aber das waren ja keine Wenden. Das mit den Opfersteinen und mit dem Herthasee, das war ja schon wieder viel, viel früher, ganz vor Christum natum[3]; reine Germanen, von denen wir alle abstammen ..."

„Versteht sich", lachte Effi, „von denen wir alle abstammen, die Jahnkes gewiss und vielleicht auch die Briests." Und dann ließ sie Rügen und den Herthasee fallen und fragte nach seinen Enkeln und welche ihm lieber wären, die von Bertha oder die von Hertha.

Ja, Effi stand gut zu Jahnke. Aber trotz seiner intimen Stellung zu Herthasee, Skandinavien und Wisby war er doch nur ein einfacher Mann, und so konnte es nicht wohl ausbleiben, dass der vereinsamten jungen Frau die Plaudereien mit Niemeyer um vieles lieber waren. Im Herbst, solange sich im Parke promenieren ließ, hatte sie denn auch die Hülle und Fülle davon; mit dem Eintreten des Winters aber kam eine mehrmonatliche Unterbrechung, weil sie das Predigerhaus selbst nicht gern betrat; Frau Pastor Niemeyer war immer eine sehr unangenehme Frau gewesen und schlug jetzt vollends hohe Töne an, trotzdem sie, nach Ansicht der Gemeinde, selber nicht ganz einwandfrei war.

---

[1] Arkona Kap: Nordkap Rügens

[2] Befestigung der Wenden (westslawisches Volk) mit einer dem Gott Swantowit geweihten Tempelanlage; 1168/69 durch Waldemar I. von Dänemark eingenommen

[3] Christi Geburt

Das ging so den ganzen Winter durch, sehr zu Effis Leidwesen. Als dann aber, Anfang April, die Sträucher einen grünen Rand zeigten und die Parkwege rasch abtrockneten, da wurden auch die Spaziergänge wieder aufgenommen.

Einmal gingen sie auch wieder so. Von fern her hörte man den Kuckuck, und Effi zählte, wie viele Male er rief. Sie hatte sich an Niemeyers Arm gehängt und sagte: „Ja, da ruft der Kuckuck. Ich mag ihn nicht befragen[1]. Sagen Sie, Freund, was halten Sie vom Leben?"

„Ach, liebe Effi, mit solchen Doktorfragen darfst du mir nicht kommen. Da musst du dich an einen Philosophen wenden oder ein Ausschreiben an eine Fakultät machen. Was ich vom Leben halte? Viel und wenig. Mitunter ist es recht viel, und mitunter ist es recht wenig."

„Das ist recht, Freund, das gefällt mir; mehr brauch ich nicht zu wissen." Und als sie das so sagte, waren sie bis an die Schaukel gekommen. Sie sprang hinauf, mit einer Behändigkeit wie in ihren jüngsten Mädchentagen, und ehe sich noch der Alte, der ihr zusah, von seinem halben Schreck erholen konnte, hockte sie schon zwischen den zwei Stricken nieder und setzte das Schaukelbrett durch ein geschicktes Auf- und Niederschnellen ihres Körpers in Bewegung. Ein paar Sekunden noch, und sie flog durch die Luft, und bloß mit einer Hand sich haltend, riss sie mit der andern ein kleines Seidentuch von Brust und Hals und schwenkte es wie in Glück und Übermut. Dann ließ sie die Schaukel wieder langsam gehen und sprang herab und nahm Niemeyers Arm.

„Effi, du bist doch noch immer, wie du früher warst."

„Nein. Ich wollte, es wäre so. Aber es liegt ganz zurück, und ich hab es nur noch einmal versuchen wollen. Ach, wie schön es war, und wie mir die Luft wohltat; mir war, als flög ich in den Himmel. Ob ich wohl hineinkomme? Sagen Sie mir's, Freund, Sie müssen es wissen. Bitte, bitte ..."

---

[1] Einem Volksglauben zufolge kann, wer einem Kuckuck die Frage stellt: „Kuckuck, wie lang leb ich noch?", aus der Zahl der darauf folgenden Kuckuckrufe die ihm noch verbleibenden Lebensjahre bestimmen.

Niemeyer nahm ihren Kopf in seine zwei alten Hände und gab ihr einen Kuss auf die Stirn und sagte: „Ja, Effi, du wirst."

Fünfunddreißigstes Kapitel

Effi war den ganzen Tag draußen im Park, weil sie das Luftbedürfnis hatte; der alte Friesacker Dr. Wiesike war auch einverstanden damit, gab ihr aber in diesem Stükke doch zu viel Freiheit zu tun, was sie wolle, sodass sie sich während der kalten Tage im Mai heftig erkältete: Sie wurde fiebrig, hustete viel, und der Doktor, der sonst jeden dritten Tag herüberkam, kam jetzt täglich und war in Verlegenheit, wie er der Sache beikommen solle, denn die Schlaf- und Hustenmittel, nach denen Effi verlangte, konnten ihr des Fiebers halber nicht gegeben werden.

„Doktor", sagte der alte Briest, „was wird aus der Geschichte? Sie kennen sie ja von klein auf, haben sie geholt. Mir gefällt das alles nicht; sie nimmt sichtlich ab, und die roten Flecke und der Glanz in den Augen, wenn sie mich mit einem Male so fragend ansieht. Was meinen Sie? Was wird? Muss sie sterben?"

Wiesike wiegte den Kopf langsam hin und her. „Das will ich nicht sagen, Herr von Briest. Dass sie so fiebert, gefällt mir nicht. Aber wir werden es schon wieder runterkriegen, dann muss sie nach der Schweiz oder nach Mentone[1]. Reine Luft und freundliche Eindrücke, die das Alte vergessen machen ..."

„Lethe[2], Lethe."

„Ja, Lethe", lächelte Wiesike. „Schade, dass uns die alten Schweden[3], die Griechen, bloß das Wort hinterlassen haben und nicht zugleich auch die Quelle selbst ..."

---

[1] französischer Luftkurort nahe Nizza

[2] das Vergessen; in der griechischen Mythologie: Strom der Unterwelt, aus dem die Verstorbenen Vergessen (ihres irdischen Daseins) trinken

[3] alter Schwede (umgangssprachlich): alter Freund

„Oder wenigstens das Rezept dazu; Wässer werden ja jetzt nachgemacht. Alle Wetter, Wiesike, das wär ein Geschäft, wenn wir hier so ein Sanatorium anlegen könnten: Friesack als Vergessenheitsquelle. Nun, vorläufig wollen wir's mit der Riviera versuchen. Mentone ist ja wohl Riviera? Die Kornpreise sind zwar in diesem Augenblicke wieder schlecht, aber was sein muss, muss sein. Ich werde mit meiner Frau darüber sprechen."

Das tat er denn auch und fand sofort seiner Frau Zustimmung, deren in letzter Zeit – wohl unter dem Eindruck zurückgezogenen Lebens – stark erwachte Lust, auch mal den Süden zu sehen, seinem Vorschlage zu Hülfe kam. Aber Effi selbst wollte nichts davon wissen.

„Wie gut ihr gegen mich seid. Und ich bin egoistisch genug, ich würde das Opfer auch annehmen, wenn ich mir etwas davon verspräche. Mir steht es aber fest, dass es mir bloß schaden würde."

„Das redest du dir ein, Effi."

„Nein. Ich bin so reizbar geworden; alles ärgert mich. Nicht hier bei euch. Ihr verwöhnt mich und räumt mir alles aus dem Wege. Aber auf einer Reise, da geht das nicht, da lässt sich das Unangenehme nicht so beiseitetun; mit dem Schaffner fängt es an, und mit dem Kellner hört es auf. Wenn ich mir die süffisanten[1] Gesichter bloß vorstelle, so wird mir schon ganz heiß. Nein, nein, lasst mich hier. Ich mag nicht mehr weg von Hohen-Cremmen, hier ist meine Stelle. Der Heliotrop unten auf dem Rondell, um die Sonnenuhr herum, ist mir lieber als Mentone."

Nach diesem Gespräch ließ man den Plan wieder fallen, und Wiesike, so viel er sich von Italien versprochen hatte, sagte: „Das müssen wir respektieren, denn das sind keine Launen; solche Kranken haben ein sehr feines Gefühl und wissen, mit merkwürdiger Sicherheit, was ihnen hilft und was nicht. Und was Frau Effi da gesagt hat von Schaffner und Kellner, das ist doch auch eigentlich ganz richtig, und es gibt keine Luft, die so viel Heilkraft hätte, den Hotelärger (wenn man sich überhaupt dar-

---

[1] süffisant: selbstgefällig, dünkelhaft

über ärgert) zu balancieren. Also lassen wir sie hier; wenn es nicht das Beste ist, so ist es gewiss nicht das Schlechteste."

Das bestätigte sich denn auch. Effi erholte sich, nahm um ein Geringes wieder zu (der alte Briest gehörte zu 5 den Wiegefanatikern) und verlor ein gut Teil ihrer Reizbarkeit. Dabei war aber ihr Luftbedürfnis in einem beständigen Wachsen, und zumal wenn Westwind ging und graues Gewölk am Himmel zog, verbrachte sie viele Stunden im Freien. An solchen Tagen ging sie wohl 10 auch auf die Felder hinaus und ins Luch, oft eine halbe Meile weit, und setzte sich, wenn sie müde geworden, auf einen Hürdenzaun und sah, in Träume verloren, auf die Ranunkeln und roten Ampferstauden, die sich im Winde bewegten. 15

„Du gehst immer so allein", sagte Frau von Briest. „Unter unseren Leuten bist du sicher; aber es schleicht auch so viel fremdes Gesindel umher."

Das machte doch einen Eindruck auf Effi, die an Gefahr nie gedacht hatte, und als sie mit Roswitha allein war, 20 sagte sie: „Dich kann ich nicht gut mitnehmen, Roswitha; du bist zu dick und nicht mehr fest auf den Füßen."

„Nu, gnäd'ge Frau, so schlimm ist es doch noch nicht. Ich könnte ja doch noch heiraten."

„Natürlich", lachte Effi. „Das kann man immer noch. 25 Aber weißt du, Roswitha, wenn ich einen Hund hätte, der mich begleitete. Papas Jagdhund hat gar kein Attachement[1] für mich, Jagdhunde sind so dumm, und er rührt sich immer erst, wenn der Jäger oder der Gärtner die Flinte vom Riegel[2] nimmt. Ich muss jetzt oft an Rollo 30 denken."

„Ja", sagte Roswitha, „so was wie Rollo haben sie hier gar nicht. Aber damit will ich nichts gegen ‚hier' gesagt haben. Hohen-Cremmen ist sehr gut."

Es war drei, vier Tage nach diesem Gespräche zwischen 35 Effi und Roswitha, dass Innstetten um eine Stunde frü-

---

[1] Zuneigung
[2] hier: Querbalken (auf dem der Jäger sein Gewehr ablegt)

her in sein Arbeitszimmer trat als gewöhnlich. Die Morgensonne, die sehr hell schien, hatte ihn geweckt, und weil er fühlen mochte, dass er nicht wieder einschlafen würde, war er aufgestanden, um sich an eine Arbeit zu machen, die schon seit geraumer Zeit der Erledigung harrte.

Nun war es eine Viertelstunde nach acht, und er klingelte. Johanna brachte das Frühstückstablett, auf dem, neben der Kreuzzeitung[1] und der Norddeutschen Allgemeinen[2], auch noch zwei Briefe lagen. Er überflog die Adressen und erkannte an der Handschrift, dass der eine vom Minister war. Aber der andere? Der Poststempel war nicht deutlich zu lesen, und das „Sr. Wohlgeboren Herrn Baron von Innstetten" bezeugte eine glückliche Unvertrautheit mit den landesüblichen Titulaturen[3]. Dem entsprachen auch die Schriftzüge von sehr primitivem Charakter. Auch die Wohnungsangabe war wieder merkwürdig genau: W. Keithstraße 1 c, zwei Treppen hoch.

Innstetten war Beamter genug, um den Brief von „Exzellenz" zuerst zu erbrechen. „Mein lieber Innstetten! Ich freue mich, Ihnen mitteilen zu können, dass Seine Majestät Ihre Ernennung zu unterzeichnen geruht haben, und gratuliere Ihnen aufrichtig dazu." Innstetten war erfreut über die liebenswürdigen Zeilen des Ministers, fast mehr als über die Ernennung selbst. Denn was das Höherhinaufklimmen auf der Leiter anging, so war er seit dem Morgen in Kessin, wo Crampas mit einem Blick, den er immer vor Augen hatte, Abschied von ihm genommen, etwas kritisch gegen derlei Dinge geworden. Er maß seitdem mit anderem Maße, sah alles anders an. Auszeichnung, was war es am Ende? Mehr als einmal hatte er, während der ihm immer freudloser da-

---

[1] „Neue Preußische (Kreuz-)Zeitung": wegen des Eisernen Kreuzes im Titelkopf auch kurz: Kreuzzeitung; stark konservativ ausgerichtet. Fontane war von 1860 bis 70 einer ihrer Mitarbeiter.

[2] „Norddeutsche Allgemeine Zeitung", Bismarck treues „Kanzlerblatt"

[3] Titulatur: Anrede (mit sämtlichen Titeln)

hinfließenden Tage, einer halb vergessenen Ministerialanekdote aus den Zeiten des älteren Ladenberg[1] her gedenken müssen, der, als er nach langem Warten den roten Adlerorden[2] empfing, ihn wütend und mit dem Ausrufe beiseitewarf: „Da liege, bis du schwarz wirst." Wahrscheinlich war er dann hinterher auch „schwarz" geworden, aber um viele Tage zu spät und sicherlich ohne rechte Befriedigung für den Empfänger. Alles, was uns Freude machen soll, ist an Zeit und Umstände gebunden, und was uns heute noch beglückt, ist morgen wertlos. Innstetten empfand das tief, und so gewiss ihm an Ehren und Gunstbezeugungen von oberster Stelle her lag, wenigstens gelegen hatte, so gewiss stand ihm jetzt fest, es käme bei dem glänzenden Schein der Dinge nicht viel heraus, und das, was man „das Glück" nenne, wenn's überhaupt existiere, sei was anderes als dieser Schein. „Das Glück, wenn mir recht ist, liegt in zweierlei: darin, dass man ganz da steht, wo man hingehört (aber welcher Beamte kann das von sich sagen), und zum Zweiten und Besten in einem behaglichen Abwikkeln des ganz Alltäglichen, also darin, dass man ausgeschlafen hat und dass einen die neuen Stiefel nicht drükken. Wenn einem die 720 Minuten eines zwölfstündigen Tages ohne besonderen Ärger vergehen, so lässt sich von einem glücklichen Tage sprechen." In einer Stimmung, die derlei schmerzlichen Betrachtungen nachhing, war Innstetten auch heute wieder. Er nahm nun den zweiten Brief. Als er ihn gelesen, fuhr er über seine Stirn und empfand schmerzlich, dass es ein Glück gebe, dass er es gehabt, aber dass er es nicht mehr habe und nicht mehr haben könne.

Johanna trat ein und meldete: „Geheimrat Wüllersdorf." Dieser stand schon auf der Türschwelle. „Gratuliere, Innstetten."

---

[1] Philipp von Ladenberg (1796−1847), preußischer Staatsminister von 1837 bis 42

[2] Der „Rote Adlerorden" (1792−1918) war der zweithöchste preußische Orden; der höchste aber war der 1701 von Friedrich I. gestiftete „Schwarze Adlerorden".

„Ihnen glaub ich's; die anderen werden sich ärgern. Im Übrigen ..."

„Im Übrigen. Sie werden doch in diesem Augenblicke nicht kritteln wollen."

5 „Nein. Die Gnade Seiner Majestät beschämt mich, und die wohlwollende Gesinnung des Ministers, dem ich das alles verdanke, fast noch mehr."

„Aber ..."

„Aber ich habe mich zu freuen verlernt. Wenn ich es einem anderen als Ihnen sagte, so würde solche Rede für redensartlich gelten. Sie aber, Sie finden sich darin zurecht. Sehen Sie sich hier um; wie leer und öde ist das alles. Wenn die Johanna eintritt, ein sogenanntes Juwel, so wird mir angst und bange. Dieses Sich-in-Szene-Setzen (und Innstetten ahmte Johannas Haltung nach), diese halb komische Büstenplastik, die wie mit einem Spezialanspruch auftritt, ich weiß nicht, ob an die Menschheit oder an mich – ich finde das alles so trist und elend, und es wäre zum Totschießen, wenn es nicht so lächerlich wäre."

„Lieber Innstetten, in dieser Stimmung wollen Sie Ministerialdirektor[1] werden?"

„Ah, bah. Kann es anders sein? Lesen Sie; diese Zeilen habe ich eben bekommen."

25 Wüllersdorf nahm den zweiten Brief mit dem unleserlichen Poststempel, amüsierte sich über das „Wohlgeboren" und trat ans Fenster, um bequemer lesen zu können.

„Gnäd'ger Herr! Sie werden sich wohl am Ende wundern, dass ich Ihnen schreibe, aber es ist wegen Rollo. Anniechen hat uns schon voriges Jahr gesagt: Rollo wäre jetzt so faul; aber das tut hier nichts, er kann hier so faul sein, wie er will, je fauler, je besser. Und die gnäd'ge Frau möchte es doch so gern. Sie sagt immer, wenn sie ins Luch oder über Feld geht: „Ich fürchte mich eigentlich, Roswitha, weil ich da so allein bin; aber wer soll mich begleiten? Rollo, ja, das ginge; der ist mir auch nicht gram. Das ist der Vorteil, dass sich die Tiere nicht so drum kümmern." Das sind die Worte der gnäd'gen Frau,

---

[1] Abteilungsleiter in einem Ministerium

und weiter will ich nichts sagen und den gnäd'gen
Herrn bloß noch bitten, mein Anniechen zu grüßen.
Und auch die Johanna. Von Ihrer treu ergebensten Die-
nerin Roswitha Gellenhagen."
„Ja", sagte Wüllersdorf, als er das Papier wieder zusam-
menfaltete, „die ist uns über."
„Finde ich auch."
„Und das ist auch der Grund, dass Ihnen alles andere so
fraglich erscheint."
„Sie treffen's. Es geht mir schon lange durch den Kopf,
und diese schlichten Worte mit ihrer gewollten oder vielleicht auch nicht gewollten Anklage haben mich wieder
vollends aus dem Häuschen gebracht. Es quält mich seit
Jahr und Tag schon, und ich möchte aus dieser ganzen
Geschichte heraus; nichts gefällt mir mehr; je mehr man
mich auszeichnet, je mehr fühle ich, dass dies alles nichts
ist. Mein Leben ist verpfuscht, und so hab ich mir im Stillen ausgedacht, ich müsste mit all den Strebungen und Eitelkeiten überhaupt nichts mehr zu tun haben und mein
Schulmeistertum, was ja wohl mein Eigentlichstes ist, als
ein höherer Sittendirektor verwenden können. Es hat ja
dergleichen gegeben. Ich müsste also, wenn's ginge, solche schrecklich berühmte Figur werden wie beispielsweise der Doktor Wichern im Rauhen Hause zu Hamburg[1]
gewesen ist, dieser Mirakelmensch[2], der alle Verbrecher
mit seinem Blick und seiner Frömmigkeit bändigte ..."
„Hm, dagegen ist nichts zu sagen; das würde gehen."
„Nein, es geht auch nicht. Auch d a s nicht mal. Mir ist
eben alles verschlossen. Wie soll ich einen Totschläger an
seiner Seele packen? Dazu muss man selber intakt sein.
Und wenn man's nicht mehr ist und selber so was an
den Fingerspitzen hat, dann muss man wenigstens vor
seinen zu bekehrenden Confratres[3] den wahnsinnigen

---

[1] Johann Hinrich Wichern (1808–81), evangelischer Theologe, gründete 1833 das „Rauhe Haus", eine Anstalt zur Betreuung verwahr-
loster, männlicher Jugendlicher. -Wichern entwickelte den Gedanken der „Inneren Mission".
[2] Mirakel: Wunder
[3] Konfrater (hier): Mitbruder

Büßer spielen und eine Riesenzerknirschung zum Besten geben können."

Wüllersdorf nickte.

„... Nun sehen Sie, Sie nicken. Aber das alles kann ich
5 nicht mehr. Den Mann im Büßerhemd bring ich nicht
mehr heraus, und den Derwisch[1] oder Fakir[2], der unter
Selbstanklagen sich zu Tode tanzt, erst recht nicht. Und
da hab ich mir denn, weil das alles nicht geht, als ein
Bestes herausgeklügelt: weg von hier, weg und hin un-
10 ter lauter pechschwarze Kerle, die von Kultur und Ehre
nichts wissen. Diese Glücklichen! Denn gerade d a s , dieser ganze Krimskrams, ist doch an allem schuld. Aus
Passion, was am Ende gehen möchte, tut man dergleichen nicht. Also bloßen Vorstellungen zuliebe ... Vorstel-
15 lungen! ... Und da klappt denn einer zusammen, und
man klappt selber nach. Bloß noch schlimmer."

„Ach was, Innstetten, das sind Launen, Einfälle. Quer
durch Afrika, was soll das heißen? Das ist für 'nen Leutnant, der Schulden hat. Aber ein Mann wie Sie! Wollen
20 Sie mit einem roten Fez[3] einem Palaver[4] präsidieren[5]
oder mit einem Schwiegersohn von König Mtesa[6] Blut-
freundschaft schließen? Oder wollen Sie sich in einem
Tropenhelm, mit sechs Löchern oben, am Kongo ent-
langtasten, bis Sie bei Kamerun oder da herum wieder
25 herauskommen? Unmöglich!"

---

[1] wörtlich (persisch): Bettler; Mitglied eines islamischen Ordens.
Derwische erstreben mithilfe von geistiger Versenkung, Askese,
Musik, Tänzen und anderen Riten eine unmittelbare, mystische Ver-
einigung mit Gott.

[2] wörtlich (arabisch): Armer; Bettelmönch, frommer Asket (ursprünglich nur Muslime, in Indien später auf alle bettelnden Aske-
ten übertragen)

[3] Fes (türkisch): nach der gleichnamigen marokkanischen Stadt benannte rote, topfförmige Filzkappe, besonders in islamischen Ländern verbreitet

[4] hier in seiner ursprünglichen Bedeutung verwendet: Stammesrat,
Ratsversammlung bei afrikanischen Stämmen

[5] (eine Versammlung) leiten; vorsitzen

[6] Mutesa I. (gestorben 1884): von 1857–84 König von Buganda (im
heutigen Uganda), mehrere Afrikareisende berichteten von Begegnungen mit ihm (z. B. Stanley, 1875).

„Unmöglich? Warum? Und wenn unmöglich, was dann?"

„Einfach hierbleiben und Resignation üben. Wer ist denn unbedrückt? Wer sagte nicht jeden Tag: ‚Eigentlich eine sehr fragwürdige Geschichte.' Sie wissen, ich habe auch mein Päckchen zu tragen, nicht gerade das Ihrige, aber nicht viel leichter. Es ist Torheit mit dem im Urwald-Umherkriechen oder in einem Termitenhügel nächtigen; wer's mag, der mag es, aber für unserein ist es nichts. In der Bresche[1] stehen und aushalten, bis man fällt, das ist das Beste.

Vorher aber im Kleinen und Kleinsten so viel herausschlagen wie möglich, und ein Auge dafür haben, wenn die Veilchen blühen oder das Luisendenkmal[2] in Blumen steht oder die kleinen Mädchen mit hohen Schnürstiefeln über die Korde[3] springen. Oder auch wohl nach Potsdam fahren und in die Friedenskirche gehen, wo Kaiser Friedrich[4] liegt, und wo sie jetzt eben anfangen, ihm ein Grabhaus zu bauen. Und wenn Sie da stehen, dann überlegen Sie sich das Leben von dem, und wenn Sie dann nicht beruhigt sind, dann ist Ihnen freilich nicht zu helfen."

„Gut, gut. Aber das Jahr ist lang, und jeder einzelne Tag ... und dann der Abend."

„Mit dem ist immer noch am ehesten fertigzuwerden. Da haben wir ‚Sardanapal'[5] oder ‚Coppelia'[6] mit der del Era[7], und wenn es damit aus ist, dann haben wir

---

1 Lücke (in einer Befestigungsanlage)
2 Ehrendenkmal für Königin Luise von Preußen (1776–1810) im Berliner Tiergarten
3 Corde (französisch): Seil, Schnur
4 König Friedrich III. von Preußen (1831–88), ältester Sohn Kaiser Wilhelms I., starb nach 99 Tagen Regierung an einem Krebsleiden.
5 Ballett von Paul Taglioni (1808–84) über den legendären altassyrischen König Assurbanipal (Sardanapal) (669–627(?) v. Chr.)
6 „Coppélia": Ballett (1870) von Léo Delibes (1836–91)
7 Antoinetta dell'Era: Sie zählte im 19. Jahrhundert zu den anerkanntesten Balletttänzerinnen, seit 1880 Primaballerina am königlichen Opernhaus in Berlin.

Siechen[1]. Nicht zu verachten. Drei Seidel[2] beruhigen jedes Mal. Es gibt immer noch viele, sehr viele, die zu der ganzen Sache nicht anders stehen wie wir, und einer, dem auch viel verquer gegangen war, sagte mir mal: ‚Glauben Sie mir, Wüllersdorf, es geht überhaupt nicht ohne ‚Hülfskonstruktionen'.' Der das sagte, war ein Baumeister und musst es also wissen. Und er hatte Recht mit seinem Satz. Es vergeht kein Tag, der mich nicht an die ‚Hülfskonstruktionen' gemahnte."

Wüllersdorf, als er sich so expektoriert, nahm Hut und Stock. Innstetten aber, der sich bei diesen Worten seines Freundes seiner eigenen voraufgegangenen Betrachtungen über das ‚kleine Glück' erinnert haben mochte, nickte halb zustimmend und lächelte vor sich hin.

„Und wohin gehen Sie nun, Wüllersdorf? Es ist noch zu früh für das Ministerium."

„Ich schenk es mir heute ganz. Erst noch eine Stunde Spaziergang am Kanal hin bis an die Charlottenburger Schleuse und dann wieder zurück. Und dann ein kleines Vorsprechen bei Huth[3], Potsdamer Straße, die kleine Holztreppe vorsichtig hinauf. Unten ist ein Blumenladen."

„Und das freut Sie? Das genügt Ihnen?"

„Das will ich nicht gerade sagen. Aber es hilft ein bisschen. Ich finde da verschiedene Stammgäste, Frühschoppler, deren Namen ich klüglich verschweige. Der eine erzählt dann vom Herzog von Ratibor[4], der andere vom Fürstbischof Kopp[5] und der dritte wohl gar von Bismarck. Ein bisschen fällt immer ab. Dreiviertel stimmt nicht, aber wenn es nur witzig ist, krittelt man nicht lange dran herum und hört dankbar zu."

Und damit ging er.

---

[1] Berliner Bierhaus (Inhaber: Franz Siechen)

[2] Bierkrug; Flüssigkeitsmaß (in Bayern: 0,535 Liter)

[3] „C. Huth & Sohn": Weinhandel und Weinstube

[4] Viktor Herzog von Ratibor (1818–93), seit 1877 Präsident des Preußischen Herrenhauses (Oberhaus, 1. Kammer des Preußischen Landtags)

[5] Georg von Kopp (1837–1914), als Vertrauter Bismarcks und Papst Leo XIII. beteiligt an der Beilegung des Kulturkampfes (1871–87) zwischen Staat und katholischer Kirche in Preußen

Sechsunddreißigstes Kapitel

Der Mai war schön, der Juni noch schöner, und Effi, nachdem ein erstes schmerzliches Gefühl, das Rollos Eintreffen in ihr geweckt hatte, glücklich überwunden war, war voll Freude, das treue Tier wieder um sich zu haben. Roswitha wurde belobt, und der alte Briest erging sich, seiner Frau gegenüber, in Worten der Anerkennung für Innstetten, der ein Kavalier sei, nicht kleinlich, und immer das Herz auf dem rechten Fleck gehabt habe. „Schade, dass die dumme Geschichte dazwischenfahren musste. Eigentlich war es doch ein Musterpaar." Der Einzige, der bei dem Wiedersehen ruhig blieb, war Rollo selbst, weil er entweder kein Organ für Zeitmaß hatte oder die Trennung als eine Unordnung ansah, die nun einfach wieder behoben sei. Dass er alt geworden, wirkte wohl auch mit dabei. Mit seinen Zärtlichkeiten blieb er sparsam, wie er beim Wiedersehen sparsam mit seinen Freudenbezeugungen gewesen war, aber in seiner Treue war er womöglich noch gewachsen. Er wich seiner Herrin nicht von der Seite. Den Jagdhund behandelte er wohlwollend, aber doch als ein Wesen auf niederer Stufe. Nachts lag er vor Effis Tür auf der Binsenmatte, morgens, wenn das Frühstück im Freien genommen wurde, neben der Sonnenuhr, immer ruhig, immer schläfrig, und nur wenn sich Effi vom Frühstückstisch erhob und auf den Flur zuschritt und hier erst den Strohhut und dann den Sonnenschirm vom Ständer nahm, kam ihm seine Jugend wieder, und ohne sich darum zu kümmern, ob seine Kraft auf eine große oder kleine Probe gestellt werden würde, jagte er die Dorfstraße hinauf und wieder herunter und beruhigte sich erst, wenn sie zwischen den ersten Feldern waren. Effi, der freie Luft noch mehr galt als landschaftliche Schönheit, vermied die kleinen Waldpartien und hielt meist die große, zunächst von uralten Rüstern[1] und dann, wo die Chaussee begann, von Pappeln besetzte große Straße, die nach der Bahnhofsstation führte, wohl eine

---

[1] Rüster: Ulme

Stunde Wegs. An allem freute sie sich, atmete beglückt
den Duft ein, der von den Raps- und Kleefeldern herüberkam, oder folgte dem Aufsteigen der Lerchen und
zählte die Ziehbrunnen und Tröge, daran das Vieh zur
5 Tränke ging. Dabei klang ein leises Läuten zu ihr herüber. Und dann war ihr zu Sinn, als müsse sie die Augen schließen und in einem süßen Vergessen hinübergehen. In Nähe der Station, hart an der Chaussee, lag eine
Chausseewalze. Das war ihr täglicher Rasteplatz, von
10 dem aus sie das Treiben auf dem Bahndamm verfolgen
konnte; Züge kamen und gingen, und mitunter sah sie
zwei Rauchfahnen, die sich einen Augenblick wie deckten und dann nach links und rechts hin wieder ausein-
andergingen, bis sie hinter Dorf und Wäldchen
15 verschwanden. Rollo saß dann neben ihr, an ihrem
Frühstück teilnehmend, und wenn er den letzten Bissen
aufgefangen hatte, fuhr er, wohl um sich dankbar zu be-
zeigen, irgendeine Ackerfurche wie ein Rasender hinauf
und hielt nur inne, wenn ein paar beim Brüten gestörte
20 Rebhühner dicht neben ihm aus einer Nachbarfurche
aufflogen.

„Wie schön dieser Sommer! Dass ich noch so glücklich
sein könnte, liebe Mama, vor einem Jahre hätte ich's nicht
gedacht", – das sagte Effi jeden Tag, wenn sie mit der Ma-
25 ma um den Teich schritt oder einen Frühapfel vom Zweig
brach und tapfer einbiss. Denn sie hatte die schönsten
Zähne. Frau von Briest streichelte ihr dann die Hand und
sagte: „Werde nur erst wieder gesund, Effi, ganz gesund;
das Glück findet sich dann; nicht das alte, aber ein neues.
30 Es gibt Gott sei Dank viele Arten von Glück. Und du
sollst sehen, wir werden schon etwas finden für dich."

„Ihr seid so gut. Und eigentlich hab ich doch auch euer
Leben geändert und euch vor der Zeit zu alten Leuten
gemacht."

35 „Ach, meine liebe Effi, davon sprich nicht. Als es kam,
da dacht ich ebenso. Jetzt weiß ich, dass unsere Stille
besser ist als der Lärm und das laute Getriebe von vordem. Und wenn du so fortfährst, können wir noch reisen. Als Wiesike Mentone vorschlug, da warst du krank
40 und reizbar und hattest, weil du krank warst, ganz

Recht mit dem, was du von den Schaffnern und Kell-
nern sagtest; aber wenn du wieder festere Nerven hast,
dann geht es, dann ärgert man sich nicht mehr, dann
lacht man über die großen Allüren und das gekräuselte
Haar. Und dann das blaue Meer und weiße Segel und
die Felsen ganz mit rotem Kaktus überwachsen, – ich
habe es noch nicht gesehen, aber ich denke es mir so.
Und ich möchte es wohl kennenlernen."
So verging der Sommer, und die Sternschnuppennächte[1]
lagen schon zurück. Effi hatte während dieser Nächte
bis über Mitternacht hinaus am Fenster gesessen und
sich nicht müde sehen können. „Ich war immer eine
schwache Christin; aber ob wir doch vielleicht von da
oben stammen und, wenn es hier vorbei ist, in unsere
himmlische Heimat zurückkehren, zu den Sternen oben
oder noch drüber hinaus! Ich weiß es nicht, ich will es
auch nicht wissen, ich habe nur die Sehnsucht."
Arme Effi, du hattest zu den Himmelwundern zu lange
hinaufgesehen und darüber nachgedacht, und das Ende
war, dass die Nachtluft und die Nebel, die vom Teich
her aufstiegen, sie wieder aufs Krankenbett warfen, und
als Wiesike gerufen wurde und sie gesehen hatte, nahm
er Briest beiseite und sagte: „Wird nichts mehr; machen
Sie sich auf ein baldiges Ende gefasst."
Er hatte nur zu wahr gesprochen, und wenige Tage danach, es war noch nicht spät und die zehnte Stunde
noch nicht heran, da kam Roswitha nach unten und sagte zu Frau von Briest: „Gnädigste Frau, mit der gnädigen Frau oben ist es schlimm; sie spricht immer so still
vor sich hin, und mitunter ist es, als ob sie bete, sie will
es aber nicht wahrhaben, und ich weiß nicht, mir ist, als
ob es jede Stunde vorbei sein könnte."
„Will sie mich sprechen?"
„Sie hat es nicht gesagt. Aber ich glaube, sie möchte es.
Sie wissen ja, wie sie ist; sie will Sie nicht stören und
ängstlich machen. Aber es wäre doch wohl gut."

[1] Augustnächte; aufgrund eines Meteorstroms (Perseiden), der Mitte
August auftritt, können um diese Zeit besonders viele Stern-
schnuppen gesehen werden.

„Es ist gut, Roswitha", sagte Frau von Briest, „ich werde kommen."

Und ehe die Uhr noch einsetzte, stieg Frau von Briest die Treppe hinauf und trat bei Effi ein. Das Fenster stand auf, und sie lag auf einer Chaiselongue[1], die neben dem Fenster stand.

Frau von Briest schob einen kleinen schwarzen Stuhl mit drei goldenen Stäbchen in der Ebenholzlehne heran, nahm Effis Hand und sagte:

„Wie geht es dir, Effi? Roswitha sagt, du seiest so fiebrig."

„Ach, Roswitha nimmt alles so ängstlich. Ich sah ihr an, sie glaubt, ich sterbe. Nun, ich weiß nicht. Aber sie denkt, es soll es jeder so ängstlich nehmen wie sie selbst."

„Bist du so ruhig über Sterben, liebe Effi?"

„Ganz ruhig, Mama."

„Täuschst du dich darin nicht? Alles hängt am Leben und die Jugend erst recht. Und du bist noch so jung, liebe Effi."

Effi schwieg eine Weile. Dann sagte sie: „Du weißt, ich habe nicht viel gelesen, und Innstetten wunderte sich oft darüber, und es war ihm nicht recht."

Es war das erste Mal, dass sie Innstettens Namen nannte, was einen großen Eindruck auf die Mama machte und dieser klar zeigte, dass es zu Ende sei.

„Aber ich glaube", nahm Frau von Briest das Wort, „du wolltest mir was erzählen."

„Ja, das wollte ich, weil du davon sprachst, ich sei noch so jung. Freilich bin ich noch jung. Aber das schadet nichts. Es war noch in glücklichen Tagen, da las mir Innstetten abends vor; er hatte sehr gute Bücher, und in einem hieß es: Es sei wer von einer fröhlichen Tafel abgerufen worden, und am anderen Tage habe der Abgerufene gefragt, wie's denn nachher gewesen sei. Da habe man ihm geantwortet: ,Ach, es war noch allerlei; aber eigentlich haben Sie nichts versäumt.' Sieh, Mama, diese Worte haben sich mir eingeprägt – es hat nicht viel

---

[1] Sofa ohne Rücken-, aber mit Kopflehne

zu bedeuten, wenn man von der Tafel etwas früher abgerufen wird."
Frau von Briest schwieg. Effi aber schob sich etwas höher hinauf und sagte dann: „Und da ich nun mal von alten Zeiten und auch von Innstetten gesprochen habe,
muss ich dir doch noch etwas sagen, liebe Mama."
„Du regst dich auf, Effi."
„Nein, nein; etwas von der Seele heruntersprechen, das
regt mich nicht auf, das macht still. Und da wollt ich dir
denn sagen: Ich sterbe mit Gott und Menschen versöhnt,
auch versöhnt mit ihm."
„Warst du denn in deiner Seele in so großer Bitterkeit
mit ihm? Eigentlich, verzeihe mir, meine liebe Effi, dass
ich das jetzt noch sage, eigentlich hast du doch euer
Leid heraufbeschworen."
Effi nickte. „Ja, Mama. Und traurig, dass es so ist. Aber
als dann all das Schreckliche kam, und zuletzt das mit
Annie, du weißt schon, da hab ich doch, wenn ich das
lächerliche Wort gebrauchen darf, den Spieß umgekehrt
und habe mich ganz ernsthaft in den Gedanken hinein-
gelebt, er sei schuld, weil er nüchtern und berechnend
gewesen sei und zuletzt auch noch grausam. Und da
sind Verwünschungen gegen ihn über meine Lippen gekommen."
„Und das bedrückt dich jetzt?"
„Ja. Und es liegt mir daran, dass er erfährt, wie mir hier
in meinen Krankheitstagen, die doch fast meine schönsten gewesen sind, wie mir hier klargeworden, dass er in
allem Recht gehandelt. In der Geschichte mit dem armen Crampas – ja, was sollt er am Ende anders tun?
Und dann, womit er mich am tiefsten verletzte, dass er
mein eigen Kind in einer Art Abwehr gegen mich erzogen hat, so hart es mir ankommt und so weh es mir tut,
er hat auch darin Recht gehabt. Lass ihn das wissen,
dass ich in dieser Überzeugung gestorben bin. Es wird
ihn trösten, aufrichten, vielleicht versöhnen. Denn er
hatte viel Gutes in seiner Natur und war so edel, wie jemand sein kann, der ohne rechte Liebe ist."
Frau von Briest sah, dass Effi erschöpft war und zu
schlafen schien oder schlafen wollte. Sie erhob sich leise

von ihrem Platz und ging. Indessen, kaum, dass sie fort
war, erhob sich Effi und setzte sich an das offene Fenster, um noch einmal die kühle Nachtluft einzusaugen.
Die Sterne flimmerten, und im Parke regte sich kein
5 Blatt. Aber je länger sie hinaushorchte, je deutlicher hörte sie wieder, dass es wie ein feines Rieseln auf die Platanen niederfiel. Ein Gefühl der Befreiung überkam sie.
„Ruhe, Ruhe."

Es war einen Monat später, und der September ging auf
10 die Neige. Das Wetter war schön, aber das Laub im Parke zeigte schon viel Rot und Gelb, und seit den Äqui-
noktien[1], die drei Sturmtage gebracht hatten, lagen die
Blätter überallhin ausgestreut. Auf dem Rondell hatte
sich eine kleine Veränderung vollzogen, die Sonnenuhr
15 war fort, und an der Stelle, wo sie gestanden hatte, lag
seit gestern eine weiße Marmorplatte, darauf stand
nichts als „Effi Briest" und darunter ein Kreuz. Das war
Effis letzte Bitte gewesen: „Ich möchte auf meinem Stein
meinen alten Namen wiederhaben; ich habe dem an-
20 dern keine Ehre gemacht." Und es war ihr versprochen
worden.
Ja, gestern war die Marmorplatte gekommen und aufge-
legt worden, und angesichts der Stelle saßen nun wieder
Briest und Frau und sahen darauf hin und auf den He-
25 liotrop, den man geschont und der den Stein jetzt ein-
rahmte. Rollo lag daneben, den Kopf in die Pfoten gesteckt.
Wilke, dessen Gamaschen[2] immer weiter wurden,
brachte das Frühstück und die Post, und der alte Briest
30 sagte: „Wilke, bestelle den kleinen Wagen. Ich will mit
der Frau über Land fahren."
Frau von Briest hatte mittlerweile den Kaffee einge-
schenkt und sah nach dem Rondell und seinem Blumen-
beete. „Sieh, Briest, Rollo liegt wieder vor dem Stein. Es

---

[1] Äquinoktium: Tagundnachtgleiche, im Herbst um den 23. September
[2] über Strumpf und Schuh getragene Beinbekleidung aus Stoff oder
Leder

ist ihm doch noch tiefer gegangen als uns. Er frisst auch nicht mehr."

„Ja, Luise, die Kreatur. Das ist ja, was ich immer sage. Es ist nicht so viel mit uns, wie wir glauben. Da reden wir immer von Instinkt. Am Ende ist es doch das Beste."

„Sprich nicht so. Wenn du so philosophierst ... nimm es mir nicht übel, Briest, dazu reicht es bei dir nicht aus. Du hast deinen guten Verstand, aber du kannst doch nicht an solche Fragen ..."

„Eigentlich nicht."

„Und wenn denn schon überhaupt Fragen gestellt werden sollen, da gibt es ganz andere, Briest, und ich kann dir sagen, es vergeht kein Tag, seit das arme Kind da liegt, wo mir solche Fragen nicht gekommen wären ..."

„Welche Fragen?"

„Ob w i r nicht doch vielleicht schuld sind?"

„Unsinn, Luise. Wie meinst du das?"

„Ob wir sie nicht anders in Zucht hätten nehmen müssen. Gerade wir. Denn Niemeyer ist doch eigentlich eine Null, weil er alles in Zweifel lässt. Und dann, Briest, so leid es mir tut ... deine beständigen Zweideutigkeiten ... und zuletzt, womit ich mich selbst anklage, denn ich will nicht schuldlos ausgehen in dieser Sache, ob sie nicht doch vielleicht zu jung war?"

Rollo, der bei diesen Worten aufwachte, schüttelte den Kopf langsam hin und her, und Briest sagte ruhig: „Ach, Luise, lass ... das ist ein zu weites Feld."

Anhang

1. Zur Biografie des Autors

Anhand einer ausführlichen Zeittafel können Sie sich in diesem Kapitel einen chronologischen Überblick über das Leben des „Effi Briest"-Autors verschaffen. Im Anschluss daran kommt er in Auszügen aus seinen autobiografischen Werken „Meine Kin-
5 derjahre" und „Von Zwanzig bis Dreißig" selbst zu Wort. „Meine Kinderjahre" entstand ab Oktober 1892, als Fontane, der an einer Gehirnanämie mit schweren Depressionen und Schlaflosigkeit litt, die nervenzehrende Arbeit an „Effi Briest" ruhen ließ, um seine Kindheitserinnerungen niederzuschreiben.
10 Kurz vor Weihnachten war der Entwurf zu „Meine Kinderjahre" fertig. Binnen acht Wochen hatte er sich, nach eigenem Bekunden, gesund geschrieben. Der autobiografische Roman, in dem Fontane ein einfühlsames Porträt seines Vaters entwickelt, erschien 1893. Die Fortsetzung seiner Lebenserinnerung „Von

Theodor Fontane an seinem Schreibtisch. Berlin 1896 (Zander & Labirch)

*Zwanzig bis Dreißig", die künstlerisch von geringerem Wert ist,
folgte im Todesjahr 1898. Der Auszug aus „Meine Kinderjahre"
beschäftigt sich mit der Frage nach der richtigen Erziehung. Die
anschließend wiedergegebene Stelle aus „Von Zwanzig bis
Dreißig" wirft im Rückblick ein persönliches Schlaglicht auf den* 5
*literarischen Sonntagsverein „Der Tunnel", dem Fontane von
1844 bis 1865 angehörte.*

Henri Théodore (Theodor) Fontane – Ausführliche Zeittafel

Kindheit und Jugend

1819	Am 30. Dezember in der Provinzstadt Neuruppin geboren. Die Eltern, Emilie Labry und der Apotheker Louis Henri Fontane, haben am 24. März geheiratet. Theodor ist ihr erstes Kind.
1821	Geburt des Bruders Rudolf (gest. 1845).
1823	Geburt der Schwester Jenny (gest. 1904).
1826	Fontanes Eltern verkaufen die „Löwen-Apotheke". Geburt des Bruders Max (gest. 1860).
1827	Umzug in die weltoffene Hafenstadt Swinemünde, wo der Vater die „Adler-Apotheke" gekauft hat. Dreimonatiger Besuch der dortigen Stadtschule, anschließend unterrichtet von den Eltern, später von Hauslehrern.
1832	Aufnahme in die Quarta des Friedrich-Wilhelm-Gymnasiums in Neuruppin.
1833	Wechsel zur Gewerbeschule von Karl Friedrich Klöden in Berlin.
1835	Fontane begegnet Emilie Rouanet-Kummer (1824–1902), seiner späteren Frau.
1836	Im März verlässt Fontane die Schule mit dem „Einjährigen" (vergleichbar der heutigen „Mittleren Reife"). Im April Beginn der Apothekerlehre bei Wilhelm Rose („Zum Weißen Schwan").
1837	Fontanes Vater kauft die „Adler-Apotheke" in Mühlberg.

1838   Geburt der Schwester Elise (gest. 1923). Die Eltern ziehen nach Letschin, wo der Vater abermals eine Apotheke gekauft hat.

Apotheker und frühe Schaffensperiode

1839   Die Novelle „Geschwisterliebe" erscheint als Fontanes erste Veröffentlichung im „Berliner Figaro".

1840   Abschluss der Lehre, anschließend Arbeit als Apothekergehilfe in Burg bei Magdeburg. Veröffentlichung von zwölf Gedichten im „Berliner Figaro".

1841   Im Januar schwere Typhuserkrankung, von der er sich bis März bei seinen Eltern in Letschin erholt. Ab April Apothekergehilfe in Leipzig. Mitglied der burschenschaftlichen Verbindung „Herwegh-Klub". Freundschaft mit dem Literaten Wilhelm Wolfsohn.

1842   Apothekergehilfe in Dresden. Weitere Veröffentlichungen.

1843   Arbeit als „Defektar" in der väterlichen Apotheke in Letschin. Der Schriftsteller Bernhard von Lepel führt Fontane in den Literarischen Sonntagsverein „Tunnel über der Spree" ein, dem er von 1844 bis 1865 als Mitglied angehört. Übersetzung des „Hamlet".

1844   Eintritt in den Militärdienst als „Einjährig-Freiwilliger". Mai/Juni: erste Londonreise.

1845   Nach Beendigung des Militärdienstes Arbeit als „Rezeptar" zunächst in Letschin, dann in der „Polnischen Apotheke" in Berlin. 8. Dezember: Verlobung mit Emilie Rouanet-Kummer.

1847   Fontane legt am 2. März das Staatsexamen ab und erhält die Approbation als „Apotheker erster Klasse". Trennung der Eltern ohne Scheidung; die Mutter kehrt mit der jüngsten Tochter Elise zurück nach Neuruppin. Tätigkeit in der Apotheke „Zum Schwarzen Adler" in Berlin.

1848 18. März: Teilnahme an den Barrikadenkämpfen. Anstellung im Krankenhaus Bethanien als pharmazeutischer Ausbilder. Publizistisches Debüt: Vier revolutionäre Aufsätze erscheinen im Abendblatt „Berliner Zeitungshalle". Arbeit am (Fragment gebliebenen) Drama „Karl Stuart".

Emilie Fontane. Pastell von Th. Hillwig, 1848

1849 Fontane gibt den Apothekerberuf auf und versucht (vergeblich), als freier Schriftsteller zu leben. Veröffentlichung zahlreicher politischer Korrespondenzen in der radikal-demokratischen „Dresdner-Zeitung".

1850 Mit der Ballade „Männer und Helden" und dem Romanzyklus „Von der schönen Rosamunde" erscheinen die beiden ersten Bücher Fontanes. Lektor im „Literarischen Kabinett" der Regierung. Heirat mit Emilie Rouanet-Kummer. Auflösung des „Literarischen Kabinetts".

1851 Erstausgabe der „Gedichte". 14. August: Geburt des Sohnes George Emile. Anstellung in der neu gegründeten „Zentralstelle für Presseangelegenheiten".

1852 Im Auftrag der „Zentralstelle" zweite Englandreise (23. April – 25. September). Während Fontanes Englandaufenthalt wird am 2. September in Berlin sein zweiter Sohn Rudolf geboren, der wenige Tage danach (15. September) wieder verstirbt.

1853 Fontane debütiert als Literaturkritiker und -theoretiker; sein Aufsatz „Unsere lyrische und epische Poesie seit 1848" erscheint in Leipzig. Oktober: Geburt des dritten Sohnes Peter Paul (gest. April 1854).

1854	Das Reisebuch „Ein Sommer in London" erscheint. Gemeinsam mit Franz Kugler Herausgeber des belletristischen Jahrbuchs „Argo. Album für Kunst und Dichtung".

England, Wanderungen und Kriege

1855	29. Mai: Geburt des vierten Sohnes, Ulrich, der nach wenigen Tagen stirbt. 10. September: Beginn eines mehrjährigen Londonaufenthaltes (bis 1859) im Auftrage der preußischen Regierung zur Herausgabe einer „Deutsch-Englischen-Pressekorrespondenz".
1856	Die „Pressekorrespondenz" wird eingestellt, Fontane verbleibt als halbamtlicher „Presse-Agent" in London. 3. November: Geburt des fünften Sohnes Theodor (gest. 1933) in Berlin.
1857	Emilie Fontane übersiedelt mit den beiden Kindern nach London.
1858	Im August: Schottlandreise mit seinem Freund Bernhard von Lepel.
1859	17. Januar: Rückkehr nach Berlin. Gemeinsam mit Lepel erste „märkische Wanderung" (durch die Mark Brandenburg). Der erste der „Wanderungen"-Aufsätze erscheint.
1860	21. März: Geburt der Tochter Martha, genannt „Mete" (gest. 1917). Eintritt in die Redaktion der konservativen „Neuen Preußischen (Kreuz-)Zeitung", kurz: „Kreuzzeitung".
1861	„Balladen" und der erste Teil der „Wanderungen durch die Mark Brandenburg" (datiert: 1862) erscheinen.
1864	Arbeit am Roman „Vor dem Sturm". Der zweite Teil der „Wanderungen" erscheint. 5. Februar: Geburt des sechsten Sohnes Friedrich, genannt Friedel (gest. 1941). Reisen zu den dänischen Kriegsschauplätzen und nach Husum, wo er Storm besucht.

1865	Familienreise an den Rhein und in die Schweiz (erste der bis zu Fontanes Tod jährlich gepflegten Sommerfrischen). Fontanes erstes Kriegsbuch „Der Schleswig-Holsteinische Krieg im Jahre 1864" erscheint (datiert: 1866).
1866	Reise zu den Schauplätzen des preußisch-österreichischen Krieges.
1867	18. Januar: Fontane erhält den Preußischen Kronenorden IV. Klasse. 5. Oktober: Tod des Vaters in Schiffmühle.
1869	13. Dezember: Tod der Mutter.
1870	Fontane kündigt bei der „Kreuzzeitung". Debüt als Theaterkritiker für die „Vossische Zeitung". Reise zum Kriegsschauplatz des Deutsch-Französischen Krieges. 5. Oktober: Festnahme in Frankreich als vermeintlicher Spion, anschließend Kriegsgefangenschaft. Freigelassen am 24. November auf Intervention Bismarcks.
1871	Fontanes Buch „Kriegsgefangen. Erlebtes 1870" erscheint. „Osterreise" nach Frankreich. „Aus den Tagen der Okkupation. Eine Osterreise durch Nordfrankreich und Elsass-Lothringen" erscheint.
1872	Der 1. Teilband von „Der Krieg gegen Frankreich 1870–71" und der 3. Teil der „Wanderungen" erscheinen (jeweils datiert auf 1873). 3. Oktober: Umzug in Fontanes letzte Berliner Wohnung (Potsdamer Straße 134c).
1873	Der 2. Teilband von „Der Krieg gegen Frankreich" erscheint. Im Winter: Schopenhauer-Studien.
1874	3. Teilband „Der Krieg gegen Frankreich" erscheint. Italienreise mit Emilie.
1875	Zweite, veränderte Auflage von „Gedichte". Reise in die Schweiz und nach Oberitalien.
1876	März bis August: Ständiger Sekretär der Akademie der Künste in Berlin (Entlassung nach Streit). Anschließend, bis zu seinem Tode, lebt Fontane als freier Schriftsteller.

Freier Schriftsteller

1878	„Vor dem Sturm" erscheint. Lokalstudien für „Grete Minde".
1880	„Grete Minde" erscheint.
1881	Der vierte Band der „Wanderungen" (datiert 1882) und „Ellernklipp" erscheinen.
1882	„L'Adultera" und „Schach von Wuthenow" (datiert auf 1883) erscheinen.
1883	Zola-Studien.
1884	„Graf Petöfy" erscheint. Bekanntschaft und Beginn der Brieffreundschaft mit dem Amtsgerichtsrat Georg Friedländer. Im September: Rügenreise.
1885	„Unterm Birnbaum" erscheint.
1886	12. Juni: Heirat des Sohnes George; 5. Oktober: Heirat des Sohnes Theodor. Vorabdruck „Cécile".
1887	„Cécile" erscheint als Buchausgabe. Vorabdruck von „Irrungen, Wirrungen". 21. Juli: Fontanes Enkel Otto wird geboren. 24. September: Sohn Georg stirbt an Blinddarmentzündung.
1888	„Irrungen, Wirrungen" und „Fünf Schlösser" (datiert auf 1889) erscheinen. Sohn Friedrich gründet einen Verlag (Friedrich Fontane & Co), in dem ab dem Erscheinen von „Stine" (1890) alle Romane Fontanes veröffentlicht werden.
1890	„Stine" (erste Veröffentlichung bei Friedrich Fontane & Co) und „Quitt" erscheinen. Fontane verfasst positive Theaterkritiken zum naturalistischen Drama. Erste Version von „Effi Briest".
1891	Fontane erhält (gemeinsam mit Klaus Groth) den Schiller-Preis. „Unwiederbringlich" erscheint (datiert auf 1892).
1892	Arbeit an „Effi Briest". März bis September: Fontane erkrankt schwer (zunächst Influenza, anschließende Gehirnanämie führt zu Depressionen). Nach einer vergeblichen Kur bessert sich sein Zustand ab Oktober mit

der Arbeit an der Autobiografie „Meine Kinderjahre". „Frau Jenny Treibel" erscheint (datiert auf 1893).

1893 Überarbeitung von „Effi Briest". „Meine Kinderjahre" erscheint (datiert auf 1894).

1894 Abschluss von „Effi Briest".

8. November: Fontane erhält auf Vorschlag Erich Schmidts und Theodor Mommsens den Ehrendok-

Theodor Fontane. Fotografie von E. Bieber, 1894

tor der Philosophischen Fakultät der Universität Berlin. Zum 75. Geburtstag gewährt ihm das preußische Kultusministerium eine lebenslange Ehrenpension.

1895 „Effi Briest" erscheint (datiert auf 1896).

1896/97 „Die Poggenpuhls" erscheinen (1896).

1898 Die Autobiografie „Von Zwanzig bis Dreißig" erscheint. Tochter Mete verlobt sich.

20. September: Fontane stirbt abends gegen neun Uhr in seiner Berliner Wohnung. Vier Tage später wird er auf dem Friedhof der Französischen Reformierten Gemeinde an der Liesenstraße beigesetzt. Oktober: „Der Stechlin" erscheint posthum (datiert auf 1899).

„Wie wurden wir erzogen?" – Auszug aus Theodor Fontane, „Meine Kinderjahre"

[...] Ich hatte das Glück, in meinen Kindheits- und Knaben-
jahren unter keinen fremden Erziehungsmeistern – denn
die Hauslehrer bedeuteten nach dieser Seite hin sehr
wenig – heranzuwachsen, und wenn ich hier noch einmal
5 die Frage stelle: „Wie wurden wir erzogen?", so muss ich
darauf antworten: „Gar nicht und – ausgezeichnet." Legt
man den Akzent auf die Menge, versteht man unter Erziehung ein fortgesetztes Aufpassen, Ermahnen und Verbes-
sern, ein mit der Gerechtigkeitswaage beständig abgewo-
10 genes Lohnen und Strafen, so wurden wir gar nicht erzogen; versteht man aber unter Erziehung nichts weiter als
„in guter Sitte ein gutes Beispiel geben" und im Übrigen
das Bestreben, einen jungen Baum bei kaum fühlbarer
Anfestigung an einen Stab in reiner Luft frisch, fröhlich und
15 frei aufwachsen zu lassen, so wurden wir wundervoll erzogen. Und das kam daher: Meine Eltern hielten nicht bloß
auf den Hausanstand, worin sie Muster waren, sie waren
auch beide von einer vorbildlichen Gesinnung, die Mutter
unbedingt, der Vater mit Einschränkung, aber darin doch
20 auch wieder uneingeschränkt, dass ihm jeder Mensch ein
Mensch war. Noch weit über seine Bonhomie[1] hinaus ging
seine Humanität. Er war der Abgott armer Leute.
So waren die zwei Persönlichkeiten, die wir tagaus, tagein
vor Augen hatten, und wie man mit Recht gesagt hat, das
25 Wichtigste für den physischen Menschen sei die Luft, drin
er lebe, weil er aus ihr mit jedem Atemzuge Gesundheit
oder Nichtgesundheit schöpfe, so ist für den moralischen
Menschen das, was er von seinen Eltern sieht und hört, das
Wichtigste, denn es ist nicht eine von glücklichen Zufallen
30 abhängige, vielfach unfruchtbare Belehrung, sondern ein
Etwas, das in jenen Jahren, wo die Seele sich bildet, von
Minute zu Minute seine Wirkung übt. [...]

Aus: Theodor Fontane: Meine Kinderjahre. Autobiographischer Roman. In:
Theodor Fontane: Sämtliche Werke. Band XIV. Herausgegeben von Kurt Schreinert und Jutta Neuendorf-Fürstenau. München: Nymphenburger Verlagshandlung 1961, S. 139f.

---

[1] Gutmütigkeit, Einfalt

„Der Tunnel" – Auszug aus Theodor Fontane, „Von Zwanzig bis Dreißig"

[...] Der Tunnel, oder mit seinem prosaischen Namen, der „Berliner Sonntagsverein", war 1827 durch den damals in Berlin lebenden M.G. Saphir[1] gegründet worden. Diesem erschien in seinen ewigen literarischen Fehden eine persönliche Leibwache dringend wünschenswert, ja nötig, [5] welchen Dienst ihm, moralisch und beinahe auch physisch, der Tunnel leisten sollte. Zugleich war ihm in seiner Eigenschaft als Redakteur der „Schnellpost" an einem Stamm junger, unberühmter Mitarbeiter gelegen, die, weil unberühmt, an Honoraransprüche nicht dachten und froh [10] waren, unter einer gefürchteten Flagge sich mitgefürchtet zu sehen. Also lauter „Werdende" waren es, die der Tunnel allsonntäglich in einem von Tabaksqualm durchzogenen Kaffeelokale versammelte: Studenten, Auskultatoren[2], junge Kaufleute, zu denen sich, unter Assistenz einerseits des [15] Hofschauspielers Lemm (eines ganz ausgezeichneten Künstlers), anderseits des von Anfang an die Werbetrommel rührenden Louis Schneider, alsbald auch noch Schauspieler, Ärzte und Offiziere gesellten, junge Leutnants, die damals mit Vorliebe dilettierende Dichter waren, wie jetzt [20] Musiker und Maler. Um die Zeit, als ich eintrat, siebzehn Jahre nach Gründung des Tunnels, hatte die Gesellschaft ihren ursprünglichen Charakter bereits stark verändert und sich aus einem Vereine dichtender Dilettanten in einen wirklichen Dichterverein umgewandelt. [...] [25]

Aus: Theodor Fontane: Von Zwanzig bis Dreißig. Autobiographisches. In: Theodor Fontane: Sämtliche Werke. Band XV. Herausgegeben von Kurt Schreinert und Jutta Neuendorf-Fürstenau. München: Nymphenburger Verlagshandlung 1967, S. 149

[1] Moritz Gottlieb Saphir (1795–1858), Kritiker und Journalist, von 1826–29 Herausgeber der „Berliner Schnellpost für Literatur, Theater und Geselligkeit"
[2] Auskultator: Gerichtsreferendar

ter Tunnel. **ter Jahrgang.**

Ungeheure Ironie.

Unendliche Wehmuth.

Der Sonntags-Verein zu Berlin

feinem Mitgliede

Collin dem Punischen Sterngucker.

Haupt.

Berlin, den

Secretair.

№ 7

Titelblatt der „Statuten des Sonntagsvereins im Tunnel über der Spree"

2. Der reale Stoff – Die „Ardenne-Affäre"

Wie die meisten Romane Fontanes ist auch „Effi Briest" von einer wahren Begebenheit inspiriert: der „Ardenne-Affäre", die Mitte der 1880er-Jahre für Aufsehen sorgte. Allerdings begnügte sich Fontane nicht damit, die tatsächlichen Abläufe nachzuerzählen. Vielmehr wich er gezielt vom Stoff der Vorlage ab, um 5 *eine eigenständige, kunstvolle Geschichte zu erschaffen. Die folgende Rekonstruktion der „Ardenne-Affäre" ist einem Artikel von Hans Werner Seiffert entnommen, der seinerseits auf Dokumente aus dem Ardenne-Familienarchiv zurückgreift. Die Fußnoten Seifferts werden hier nicht wiedergegeben.* 10

Hans Werner Seiffert: Die „Ardenne-Affäre"

Elisabeth Freiin von Plotho wurde 1853 auf dem elterlichen Gut Zerben bei Parey an der Elbe geboren, sie erhielt frühzeitig – zu ihrem Leidwesen – den Rufnamen Else. Im Alter von sieben Jahren verlor sie den Vater. Sie war das jüngste von fünf Kindern und wuchs wild und eigenwillig 5 auf. Besonders gern tobte sie mit einer Horde von fünf Jungen umher, die auf ihren Pfiff eilfertig erschienen. Auch als sie vierzehn Jahre alt war, ließ sie trotz aller Ermahnungen nicht von ihrem „Fünfgespann", mit dem sie noch immer wild spielte. Bei diesem Treiben wurde der fünf 10 Jahre ältere Fähnrich Armand Léon von Ardenne als Störenfried empfunden, wenn er mit seinen Kameraden von den Zieten-Husaren aus Rathenow herübergeritten kam. Ardenne, ein ehemaliger Thomaner[1], war militärisch, literarisch und musikalisch weit mehr als der Durchschnitt 15 begabt. Else hingegen, von einer wenig guten Erzieherin unterrichtet, von einem den Fragen der Kinder wehrenden Pfarrer betreut, dessen Redensart war: „Darüber denkt man nicht nach!", gelangte vor ihrer Ehe über eine mittlere Bildung nicht hinaus. [...] Else besaß reiche Fantasie und 20

---

[1] Schüler der auch durch ihren Chor (Thomanerchor) berühmten Thomasschule in Leipzig

einen gesunden Menschenverstand. Gegen den inzwischen zum Leutnant beförderten Ardenne, dessen Klugheit und Bildung allgemein gerühmt und der ihr von allen Seiten als Muster empfohlen wurde, steigerten sich ihr Ärger und
5 ihre Abneigung immer mehr [...]. Diese Abneigung gedieh zum Zorn, wenn Mama den Diener Karl mit dem Befehl schickte: *„Else komm,* der junge Ardenne spielt Klavier!" [...]
Die Werbung Ardennes wurde immer intensiver, bis er sich
10 ernstlich Hoffnung auf Else machte, aber er wurde abgewiesen. [...] Der Ausbruch des Deutsch-Französischen Krieges 1870, die ganze Gestimmtheit dieser Tage, brachten aber dann doch eine Annäherung zwischen Else und Armand. Ardenne, dem das „Eiserne Kreuz" verliehen
15 wurde, hatte sich ebenso wie Elses schneidiger Bruder, der Leutnant Wolf von Plotho, besonders ausgezeichnet. Als Ardenne nach erlittener Verwundung wieder zu den Rathenower roten Husaren zurückkehrte, fand, wie es scheint, nach entsprechender Vermittlung der Mutter, die
20 mit Ardenne Briefe gewechselt hatte, am 7.2.1871 die Verlobung des 22-Jährigen mit der 17-Jährigen in Stechow bei ihrem Onkel in Bredow statt. Der Vater Ardennes verlangte drei Wartejahre, Armand aber setzte sich durch und, nachdem er Konsens erhalten hatte, wurde die Ehe am
25 1.1.1873 in Zerben geschlossen. Noch am Hochzeitsabend bezog das junge Paar die von der Mutter eingerichtete Wohnung am Lützowufer in der Nähe des (alten) Zoologischen Gartens in Berlin. Nach bestandenem Examen an der Kriegsakademie kehrte Ardenne zur Husa-
30 reneskadron zurück, etwa zur gleichen Zeit, als er das Recht erhalten hatte, sich „Baron" zu nennen. Eben in diesen Tagen wurde ihm eine Tochter geboren. Bis zu seiner Kommandierung in den Großen Generalstab hatte das Ehepaar ein Garnisonsleben, das gesellschaftlich in viele
35 havelländische Gutshäuser führte [...]. Ardenne suchte auch hier geistig regen Verkehr. Er fand ihn bei den ansässigen Akademikern, dem Oberstabsarzt Nähte und einem Dr. Ruchbaum. Diese Zeit gehörte zu den glücklichsten Tagen dieser Ehe. Als Ardenne erneut nach Berlin abgereist
40 war, blieb Else noch einige Wochen in der altmärkischen

Heimat. Nicht gerne kehrte sie nach Berlin zurück. Das
ungewohnte Stadtleben fiel ihr [...] schwer. Noch aus ihrer
ersten Berliner Zeit erinnerte sie sich der Zerstreutheit
des Ehegatten, den der Dienst voll in Anspruch nahm und
der sich inzwischen als Militärschriftsteller einen Namen ⁵
gemacht hatte. [...] Noch vor der Kommandierung nach
Düsseldorf, im Sommer 1877, wurde ihnen ein Sohn geboren. Die erste Zeit bei den Düsseldorfer Husaren währte
bis 1879, dann wurde Ardenne Adjutant des Kommandeurs
der Kavallerie-Brigade in Metz. [...] ¹⁰
Im Sommer 1881 kehrte Ardenne als Rittmeister und
Eskadronschef wieder zu den 11. Husaren nach Düsseldorf
zurück. Alte Beziehungen, schon beim ersten Aufenthalt
gewonnen, besonders zur Künstlervereinigung des Malkas-
tens, wurden wieder aufgenommen und vielerlei freund- ¹⁵
schaftliche Bande geknüpft. Hören wir, was Wilhelm Beck-
mann, ein Teilnehmer jener Tafelrunde, über diese Zeit
berichtet: „[...] Die Herrin, wie sie sich selbst nannte und
genannt sein wollte, war Else Freifrau von Ardenne. [...]
Wir sahen uns fast täglich. [...] Im Sommer unter ewigem ²⁰
Wechsel der Szenerie zum Entsetzen der klatschsüchtigen
Welt, gefördert und begeistert von der Anmut und der
Poesie jener sich stets gleichbleibenden Frau. [...] Dass ein
solcher Verkehr [...] bei einem der Freunde mit der Zeit
eine solche Kraft der Gefühle aufspeichern musste, dass ²⁵
eines Tages die gewaltsam zurückgehaltene Glut der Empfindungen die Selbstbeherrschung durchbrechen würde,
sahen wir mit wachsendem Bangen voraus." [...]
Besonders nahe aber stand dem Hause Ardenne das Haus
des Amtsrichters Emil Hartwich. Schon in einem der sach- ³⁰
lich und korrekt gehaltenen Briefe Armands an Else aus
dem Jahre 1880 aus Metz wird auf Hartwich freundschaft-
lich hingewiesen. Hartwich war in der Art seiner Begabung
Ardenne wesensverwandt: überaus vielseitig, interessiert,
aufgeschlossen. [...] Seine Ehe, aus der mehrere Kinder ³⁵
stammten, schien nicht glücklich zu sein. Er befand sich oft
auf Vortrags- und Bildungsreisen, auf denen er Galerien
und Sammlungen besuchte. [...] Zuweilen führte er beinahe ein Bohemien-Dasein. Er verstand es, unaufdringlich,
mit kleinen Seitenblicken auf Armand, sich Else immer ⁴⁰

unentbehrlicher zu machen, mit der er in vielem übereinstimmte, in manchem auch, was sie von Armand trennte, vor allem in der Lust zu Kostümierung und Theaterspiel. Einen Tag nach dem ersten und letzten Ausritt mit der Baronin erfuhr er die Versetzung der Ardennes nach Berlin. Armand war zum 1. Oktober 1884 ins Kriegsministerium kommandiert worden. Zwischen Hartwich und der Baronin wurde nun der freundschaftliche Briefwechsel fortgesetzt, den sie schon in Benrath begonnen hatten. Der Amtsrichter, der unterdessen Aussicht auf eine Landratsstelle hatte, kam gelegentlich auch nach Berlin zu Verwandtenbesuchen, im Sommer des Jahres 1886 dann häufiger. Hier reifte, während der Baron sich in einem Manöver befand, auch der Plan beider, sich von ihren Ehegatten scheiden zu lassen und selbst eine Ehe einzugehen. Hartwich hatte in allen Einzelheiten genau überlegt, wie dies zu erreichen sei. Aber Armand, der Argwohn gefasst hatte, verschaffte sich mittels eines Nachschlüssels aus einer wohlverwahrten Kassette die Briefe, die Hartwich an Else geschrieben hatte, und legte sie als Indizien der Scheidungsklage zugrunde. Nach eingeholtem Geständnis forderte von Ardenne, der schon mehrfach duelliert hatte, seinen ehemaligen Freund Hartwich, der übrigens ein ausgezeichneter Pistolenschütze war. Die Klageschrift, das einzige aus dem Prozess erhaltene Dokument, vermerkt: „Am 27. November cr. fand zwischen dem Ehemann von Ardenne und Hartwich ein Zweikampf statt, bei dessen Beendigung der schwer verwundete Hartwich seinen Gegner wegen der ihm angethanenen schweren Kränkung noch um Verzeihung bat. Hartwich ist am 1. Dezember cr. mit dem Tode abgegangen." [...]
Am 15. 3.1887 wurde die Ehe zwischen Armand und Else von Ardenne rechtskräftig geschieden. Die Kinder sprach das geltende Recht dem Vater zu, der zwar Beziehungen zu ihnen der Mutter nicht versagen konnte, sich jedoch nicht bereitfand, darüber ein Abkommen zu treffen. Er wollte die Kinder der Mutter nicht entfremden, aber alle Regelungen von künftigen Verhältnissen abhängig machen. Diese Haltung hat der Mutter auch in der Folgezeit immer wieder ernsthaft Kummer bereitet.

[...] Armand, der zu Festungshaft verurteilt, aber bald begnadigt wurde, [...] avancierte militärisch wegen seiner hervorragenden Fähigkeiten rasch und war zu der Zeit, da Fontane die „Effi" konzipierte, Major im Landwehr-Dragonerregiment Düsseldorf. [...] Als Generalleutnant und Divisionär ging er 1904 in Pension [...]. Bis zu seinem Tode (1919) hat er noch als Militärschriftsteller in Berlin gewirkt.

Else von Ardenne hat sich nach ihrer Scheidung ganz dem dienenden Leben an hilfsbedürftigen und kranken Menschen geweiht. [...] Ein Jahr vor ihrem 100. Geburtstag ist Frau von Ardenne 1952 in Lindau am Bodensee gestorben.

Aus: Hans Werner Seiffert: Fontanes „Effi Briest" und Spielhagens „Zum Zeitvertreib" – Zeugnisse und Materialien. In: Ders. (Hrg.): Studien zur neuen deutschen Literatur. Berlin: Akademie Verlag 1964, S. 260–266

Else Freifrau von Ardenne, das Urbild der „Effi Briest". 1887

3. Paralleltext: Friedrich Spielhagens „Zum Zeitvertreib"

1896 veröffentlichte Friedrich Spielhagen (1829 – 1911) sei-
nen Roman „Zum Zeitvertreib", der auf demselben Stoff
(Ardenne-Affäre) basiert wie „Effi Briest". Nach einer kurzen
Inhaltsangabe von „Zum Zeitvertreib" erhalten Sie in diesem
Kapitel Einblick in einen Briefwechsel zwischen Fontane und
Spielhagen, der die unterschiedlichen Gesellschaftsauffassun-
gen, die den beiden Romanen zugrunde liegen, offenbart. Ent-
sprechendes gilt auch für die im Anschluss daran folgenden
Auszüge aus Spielhagens Roman.

Inhaltsangabe „Zum Zeitvertreib"

In Spielhagens Roman begegnet die schöne und in ihrer
Ehe mit einem Regierungsassessor und Reserveoffizier
gelangweilte Klotilde von Sorbitz dem Gymnasialprofes-
sor Albrecht Winter. Während gemeinsamer Theaterpro-
ben verlieben sich beide ineinander. Bei der Aufführung
gesteht sie ihm in einer Pause hinter den Kulissen ihre
Liebe. Von da an treffen sich beide heimlich. Bald hegt ein
weiterer Verehrer Klotildes, der Legationsrat[1] von Fernau,
einen Verdacht. Von Fernau bringt Viktor von Sorbitz
dazu, seine Ehefrau von einem Detektiv beschatten zu
lassen. Der beobachtet Klotilde und Albrecht ausgerech-
net bei ihrem letzten Treffen in einer heruntergekomme-
nen Kneipe. Klotilde ist von dem Etablissement, in das sie
Albrecht versehentlich geführt hat, derart entsetzt, dass
sie sich in ihren Bedenken hinsichtlich des Standesunter-
schiedes bestätigt fühlt und zum Schluss kommt, Albrecht
nie wirklich geliebt zu haben. Sie beendet die Liaison.
Doch zu spät: Der Detektiv Krüger erstattet von Sorbitz
Bericht. Von Sorbitz fordert Winter zum Zweikampf. Der
duellunerfahrene Professor fällt, und das Ehepaar von Sorbitz trennt sich. Am Ende des Romans kommt es zu einem
Zusammentreffen von Klotilde und Winters betrogener
Ehefrau Klara, bei dem Klara Klotilde, die sie für das ihr

---

[1] Rangstufe des diplomatischen Dienstes

zugefügte Leid und Albrechts Tod verantwortlich macht, verflucht.

Briefwechsel Spielhagen – Fontane

Brief Spielhagens an Fontane vom 20. Februar 1896
[...] über dem allen habe ich Ihnen noch immer nicht gesagt, dass ich einen Roman geschrieben habe, dessen Thema mit dem des Ihren sehr viel Verwandtes hat. Ich machte diese Entdeckung natürlich erst, als ich „Effi Briest" gelesen, was – zu meiner Schande sei es gesagt – nur ₅ unlängst geschehen. Mein Roman, der sich „Zum Zeitvertreib" betitelt, geht eben in „Dies Blatt gehört der Hausfrau" zu Ende und wird am 1. April als Buch ausgegeben. Ich trage das sonderbare Gefühl mit mir herum: Wir haben aus derselben Quelle geschöpft. Will sagen: Unser beiderseiti- ₁₀ ges Motiv ist dieselbe Ehetragödie, die sich vor einigen Jahren ereignete und infolge der gesellschaftlichen Stellung der betr. Personen eine ziemliche Notorietät[1] erlangte. – Das [...] Publikum wird selbstverständlich davon nichts merken. Mir aber wäre es hochinteressant, von Ihnen zu ₁₅ hören, ob Sie glauben, dass meine Vermutung gegründet ist.

Aus: Gotthard Erler (Hrsg.): Theodor Fontane. Romane und Erzählungen. Bd. 7. Berlin und Weimar: Aufbau-Verlag 1969, S. 531

Brief Fontanes an Spielhagen vom 21. Februar 1896
[...] Innstetten ist ein Oberst Baron v. A., früher Husar, jetzt Dragoner. – Effi ist ein Fräulein, wenn ich recht berichtet bin, aus der Gegend von Paretz, *nicht* aus der Mark, sondern aus jenem Teil des Magdeburgischen, der am östlichen Elbufer liegt. Soviel ich weiß, lebt die Dame noch, ₅ sogar ganz in Nähe von Berlin. – Mir wurde die Geschichte vor etwa 7 Jahren durch meine Freundin und Gönnerin Lessing („Vossische Zeitung") bei Tisch erzählt. „Wo ist denn der Baron A.?", fragte ich ganz ungefähr. „Wissen Sie nicht?" Und nun hörte ich, was ich in meinem Roman ₁₀ erzählt. Übrigens, glaube ich, wusste Frau Lessing den

---
[1] hier: Bekanntheit

Namen der Dame nicht genau. Alles spielte, um auch das noch zu sagen, am Rhein, nicht in Pommern. Das ist das Wenige, was ich weiß. [...] ... Der Brief war schon im Couvert, aber ich nehme ihn noch mal heraus, um noch Folgendes hinzuzufügen, was keinen andren Menschen interessieren kann, aber einen Romancierkonfrater[1] meiner Meinung nach interessieren muss. Die ganze Geschichte ist eine Ehebruchsgeschichte wie hundert andre mehr und hätte, als mir Frau L. davon erzählte, weiter keinen großen Eindruck auf mich gemacht, wenn nicht (vergl. das kurze 2. Kapitel) die Szene bez. die Worte: „Effi, komm" darin vorgekommen wären. Das Auftauchen der Mädchen an den mit Wein überwachsenen Fenstern, die Rotköpfe, der Zuruf und dann das Niederducken und Verschwinden machten *solchen* Eindruck auf mich, dass aus *dieser* Szene die ganze lange Geschichte entstanden ist. An dieser *einen* Szene können auch Baron A. und die Dame erkennen, dass *ihre* Geschichte den Stoff gab.

Aus: Gotthard Erler, a.a.O., S. 525f.

Brief Fontanes an Spielhagen vom 25. August 1896

[...] Ihr Roman („Zum Zeitvertreib") begleitete mich schon im Mai nach Karlsbad, wo ich ihn rasch hintereinanderweg mit dem größten Interesse gelesen habe. Meine Frage, „ob der Titel glücklich gewählt sei", ließ ich gleich nach der Lektüre fallen, weil ich empfand, dass das, was dem Leser seinen Standpunkt anweisen soll, nicht besser ausgedrückt werden kann. Ich füge gleich noch hinzu, dass ich die frappante Lebenswahrheit in der Schilderung unserer Berliner Gesellschaft überall stark und zustimmend empfunden habe.

Wen ich Ihnen dies damals, wo Sie, wenn ich nicht irre, beim Abschluss einer Arbeit oder doch beim Abschluss von Verhandlungen über eine neue Arbeit waren, nicht gleich schrieb, so geschah es, weil mir der Roman doch auch kleine Bedenken hinterlassen hatte. Diese Bedenken gipfeln in der persönlichen oder sag ich lieber richterlichen Stellung, die Sie zu der von Ihnen geschilderten Gesellschaft ein-

---

[1] Konfrater: Mitbruder

nehmen. Ich finde das Maß von Verurteilung, soweit von einer solchen überhaupt gesprochen werden kann, nicht scharf genug. Schließlich gestaltet sich alles doch so, dass man mit dieser „Gesellschaft", trotz all ihrer Anfechtbarkeit, doch immer noch mehr sympathisiert als wie mit dem armen Professor, der ein Schwachmatikus und dabei sehr eitel ist und allen Anspruch darauf hat, ungefähr so behandelt zu werden (allenfalls mit Ausnahme des Totgeschossenwerdens), wie er behandelt wird. Warum erwehrt er sich dieser Leute nicht? Noblesse oblige[1], aber Wissen und Bildung obligieren auch und ein gutes Herz und eine gute Frau noch mehr. Der Professor tut einem leid, aber darüber hinaus kommt man nicht: tu l'as voulu[2].

So wird das dramatische Interesse der Hergänge geschädigt. Mein zweites Bedenken, allerdings in einem innigsten Zusammenhange mit dem schon Gesagten, richtet sich gegen das, was ich die *politische* Seite des Buches nennen möchte. Der Roman unterstützt, gewiss sehr ungewollt, die alte Anschauung, dass es drei Sorten Menschen gibt: Schwarze, Weiße und – Prinzen. Der Adel spielt hier die Prinzenrolle und zeigt sich uns nicht bloß in den diesem Prinzentum entsprechenden Prätensionen[3], sondern – und das ist das etwas Bedrückliche – beweist uns auch, dass diese Prätensionen im Wesentlichen berechtigt sind, vom Adelsstandpunkt aus ganz gewiss und vom Standpunkt draußen stehender Dritter aus wenigstens beinah. Ich erschrecke immer, wenn in fortschrittlichen Zeitungen geklagt wird, dass wieder ein Adliger bevorzugt oder aus einem Garderegiment der letzte Bürgerliche gestrichen worden sei. Durch das Hervorkehren dieser Dinge nährt man nur jene Überheblichkeitsgefühle, die man ausrotten möchte. – Meine zwei Bedenken, weil ich sie doch gern motivieren wollte, nehmen sich sehr breit aus. Sie wissen aber, hochgeehrter Herr, dass das nicht anders sein kann, und werden nur das darin sehen, was es tatsächlich ist: die

---

[1] frz.: Adel verpflichtet
[2] frz.: Du hast es so gewollt. Angelehnt an „vous l'avez voulu, George Dandin" aus Moliéres „George Dandin" (1668).
[3] Prätention: Anspruch, Anmaßung

ernste Beschäftigung mit Ihrer Arbeit, die so viel Schönes und Lebendiges hat, das Lebendigste jene wundervolle Souperszene[1] in Charlottenburg.

Zit. nach: Gotthard Erler, a.a.O., S. 533f.

Auszüge aus Spielhagens Roman „Zum Zeitvertreib"

[...] Klotilde lachte.

Nein, wahrhaftig, rief sie, mein Mann ist kein Revolutionär. Aber ich fürchte, Sie sind einer.

Nein, gnädige Frau. Ich bin nur ein Mensch, der nichts
5 dagegen hätte, wenn eines schönen Tages die vierte Dimension entdeckt würde; und, weil er weiß, sie wird nun und nimmer entdeckt werden, von Herzen dankbar ist für jede, auch die kleinste Erweiterung der drei, innerhalb derer wir Erdgeborenen uns in alle Ewigkeit zu bewegen
10 haben.

Worin finden Sie eine derartige Erweiterung?

In jeder Entdeckung – Amerikas zum Beispiel, oder der Buchdruckerkunst, heutzutage der Dampfkraft, der Elektrizität – Des Koch'schen[2] Komma-Bacillus und so weiter.
15 Ich will zugeben, unser Leben wird durch diese und andere schöne Dinge erweitert, wie Sie es nennen. Bleibt es deshalb weniger langweilig?

Ich langweilte mich nie, gnädige Frau.

Ich immer – furchtbar. Es bringt mich oft an den Rand der
20 Verzweiflung. Ich könnte ein Verbrechen begehen, wenn ich sicher wäre, es rettete mich auf ein paar Tage, ein paar Stunden nur aus diesem Sumpf, in dem ich ersticke. Ihr Männer freilich! O ja, ich glaube schon, dass ihr euch nicht langweilt! Da ist euer Beruf, da ist der Sport, das Spiel, la
25 *femme*! Da sind die Dummheiten, die ihr ungestraft begehen könnt, oder meinetwegen auch gestraft, und die dann jedenfalls noch viel interessanter und pikanter werden.

---

[1] Souper: festliches Abendessen
[2] Der Bakteriologe Robert Koch (1843–1910) entdeckte 1882 den Tuberkelbazillus, 1883 den Erreger der Cholera.

Aber wir! Puppen habe ich vorhin gesagt, und dabei bleibe ich: dressierte Puppen; dressiert von euch und für euch, die ihr mit uns spielt und uns in den Winkel werft, wenn ihr euch sattgespielt habt.

Sie hatte sich in den Fauteuil[1] zurückgelehnt, ihre sonst 5 bleichen Wangen waren gerötet, die großen Augen halb geschlossen und wie gebrochen; durch die leise geöffneten Lippen blitzten die weißen Zähne. Albrecht saß da, vorübergebeugt, starren Blickes, in einem Rausch wahnsinnigen Entzückens. Ja, da war sie, die er sich geträumt hatte in 10 seinen schönsten, kühnsten Träumen: das Weib, das empfand wie er, dachte wie er, diese schnöde Welt mit einer Spitze ihres Fußes verächtlich von sich stieß wie er! Und die, wenn er sie fand, er lieben würde, lieben müsste, und kostete es ihm Leben und Seligkeit! [...] 15

Aus: Friedrich Spielhagen: Zum Zeitvertreib. Roman. Leipzig: Staackmann 1897, S. 115f.

[...] Der eben eingeschlossene Brief wurde wieder hervorgeholt. Fernau besah ihn von allen Seiten:
Ich wittre Morgenluft, sagte er, zu Viktor aufblinzelnd und, während die Linke den Brief hielt, mit dem kleinen Finger der Rechten sanft die Oberlippe zwischen dem Schnurr- 5 bart reibend.
Bitte, lesen Sie!
Viktor hatte sich nach dem Fenster gewandt und blickte auf die Straße. Es dauerte eine Zeit, die ihm unendlich dünkte, bis Fernau mit der Lektüre zu Ende war. [...] 10
Und die Sache ist zustande gekommen?, fragte Fernau.
Völlig programmmäßig, erwiderte Viktor; ich war inzwischen auf unserer Corpskneipe, wo Sie wieder einmal geschwänzt haben. Krüger ließ mich herausrufen. Er war hinter ihnen her und mit ihnen in Charlottenburg gewesen. 15
Und so teilte er dem Freunde weiter alles mit, was jener wissen musste, sollte er in dem Drama die Rolle übernehmen können, die er ihm zugedacht hatte.
Nun wissen Sie, lieber Fernau, schloss er, welchen Dienst ich von Ihnen erwarte. 20

---

[1] Armstuhl, Lehnsessel

Sollte ich wohl ganz die geeignete Persönlichkeit sein?,
fragte Fernau.

Viktor blickte ihn verwundert, fast erschrocken an.

Denn sehen Sie, fuhr Fernau fort, ich bin wirklich ein bisschen zu sehr Partei in der Sache, um die Pflichten eines
Sekundanten regelrecht erfüllen zu können. Ein Sekundant
muss bis zu einem gewissen Grade unparteiisch sein, zum
wenigsten ein Ohr für die etwaigen Gründe der andern
Partei haben. Das habe ich nicht. Ich habe den Menschen
von dem ersten Augenblick, als ich ihm im Pferdebahnwagen sah – ich habe Ihnen die Episode nie erzählt – sie tut
auch nichts Wesentliches zur Sache – gründlich in Aversi-
on[1] genommen; und, sooft ich ihn wiedersah, fühlte ich ein
Kribbeln in den Fingerspitzen, den Kerl zu reitpeitschen.
Wenn die Gelegenheit günstiger gewesen wäre, ich glaube,
ich hätte einen Grund vom Zaun gebrochen und ein Ren-
contre[2] mit ihm provoziert. Das ist das eine. Sodann, ich
habe mit Ihrer Frau Gemahlin bis dahin immer so gut
gestanden; sie – ich brauche Ihnen das nicht zu sagen –
aufrichtig und herzlich verehrt. Was sie jetzt getan hat, ist
unverzeihlich, schauderhaft – gewiss! Aber schließlich hat
sie es doch nicht mir getan. Sie werden begreifen, dass
meine Empfindungen nicht so lebhaft sein können wie die
Ihren; und es mir schmerzlich, sehr schmerzlich und peinlich ist, zu ihrer Bestrafung, wenn ich mich so ausdrücken
darf, die Hand bieten zu sollen.

Viktor war die Zornesröte in die Stirn gestiegen.

Ich danke Ihnen also für Ihre Offenherzigkeit, sagte er, und
werde mich nach jemand umsehen, der weniger bedenklich
ist als Sie.

Fernau gereute bereits, was er gesagt hatte. Er war auf
dem besten Wege, Viktors Misstrauen von neuem zu erregen; ja, er hatte es bereits getan. Das durfte nicht sein; er
musste es wiedergutzumachen suchen. Und schließlich,
Klotilde war ihm nun doch verloren. Nach der Affäre mit
dem Schulmeister war sie für die Gesellschaft tot. Folglich
auch für ihn.

---

[1] Abneigung, Widerwille
[2] Zusammenstoß, feindliche Begegnung

Aber wo denken Sie hin, lieber Freund!, rief er, aus dem
Sessel in die Höhe fahrend. Mir fällt ja nicht im Traum ein,
Ihnen meine Dienste zu verweigern, wenn Sie ihrer zu
bedürfen glauben. Man sagt so etwas heraus, um die Seele
hernach umso freier zu haben. Also wenn Sie mir die Ehre 5
erweisen wollen – Sie sehen mich bereit. Aber ist denn der
Mensch satisfaktionsfähig[1]?
Ich wüsste nicht, weshalb nicht; erwiderte Viktor, wieder
halb beruhigt. Macht man diese Leute doch jetzt sogar zu
Reserveoffizieren! 10
Gott sei es geklagt!
Vielleicht ist der Mensch selber einer.
Heutzutage ist alles möglich.
Jedenfalls hat man ihn in unsere Gesellschaft aufgenom-
men. 15
Leider! Nächstens werden wir noch unsere Schneider mit
Einladungen beehren.
Und nicht bloß aufgenommen: Man hat dem Kerl ja förm-
lich den Hof gemacht; fand es höchst ehrenwert, dass er es
von einem Bergmannsjungen so weit gebracht. Ipsissima 20
verba[2] des Herrn Ministerialdirektors.
Man sollte in solche Stellungen Bürgerliche nie gelangen
lassen. Und da nun auch meine Frau die Geschmacklosig-
keit hatte, so tief aus ihrer Sphäre herabzusteigen –
Werden Sie ihr wohl auf das Terrain folgen müssen. Ja, ja; es 25
ist sehr notwendig, dass da mal ein Exempel statuiert und
die Rotüre[3] in ihre Schranken zurückgewiesen wird. [...]

Aus: Friedrich Spielhagen, a. a. O., S. 232ff.

---

[1] Satisfaktion: Genugtuung; satisfaktionsfähig (zum Duell berechtigt)
    war ursprünglich nur, wer das Recht hatte, Waffen zu tragen, also:
    Adlige, Offiziere und Studenten. Im 19. Jahrhundert galten jedoch
    auch Bürgerliche als satisfaktionsfähig, wenn sie der gehobenen
    Gesellschaft angehörten.
[2] lat.: völlig die eigenen Worte
[3] abwertend für: Schicht der Nichtadligen, Bürgerliche

4. Entstehungsgeschichte der „Effi Briest"

*Ein bis zwei Jahre nach der Scheidung der Ardennes (1887)
machte Emma Lessing, die Eigentümerin der Vossischen Zeitung,
Fontane auf die Affäre aufmerksam. Angeregt davon begann
Fontane vermutlich 1889 (möglicherweise schon 1888) mit der*
5 *Arbeit an „Effi Briest". 1890 stellte er eine erste Fassung fertig.
Diese blieb zunächst liegen, und als Fontane die Arbeit daran
Anfang 1892 wieder aufnahm, erkrankte er schwer.
Auf Anraten seines Hausarztes unterbrach er die Korrektur
erneut. Erst 1893, nachdem er zwischenzeitlich „Meine Kinder-*
10 *jahre" geschrieben hatte, nahm Fontane die Arbeit an dem
Roman wieder auf. Von Mai 1893 bis Mai 1894 überarbeitete
er den Text mehrfach (Fritz Behrend[1] zählt sieben Textschichten).
Von Oktober 1894 bis März 1895 erschien „Effi Briest" im
Vorabdruck in der „Deutschen Rundschau". Die erste Buchaus-*
15 *gabe folgte im Oktober 1895 (datiert auf 1896) im Verlag seines
Sohnes „Friedrich Fontane & Co". Fontane selbst äußerte sich in
mehreren Briefen zur Entstehung von „Effi Briest".*

Brief Fontanes an Hans Hertz[2] vom 2. März 1895

[...] Ja, die arme Effi! Vielleicht ist es mir so gelungen, weil
ich das Ganze träumerisch und fast wie mit einem Psychographen[2] geschrieben habe. Sonst kann ich mich immer der
Arbeit, ihrer Mühe, Sorgen und Etappen, erinnern – in *die-*
5 *sem* Falle gar nicht. Es ist so wie von selbst gekommen,
ohne rechte Überlegung und ohne alle Kritik. Meine Gönnerin Lessing (von der Vossin) erzählte mir auf meine Frage:
„Was macht denn *der?*" (ein Offizier, der früher viel bei
Lessings verkehrte und den ich nachher in Innstetten
10 transportiert habe), die ganze Effi-Briest-Geschichte, und

---

[1] Behrendt, Fritz: Aus Fontanes Werkstatt. Berlin: Berthold-Privat-
     druck, 1924
[2] Hans Hertz, Sohn von Fontanes Verlager Wilhelm Hertz
[3] Schreibapparat, der bei spiritistischen Sitzungen verwendet wurde,
     bei denen ein „Medium" durch Handbewegungen auf einer Holz-
     platte das „wiedergab", was ein „Geist" ihm „einsagte".

als die Stelle kam, 2. Kapitel, wo die spielenden Mädchen durchs Weinlaub in den Saal hineinrufen: „Effi komm", stand mir fest: *„Das* musst du schreiben." Auch die äußere Erscheinung Effis wurde mir durch einen glücklichen Zufall an die Hand gegeben; ich saß im Zehnpfund-Hotel in Thale, 5 auf dem oft beschriebenen großen Balkon[1], Sonnenuntergang, und sah nach der Roßtrappe hinauf, als ein englisches Geschwisterpaar, er 20, sie 15, auf den Balkon hinaustrat und 3 Schritt vor mir sich an die Brüstung lehnte, heiter plaudernd und doch ernst. Es waren ganz ersichtlich Dis- 10 senterkinder[2], Methodisten[3]. Das Mädchen war genauso gekleidet, wie ich Effi in den allerersten und dann auch wieder den allerletzten Kapiteln geschildert habe: Hänger, blau und weiß gestreifter Kattun[4], Ledergürtel und Matrosenkragen. Ich glaube, dass ich für meine Heldin keine 15 bessere Erscheinung und Einkleidung finden konnte, und wenn es nicht anmaßend wäre, das Schicksal als etwas einem für jeden Kleinkram zu Diensten stehendes Etwas anzusehen, so möchte ich beinah sagen: das Schicksal schickte mir die kl. Methodistin. [...] 20

Aus: Otto Drude: Theodor Fontane. Ein Leben in Briefen. Frankfurt am Main: Insel Verlag 1981, S. 427f.

Brief Fontanes an Georg Friedländer vom 29. November 1893

[...] Dies ist der dritte Wochentag und auch der dritte Briefschreibetag; ich erhole mich dabei, nachdem ich mich an meinem Roman (das mächtige alte Paket, das auch mal bei Ihnen

---

[1] Vgl. den Beginn des 2. Kapitels von Fontanes „Cécile".

[2] „Dissenters" oder „Nonconformists" wurden alle „Andersgläubigen" genannt, deren Religionsgemeinschaften in Glaubensfragen von der Kirche von England abwichen (z. B. Baptisten, Methodisten ...).

[3] Anhänger einer aus der anglikanischen Kirche hervorgegangenen Erweckungsbewegung (Methodismus), deren Wurzeln auf einen ab 1729 in Oxford von J. Wesley geleiteten Studentenkreis zurückreichen. Der methodistische Weltbund wurde 1881 in London gegründet.

[4] Baumwollgewebe

lagerte) ganz dumm korrigiert habe. Hoffentlich zeigt sich in den Briefen die Nachwirkung davon nicht allzu sehr. [...]

Aus: Kurt Schreinert: Theodor Fontane. Briefe an Georg Friedlaender. Heidelberg: Quelle & Meyer 1954, S. 219.

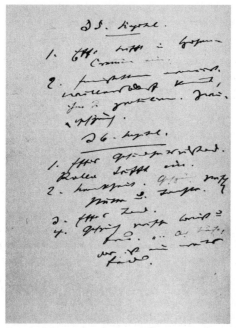

Entwurf zu den letzten Kapiteln von „Effi Briest" (Faksimile)

Brief Fontanes an Paul Schlenther[1] vom 11. November 1895

[...] Ich habe das Buch wie mit dem Psychographen geschrieben. Nachträglich, beim Korrigieren, hat es mir viel Arbeit gemacht, beim ersten Entwurf gar keine. [...]

Aus: Otto Drude, a. a. O., S. 437

---

[1] Der Schriftsteller und Kritiker Paul Schlenther (1854–1916) rezensierte „Effi Briest" für die „Vossische Zeitung".

5. Fontane in Selbstzeugnissen

In diesem Kapitel finden Sie einige aufschlussreiche Aussagen Fontanes über „Politik und Preußentum", „Realismus in der Kunst" sowie über „Effi Briest".

Fontane über Politik und Preußentum

Fontanes Haltung zu „Politik und Preußentum" war einem mehrfachen Wandel unterworfen. Erfasst von der nationalen und liberalen Aufbruchstimmung des Vormärz (1815–48) beteiligte sich der junge Fontane während der Märzrevolution 1848 an den Berliner Barrikadenkämpfen, kandidierte (erfolglos) als 5
„Wahlmann" der Demokraten für den preußischen Landtag und verfasste radikal-demokratische Artikel. Möglicherweise resigniert, beeinflusst durch den Sonntagsverein „Tunnel" und auch aus opportunistischen, materiellen Beweggründen, wandte er sich in seinen mittleren, den 1850er-Jahren verstärkt dem 10

Barrikadenkämpfe am Alexanderplatz in Berlin in der Nacht vom 18./19. März 1848. Zeitgenössische Lithografie

konservativen Lager zu. 1860 wurde er Redakteur der „Kreuzzeitung". 1862 ließ er sich (erneut erfolglos) als Wahlmann der
Konservativen aufstellen. Jenseits dieses Wandels gab es gewisse
Kontinuitäten in Fontanes Bewunderung des alt-preußischen
5 Landadels und seiner Tugenden. Mit zunehmendem Alter beur-
teilte Fontane das Preußentum kritischer und kehrte zu fort-
schrittlich-demokratischen Ansichten zurück.

Brief an Bernhard von Lepel[1] vom 21. September 1848

[...] Ich bin nicht in der Stimmung, auf deinen unendlich
friedlichen Brief, der nach Abgeschiedenheit und nach
jedem beliebigen Jahrgang – nur nicht nach 1848 –
schmeckt, einzugehn; die Ereignisse der letzten Tage: der
5 Wrangel'sche Armeebefehl[2] und das Ministerium „Pfuel,
Eichmann, Bonin" erklären geradezu die Contre-Revolou-
tion[3] und fordern zum Kampf heraus.
Was auch der Ausgang desselben sein mag, ich *wünsche ihn*
u. bin außer mir, jenes herrliche Mittel zu entbehren, ohne
10 welches jede Beteiligung eine Unmöglichkeit ist.
Mit dürren Worten: Hast du nicht auf väterlicher Rumpel-
kammer eine alte, aber gute Büchse? [...]
Vielleicht wird alles anders, als es den Anschein hat, und
auch mein Fieber geht wieder vorüber. Dann sollst du nach
15 langer Zeit mal wieder von dem Poeten hören; aber der
Augenblick erheischt Taten, oder doch Wort *und* Tat.
Schande jedem, der zwei Fäuste hat, mit Hand ans Werk zu
legen, und sie pomadig in die Hosentasche steckt [...], denn
alles ist faul und *muss* unterwühlt werden. [...]

Aus: Otto Drude, a. a. O., S. 18f.

---

[1] Schriftsteller von Lepel (1818–1885) führte Fontane in die litera-
rische Vereinigung „Tunnel über der Spree" ein und war Fontanes
Vorgesetzter während dessen einjähriger Dienstzeit bei der
Armee.
[2] General Friedrich Heinrich Ernst Graf von Wrangel löste im
November 1848 die preußische Nationalversammlung auf und
beendete damit die Märzrevolution.
[3] Konterrevolution; die von der „Reaktion" (von rückwärtsgewand-
ten Kräften) betriebene Niederschlagung der Märzrevolution

Brief an Bernhard von Lepel vom 30. Oktober 1851

[...] Ich habe mich heut der Reaction[1] für monatlich 30 Silberlinge verkauft und bin wiederum angestellter Scriblifax (in Versen und Prosa) bei der seligen „Deutschen Reform" auferstanden „Adler-Zeitung"[2]. Man kann nun 'mal als anständiger Mensch nicht durchkommen. Ich debütiere mit Ottaven[3] zu Ehren Manteuffels[4]. Inhalt: Der Ministerpräsident zertritt den (unvermeidlichen) Drachen der Revolution. [...]

Aus: Otto Drude, a. a. O., S. 39f.

Brief an Bernhard von Lepel vom 1. Dezember 1858

[...] ich bin weder ein Kreuz-ztgs-Mensch[5] noch ein Manteufflianer, noch ein besondrer Anhänger des neuen Ministeriums von Bethmann-Hollweg[6] bis Patow[7], ich bin ganz einfach Fontane, der bloß nicht Lust hat, Manteuffeln unmittelbar nach seinem Sturze[8] anzugreifen, weil besagter Manteuffel (dessen Pech am Hintern und dessen Polizei-Regime mir ein Gräul gewesen ist) besagtem Fontane *persönlich Gutes getan hat.* Was ich getan und gesprochen habe, ist nichts als die ganz gemeine Pflicht des Anstandes und der Dankbarkeit. [...]

In spätestens 3, 4 Monaten hoff' ich, in Berlin zu sein; bis dahin ist das Ministerium Manteuffel halb vergessen, vieles

---

[1] gegen den politischen Fortschritt und im Besonderen gegen die Märzrevolution gerichtete, rückwärtsgewandte Kräfte

[2] nationalistisches Regierungsblatt

[3] Plural von „Ottava": ital. für Achtreim, Stanze; jambische Strophenform

[4] Otto Theodor Freiherr von Manteuffel (1805–1882) war von 1848–50 preußischer Innenminister. Als Ministerpräsident (1850–58) verfolgte er einen streng konservativen Kurs.

[5] Bereits seit Anfang 1858 war Fontane Mitarbeiter der „Neuen Preußischen (Kreuz) Zeitung", in deren Redaktion er 1860 eintrat.

[6] Moritz August von Bethmann Hollweg (1795–1877) war von 1858 bis 1862 preußischer Kultusminister.

[7] Erasmus Robert Freiherr von Patow (1804–1890) war von 1858 bis 1862 preußischer Finanzminister, Vertreter gemäßigt konservativer, altliberaler Kräfte.

[8] nach Neuwahlen

hat sich verblutet und vernarbt, und wenn dann die Neuen nur irgendwie Miene machen sollten, mir den kleinen Finger hinzureichen, so magst du sicher sein, dass ich nicht Anstand nehmen werde, nach der ganzen Hand zu fassen. [...]

Aus: Otto Drude, a.a.O., S. 94f.

Brief an Georg Friedländer vom 2. September 1890

[...] Der eigentliche Adel, der, den wir im Auge hatten, ist der Landadel, und so sehr ich gerade diesen liebe und so sehr ich einräume, dass er in seiner Natürlichkeit und Ehrlichkeit ganz besondre Meriten hat, so ist mir doch immer
5 mehr und mehr klargeworden, dass diese Form in die moderne Welt nicht mehr passt, dass sie verschwinden muss und jedenfalls dass man mit ihr nicht leben kann. [...] Meine rein nach der ästhetischen und novellistischen Seite hin liegende Vorliebe bleibt dieselbe, aber Verstand, Rechts-
10 und Selbstgefühl lehnen sich gegen diese Liebe auf und erklären sie für eine Schwäche. [...]

Aus: Kurt Schreinert, a.a.O., S. 133f.

Preußischer Landjunker

Brief an Georg Friedländer vom 2. November 1896
[...] Alles, was jetzt bei uns obenauf ist, entweder heute
oder es doch vom Morgen erwartet, ist mir grenzenlos
zuwider: dieser beschränkte, selbstsüchtige, rappschige[1]
Adel, diese verlogene oder borniere Kirchlichkeit, dieser
ewige Reserve-Offizier, dieser gräuliche Byzantinismus[2]. Ein 5
bestimmtes Maß von Genugtuung verschafft einem nur
Bismarck und die Sozialdemokratie, die beide auch nichts
taugen, aber wenigstens nicht kriechen. [...]

Aus: Kurt Schreinert, a. a. O., S. 305.

Fontane über Realismus in der Kunst

*Die Epoche des „Realismus" umfasst in Deutschland ungefähr
den Zeitraum von 1850 bis 1890. Fontane gilt, insbesondere
aufgrund seiner Romane, als einer der Hauptvertreter des
deutschen „bürgerlichen Realismus", der sich in Abkehr von
einer idealisierenden Kunstauffassung verstärkt einer scheinbar 5
unparteiischen Darstellung der Wirklichkeit und insbesondere
bürgerlicher Lebenswelten zuwandte. Der „poetische Realismus" Fontanes meidet jedoch die reine Darstellung des Hässlichen und Schlechten, wie sie im „Naturalismus" zu finden ist,
und fühlt sich stattdessen einer ästhetischen, aber auch inhalt- 10
lichen „Verklärung" verpflichtet. Entgegen dieser distanzierten
Haltung zum Naturalismus fand Fontane in seinen letzten
Jahren für das Werk des naturalistischen Dramatikers Gerhart
Hauptmann (1862–1946) überwiegend positive Worte.*

*Theodor Fontane:- Was verstehen wir unter Realismus?
(1853)*

[...] Vor allen Dingen verstehen wir *nicht* darunter das nack-
te Wiedergeben alltäglichen Lebens, am wenigsten seines
Elends und seiner Schattenseiten. Traurig genug, dass es
nötig ist, derlei sich von selbst verstehende Dinge noch erst
versichern zu müssen. Aber es ist noch nicht allzu lange her, 5
dass man (namentlich in der Malerei) *Misere* mit Realismus
verwechselte und bei der Darstellung eines sterbenden

---

[1] rappschen: raffen, hastig wegnehmen
[2] Kriecherei, unwürdige Schmeichelei

Proletariers, den hungernde Kinder umstehen [...] sich ein-
bildete, der Kunst eine glänzende Richtung vorgezeichnet zu
haben. Diese Richtung verhält sich zum echten Realismus
wie das Rohe Erz zum Metall: Die Läuterung fehlt. Wohl ist
5 das Motto des Realismus der Goethe'sche Zuruf:

Greif nur hinein ins volle Menschenleben,
Wo du es packst, da ist's interessant,

aber freilich, die Hand, die diesen Griff tut, muss eine
künstlerische sein. Das Leben ist doch immer nur der Mar-
10 morsteinbruch, der den Stoff zu unendlichen Bildwerken in
sich trägt [...].
Wenn wir in Vorstehendem [...] überwiegend hervorgehoben haben, was der Realismus nicht ist, so geben wir nunmehr unsere Ansichten über das, was er ist, mit kurzen
15 Worten dahin ab: Er ist die Widerspiegelung alles wirklichen Lebens, aller wahren Kräfte und Interessen im Elemente der Kunst; er ist, wenn man uns diese scherzhafte
Wendung verzeiht, eine „*Interessenvertretung*" auf seine Art.
[...] Der Realismus will nicht die bloße Sinnenwelt und
20 nichts als diese; er will am allerwenigsten das bloß Hand-
greifliche, aber er will das Wahre. [...]

Aus: Theodor Fontane: Unsere lyrische und epische Poesie seit 1848. In:
Theodor Fontane: Sämtliche Werke. Herausgegeben von Walter Keitel. Aufsätze,
Kritiken, Erinnerungen. Erster Band. Aufsätze und Aufzeichnungen, herausgege-
ben von Jürgen Kolbe. München: Carl Hanser Verlag 1969, S. 240ff.

Theodor Fontane: -Was soll ein Roman? (1875)

[...] Er soll uns, unter Vermeidung alles Übertriebenen und
Hässlichen, eine Geschichte erzählen, an die wir *glauben*. Er
soll zu unserer Fantasie und unserem Herzen sprechen,
Anregungen geben, ohne aufzuregen; er soll uns eine Welt
5 der Fiktion auf Augenblicke als eine Welt der Wirklichkeit
erscheinen, soll uns weinen und lachen, hoffen und fürchten,
am Schluss aber empfinden lassen, teils unter lieben und
angenehmen, teils unter charaktervollen und interessanten
Menschen gelebt zu haben, deren Umgang uns schöne Stun-
10 den bereitete, uns förderte, klärte und belehrte. [...]

Aus: Theodor Fontane: Die Ahnen. In: a.a.O., S. 316f.

Brief an Friedrich Stephany[1] vom 10. Oktober 1889

[...] Der Realismus wird ganz falsch aufgefasst, wenn man von ihm annimmt, er sei mit der Hässlichkeit ein für allemal vermählt; er wird ganz echt sein, wenn er sich umgekehrt mit der Schönheit vermählt und das nebenherlaufende Hässliche, das nun mal zum Leben gehört, verklärt hat. Wie und wodurch? Das ist seine Sache zu finden; der beste Weg ist der des Humors. [...]

Aus: Theodor Fontane: Werke, Schriften und Briefe. Herausgegeben von Walter Keitel und Helmuth Nürnberger. Abteilung IV. Briefe. Dritter Band, 1879–1889, herausgegeben von Otto Drude, Manfred Hellge und Helmuth Nürnberger. München: Carl Hanser Verlag 1980, S. 729

Brief an Otto Brahm[2] vom 27. September 1894

[...] Das Stück[3] ist vorzüglich, epochemachend. Ob jemand dran herumtadelt, meinetwegen selbst mit Recht, ist gleichgültig. An Bismarck wird auch herumgetadelt (ich mit), er bleibt aber Bismarck, und das ist gerade genug. Sprechen Sie dem liebenswürdigen Dichter, der mal wirklich einer ist und ein Mensch dazu, meinen herzlichsten Dank aus. [...]

Aus: Ebenda, Vierter Band, 1890–1898, herausgegeben von Otto Drude und Helmuth Nürnberger. München: Carl Hanser Verlag 1982, S. 386

Fontane über „Effi Briest"

Äußerungen Fontanes über den Entstehungsprozess von „Effi Briest" finden sich im 4. Kapitel dieses Anhangs („Entstehungsgeschichte von ‚Effi Briest'", S. 362ff.). Die nachfolgenden Selbstzeugnisse befassen sich mit inhaltlichen und thematischen Aspekten des fertigen Romans.

---

[1] Friedrich Stephany (1830–1912), damaliger Chefredakteur der „Vossischen Zeitung"

[2] Otto Brahm (1856–1912), Theaterkritiker, Theaterleiter und Regisseur. Der Mitbegründer des Theatervereins „Freie Bühne" (1889) und Chefredakteur der Zeitschrift „Freie Bühne für modernes Leben" (1889) gilt als einer der Wegbereiter des naturalistischen Dramas.

[3] Gemeint ist Gerhart Hauptmanns „Die Weber", 1892.

Brief an Unbekannt vom 12. Juni 1895

Gnädigste Frau [...] Natürlich ist alles Recht auf Ihrer Seite, natürlich alles sehr unplatonisch. Ich bin schon ohnehin gegen totschießen, Mord aus dem Affekt heraus geht viel eher, aber nun gar totschießen wegen einer 7 Jahre zurück-
5 liegenden Courmacherei — an die sich in der Regel ein anständiger Ehemann mit Vergnügen erinnert —, das wäre denn doch über den Spaß. Auch so geht Innstetten, der übrigens von allen Damen härter beurteilt wird, als er verdient — sehr ungern 'ran, und wäre nicht der Ehrengötze, so lebte Crampas noch. [...]

Aus: Otto Drude, a. a. O., S. 431.

Brief an Colmar Grünhagen[1] vom 10. Oktober 1895

[...] Ich war nie ein Lebemann, aber ich freue mich, wenn andere leben, Männlein wie Fräulein. Der natürliche Mensch will leben, will weder fromm noch keusch, noch sittlich sein, lauter Kunstprodukte von einem gewissen,
5 aber immer zweifelhaft bleibenden Wert, weil es an Echtheit und Natürlichkeit fehlt. Dies Natürliche hat es mir seit lange angetan, ich lege nur *dar*auf Gewicht, fühle mich nur *da*durch angezogen, und dies ist wohl der Grund, warum meine Frauengestalten alle einen Knax weghaben. Gerade
10 dadurch sind sie mir lieb, ich verliebe mich in sie, nicht um ihrer Tugenden, sondern um ihrer Menschlichkeiten, d. h. um ihrer Schwächen und Sünden willen. Sehr viel gilt mir auch die Ehrlichkeit [...]. Dies alles, um Cécile und Effi ein wenig zu erklären. [...]

Aus: Theodor Fontane: Werke, Schriften und Briefe. Vierter Band. 1890–1898, a. a. O., S. 487f.

Brief an Clara Kühnast vom 27. Oktober 1895

[...] Ja, Effi! Alle Leute sympathisieren mit ihr, und einige gehen so weit, im Gegensatz dazu, den Mann als einen „alten Ekel" zu bezeichnen. Das amüsiert mich natürlich, gibt mir aber auch zu denken, weil es wieder beweist, wie
5 wenig den Menschen an der sogenannten „Moral" liegt und

---

[1] C. Grünhagen (1828-1911) war Professor der Geschichte in Breslau.

wie die liebenswürdigen Naturen dem Menschenherzen sympathischer sind. Ich habe dies lange gewusst, aber es ist mir nie so stark entgegengetreten wie in diesem Effi Briest- und Innstetten-Fall. Denn eigentlich ist er (Innstetten) doch in jedem Anbetracht ein ganz ausgezeichnetes Menschenexemplar, dem es an dem, was man lieben muss, durchaus nicht fehlt. Aber sonderbar, alle korrekten Leute werden schon bloß um ihrer Korrektheit willen, mit Misstrauen, oft mit Abneigung betrachtet. [...]

Aus: Theodor Fontane, Briefe, Vierter Band. 1890 – 1898, a. a. O., S. 493f.

Brief an Joseph Viktor Widmann[1] vom 19. November 1895

[...] Herzlichen Dank für Ihre Besprechung. Sie werden aus eigner Erfahrung wissen, dass einem *die* Kritiker die liebsten sind, die das betonen, worauf es einem beim Schreiben angekommen ist. [...] Sie sind der Erste, der auf das Spukhaus und den Chinesen hinweist; ich begreife nicht, wie man daran vorbeisehen kann, denn erstlich ist dieser Spuk, so bilde ich mir wenigstens ein, an und für sich interessant, und zweitens, wie Sie hervorgehoben haben, steht die Sache nicht zum Spaß da, sondern sie ist ein Drehpunkt für die ganze Geschichte. Was mich ganz besonders gefreut hat, ist, dass Sie dem armen Innstetten so schön gerecht werden. Eine reizende Dame hier, die ich ganz besonders liebe und verehre, sagte mir: „ja Effi; aber Innstetten ist ein ‚Ekel‘.“ Und ähnlich urteilen alle. Für den Schriftsteller in mir kann es gleichgültig sein, ob Innstetten, der nicht notwendig zu gefallen braucht, als famoser Kerl oder als „Ekel“ empfunden wird, als Mensch aber macht mich die Sache stutzig. Hängt das mit etwas Schönem im Menschen – und namentlich im Frauenherzen zusammen, oder zeigt es, wie schwach es mit den Moralitäten steht, sodass jeder froh ist, wenn er einem „Etwas“ begegnet, das er nur nicht den Mut hatte, auf die eigenen Schultern zu nehmen. [...]

Aus: Theodor Fontane, Briefe, Vierter Band. 1890–1898, a. a. O., S. 506

---

[1] Joseph Viktor Widmann (1842 – 1911), Feuilletonist (Berner „Bund") und Essayist

6. „Effi Briest" im Kontext von Fontanes Gesamtwerk

Aus heutiger Sicht gilt Fontane vielen als „Spätberufener". Das
Hauptaugenmerk liegt auf den Romanen des „alten Fontane"
mit anfangs „historischen und balladesken Themen", gefolgt von
Gesellschaftsromanen, „in denen meist die Frau in einen Kon-
5 *flikt mit der etablierten Ordnung gerät und die vorwiegend in*
der neuen Reichshauptstadt Berlin spielen."[1] Allerdings konnte
Fontane schon vor seinen Romanen auf ein umfangreiches
Werk zurückblicken. Der folgende Auszug aus einem Lexikon-
artikel beleuchtet vor allem die frühe und mittlere Schaffenspe-
10 *riode und hilft so, „Effi Briest" in Fontanes Gesamtwerk einzu-*
ordnen. Die im Lexikoneintrag verwendeten Abkürzungen wer-
den der besseren Lesbarkeit halber ausformuliert.

Günter de Bruyn: Fontane, Theodor

[...] Um Fontanes umfangreiches und vielgestaltiges Werk
[...] übersichtlich zu machen, bietet sich die Dreiteilung in
Früh-, Mittel- und Spätphase an [...].
Die frühe Phase, die etwa von 1840 bis 1855 reichte,
5 wurde, was den bleibenden Ertrag betrifft, vor allem von
den Balladen bestimmt. Zwar zeigte der Anfänger schon
die Breite seines, noch epigonalen[2], Könnens, als er mit
einer sentimental-romantischen Erzählung *(Geschwisterlie-*
be. Berlin 1839) debütierte und mit spät-romantischer
10 Naturlyrik, mit einem satirischen Epos *(Burg.* Verfasst 1840.
[...]), mit politischen Gedichten, mit einem Romanzen-
zyklus *(Von der schönen Rosamunde.* Dessau 1850), mit Nach-
dichtungen, politischen Korrespondenzen und Aufsätzen
auftrat, doch erreichte er nur mit den Balladen *(Männer*
15 *und Helden.* Berlin 1850. *Balladen.* Berlin 1861), deren Stoffe
er der preußischen und der englisch-schottischen (später
auch der nordischen) Geschichte entnahm, wirkliche Ori-
ginalität. Da einige von ihnen, wie *Der alte Zieten* (1847)

---

[1] Christian Grawe: Theodor Fontane – Effi Briest. Frankfurt am Main:
Verlag Moritz Diesterweg 1998, S. 7
[2] Epigone: Nachahmer ohne eigene Ideen

oder *Archibald Douglas* (1854), bald in die Schullesebücher
Eingang fanden und Fontane auch im Alter noch Balladen
schrieb, die nun aber keine Kriegshelden mehr besangen
[...], gründete sich sein Ruhm lange auf diese und beschat-
tete andere Teile seines Werks. In der Frühphase trifft das
besonders auf seinen Beitrag zur Vormärz-Lyrik und auf
seine radikal-demokratischen Aufsätze von 1848/49 zu. [...]
Die mittlere Schaffensperiode, die 1855 mit dem dreiein-
halbjährigen England-Aufenthalt begann und 1876 mit dem
Entschluss, sich in Unabhängigkeit dem Romanschreiben zu
widmen, endete, wird oft die „Wanderungs"-Zeit genannt.
Denn die *Wanderungen durch die Mark Brandenburg* (5 Teile,
Berlin 1862–89), deren Pläne in England reiften, standen
hier eindeutig im Mittelpunkt, obwohl die Reisebücher über
England [...], die Kriegserlebnisse in Frankreich *(Kriegsgefan-
gen.* Berlin 1871. *Aus den Tagen der Occupation.* 2 Bände,
Berlin 1871) und die detaillierten Beschreibungen der drei
Kriege, die als Nebenarbeiten gedacht waren und sich zu
Riesenunternehmungen auswuchsen, die *Wanderungen* an
Masse überwogen. Diese sind oft als Vorstufe der Romane
betrachtet worden; sie haben aber ihren Wert in sich selbst:
als Dokument einer Heimatliebe, das eine arme, wenig
beachtete Landschaft genau beschreibt und zugleich verklärt, und als Meisterleistung in der künstlerisch-journalisti-
schen Form des Reisefeuilletons, das plaudernd belehrt,
atmosphärisch erzählt und Gegenwärtiges durch Historie
belebt. Das trifft aber nicht auf alle Teile der *Wanderungen*
zu; denn ein einheitliches Gebilde sind diese in Jahrzehnten
entstandenen Bände nicht. Es gibt gestaltete und ungestal-
tete, langweilige und interessante Kapitel; auf Reportage
und beste Erzählkunst folgt reine Faktenhäufung [...]. [...]
Die Arbeit an den *Wanderungen* ging denen an den Romanen voraus, endete aber nicht mit diesen, sondern setzte
sich in der Spätphase fort. Der vierte Band, *Spreeland,*
erschien erst 1882, die mehr historisch-referierenden *Fünf*
Schlösser 1889, und noch in seinem letzten Lebensjahr
arbeitete Fontane an einem weiteren Band, der *Das Länd-
chen Friesack* hieß.
In seiner Spätphase erst entfaltete er seine ganze Größe
[...]. Die anrührendste Gestalt der Ehe- und Gesellschafts-

romane, anlässlich derer Otto Brahm vom „tiefsten Wunder jugendlicher Greisenkunst" gesprochen hat, ist *Effi Briest* [...]. *Effi Briest* war Fontanes einziger Roman, der wirklich erfolgreich war [...]. [...]

Aus: Walther Killy (Hrsg.): Literaturlexikon – Autoren und Werke deutscher Sprache. Band 3, Autoren und Werke von A bis Z. Gütersloh: Bertelsmann Lexikon Verlag 1989, S. 431 ff.

7. Zur zeitgenössischen Rezeption von „Effi Briest"

Nachdem in diesem Kapitel zunächst der gesellschaftskulturel-
le Stellenwert Fontanes bis zum Zeitpunkt des Erscheinens von
„Effi Briest" kurz resümiert wird („Fontane im Spiegel seiner
Zeitgenossen"), können Sie sich anhand einer Reihe von histo-
rischen Dokumenten, vor allem Auszügen aus Buchbesprechun- 5
gen, ein Bild von der – überwiegend positiven – zeitgenössi-
schen Rezeption des Romans verschaffen.

Fontane im Spiegel seiner Zeitgenossen

Als 1878 mit „Vor dem Sturm" Fontanes erster Roman
erschien, war der Autor in literarischen Kreisen längst kein
Unbekannter mehr. Vor allem seine Balladen waren auch
einem breiteren Publikum geläufig. Zudem hatte sich Fontane als Journalist – zunächst ab 1860 bei der konservativen 5
„Kreuzzeitung" und dann ab 1870 als Theaterkritiker bei
der liberaleren „Vossischen Zeitung" – etabliert. Da sich
Fontanes später Gesinnungswandel auch in zahlreichen
seiner Romane niederschlug, wurden diese recht kontro-
vers aufgenommen bzw. – so etwa in der Kreuzzeitung – 10
zum Teil gar nicht besprochen. Ab etwa 1890 galt Fontane
jedoch allgemein als bedeutender, liberaler Schriftsteller,
den man kaum noch ignorieren konnte. Dennoch waren die
Kritiken insgesamt keineswegs überschwänglich. Das änderte sich mit „Effi Briest", der schon nach einem Jahr in fünf- 15
ter Auflage erschien, wozu „Frau Jenny Treibel", Fontanes
bis dahin erfolgreichster Roman, sieben Jahre gebraucht
hatte. Auch die Kritiken waren durchweg wohlwollend bis
begeistert, was auch an dem milden, verständnisvollen Ton
gelegen haben dürfte, in dem Fontane in „Effi Briest" seine 20
Gesellschaftskritik formulierte.

Aus einer Rezension der Kreuzzeitung[1] vom 6. Dezember 1895

[...] Unter den in Haltung und Ziel durchaus *modernen* Romanen dieses Jahres dürfte dies wohl der bedeutendste sein. *Fontane* hat nach einem langen Entwicklungsgange, voll mancherlei Schwankungen, die hohe Kunst der Schlichtheit
5 und Wahrheit erlangt. Er schildert Menschen, Dinge und Schauplatz, dass man Schilderungen und Erzähler vergisst und wirklich die Leute handeln sieht und reden hört, ohne an eine Absicht des Verfassers erinnert zu werden. Es geschieht alles aus sich heraus und ergeht sich in freier
10 Naturnotwendigkeit. [...]
Die Geschichte ist bei vielseitigem, reichem Humor von einer tief erschütternden Traurigkeit, ja von ergreifendem Ernste. Sie ist ohne religiöse Tendenz, fern von allem Moralisieren und zeigt doch mit Strenge und Schärfe gewisse
15 Mängel der Gegenwart auf dem Gebiete der Erziehung und Geselligkeit[2]. Wer die jugendliche Heldin von ihrer übermütigen, naturfrischen Mädchenzeit an durch den gedankenlos unternommenen großen Schritt der Heirat mit dem älteren Manne in das Spukhaus der kleinen pom-
20 merschen Stadt begleitet, der empfindet allmählich mit ihr die Öde des Daseins, dem sittlich-religiöse Mächte stets

„Kreuzzeitung" vom 2.11.1870

[1]   Der Rezensent führte die Initialen „rb."
[2]   meint hier: das gesellschaftliche Miteinander, die Gesellschaft

ebenso fremd blieben, wie die befriedigende Tätigkeit der Pflichterfüllung und die unmittelbar beglückende Gewissheit gegenseitiger verständnisfroher Neigung. [...] Das stille Hinwelken der Einsamen, der allmählich mit dem Leiden einkehrende innere Friede und die Erkenntnis, dass 5 ihr nur Recht geschehen sei [...] und dann der Zweifel der Eltern: „Ob *wir* nicht doch vielleicht schuld sind?" – das alles erweckt den Leser gerade durch die einfache, tatsächliche Weise des Vortrages zur tiefsten Empfindung des Mitgefühls.

Aus: Luise Berg-Ehlers: Theodor Fontane und die Literaturkritik – Zur Rezeption eines Autors in der zeitgenössischen konservativen und liberalen Berliner Tagespresse. Bochum: Verlag Dr. Dieter Winkler 1990, S. 146

Aus der Rezension von Paul Schlenther in der „ Vossischen Zeitung" vom 10. November 1895

Von Theodor Fontane, der in wenig Wochen 76 Jahre alt wird, ist [...] ein neuer Roman erschienen. Es ist heiße und zarte Jugend in diesem Roman. [...]
Der große seelendeutende Dichter, der das Schicksal Effi Briests erzählt, hat in der Weisheit seines hohen Alters und 5 in der kindlichen Unschuld seines Mitempfindens unendlich zart und unendlich behutsam dafür gesorgt, dass alle rüden Moralbegriffe hier unstatthaft sind. [...]
Aber das ist gerade das Schöne und Wahre, die psychologische Tiefe in dieser ergreifenden Dichtung, dass das Psy- 10 chologische auch inkonsequent sein kann, dass das Antipodische doch noch immer zu ein und derselben Welt menschlicher Empfindungen und Vorstellungen gehört. Kein absolutes Schwarz steht einem absoluten Weiß gegenüber, sondern die Farben mischen sich und schillern 15 durcheinander. [...] Und wenn ich [...] ein Mann der Grundsätze wäre, so stellte ich für alle psychologische Welt und ihre dichterischen Abbildungen den folgenden Grundsatz auf: In guten Romanen herrscht das Beinah, in schlechten das Voll und Ganz. Auch in diesem Sinne ist 20 Theodor Fontanes „Effi Briest" einer der besten Romane. [...]

Aus: Luise Berg-Ehlers, a.a.O., S. 294f.

Aus der Rezension von Felix Poppenberg[1] in der Wochen-
zeitung „Die Nation" vom 16. November 1895

Weise, gütige Augen sehen uns aus Theodor Fontanes
neuem Buche an, Greisenaugen, die die Schärfe der Jugend
haben und dazu die Milde des Alters, das viel zu verzeihen
gelernt hat. [...]

5 „Effi Briest" ist ein Ehebuch. [...]
Völlig gleichgültig gegen das Stoffliche ist dies alles dargestellt. Etwas Diskreteres als die Geschichte des Ehebru-
ches kann man sich nicht vorstellen; ging Fontane schon in
l'Adultera und im Graf Petöfi über das eigentliche Faktum
10 völlig hinweg, so unterdrückt er hier die Szene mit der
Überschrift „in flagranti" ganz und gar. Es genügt ihm, psy-
chologisch zu zeigen, Effi ist so weit, dass ihr Fall naturnot-
wendig ist; der Vorgang selbst interessiert ihn nicht. [...]
In der zweiten Hälfte des Buches fallen die Fesseln des
15 Reinstofflichen noch mehr ab. Scheinbar nicht so, denn der
Fund der Crampasbriefe in dem durch reinen Zufall aufge-
brochenen Nähtisch mutet fast romanhaft an. [...]
Doch dieser äußerliche Fund dient nur einem großen
innern Zweck. Die Entdeckung musste herbeigeführt wer-
20 den, wie, war Fontane gleich. Durch die Entdeckung bekam
er Gelegenheit, den Hintergrund seines ganzen Buches zu
erweitern, ein ganz neues Motiv hineinzuführen. Es handelt
sich jetzt nicht mehr um Mann und Frau, sondern um Individuum und Gesellschaft. Innstetten erkennt innerlich
25 selbst nach der langen Zeit eine Verjährung an; er hasst
Crampas nicht, und er verzeiht Effi, aber er steht unter
dem Gesetz des Ganzen, der Allgemeinheit. Und er
erschießt den Major, und er trennt sich von Effi [...].
Und wer hat Recht? Und wer hat Schuld?
30 Theodor Fontane schüttelt milde lächelnd den Kopf: Was
ist Recht und was ist Schuld? Die Menschen können nicht
aus ihrer Haut heraus, niemand kann sich anders machen,
als er ist, und wenn zwei aneinanderkommen, die nicht
stimmen, dann gibt es Gram und Leid. Aber den einen von
35 ihnen verantwortlich machen ist ungerecht. [...] So nimmt

---

[1] Felix Poppenberg (1869–1915), Essayist und Kritiker

er für niemand Partei, und wir verstehen Innstettens Tun aus seinem Wesen und Effis Handeln aus dem ihren, und wir verzeihen beiden.

So kommt aus diesem Buch voll seelischer Unruhen schließlich doch der große Frieden über uns, der Frieden 5 der gütigen Fontaneaugen, halb freilich mit wehmütiger Resignation gemischt. [...]

Aus: Walter Schafarschik: Erläuterungen und Dokumente – Theodor Fontane. Effi Briest. Stuttgart: Philipp Reclam jun. 1997, S. 115ff.

Aus der Rezension von Joseph Viktor Widmann im Sonntagsblatt des Berner „Bund" vom 17. November 1895

Wir sind es in der Schweiz von unsern Dichtern Gottfried Keller und C.F. Meyer gewohnt, dass das spätere Alter noch die schönsten Früchte zeitigt. [...]

Auch Fontanes neuester Roman „Effi Briest" ist ein solches Buch. Er ist allerdings in einem Sinne ein Werk des Alters, 5 aber nur im besten Sinne, darin nämlich, dass es eine Milde des Urteils über menschliches Tun bekundet, wie sie meistens nur durch das Alter erlangt wird. [...]

Es ist jedoch nicht zu übersehen, dass Fontane mehr auf die Verzeihung hinweist, welche die Mitmenschen unserer 10 Schuld gewähren sollten, als dass wir selbst es damit leicht nehmen. In der eigenen Seele bleibt ohnehin die Marke zurück wie eine Narbe, die zuweilen wieder glüht. Übrigens weiß selbst die feierliche Frau Justitia etwas von Verjährung, wie der Blick in jedes moderne Strafgesetzbuch 15 zeigt. [...]

Man denkt vielleicht bei den ersten Seiten: Ei! wie breit, wie umständlich! Aber sehr bald begreift man, dass alle diese scheinbaren Nebensachen nicht fehlen dürfen, wenn wir für die Haupthandlung volles Verständnis erlangen sol- 20 len. [...]

Dagegen kommt die Mitteilung, dass Effi wirklich den Verführungskünsten des Majors unterlegen ist, dem Leser doch etwas unerwartet; die Schlittenfahrt genügt nicht ganz, ihren Fall glaubhaft zu machen. Es sind so viele gesun- 25 de Züge in dieser von allen Lesern und Leserinnen geliebten Effi, dass wir bei der ersten Andeutung des Dichters, der Schritt vom Wege sei getan worden, ganz bestürzt sind. Ich kann mir freilich vorstellen, dass es dem auf seinem schönen, freien Astronomenturm des Alters wohnenden Dichter nicht mehr ums Herz war, den Blick, der nach strahlenden Sternen ewiger Güte und Weisheit ausschaut, lange in die Niederungen der Leidenschaften zu senken [...]. Doch scheint mir, Effis Fall komme zu plötzlich, stehe zu unerwartet als vollendete Tatsache da. [...]

Ein neues Leben beginnt in Berlin. Da – sieben Jahre nach der Verirrung fallen dem Gatten durch bloßen Zufall Briefe des Majors an Effi in die Hände und offenbaren ihm jenen Betrug. Niemand außer ihm weiß darum [...]. So hätte Effis Gatte die verjährte Schuld ungesühnt lassen können, wenn auch, natürlich, nicht ohne Aussprache mit Effi und vielleicht daraus folgende seelische Trennung der Gatten. Aber der Ehrebegriff lässt ihm das nicht zu. In dieser Beziehung ist er zu sehr Schablonenmensch der Gesellschaft. Er fordert den Major und schießt ihn nieder. [...] Natürlich trennt er sich gerichtlich von seiner Frau. Wie nun diese, obwohl körperlich gebrochen und dem Tode entgegengehend, trotz ihrer Schuld, die sie sich keineswegs verkleinert, in ihrem Gemüt ruhig und heiter bleibt, indem doch eigentlich an ihr, namentlich auch durch den Tod, den der Major um ihretwillen erleiden musste, mehr Unrecht begangen worden ist, als sie selbst Unrecht tat, – das alles kann man nur verstehen und billigen, wenn man es in Fontanes meisterhafter Darstellung liest. [...]

Aus: Walter Schafarschik, a.a.O., S. 118ff.

8. Zur Rezeptions- und Wirkungs-geschichte

Fontane zählt heute zu den bedeutendsten deutschsprachigen Autoren. Sein Roman „Effi Briest" ist ein Standardwerk der deutschen Literaturgeschichte und hinterließ auch in der deutschen Kulturlandschaft seine Spuren. Nach einem knappen Abriss seiner Rezeptions- und Wirkungsgeschichte ab 1900 5 *wird diese im Folgenden anhand ausgewählter Quellen exemplarisch veranschaulicht.*

Rezeption und Wirkung von „Effi Briest" ab 1900

Mit mehreren Aufsätzen in den Zehner- und Zwanzigerjahren des 20. Jahrhunderts beeinflusste Thomas Mann die Rezeption Fontanes nachhaltig. Mann betonte die Modernität sowie die ambivalente Geisteshaltung und Skepsis Fontanes. 5
Nachdem die Fontane-Rezeption in den 40er-Jahren stagnierte, führte Fontanes eher milde Gesellschaftskritik in den 50er-Jahren dazu, dass seine Werke in der Literaturwissenschaft der DDR keine große Rolle spielten. In den 60er-Jahren nahm die inhaltliche Auseinandersetzung mit 10 Fontane in der DDR zu, während im Westen vor allem Fontanes formale Erzähltechnik, sein Realismus[1] und seine Symbolik untersucht wurden. In den 70er-Jahren hatte sich Fontane dann als kulturelles Erbe der DDR etabliert. Insgesamt rückte „Effi Briest" stärker in den Mittelpunkt der 15 Rezeption. Wie zuvor Sozialisten und Marxisten warfen nun besonders im Westen Feministinnen Fontane vor, in seiner Gesellschaftskritik zu kurz zu greifen und zu viel Verständnis für Innstetten aufzubringen.
Doch trotz solch kritischer Ansätze waren Fontanes 20 Romane – mit „Effi Briest" an der Spitze – ab den 80er-Jahren endgültig feste Bestandteile des deutschen Literaturkanons. Die Forschung weitete sich aus und widmete sich vielfältigen und bisweilen sehr speziellen Aspekten.

---

[1] Vgl. v. a.: Fritz Martini: Deutsche Literatur im bürgerlichen Realismus 1848–1898. Stuttgart: Metzler 1962

Aufgrund seiner zum Teil widersprüchlichen Selbstäußerungen gilt Fontane bis heute als „unsicherer Kantonist"[1] und wird politisch sehr unterschiedlich bewertet.[2] 2004 landete „Effi Briest" bei einer ZDF-Wahl der Lieblingsbücher der Deutschen („Unsere Besten") auf Platz 20.

Auch auf Literatur und Theater blieb „Effi Briest" nicht ohne Wirkung. In Samuel Becketts Stück „Das letzte Band" (1959) wird „Effi Briest" erwähnt, und Günter Grass' Roman „Ein weites Feld" spielt einhundert Jahre nach „Effi Briest", 1995, nicht nur im Titel auf Fontane an. Grass beschreibt in seinem Buch das erste Jahr nach der Wende und verknüpft über seinen Helden Theo Wuttke alias Fonty (eine Art Reinkarnation Fontanes) die Geschichte des 20. mit der des 19. Jahrhunderts und insbesondere mit Fontanes Leben und Werk. 1996 erschien Rolf Hochhuths Stück „Effis Nacht", ein fiktiver „Monolog", in dem der Autor die 90-jährige Elisabeth von Ardenne (die wirkliche „Effi") in einer Bombennacht 1943 am Bett eines Sterbenden auf ihr Leben zurückblicken lässt.

Im Film schlug sich Fontanes Schaffen ebenfalls nieder. Bis heute wurde „Effi Briest" viermal verfilmt.

Auszug aus Wilhelm Bölsche[3] „Vom alten Fontane" (1904)

[...] Ein Roman etwa wie „Effi Briest" ist mir ein moderner Sozialroman im höchsten Sinne; für den richtig Sehenden schildert er vernichtend geradezu den Fluch der Philisterenge, den inneren Zusammenhang gewisser oberflächlicher Moralweisheiten, die grauenhafte Leere gewisser Gesellschaftskreise, die Armseligkeit eines Mittelchens, wie es ein Duell darstellt, gegenüber Konflikten eines Menschenlebens. Es besteht nun aber in der Tat gar kein Zweifel, dass Fontane selbst, der reflektierende, selber gewis-

---

[1] Aus: Thomas Manns Artikel „Der alte Fontane" (1910), abgedruckt in: Ernst Heilborn, Das Fontane-Buch, S. 58

[2] Kritisch bewertet wird z. B. Fontanes Haltung in der „Judenfrage". Vgl.: Helen Chambers, Theodor Fontanes Erzählwerk im Spiegel der Kritik, S. 153ff.

[3] Wilhelm Bölsche (1861–1939), Schriftsteller, Biograf und Mitbegründer des Berliner Naturalismus

sen Gesellschafts- und Moraltendenzen huldigende
Mensch, so weit durchaus nicht gehen wollte. Die Wahrhaftigkeit des Dichters, die innerliche Wahrhaftigkeit, die
noch mehr ist als irgendeine naturalistische Doktrin, hat
ihn einfach mitgerissen, über sich selbst intuitiv hinausge- 5
rissen. [...]

Aus: Wilhelm Bölsche: Vom alten Fontane. In: Wilhelm Bölsche: Hinter der Welt-
stadt – Friedrichshagener Gedanken zur ästhetischen Kultur. Jena und Leipzig:
Eugen Diederichs 1904, S. 48f.

Auszug aus Thomas Mann, „Anzeige eines Fontane-Buches" (1919)

[...] Alle schlummernde Liebe zu diesem herrlichen Buch,
dem zwei nachfolgende Generationen nichts Ebenbürtiges
zur Seite zu stellen haben, und mit dem Fontane, nach des
Verfassers[1] wahrhaftiger Feststellung, aus der deutschen in
die Weltliteratur ragt, – alle Liebe zu seiner Menschlichkeit 5
und Kunst, seiner Problematik und Harmonie wird wach,
flammt auf beim Lesen dieser Abhandlung, die ein Kronju-
wel erzählender europäischer Prosa aufzuzeigen, einen
Glücks- und Ruhmesfall erzählender Dichtung zu feiern
weiß, wie es bisher noch nicht geschehen. Eine Romanbib- 10
liothek der rigorosesten Auswahl, und beschränkte man sie
auf ein Dutzend Bände, auf zehn, auf sechs, – sie dürfte „Effi
Briest" nicht vermissen lassen. Heißt es nicht, kein Gebilde
aus Menschenhand sei vollkommen? Und doch, so sehr
man gestimmt sein mag, der Menschheit Bescheidung anzu- 15
raten, – der Satz ist falsch, es gibt das Vollkommene, als
Künstler bringt der Mensch es träumerisch zuweilen hervor. Das sind seltenste Glücksfälle, wie gesagt, eine
unglaubwürdige Gunst und Gnade der feinsten Umstände
ist nötig, damit es geschehe: Es stimmt einmal alles, es 20
schießt zusammen, und der Kristall ist rein. Fontane hat als
alter Mann das Glück und die Wehmut dieser Konstellati-
on, die das Absolute und Souveräne zeitigt, gekostet. Auch
ihre Wehmut. Denn er wusste: Das kommt nicht wieder.
[...]

---

[1]   Thomas Mann bespricht in seinem Essay Conrad Wandreys Buch
   „Theodor Fontane". München: Beck 1919

Revolutionäre Zeiten legen die Frage nahe, ob nicht die
Kunst jenes nicht zu bezweifelnden Fundamentes, der festen Gebundenheiten, Gegebenheiten und „Abhängigkei-
ten" notwendig bedürfe, durch die ein sittliches Leben mit
5 seinen Konflikten überhaupt erst möglich wird und Begriffe wie Schuld, Sühne usf. nur erst einen Inhalt gewinnen.
Aber Werke wie „Effi Briest" lassen in ihrem Zwielicht die
dichterischen Reize und Möglichkeiten erkennen, die sich
aus dem Zweifel, dem infrage gestellten Glauben, dem
10 bedrängten Konservatismus ergeben, – ja, in ihrem Anblick
möchte man sagen, dass weder gläubige Beschränktheit
noch auch Freiheit als Libertinage[1], sondern einzig der
Zweifel und die Bedrängnis eigentlich fruchtbar seien. [...]

Aus: Thomas Mann: Anzeige eines Fontane-Buches. In: Heinrich Detering, Eck-
hard Heftrich u.a. (Hrsg.): Thomas Mann. Große kommentierte Frankfurter
Ausgabe. Werke – Briefe – Tagebücher. Band 15.1. Essays II. 1914–1926, herausgegeben von Hermann Kurze. Frankfurt am Main: S. Fischer Verlag 2002,
S. 261ff.

Auszug aus Georg Lukács[2], „Der alte Fontane" (1950)

[...] „Effi Briest" gehört in jene Reihe der großen bürgerlichen Romane, in denen die einfache Erzählung einer Ehe
und ihres notwendigen Bruchs zu einer Gestaltung der
allgemeinen Widersprüche der ganzen bürgerlichen Gesell-
5 schaft emporwächst, gehört in die Reihe von „Madame
Bovary"[3] und „Anna Karenina"[4]. [...]
Fontane zeigt hier, gerade mithilfe der Durchschnittlichkeit
seiner Gestalten und ihrer Schicksale, wie die gesellschaftliche Moral des Bismarck'schen Preußen-Deutschland sich
10 im privaten Alltagsleben auswirkt. Er zeigt, dass jeder
Mensch, in dem sich nur das geringste Bedürfnis nach
einem menschenähnlichen Leben regt, mit dieser Moral in
Konflikt geraten muss. Der Konflikt wird [...] ausgetragen:

---

[1] Ausschweifung, Zügellosigkeit
[2] Georg Lukács (1885–1971), ungarischer marxistischer Philosoph
     und Literaturwissenschaftler
[3] Gustave Flaubert: „Madame Bovary" (1857)
[4] Leo Tolstoi: „Anna Karenina" (1875/78)

äußerlich durch Einhalten aller Formforderungen der Konvention; innerlich so, dass jeder Beteiligte ein mehr oder weniger gebrochener Mensch wird, der nur unter Inanspruchnahme von „Hilfskonstruktionen", wie es in „Effi Briest" heißt, weiterexistieren kann [...]

[...] Und in dieser Welt der maschinenmäßig gewordenen Konvention, der Zerstörung jeder Menschlichkeit zeigt allein Effis ungebildetes, abergläubisches Dienstmädchen Roswitha ein menschliches Empfinden für menschliche Schicksale. In einem sehr naiven Brief bittet sie Innstetten, dass man Effi doch den alten Hund, ihren einzigen Gefährten, überlasse. [...]

Es gehört zur ideellen Einheitlichkeit dieses Werkes, zu seiner künstlerischen Vollendung, dass seine leidende Heldin, Effi, eine wundervoll lebendige Frauengestalt, ebenfalls nicht über den Horizont dieser „Moral" hinausblickt. Bei aller menschlich echten Gefühlsspontaneität und Lebendigkeit, bei aller feinfühligen Klugheit und praktischen Schlauheit bleibt sie in Glück und Unglück ganz eine Gestalt dieser Adelswelt. Ihre Gefühlsproteste bei den härtesten Unmenschlichkeiten erhöhen sich nie auch nur zur Ahnung einer wirklichen Auflehnung gegen dieses System. Gerade dadurch erhält die Notwendigkeit ihres Zum-Opfer-Werdens eine so tiefe und ergreifende Wirkung.

Mit alledem prophezeit der alte Fontane hier ebenfalls – ohne sich darüber auch nur entfernt im Klaren zu sein – seinem Bismarck'schen Preußen-Deutschland ein neues Jena[1]. Es ist freilich eine passive, eine skeptisch-pessimistische Prophezeiung. Die Kräfte der deutschen Erneuerung liegen völlig außerhalb seines dichterischen Horizontes. Die Lene Nimptsch[2], die Stine[3] und andere plebejische[4] Gestalten sind letzten Endes ebenso passive Opfer wie Effi Briest. In keiner solchen Gestalt sind auch nur menschli-

---

[1] In der Doppelschlacht von Jena und Auerstedt besiegte Napoleon I. am 14. Oktober 1806 die preußische und sächsische Armee.

[2] Romanfigur aus Fontanes „Irrungen, Wirrungen"

[3] Titelfigur aus Fontanes gleichnamigem Roman

[4] plebejisch: zur Plebs gehörend; Plebs: das gemeine Volk im alten Rom

che, unbewusste Keime jener Kräfte sichtbar, die aus dieser Wüste einen fruchtbaren Boden machen könnten.

Es handelt sich dabei nicht nur um die soziale Beschaffenheit der Gestalten, sondern vor allem um die Art, wie Fontane selbst sie sieht und gestaltet. Weil Tolstoi[1] – vor allem als Dichter – den Gärungsprozess der russischen Bauernschaft sehen und widerspiegeln konnte, haben auch einzelne seiner adeligen Gestalten, die besten, etwas instinktiv Rebellisches; ihre Lebensäußerungen beschränken sich nicht auf ein bloßes Gebrochensein, auf eine von vornherein ohnmächtige Resignation. [...]

Fontane gehört zu den bedeutenden Realisten der zweiten Hälfte des 19. Jahrhunderts, weil er einerseits das Hassenswerte an seiner Gegenwart so darstellt, wie sie es verdient, weil er andererseits – bei aller Beschränktheit seines Weltbildes auf das Privat-Persönliche – hier nicht der Versuchung verfällt, solche notwendigen Kollisionen durch ihr Verschieben ins Pathologische scheinbar zu „vertiefen" und in Wirklichkeit vom Wesentlichen abzulenken. Denn jede Kollision kann nur dann gesellschaftlich und darum menschlich verallgemeinert werden, wenn die normalen gesellschaftlichen Bestimmungen (sie mögen in noch so extremen Formen erscheinen) mit normalen menschlichen Charakteren (mögen diese noch so extreme Vertreter ihres Typus sein) in Widerspruch geraten. [...]

Dieser Sinn für das Normale als Grundlage des wahrhaft Dichterischen ist eine der größten Qualitäten Tolstois. Wie Tolstoi sieht aber auch der alte Fontane, dass seine Kollisionen umso stärker und echter hervortreten, je mehr von innerlich gesunden und normalen Menschen mit richtigen Lebensinstinkten die Rede ist. Der Abstand zwischen Fontanes und Tolstojs schriftstellerischem Rang entsteht nicht nur aus dem Unterschied ihrer Begabung. Auch diese hat sich bei Tolstoi entfaltet oder wurde bei Fontane gehemmt durch die gesellschaftlichen Entwicklungen in Russland beziehungsweise Preußen-Deutschland. „Anna Karenina" steht zu „Effi Briest" wie der Große Oktober 1917[2] zum

---

[1] Leo Tolstoi (1828–1910), russischer Dichter
[2] Oktoberrevolution in Russland

deutschen November 1918[1]. Dass ein solcher Vergleich überhaupt gemacht werden darf, und dass er so ausfällt, bestimmt nach oben und nach unten – den literarischen Rang des alten Fontane.

Aus: Georg Lukács: Der alte Fontane. In: Georg Lukács:Werke. Band 7. Neuwied und Berlin: Luchterhand Verlag 1964, S. 452ff.

Auszug aus Fritz Martini, „Effi Briest" (1962)

[...] Der Roman zeichnet ein Geschick aus tieferen psychologischen Bedingungsgründen, die Effi mitten in den Sicherungen, die die Gesellschaft, die Hilfen der Moral, die Liebe der Eltern und ihres Gatten bedeuten könnten, ausliefern. [...] Die erste Fassung spricht schärfer als der endgültige Text. Der Moralist verurteilte; der Künstler Fontane dämpfte und beschwichtigte. [...] Nicht allein die Pedanterie der Prinzipien, nicht der Ehrenkodex des Aristokraten, sondern die Schwäche dessen, der mit dem Verlust seiner Anerkennung durch die Gesellschaft seinen Daseinswert einbüßen würde und sich davor fürchtet, obwohl er um das Unwahre dieser Abhängigkeit weiß, treibt Innstetten zu Duell und Scheidung. Gemäßigt kehrt, wie um ihn zu entlasten, seine Haltung darin wieder, dass selbst Frau von Briest ihrer Tochter keine Zuflucht erlaubt. [...]

Der Roman „Effi Briest" spricht aus der Stimmung einer Spätzeit, die nicht mehr fähig war, das Humane mit dem Gesellschaftlichen, das Gesellschaftliche mit dem Humanen zu durchdringen. Private Existenz und Gesellschaft stellen sich gegenseitig infrage. Nur der Tod gibt eine Kraft zum Überwinden und Verzeihen. Die letzte Frage nach dem Warum bleibt offen. [...]

Aus: Fritz Martini: Effi Briest. In: Fritz Martini: Deutsche Literatur im bürgerlichen Realismus. 1848–1898. Stuttgart: Metzler 1981, S. 790ff

---

[1] Novemberrevolution

Auszug aus Samuel Becketts[1] Stück „Das letzte Band"
(1959)

[...] Sah mir die Augen aus dem Kopf, indem ich wieder einmal Effi las, eine Seite pro Tag, wieder einmal unter Tränen. Effi ... [...]

Aus: Samuel Beckett: Das letzte Band. La dernière bande. Krapp's Last Tape. Frankfurt am Main: Suhrkamp 1974, S. 40

---

[1] Samuel Beckett (1906-1989), irisch-französischer Schriftsteller

9. Exkurs:Verfilmung und Filmanalyse

Viermal wurde Fontanes „Effi Briest" bislang verfilmt. Die erste Verfilmung „Der Schritt vom Wege" von Gustav Gründgens stammt aus dem Jahre 1939. Es folgten 1955 Rudolf Jugerts „Rosen im Herbst", 1970 die DEFA-Produktion „Effi Briest" unter der Regie von Wolfgang Luderer und 1974 Rainer Werner 5 *Fassbinders „Fontane Effi Briest". Im Weiteren werden die vier Filme kurz vorgestellt. Ein ausführlicher Vergleich von Fassbinders Verfilmung und Fontanes Roman mit zahlreichen Arbeitsblättern und Klausurvorschlägen findet sich in: Johannes Diekhans (Hrsg.), Filmanalyse im Unterricht − Zur Theorie und* 10 *Praxis von Literaturverfilmungen, S. 247–271.[1] Abschließend können Sie sich in diesem Kapitel mit einigen zentralen Begriffen zur Filmanalyse vertraut machen. Die hierzu abgedruckten Erläuterungen sind ebenfalls dem Lehrbuch „Filmanalyse im Unterricht" entnommen.* 15

Vier Verfilmungen

Der Schritt vom Wege
Deutschland 1939
Produktion: Terra
Regie: Gustaf Gründgens
Drehbuch: Georg C. Klaren, Eckart von Naso 5
Kamera: Ewald Daub
Musik: Mark Lothar
Darsteller: Marianne Hoppe (Effi), Karl Ludwig Diehl (Innstetten), Paul Hartmann (Crampas), Paul Bildt (Briest), Käthe Haack (Luise von Briest) 10
Länge: 101 Min.
FSK: ab 12
Schwarz-Weiß

Handwerklich routinierte Vorkriegsverfilmung, die versucht, Fontanes poetischem Realismus mittels visueller 15

---

[1] Stefan Volk: „Filmanalyse im Unterricht − Zur Theorie und Praxis von Literaturverfilmungen." Reihe „EinFach Deutsch". Hrg. von Johannes Diekhans. Paderborn: Schöningh 2004

Symbole und einer möglichst natürlichen, unmittelbaren
Darstellung gerecht zu werden. Insgesamt verlagert sich
der Schwerpunkt jedoch weg vom Gesellschaftskonflikt
hin zu einer emotionaleren Ebene. Die im Roman erst
5 17-jährige Effi Briest wird mit der etwa zehn Jahre älteren
Marianne Hoppe (geboren 1911) besetzt, wodurch Effis
kindliche Naivität verlorengeht bzw. an Glaubwürdigkeit
verliert. Eine Tendenz, die sich auch in den späteren Verfilmungen fortsetzt.

10 *Rosen im Herbst*
Bundesrepublik Deutschland 1955
Produktion: Divina
Regie: Rudolf Jugert
Drehbuch: Horst Budjuhn
15 Kamera: Werner Krien
Musik: Franz Grothe
Schnitt: Elisabeth Kleinert-Neumann
Darsteller: Ruth Leuwerik (Effi), Bernhard Wicki (Innstet-
ten), Carl Raddatz (Crampas), Paul Hartmann (Briest), Lil
20 Dagover (Frau von Briest)
Länge: 107 Min.
FSK: ab 12
Farbe

Recht freie Adaption, die das Geschehen einige Jahre nach
25 hinten verlegt, sodass der mit den Hoffnungen auf einen
Neuanfang verbundene Umzug nach Berlin mit der Jahr-
hundertwende (Silvesterfeier zum Jahr 1900) einhergeht.
Zahlreiche Geschehensabläufe aus dem Roman werden im
Film verändert wiedergegeben. So werden die Briefe bei-
30 spielsweise von Annie entdeckt, als sie beim Puppenspiel
im Nähkästchen ihrer Mutter stöbert. Das Gespräch Inn-
stetten-Wüllersdorf wird nur sehr verkürzt wiedergegeben. Stattdessen werden zahlreiche zusätzliche Szenen
hinzuerfunden, die, unterstützt von einer emotionalen
35 musikalischen Untermalung, die romantische, rührselige
Seite der Geschichte betonen. Die zentralen Konflikte des
Romans werden zwar angedeutet, treten aber hinter die
Darstellung von Effis persönlichem Schicksal zurück. Bud-

juhn und Jugert interpretieren den Roman als einen Konflikt zwischen Karriere und Liebe, in dem sich Innstetten für die Karriere entscheidet. Auch der Konflikt Individuum-Gesellschaft taucht auf, spielt aber eine deutlich geringere Rolle als bei Fontane.

Mit einem markanten Licht-und-Schatten-Spiel sowie dem ausführlich gestalteten Chinesenspuk gelingt es Jugert, ein Gefühl der latenten Bedrohung zu inszenieren, das ebenso wie die zahlreichen Aufnahmen, in denen Effi – wie hinter Gefängnisgittern – durch Netze hindurch (Fischernetz, Tennisnetz ...) gefilmt wird, die Unausweichlichkeit des Geschehens erahnen lässt. Trotz dieser sorgfältig gestalteten Symbolik, die auch in den weiteren Verfilmungen, vor allem bei Fassbinder, wieder aufgegriffen wird, verwandelt Jugert Fontanes Gesellschaftsroman unterm Strich in ein vor allem auf Unterhaltung ausgelegtes Gefühlsdrama. Abermals wird „Effi" mit einer deutlich älteren Schauspielerin besetzt. Ruth Leuwerik (Jahrgang 1924) war 1955 bereits über 30. Kurios: Paul Hartmann, der bei Gründgens den „Crampas" mimte, spielt bei Jugert den alten „Briest".

Effi Briest
DDR 1969/70
Produktion: DEFA
Produzent: Adolf Fischer
Regie: Wolfgang Luderer
Drehbuch: Wolfgang Luderer
Kamera: Günter Marczinkowsky
Musik: Hans Hendrik Wehding
Schnitt: Ilse Peters
Darsteller: Angelica Domröse (Effi), Horst Schulze (Innstetten), Dietrich Körner (Crampas), Gerhard Bienert (Briest), Inge Keller (Frau von Briest)
Länge: 125 Min.
Farbe

Nicht nur im Titel lehnt sich Luderers Film am engsten an Fontanes Roman an. Insgesamt eine um Originaltreue bemühte Verfilmung, die den Handlungsverlauf des Romans

weitgehend unverändert wiedergibt. Dennoch lassen sich einige Abweichungen feststellen, die eine thematische Akzentverschiebung zur Folge haben. Um den Roman in zwei Filmstunden erzählen zu können, nimmt Luderer zahl-
5 reiche Integrationen (mehrere Personen, Szenen werden zu einer zusammengefasst) und Kürzungen (z. B. die Rügenreise) vor. Auffällig gekürzt werden dabei die symbolische Ebene der Schicksalhaftigkeit und die Opfer-Sühne-Metaphorik, wodurch der konkrete historische Gesellschaftskonflikt
10 stärker und kritischer in den Vordergrund rückt. Zentrale Motive des Romans wie „Effi komm", der Chinesenspuk oder die Schaukel (und damit auch die Rahmung des Geschehens) finden sich allerdings auch bei Luderer wieder. Die handelnden Figuren werden tendenziell positiver dar-
15 gestellt – Innstetten erscheint liebenswerter als im Roman, und auch Johanna wirkt keineswegs feindselig – sodass die Schuld weniger auf der persönlichen als auf der gesellschaftlichen Ebene bzw. im Konflikt Individuum-Gesellschaft zu suchen ist. Neben der Gesellschaftskritik steht
20 die unmittelbare Darstellung von Effis Schicksal im Vordergrund des Films, der jedoch zu steif gerät, um als emotionales Drama zu überzeugen. Abermals wurde Effi mit einer deutlich älteren Schauspielerin besetzt (Domröse, geboren 1941, war bereits Ende 20, als der Film entstand).

25 *Fontane Effi Briest*
oder Viele, die eine Ahnung haben von ihren Möglichkeiten und Bedürfnissen und dennoch das herrschende System in ihrem Kopf akzeptieren durch ihre Taten und es somit festigen und durchaus bestätigen

30 Bundesrepublik Deutschland 1972/74
Produktion: Tango
Regie: Rainer Werner Fassbinder
Drehbuch: Rainer Werner Fassbinder
Kamera: Jürgen Jürges, Dietrich Lohmann
35 Musik: Camille Saint-Saens (Motive)
Schnitt: Thea Eymèsz
Darsteller: Hanna Schygulla (Effi), Wolfgang Schenck (Innstetten), Ulli Lommel (Crampas), Irm Herman (Johanna),

Karlheinz Böhm (Wüllers-
dorf), Ursula Strätz (Roswitha), Lilo Pempeit (Luise
von Briest), Herbert Stein-
metz (Briest)   5
Länge: 141 Min.
FSK: ab 12
Schwarz-weiß

Hanna Schygulla als Effi Briest

Künstlerisch eigenständige Verfilmung, die nicht versucht,
den Roman originalgetreu umzusetzen, sondern Fontanes 10
Erzählhaltung kritisch hinterfragt. Wie bereits der Titel
„Fontane Effi Briest" und der lange Untertitel andeuten,
handelt es sich bei Fassbinders Film nicht nur um einen
Film über Effi Briest, sondern zugleich um einen Film über
Fontane. Die kritische Auseinandersetzung mit Roman und 15
Autor, mithin der Verfilmungsprozess selbst, rückt so in
den Mittelpunkt. Der formal höchst artifiziell inszenierte
Film wird durch Schrifteinblendungen und Weißblenden
(Ab- und Aufblenden in oder aus Weiß) in zahlreiche „Kapi-
tel" unterteilt. Fassbinder liest als unsichtbarer Erzähler 20
ganze Textpassagen aus dem Roman vor. Seine emotions-
lose Sprechweise vermittelt den Eindruck des Ablesens.
Der Erzähler gibt sich dadurch gleichzeitig als Leser zu
erkennen: Es ist Fassbinders subjektive Lektüre, die den
Film prägt. Auch die Schauspieler agieren künstlich, sie 25
sprechen gleichförmig und verharren mitunter in reglosen
Posen.
Anders als die früheren Verfilmungen betont Fassbinder die
„Gemachtheit" seines Filmes. Dass er diesen gezielt als
künstlerischen Sekundärtext gestaltet, wird auch daran 30
deutlich, dass er keine eigenständige Handlung erzählt,
sondern zahlreiche Verständnislücken offenlässt, die ohne
die Kenntnis des Romans nicht geschlossen werden können. Mithilfe allgegenwärtiger Symbole (Spiegel, Tür- und
Fensterrahmen, Statuen, Vorhänge) setzt sich Fassbinder 35
vor allem mit Fontanes Darstellung des Verhältnisses von

Individuum und Gesellschaft kritisch auseinander. Fassbinder betont die persönliche Verantwortung des Individuums (seine Figuren wenden sich hin zu den Spiegeln und Rahmen, die die Gesellschaft symbolisieren). Entsprechend
5 erscheint Innstetten dämonischer als im Roman und auch Effi wird negativer und selbstverantwortlicher dargestellt als bei Fontane (verstärkt wird das dadurch, dass auch Fassbinder Effi deutlich älter besetzt: Hanna Schygulla (geboren 1943) war zu Beginn der Dreharbeiten Ende 20).
10 Die Schicksalsmetaphorik entfällt im Film. Fassbinders Figuren haben einen größeren Spielraum als Fontanes, aber sie lassen ihn ungenutzt. Die Kritik Fassbinders richtet sich dabei nicht nur gegen die Figuren, sondern auch gegen Fontane selbst, denn die Figuren des Films sind gleichzeitig
15 Romanfiguren; der gesellschaftliche Rahmen, in dem sie sich bewegen, ist zugleich der ihnen vom Romanautor zugebilligte. Hier setzt die Kritik Fassbinders an Fontane an: Seine Figuren handeln nicht anders, weil Fontane es nicht zulässt, er beraubt sie ihrer Möglichkeiten. Fassbin-
20 ders anspruchsvoll erzählter Autorenfilm sucht keinen emotionalen, sondern einen rein intellektuellen Zugang zu Fontanes Werk, wodurch er selbst schwer zugänglich wird. Dennoch behauptet er bis heute den Rang eines wichtigen Werkes der deutschen Filmgeschichte.

Stefan Volk: Zentrale Begriffe zur Filmanalyse

Abblende: Das Bild geht allmählich in eine monochrome (meist schwarze; in dem Fall spricht man auch von einer „Schwarzblende") Bildfläche über.

Aufblende: Das Bild erscheint allmählich aus einer monochromen (meist schwarzen) Bildfläche.

Einstellung: eine ohne Unterbrechung aufgenommene und wiedergegebene Kameraaufnahme, also das, was die Kamera im Moment der Aufnahme „sieht"

Einstellungsgröße: die relative Größe eines im Bild abgebildeten Objektes. Als Orientierungspunkt für die Bestimmung der Einstellungsgröße gilt meist der menschliche Körper. Folgende Einstellungsgrößen lassen sich unterscheiden:

Panorama bzw. Weit: z. B. eine Landschaft

Totale: z. B. ein Mensch oder eine Gruppe von Menschen (vollständig abgebildet) und deren weitere Umgebung; z. B. eine Gruppe vor einem Haus

Halbtotale: z. B. ein Mensch oder eine Gruppe von Menschen (vollständig abgebildet) und deren unmittelbare Umgebung; z. B. eine Familie am Frühstückstisch in der Küche

Halbnah: z. B. ein Mensch oder eine Gruppe von Menschen (unvollständig abgebildet; z. B. von Kopf bis zu den Knien) und ihre angedeutete Umgebung; z. B. eine Familie am Frühstückstisch

Amerikanisch: z. B. ein Mensch vom Kopf bis zur Hüfte

Nah: z. B. ein Mensch vom Kopf bis zum Oberkörper

Groß bzw. Close-up: z. B. ein Gesicht

Detail bzw. Makro: z. B. ein Augenpaar

Establishing Shot: eine Einstellung (Panorama oder Totale), die am Anfang des Films oder einer Szene in den Handlungsort einführt (z. B. Skyline von New York)

Kamerafahrt: Die gesamte Kamera wird bei laufender Aufnahme mit einem mobilen Hilfsmittel („Dolly" [Rollwagen], Auto ...) bewegt.

Montage: der nach konzeptionellen (z. B. dramaturgischen) Gesichtspunkten organisierte „Schnitt" sowie die Verknüpfung von Bild- und Tonebene (auch „Ton-Bild-Montage"; z. B. beim Unterlegen eines Soundtracks, Voice Over ...)

On-Ton: Ton, dessen Quelle im Bild zu sehen ist

Off-Ton: Ton, dessen Quelle nicht im Bild zu sehen ist (z. B. entferntes Bellen eines Hundes)

Perspektive: definiert sich über den „Kameraannäherungswinkel" während der Aufnahme und damit über drei Paradigmen: die Horizontale, die Vertikale und die Kameraachse. Folgende Perspektiven lassen sich unterscheiden:

horizontal: von vorne; von hinten; seitlich

vertikal: von oben („Aufsicht"; extrem: „Vogelperspektive"); von unten („Untersicht"; extrem: „Froschperspektive"); gerade („Normalsicht")

Kameraachse: natürlich (gerade); schräg

Parallelmontage: Zwischen zwei Geschehnissen wird hin und her geschnitten.

Plansequenz: eine Sequenz, die aus nur einer einzigen Einstellung besteht

Schnitt:

a) allgemein: die technische Verknüpfung zweier Einstellungen, z. B. durch „harten Schnitt" oder „Überblende";
b) „harter Schnitt": Einstellungen folgen ohne Übergang aufeinander (im Gegensatz zur „Überblende"; z. B. „Schnitt auf Groß von Tasse" = harter Schnitt auf eine Großeinstellung einer Tasse).

Schwenk: Kamerabewegung, bei der sich im Gegensatz zur „Fahrt" der Kamerastandort nicht verändert, vielmehr wird die Kamera entlang der vertikalen oder/und horizontalen Achse geschwenkt. Schwenk und Fahrt lassen sich kombinieren, wenn z. B. während einer Fahrt geschwenkt wird.

Sequenz: eine Folge von Einstellungen oder Szenen, die einen gemeinsamen inhaltlichen Zusammenhang bilden

Szene: eine Folge von Einstellungen, die eine gemeinsame räumliche und zeitliche Einheit bilden

Überblende: Während des Überblendens sind zwei Einstellungen gleichzeitig im Bild; die erste verschwindet immer mehr, wodurch die zweite Einstellung immer deutlicher zum Vorschein kommt, bis die erste Einstellung, „aus" der „in" die zweite „übergeblendet" wurde, nicht mehr zu sehen ist.

Voice Over: Eine Stimme (meist Erzählerstimme) wird in der Ton-Bild-Montage über das Bild gelegt, ohne dass der Sprecher im Bild zu sehen ist.

Zoom: simulierte Kamerafahrt ohne Veränderung des Kamerastandortes durch Veränderung der Brennweite des Kameraobjektives; ein Zoom ermöglicht sowohl ein optisches Annähern an ein Objekt („heranzoomen"; z. B. „Zoom auf Groß von Tasse" = Heranzoomen, bis die Tasse in Großeinstellung im Bild ist) als auch ein Entfernen („wegzoomen").

Aus: Stefan Volk: Glossar ausgewählter Filmfachbegriffe. In: Filmanalyse im Unterricht – Zur Theorie und Praxis von Literaturverfilmungen. Reihe: EinFach Deutsch. Hrg. von Johannes Diekhans. Paderborn: Schöningh 2004, S. 346ff.

10. Realismus

In Abgrenzung vom Realismusverständnis des Naturalismus
haben sich in der Forschungsliteratur zwei Realismusbegriffe
etabliert, denen sich Fontane jeweils zuordnen lässt: „poetischer
Realismus" (vgl. Preisendanz) und „bürgerlicher Realismus" (vgl.
5 Martini). Was Fontanes Realismus im Einzelnen ausmacht, wird
in den beiden nachfolgenden Auszügen aus den literaturwissen-
schaftlichen Arbeiten von Wolfgang Preisendanz und Fritz Martini erörtert.

Wolfgang Preisendanz über Fontanes „poetischen Realismus"

[...] Verklärung ist [...] insofern Voraussetzung eigentlicher
Kunst, als sie verhindert, dass die Dichtkunst aufhört, ein
eigenwertiges Medium zu sein, verhindert, dass die Erzählkunst zum Nachvollzug anderweitiger Weisen des Weltver-
5 ständnisses wird. Der Satz „Wer so beanlagt ist, muss
Essays ... schreiben" zeigt deutlich, dass sich für Fontane die
Notwendigkeit des Verklärens nicht aus der Beschaffenheit
dessen, was dargestellt werden soll, ergibt, sondern dass
die Verklärung Gewähr einer eigenständigen poetischen
10 und d.h. erst durch die Sprache der Dichtung gestifteten
Wirklichkeit ist. [...]
Verklärung meint demnach eine Schreibweise, die den
Unterschied zwischen dem vom Leben gestellten Bild und
dem dichterischen Gebilde nicht verwischt, sondern ver-
15 bürgt, eine Schreibweise, in der Darstellung mehr als
Nachbildung oder Bestandsaufnahme, in der sie Grund und
Ursprung einer Wirklichkeit ist. [...]

Aus: Wolfgang Preisendanz: Voraussetzungen des poetischen Realismus in der
deutschen Erzählkunst des 19. Jahrhunderts. In: Formkräfte der deutschen Dichtung – vom Barock bis zur Gegenwart, herausgegeben von Hans Steffen. Göttingen: Vandenhoeck und Ruprecht 1963, S. 201 f.

Fritz Martini über „Fontanes Auffassung der Kunst"

[...] Jede Einseitigkeit im Pessimistischen oder Optimisti-
schen, im Fatalismus oder Moralismus erschien Fontane als

ein Vergehen gegen die vielschichtige Wahrheit des Lebens und gegen den Wirklichkeitsgehalt des Kunstwerks. Nur wenn es im Durchschauen der Widersprüche zum Ausgleich zurücklenkte, im Demaskieren das Richtige, Natürliche durchscheinen ließ, erfüllte es seinen Anspruch. [...] In tiefe- 5 rer Schicht spricht sich darin sein Glaube an den Menschen und das Leben aus – jener Glaube, der seine Ironie von der Karikatur, seine Resignation vom Pessimismus, seine Kritik von der Polemik, seine Opposition von der radikalen Nega- tion zurückhielt und ihn ein Zutrauen zu den Kräften der 10 Entwicklung, zu den Werten des Bestehenden und dem „Versöhnenden" des Humors festhalten ließ. [...] Der Humor wird [...] ein Mittel der Lebenshilfe und der Ver- wandlung in die höhere Seinsstufe der Kunst [...]. Fontane wusste, dass jede Lebensantwort nur bedingt und subjektiv 15 gegeben werden konnte, jede Wahrheit nur eine persönliche Wahrheit war, genau wie sich seine Erzählungen aus den Reaktionen und Perspektiven der individuellen Psychologie aufbauen, die der Dialog als sein vorherrschendes objekti- vierendes Gestaltungsmittel vergegenwärtigt. In dessen 20 beweglicher Beleuchtungstechnik, die sich kompositionell in den zahlreichen Kontrast- und Parallelmotiven seiner Roma- ne, in ihren kontrastierenden und parallelen Nebenhandlun- gen fortsetzt, ergibt sich die vielstimmige „Wirklichkeit" eines Menschen, eines Geschehens, die im Gleichgewicht 25 des Relativen bleibt und zum inneren Balancieren des Kunst- werks zwischen Widersprüchen führt, deren letzte Lösung nicht gegeben wird. Dies Erzählen spiegelt eine subjektivier- te Unabhängigkeit und Aufrichtigkeit, die bei allen Schwan- kungen zwischen Desillusion und Tapferkeit, Lebensmelan- 30 cholie und Glücksbescheidung, Skepsis und Resignation, abwehrender Ironie, Gläubigkeit und moralischem Vertrauen sich selbst unverstört bewahrt hat. [...] Das Schöne wird als das Sittlich-Natürliche aus der Unmittelbarkeit des einzelnen Herzens verstanden, als innere Integrität des Menschen, der 35 in seinem Ich und gegenüber dem Leben – resigniert, verein- samt, aber mit Humor, Tapferkeit und Gelassenheit – gefühlssicher überlegen bleibt. [...]

Aus: Fritz Martini: Deutsche Literatur im bürgerlichen Realismus. 1848–1898. Stuttgart: Metzler 1981, S. 752f.

11. Historischer Hintergrund

Das gesellschaftliche Spannungsfeld, das in „Effi Briest" einfloss, soll in diesem Kapitel an drei Themenfeldern veranschaulicht werden: der Rolle der Frau in der Gesellschaft, ihrer Stellung in der Ehe und der Bedeutung von „Duell und Ehre". Nach einem
5 *kurzen historischen Abriss zur gesellschaftlichen Rolle der Frau geben Ihnen die folgenden chronologisch geordneten Quellen einen Einblick in die vielfältigen Positionen, die in der „Frauenfrage" im 19. Jahrhundert vertreten wurden. Es folgt ein Thema, das Fontane mit „Effi Briest" nicht zum ersten Mal aufgriff: die*
10 *Ehe. Bereits in der Novelle „L'Adultera" (1882) und im Roman „Cécile" (1886/87) thematisierte er Ehe und Ehebruch. Damit stellte er sich in eine Tradition großer europäischer Ehe(bruch)-Romane wie Goethes „Wahlverwandtschaften" (1809), Gustave Flauberts „Madame Bovary" (1856/57) oder Leo Tolstois*
15 *„Anna Karenina" (1875–77/78). Im Anschluss an eine knappe historische Einordnung erläutert Dirk Blasius in einem Textauszug die praktischen Vorteile der Scheidung für Frauen im 19. Jahrhundert. -August Bebel (1840–1913) beleuchtet die „moderne Ehe" aus sozialistischer Perspektive, wohingegen*
20 *dem Ratgeber „Die Ehe" (1904) eine christliche Sicht zugrunde liegt. Es folgen Texte zu „Duell und Ehre". Gegen Ende des 19. Jahrhunderts hatte insbesondere in Preußen noch immer ein strenger Ehrenkodex Bestand. Beleidigungen unter „Ehrenmännern" führten zu Duellen, um die Ehre des Beleidigten*
25 *wiederherzustellen. Über Duell und Duellregeln informieren Sie zwei Auszüge aus Helga Schmiedels „Berüchtigte Duelle". Dass der darin beschriebene Ehrenkodex im auslaufenden 19. Jahrhundert keineswegs unumstritten war, belegen die beiden daran anschließenden Quellentexte.*

Historischer Abriss: Die Frauenfrage im 19. Jahrhundert

Nachdem sich bereits im 18. Jahrhundert einzelne Schriftsteller wie Friedrich Schlegel (1772–1829) oder Friedrich Schleiermacher (1768–1834) für Frauenbildung ausgesprochen hatten, entwickelte sich im 19. Jahrhundert eine
5 recht vielfältige Frauenbewegung, die tendenziell in ein

sozialistisches und ein bürgerliches Lager aufgeteilt werden kann. Die sozialistische Frauenbewegung sah die „Frauenfrage" als Teil der „sozialen Frage" und integrierte sie in Marx' Kapitalismuskritik. Dem sozialistischen Lager zurechnen lassen sich Friedrich Engels (1820–1895), Clara Zetkin (1857–1933) und August Bebel (1840–1913). Da die Frauenfrage in die soziale Frage eingegliedert wurde, meldeten sich verhältnismäßig viele Männer zu Wort. Die Köpfe der bürgerlichen Frauenbewegung, die sich seit den 1840er-Jahren für Frauenbildung, Frauenrechte und die gleichberechtigte Teilnahme der Frauen am Berufsleben einsetzte, waren hingegen überwiegend weiblich. Louise Otto-Peters (1819–1895) gilt als eine der wichtigsten Wegbereiterinnen dieser Bewegung. Gemeinsam mit anderen Frauen gründete sie 1865 in Leipzig den „Allgemeinen deutschen Frauenverein". Hervortaten sich – unter anderem mit dem „Handbuch der Frauenbewegung" – auch Helene Lange (1848–1930) und Gertrud Bäumer (1873-1954) sowie, an der Schnittstelle zwischen bürgerlichem und sozialistischem Lager, Schriftstellerin und SPD-Mitglied Lily Braun (1865–1916), die 1895 die Zeitschrift „Die Frauenbewegung" mitgründete.

Von Anfang an traf die Frauenbewegung auf vehementen Widerstand und provozierte erboste Reaktionen, nicht nur in konservativen Kreisen. Dem emanzipatorischen Frauenbild, das die Frauenbewegung gesellschaftlich etablieren wollte, stand im 19. Jahrhundert die Vorstellung von der (geistigen) Minderwertigkeit der Frau und der Überlegenheit des Mannes gegenüber; radikal vertreten beispielsweise vom Philosophen Arthur Schopenhauer (1788–1860) (dessen Äußerungen „über die Weiber" Fontane als das „Gequackel eines eigensinnigen, vorurteilsvollen, persönlich vergrätzten alten Herren" bezeichnete) und vom Leipziger Nervenarzt Paul J. Möbius (1853–1907).

Arthur Schopenhauer (1788–1860), „Über die Weiber"
[...] § 363

Schon der Anblick der weiblichen Gestalt lehrt, dass das Weib weder zu großen geistigen noch körperlichen Arbeiten bestimmt ist. Es trägt die Schuld des Lebens nicht durch Tun, sondern durch Leiden ab, durch die Wehen der Geburt, die Sorgfalt für das Kind, die Unterwürfigkeit unter den Mann, dem es eine geduldige und aufheiternde Gefährtin sein soll. [...]

§ 364

Zu Pflegerinnen und Erzieherinnen unserer ersten Kindheit eignen die Weiber sich gerade dadurch, dass sie selbst kindisch, läppisch und kurzsichtig, mit *einem* Worte: zeitlebens große Kinder sind – eine Art Mittelstufe zwischen dem Kinde und dem Manne, als welcher der eigentliche Mensch ist. [...]

§ 365

Mit den Mädchen hat es die Natur auf das, was man im dramaturgischen Sinne einen Knalleffekt nennt, abgesehn, indem sie dieselben auf wenige Jahre mit überreichlicher Schönheit, [mit] Reiz und Fülle ausstattete auf Kosten ihrer ganzen übrigen Lebenszeit, damit sie nämlich während jener Jahre der Fantasie eines Mannes sich in dem Maße bemächtigen können, dass er hingerissen wird, die Sorge für sie auf zeitlebens in irgendeiner Form ehrlich zu übernehmen [...].

Dementsprechend halten die jungen Mädchen ihre häuslichen oder gewerblichen Geschäfte in ihrem Herzen für Nebensache, wohl gar für bloßen Spaß: Als ihren allein ernstlichen Beruf betrachten sie die Liebe, die Eroberungen und was damit in Verbindung steht, wie Toilette, Tanz usw. [...]

§ 366

Je edeler und vollkommener eine Sache ist, desto später und langsamer gelangt sie zur Reife. Der Mann erlangt die Reife seiner Vernunft und Geisteskräfte kaum vor dem achtundzwanzigsten Jahre, das Weib mit dem achtzehnten. Aber es ist auch eine Vernunft danach: eine gar knapp gemessene. [...]

§ 369

Das niedrig gewachsene, schmalschultrige, breithüftige und kurzbeinige Geschlecht das schöne nennen konnte nur der vom Geschlechtstrieb umnebelte männliche Intellekt: In diesem Triebe nämlich steckt seine ganze Schönheit. Mit mehr Fug könnte man das weibliche Geschlecht das *unästhetische* nennen. Weder für Musik noch Poesie noch bildende Künste haben sie wirklich und wahrhaftig Sinn und Empfänglichkeit [...]. [...]

§ 370

In unserm monogamischen Weltteile heißt heiraten seine 5 Rechte halbieren und seine Pflichten verdoppeln. Jedoch, als die Gesetze den Weibern gleiche Rechte mit den Männern einräumten, hätten sie ihnen auch eine männliche Vernunft verleihen sollen. [...]

Aus: Arthur Schopenhauer: Parerga und Paralipomena – Kleine philosophische Schriften. II. Reihe: -Arthur Schopenhauer, Sämtliche Werke, herausgegeben von Wolfgang von Löhneysen. Band V. Darmstadt: Wissenschaftliche Buchgesellschaft 1968, S. 719ff.

Auszug aus Louise Otto, „Frauenleben im Deutschen Reich" (1876)

[...] Im ersten Teil unsres Buches haben wir [...] zu zeigen gesucht, wie es im deutschen Frauenleben vor fünfzig bis dreißig Jahren etwa zuging, – wie es im Hause aussah ohne Streichhölzchen, ohne Maschine für die Wirtschaft, für die Näharbeit, ohne Unterstützung des Handwerkes, der Indu- 5 strie für unzählige Bedürfnisse des täglichen Lebens –, nun liegt uns noch ob, einen Blick auf die Gegenwart zu werfen, die sich all dieser Hilfsmittel erfreut.

Gerade diese Fortschritte der Kultur [...] haben die sogenannte Frauenfrage – nicht geschaffen, aber doch – zu 10 einer brennenden, einer Tagesfrage gemacht [...]: Was hat denn nun jetzt die Frau des [...] Mittelstandes zu tun, wenn sie sich trotz all dieser Erleichterungen in der Hauswirtschaft doch ein Dienstmädchen hält, das die Küche und Zimmer und Wege besorgt? Zumal die junge Frau, 15 die all ihre Wäsche und Sachen in Ordnung hat? Ist sie nicht ein Luxusartikel für den Mann? Hat sie Kinder, dann freilich mehrt sich ihre Arbeit – aber meist auch ihre Dienerschaft durch ein Kindermädchen oder eine Amme – und damit der Luxus für den Mann! Und dann währt es 20 nicht lange, dann nimmt ihr schon der Kindergarten, den die Vergangenheit auch nicht kannte, einen großen Teil ihrer Mutterpflichten ab, die Nähmaschine einen Teil ihrer Näharbeit.

Es liegt ein Segen in jedem Fortschritt – es kommt nur darauf an, dass man ihn benutzt [...]. Ist die Frau von der groben und kleinlichen Arbeit befreit, [...] dann mag sie suchen, sich auf andere Weise nützlich zu machen, so muss sie
5 umso mehr bedenken, dass sie berufen ist, die Gehilfin und Gefährtin ihres Mannes zu sein und nicht nur eine Last mehr für ihn und das erste der vielen unnützen Möbel und Luxusgegenstände, die mit seiner Verheiratung in sein Haus gekommen.
10 Denn was tut denn jetzt eine Hausfrau [...]? Wenn sie aufsteht, findet sie so gut wie der Gemahl das Frühstück fertig und nimmt es mit ihm ein – ist er dann an seine Berufsarbeit gegangen, führe sie ihn aus dem Hause oder nur in sein Zimmer, so sieht die Hausfrau vielleicht einmal nach und
15 zu, wie das Dienstmädchen Zimmer und Küche in Ordnung bringt, bespricht mit ihm das Mittagessen und gibt noch einige Aufträge. Dann beschäftigt sie sich mit ihrer Toilette [...]
Hat nun aber jetzt eine Hausfrau, Gattin, Mutter kaum die
20 Hälfte der Arbeiten zu übernehmen, welche ihren Vorgängerinnen oblagen, so kann man deuten, dass sie auch nicht mehr „Gehilfinnen" bedarf, wie jene sie gern und dauernd um sich sahen: Schwestern, Tanten und Basen, Mütter und Schwiegermütter, erwachsene Töchter – und ist es über-
25 haupt für den Mann ein Luxus geworden, sich zu verheiraten und eine Frau zu ernähren, so wird so mancher auf diesen Luxus verzichten – am wenigsten aber kann ihm zugemutet werden, sein Haus auch andern weiblichen Wesen zu öffnen, damit die sich darin „nützlich machen", wie dies früher
30 geschah, – denn es findet sich eben nichts für sie zu tun. [...]

Die Frauenfrage.

Und wohin nun mit diesen allen, die sonst das Haus beschäftigte: den erwachsenen Töchtern, den Unverheirateten [...], den Witwen?
35 Diese Frage ist als sogenannte „Frauenfrage" mit in das Programm der Gegenwart gesetzt worden, ganz dicht neben die soziale Frage. [...]
Schon im Februar 1865 war in Leipzig ein Frauenbildungsverein gegründet worden, aus welchem dann jener sich an
40 alle gleichgesinnten Frauen Deutschlands wendende Verein

durch einen von jenen einberufenen Frauentag hervorging.[1] Dergleichen Frauentage sind seitdem durch ihn abgehalten worden in Leipzig (3), Braunschweig, Kassel, Eisenach, Stuttgart, Gotha (je 1), und wenn es dadurch gelungen ist, eine große Anzahl auf der Höhe ihrer Zeit ₅ stehender Frauen zu verbinden, um erweckend und anregend zur Verbesserung des Frauenloses zu wirken und [...] sich nach Kräften mitzubeteiligen an der [...] Lösung der Frauenfrage, sind andererseits auch ohne jeden äußeren Zusammenhang mit diesem Verein so viel Schritte zu die- ₁₀ ser Lösung, namentlich zur Beantwortung jener obigen Frage: wohin mit allen, die sonst das Haus beschäftigen? geschehen, dass dies eine Jahrzehnt schon vieles von dem in unserm sozialen Leben verwirklicht hat, was vor demselben nur erst als schüchterne Forderung, als bescheidener ₁₅ Wunsch und Vorschlag hervorzutreten wagte.

Während es bisher nur in den sogenannten „arbeitenden Klassen" als unerlässlich galt, dass die Töchter so gut wie die Söhne einem Erwerb sich widmeten, dass die Gattin dem Gatten entweder in seinem Geschäft mithalf oder ₂₀ auch einen andern eigenen Verdienst hatte, beginnt dieser Brauch auch in den Familien des Mittelstandes mit Notwendigkeit sich einzuführen. [...]

Von den niedrigsten Fabrikarbeiter[n] angefangen bis zum wissenschaftlichen Lehrberuf und alles, was dazwischen- ₂₅ liegt, miteingerechnet, hält man an dem Grundsatz fest, dass die Frauen geringer zu bezahlen seien als die Männer, und gewöhnlich haben es jene nur den Prinzipien des Sparsystems zu danken, wenn sie einem Erwerbsgebiet Zutritt finden, das bisher die Männer als das Ihrige ₃₀ betrachteten. Überall geschieht es noch, dass man entschieden bei vollständig gleicher Leistung von Frau und Mann, oft aber auch noch, wenn die Erstere die Letztere übertrifft, dieser noch gerne unterordnet und das selbstverständlich findet. [...] ₃₅

Das Vorurteil! Das ist es vor allem, das bekämpft werden muss bei Männern und Frauen [...]. [...]

---

[1] Gemeint ist der am 18. Oktober 1865 gegründete „Allgemeine deutsche Frauenverein".

Man frage die Tochter wie den Sohn: Was willst du am liebsten lernen und werden? und erwarte von jener nicht die
für naiv geltende, in Wahrheit aber nur durch verkehrte
Erziehung künstlich beigebrachte Antwort: „Verheiraten
⁵ und sein, was Mama ist." [...] Eine Liebe auf Befehl, auf
Veranlassung entweder der Verhältnisse oder Überredung
und Überlegung ist eben gar keine Liebe, und eine Ehe
ohne Liebe aus Berechnung geschlossen, und sei's auch nur
die, [...]: um einen Beruf zu haben, seine „Bestimmung zu
¹⁰ erfüllen", ist eine Blasphemie, wenn nicht noch ein schlimmeres Verbrechen, auf jeden Fall aber die tiefste Erniedri-
gung, die einem Weibe auferlegt werden kann. [...]

Zur häuslichen Mädchen-Erziehung.

[...] Da ist denn nun das Hauptspielwerk für die Mädchen:
¹⁵ die Puppe.

Kindermädchen mit Kind im Zoo (Eduard Thöny, 1866–1950)

Wir wollen nicht so grausam sein, den Mädchen alle Puppen zu entziehen, die Puppen überhaupt ganz aus der Welt zu schaffen, wie neuerdings von denkenden Frauen und Müttern vorgeschlagen ward; aber wir wollen doch zur Vorsicht raten [...] und auf den Einfluss aufmerksam 5 machen, den auf die weibliche Charakterentwicklung gerade die Puppe hat – so seltsam dies klingen mag.
[...] es sind [...] zwei sehr wichtige Bedenken dabei:
Das eine: dass der Fantasie nicht mehr übrig bleibt hinzuzutun, dass ihr jede Arbeit erspart wird und sie so 10 verkümmern muss;
das andere: dass durch das Puppenspiel der Mädchensinn nur auf Äußerliches gelenkt und mit Gewalt darauf hingedrängt wird, an Mode und Luxus Gefallen zu finden und die eigenen Bestrebungen und Wün- 15 sche allein auf dies Gebiet zu konzentrieren. [...]
[...] Selbstständigkeit.
Es ist mindestens sehr – sonderbar, dass man es als Pflicht betrachtet, die Knaben zur Selbstständigkeit zu erziehen, bei den Mädchen dies aber nicht für notwendig hält. [...] 20
Denn Mädchen, die nicht zur Selbstständigkeit erzogen sind, fühlen sich fast in allen künftigen Lebenslagen unglücklich, werden es wohl auch wirklich, und andere dazu. [...]
Aber gegen alle diese Missstände und Irrtümer, durch welche heutzutage noch so viel unglückliche und unsittliche 25 Ehen geschlossen und dadurch so viele Familien elend gemacht werden, gibt es ein sicheres Mittel: Es ist, die Töchter nicht allein zur häuslichen und geistigen, sondern auch zur ökonomischen, bürgerlichen Selbstständigkeit zu erziehen. [...] 30

Aus: Louise Otto: Frauenleben im Deutschen Reich. Reihe: Quellen und Schriften zur Geschichte der Frauenbildung, herausgegeben von Ruth Bleckwenn. Band 2. Paderborn: Verlag M. Hüttemann 1988, S. 144ff.

Friedrich Engels über den „Ursprung der Familie" (1884)

[...] Der Umsturz des Mutterrechts war die *weltgeschichtliche Niederlage des weiblichen Geschlechts.* Der Mann ergriff das Steuer auch im Hause, die Frau wurde entwürdigt, geknechtet, Sklavin seiner Lust und bloßes Werkzeug der

Kindererzeugung. Diese erniedrigte Stellung der Frau, wie sie namentlich bei den Griechen [...] der klassischen Zeit offen hervortritt, ist allmählich beschönigt und verheuchelt, auch stellenweise in mildere Form gekleidet worden; beseitigt ist sie keineswegs. [...]

Aus: Friedrich Engels: Der Ursprung der Familie, des Privateigentums und des Staats. In: Karl Marx, Friedrich Engels, Werke. Band 21. Berlin: Dietz 1973, S. 61

Clara Zetkins Aufruf zur „Befreiung der Frau!" (1889)

[...] Es ist [...] nicht zu verwundern, dass die reaktionären Elemente eine reaktionäre Auffassung haben über die Frauenarbeit. Im höchsten Grade überraschend aber ist es, dass man auch im sozialistischen Lager einer irrtümlichen Auffassung
5 begegnet, indem man die Abschaffung der Frauenarbeit verlangt. Die Frage der Frauenemanzipation, das heißt in letzter Instanz die Frage der Frauenarbeit, ist eine wirtschaftliche, und mit Recht erwartet man bei den Sozialisten ein höheres Verständnis für wirtschaftliche Fragen als das, welches sich in
10 der eben angeführten Forderung kundgibt. [..]
Die Sozialisten müssen [...] wissen, dass auf der ökonomischen Abhängigkeit oder Unabhängigkeit die soziale Sklaverei oder Freiheit beruht. [...]
Die Arbeiterinnen sind durchaus davon überzeugt, dass die
15 Frage der Frauenemanzipation keine isoliert für sich bestehende ist, sondern ein Teil der großen sozialen Frage. [...]
Emanzipation der Frau heißt die vollständige Veränderung ihrer sozialen Stellung von Grund aus, eine Revolution ihrer Rolle im Wirtschaftsleben. [...]
20 Die von ihrer ökonomischen Abhängigkeit dem Manne gegenüber befreite Frau ward der ökonomischen Herrschaft des Kapitalisten unterworfen; aus einer Sklavin des Mannes ward sie die des Arbeitgebers: Sie hatte nur den Herrn gewechselt. Immerhin gewann sie bei diesem
25 Wechsel; sie ist nicht länger mehr dem Mann gegenüber wirtschaftlich minderwertig und ihm untergeordnet, sondern seinesgleichen. Der Kapitalist aber begnügt sich nicht damit, die Frau selbst auszubeuten, er macht sich dieselbe außerdem noch dadurch nutzbar, dass er die

männlichen Arbeiter mit ihrer Hilfe noch gründlicher ausbeutet.

Die Frauenarbeit war von vornherein billiger als die männliche Arbeit. [...]

Wenn die soziale Emanzipation von den politischen Rechten abhinge, würde in Ländern mit allgemeinem Stimmrecht keine soziale Frage existieren. Die Emanzipation der Frau wie die des ganzen Menschengeschlechtes wird ausschließlich das Werk der Emanzipation der Arbeit vom Kapital sein. [...]

Aus: Clara Zetkin: Für die Befreiung der Frau! – Rede auf dem Internationalen Arbeiterkongress zu Paris, 19. Juli 1889. In: Clara Zetkin, Ausgewählte Reden und Schriften. Band 1. Berlin: Dietz 1957, S. 4ff.

Versammlung der proletarischen Frauenbewegung (Carl Koch, 1827–1905)

Auszug aus Paul J. Möbius, „Über den physiologischen Schwachsinn des Weibes" (1900)

[...] Körperlich genommen ist, abgesehen von den Geschlechtsmerkmalen, das Weib ein Mittelding zwischen Kind und Mann und geistig ist sie es, wenigstens in vielen Hinsichten, auch. Im Einzelnen gibt es freilich Unterschiede.
5 Beim Kinde ist der Kopf relativ größer als beim Manne, beim Weibe ist der Kopf nicht nur absolut, sondern auch relativ kleiner. [...]
Einen Zwischenzustand zwischen dem rein Instinktiven und dem klar Bewussten nennen wir Gefühl. Aus Gefühl
10 handeln, aus Gefühl etwas für wahr halten, heißt, es halb instinktiv tun. Der Instinkt hat große Vorzüge, er ist zuverlässig und macht keine Sorgen; das Gefühl nimmt zur Hälfte an diesen Vorzügen teil. Der Instinkt nun macht das Weib tierähnlich, unselbstständig, sicher und heiter. In
15 ihm ruht ihre eigentümliche Kraft, er macht sie bewundernswert und anziehend. Mit dieser Tierähnlichkeit hängen sehr viele weibliche Eigentümlichkeiten zusammen. Zunächst der Mangel des eigenen Urteils. Was für wahr und gut gilt, das ist den Weibern wahr und gut. Sie sind
20 streng konservativ und hassen das Neue, ausgenommen natürlich die Fälle, in denen das Neue persönliche Vorteile bringt oder der Geliebte dafür eingenommen ist. Wie die Tiere seit undenklichen Zeiten immer dasselbe tun, so würde auch das menschliche Geschlecht, wenn es nur
25 Weiber gäbe, in seinem Urzustande geblieben sein. Aller Fortschritt geht vom Manne aus. [...]
Der Instinkt herrscht nicht wie beim Tiere fast ganz allein, sondern er ist mit individuellem Denken verbunden, dieses aber ist nicht kräftig genug, allein zu gehen, muss sich auf
30 fremdes Denken stützen, das Voreingenommenheit, Liebe oder Eitelkeit als vertrauenswert erscheinen lassen. So ergibt sich der scheinbare Widerspruch, dass die Weiber als Hüterinnen alter Sitte doch jeder Mode nachlaufen, konservativ sind und jede Absurdität aufnehmen, sobald
35 geschickt suggeriert wird. [...]
Mütterliche Liebe und Treue will die Natur vom Weibe. Deshalb spielt schon das kleine Mädchen mit Pup-

pen und nimmt sich zärtlich aller Hilfsbedürftigen an. Deshalb ist das Weib kindähnlich, heiter, geduldig und schlichten Geistes. Mut braucht die Frau höchstens zur Verteidigung der Kinder, in anderen Beziehungen würde er nur stören und fehlt deshalb. So ist es auch mit anderen 5 männlichen Eigenschaften; Kraft und Drang ins Weite, Fantasie und Verlangen nach Erkenntnis würden das Weib nur unruhig machen und in ihrem Mutterberufe hindern, also gab sie die Natur nur in kleinen Dosen. [...]

Aus: P. J. Möbius: Über den physiologischen Schwachsinn des Weibes. Reihe: Sammlung zwangloser Abhandlungen aus dem Gebiete der Nerven- und Geisteskrankheiten, herausgegeben von Dr. med. Konrad Alt. III. Band. Heft 3. Halle a. S.: Verlag von Carl Marhold 1901, S. 44ff.

Aus Helene Langes Vorwort zum „Handbuch der Frauenbewegung" (1901)

In jahrzehntelangem Ringen hat sich die Frauenbewegung soweit Anerkennung erworben, dass man sie allgemein in die Reihe der geistigen und wirtschaftlichen Probleme einordnet, mit denen man sich auseinanderzusetzen hat. 5 Freilich geschieht das bei diesem Problem heute noch in anderer Weise als bei den Übrigen. Es gibt wohl kaum eine Frage unseres wirtschaftlichen und geistigen Lebens, die mit so geringer Kenntnis ihrer Grundlagen diskutiert wird wie die Frauenfrage, und keine Bewegung, an der man noch 10 heute so viel unsachliche Kritik üben hört, wie die Frauenbewegung. [...]
Man könnte einem mit Frauenfrage und Frauenbewegung ganz Unbekannten den Begriff derselben so ziemlich klarmachen, wenn man ihm ein Bild der Stellung der Frau in 15 rechtlicher, beruflicher, sozialer, geistiger Beziehung etwa vom Jahre 1840 und ein solches vom Ende des Jahrhunderts gäbe. Aber wir würden ihn sehr irreführen, wenn wir behaupteten, dass dieser ganze Umschwung durch die Tätigkeit der Frauen selbst erreicht worden sei. Denn 20 neben der geringen Zahl der Schiebenden steht die große Masse der Geschobenen, geschoben durch die einfache Weiterentwicklung gegebener Anfänge, durch den Wandel der Lebensanschauungen überhaupt, durch tiefer liegende wirtschaftliche Ursachen. [...]

Den Gegnern der Frauenbewegung, die noch fragen zu
können meinen, ob sie sein dürfe, wird die Tatsache, dass
sie in allen Kulturländern mehr oder weniger spontan
erwacht und sich entwickelt, einen überzeugenden, nicht
5 leicht zu widerlegenden Beweis ihrer kulturellen Notwendigkeit liefern. [...]

Aus: Handbuch der Frauenbewegung, herausgegeben von Helen Lange, Gertrud
Bäumer. I. Teil: Die Geschichte der Frauenbewegung in den Kulturländern. Berlin:
Moeser 1901, Vorwort S. Vff.

Lily Braun über die „wirtschaftliche Seite" der „Frauenfrage" (1901)

[...] Die Eröffnung der Universitäten, der höheren Lehran-
stalten aller Art und der bürgerlichen Berufe sind ein not-
wendiger Schritt zur Lösung der Frauenfrage; unter den
bestehenden Verhältnissen jedoch sind sie allein im Hin-
5 blick auf die Hebung der Lage der alleinstehenden Frauen
von Bedeutung, ziehen aber auch eine Reihe von Übelstän-
den, die in dem immer heftiger werdenden Konkurrenz-
kampf der Geschlechter zum schärfsten Ausdruck kommen, nach sich. Angesichts dieser Folgen der Frauen-
10 emanzipation, die auch auf die körperliche Kraft und die
geistige Frische der Frauen und ihrer Kinder nachteilig
einwirken, und der Tatsache, dass von ihrer wirtschaftlichen Befreiung erst dann die Rede sein kann, wenn die
verheirateten Frauen [...] durch Arbeit ökonomisch selbst-
15 ständig zu werden vermögen, ist eine tiefgreifende Veränderung der Arbeitsbedingungen, der Wohnungs- und Haus-
wirtschaftsverhältnisse und der Formen des Familienle-
bens die unausbleibliche Voraussetzung der Lösung der
wirtschaftlichen Seite der Frauenfrage. Ein Urteil über den
20 Wert des Anteils der Frauen an der bürgerlichen Berufstä-
tigkeit wird auch erst dann zu fällen möglich sein, wenn
ihre individuellen Fähigkeiten ungehemmt zur Entwicklung
gelangen können und die eigentümliche Genialität der Frau
sich entfalten kann.
25 Damit ist auch über die heutige bürgerliche Frauenbewegung, die sich weder ihrer treibenden Kräfte vollkommen
bewusst wird, noch ihre letzten Konsequenzen klar ins
Auge fasst und eingesteht, das Urteil gesprochen. Das

Höchste, was sie vermag, ist, die ersten Schritte auf einem Wege zu führen, den die Frauen nur in der Gefolgschaft einer allgemeinen, beide Geschlechter umfassenden sozialen Bewegung bis zum Ende werden gehen können. [...]

Aus: Lily Braun: Die Frauenfrage – ihre geschichtliche Entwicklung und wirtschaftliche Seite. Leipzig: Hirzel 1901, S. 208

Historischer Abriss: Ehe und Scheidung

Als christliches Sakrament war die Ehe in Deutschland über lange Zeit ausschließlich dem kirchlichen (kanonischen) Recht unterstellt und galt als „unauflöslich". Dies änderte sich mit der Reformation im 16. Jahrhundert, die dazu führte, dass in den folgenden Jahrhunderten die Ehe zunächst in den protestanti- 5 *schen, später auch in den katholischen Territorien mehr und mehr zur Sache des Staates wurde. Daraus ergab sich die Möglichkeit zur Ehescheidung. In der Ehescheidungsordnung von Nürnberg etwa hieß es im Jahre 1803: „Keine, an sich gültige, Ehe ist unauflöslich." Gegen Ende des 19. Jahrhunderts* 10 *wurde die „Zivilehe" Reichsgesetz. Nach einem Beschluss des Reichstages konnten Ehen ab 1876 nur noch von Standesbeamten rechtsgültig abgeschlossen werden.*

Auszug aus Dirk Blasius, „Ehescheidung in Deutschland"

[...] Scheidungen waren im frühen 19. Jahrhundert für die Frau nicht nur unter dem Gesichtspunkt der Sicherstellung ihres Lebensunterhalts wichtig. Zwar hatte die unschuldig geschiedene Frau einen Anspruch auf „Abfindung" oder „standesgemäße Verpflegung" bis zu ihrem Lebensende 5 „aus den Mitteln des schuldigen Mannes"; war dieser aber mittellos, so fand auch jede „Execution" ihre Grenzen. Die Drohgebärde des Gesetzgebers mit „Gefängnis oder Strafarbeit" fruchtete in diesem Fall nichts. Die, so der Quelleneindruck, gerade von Frauen aus unteren sozialen Schich- 10 ten sehr häufig angestrengten Scheidungsklagen zielten im Kern auf die durch das Scheidungsurteil eröffnete Wiederverheiratungsmöglichkeit ab. Die an eine gescheiterte Ehe sich anschließende neue Ehe war die eigentliche soziale Rückversicherung für die Frau, nicht die aus ihrem 15

Geschiedenenstatus ableitbaren oder auch einklagbaren Rechtsansprüche. [...]

Aus: Dirk Blasius: Ehescheidung in Deutschland 1794–1945 – Scheidung und Scheidungsrecht in historischer Perspektive. Reihe: Kritische Studien zur Geschichtswissenschaft, herausgegeben von Helmut Berding, Jürgen Kocka, Hans-Ulrich Wehler. Band 74. Göttingen: Vandenhoeck & Ruprecht 1987, S. 119.

August Bebel über die „moderne Ehe" (1879)

[...] Die monogamische Ehe ist [...] Ausfluss der bürgerlichen Erwerbs- und Eigentumsordnung, sie bildet also unbestreitbar eine der wichtigsten Grundlagen der bürgerlichen Gesellschaft, ob sie aber den natürlichen Bedürfnis-
5 sen und einer gesunden Entwicklung der menschlichen Gesellschaft entspricht, ist eine andere Frage. [...]
Mit Bezug auf die heutige Ehe ruft John Stuart Mill[1]: „Die Ehe ist die einzige wirkliche Leibeigenschaft, welche das Gesetz kennt." [...]
10 Eine zerrüttete Ehe wird dadurch nicht wieder erträglich, dass man die Ehegatten zwingt, trotz innerlicher Entfremdung und gegenseitigem Widerwillen beisammenzubleiben. Ein solcher Zustand, vom Gesetz gestützt, ist durch und durch unmoralisch. Die Folge ist, dass in so und so vielen
15 Fällen ein Ehebruchsgrund, den der Richter beachten muss, geschaffen wird, wodurch weder Staat noch Gesellschaft gewinnen. [...] Auch ist es kein Ehescheidungsgrund mehr, wenn durch Verschulden des einen Teiles die Ehe kinderlos bleibt. Dass man auch die Bestimmung in das Bürgerliche
20 Gesetzbuch aufnahm (§ 1588): „Die kirchlichen Verpflichtungen in Ansehung der Ehe werden durch die Vorschriften dieses Abschnitts (über die Ehe) nicht berührt", ist [...] eine Konzession an die Kirchen; sie hat zwar mehr dekorative Bedeutung, sie charakterisiert aber den Geist, der zu
25 Anfang des zwanzigsten Jahrhunderts in Deutschland herrscht. Uns genügt das Zugeständnis, dass man die Ehescheidung erschwerte, um der fortschreitenden Auflösung der Familie entgegenzuarbeiten.

---

[1] John Stuart Mill (1806–1873), britischer Philosoph und Nationalökonom

Es bleiben also Menschen wider ihren Willen ihr Leben
lang aneinandergekettet. Der eine Teil wird zum Sklaven
des anderen und gezwungen, sich den intimen Umarmun-
gen des anderen Teiles aus „ehelicher Pflicht" zu unterwerfen [...]. [...] Ist eine solche Ehe nicht schlimmer als Prosti- 5
tution? Die Prostituierte hat bis zu einem gewissen Grade
die Freiheit, sich ihrem schmählichen Gewerbe zu entziehen, und sie hat, wenn sie nicht in einem öffentlichen Hause
lebt, das Recht, den Kauf der Umarmung desjenigen
zurückzuweisen, der ihr aus irgendeinem Grunde nicht 10
zusagt. Aber eine verkaufte Ehefrau muss sich die Umar-
mungen ihres Mannes gefallen lassen, habe sie auch hundert Gründe, ihn zu hassen und zu verachten. [...]
In der Regel ist es der Mann, dessen Verhalten in der Ehe
den Stein des Anstoßes bildet [...]. Kraft seiner Herr- 15
schaftsstellung weiß er sich anderwärts zu entschädigen,
wenn die Ehe ihm nicht zusagt und er in ihr keine Befriedigung findet. Die Frau kann Abwege weit weniger betre-
ten, einmal aus physiologischen Gründen, weil, als empfan-
gender Teil, das weit gefährlicher für sie ist, dann weil jede 20
Übertretung ehelicher Treue ihr als Verbrechen angerechnet wird, das auch die Gesellschaft nicht verzeiht. Die Frau
allein begeht einen „Fehltritt" – sei sie Ehefrau, Witwe
oder Jungfrau –, der Mann handelt im gleichen Falle höchstens „inkorrekt". [...] 25

Aus: August Bebel: Die Frau und der Sozialismus. Berlin: Dietz 1922, S. 103ff.

Auszüge aus: Die Ehe – Aufklärungen und Rat-
schläge für Erwachsene, besonders für Braut-
und Eheleute (1904)

[...] Was sagt die Natur über die Eingehung der Ehe?
Es ist klar, dass man niemals die Gesetze der Natur übertreten darf, ohne sich schwerem Schaden auszusetzen.
Diese Gesetze der Natur sind in der weltlichen oder
kirchlichen Gesetzgebung nicht mit eigenen Worten als 5
Gesetze enthalten, und doch sind sie so wichtig wie diese.
Im Allgemeinen hat es die Natur so eingerichtet, dass derje-
nige Mensch, der zur Ehe berufen ist, diesen Drang von
selbst verspürt und sich seinen Genossen für das Leben

Brautkleid aus Atlas (1873)

sucht. Die Natur führt auch ohne unser Zutun schon die rechten Menschen zusammen, freilich muss man dem Schicksal hie und da ein wenig nachhelfen. Aber zu viel nachhelfen darf man auch wieder nicht, und eine Ehe erzwingen, wo die Natur Einspruch erhebt, ist ein großer Frevel. [...] 5

Die Gesundheitslehre verlangt, dass man die Ehe einmal im richtigen Alter abschließe, weder zu vorzeitig noch zu spät. Die weltliche Gesetzgebung erlaubt im Allgemeinen den Abschluss der Ehe viel zu früh, wenigstens beim weiblichen Geschlechte. Damit, dass das Mädchen bereits 10 geschlechtsreif ist, ist noch nicht gesagt, dass es nun auch schon zur Ehe schreiten solle. [...]

Nur die gleichaltrige Ehe, wenn zwei Menschen zusammenkommen, die auch dem Alter nach zusammenpassen, gibt Bürgschaft für die spätere Erziehung der Kinder. Ver- 15 brauchte, abgelebte Männer begehen die größte Sünde gegen die Menschheit, wenn sie an ihren müden Lebensabend noch das Schicksal eines jungen, lebenslustigen Wesens ketten. Wenn die Frau nun außer der Ehe suchte, was sie in derselben nicht findet, was dann? 20

Es ist Pflicht der Eltern, zu verhindern, dass ihre Kinder eine unglückliche Ehe schließen. Welche Verantwortung, wenn sie in ihrer Verblendung den Kindern eine Ehe aufzwingen wollen, wogegen diese Widerstreben empfinden. Die Ehe sei stets freiwillig. Zwang ist eine Sünde gegen die 25 Natur, die das nicht ungestraft lässt. Die Eltern können den Kindern aber leicht an die Hand gehen in der Auswahl des Ehegefährten, denn nur allzu oft ist der klare Blick der Jugend durch die Leidenschaft getrübt. Dass Liebe blind macht, ist ein wahres Sprichwort. Nachher wäre man froh, 30 man hätte vorher besser zugeschaut. [...]

Deswegen lässt sich ein vernünftiges Mädchen nicht leicht von dem Drange der Sinnlichkeit leiten, sondern es will zuerst Garantie haben, dass die Vereinigung ihm und den zu erwartenden Kindern auch ein Hort und Schutz sei: Das ist die Ehe 35 und darum verhält es sich allen Werbungen gegenüber, die ihm diesen legitimen Schutz nicht bieten wollen, ablehnend.

Das Weib will die Ehe und in derselben das Glück häuslicher Zufriedenheit. Dieses Verlangen ist Grundlage der christlichen Ehe. [...] 40

Die eheliche Liebe ist das Band, das die Eheleute zusammenhalten soll. Diese Liebe soll aber nicht nur zu Anfang der Ehe bestehen, sondern so lange dauern wie diese selbst. [...]

5 Aus der Liebe entspringt die Wertschätzung des geliebten Gegenstandes. Wo ist aber die gegenseitige Hochachtung zu erkennen, wenn Unfriede im Hause herrscht? Die Ordnung will, dass der Mann im Hause herrsche und dass die Frau ihm untertänig sei. Wohl der Ehe, wo der Mann die

10 Verantwortung seiner Stellung schätzt und wo die Frau ihre Ehre dreinsetzt, dem Mann durch ihr williges, folgsames Wesen Freude zu bereiten!

Der Mann bedenke, dass die Frau nicht seine Sklavin, sondern seine Gefährtin, seine Gehilfin sein soll [...].

15 Ebenso soll auch die Frau sich dessen bewusst bleiben, dass schon ihr Name als Hausfrau ihrem Wirken den Platz im Hause zuweist, nicht Gesellschaft und Vergnügen. [...]

Ein anderer Schmuck der Eheleute ist die eheliche Treue. [...]

20 Ist die eheliche Treue von Gott selbst in [...] feierlicher Weise als heilige Verpflichtung festgesetzt, so ist die Verletzung dieser Treue durch den Ehebruch eine große Sünde. Sagt der Apostel ja selbst, dass Ehebrecher nicht in das Himmelreich eingehen würden. Im Alten Bunde war auf

25 den Ehebruch Todesstrafe gesetzt. [...]

Ein solcher Frevel gegen das heilige Sakrament sollte bei christlichen Eheleuten einfach undenkbar sein; aber leider belehren uns unsere Zeiten, dass es heutzutage in vielen Kreisen mit der Heiligkeit der ehelichen Treue durchaus

30 nicht so ernst genommen wird, als es diese wichtige Sache erforderte. [...]

In welch erbärmlicher Weise durch solche Frevel oftmals das eheliche Glück einer oder mehrerer Familien zerstört wird, das wollen wir nicht weiter ausmalen. Hierin liegt

35 schon die Wirkung der Sünde, dass Gott den Ehebrecher schon hier auf Erden zu treffen und zu strafen weiß. [...]

Aus: Die Ehe: Aufklärungen und Ratschläge für Erwachsene, besonders für Braut- und Eheleute. Donauwörth: Auer 1905, S. 68ff. u. S. 107ff.

Das Duell

Helga Schmiedel über das Duell im 18. und 19. Jahrhundert

[...] Das moderne Duell entwickelte sich besonders ab dem 18. Jahrhundert und wurde zu einer „Modeerscheinung"; das heißt, es kam zu so etwas wie einem Duellzwang, um die Standesehre zu wahren. Die Duelle waren verpflichtend, vor allem für Adel und Offizierskorps, da 5 folgende Auffassung vertreten wurde: Bei der damaligen Art der Kriegsführung waren insbesondere Offiziere der Todesgefahr ausgesetzt, und das viel stärker als die Mannschaften, weil sie diesen voranstürmten. Im Vergleich dazu wurde ein Duell als eine „Lappalie" angesehen. Berühmte 10 Männer waren somit in Ehrenhändel verwickelt und beugten sich damit einer gesellschaftlichen Norm, um sich nicht der Ächtung auszusetzen.

Die Bekämpfung der Duelle erreichte den Höhepunkt im 19. Jahrhundert; zu dieser Zeit wurde der Zweikampf als 15 ein „in den Adelstand erhobener Mord" bezeichnet.

Verfolgt man die Strafgesetzgebung, so muss man feststellen, dass etliche europäische Strafgesetzbücher gar keine speziellen Paragraphen zum Duell enthielten (wie in Norwegen, den Niederlanden, Spanien, Luxemburg). In anderen 20 Strafgesetzbüchern wiederum gab es besondere Bestimmungen über den Zweikampf (wie in Deutschland, Österreich, Belgien, Italien, Russland). So wurde also die Teilnahme am Zweikampf unterschiedlich bewertet und unterschiedlich bestraft: mit Geldstrafen, Gefängnis, Zuchthaus, 25 Festungshaft oder Verbannung. Auch das Strafmaß war recht unterschiedlich in den Ländern für die gleiche Tat: sieben Tage oder sechs Monate, sogar 20 Jahre Haft.

Trotzdem lässt sich bei den Duellverboten eine gewisse Entwicklung beobachten: Anfangs wurden harte Strafen 30 angedroht, im Laufe der Zeit aber immer mehr zurückgenommen. Und im letzten Jahrhundert – teilweise auch schon früher – wurden die verhängten Strafen gar nicht vollzogen, sondern durch einen königlichen Gnadenerweis aufgehoben. [...] 35

1852 erklärte das in Deutschland gültige Strafgesetzbuch bereits die Herausforderung zu einem Duell als Verbrechen. Im Widerspruch dazu stand das Militärstrafgesetzbuch für das Deutsche Reich. Für die Offiziere bestand nach wie vor Duellzwang. Kaiser Wilhelm I. formulierte in einer Ordre für das Offizierskorps 1874: „... einen Offizier, welcher imstande ist, die Ehre eines Kameraden in frevelhafter Weise zu verletzen, werde Ich ebenso wenig in Meinem Heere dulden, wie einen Offizier, der seine Ehre nicht zu wahren weiß." 1886 kam es zu einem Initiativantrag, das sich ausbreitende „amerikanische Duell" (das bedeutete einen Selbstmord auf Verabredung zwischen zwei Personen durch Losentscheid) in das Strafgesetzbuch aufzunehmen und unter Strafe zu stellen. Es zeigte sich allerdings auch hier, dass die Wege des Gesetzes „zu langsam" oder die Gesetzgeber gar nicht daran inte-ressiert waren. [...]

Aus: Helga Schmiedel: Berüchtigte Duelle. Berlin und Leipzig: Koehler und Amelang 1992, S. 10ff.

Max Liebermanns Steinzeichnung der Duellszene aus „Effi Briest"

Helga Schmiedel, „Zu Duellregeln"

[...] So heißt es in dem Regelwerk „Die Conventionellen Gebräuche beim Zweikampf" (1874): „Der Beleidiger ist verpflichtet, Genugtuung zu geben, wenn er den Beleidigten für satisfaktionsfähig hält. Verweigert er dennoch die Genugtuung, so hat er die Rechte des Ehrenmannes ver- 5 wirkt und ist für immerdar jeder Gemeinschaft, in der Offiziere und Gentlemen verkehren, ausgeschlossen ... Selbstredend kann es sich bei der Feststellung der Satisfaktionsfähigkeit überhaupt nur um Angehörige der gebildeten Klassen der Gesellschaft handeln. Wo hier die Grenze zu 10 ziehen ist, muss in jedem einzelnen Falle der Beurteilung der Beteiligten überlassen bleiben ...."
Die dem Beleidigten zustehenden Rechte richteten sich nach dem Grad der Beleidigung:

1. bei einfacher Beleidigung (meist Unhöflichkeit): Wahl der 15 Waffe;
2. bei schmachvoller Beleidigung (Beschimpfung oder Bezichtigung ehrloser Handlungen): Wahl der Waffe und der Form des Duells;
3. bei einer Beleidigung durch Schlag (oder Handgreiflich- 20 keiten): Wahl der Waffe, Form des Duells und bei Pistolenduellen Festlegen der Distanz sowie evtl. Benutzen der eigenen Waffe (dann konnte auch der Beleidiger die eigene Waffe verwenden). [...]

Jedem Duellanten standen meist zwei Sekundanten zur 25 Seite, die er selbst auswählen konnte. Sie hatten die Forderung und die Antwort zu überbringen und sich genau über das Problem, das zum Duell führte, sowie über die „Wünsche" des Beleidigten zu informieren. Dann wurden die Durchführung des Duells und die Bedingungen mit den 30 gegnerischen Sekundanten ausgehandelt. Erste Pflicht war es, in jedem Falle zu versuchen, die anstehende Streitigkeit auf friedlichem Wege zu regeln. War dies nicht möglich, wurden von ihnen alle Details des Duells festgelegt [...].
Den Sekundanten stand nicht das Recht zu, ein Duell auf 35 Leben und Tod zu vereinbaren. Nur in ernsten Fällen konnte festgelegt werden, das Duell bis zur Kampfunfähigkeit

eines Gegners durchzuführen. In den meisten Fällen einigten sich die Beteiligten darauf, den Kampf mit der ersten Verwundung eines Gegners zu beenden [...].

Aus: Helga Schmiedel, Berüchtigte Duelle, S. 17f.

Aus einem offenen Brief

Alfonso von Bourbon an seinen Onkel, Karl Fürst von Löwenstein, vom 20. November 1900. Von Bourbon plädiert in dem Brief für die Gründung eine Bundes gegen das Duell[1], dessen Ziel sein sollte:

[...] den ebenso dummen und lächerlichen als unmenschlichen Unsinn des Duells auszurotten – ein Unsinn, den viele Leute in ihrem Innern als solchen betrachten und der sich bis in unsere Zeit erhalten konnte nur durch die Feigheit
5 jener sehr vielen, die, weil sie sich voreinander fürchten, nicht zu zeigen wagen, dass sie eine Idee hegen, welche nicht in der großen Schablone „öffentliche Meinung" hergestellt worden ist. [...]

Aus: Johannes Slawig: Der Kampf gegen das Duellwesen im 19. und 20. Jahrhundert in Deutschland unter besonderer Berücksichtigung Preußens. Münster: Diss., 1986, S. 328

Kann die Ehre verletzt werden?

Aus dem Vortrag „Der Zweikampf und das Gesetz", gehalten von Dr. Karl Binding, „Professor der Rechte zu Leipzig", in Dresden am 2. Dezember 1905

[...] Definiere man die Ehre, wie man wolle, scheidet man sie nur, was unbedingt notwendig, von dem guten Namen, dessen ja jeder Schurke genießen und der dem Ehrenmanne fehlen kann: Stets ist sie ein höchst individueller
5 Menschenwert, dessen Größe allein ihr Träger zu bestimmen vermag. Ehre ist der Wert, der einem Menschen als solchem und Kraft des Maßes der

---

[1] Auf Initiative des Fürsten Karl von Löwenstein folgten am 19. Oktober 1901 zwischen 50 und 100 Personen in Leipzig dem Aufruf christlicher Repräsentanten zur Gründung einer „deutschen Anti-Duell-Liga".

Erfüllung seiner sittlichen und rechtlichen Pflichten zukommt. Ein Dritter kann sie mir absprechen, ihren Umfang verkennen oder verleugnen: aber das wäre eine jämmerliche Ehre, eine Ehre, die mir gestohlen werden dürfte, wenn sie mir gestohlen werden könnte! ⁵

Dieser ewige Argwohn, dass es jemand auf unsere Ehre abgesehen hätte, diese Angst, dass über Nacht ein Gauch[1] mit ihr durchgehen könnte, sie sind für den Völker-Psychologen kein Zeichen der Stärke eines Volkes, sondern der Überreiztheit: Er muss darin etwas Ungesundes, eine ¹⁰ Schwäche des individuellen Selbstgefühls erblicken.

Was man Ehrverletzung nennt, ist auch in Wahrheit Ehrverletzung, d.h. Ehren-Minderung – aber nie für den Beleidigten, stets für den Beleidiger. Mit unfehlbarer Sicherheit schlägt der Angriff auf den Angreifer und ¹⁵ dessen „Ehre" zurück. [...]

Aus: Karl Binding: Die Ehre – Der Zweikampf. Leipzig: Verlag von Duncker & Humblot 1909, S. 57

[1] Dummkopf

12. Hinweise zur Textanalyse: Romanauszug

Im Folgenden werden die wesentlichen Gesichtspunkte, die es bei einer schriftlichen Analyse eines Romanauszuges zu berücksichtigen gilt, entlang des Analyseaufbaus (Einleitung, Hauptteil, Schluss) stichwortartig vorgestellt.

1. Einleitung

- Autor, Titel ...
- Schwerpunkte des Romans, allgemeine Hinweise zu den intentionalen Akzenten (Worum geht es dem Autor in seinem Roman? Was verdeutlicht er insgesamt?)
- *kurze* Inhaltszusammenfassung des Auszugs bzw. inhaltliche Einordnung (Was geschieht kurz zuvor, was schließt sich an?)
- Festlegung der Analysemethode (aspektorientiert, linear-analytisch)

2. Hauptteil

2.1 Linearanalyse auf der Basis einer möglichen Textgliederung
   - den Aufbau kurz beschreiben
   - Beschreibung und Deutung der Einzelabschnitte (Aussage zum Inhalt, zum Deutungsschwerpunkt des Abschnitts und zu den sprachlichen Auffälligkeiten, die die Deutung stützen, Überleitung zum nächsten Abschnitt ...)

2.2 Aspektgeleitete Analyse
   - Kennzeichnung der zu bearbeitenden Deutungsaspekte
   - Entfaltung des jeweiligen Deutungsaspekts (Aussage zum inhaltlichen Zusammenhang, in dem der Schwerpunkt relevant ist, Beschreibung der sprachlichen Besonderheiten, die die Deutung stützen, Überleitung zum nächsten Aspekt ...)

3. Schlussteil

• Zusammenfassung der Analyseergebnisse
• Vergleich mit dem Gesamtzusammenhang des Romans (Was ist typisch in dem Auszug, welche neuen Akzente sind möglicherweise enthalten?)

Auch das ist wichtig:

• Bearbeiten Sie zunächst die Textvorlage mit einem Stift und planen Sie Ihren Text kurz.
• Zitieren Sie korrekt! Fügen Sie Zitate *richtig* in den Satzbau ihres Textes ein!
• Arbeiten Sie nach Möglichkeit mit fachsprachlichen Ausdrücken (rhetorische Figuren, grammatische Begriffe ...)!
• Verlieren Sie nicht den „roten Faden"! Der Leser muss diesen nachvollziehen können!
• Vermeiden Sie Wiederholungen, die ihren Text lediglich verlängern, aber keinen Erkenntniswert beinhalten!
• Absätze machen Ihren Text leserfreundlich!
• Beachten Sie die Regeln der Rechtschreibung und Zeichensetzung!

Bildnachweis

338, 365: bpk, Berlin – 341: in Familienbesitz – 345: Landes-
geschichtliche Vereinigung für die Mark Brandenburg.
Archiv: Frontispiz – 348, 364: Schiller Nationalmuseum /
Deutsches Literaturarchiv, Marbach am Neckar – 353, 378:
Theodor-Fontane-Archiv – 368: entnommen aus: Ribbe/
Rosenbauer: Preußen. Berlin 2000 – 395: Rainer Werner
Fassbinder Foundation – 408, 411: entn. aus Weber-Keller-
mann: Frauenleben im 19. Jahrhundert. München 1983 –
418: Bildarchiv Weber-Kellermann – 422: mit freundlicher
Genehmigung von Frau Dr. Marianne Feilchenfeldt, Zürich